KB068370

The Burning Wire

THE BURNING WIRE

Copyright ⓒ 2010 by Jeffery Deaver
All rights reserved

Korean translation copyright ⓒ 2012 by RH Korea Inc.
Korean translation rights arranged with Curtis Brown Group Limited through EYA(Eric Yang Agency)

이 책의 한국어판 저작권은 EYA(Eric Yang Agency)를 통한 Curtis Brown Group Limited 사와의 독점계약으로
한국어 판권을 '알에이치코리아' 가 소유합니다.
저작권법에 의하여 한국 내에서 보호를 받는 저작물이므로 무단전재와 복제를 금합니다.

링컨 라임 시리즈 Vol.9

JEFFERY DEAVER

The Burning Wire

버닝 와이어

제프리 디버 지음

유소영 옮김

RHK
RH Korea

"만약 더운 여름 읽을 만한 최고의 소설 시상식이 있다면
나는 《버닝 와이어》에 상을 줄 것이다.
전기를 이용하는 살인자를 쫓는 링컨 라임과
아멜리아 색스의 이야기는 여전히 재미와 쾌감이 넘친다."
– 워싱턴 포스트

"《버닝 와이어》는 독자를 여전히 실망시키지 않는
멋진 스릴러이기도 하지만 디버는 이 작품을 통해 문명화로 인한
인간의 오만함을 다시금 생각하게 만든다."
– 뉴욕 타임스

"제프리 디버의 또 다른 멋진 링컨 라임 시리즈! 정확하게 설계된
플롯은 물론이거니와 어떠한 장애물도 없이
페이지를 넘기게 하는 디버만의 장기는 여전하다."
– 이브닝 스탠다드

"현대 범죄 소설 사상 가장 멋진 탐정 중 한 명이
폭발적인 에너지와 함께 돌아왔다.
디버는 결코 실망시키는 법이 없고, 이 소설은 여전히 빛난다."
– 인디펜던트 온 선데이

"세계에서 가장 창조적이고 기술적이며 흥미로운 스릴러 작가인
디버는 독특한 성격 묘사, 매력적인 플롯, 이중 혹은 삼중의
반전을 보여 주는 링컨 라임 시리즈를 만들어냈다."
– 데일리 텔레그래프

"당신이 아무리 노력해도 당신은 디버의 반전을
알아차릴 수 없을 것이다.
제프리 디버는 언제나 신뢰할 만한 스릴러 작가다."
– 북리스트

"세계 최고의 천재 범죄학자 링컨 라임조차 사건의
충격적인 반전을 예상하지 못한다.
제목 그대로 《버닝 와이어》는 전기로 잔뜩 충전된 스릴러다."
– 퍼블리셔스 위클리

"현존하는 최고의 심리 스릴러 작가 제프리 디버."
– 더 타임스

Contents

"여기에는 규칙이 없다. 우리는 뭔가를 성취하기 위해 노력한다."

– 토머스 앨바 에디슨, 최초의 전력망 발명에 대해

제1부
해결사
지구의 날 37시간 전

"인간의 목 아래쪽은 일당 몇 달러의 가치밖에 없지만,
목 위쪽은 두뇌로 생산해낼 수 있는 모든 것만 한 가치가 있다."

— 토머스 앨바 에디슨

01 치명적 오류

뉴욕 퀸스에 있는 이스트 강변의 넓은 사옥 제어실에서, 앨곤퀸 전력 회사의 주간 관리자는 눈살을 찌푸린 채 컴퓨터 화면에 깜빡이는 붉은 글씨를 주시했다.

치명적 오류.

아래에는 정확한 시간이 적혀 있었다. 오전 11 : 20 : 20 : 003

관리자는 그리스 운동선수를 파란색과 흰색으로 딱딱하게 도안한 종이 커피 잔을 내려놓고 삐걱거리는 회전의자에서 허리를 곧추세웠다.

전력 회사 제어실 직원들은 마치 항공 관제사처럼 각자 개인 워크스테이션 앞에 앉아 있었다. 넓은 사무실에는 환한 불이 켜져 있고, 동북부 전력망 내 전류의 흐름을 보고하는 거대한 평면 모니터가 한복판을 차지했다. 제어실의 설계와 장식은 상당히 현대적이라고 할 수 있었다. 지금이 1960년이라면.

관리자는 전국 각지의 발전소에서 송전되는 전력량을 표시한 상황판을 올려다보았다. 증기 엔진, 리액터, 나이아가라 폭포의 수력 발전소 등. 스파게티처럼 얽힌 그 수많은 전선 중 미세한 한 부분에 무슨 문제가 생겼다. 붉은 원이 반짝이고 있었다.

치명적 오류.

"무슨 일이지?"

그냥 원인이 궁금한 정도였다. 흰색 반팔 티셔츠 차림에 희끗거리는 머리카락, 군살 없는 배를 지닌 관리자는 전력 분야에서 30년간 일해온 사람이었다. 치명적 오류를 알려주는 표시등에 불이 들어오는 일은 종종 있지만, 실제로 치명적인 사건은 아주 드물다.

젊은 기술자가 대답했다.

"차단기가 내려갔습니다. MH-12번입니다."

할렘-MH는 맨해튼을 뜻한다-에서 무인으로 운영되는 음침하고 지저분한 앨곤퀸 전력 회사의 12번 변전소는 주요 송전용 변전소였다. 변전소에서 13만 8000볼트의 전류를 받아 변압기로 보내고, 변압기는 전류를 10퍼센트 수준으로 낮춰 여러 곳으로 보낸다.

시간 아래에 붉은 글씨가 새로 떴다. 치명적 오류 보고였다.

MH-12 정지.

기름과 놋쇠, 베이클라이트 냄새가 풍기는 곳에서 무전기와 전화, 절연 스위치로 이런 작업을 처리하던 시절을 떠올리며 관리자는 컴퓨터를 두드렸다. 그는 화면에 뜬 **빽빽**하고 복잡한 텍스트를 읽으며 혼잣말처럼 중얼거렸다.

"차단기 작동? 왜지? 전류량은 정상인데."

또 다른 보고가 떴다.

"송전 경로 변경 중입니다."

굳이 보고할 필요 없는데도 누군가가 말했다.

교외나 시골 지역에서는 전력 공급망이 눈에 잘 띈다 — 머리 위로 얽힌 고전압 송전선과 전신주, 각 가정으로 연결되는 전선들. 전선이 고장 난다 해도 문제를 찾아내고 해결하는 데 큰 어려움이 없다. 그러나 뉴욕 같은 대도시에서는 전류가 절연 케이블을 통해 지하에서 흐른다. 절연 케이블은 시간이 흐르면 노화하고 지하수에 손상되어 합선이나 전류 손실이 발생하기 때문에 전력 회사는 전력망을 이중 삼중으로 구축한다. MH-12 변전소가 고장 나면 컴퓨터가 자동으로 다른 변전소의 송전 경로를 변경해 고객의 수요를 해결한다.

"전압 저하는 없습니다."

또 다른 직원이 말했다.

전력망 내의 전류는 하나의 메인 파이프를 통해 각 가정과 연결되어 수도꼭지로 흘러나오는 물과 같다. 파이프 하나가 닫히면 다른 파이프의 압력이 증가한다. 전기도 마찬가지지만, 속도가 훨씬 빠르다. 거의 시속 11억 2000만 킬로미터에 달한다. 뉴욕 시는 전력 소비량이 많기 때문에 이럴 경우 추가 작업을 수행하는 다른 변전소의 내부 전압이 수압과 동일하다고 보면 된다. 요컨대 높아진다.

그러나 시스템은 이런 상황을 감당할 수 있도록 구축되어 있다. 전압 표시등은 아직 녹색이었다.

하지만 관리자로서 신경 쓰이는 것은 애당초 왜 MH-12 변전소의 차단기가 내려갔는가 하는 점이었다. 가장 흔한 경우는 합선이나 비정상적인 전력 수요량 증가다. 이른 아침이나 출퇴근 시간, 이른 저녁, 혹은 기온이 갑자기 높아져 욕심 많은 에어컨이 전류를 꾸역꾸역 먹어 치울 때가 그렇다.

하지만 이 화창한 4월 오전 11 : 20 : 20 : 003에 발생한 사고는 그 중 어느 경우에도 해당하지 않았다.

"MH-12로 기술자를 보내. 케이블에 문제가 생겼을 수도 있어. 혹은 합선이…."

바로 그때 두 번째 적색등이 깜빡이기 시작했다.

치명적 오류.
NJ-18 정지.

뉴저지 주 패러머스 근처에 있는 다른 변전소였다. 맨해튼 12번 변전소 정지로 인한 부하를 나누어 지는 곳 중 하나다.

관리자는 웃음 같기도 하고 기침 같기도 한 소리를 냈다. 이마에 당혹스러운 주름이 생겼다.

"도대체 무슨 일이야? 이 정도 부하는 감당할 수 있는데."

"센서와 계기판은 모두 정상 작동 중입니다."

기술자 한 사람이 말했다.

"SCADA 문제인가?"

관리자가 말했다. 앨곤퀸 전력 회사는 거대한 유닉스 컴퓨터의 감시 제어 및 데이터 수집 프로그램으로 운영되고 있었다. 북미 사상 최악으로 기록된 전설적인 2003년 동북부 대정전 사태의 원인 중 하나는 일련의 컴퓨터 소프트웨어 에러였다. 현재의 시스템은 그런 재앙이 다시 발생하지 않도록 예방하고 있지만, 미처 생각하지 못했던 다른 컴퓨터 에러가 일어나지 말라는 법도 없다.

직원 중 한 사람이 느릿느릿 말했다.

"글쎄요. 하지만 제 생각에도 그런 것 같습니다. 전선이나 개폐기에는 문제가 없는 걸로 나옵니다."

관리자는 화면을 바라보며 이후 논리적으로 당연히 일어나게 되어 있는 상황을 기다렸다. 다른 어느 변전소가 NJ-18 손실로 인한 부하를 감당할까.

하지만 그런 메시지는 뜨지 않았다.

맨해튼 17번, 10번, 13번 변전소 세 곳만이 정전 사태가 일어났어야 하는 두 지역에 전력을 공급하고 있었다. SCADA 프로그램이 다른 변전소의 전력을 끌어와 부하를 덜어주어야 하는데 그러지 않고 있다. 이로 인해 이 세 변전소를 통해 흘러 들어가고 나오는 전력량이 엄청나게 증가하고 있었다.

관리자는 턱수염을 쓸며 다른 변전소의 이름이 화면에 뜨기를 기다리다 마침내 지시했다.

"수동으로 Q-14번 변전소를 MH-12 동부 담당 구역에 연결해."

"알겠습니다."

잠시 후, 관리자가 날선 목소리로 재촉했다.

"당장 연결하라니까!"

"음, 노력 중입니다."

"노력 중이라니. 그게 무슨 뜻이야?"

키보드만 몇 번 두드리면 되는 일이었다.

"개폐기가 응답하지 않습니다."

"그럴 리가 없어!"

관리자는 몇 걸음 떨어진 기술자의 컴퓨터로 성큼성큼 다가가 잠꼬대를 하면서도 칠 수 있는 명령어를 입력했다.

아무 반응이 없었다.

전압 지시등은 녹색 경계 부위에 있었다. 노란색으로 넘어가기 직전이었다.

누군가가 중얼거렸다.

"안 좋은데. 사태가 심각해."

관리자는 자기 책상으로 달려와 의자에 털썩 앉았다. 그래놀라 바와 그리스 운동선수 커피 잔이 바닥에 떨어졌다. 하지만 신경도 쓰지 않았다.

그때 또 다른 도미노 조각이 쓰러졌다. 마치 과녁 한가운데 표적처럼 세 번째 빨간 등이 번쩍이기 시작하더니, SCADA 컴퓨터가 무심하게 보고했다.

치명적 오류.
MH-17 정지.

"맙소사. 한 곳이 더!"
누군가가 속삭였다.
이번 역시 어떤 변전소도 탐욕스러운 뉴욕 시민의 전력 수요를 충족시키기 위해 나서지 않았다. 이제 단 두 개의 변전소가 다섯 개 변전소의 일을 도맡아하고 있었다. 변전소로 출입하는 전선의 온도가 상승하고, 대형 화면에 뜬 전압은 이제 노란색 영역으로 들어섰다.

MH-12 정지. NJ-18 정지. MH-17 정지.
MH-10, MH-13에서 피해 지역으로 송전 경로 변경.

관리자가 다급하게 지시했다.
"저 지역에 빨리 추가 전력을 공급해. 수단 방법 가리지 말고. 어디서든."
가까운 제어 부스에서 일하던 여직원이 얼른 허리를 세웠다.
"4만 볼트 확보했어요. 브롱크스에서 피더선(feeder line)으로 보내는 중입니다."
4만 볼트는 얼마 되지 않는다. 그 전압의 3분의 1 수준을 감당하도록 설계한 피더선으로 송전하는 것도 위험한 일이다.
누군가가 코네티컷에서 전류를 확보했다고 알렸다.
전압 지시등은 계속 올라가고 있었지만, 이제 속도는 조금 느려졌다.

이렇게 하면 해결할 수 있을지도 모른다.

"더 많이!"

바로 그때 브롱크스에서 전류를 확보했던 여직원이 다급하게 말했다.

"잠깐. 전송량이 저절로 2만 볼트로 줄어들었습니다. 이유를 모르겠어요."

전 지역에서 이런 현상이 일어나고 있었다. 누군가가 전류를 확보해 전압을 끌어내리는 데 성공하면, 다른 지역의 전송량이 줄어들었다.

이 모든 상황이 숨 가쁜 속도로 벌어지고 있었다.

시속 11억 2000만 킬로미터….

그때 다시 적색등이, 또 다른 과녁이 명중했다.

치명적 오류.
MH-13 정지.

누군가가 속삭이듯 내뱉는 소리.

"이럴 리가 없어."

MH-12 정지. NK-18 정지. MH-17 정지. MH-13 정지.
MH-10에서 피해 지역으로 송전 경로 변경.

단 하나의 작은 수도꼭지로 어마어마한 저수지의 물이 흘러나오려는 상황과 같았다. 맨해튼 클린턴 지구 웨스트 57번가의 낡은 건물에 있는 MH-10 변전소로 흘러 들어가는 전압은 한계 수치의 4~5배에 달했고, 그마저 점점 증가하고 있었다. 폭발과 화재를 피하기 위해 언제든지 차단기가 내려가 미드타운 대부분의 지역이 식민지 시대로 돌아갈 수도 있는 상황이었다.

"북쪽이 더 나은 것 같군. 북쪽을 찾아봐. 북쪽에서 전류를 확보해. 매사추세츠를 알아봐."

"조금 확보했습니다. 5만, 6만 볼트 정도. 퍼트넘 카운티에서요."

"좋아."

그때 누군가가 외쳤다.

"세상에. 맙소사!"

누구인지 알 수도 없었다. 모두 고개를 숙인 채 화면을 뚫어져라 쳐다보는 중이었다. 관리자가 소리쳤다.

"뭐야? 그런 소리 자꾸 듣기 싫어! 똑바로 말해봐!"

"MH-10 변전소의 차단 장치가! 보세요! 차단기가!"

안 돼, 세상에, 안 돼….

MH-10의 차단기가 리셋되었다. 그렇다면 지금 변전소에는 허용 한도의 열 배에 달하는 전기가 드나들고 있을 것이다.

지금 당장 앨곤퀸 전력제어센터에서 변전소의 전압을 끌어내리지 못하면, MH-10 건물 내부의 전선과 개폐기는 치명적일 정도로 어마어마한 전송량을 허용할 것이다. 그러면 변전소는 폭발한다. 그러나 그 전에 전류는 피더선을 통해 링컨센터 남쪽 전역의 지하 변압기로, 이어 사무용 건물과 대형 고층 건물 스폿 네트워크로 밀려간다. 차단기가 내려가 회로가 끊기는 곳도 있겠지만, 낡은 변압기나 배전반은 그대로 녹아서 전도체 덩어리가 되어버리기 때문에 전류는 계속 흘러서 화재가 발생하거나 가전제품이나 콘센트 근처에 있는 사람이 감전으로 죽게 된다.

처음으로 이런 생각이 들었다. 테러다. 테러 공격이다. 관리자는 외쳤다.

"국토안보부와 뉴욕시경에 연락해. 빌어먹을! 그리고 리셋해. 차단기를 다시 리셋하라고."

"반응이 없습니다. MH-10이 잠겼어요."

"잠기다니? 무슨 소리야?"

"저도 도대체….."

"안에 사람이 있나? 세상에, 누가 있으면 당장 나오라고 해!"

변전소는 무인으로 운영하지만 정기 관리나 보수를 하는 사람이 종종 드나든다.

"알겠습니다."

이제 전압 표시등은 적색으로 넘어갔다.

"로드 셰딩(load shedding)을 할까요?"

관리자는 이를 갈며 생각했다. 순환 정전(rolling blackout)이라고도 하는 로드 셰딩은 극단적인 조치다. 여기서 'load'란 고객이 사용하는 전력량이고, 'shedding'은 시스템이 대규모로 파괴되는 것을 막기 위해 전력망의 특정 부분을 수동으로, 의도적으로 차단하는 것을 말한다.

이는 전력망을 살리기 위한 최후의 보루이지만, 인구가 밀집한 맨해튼 특정 지역에 심각한 결과를 초래한다. 컴퓨터 손실만 해도 수천만 대에 달할 것이고, 사람이 다치거나 심지어 목숨을 잃을 수도 있다. 911 전화가 연결되지 않는다. 신호등이 고장 나서 구급차와 경찰차도 도로에 갇힌다. 엘리베이터가 멈춘다. 일대 혼란이 발생할 것이다. 대낮이라도 정전 중에는 예외 없이 강도와 약탈, 강간 사건이 발생한다.

전기가 사람들을 정직하게 만드는 것이다.

"어떻게 할까요?"

기술자가 다급하게 물었다.

관리자는 움직이고 있는 전압 표시등을 응시했다. 그러다 자신의 상관인 부장에게 전화를 걸었다.

"허브, 문제가 생겼습니다."

그는 상황을 설명했다.

"원인이 뭐지?"

"모르겠습니다. 테러가 아닐까 싶습니다."

"맙소사! 국토안보부에는 연락했나?"

"네, 방금. 지금까지는 주로 해당 지역에 전력을 보충하는 데 주력했습니다. 하지만 큰 성과가 없습니다."

전압 표시등은 적색 영역에서 계속 올라가고 있었다.

부장이 물었다.

"좋아. 그래서 대안은 뭔가?"

"선택의 여지가 없습니다. 순환 정전을 하려고 합니다."

"시내 상당 지역이 최소한 하루는 정전되겠군."

"하지만 정말 다른 방법이 없습니다. 이 정도 전류가 흐르는 상황에서 아무 조치를 취하지 않으면 변전소가 폭발합니다."

상관은 잠시 생각에 잠겼다.

"MH-10번 변전소에 송전선이 하나 더 있지 않나?"

관리자는 상황판을 올려다보았다. 고전압 케이블이 변전소를 통과해 뉴저지 서쪽 일부 지역에 전류를 공급하게 되어 있었다.

"예. 하지만 연결은 되어 있지 않습니다. 그냥 별개의 배관을 통해 지나가는 선입니다."

"그 선을 잘라서 피해 지역에 공급할 수 있을까?"

"수동으로요? …그럴 수는 있겠지만… 그러려면 MH-10 내부로 사람을 들여보내야 합니다. 작업이 끝날 때까지 전류를 끊지 못하면 폭발할 거고요. 그럼 다 죽습니다. 최소한 전신 3도 화상입니다."

잠시 침묵.

"잠깐만. 제슨한테 전화하는 중이야."

제슨은 앨곤퀸 전력 회사의 CEO로 사내에서는 '전능자'라고 불렸다.

기다리는 동안 관리자는 주위의 기술자들을 바라보았다.

상황판도 올려다보았다. 빛을 발하고 있는 붉은 점들.

치명적 오류….

마침내 상관의 음성이 흘러나왔다. 목소리가 갈라졌다. 그는 헛기침을 하고 잠시 후 관리자에게 말했다.

"사람을 들여보내. 수동으로 전선을 잘라."

"제슨이 지시한 겁니까?"

다시 침묵.

"아니야."

관리자는 속삭이듯 말했다.

"저는 거기에 들어가라는 지시를 내릴 수 없습니다. 그건 자살행위입니다."

"그럼 자원자를 찾아봐. 제슨은 어떤 상황에서든 순환 정전은 안 된다고 했어."

02 버스 정류장

운전사는 10번 애버뉴가 암스테르담 가와 만나는 교차로 근처에 있는 57번가 정류장을 향해 M70 버스를 몰고 있었다. 기분이 좋았다. 새 버스는 차체가 낮아 탑승이 편리한 저상 모델이고, 장애인용 경사로와 우수한 스티어링, 충격 흡수형 운전석까지 구비하고 있었다.

하루 여덟 시간을 여기서 지내는데 이 정도는 돼야지.

그는 지하철이나 롱아일랜드 철도, 메트로 노스에는 관심이 없었다. 도로는 혼잡하고 운전자들은 까칠한 데다 성질 더럽고 걸핏하면 화를 냈지만, 그는 버스를 사랑했다. 버스로 이동하는 것이 민주적이라는 점도 좋았다. 변호사부터 이름 없는 음악가, 배달부에 이르기까지 온갖 사람을 다 볼 수 있다. 택시는 비싸고 냄새가 난다. 지하철은 가고자 하는 목적지까지 가지 않는 경우가 많다. 도보는? 여기는 맨해튼이다. 시간 여유가 많다면 좋겠지만, 어디 그런가? 게다가 그는 사람들을 좋아했다. 자기 차를 타는 사람에게 일일이 고개를 끄덕이거나 미소를 짓거나 인사말을 던질 수 있다는 점도 좋았다. 사람들은 흔히 오해하지만, 뉴욕 사람들은 불친절하지 않다. 그저 가끔 수줍음을 타거나 자신감이 없거나 방어적이거나 머릿속이 복잡할 뿐이다.

하지만 때로 미소 한 번, 고갯짓 한 번, 인사말 하나에… 새로운 친구가 생기기도 한다.

그는 친구가 되는 것이 좋았다.

단지 여섯, 일곱 블록 동안만이라도.

그렇게 인사를 건네다 보면 미친놈이나 알코올 중독자, 마약 중독자 같은 사람이 눈에 들어오기 때문에 신고 버튼을 눌러야 할지 판단할 수도 있다.

어쨌든 여기는 맨해튼이니까.

맑고 시원하고 아름다운 날이었다. 4월. 그가 가장 좋아하는 달 중 하나였다. 오전 11시 30분, 버스는 점심 약속 장소로 가거나 휴식 시간을 틈타 자잘한 일을 처리하기 위해 동쪽으로 향하는 사람들로 가득 찼다. 차량들은 느릿느릿 움직였다. 그는 4~5명 정도가 기다리고 있는 정류장 쪽으로 버스를 몰았다.

정류장 쪽으로 다가가면서 버스를 기다리는 사람들 쪽을 보았다. 버스 표지판 뒤로 낡은 갈색 건물이 눈에 들어왔다. 20세기 초에 지은 건물이었다. 창살을 친 창문이 몇 군데 있었지만 그 안은 늘 캄캄했다. 그는 그 건물에 드나드는 사람을 본 적이 없었다. 감옥처럼 으스스한 곳이다. 건물 앞에는 파란 바탕에 흰 페인트로 쓴 간판이 걸려 있었다.

앨곤퀸 전력 회사
변전소 MH-10
사유지
위험, 고압 전류
출입 금지

간판의 글씨가 여기저기 벗겨져 잘 읽을 수도 없었다. 평소에는 거의 신경도 쓰지 않았는데, 오늘은 뭔가 평소와 다른 점이 눈에 띄었다. 땅에서 30센티미터가량 떨어진 높이의 창문에 지름 1.25센티미터 정도의 전선이 매달려 있었다. 플라스틱인지 고무인지가 벗겨져 은색 쇠심이 드러난 그 전선은 무슨 장치 같은 평평한 놋쇠 조각에 연결되어 있었다. 전선 한번 굵네. 그는 생각했다.

전선은 창문에 그냥 매달려 있었다. 저래도 안전한가?

운전사는 버스를 완전히 세우고 문을 열었다. 출입 장치를 작동하자 거대한 차체의 일부가 보도 쪽으로 내려가면서 맨 아래 계단이 지상에서 몇 센티미터 정도 높이에 멈췄다.

운전사는 열린 문 쪽으로 넓적하고 불그스레한 얼굴을 돌렸다. 사람들이 차에 타기 시작했다.

"안녕하십니까?"

운전사는 기분 좋게 말했다.

낡고 허름한 헨리 벤델 쇼핑백을 움켜쥔 80대 여자가 고개를 끄덕이더니 앞쪽 노약자석을 외면한 채 지팡이를 짚고 비틀비틀 뒤쪽으로 향했다.

이런 뉴욕 사람들을 어떻게 좋아하지 않을 수 있겠는가?

바로 그때 백미러에서 급작스러운 움직임이 눈에 들어왔다. 번득이는 노란 불빛. 트럭 한 대가 버스 뒤로 빠르게 접근하고 있었다. 앨곤퀸 전력 회사. 기술자 3명이 차에서 내리더니 붙어 서서 뭔가 이야기를 나누었다. 그들은 공구 상자와 두꺼운 장갑, 재킷을 들고 있었다. 건물 쪽으로 천천히 걸어가 위를 올려다보더니 다시 모여서 뭔가 의논하는 모습이 그다지 기분 좋아 보이지는 않았다. 그중 한 사람이 불길하게 머리를 흔들었다.

운전사는 마지막 탑승객을 돌아보았다. 젊은 라틴계 남자가 승차권을 쥔 채 버스 밖에서 머뭇거렸다. 남자는 변전소 쪽을 바라보고 있었다. 미간을 찌푸린 얼굴. 공기 냄새를 맡으려는 듯 고개를 드는 남자의 모습이 운전사의 눈에 들어왔다.

코를 찌르는 독한 냄새. 뭔가 타고 있었다. 아내의 세탁기 내부 모터가 합선되어 절연재가 탔을 때를 연상케 하는 냄새였다. 구역질이 났다. 변전소 문틈에서 한 줄기 연기가 흘러나오고 있었다.

앨곤퀸 직원들이 저것 때문에 출동했군.

엉망이 되겠는데. 전력이 끊기고 신호등이 꺼지지 않을까 걱정되었다. 그러면 끝이다. 보통 20분 걸리는 노선이 몇 시간은 걸릴 것이다. 어쨌든 소방차가 올지도 모르니 얼른 자리를 비워주는 게 좋겠다. 운전사는 마지막 승객에게 손짓을 했다.

"손님, 출발해야 합니다. 어서 타세요…."

남자가 여전히 얼굴을 찌푸린 채 돌아서서 버스에 오르는 순간, 변전소 안에서 뭔가 펑 하고 터지는 소리가 들렸다. 거의 총성 같은 날카로운 소리였다. 동시에 태양을 열 개 정도 모은 것처럼 눈부신 빛이 버스와 창가에 늘어진 전선 사이의 보도를 가득 채웠다.

마지막 승객은 하얀 불길의 구름 속으로 순식간에 사라졌다.

눈앞이 회색으로 어둑해졌다. 산탄총 같기도 하고 천둥 같기도 한 소리가 귀를 찢었다. 안전띠를 매고 있는데도 상체가 차창에 부딪혔다.

먹먹한 귓가에 승객들의 비명 소리가 메아리쳤다.

반쯤 먼 시야 사이로 화염이 보였다.

운전사는 의식을 잃으면서 어쩌면 자기 자신이 화재 원인일지도 모른다는 생각이 들었다.

03 원격 수사

"유감이지만, 공항을 빠져나갔어요. 한 시간 전 멕시코시티에서 목격했다는 보고가 들어왔습니다."

"안 돼."

링컨 라임은 잠깐 눈을 감으며 한숨을 쉬었다.

아멜리아 색스는 링컨의 빨간색 스톰 애로 휠체어 옆에 앉아 검은색 스피커폰을 향해 말했다.

"어떻게 된 거예요?"

색스는 긴 빨강 머리를 잡아당겨 하나로 단단히 꼬았다.

"런던에서 탑승 정보가 들어왔을 때, 이미 비행기가 착륙했어요."

여자의 칼칼한 목소리가 스피커폰에서 흘러나왔다.

"화물 트럭에 숨어서 업무용 출입구로 나갔어요. 멕시코 경찰에서 입수한 보안 테이프를 보여드리죠. 링크가 있는데, 잠깐만 기다리세요."

여자가 동료에게 비디오에 대한 지시를 내리는 목소리가 희미하게 들려왔다.

정오가 약간 지난 시각이었다. 라임과 색스는 고딕 빅토리아 양

식의 센트럴 파크 웨스트 타운하우스 1층 거실을 개조한 법과학 연구실에 있었다. 라임은 이 집에 전혀 옛날 사람 같지 않은 빅토리아 시대 사람들이 살았을 거라고 생각하곤 했다. 냉혈한 사업가나 부정한 정치가, 일류 사기꾼 같은 사람들. 혹은 절대 부패의 유혹에 넘어가지 않는 경찰서장. 라임은 뉴욕의 옛 범죄에 대한 책을 쓴 적이 있는데, 당시 이런저런 자료를 통해 자기 집에 살았던 사람들의 역사를 추적해본 적이 있었다. 하지만 가계도는 만들 수 없었다.

지금 그들과 통화 중인 여자는 4800킬로미터 떨어진 훨씬 현대적인 건물에 있을 것이다. 캘리포니아 주 수사국 몬터레이 사무실. 캐스린 댄스 주 수사국 요원은 지금 그들이 추적하고 있는 범인이 연루된 사건으로 몇 년 전에도 라임과 색스 두 사람과 일한 적이 있었다. 그들은 리처드 로건이 범인의 본명이라고 믿었다. 하지만 링컨 라임은 그를 주로 시계공이라는 별명으로 떠올렸다.

로건은 취미 생활이자 열정의 대상인 시계 만들기에 쏟는 정확성으로 범죄를 계획하는 전문적인 범죄자였다. 라임과 그는 몇 번이나 부딪혔다. 라임은 그의 계획 중 하나를 저지했지만, 다른 하나는 막지 못했다. 하지만 링컨 라임은 아직 그를 잡아넣지 못했으니 전체적으로는 자신이 졌다고 생각했다.

라임은 로건을 머릿속에 그리며 휠체어에 머리를 기댔다. 그는 로건을 아주 가까이에서 직접 본 적이 있었다. 날씬한 몸매, 소년 같은 검은 더벅머리, 경찰에게 심문을 당하는 게 은근히 재미있다는 듯한 눈빛, 자신이 계획하고 있던 대량 학살극에 대한 단서는 단 하나도 드러내지 않던 모습. 그 평정한 성품은 천성인 것 같았지만, 라임의 마음에 가장 걸렸던 점이 바로 그 성격이었다. 감정은 실수와 부주의를 낳는다. 그런데 리처드 로건을 감정적인 인간이라고 말할 사람은 아무도 없을 것이다.

로건은 방화나 무기 밀매, 기타 정교한 계획과 무자비한 실행이 필요한 어떤 범죄에도 고용될 수 있는 사람이지만, 보통은 살인을 주로 취급했다. 증인이나 내부 고발자, 정재계 중요 인물을 살해하는 일이었다. 최근의 정보에 따르면 멕시코 어딘가에서 살인 의뢰를 받은 모양이었다. 라임은 국경 남쪽에 정보망이 많은 댄스에게 연락을 취했다. 댄스 역시 몇 년 전 시계공의 공범에게 살해당할 뻔한 적이 있었다. 댄스는 이런 인연으로 로건 체포 및 신병 인도 작전의 미국 측 수사 책임을 맡아 아르투로 디아스라는 멕시코 연방 경찰의 젊고 성실한 수사관과 협력하고 있었다.

그날 아침 일찍 그들은 시계공이 비행기로 멕시코시티에 들어갈 것이라는 정보를 입수했다. 댄스는 즉시 디아스에게 연락했고, 그는 로건을 체포하기 위해 경찰을 배치했다. 하지만 방금 들어온 소식에 따르면 이미 늦었다는 것이다.

"비디오 준비됐나요?"

댄스가 물었다.

"보여주시죠."

라임은 정상적으로 움직이는 몇 안 되는 손가락 중 하나인 오른손 검지를 움직여 화면 앞으로 전기 휠체어를 끌고 갔다. 그는 어깨 아래가 대부분 마비된 C4 사지마비 환자였다.

연구실에 있는 여러 개의 평면 모니터 중 한 대에 화소가 거친 공항의 야간 영상이 떴다. 전경의 울타리 양쪽으로 땅에 버려진 쓰레기와 종이상자, 캔, 드럼통 등이 널려 있었다. 개인 화물기가 천천히 활주로를 달렸다. 이윽고 기체가 멈추자 뒷문이 열리더니 한 남자가 내렸다.

"그 사람이에요."

댄스가 나직하게 말했다.

"잘 안 보이는데요."

라임이 대답했다.

"확실히 로건이에요. 부분 지문도 확보했어요. 곧 보여드리죠."

남자가 몸을 죽 펴고 주위를 확인했다. 그러곤 어깨에 가방을 걸

치더니 몸을 숙인 채 작은 창고 쪽으로 달려가 그 뒤에 숨었다. 몇 분 뒤, 신발 상자 두 개를 합친 크기의 짐을 든 인부 한 사람이 나타났다. 로건은 그를 만나 상자를 편지 크기의 봉투 하나와 교환했다. 인부는 주위를 둘러보고 재빨리 사라졌다. 정비 트럭이 다가와 섰다. 로건은 트럭 뒤칸에 올라탄 뒤 방수포 아래 몸을 숨겼다. 트럭은 이내 시야에서 사라졌다.

"비행기는?"

라임이 물었다.

"기업 전세 업무 때문에 남미 쪽으로 갔어요. 기장과 부기장은 밀입국자에 대해서는 전혀 모른대요. 당연히 거짓말이죠. 하지만 우리 관할 구역이 아니라 심문할 수가 없어요."

"인부는요?"

색스가 물었다.

"연방 경찰이 체포했어요. 그냥 최소 임금을 받는 공항 직원이더군요. 모르는 사람에게서 상자를 배달해주면 200달러를 주겠다는 제의를 받았대요. 봉투 안에 돈이 있었어요. 지문은 거기서 딴 거예요."

"상자 안에는 뭐가 있었습니까?"

라임이 물었다.

"인부는 모른다고 했지만, 그것도 거짓말이에요. 내가 심문 비디오를 봤어요. 우리 쪽 마약단속국 요원이 따로 만나고는 있는데, 내가 직접 달래서 정보를 짜내고 싶지만 허가를 받으려면 아주 오래 걸릴 거예요."

라임과 색스는 서로를 바라보았다. '달랜다'는 댄스의 표현은 지나치게 겸손했다. 그녀는 동작학·신체 언어 전문가로서 미국 최고의 수사관 중 하나였다. 하지만 멕시코라는 독립 국가와의 까다로운 관계 때문에 캘리포니아 경찰이 공식적으로 수사를 하기 위해 입국하려면 서류를 산더미처럼 준비해야 한다. 반면, 연방 마약단속국은 이미 공인된 활동을 하고 있었다.

라임이 물었다.

"로건은 멕시코시티 어디서 목격됐습니까?"

"상업 지구였어요. 호텔까지 추적했지만, 거기서 묵지는 않았어요. 디아스 쪽은 누군가와 만난 것 같다고 추측하고 있어요. 감시 인력을 배치했을 때는 이미 사라지고 없었어요. 하지만 모든 법집행 기관과 호텔에 그의 사진을 배포했어요."

댄스는 디아스의 상관인 고위 경찰이 사건을 맡았다고 덧붙였다.

"그쪽도 사건을 심각하게 받아들이고 있다는 게 고무적이죠."

아주 고무적이군. 라임은 생각했다. 하지만 답답하기도 했다. 먹잇감이 거의 눈앞에 보이는데 수사에 대한 영향력이 이렇게 없다니…. 호흡이 빨라졌다. 라임은 자신과 시계공이 마지막으로 대결했던 때를 생각하고 있었다. 로건은 모두의 생각을 앞질렀다. 그리고 살인 청부를 받은 목표물을 쉽게 죽였다. 라임은 로건이 무슨 짓을 하려는지 알아낼 만한 모든 단서를 다 갖고 있었다. 하지만 그의 전략을 완전히 잘못 짚었다.

색스가 캐스린 댄스에게 묻는 목소리가 들렸다.

"한데 낭만적인 주말은 어땠나요?"

댄스의 연애 이야기인 것 같았다. 몇 년 전 남편을 잃은 그녀는 자녀 둘을 혼자 키우고 있다.

"아주 좋았어요."

"어디로 갔는데요?"

댄스의 개인 생활을 도대체 왜 묻는 거야? 색스는 짜증스러운 라임의 시선을 못 본 체했다.

"샌터바버라요. 허스트 캐슬을 구경하고 왔죠. 이봐요, 당신 둘도 여기 온다고 해서 아직 기다리고 있다고요. 아이들이 정말 보고 싶어 해요. 학교에서 법과학에 대한 글을 썼는데, 당신 이름도 있더군요, 링컨. 선생님이 뉴욕에서 살던 사람이라 당신에 대한 기사를 모두 읽었대요."

"아, 그렇군요."

라임은 멕시코시티 생각에 사로잡힌 채 대꾸했다.

색스는 라임의 참을성 없는 목소리에 미소를 지으며, 댄스에게 그만 끊어야겠다고 말했다.

전화를 끊은 뒤, 색스는 라임의 이마에서 땀을 닦아주었다. 그는 땀이 흐르는 것을 미처 의식하지 못하고 있었다. 두 사람은 창밖에 날아온 송골매를 바라보며 잠시 동안 말없이 앉아 있었다. 매는 2층에 있는 둥지로 올라갔다. 대도시에서 아주 드문 새는 아니다. 도시에는 먹잇감으로 좋은 통통하고 맛있는 비둘기가 많기 때문이다. 이런 맹금류는 대부분 더 높은 곳에 둥지를 튼다. 하지만 무슨 이유에서인지 이 송골매 가족은 벌써 몇 대째 라임의 타운하우스를 보금자리로 삼고 있었다. 영리하고, 매혹적이고, 라임에게 아무것도 요구하지 않는 완벽한 손님이었다.

그때 남자 목소리가 정적을 깼다.

"음, 잡았습니까?"

"누구를? 참 저렴한 동사로군."

라임이 쏘아붙였다. 링컨 라임의 간병인 톰 레스턴이 말했다.

"시계공이요."

"아냐."

라임은 퉁명스럽게 내뱉었다.

"그래도 거의 잡을 뻔했잖습니까?"

"아, 거의. 거의 잡을 뻔했다? 그냥 애만 썼지. 혹시 퓨마가 자넬 덮쳤는데, 경비원이 퓨마를 거의 맞출 뻔했다면 어떤 기분이 들까? 실제로 맞춘 게 아니라."

"퓨마는 멸종 위기 종 아닌가요?"

톰은 비꼬는 기색조차 없이 물었다. 그는 라임의 성질에 무감각했다. 이미 웬만한 부부보다 더 오랜 세월 동안 그를 돌봐왔다. 게

다가 까다롭기 그지없는 배우자 못지않게 노련했다.

"하, 재미있군. 멸종 위기라."

색스는 라임의 휠체어 뒤로 돌아가서 그의 어깨를 잡고 마사지를 하기 시작했다. 색스는 키가 크고 웬만한 동갑내기 뉴욕시경 형사보다 날렵했다. 종종 무릎과 발의 근육통으로 고생하긴 했지만 팔과 손은 힘이 세고 거의 통증이 없었다.

그들은 작업복 차림이었다. 라임은 검은색 스웨트 팬츠와 진녹색 니트 셔츠를 입었다. 색스는 군청색 재킷은 벗었지만 어울리는 바지와 흰색 면 블라우스를 입었다. 단추 하나를 푼 옷깃 안으로 진주 목걸이가 보였다. 글록 권총은 쉽게 빼들 수 있는 총집에 넣어 엉덩이 위쪽에 찼고, 각자 따로 탄창집에 넣은 탄창 두 개와 전기 충격기가 나란히 달려 있었다.

라임은 손가락의 압력을 느꼈다. 몇 년 전 목숨을 잃을 뻔했던 골절 사고를 당한 경추 4번 위쪽으로는 완벽한 감각이 있었다. 한때 몸 상태를 호전시키기 위해 위험한 수술을 고려한 적도 있었지만, 그는 결국 다른 재활 요법을 선택했다. 힘든 운동과 치료 요법으로 손가락과 손의 움직임을 일부 회복했다. 무슨 이유에서인지 지하철 대들보가 목을 부러뜨린 뒤에도 멀쩡했던 왼손 약지 역시 계속 사용할 수 있었다.

손가락이 살을 파고드는 느낌이 좋았다. 몸에 남아 있는 극소량의 감각이 향상되는 느낌이었다. 라임은 쓸모없는 다리를 내려다보다가 눈을 감았다.

톰이 그를 주의 깊게 바라보고 있었다.

"괜찮으십니까, 링컨?"

"괜찮으냐고? 몇 년 동안 찾던 범인이 손아귀를 빠져나가 북반구에서 두 번째로 큰 대도시에 숨어 있다는 것만 빼면, 아주 천국 같은 기분이야."

"그 말이 아닙니다. 별로 좋아 보이지 않아요."

"맞아. 사실 약이 필요해."

"약이요?"

"위스키. 위스키를 좀 마시면 기분이 좋아질 것 같은데."

"안 됩니다."

"음, 실험을 해보자고. 과학. 데카르트, 합리. 누가 감히 반대하겠어? 지금 내 기분이 어떤지 난 분명히 알아. 위스키를 한 번 마셔보고, 다시 내 기분을 이야기해주지."

"안 됩니다. 너무 이른 시간이에요."

톰은 냉정하게 말했다.

"오후야."

"오후가 된 지 몇 분 지났죠."

"빌어먹을."

라임은 늘 그렇듯 투덜거렸지만, 사실 색스의 마사지에 정신을 빼앗기고 있었다. 포니테일에서 몇 가닥 삐져나온 빨간 머리카락이 그의 뺨을 간질였다. 그는 피하지 않았다. 싱글몰트 위스키 전투에서 패배했다고 판단한 라임은 톰을 무시했지만, 톰의 말이 그의 주의를 다시 끌었다.

"아까 통화하실 때 론이 전화했습니다."

"그래? 왜 이야기하지 않았어?"

"캐스린과 이야기할 때는 방해하지 말라고 하셨잖습니까."

"음, 지금 말해."

"다시 전화하신답니다. 사건 때문에요. 무슨 문제가 있다고."

"그래?"

이 소식에 시계공 사건이 의식에서 조금 물러났다. 라임은 기분 나쁜 원인이 하나 더 있다는 것을 깨달았다. 바로 지루함 때문이었다. 마침 복잡한 조직범죄 사건 증거물 분석을 끝내고 몇 주 동안 할 일이 없겠거니 하던 때였다. 다른 일거리가 있다는 생각이 마음을 가볍게 해주었다. 색스가 속도에 중독된 것과 마찬가지로 라임 역시 문제가, 도전이, 일거리가 필요했다. 중증 장애인의 애로 사항 중에서 사람들이 거의 의식하지 못하는 것 중 하나가 새로운 것이 없다는 사실이다. 똑같은 환경, 똑같은 사람, 똑같은 활동. 그리고 똑같은 겉치레 위로, 공허한 위안, 감정 없는 의사들의 진단.

장애 이후 그를 살린 것은―그는 문자 그대로 남의 도움을 받는 자살을 생각한 적도 있었다―이전의 열정으로 조심스럽게 돌아간 것이었다. 바로 과학으로 범죄를 해결하는 일이었다.

수수께끼에 맞서면 절대 지루할 수 없다.

톰은 고집했다.

"정말 괜찮습니까? 약간 창백해 보이는데요."

"요즘 바닷가에 가질 못했잖아."

"알았어요. 그냥 확인한 겁니다. 아, 알렌 코페스키가 오겠답니다. 언제 오라고 할까요?"

귀에 익지만, 은근히 신경 쓰이는 뒷맛을 남기는 이름이었다.

"누구?"

"장애인 인권 모임 사람입니다. 수상하실 상 때문에."

"오늘?"

몇 번 통화했던 기억이 희미하게 났다. 사건이 아니라면 라임은 주위 소음에 크게 신경을 쓰는 법이 없었다.

"오늘이라고 하셨잖습니까. 오늘 만나자고요."

"아, 난 상이 아주 필요해. 그걸로 뭘 할까? 문진? 주변에 문진 쓴다는 사람 없나? 자네 문진 써?"

"링컨, 장애를 가진 젊은이들에게 본보기가 되었다는 뜻에서 받는 상입니다."

"내가 젊었을 때 본보기가 된 사람은 아무도 없었어. 그래도 난 잘 컸다고."

본보기 얘기는 전적으로 사실이라고 할 수 없지만, 라임은 귀찮은 일, 특히 손님을 맞아야 하는 귀찮은 일이 닥치면 옹졸해지곤 했다.

"30분이면 됩니다."

"그런 데 쓸 30분은 없어."

"늦었어요. 벌써 뉴욕에 왔답니다."

때로 조수를 이긴다는 것은 불가능했다.

"나중에 봐서."

"코페스키가 이 집에 와서 임금을 알현하려는 신하처럼 마냥 대기할 수는 없잖습니까."

라임은 이 비유가 마음에 들었다.

그때 라임의 전화가 울렸다. 순간, 상이니, 본보기니 하는 생각은 모조리 사라졌다. 발신 번호는 론 셀리토 형사였다.

라임은 오른손의 움직이는 손가락을 이용해 전화를 받았다.

"론."

"링컨, 들어봐. 사건이 터졌어."

다급한 목소리였다. 스피커를 통해 흘러나오는 주위 음향으로 판단하건대 어딘가로 급히 차를 몰고 가는 중인 것 같았다.

"테러 상황일 가능성이 있어."

"상황? 구체적인 설명은 아니군."

"이건 어때? 누군가가 전력 회사에 장난을 쳐서 메트로 버스 한 대에 화씨 5000도(섭씨 2760도)의 불꽃을 튀기고 링컨센터 남쪽 여섯 블록의 전력망을 마비시켰어. 이 정도면 구체적인가?"

04 아크 플래시

수사진이 다운타운에서 도착했다.

국토안보부 대표는 늘 그렇듯 젊은 나이의 고위직 간부로 아마 코네티컷이나 롱아일랜드 사교계에서 자랐을 사람이었지만, 라임에게는 이것이 꼭 결점이라기보다 단순한 인구통계학적 추론일 뿐이었다. 날카롭게 반짝이는 눈매를 보니 자신이 법집행 기관 내부 서열에서 어디쯤 위치하는지 잘 모른다는 것을 훤히 알 수 있었다. 이 점은 국토안보부에 소속된 거의 대부분의 구성원이 공유하는 특징이었다. 그의 이름은 게리 노블이었다.

FBI에서는 라임 및 셀리토와 자주 협력하는 특수 요원 프레드 델레이가 나왔다. FBI 설립자 J. 에드거 후버가 아프리카계 요원 델레이를 본다면, 뉴잉글랜드 혈통이 아니라는 점에도 낙심하겠지만 워싱턴 DC의 FBI 본부를 지칭하는 '9번가 스타일'이 전혀 없다는 점에 더 놀랄 것이다. 델레이는 언더커버 수사상 필요할 때만 흰색 셔츠와 타이 차림을 했다. 게다가 그 복장을 작업용 옷장에 있는 다른 옷들과 똑같이 취급했다. 오늘 그는 전형적인 델레이표 복장이었다. 진녹색 플레이드 슈트, 제멋대로인 월 스트리트 CEO 스타일의 핑크 셔츠, 라임이라면 당장 내다버릴 오렌지색 타이였다.

그 옆에는 워싱턴에서 사회생활을 시작해 중동과 동남아시아에서 임무를 수행하다 이번에 FBI 뉴욕 부지국장으로 부임해 델레이의 상관이 된 터커 맥대니얼도 있었다. 탄탄한 몸매, 숱 많은 검은 머리, 거무스름한 안색의 사람이었지만, "안녕" 하고 인사를 건네는 상대를 마치 거짓말이라도 한다는 듯 뚫어지게 쳐다보는 영리하고 파란 눈동자를 지니고 있었다.

법집행 기관 요원에게는 유용한 표정이고, 라임 자신도 필요에 따라 그런 눈빛을 짓곤 했다.

뉴욕시경 책임자는 회색 정장에 드물게도 연청색 셔츠 차림의 뚱뚱한 론 셀리토였다. 언뜻 얼룩진 것처럼 보이지만 디자인 자체가 원래 얼룩 모양인 넥타이 하나만이 셀리토의 몸을 감싼 옷가지 중에서 유일하게 구겨지지 않은 물건이었다. 같이 사는 여자 친구 레이철이나 아들에게서 받은 생일 선물일 것이다. 강력반 형사 밑에는 색스와 금발 머리의 젊은 경찰 론 풀라스키가 있었다. 풀라스키는 공식적으로는 셀리토 소속이지만, 비공식적으로는 주로 라임과 색스를 도와 사건 현장의 감식 일을 맡았다. 그는 진청색 공식 뉴욕시경 정복 차림에 V자 목선 안으로 티셔츠가 보였다.

연방에서 온 맥대니얼과 노블은 라임에 대해 들어 알고 있었지만, 이렇게 만나는 것은 처음이었다. 두 사람 다 휠체어를 타고 연구실 안을 민첩하게 돌아다니는 사지마비 환자 법과학 자문위원의 모습을 보고 놀라움과 동정, 불편한 감정을 다양한 수준으로 드러냈다. 예의 차리는 손님들이 늘 그렇듯 신기함과 불편함은 곧 사라졌지만, 이어 그들은 실험실의 기괴한 분위기에 시선을 빼앗겼다. 거실 벽면은 고풍스러운 목재로 장식했지만, 방 안은 웬만한 지방 소도시 경찰 감식반도 부러워할 만한 과학 장비로 가득 차 있었다.

소개가 끝난 뒤, 가장 책임 범위가 높다고 할 수 있는 국토안보부의 노블이 말문을 열었다.

"라임 씨…."

"링컨."

라임은 정정했다. 그는 타인이 자기 앞에서 양보하는 태도에 짜증을 냈고, 자신을 성으로 부르는 것은 머리를 두드리면서 '불쌍한 것, 평생 휠체어에 매여 살아야 하다니. 특별히 정중하게 대해야겠다'라는 뜻을 미묘하게 담은 표현으로 받아들였다.

색스는 라임의 속마음을 알아차리고 우아하게 눈썹을 치켜 올렸다. 라임은 미소를 억눌렀다.

"알겠습니다. 링컨."

노블은 헛기침을 했다.

"시나리오는 이렇습니다. 전력망에 대해 좀 아십니까?"

"별로."

라임은 대꾸했다. 대학에서 과학을 공부하긴 했지만, 전기에 대해서는 전자기장이 중력과 약한 핵력, 강한 핵력과 함께 자연계의 기본적인 네 가지 힘 중 하나라는 것 외에는 별관심이 없었다. 하지만 그것은 학구적인 관심이었다. 실용적인 차원에서 전기에 대한 라임의 가장 주된 관심사는 이 연구실의 장비를 돌리기에 충분한 전력을 타운하우스에 공급받는 것이었다. 전력 소모량이 워낙 크기 때문에 더 많은 전기를 사용하기 위해 두 번이나 설비를 새로 구축해야 했다.

지금 자신이 살아 있고 정상인처럼 활동하는 것도 전적으로 전기 때문이라는 걸 잘 알고 있었다. 그 사건이 발생했을 때 폐에 산소를 공급해주었던 호흡기, 지금 타고 있는 휠체어의 배터리, 터치 패드와 음성인식 환경통제장치에 흐르는 전류. 물론 컴퓨터도 마찬가지다.

전기가 없다면 사람답게 살고 있지 못할 것이다. 아니, 살아 있지도 못할 것이다.

노블은 말을 이었다.

"기본적인 시나리오를 말하자면, 범인은 전력 회사 변전소 중 한 곳에 들어가서 건물 바깥에 전선을 설치했습니다."

"범인은 한 사람입니까?"

"아직 모릅니다."

"바깥에 전선이라. 계속하시죠."

"그런 다음 전력망을 통제하는 컴퓨터에 침투했습니다. 변전소가 감당할 수 있는 이상의 전압이 흘러가도록 설정한 겁니다."

FBI의 맥대니얼이 말을 받았다.

"그래서 전기가 튀었습니다. 기본적으로, 땅으로 흐르게 한 겁니다. 이걸 아크 플래시(arc flash)라고 합니다. 폭발이죠. 번개 같은 겁니다."

화씨 5000도의 불꽃….

"플라즈마를 형성할 수 있을 정도로 강력합니다. 플라즈마란 물질의 상태를 말하는데…."

"…기체도, 액체도, 고체도 아닌 상태죠."

라임은 귀찮다는 듯 말했다.

"맞습니다. 소규모의 아크 플래시도 TNT 1파운드(450그램)에 버금가는 폭발력을 갖는데, 이건 소규모가 아니었습니다."

"버스가 목표였습니까?"

"그런 것 같습니다."

셀리토가 말했다.

"하지만 타이어는 고무 아닌가. 번개가 칠 때 차 안이 가장 안전한 장소라고 알고 있는데. 어디서 봤어. 무슨 텔레비전 프로그램에서."

"맞습니다. 하지만 범인은 그것도 모두 감안했습니다. 저상 버스였습니다. 계단이 내려가 보도에 닿는다는 것을 계산했던가, 아니면 누군가가 땅에 한 발을 딛고 다른 한 발은 버스에 딛고 있는 상황을 가정했을 겁니다. 그 정도면 전기가 버스로 전달되기에 충분하죠."

노블은 다시 셔츠 소매에 달린 작은 동물 모양의 은제품을 비틀었다.

"하지만 타이밍이 어긋났습니다. 목적 자체가 달랐는지도 모르지요. 불꽃은 버스 옆에 있던 정류장 기둥에 맞았습니다. 승객 한 사람이 죽고, 근처에 있던 몇 사람은 고막이 터졌고, 몇 사람은 유리 파편에 맞았고, 화재가 발생했습니다. 플래시가 버스 자체에 맞았다면 사상자 규모가 훨씬 컸을 겁니다. 절반은 죽었겠지요. 최소한 3도 화상."

"론이 정전 이야기를 하더군요."

라임이 말했다. 맥대니얼이 다시 대화에 끼어들었다.

"범인은 컴퓨터로 시내에 있는 네 군데 변전소를 마비시켜 57번가 변전소에 모든 전기가 집중되도록 했습니다. 아크 플래시가 터지자마자 변전소는 정지했지만, 앨곤퀸사가 다른 변전소를 가동하고 있습니다. 현재 클린턴 지역 여섯 블록이 정전입니다. 뉴스에서 안 보셨습니까?"

"뉴스는 별로 안 봅니다."

색스가 맥대니얼에게 물었다.

"운전사나 다른 사람이 뭘 보지는 못했나요?"

"별다른 건 없습니다. 기술자들이 있었습니다. 앨곤퀸 CEO에게 변전소에 들어가 배선인지 뭔지를 고치라는 지시를 받았답니다. 폭발이 일어나기 전 안에 들어가지 않은 게 천만다행이지요."

"안에는 아무도 없었나?"

프레드 델레이가 물었다. 그는 대화에서 약간은 물러나 있었다. 아마 맥대니얼이 아랫사람에게 상황 설명을 충분히 할 시간조차 없었던 것 같다.

"없었어. 변전소 안에는 기계만 있고, 정기적인 관리나 수리 말고는 아무도 들어가지 않아."

"컴퓨터 해킹은 어떻게 한 거요?"

론 셀리토가 삐걱거리는 소리를 내며 안락의자에 앉았다. 게리 노블이 대답했다.

"아직 모릅니다. 우리는 시나리오를 검토하는 중입니다. 우리 쪽 해커들이 가상 테러 시나리오로 시스템에 침입하려고 시도해보았는데, 실패했습니다. 하지만 원래 그렇잖습니까. 항상 나쁜 놈들이 한발 앞서 있죠. 기술적으로."

론 풀라스키가 물었다.

"자기 소행이라고 나선 사람은 없나요?"

"아직은."

라임이 물었다.

"그런데 왜 굳이 테러라는 겁니까? 경보나 보안 시스템을 차단하기 위한 방법일 수도 있을 것 같은데. 살인이나 강도 신고는 없습니까?"

"아직은 없어."

셀리토가 대답했다. 맥대니얼이 말했다.

"우리가 테러라고 생각하는 몇 가지 이유가 있습니다. 우선, 미확인 패턴 및 관계 분석 프로그램에서 그렇게 나왔습니다. 그리고 사건 직후, 우리 요원들에게 메릴랜드 쪽 전파를 확인해보라고 지시했는데요."

맥대니얼은 지금부터 말하는 내용은 절대 밖으로 새나가서는 안 된다고 경고하듯 잠시 사이를 두었다. 라임은 그가 지하 정보망을 언급하려 한다는 것을 알 수 있었다. 요컨대 공식적으로는 수사권이 없지만 국내에서 발생할 수 있는 불법 행위의 동향을 파악하기 위해 법망의 구멍을 찾아 활동하는 정보기관을 말한다. 국가안보부는 마침 메릴랜드에 있었다.

SIGINT, 신호 정보 수집, 휴대전화, 위성전화, 이메일 감시 등은 전기를 이용해 공격을 감행하는 범인을 상대할 때 적절한 방법인 것 같았다.

"이 지역에서 새로 활동을 시작한 것으로 생각되는 테러 집단에 대한 언급이 있었습니다. 전에는 포착되지 않았던."

"집단 이름이 뭐요?"

셀리토가 물었다.

"정의로 끝나고 중간에 '위한'이라는 단어가 있는 이름입니다."

맥대니얼이 설명했다.

—를 위한 정의.

색스가 물었다.

"그것밖에 몰라요?"

"네. '알라를 위한 정의'일 수도 있고. '압제당하는 자들을 위한 정의'일 수도 있겠죠. 전혀 모릅니다."

라임이 물었다.

"한데 이름은 영어다? 아랍어나 소말리아어, 인도네시아어가 아니고?"

"맞습니다. 하지만 수신되는 모든 통신 내용에 대해서는 다언어 방언 감시 프로그램을 작동하고 있습니다."

노블이 얼른 덧붙였다.

"법적으로요. 법적으로 수신할 수 있는 내용 말입니다."

"하지만 그들이 주고받는 통신 대부분은 구름 지대에서 발생합니다."

맥대니얼이 말했다. 그는 굳이 이 단어의 뜻을 설명하지 않았다.

"음, 그건 뭡니까?"

론 풀라스키가 물었다. 마침 라임도 훨씬 불경스러운 말투로 물으려던 내용이었다.

"구름 지대? 컴퓨터 기술에 대한 최신 접근법에서 따온 말이네. 데이터나 프로그램을 자기 컴퓨터가 아닌 다른 곳에 있는 서버에 저장하는 방식이지. 내가 이 주제로 분석 보고서를 쓴 적도 있는데, 난 이 표현을 새로운 통신 프로토콜을 뜻하는 것으로 사용하고 있네. 부정적인 사용자들 사이에서는 일반적인 휴대전화나 이메일 사용량이 극히 적지. 용의자들은 블로그나 트위터, 페이스북 같은 새로운 기술을 적극 활용해 메시지를 전달해. 음악이나 비디오 업로드 및 다운로드에 코드를 삽입하기도 하지. 개인적으로 나는 그들이 완전히 새로운 시스템을 갖고 있을 거라고 생각해. 유형이 전혀 다른 개량된 전화기라든지, 주파수가 전혀 다른 무전기라든지."

구름 지대. 부정적인 사용자….

"왜 이 '정의'인지 뭔지 하는 단체가 이번 공격을 저질렀다고 생각하시죠?"

색스가 물었다.

"꼭 그렇게 생각하지는 않습니다."

노블이 말했다. 맥대니얼이 자세히 설명했다.

"그냥, 지난 며칠 동안 자금의 흐름과 요원 이동에 대한 전파 정보 몇 건이 걸렸고, '큰 건이 될 거야'라는 문장이 있었습니다. 그래서 오늘 사건이 벌어졌을 때, 혹시 이것일지도 모른다는 생각이 들었지요."

"지구의 날도 며칠 안 남았고요."

노블이 말했다.

라임은 '지구의 날'이 정확히 뭔지도 몰랐고, 찬반에 대한 의견도 없었다. 단지 다른 명절이나 행사를 생각할 때처럼 살짝 짜증 섞인 감정이 들 뿐이었다. 교통을 막고, 평소라면 수사에 활용할 수 있는 뉴욕시경 인력을 고갈시키는 군중과 시위대.

노블이 말했다.

"단순한 우연의 일치가 아닐 수도 있습니다. 지구의 날 전에 전력망을 공격한다? 대통령도 관심을 갖고 있습니다."

"대통령이?"

셀리토가 물었다.

"네. 현재 워싱턴 외곽에서 재생 에너지 관련 정상 회담에 참석하고 계시죠."

셀리토가 중얼거렸다.

"이런 식으로 자기주장을 펼친다. 환경 테러라."

뉴욕 시내에서는 흔히 볼 수 없는 일이다. 여기서는 벌목이나 광산이 그렇게 큰 사업이 아니다.

"'환경을 위한 정의'일 수도 있겠네요."

색스가 말하자 맥대니얼이 받았다.

"앞뒤가 맞지 않는 점도 하나 있어요. '―를 위한 정의'와 '라만'이라는 이름이 관련 있다는 SIGINT 정보가 있습니다. 성은 아닙니다. 우리가 가진 이슬람 테러 위험인물 리스트에 라만이라는 이름이 8명 있습니다. 그중 한 사람일 수도 있다고 생각하는데, 누군지는 모르지요."

노블은 곰 같기도 하고 바다소 같기도 한 셔츠 소매 단추를 갖고 이제 멋진 펜으로 손장난을 하고 있었다.

"국토안보부에서는 라만이 오래전, 어쩌면 9·11을 전후해서 미국에 잠입한 잠복 조직의 일원일 수도 있다고 생각합니다. 이슬람 생활 방식을 완전히 벗어던진 사람. 중도적인 모스크에만 출입하고, 아랍인도 피하고."

맥대니얼이 덧붙였다.

"콴티코에서 T&C 한 팀을 불렀습니다."

"T&C?"

라임은 약이 올라 물었다.

"통신기술 팀입니다. 감시 장치를 설치하려고요. 필요하면 바로 도청을 할 수 있도록 영장 담당도 불렀습니다. 법무부 법률가 두 사람이지요. 요원 200명도 추가할 겁니다."

라임과 셀리토의 눈이 마주쳤다. 진행 중인 다른 수사와 겹치지 않는 단독 사건치고는 놀랄 정도로 대규모 인력이었다. 수사 조직을 꾸리는 속도도 전광석화였다. 사건이 발생한 지 두 시간도 채 되지 않았다.

FBI가 그들의 반응을 눈치챈 모양이었다.

"우리는 새로운 테러 방식이 등장했다고 확신하고 있습니다. 그래서 그에 대처하기 위해 완전히 새로운 접근법을 마련했습니다. 중동과 아프가니스탄의 무인정찰기 아시죠? 조종사는 콜로라도스프링스나 오마하 같은 곳의 상가 옆 건물에 있는 것 말입니다."

구름 지대….

"이제 통신기술 팀도 합류했으니 곧 더 많은 전파를 확보할 수 있겠지요. 하지만 전통적인 수사 역시 필요합니다."

맥대니얼이 연구실을 둘러보았다. 법과학 말이군. 라임은 생각했다. 맥대니얼이 델레이를 돌아보며 말했다.

"거리 수사도 마찬가지고요. 프레드는 별로 운이 없었다고 합니다만."

언더커버 수사보다 뛰어난 델레이의 재능은 비밀 정보원 관리 기술이었다. 9·11 이후에는 이슬람 커뮤니티의 환심을 사서 대규모 정보원을 조직했고, 아랍어와 인도네시아어 그리고 페르시아어를 독학으로 익혔다. 명성 높은 뉴욕시경 대테러 팀과 자주 함께 일하기도 했다. 하지만 그런 그도 소득이 없었던 모양이다. 그는 무겁게 입을 열었다.

"'— 를 위한 정의'나 라만이라는 이름은 들은 적이 없어. 브루클린, 저지, 퀸스, 맨해튼 애들을 모조리 훑었는데."

"아직 얼마 안 됐잖아."

셀리토가 말했다. 맥대니얼이 천천히 덧붙였다.

"맞습니다. 이 정도 범행을 사전 계획 없이 저지르지는 않았겠지요. 어떨까요? 한 달?"

노블이 말했다.

"제 생각도 같습니다. 최소한."

"빌어먹을 구름 지대."

라임도 맥대니얼의 말투에서 델레이에 대한 책망을 읽을 수 있었다. 정보원을 부리는 이유는 사건이 발생하기 '전에' 알아내기 위해서다.

"계속해봐, 프레드. 잘하고 있어."

"그러지, 터커."

노블은 펜 장난을 그만두고 시계를 보았다.

"국토안보부는 워싱턴과 국무부, 필요하다면 대사관을 조율하지요. 하지만 수사는 다른 사건과 마찬가지로 경찰과 FBI가 진행할 겁니다. 링컨, 감식 분야에서 당신의 전문성은 누구나 잘 알고 있으니, 미량증거물 분석에서 뭔가 단서를 찾아주셨으면 합니다. 지금 감식 팀을 꾸리는 중인데, 20분 뒤 변전소 현장에 도착할 겁니다. 늦어도 30분 뒤에."

"알겠습니다. 우리가 돕죠. 하지만 우린 현장 전체를 관찰합니다. 입구부터 출구까지. 2차 현장도 모조리. 미량증거물뿐만 아니고 전체 증거물을 모두 다 봅니다."

라임이 돌아보자 셀리토는 단호하게 고개를 끄덕였다. 자기가 지원하겠다는 뜻이었다.

잠시 어색한 침묵이 이어졌다. 모두 이 침묵의 의미를 알고 있었다. 누가 궁극적으로 수사 책임을 질 것인가. 요즘은 경찰 업무의 성격상 감식을 지휘하는 사람이 기본적으로 수사를 지휘하게 되어 있다. 지난 10년간의 현장 감식 기술 발전으로 인한 자연스러운 귀결이었다. 직접 현장을 수색하고 발견한 것을 분석하기 때문에 법과학 수사관은 범행의 성격과 용의자를 추정하는 데 최상의 통찰력을 가지며 가장 먼저 단서를 찾아낼 수 있다.

전략적 결정은 연방 쪽의 노블과 맥대니얼, 뉴욕시경의 셀리토 삼두정치 체제가 내릴 것이다. 그러나 그들이 현장 감식의 핵심 인물로 라임을 받아들였다면, 실질적으로 라임이 수사 책임자란 얘기다. 충분히 가능한 상황이었다. 라임은 이 자리의 어떤 사람보다 오랫동안 뉴욕에서 범죄를 해결해온 사람이고, 이 시점에서는 다른 용의자나 중요한 단서도 없기 때문에 법과학 전문가가 앞장서야 한다.

무엇보다도 라임은 이 사건을 간절히 맡고 싶었다. 지루함….

그래, 솔직히 자존심도 배제할 수는 없다.

그래서 라임은 자신이 할 수 있는 최고의 주장을 펼쳤다. 침묵을 지킨 것이다. 그는 국토안보부 요원 게리 노블의 얼굴에 시선을 집중하고 있을 뿐이었다.

맥대니얼은 불편한 듯 약간 몸을 움직였다. 이렇게 되면 자기 밑의 감식 팀이 좌천되는 셈이다. 노블이 그에게 슬쩍 시선을 보내며 물었다.

"어떻게 생각합니까, 터커?"

"난 라임 씨를 잘 알죠. …링컨이 한 일도 잘 압니다. 링컨이 현장 감식을 지휘하는 데는 이의가 없습니다. 우리와 100퍼센트 조율한다면."

"물론입니다."

"우리 쪽 사람도 현장에 나갈 겁니다. 결과도 최대한 빨리 받겠습니다."

그러곤 라임의 몸이 아닌 눈을 쳐다보았다.

"신속한 대응이 가장 중요합니다."

그게 당신이 처한 상태로 할 수 있는 일인가? 이런 뜻일 거라고 라임은 생각했다. 셀리토가 몸을 꿈지럭거렸지만, 이건 장애인에 대한 비하가 아니다. 업무상 당연한 의문이었다. 라임 자신이라도 물었을 질문이다.

라임은 대답했다.

"알겠습니다."

"좋습니다. 우리 쪽 증거물 대응 팀에게 당신이 지시하는 대로 도우라고 하죠."

노블이 말했다.

"이제 언론 말인데, 이 시점에서는 테러 가능성을 최소화해서 전달하려고 합니다. 사고처럼 들리게 할 겁니다. 한데 그 이상일 수도 있다는 뉴스가 샜어요. 사람들이 겁을 먹었습니다."

맥대니얼이 고개를 끄덕였다.

"맞습니다. 내 사무실에 인터넷 트래픽을 감시하는 모니터가 있는데, '감전 살인', '아크 플래시', '정전'에 대한 검색 횟수가 엄청나게 증가했습니다. 아크 플래시에 대한 유튜브 조회 수는 천장을 뚫을 지경이고요. 나도 온라인으로 검색해봤지만, 무시무시한 장면이더군요. 두 남자가 전기 작업을 하는데, 한순간 화면 전체가 번쩍하더니 한 남자의 몸 절반이 불길에 휩싸였습니다."

노블이 말했다.

"사람들은 아크 플래시가 변전소 외의 다른 곳에서도 일어나면 어쩌나 불안해합니다. 집이나 사무실 같은 데서."

색스가 물었다.

"그럴 수 있나요?"

맥대니얼은 아크 플래시에 대해 속속들이 알지는 못하는 것 같았다.

"있겠죠. 하지만 전류가 얼마나 강해야 하는지는 모르겠군요."

그의 시선이 가까이 있는 220볼트 콘센트로 향했다.

"자, 일을 시작하지."

라임은 색스를 흘끗 보며 말했다.

색스는 문으로 향했다.

"론, 따라와."

풀라스키가 뒤따랐다. 잠시 후 문이 닫히고, 이어 색스의 대형 엔진에 시동 걸리는 소리가 났다.

맥대니얼이 덧붙였다.

"한 가지 생각해야 할 점이 있는데, 범인이 전력망을 테러 목표물로 삼을 수 있는지 실험했을 가능성도 컴퓨터에 입력해보았습니

다. 어설픈 솜씨였고, 한 사람만 죽었지요. 이 시나리오를 알고리
즘에 입력해보았더니, 범인이 다음에는 다른 시도를 할 가능성도
있다는 결론이 나왔습니다. 어쩌면 일회성일 가능성도 있지만요."

"일회성?"

"일회성. 단 한 번 발생한다는 뜻입니다. 위협 분석 소프트웨어
가 비반복성 요인을 55퍼센트로 계산했습니다. 최악은 아니지요."

라임이 대꾸했다.

"하지만 그걸 뒤집으면 뉴욕 어딘가의 다른 누군가가 전기로 살
해당할 가능성이 45퍼센트라는 뜻 아닙니까? …지금 이 순간 그런
일이 벌어지고 있을 수도 있습니다."

05 처참한 죽음

앨곤퀸 전력 회사 변전소 MH−10은 링컨센터 남쪽의 조용한 동네에 있는 중세 성채 축소판 같은 건물이었다. 울퉁불퉁하게 자른 석회암으로 지었고, 수십 년 동안 뉴욕 시의 매연과 공해에 찌들어 이리저리 패이고 지저분했다. 주춧돌은 닳았지만, 1928이라는 숫자는 쉽게 읽을 수 있었다.

아멜리아 색스는 오후 2시가 채 안 되어 황갈색 포드 토리노 코브라를 변전소 앞 길가의 망가진 버스 뒤에 세웠다. 머슬카와 자동차에서 뭉게뭉게 피어오르는 배기가스가 구경꾼과 경찰, 소방대원의 호기심과 감탄 어린 시선을 집중시켰다. 운전석에서 나온 색스는 대시보드에 뉴욕시경 명판을 부착한 뒤, 엉덩이에 손을 얹고 현장을 훑어보았다. 론 풀라스키도 조수석에서 내려 둔중하게 쿵 소리를 내며 문을 닫았다.

부자연스러운 배경이 가장 먼저 눈에 들어왔다. 최소한 20층에 달하는 현대적인 빌딩들이 무슨 이유에서인지 탑 모양으로 설계한 변전소를 둘러싸고 있었다. 돌로 된 벽에는 건물에 상주하는 비둘기의 똥이 흰 줄 모양으로 묻어 있었다. 여기저기 앉아 있는 비둘기도 보였다. 창문 유리는 누렇게 바랬고, 검은색 칠을 한 철창이 쳐져 있었다.

육중한 철문은 열려 있고, 안은 깜깜했다.

뉴욕시경 감식반의 긴급 대응 차량이 사이렌을 울리며 현장에 나타났다. 차가 멈추고, 퀸스 본사 기술자 세 사람이 내렸다. 여러 차례 같이 일했던 사람들이다. 색스는 그레첸 샐로프 형사의 지휘를 받는 라틴계 남자와 아시아계 여자에게 고개를 끄덕여 보였다. 형사에게도 고개를 끄덕였다. 형사는 손을 흔들더니 변전소를 음울한 눈으로 한 번 올려다보고 새로 도착한 경찰들이 장비를 내리고 있는 커다란 밴 뒤쪽으로 걸어갔다.

이어서 색스는 노란색 접근 금지 테이프를 친 보도와 도로로 시선을 돌렸다. 테이프 바깥에는 50명쯤 되는 사람들이 구경을 하고 있었다. 공격을 받은 버스는 삐딱하게 기운 채 변전소 앞에 서 있었다. 오른쪽 타이어는 바람이 빠졌고, 버스 앞쪽에는 페인트가 눌어붙었다. 창문의 절반은 회색이고 불투명했다.

통통한 흑인 여자 구급대원이 다가오며 고개를 끄덕였다. 색스가 말했다.

"안녕하세요."

여자는 조심스럽게 고개를 끄덕여 인사했다. 구급대원은 온갖 끔찍한 시체를 많이 보는 사람들이지만, 여자는 아직도 충격을 가라앉히지 못한 기색이었다.

"형사님, 한 번 보시는 게 좋을 것 같은데요."

색스는 여자를 따라 구급차로 향했다. 구급차 안의 들것 위에 안치소로 운반될 시체가 놓였고, 위에는 번들거리는 진녹색 방수포가 덮여 있었다.

"마지막에 탄 손님 같아요. 살릴 수 있을 줄 알았는데… 이렇게 됐어요."

"감전사?"

"직접 보세요."

구급대원이 속삭이더니 방수포를 들어 올렸다.

불에 탄 살과 머리카락 냄새에 순간 몸이 굳었다. 색스는 사무용 정장 차림의 라틴계 남자를, 아니, 그 남자에게서 남아 있는 부분을 응시했다. 등 부분과 몸의 오른쪽 대부분은 화상 때문에 살점과 옷가지가 곤죽처럼 뒤엉켜 있었다. 2~3도 화상 같았다. 그러나 동요한 것은 그 때문이 아니었다. 사고든, 범죄든 경찰 일을 하다 보면 심한 화상을 종종 목격한다. 가장 끔찍한 모습은 구급대원들이 정장의 천을 잘라 노출시킨 피부였다. 매끈하게 구멍 난 상처가 수십 군데 그의 몸을 뒤덮고 있었다. 마치 거대한 산탄총에 맞은 것 같았다.

"대부분 들어왔다 빠져나갔어요."

구급대원이 말했다.

관통했단 말인가?

"원인이 뭐지?"

"모르겠어요. 한 번도 이런 건 본 적이 없어요."

그때 색스는 한 가지 다른 점을 깨달았다. 모든 상처가 눈에 확실히 보였다.

"피가 없군."

"뭔지는 몰라도 그게 상처 부위를 지져서 지혈 작용을 했어요. 그 때문에…."

구급대원의 목소리가 나직해졌다.

"그 때문에 오랫동안 의식을 유지할 수 있었어요."

그 고통은 상상할 수조차 없었다. 색스는 혼잣말처럼 물었다.

"어떻게?"

묻는 순간, 색스는 해답을 얻었다.

"아멜리아."

론 풀라스키가 불렀다. 색스는 그를 돌아보았다.

"정류장 간판 기둥인데요, 보시죠. 세상에….”

"맙소사!"

색스는 중얼거리며 접근 금지 테이프 가까운 쪽으로 걸어갔다. 지면에서 1.8미터 정도 높이에 쇠기둥을 깨끗이 뚫은 지름 12센티미터의 구멍이 나 있었다. 쇠는 마치 블로토치로 지진 플라스틱처럼 녹아 있었다. 색스는 버스 창문과 근처에 서 있는 배달 트럭을 돌아보았다. 아까는 차 유리창이 화재 때문에 그을렸다고 생각했지만, 아니었다. 승객을 죽인 것과 같은 작은 쇳조각들이 차에 박힌 것이었다. 얇은 금속의 버스 표면 역시 구멍이 나 있었다.

"봐."

색스는 보도와 변전소 정면을 가리키며 속삭였다. 돌에도 미세하게 수많은 구멍이 패어 있었다.

풀라스키가 물었다.

"폭탄일까요? 처음 출동한 경찰이 놓쳤을 수도 있습니다."

색스는 비닐봉투를 열고 청색 라텍스 장갑을 꺼냈다. 장갑을 끼면서 허리를 굽히고 쇠기둥 바닥 옆에서 눈물 모양의 작고 둥근 쇳조각을 주웠다. 뜨거워서 장갑이 물렁물렁해질 정도였다.

그게 무엇인지 깨닫고, 색스는 몸을 떨었다.

"뭐죠?"

풀라스키가 물었다.

"아크 플래시가 쇠를 녹였어."

주위를 둘러보니 땅에도 100개 이상의 쇳조각이 흩어져 있었다. 버스 옆면과 건물, 근처 자동차에도 박혀 있었다.

젊은 승객의 목숨을 빼앗은 것은 이 쇳조각이었다. 녹은 쇳조각들이 초속 300미터의 속도로 날아와 빗물처럼 쏟아진 것이다.

풀라스키는 천천히 숨을 내쉬었다.

"이런 것이… 몸을 꿰뚫어서 죽다니."

그 아픔, 이런 테러 공격이 얼마나 처참한 결과를 낳을 것인가를 생각하니 다시금 몸이 떨렸다. 도로 이쪽은 비교적 사람이 적었다. 변전소가 맨해튼 중심가에 좀 더 가까이 있었다면, 보행자 10~15명 정도는 쉽게 죽어나갔을 것이다.

색스는 고개를 들고 범인이 사용한 무기를 응시했다. 57번가 쪽으로 난 창문 중 하나에 지름 1.25센티미터 두께의 전선이 매달려 있었다. 검은색 절연재로 덮여 있지만 끝은 벗겨졌고, 노출된 케이블은 녹아 붙은 놋쇠판에 볼트로 죄어 있었다. 산업용으로 흔히 사용하는 것 같았고, 겉보기에는 이렇게 끔찍한 폭발을 일으킬 수 있을 것 같지 않았다.

색스와 풀라스키는 FBI 지휘 본부 밴 옆에 20명쯤 모여 있는 국토안보부 요원, FBI, 뉴욕시경 요원들에게 다가갔다. 전투복을 입은 사람도 있고, 현장 감식 작업복 차림도 있었다. 나머지는 정장이나 제복을 입었다. 그들은 업무를 분담하고 있었다. 목격자 탐문과 테러리스트들이 흔히 쓰는 기법인 2차 폭발물 및 부비트랩 검사는 마친 상태였다.

길고 마른 얼굴에 엄숙한 표정을 한 50대 남자가 팔짱을 낀 채 변전소를 바라보며 서 있었다. 목에 두른 체인에는 앨곤퀸 전력 회사 배지를 달았다. 그는 회사 측을 대표해서 나온 고위 관계자로, 인근 지구의 전력망을 총괄하는 현장 감독자였다. 색스가 앨곤퀸에서 이번 사건에 대해 알아낸 것이 있는지 물어보자 그는 아는 대로 말해주었다. 색스는 그 내용을 수첩에 적었다.

"보안 카메라는요?"

마른 남자가 대답했다.

"유감이지만 없습니다. 그럴 이유가 없거든요. 문은 여러 겹으로 잠겨 있습니다. 안에는 정말 훔칠 물건도 없고. 어쨌든 전류 자체가 경비견이라고 보시면 됩니다. 전압이 엄청나니까요."

"범인은 어떻게 들어갔을까요?"

"우리가 왔을 때는 문이 잠겨 있었습니다. 자물쇠는 비밀번호 입력식입니다."

"비밀번호를 아는 사람은 누구죠?"

"직원들은 다 압니다. 하지만 범인은 문으로 들어가지 않았습니다. 자물쇠에는 문이 열릴 때마다 기록을 하는 칩이 있는데, 이틀 동안 열린 기록이 없습니다. 그리고 저건⋯."

그러곤 창가에 매달린 전선을 가리켰다.

"⋯그때는 저게 없었습니다. 범인은 다른 쪽으로 들어간 게 분명합니다."

색스는 풀라스키 쪽으로 돌아섰다.

"여기 일이 끝나면 변전소 뒤쪽과 창문, 지붕도 수색해."

그리고 다시 앨곤퀸 직원에게 물었다.

"지하 통로는요?"

"내가 아는 한 없습니다. 변전소와 연결된 전선은 사람이 비집고 들어갈 수 없는 통로를 통해 이어집니다. 하지만 내가 모르는 터널이 있을 수도 있겠죠."

"어쨌든 그것도 확인해, 론."

그런 뒤 색스는 유리 조각이 박힌 상처와 타박상 치료를 받은 버스 운전사와 이야기를 나누었다. 시력과 청력이 일시적으로 손상되었지만, 그는 최대한 경찰을 돕겠다며 굳이 현장에 남아 있었다. 하지만 별다른 도움은 되지 않았다. 퉁퉁한 남자는 창문으로 나와 있는 전선이 이상했다고 증언했다. 전에는 본 적이 없었다는 것이다. 연기 냄새, 안에서 들린 펑 하고 터지는 소리. 그런 다음 무시무시한 스파크가 났다고 했다.

운전사는 속삭이듯 말했다.

"순식간이었어요. 그렇게 빠른 건 평생 본 적이 없습니다."

창문에 몸을 부딪히고 정신을 잃었다가 10분 후 깨어났다고 했다. 그러곤 입을 다물더니 배신감과 비탄 어린 표정으로 망가진 버스를 바라보았다.

색스는 출동한 요원과 경찰들에게 자신과 풀라스키가 현장을 수색하겠다고 알렸다. FBI의 터커 맥대니얼이 결정한 내용이 제대로 전달되었는지 궁금했다. 법집행 기관 고위 관료들은 앞에서는 미소를 지으며 고개를 끄덕여도 돌아서면 방금 나눈 대화를 의도적으로 잊어버리는 경우가 없지 않다. 하지만 연방 요원들은 정식으로 지시를 받은 모양이었다. 뉴욕시경이 이렇게 핵심적인 역할을 맡는다는 걸 짜증스러워하는 사람도 있었지만, 어떤 사람들 특히 FBI 증거물 대응 팀은 별로 신경 쓰지 않는 것 같았다. 오히려 색스에게 감탄과 호기심 섞인 시선을 보내고 있었다. 적어도 그녀는 전설적인 링컨 라임이 이끄는 수사 팀의 일원이었다.

색스는 풀라스키 쪽으로 돌아서며 말했다.

"시작하지."

색스는 빨강 머리를 올려 묶으며, 작업복을 입기 위해 긴급 대응 차량 쪽으로 걸어갔다.

풀라스키는 잠시 망설였다. 보도와 건물 앞면에 박힌 채 식어가고 있는 수백 개의 쇳조각을 바라보더니, 다시 창문에 늘어진 빳빳한 전선으로 시선을 옮겼다.

"정말 저게 정전을 일으켰단 말이죠?"

색스는 말없이 따라오라고 손짓했다.

06 전기가오리

칙칙한 진청색 앨곤퀸 전력 회사 작업복과 로고 없는 야구 모자, 보안경 차림의 남자가 맨해튼 첼시 지구의 헬스클럽 뒤쪽에서 배전반을 바삐 만지고 있었다.

장비를 설치하고 꺼내고 전선을 연결하고 자르는 동안, 그는 오늘 오전의 공격에 대해 생각했다. 뉴스가 온통 시끄러웠다.

오늘 오전 맨해튼의 한 전력 회사 변전소에서 발생한 과부하로 인해 버스 정류장 기둥에 거대한 스파크가 옮겨 붙었다. 스파크는 버스를 아슬아슬하게 비켜가면서 남자한 명이 사망하고 수명이 부상당하는 사건이 발생했다.
버스에 탑승했던 목격자는 이렇게 증언했다. "무슨 번개 같았다. 보도 전체를 가득 채웠다. 눈이 안 보이고 소리도 들리지 않았다. 뭐라고 묘사해야 할지 모르겠다. 커다랗게 으르렁거리는 소리가 나더니 폭발했다. 전기가 통하는 물건 옆에 가까이 가는 것도 무섭다. 정말 너무 겁난다. 그 장면을 본 사람이라면 누구나 마찬가지일 것이다."

당신만 그런 게 아니야. 남자는 생각했다. 5000년 이상 사람들은 전기를 의식해왔으며, 그것에 대해 경외심과 두려움을 느꼈다. 전기(electricity)라는 단어는 고대인들이 정전기를 일으키는 데 사용한 굳은 나무진을 가리키는 '호박(amber)'을 뜻하는 그리스어에서 유래했다. 이집트, 그리스 및 로마 등지의 강과 바다에 서식하는 물고기나 뱀장어가 일으킨 전기로 감각이 마비된 사례는 기독교 이전 시대의 과학 저술에도 길게 묘사되어 있다.

일을 하면서 다섯 사람이 클럽 수영장에서 천천히 수영하는 모습을 관찰하다 보니, 그의 상념은 수중 생물로 흘러갔다. 여자 셋, 남자 둘. 모두 은퇴했을 나이다.

그를 매혹시킨 어류 중 하나는 전기가오리(torpedo ray)였다. 잠수함에서 발사하는 어뢰도 이 물고기의 이름을 딴 것이다. 어원은 '뻣뻣하게 하다', 혹은 '마비시키다'라는 뜻을 지닌 라틴어 torpore다. 전기가오리는 체내에 수십만 개의 젤라틴판으로 만든 두 개의 배터리를 갖고 있다고 할 수 있다. 이 배터리가 생성한 전기는 전선처럼 복잡한 신경망을 통해 체내에서 운반된다. 전류는 방어용으로 사용하지만, 사냥을 위해 공격용으로 사용하기도 한다. 가만히 누워 기다리다 다음 먹을거리가 다가오면 전기를 쏴서 마비시키거나 그 자리에서 죽이는 것이다. 큰 개체가 생성하는 전류는 200볼트에 달하며 전기 드릴보다 더 강하다.

상당히 매혹적이다….

남자는 배전반 정비를 끝내고 완성품을 내려다보았다. 전 세계의 배선공이나 전기 기술자들이 모두 그렇듯 그 역시 깔끔하게 마무리한 결과물에 일종의 자부심을 느꼈다. 그는 전기를 다루는 것은 단순한 직업 이상이라는 감정을 갖고 있었다. 이것은 과학이자 예술이었다. 그는 문을 닫고 클럽 반대쪽, 남자 탈의실 근처로 걸어갔다. 그리고 남의 눈에 띄지 않는 곳에서 기다렸다.

전기가오리처럼.

이 인근—웨스트사이드 끝—은 주거 지역이었다. 직장인들은 이른 오후에 여기서 조깅이나 수영·스쿼시 게임을 즐기지 않지만, 하루의 긴장을 땀으로 흘려보내려는 동네 사람 수백 명이 클럽을 가득 채우고 있었다.

하지만 사람이 많을 필요는 없다. 지금은. 그건 나중에 할 일이다.

사람들은 남자를 그냥 직원이라 생각하고 신경 쓰지 않았다. 그래서 그는 화재 경보 패널로 주의를 돌리고 뚜껑을 연 다음 별다른 관심 없이 배선을 살펴보기 시작했다. 다시 전기가오리에 대해 생각했다. 바닷물은 민물보다 전기전도성이 높아 먹이를 잡을 때 강한 전류가 필요하지 않다. 그 때문에 염수에 사는 어류는 병렬 회로로 연결되어 전압이 낮은 전류를 생성한다. 반면 강이나 호수에 사는 물고기는 담수의 낮은 전도성을 극복하기 위해 직렬로 연결되어 있어 전압도 더 높다.

이 사실은 매혹적이기도 하지만, 지금 이 순간 중요하기도 했다. 이 실험은 물의 전도성에 대한 것이기 때문이다. 계산을 제대로 했는지 궁금했다.

겨우 10분 정도 기다렸을까. 발소리가 들리더니 수영장에 있던 60대 대머리 남자 한 명이 슬리퍼를 신고 나타났다. 대머리 남자는 샤워실로 들어갔다. 작업복을 입은 남자는 샤워실을 살짝 훔쳐보았다. 60대 남자는 자신이 관찰당하고 있다는 것도 모른 채 수도꼭지를 틀고 쏟아지는 샤워기 밑으로 들어갔다.

3분, 5분. 비누칠, 씻기….

남의 눈에 띌지도 모른다는 생각에 점점 초조해졌다. 커다란 자동차용 열쇠처럼 생긴 리모컨을 손에 쥔 채 기다리고 있으려니 차츰 어깨 근육이 뻣뻣해졌다.

토포레. 남자는 소리 없이 웃었다. 그리고 긴장을 풀었다.

마침내 클럽 회원이 샤워를 마치고 물기를 닦았다. 그러곤 가운을 걸치고 다시 슬리퍼를 신었다. 이어 탈의실 문 쪽으로 걸어가 손잡이를 잡았다.

작업복 차림의 남자는 리모컨의 버튼 두 개를 동시에 눌렀다.

노인은 헉 소리를 내며 얼어붙었다.

다음 순간, 한 걸음 물러나서 손잡이를 바라보았다. 자기 손가락을 쳐다보더니 한 번 더 손잡이를 살짝 건드렸다.

어리석은 짓이지. 전기보다 빠를 수는 없으니까.

하지만 이번에는 충격이 없었다. 남자는 날카로운 금속 같은 것에 찔렸는지, 아니면 손가락에 관절염이라도 생긴 것인지 곰곰이 생각하는 듯했다.

사실 이번에 흘린 전기는 겨우 몇 밀리암페어 정도였다. 여기는 사람을 죽이러 온 게 아니었다. 두 가지를 확인하기 위한 실험에 불과했다. 첫째, 자신이 만든 원격 개폐기가 이 정도 거리에서 콘크리트와 쇠를 뚫고 작동할까? 작동은 성공이었다. 좋다. 둘째, 물이 전도성에 정확히 어느 정도의 영향을 미치는가? 이는 안전 전문가들이 늘 이야기하고 글로 쓰는 주제지만, 실용적인 차원에서 정량적으로 해답을 내놓은 사람은 없었다. 즉, 축축한 가죽 신발을 신은 사람에게 심실세동(심장의 박동에서 심실의 각 부분이 무질서하게 불규칙적으로 수축하는 상태 – 옮긴이)을 일으켜 죽음에 이르게 하는 데 필요한 최소한의 전류는 어느 정도인가 하는 차원의 문제다.

해답은 극히 소량이었다.

좋아. 흥분되는군.

작업복 남자는 계단을 내려가 뒷문으로 나갔다.

그는 물고기와 전기에 대해 다시 생각했다. 이번에는 전류의 생성이 아니라 전류의 감지에 대해서였다. 특히 상어. 상어는 문자 그대로 육감, 제6의 감각을 갖고 있다. 눈에 보이지도 않는 몇 킬로미터 떨어진 먹이의 체내에서 일어나는 생물 전기 활동을 감지하는 놀라운 능력이다.

시계를 보니 변전소에서는 수사가 한창 진행 중일 시간이었다. 그 사건 현장을 조사하고 있는, 상어의 육감을 지니지 못한 인간에게는 불운한 일이었다. 불쌍한 뉴욕 시에 있는 다른 수많은 사람들 역시 곧 마찬가지가 될 것이다.

07 현장 감식

색스와 풀라스키는 후드 달린 연청색 타이벡 점프 슈트와 마스크, 부츠, 보안경을 착용했다. 라임이 늘 지시한 대로 실내에 남아 있는 발자국과 자기 발자국을 쉽게 구별하기 위해 발에 고무 밴드도 둘렀다. 라디오/비디오 송신기와 무기를 매단 벨트를 허리에 차고 노란 테이프를 넘어가는 순간, 관절염을 앓는 무릎에 날카로운 통증이 느껴졌다. 습한 날이나 힘든 현장 수색, 도보 추적을 끝내고 나면 무릎이나 엉덩이가 욱신거렸다. 그럴 때마다 무감각한 링컨 라임이 차라리 부럽다는 생각이 들곤 했다. 물론 한 번도 입 밖으로 내본 적도 없고, 이런 미친 생각을 2~3초 이상 해본 적도 없지만, 분명 그런 기분이 들 때가 있었다. 그러면 어떤 상황에서도 유리할 텐데.

색스는 위험 반경 안에 혼자 들어간 다음 보도에 잠시 멈춰 섰다. 라임은 수사자원국 ─ 뉴욕시경에서 현장 감식을 담당하는 조직이다 ─을 지휘할 때 부하들에게 현장이 아주 넓지 않은 한 가급적 혼자 수색하라고 지시했다. 다른 현장 관찰자들과 함께 있으면 내가 뭔가를 빠뜨려도 찾아줄 사람이 있다는 생각에 심리적으로 덜 꼼꼼해지기 때문이다. 또 다른 문제는 범인이 증거를 뒤에 남기듯 아무리 방호복을 입고 있어도 현장 관찰자 역시 뭔가를 남기게 되어 있기 때문이다. 이런 오염은 수사를 망칠 수 있다. 관찰자가 많으면 많을수록 위험도 커진다.

색스는 아직도 연기가 흘러나오는, 검게 입을 벌린 채 열려 있는 문간을 쳐다보다 문득 엉덩이에 찬 총을 떠올렸다. 금속이다.

전류는 끊겼어….

뭐, 그냥 가자. 색스는 스스로에게 말했다. 사건 이후 현장 수색을 빨리 하면 할수록 증거의 질도 높아진다. 유용한 DNA로 가득 찬 땀방울은 증발해버리면 찾아낼 수 없다. 소중한 섬유와 털은 사라져버리고, 사건과 관계없는 것들이 현장에 날아와 수사를 혼란시키고 엇나가게 한다.

색스는 마이크로폰을 귀에 꽂고 무선 마이크를 조정했다. 옆에 찬 송신기를 클릭하자 라임의 목소리가 헤드셋을 통해 들려왔다.

"…있나, 색스? 거기… 좋아. 접속했군. 기다리던 중이었어. 그건 뭐지?"

라임은 헤드밴드에 찬 소형 고해상도 비디오카메라를 통해 색스가 보는 것과 똑같은 것을 보고 있었다. 색스는 자신이 기둥을 태우며 들어간 구멍을 바라보고 있다는 것을 깨달았다. 그녀는 상황을 설명했다. 스파크, 열에 녹은 빗방울 모양의 쇳조각.

라임은 잠시 조용했다. 이윽고 목소리가 들려왔다.

"상당한 무기군. 음, 시작하지. 관찰해."

현장을 관찰하는 방법에는 여러 가지가 있다. 흔히 쓰는 방식 중 하나는 한쪽 구석에서 시작해 점점 작은 원을 그리며 중앙까지 걷는 것이다.

하지만 링컨 라임은 격자 형태를 선호했다. 자신의 학생들에게 잔디를 깎듯이 움직이되 두 번 되풀이한다고 생각하면 된다고 가르치기도 했다. 현장 한쪽에서 반대쪽까지 직선으로 걸은 다음, 돌아서서 30센티미터 정도 왼쪽이나 오른쪽으로 움직인 뒤 방금 왔던 방향으로 돌아가는 것이다. 한쪽 방향을 마치면, 처음 걸었던 방향에서 90도 돌아서 다시 앞뒤로 관찰하기 시작한다.

라임이 이런 반복을 고집하는 이유는 최초 현장 관찰의 결정적 중요성 때문이다. 처음에 관찰을 대충 하면, 더 이상 찾을 것이 없다고 무의식적으로 생각하게 된다. 이후의 수색은 대체로 쓸모가 없다.

묘한 상황이군. 전력망(grid)을 격자 형태(grid)로 관찰해야 하다니. 라임에게 말해야겠다. 하지만 나중에. 지금은 집중해야 한다.

현장 감식 작업은 보물찾기다. 목적은 단순하다. 범인이 남긴 것을, 그게 무엇이든 찾아내는 것. 어떤 경우든 뭔가가 뒤에 남게 되어 있다. 프랑스 범죄학자 에드몽 로카르는 거의 100년 전에 범죄가 발생하면 범인과 현장, 혹은 피해자 사이에 항상 증거물 교환이 이루어진다고 말했다. 눈에 보이지 않을 수는 있어도, 방법을 알고 성실하고 끈질기게 찾으면 분명 뭔가가 있게 마련이라는 것이다.

아멜리아 색스는 변전소 외곽부터, 매달려 있는 전선, 즉 무기부터 수색을 시작했다.

"그는…."

라임이 정정했다.

"그들은. '정의'가 이 사건의 배후라면, 회원 수가 상당히 많다고 봐야 하니까."

"좋은 지적이에요, 라임."

현장 감식을 하는 사람들이 가장 빠지기 쉬운 함정이었다. 열린 마음을 갖지 못하는 것. 시체나 피, 뜨거운 총이 발견되면 피해자가 총에 맞았다는 결론을 내린다. 하지만 그것이 옳다는 생각이 머릿속에 박혀 있으면 실제 범행에 사용된 칼을 놓치게 된다.

색스는 말을 이었다.

"음, 범인은 실내 쪽에서 무기를 설치했어요. 하지만 거리나 각도를 확인하려면 바깥 보도로 나가봐야 했을 거예요."

"버스를 목표로 하려면?"

"맞아요."

"좋아, 계속해. 다음, 보도."

그녀는 땅을 바라보았다.

"담배꽁초, 맥주병 뚜껑. 하지만 문이나 전선이 달린 창문 근처에는 아무것도 없어요."

"그건 신경 쓰지 마. 범행 준비를 하면서 담배를 피우거나 맥주를 마시지는 않았을 테니까. 이 모든 걸 준비한 방식을 생각해볼 때 말이야. 하지만 범인이 서 있던 지점에 뭔가 미량증거물이 있을지도 몰라. 건물 쪽으로 가까이 가봐."

"창틀이 있어요. 보여요?"

색스는 보도에서 1미터 정도 높이의 낮은 돌난간을 내려다보았다. 위쪽에는 비둘기나 사람들이 올라가지 못하도록 못을 박았지만, 마음만 먹으면 딛고 올라서서 창문 안으로 손을 집어넣을 수 있었다.

"창틀에 발자국이 있어요. 하지만 정전기로 족적을 뜰 정도는 아니에요."

"어디 봐."

색스는 허리를 굽히고 상체를 그 위로 내밀었다. 라임도 그녀와 똑같은 것을 보고 있었다. 건물 가까이에 신발 앞코로 보이는 발자국이 있었다.

"족적은 뜰 수 없나?"

"아뇨. 그 정도로 선명하지 않아요. 하지만 이걸로 봐서는 남자 같아요. 폭이 넓고 발가락이 각진 형태. 하지만 알아볼 수 있는 건 그 정도뿐이에요. 밑창 모양이나 발뒤꿈치는 없어요. 범인이 다수였다 해도, 이 장치를 밖에서 설치한 사람은 한 명이겠네요."

색스는 보도를 계속 관찰했다. 하지만 사건과 관련 있어 보이는 증거물은 발견할 수 없었다.

"미량증거물을 따, 색스. 그런 다음 변전소 안으로."

색스의 지시에 따라 퀸스에서 나온 감식원 둘이 문 바로 안쪽에 강력한 할로겐 등을 설치한 다음 보도와 전선 옆 창틀에서 미량증거물을 수집하기 시작했다.

"그리고 잊지 말 것은⋯."

라임이 입을 열었다.

"대조구 채취."

"아, 나보다 한발 빠르군, 색스."

그렇지도 않다고 색스는 생각했다. 오랫동안 그를 스승으로 삼아 현장 감식 방법을 습득하지 않았다면, 그녀는 지금 이 일과 아무런 관련이 없을 것이다. 그녀는 범행 현장 반경 바로 밖으로 나가서 첫 번째 실험구와 대조할 샘플을 채취하기 시작했다. 현장과 약간 떨어진 곳에서 채취한 대조구와 범인이 서 있던 것으로 추정되는 지점의 실험구 사이에 다른 점이 있다면, 그것이 바로 범인이나 그가 사는 주거지의 특성일 수 있다.

물론 아닐 수도 있지만 말이다. 현장 감식 일이란 게 원래 그렇다. 확신할 수 있는 것은 아무것도 없지만, 할 수 있는 일, 해야 할 일은 다 해야 한다.

색스는 봉투에 넣은 증거물을 감식원에게 넘겼다. 그리고 아까 이야기를 나눴던 앨곤퀸 관계자를 손짓으로 불렀다.

근엄한 표정의 현장 책임자가 얼른 다가왔다.

"네, 형사님?"

"이제 내부를 수색할 겁니다. 정확히 뭘 살펴봐야 할지, 범인이 케이블을 어떻게 설치했는지 알려주시겠어요? 그가 어디 서 있었는지, 무엇을 만졌는지 알아내야 해요."

"여기서 정기 점검을 하는 사람을 찾아보겠습니다."

책임자는 작업자들을 돌아보았다. 그러더니 진파랑색 앨곤퀸 전력 회사 작업복 차림의 다른 남자를 불렀다. 머리에는 노란 헬멧을 쓰고 있었다. 기술자가 담배꽁초를 던지고 이쪽으로 다가왔다. 현장 책임자는 두 사람을 서로 소개하고 기술자에게 색스의 요구 사항을 알려주었다.

"네, 알겠습니다."

남자의 시선이 변전소에서 옮겨와 풍성한 파란색 타이벡 점프 슈트에 거의 가려진 색스의 가슴 쪽을 훑었다. 색스는 툭 튀어나온 그의 배를 보란 듯이 쳐다봐줄까 하다가 마음을 접었다. 개는 주인이 내키지 않는 곳에도 오줌을 싸는 법이다. 모든 버릇을 다 고쳐줄 수는 없다.

"범인이 어디서 케이블을 전력에 연결했는지 봐야겠어요."

"예, 뭐든지 알려드리죠. 제 생각에는 아마 차단기 근처에 연결했을 겁니다. 1층이지요. 들어가시면 오른쪽에 있습니다."

라임이 끼어들었다.

"범인이 장치를 연결할 때 전기가 통하는 상태였는지도 물어봐. 그러면 범인의 기술이 어느 정도인지 알 수 있을 거야."

"아, 네. 전기가 통할 때 연결했어요."

기술자가 말했다. 색스는 충격을 받았다.

"어떻게 그렇게 하죠?"

"개인 보호 장비를 입습니다. 완전히 절연 상태인지 아주 확실하게 확인했을 겁니다."

라임이 덧붙였다.

"한 가지 질문이 더 있어. 그렇게 여자 가슴만 쳐다보는데, 일은 언제 하는지 물어봐."

색스는 웃음을 억눌렀다.

하지만 녹아내린 쇠를 밟으며 터벅터벅 변전소 입구로 향하는 동안, 유머는 모두 사라졌다. 색스는 잠시 멈춰 현장 책임자를 돌아보았다.

"마지막으로 확인합니다. 지금 전력이 차단된 것 맞죠?"

그러곤 변전소 쪽을 돌아보았다.

"선이 끊긴 거죠?"

"아, 네."

색스는 돌아섰다.

그때 책임자가 덧붙였다.

"배터리만 빼고요."

"배터리?"

색스는 우뚝 멈춰서 돌아보았다.

"차단기를 작동하는 배터리요. 이건 전력망에 속하지 않습니다. 케이블에 연결되어 있지 않을 겁니다."

"좋아요. 그 배터리 말인데요, 위험할 수 있나요?"

버스 승객의 몸을 점점이 뒤덮고 있던 상흔의 영상이 자꾸 뇌리에 떠올랐다.

"아, 그럼요."

한심한 질문이었던 모양이다. 그가 덧붙였다.

"하지만 단자가 절연재 캡으로 덮여 있습니다."

색스는 돌아서서 변전소 쪽으로 걷기 시작했다.

"들어가요, 라임."

강력한 조명 때문에 실내는 어두울 때보다 더 불길해 보였다.

지옥문 같군.

"멀미가 날 것 같아, 색스. 뭐하는 거야?"

라임의 말을 듣고 생각해보니, 색스는 망설이며 주위를 두리번거리다 입을 벌린 듯 열려 있는 문간을 뚫어지게 쳐다보고 있었다. 라임은 보지 못했지만, 엄지손가락의 생살도 강박적으로 문지르고 있었다. 가끔 이런 식으로 자기도 모르는 사이 상처가 나서 핏자국이 생기는 것을 보고 흠칫 놀랄 때가 있다. 상처도 문제지만, 지금 라텍스 장갑에 구멍을 내고 내 피로 현장을 더럽혀서는 안 된다. 색스는 손가락을 곧게 펴고 말했다.

"그냥 주변을 확인하는 거예요."

그러나 대충 넘어가기에는 서로를 너무 오래 알고 지냈다.

"무슨 문제야?"

색스는 심호흡을 했다. 그리고 마침내 대답했다.

"약간 겁이 났다고 해야 하나. 그 아크 플래시 말이에요, 피해자가 죽은 걸 보니, 상당히 고약하더군요."

"기다리고 싶어? 그럼 앨곤퀸 전문가를 부르던가. 같이 들어가도 돼."

라임의 목소리, 억양, 빠르기에서 그러고 싶지 않다는 것을 읽을 수 있었다. 이것이 그녀가 사랑하는 그의 특징 중 하나였다. 아끼지 않음으로써 존중한다는 것을 보여주는 것. 집이나 저녁 식사 자리, 침대에서는 다르다. 하지만 여기서 그들은 범죄학자와 현장 감식 경찰이었다.

색스는 아버지에게 물려받은 금언을 떠올렸다. 움직이고 있을 때는 잡히지 않아.

움직이자.

"아뇨, 괜찮아요."

색스는 지옥으로 들어섰다.

08 부비트랩

"잘 보여요?"

"그래."

라임은 대답했다.

색스는 헤드밴드에 고정한 할로겐 전등을 켜놓고 있었다. 작지만 강력한 조명이 어둑어둑한 공간에 찌르는 듯한 불빛을 쏘았다. 할로겐 등을 켜놓아도 잘 보이지 않는 구석은 많았다. 보도에서 변전소를 봤을 때는 높은 건물 사이에 끼여 작고 좁아 보였지만, 안에 들어오니 동굴 같았다.

실내에 남아 있는 연기 때문에 눈이 따갑고 코가 매웠다. 라임은 현장 관찰을 할 때 항상 공기 냄새부터 맡아보라고 했다. 냄새는 범인과 범행의 성격에 대해 많은 것을 알려줄 수 있다. 하지만 여기서 나는 냄새는 독한 악취뿐이었다. 불에 탄 고무 냄새, 금속 냄새, 기름 냄새가 자동차를 연상케 했다. 일요일 오후마다 아버지와 함께 등이 쑤시도록 셰비나 다지 머슬카 후드 안으로 허리를 굽힌 채 기계의 신경 및 순환계를 살려내느라 시간을 보내곤 했던 기억이 되살아났다. 좀 더 최근의 기억도 있었다. 작은 개 잭슨이 작업대 위에서 끈기 있게 기다리는 동안, 대리 조카로 삼은 10대 소녀 패미와 같이 토리노 코브라를 튜닝하던 기억이었다.

어둑어둑한 공간에서 광부용 전등 불빛에 적응하기 위해 고개를 이리저리 돌려보니, 안에 거대한 장비들이 늘어서 있었다. 비교적 새 것으로 보이는 베이지색과 회색 장비도 있었지만, 진녹색 장비는 10년 이상 되어 보였다. 장비에는 제조사와 주소가 적힌 금속판이 달려 있었다. 어떤 것은 우편번호 없이 주소만 있는 것을 보니 아주 오래된 것 같았다.

변전소 1층은 원형이었다. 6미터 아래쯤에 천장 없는 지하실이 파이프 난간 아래로 곧장 내려다보였다. 위쪽은 콘크리트였지만, 바닥과 계단이 쇠로 된 구역도 있었다.

금속.

전기에 대해 색스가 아는 것은 금속은 전기가 잘 통한다는 점이었다.

창문에서 들어온 케이블이 3미터가량 이어지다 기술자가 말한 장비와 연결되어 있는 것이 눈에 띄었다. 용의자가 전선을 연결하려면 어디쯤 서 있었을지 알 수 있었다. 색스는 그 지점에서 현장을 관찰하기 시작했다.

라임이 물었다.

"바닥에 있는 그건 뭐지? 반짝이는 거."

"기름 같아요."

목소리가 낮아졌다.

"장비 일부가 화재 때문에 터진 것 같아요. 이 안에서 따로 아크플래시가 발생했던지."

불에 탄 10여 개의 동그란 자국이 보였다. 스파크가 벽과 주변 장비를 때린 것 같았다.

"좋아."

"네?"

"발자국이 뚜렷하게 잘 보일 거야."

사실이었다. 하지만 바닥의 기름때를 내려다보면서 드는 생각은 이것뿐이었다. 기름도 금속이나 물처럼 전기가 잘 통하나?

빌어먹을 배터리는 어디 있지?

색스는 범인이 창문에 구멍을 내서 전선을 밖으로 끌어낸 지점과 전선을 앨곤퀸 전력선에 연결한 지점 근처에서 좋은 발자국을 찾을 수 있었다.

"사고 후 들어온 기술자들이 남긴 발자국일 수도 있어요."

"그건 나중에 알아볼 일이고."

색스나 풀라스키가 나중에 기술자들의 신발과 대조해서 일치하지 않는 사람은 용의선상에서 제외하면 된다. 수수께끼의 그 무슨 정의를 위한 단체가 진짜 범인이라면, 테러를 위해 회사 내부자를 포섭하지 말라는 법도 없다.

하지만 색스는 숫자판을 놓고 발자국 사진을 찍으며 말했다.

"범인의 발자국인 것 같아요, 라임. 전부 다 같아요. 발가락 부분이 바깥 창틀에 남아 있던 것과 같고요."

"좋아."

색스는 정전기로 족적을 찍고 문간에 종이를 놓아둔 뒤, 케이블 자체를 살펴보기 시작했다. 생각보다 가늘었다. 직경이 겨우 1.25센티미터 정도였다. 겉에는 검은색 절연체가 감겨 있고, 안은 여러 겹으로 꼬인 은색 선이었다. 놀랍게도 구리선이 아니었다. 전체 길이는 4.5미터. 케이블과 앨곤퀸 전력선을 연결하는 볼트는 놋쇠, 혹은 구리 같았고 2센티미터의 구멍이 나 있었다.

"그게 범행 무기야?"

라임이 물었다.

"네."

"무겁나?"

색스는 고무로 된 절연재를 쥐고 전선을 들어보았다.

"아뇨. 알루미늄이에요."

폭탄과 마찬가지로, 이렇게 작고 가벼운 것이 그 큰 사고를 초래했다니 마음이 불편했다. 색스는 장비를 훑어보고 어떤 공구로 해체해야 할지 생각했다. 그리고 자동차 트렁크에서 공구 상자를 꺼내기 위해 밖으로 나왔다.

"어떻게 돼갑니까?"

풀라스키가 물었다.

"그럭저럭. 범인이 어떻게 들어갔는지 알아냈나?"

"지붕을 확인했는데, 입구가 없습니다. 앨곤퀸 사람들이 뭐라고 하든 지하에 통로가 있는 게 분명합니다. 인근 맨홀과 지하실을 확인할 생각입니다. 확실한 통로는 없지만, 그게 오히려 좋은 소식 같아요. 범인은 상당히 우쭐한 기분일 겁니다. 운이 좋다면 뭔가 좋은 걸 찾을 수 있을지도 모릅니다."

라임은 한 가지 범죄에는 항상 관련된 현장이 여러 곳 있다고 자기 휘하 경찰들에게 귀에 못이 박히게 말하곤 했다. 실제 범죄가 발생한 장소는 단 하나일지 모른다. 하지만 범인이 현장에 들어가고 나간 통로가 항상 있게 마련이다. 출구와 입구가 서로 다르다면 두 군데, 범인이 여러 명이라면 더 될 수도 있다. 범행을 계획하는 장소도 있다. 접선 장소도 있다. 범행 후 만나서 흐뭇하게 장물을 나눈 모텔도 있을 수 있다. 그리고 범인 중 열에 아홉은 이런 2차 혹은 3차 현장에서 장갑을 끼거나 미량증거물 치우는 것을 잊어버린다. 때로 이름과 주소까지 굴러다니는 수도 있다.

라임은 색스의 마이크를 통해 풀라스키의 말을 들었다.

"좋은 판단이야, 신참. '운이 좋다면'이라는 말만 빼."

"알겠습니다."

"그 잘난 척하는 웃음도 집어치워. 나도 봤어."

풀라스키의 얼굴이 무표정하게 변했다. 라임이 눈과 귀, 다리 대신 아멜리아 색스를 이용하고 있다는 것을 잊은 것이다. 그는 범인이 이용한 출입구를 계속 수색하기 위해 돌아갔다.

색스는 공구를 들고 안으로 돌아가서 오염된 미량증거물을 없애기 위해 접착테이프로 닦았다. 그리고 범인이 케이블을 회로 차단기에 볼트로 연결한 장소로 향했다. 우선 전선의 금속 부분을 향해 손을 뻗었다. 장갑을 낀 손이 전선에 닿기 전 자기도 모르게 멈칫했다. 그녀는 헬멧에 부착된 조명 불빛을 통해 빛나는 금속을 응시했다.

"색스?"

색스는 라임의 목소리에 흠칫 놀랐다.

그녀는 대답하지 않았다. 정류장 쇠기둥에 난 구멍과 녹은 쇳조각, 젊은 피해자의 몸에 난 구멍들이 머릿속을 스쳤다.

전기는 끊겼어….

하지만 금속에 손을 대는 순간 몇 킬로미터 떨어진 편안한 조종실에서 누군가가 전기를 다시 연결하면 어떡하지? 경찰이 수색하는 것을 모르고 스위치를 눌러버리면?

도대체 그 배터리는 어디 있는 거야?

"우린 증거물이 필요해."

라임이 말했다.

"맞아요."

색스는 너트와 볼트에 남은 자신의 공구 흔적을 범인이 남긴 공구 흔적과 헷갈리지 않도록 하기 위해 렌치 끝에 나일론 커버를 씌웠다. 그리고 몸을 숙이고 잠시 망설인 다음 렌치를 첫 볼트에 끼웠다. 만에 하나 전기가 통하는 순간 아무것도 느끼지 못하고 저 세상으로 갈 것이다. 하지만 그녀는 언제라도 번쩍하고 뜨거운 열기가 느껴질 것을 각오하고 최대한 빨리 힘을 주어 볼트를 풀었다.

잠시 후, 두 번째 볼트가 풀리면서 케이블이 끌려 나왔다. 색스는 전선을 둘둘 말아 비닐에 쌌다. 볼트와 너트는 증거물 봉투에 넣었다. 그녀는 전선과 볼트, 너트를 풀라스키나 다른 감식원들이 가져가도록 변전소 문 밖에 놓아두고 다시 수색을 계속했다. 바닥을 보니 아까 범인의 발자국이라고 생각했던 것과 같아 보이는 족적이 더 있었다.

색스는 고개를 갸웃했다.

"어지러워, 색스."

"무슨 소리지?"

색스는 혼잣말처럼 라임에게 물었다.

"뭐가 들리나?"

"네. 안 들려요?"

"들리면 묻겠어?"

뭘 두드리는 소리 같았다. 색스는 변전소 한가운데로 다가가 난간 너머 캄캄한 지하실을 내려다보았다.

환청인가?

아니, 분명 소리가 들렸다.

"나도 들려."

라임이 말했다.

"아래층, 지하실에서 들려요."

간격이 일정했다. 사람이 내는 소리 같지는 않았다.

시한폭탄? 색스는 생각했다. 부비트랩도 생각났다. 범인은 영리하다. 현장 감식 경찰들이 변전소를 샅샅이 뒤질 거라는 것도 계산했을 것이다. 수사를 막고 싶을 것이다. 색스는 이런 생각을 라임에게 말했다.

"하지만 부비트랩을 설치했다면, 왜 전선 옆에 두지 않았을까?"

둘 다 동시에 똑같은 생각을 했지만, 라임이 먼저 입 밖에 냈다.

"지하실에 더 위험한 게 있기 때문이겠지. 전력이 끊겼다면 그 소리는 어디서 나는 거지?"

"1초 간격 같지는 않았어요, 라임. 타이머는 아닐지도 몰라요."

색스는 쇠에 손을 대지 않으려고 조심하며 난간 너머를 내려다보았다. 라임이 말했다.

"어두워. 난 잘 안 보여."

"찾아볼게요."

색스는 나선형 계단을 내려가기 시작했다.

금속 계단이었다.

3미터, 5미터, 6미터. 강력한 할로겐 전등 불빛이 아래층 벽을 이리저리 비추었지만, 위쪽만 보일 뿐이었다. 그 아래로는 모든 게 컴컴했고, 아직 연기가 자욱했다. 숨이 가빴다. 색스는 호흡을 유지하려고 애썼다. 2층 높이 밑에 있는 바닥으로 다가가자, 거의 아무것도 보이지 않았다. 헬멧에 매단 전등 불빛이 눈으로 반사되었다. 하지만 색스가 가진 조명은 이것뿐이었다. 색스는 전구를 매단 머리를 이리저리 돌려보았다. 수많은 상자와 기계류, 전선, 패널이 벽을 가득 덮고 있었다.

색스는 망설이며 무기에 손을 댔다. 그리고 마지막 계단을 내려섰다.

순간, 충격이 온몸을 꿰뚫었다. 자신도 모르게 헉 소리가 났다.

"색스! 뭐야?"

바닥이 60센티미터 정도 물에 잠겨 있다는 걸 놓친 것이다. 연기 때문에 볼 수가 없었다.

"물이에요, 라임. 미처 생각을 못했어요. 봐요."

색스는 머리 위 3미터 정도에서 새고 있는 파이프를 올려다보았다.

이게 그 소리의 정체였다. 딸깍하는 소리가 아니라 물방울 떨어지는 소리였다. 변전소에 물이라니 너무 어울리지 않고 위험해서 미처 이것이 그 소리의 정체라고는 생각조차 못했던 것이다.

"폭발 때문인가?"

"아니에요. 범인이 구멍을 뚫었어요, 라임. 보여요. 구멍이 두 군데 있어요. 물이 벽에서도 흘러내려요. 그래서 지하실에 물이 찬 거예요."

물도 금속만큼 전기 전도성이 좋지 않던가?

색스는 지금 전선과 스위치가 잔뜩 엉켜 있는 지하실 물웅덩이 한복판에 서 있었다. 기계 위에는 표지판이 붙어 있었다.

위험 : 138,000볼트

라임의 목소리에 색스는 흠칫 놀랐다.

"증거물을 없애려고 지하실에 물을 채웠군."

"맞아요."

"색스, 그건 뭐지? 잘 안 보이는데. 그 상자. 큰 거. 오른쪽을 봐. …그래, 그거. 뭐지?"

아, 마침내.

"배터리예요, 라임. 예비용 배터리."

"충전돼 있나?"

"기술자가 그렇다고 했어요. 하지만….."

색스는 물을 가르고 다가가서 내려다보았다. 배터리 계기판은 충전 상태로 되어 있었다. 사실 색스가 볼 때는 과충전 상태 같았다. 바늘이 100퍼센트를 넘었다. 문득 앨곤퀸 기술자가 한 말이 생각났다. 절연재 캡이 덮여 있으니 걱정 안 해도 된다.

한데 그렇지 않았다. 색스는 배터리 캡이 어떻게 생겼는지 알고 있었는데, 이 배터리에는 그게 없었다. 두꺼운 케이블과 연결된 금속 단자 두 개가 노출되어 있었다.

"수위가 올라가요. 곧 단자에 닿을 거예요."

"아크 플래시가 일어날 정도의 전기일까?"

"모르겠어요, 라임."

"그럴 거야. 범인은 아크 플래시를 이용해서 단서가 될 만한 뭔가를 없애려는 거야. 거기 있을 때 가져가지 못했거나 파괴하지 못한 뭔가를. 물을 차단할 수 없나?"

색스는 얼른 둘러보았다.

"수도꼭지는 안 보이는데…. 잠깐만."

색스는 지하실을 계속 살폈다.

"뭘 파괴하려는 건지 모르겠어요."

그때 보였다. 배터리 바로 뒤, 바닥에서 1.2미터 높이에 문이 있었다. 크지는 않았다. 가로 세로 45센티미터 정도였다.

"저거예요, 라임. 범인은 저기로 들어왔어요."

"하수도나 반대쪽 건물 설비용 터널이겠지. 그냥 둬. 풀라스키가 거리에서 찾아 들어갈 테니까. 그냥 나와."

"아뇨, 라임. 아주 작잖아요. 힘들게 빠져나왔을 거예요. 분명 좋은 미량증거물이 있을 거예요. 섬유, 머리카락, 어쩌면 DNA도 확보할 수 있어요. 안 그러면 왜 파괴하려고 했겠어요?"

라임은 망설였다. 증거물을 보존해야 한다는 말이 옳다는 것은 알고 있지만, 색스를 또 다른 아크 플래시 폭발에 휘말리게 할 수는 없었다.

색스는 통로로 다가갔다. 하지만 걸음을 내딛는 순간, 다리에서 시작된 물결이 거의 배터리를 덮칠 뻔했다.

색스는 얼어붙었다.

"색스!"

"쉬."

집중해야 한다. 색스는 물이 배터리 위쪽에 닿지 않도록 한 번에 몇 센티미터씩 다리를 움직였다. 하지만 1~2분만 지나면 물이 단자에 닿을 것 같았다.

색스는 일자 스크루드라이버로 문을 고정시킨 틀을 떼어내기 시작했다.

물은 이제 거의 배터리 위쪽에 도달해 있었다. 페인트가 말라붙은 나사를 푸느라 몸을 앞으로 내밀고 힘을 줄 때마다 작은 물결이 일면서 컴컴한 수면이 배터리 꼭대기까지 넘실거리다 물러갔다.

배터리의 전압은 분명 바깥에서 아크 플래시를 일으킨 10만 볼트 전선보다는 덜하겠지만, 범인에게는 분명 그 정도의 전압도 필요하지 않을 것이다. 출입구와 그 안에 들어 있는 증거물을 파괴할 정도의 폭발을 일으키는 것이 그의 목적이니까.

색스는 빌어먹을 문을 건져내고 싶었다.

"색스?"

라임이 속삭였다.

무시하자. 피해자의 부드러운 피부에 났던 구멍들도, 녹은 물방울 모양의 쇳조각들도 무시하자.

마침내 마지막 나사가 빠져나왔다. 문은 오래된 페인트 때문에 아직 그 자리에 있었다. 색스는 스크루드라이버 끝을 문 가장자리에 넣은 다음 손으로 공구 뒤쪽을 탁 때렸다. 철컹 소리가 나며 금속 문이 떨어져 나왔다. 문짝과 문틀이 생각보다 무거워서 떨어뜨릴 뻔했다. 하지만 색스는 배터리에 물결을 일으키지 않고 균형을 잡았다.

구멍 안에 범인이 변전소로 잠입했을 법한 좁은 터널이 보였다.

라임이 다급하게 속삭였다.

"터널 안으로 들어가. 몸을 보호해줄 거야. 어서!"

"노력하고 있어요."

하지만 문짝을 대각선으로 해봐도 도저히 터널 안에 밀어 넣을 수가 없었다. 색스는 상황을 설명했다.

"안 돼요. 계단으로 다시 올라가야겠어요."

"안 돼, 색스. 문짝은 그냥 둬. 터널을 통해 빠져나와."

"정말 좋은 증거란 말이에요."

색스는 문짝을 든 채 이따금 배터리를 돌아보며 계단 쪽을 향해 물을 가르기 시작했다. 속도는 답답할 정도로 느렸다. 그런데도 발을 옮길 때마다 물결이 일어 배터리 단자 밑에 넘실거렸다.

"무슨 일이지, 색스?"

"거의 다 왔어요."

색스는 속삭였다. 목소리를 크게 했다가는 물결이 더욱 심해질 것만 같았다.

계단에 절반쯤 도착했을 때 물이 작게 소용돌이를 일으키며 한쪽 단자가, 이어서 다음 단자가 잠기기 시작했다.

아크 플래시는 없었다.

아무 일도 일어나지 않았다.

색스의 어깨에서 힘이 빠졌다. 심장이 쿵쿵거렸다.

"괜찮아요, 라임. 걱정할 것 없…."

순간, 흰 불빛이 시야를 가득 채우더니 천둥 같은 소리가 공기를 갈랐다. 아멜리아 색스의 몸이 뒤로 날아가 캄캄한 물속에 잠겼다.

09 배터리 폭탄

"톰!"

조수는 급히 방 안으로 들어와 라임을 세심하게 살폈다.

"왜 그러세요? 괜찮으십니까?"

"내가 아니야."

보스는 눈을 커다랗게 뜬 채 꺼진 스크린을 턱으로 가리켰다.

"아멜리아. 현장에 있어. 배터리가… 아크 플래시가 발생했어. 오디오와 비디오가 나갔어. 풀라스키한테 연락해! 누구라도!"

톰 레스턴의 시선이 걱정스러운 듯 가늘어졌다. 하지만 그는 오랜 환자 간호 이력이 있는 사람이었다. 아무리 심각한 상황이라도 냉정하게 필요한 임무를 수행하면 된다. 그는 침착하게 일반 전화를 들고 옆의 숫자판을 흘끗 본 뒤 단축 번호를 눌렀다.

공황은 뱃속에서 시작되는 것도 아니고, 전선을 따라 흐르는 전류처럼 척추를 따라 찌릿하게 흘러 내려가는 것도 아니다. 공황은 사지마비 환자인 경우라도 온몸과 영혼 전체를 동시에 뒤흔든다. 라임은 자기 자신에게 격분했다. 배터리를 보자마자, 물이 차올라온다는 것을 발견하자마자 나가라고 지시했어야 했다. 그는 항상 수사에, 목표물에, 미세한 섬유 한 가닥에, 부분 지문 하나에, 범인에게 접근할 수 있는 단서에 너무 집중하다 상황을 잊어버리곤 했다. 자신의 지시에 사람의 생명이 달려 있는데도.

그 자신의 부상만 해도 그렇다. 그는 뉴욕시경 경감이자 수사자원국 국장으로 있을 때, 시체에서 섬유 한 가닥을 집어 들기 위해 허리를 굽히는 순간 머리 위에서 무너진 대들보에 맞아 영원히 인생이 바뀌고 말았다.

지금도 그때와 똑같은 태도가—자신이 아멜리아 색스에게도 전수한 태도였다—혹시 더 심한 결과를 초래했는지도 모른다. 색스는 죽었을지도 모른다.

톰이 전화가 연결되었다고 말했다.

라임은 조수를 쏘아보며 물었다.

"누구? 누구 말이야? 아멜리아는 괜찮나?"

톰이 한 손을 들었다.

"그건 무슨 뜻이야? 도대체 무슨 뜻이냐고?"

라임은 이마에 땀이 한 방울 돋는 것을 느꼈다. 숨이 가빠지는 것도 의식했다. 가슴이 아니라 턱과 목에서, 심장이 쿵쿵거린다는 것을 느낄 수 있었다.

"론입니다. 변전소에 있어요."

"어디 있는지는 나도 알아. 무슨 일이야?"

"어… 사고가 있었답니다. 그렇게 말하네요."

사고….

"아멜리아는 어디 있어?"

"확인 중입니다. 안에 사람이 들어갔답니다. 폭발음이 들려서요."

"폭발이 있었다는 건 나도 알아. 직접 봤다고!"

톰이 얼른 라임의 얼굴을 살폈다.

"기분… 괜찮으십니까?"

"그 질문 그만해. 현장은 어떻게 됐어?"

톰은 계속 라임의 얼굴만 살피고 있었다.

"얼굴이 붉어졌습니다."

라임은 젊은 조수가 전화에만 집중하도록 침착하게 대꾸했다.

"난 괜찮아. 진짜야."

그때 조수의 머리가 삐딱하게 기우는가 싶더니 몸이 굳었다. 어깨가 약간 위로 솟았다.

안 돼….

"그러죠."

톰이 전화에 대고 말했다. 라임은 쏘아붙였다.

"뭐가 그렇다는 거야?"

톰은 보스를 무시했다.

"저한테 알려주십시오."

그러곤 목과 어깨 사이에 수화기를 끼운 채 연구실 메인 컴퓨터 키보드를 두드리기 시작했다.

스크린이 다시 살아났다.

더 이상 침착한 척할 수가 없었다. 다시 성질을 부리려던 순간, 아멜리아 색스의 모습이 화면에 떴다. 온몸은 홀딱 젖었지만 겉보기에 부상은 입지 않은 것 같았다. 빨강 머리 가닥이 마치 수면으로 나오는 스쿠버다이버의 몸에 엉킨 해초처럼 얼굴에 달라붙어 있었다.

"미안해요, 라임. 물에 빠지면서 메인 카메라가 꺼졌어요."

색스는 심하게 기침을 하며 이마를 닦은 다음 역겹다는 듯 손가락을 살폈다. 동작 하나하나가 툭툭 끊겼다.

라임은 공황 상태에서 빠져나왔지만, 자신에 대한 분노는 아직 남아 있었다.

색스는 약간 으스스한 눈길로 뒤를 바라보고 있었다.

"앨곤퀸 기술자의 랩톱으로 연결했어요. 카메라가 붙어 있더군요. 내가 잘 보여요?"

"아, 그래. 자넨 괜찮나?"

"역겨운 물을 코로 들이마셨어요. 하지만 그것 말고는 괜찮아요."

"어떻게 됐지? 아크 플래시는?"

"아크 플래시가 아니었어요. 배터리에 그런 장치는 없었어요. 앨곤퀸 기술자 말로는, 전압이 충분하지 않대요. 범인이 설치한 건 폭탄이었어요. 배터리로 폭탄도 만들 수 있나봐요. 환기구를 막고 과전압을 발생시키면 수소가스가 발생하는데, 물이 단자에 닿으면 회로가 쇼트되면서 스파크가 수소를 폭발시킨대요. 그렇게 된 거예요."

"응급 치료는 받았나?"

"아뇨, 필요 없어요. 소리는 컸는데, 폭발은 그렇게 강하지 않았어요. 플라스틱 덮개 조각을 몇 개 맞긴 했는데, 멍도 안 들었어요. 충격 때문에 뒤로 넘어졌지만, 문짝은 물에 안 닿게 잘 들고 있었고요. 심하게 오염되지는 않았을 거예요."

"잘했어, 아멜…."

라임의 목소리가 문득 멈췄다. 무슨 이유에서인지 몇 년 전부터 그들 사이에는 암묵적인 미신이 있었다. 서로를 이름으로 부르지 않는 것이었다. 이름을 부를 뻔했다는 사실이 마음에 걸렸다.

"좋아. 그럼 범인은 그쪽으로 들어갔군."

"다른 통로는 없어요."

그때 라임은 벽 쪽으로 걸어가는 톰을 의식했다. 조수는 혈압계를 낚아채더니 라임의 팔에 감았다.

"그러지 마…."

"조용히 하세요."

톰은 퉁명스럽게 라임의 말을 막았다.

"얼굴이 상기되고 땀이 났습니다."

"방금 현장에서 빌어먹을 사고가 났으니까 그렇지, 톰."

"머리 아프십니까?"

아팠다. 하지만 라임은 이렇게 대답했다.

"아냐."

"거짓말하지 마세요."

"약간. 별것 아니야."

톰은 청진기를 라임의 팔에 갖다 댔다.

"미안해요, 아멜리아. 30초만 조용히 시켜야겠어요."

"그렇게 해요."

라임은 다시 항의하려고 했지만, 혈압을 빨리 잴수록 더 빨리 일을 시작할 수 있다는 생각에 단념했다.

라임은 아무 느낌 없이 혈압계가 부풀어 오르는 것을 지켜보았다. 톰은 공기가 빠져 나가는 동안 청진기에 귀를 기울였다. 그러고는 벨크로 똑딱이를 찍, 하고 뗐다.

"높아요. 더 높아지면 안 됩니다. 몇 가지 조치를 취하겠습니다."

라임이 '똥오줌 뉘는 일'이라고 퉁명스럽게 내뱉는 조치를 정중하게 돌려 말하는 표현이었다.

색스가 물었다.

"어떻게 됐어요, 톰? 괜찮아요?"

"괜찮아."

라임은 다시 목소리를 침착하게 하려고 애썼다. 색스가 사고를 당할 뻔했기 때문인지, 자신의 신체 상태 때문인지 몰라도 묘하게 나약한 느낌이 드는 것도 감추고 싶었다.

당혹스럽기도 했다.

톰이 말했다.

"혈압이 높습니다. 이제 전화를 끊어야겠어요."

"증거물을 갖고 돌아갈게요, 라임. 30분 뒤에 봐요."

톰이 전화를 끊으려고 앞으로 나서는 순간, 라임은 뭔가가 머리를 두드리는 것을 느꼈다. 물리적 감각이 아니라 인지적 감각이었다. 그는 본능적으로 소리쳤다.

"잠깐."

톰과 색스 둘 모두에게 한 말이었다.

"링컨."

조수가 답답한 듯 목소리를 높였다.

"제발, 톰. 2분만. 중요한 일이야."

라임의 정중한 요청을 못 믿는 것 같기는 했지만, 톰은 마지못해 고개를 끄덕였다.

"범인이 터널로 들어간 입구를 론이 찾고 있다고 했지?"

"네."

"그는 거기 있나?"

색스의 흐릿한 모습이 영상 속에서 주위를 둘러보았다.

"네."

"카메라 앞으로 불러."

풀라스키를 부르는 색스의 목소리가 들렸다. 잠시 후, 풀라스키가 모니터 바깥쪽으로 시선을 둔 채 카메라 앞에 앉았다.

"부르셨습니까?"

"범인이 변전소 뒤쪽에서 터널로 들어간 입구를 찾았나?"

"네."

"네? 개 짖는 소리 같군. 멍, 멍."

"죄송합니다. 찾았습니다."

"어디지?"

"도로변 골목 맨홀입니다. 앨곤퀸 전력의 증기 파이프 보수용입니다. 변전소로 직접 이어지지는 않는데, 60~90센티미터 정도 안쪽에 창살이 있었습니다. 누군가가 창살을 잘라냈더군요. 사람이 들어갈 수 있을 정도로 넓었습니다. 창살은 다시 세워놨지만 자른 흔적이 보였습니다."

"최근에 자른 것 같아?"

"맞습니다."

"잘라낸 부위에 녹이 안 슬었으니까 그렇겠지?"

"예, 맞습니다. 그 구멍이 이 터널로 이어집니다. 아주 오래된 통로더군요. 오래전 석탄 같은 것을 배급한 통로 같습니다. 통로는 아멜리아가 확보한 출입구로 이어집니다. 저는 터널 끝에 있었는데, 문을 떼내는 순간 불이 번쩍하는 게 보였습니다. 배터리가 폭발하는 소리와 비명 소리도 들었습니다. 그래서 터널을 통해 즉각 아멜리아 쪽으로 왔습니다."

"고마워, 풀라스키."

말투에서 퉁명스러운 기색이 사라졌다.

어색한 순간이었다. 라임은 칭찬하는 일이 거의 없기 때문에, 칭찬을 받은 사람은 어쩔 줄을 모르는 경우가 많았다.

"현장은 오염시키지 않도록 최대한 주의했습니다."

"사람의 목숨을 살려야 하는 상황이라면, 마음껏 오염시켜도 좋아. 명심해."

"알겠습니다."

라임은 말을 이었다.

"맨홀 현장과 창살을 잘라낸 지점도 수색했겠지? 터널도?"

"네, 그렇습니다."

"특별히 눈에 띄는 게 있던가?"

"발자국뿐입니다. 하지만 미량증거물을 수집했습니다."

"그건 나중에 알아보지."

톰이 단호하게 속삭였다.

"링컨?"

"1분만 더. 자, 이제 다른 일을 해줘야겠어, 신참. 변전소 건너편에 식당이나 커피숍이 있는데, 보이나?"

풀라스키는 오른쪽을 돌아보았다.

"보입니다. 한데 어떻게 아셨습니까?"

"아, 산책을 하다가 봤지."

라임은 킬킬 웃었다. 젊은이는 얼굴을 붉혔다.

"음…."

"식당이나 커피숍이 있을 게 분명하니까 아는 거야. 범행을 저지를 때 범인은 변전소를 지켜봤어야 해. 호텔 방에 투숙하면 이름을 남겨야 하고, 사무용 건물에서 보고 있으면 수상쩍으니까 안 돼. 느긋하게 지켜볼 만한 공간이 필요했을 거야."

"아, 알겠습니다. 심리학적으로 말씀이군요. 불꽃놀이를 보면서 쾌감을 느끼는 그런 거."

칭찬하는 시간은 끝났다.

"맙소사, 신참, 그건 프로파일링이잖아. 내가 프로파일링에 대해서 뭐라고 했지?"

"음, 프로파일링 광팬은 아니시지요."

색스가 뒤에서 웃고 있는 게 보였다.

"범인은 장치가 제대로 작동하는지 확인해야 했어. 독특한 무기를 만들었으니까. 아크 플래시는 사격장에서 연습사격을 해볼 수 있는 그런 무기가 아니야. 실습을 통해 전압과 회로 차단기를 조절해야지. 정확히 버스가 도착한 순간에 발생해야 하고. 범인은 11시 20분에 전력망 컴퓨터를 조작하기 시작했는데, 10분 만에 상황이 모두 끝났어. 가서 식당 지배인과 이야기해보고…."

"커피숍입니다."

"…커피숍 지배인에게 폭발 직전 한동안 창가에 누가 앉아 있었는지 물어봐. 범인은 사건 직후, 경찰과 소방차가 도착하기 전에 그 자리를 떠났을 거야. 아, 그리고 광대역 통신망 접속이 가능한지, 서비스 회사는 어디인지 물어봐."

톰은 이제 고무장갑까지 낀 채 갑갑한 듯 손짓을 했다.

똥오줌 뉘는 업무….

풀라스키가 말했다.

"알겠습니다, 링컨."

"그리고 그다음엔…."

젊은 경찰이 말을 잘랐다.

"커피숍을 봉쇄하고 범인이 앉았던 자리를 수색하겠습니다."

"바로 그거야, 신참. 그런 다음 둘 다 최대한 빨리 이쪽으로 와."

톰이 직접 전화를 끊으려는 순간, 라임은 100만 분의 1초 앞서 움직일 수 있는 손가락 끝으로 딸깍 전화를 끊었다.

10 언더커버

구름 지대. 프레드 델레이는 생각했다.

새로 FBI 뉴욕 지부에 합류한 터커 맥대니얼 특수 요원은 수사 팀을 소집해 몇 시간 전 라임의 집에서 이야기했던 내용을 강의 형태로 알렸다. 나쁜 놈들이 사용하는 새로운 통신 방식, 기술 발전이 어떻게 그들에게 이롭고 우리에게 불리한지에 대한 이야기였다.

구름 지대….

델레이도 물론 개념 자체는 이해했다. 요즘 같은 시대에 사법 기관에 몸담고 있으면서 맥대니얼식으로 범인을 추적하고 검거하는 첨단 기술 수사 방식을 모를 수는 없다. 하지만 그렇다고 그가 그런 방식을 선호한다는 뜻은 아니었다. 전혀 그렇지 않았다. 그 말 자체가 지니는 의미 때문이었다. 구름 지대는 모든 사람의 삶에 근본적인 변화가, 어쩌면 격변이 생겼다는 것을 상징했다.

그 자신의 삶 역시 마찬가지였다.

화창한 오후, 지하철을 타고 다운타운으로 향하면서, 델레이는 맨해튼 메리마운트 대학의 교수로서 미국 흑인의 철학과 문화 비평에 대한 책을 여러 권 썼던 아버지에 대해 생각했다. 아버지는 서른

살에 무난히 학계로 들어가 평생 그 세계에서 지냈다. 그리고 세상이 아직 마틴 루터 킹의 암살을 생생하게 기억하던 시절, 수십 년 동안 고향처럼 생각했던 책상 앞에서 자신이 창간한 학술지의 교정지를 보다가 그대로 쓰러져 세상을 떠났다.

아버지가 살던 시절, 정치 지형에는 급격한 변화가 있었다. 사회주의의 몰락, 인종차별의 상처, 비국가 단체라는 적의 탄생. 그리고 컴퓨터가 타자기와 도서관을 대체했다. 자동차에는 에어백이 부착되었다. 텔레비전 채널은 초단파 방송까지 네 개에서 수백 개로 늘었다. 그러나 아버지의 생활 방식은 근본적으로 거의 변하지 않았다. 델레이 교수는 고립된 학계, 특히 철학계에서 성공을 거두었고, 아들 역시 학계에 안착해 존재의 본질과 인간의 조건을 탐구하기를 원했다. 그는 아들에게도 같은 학문에 대한 사랑을 심어주려고 애썼다.

어떤 면에서는 성공이었다. 질문거리가 많고 영리하고 예리한 어린 프레드는 온갖 분야의 인간적 의문에 호기심을 갖게 되었다. 형이상학, 심리학, 신학, 인식론, 윤리학, 정치. 이 모든 것을 사랑했다. 그러나 대학원 조교로 겨우 한 달 버티고 나니 그는 자신의 재능을 실용적인 분야에 사용하지 않으면 미쳐버릴 것 같았다.

그리고 절대 물러서지 않는 성격이었던 그는 철학을 가장 거칠고 강력하게 실용적으로 이용하는 분야에 투신했다.

FBI에 들어간 것이다

변화….

아버지는 아들의 변절을 받아들였다. 부자는 함께 커피를 즐기고 프로스펙트 파크를 거닐면서 비록 연구실과 기술은 다를지 몰라도 서로의 목적의식과 통찰력은 다르지 않다는 것을 이해했다.

인간의 조건…. 아버지는 관찰하며 글을 썼고, 아들은 직접 경험했다.

언더커버 요원이라는 예상 밖의 형태로 일하면서, 프레드는 인간

본성에 대한 강렬한 호기심과 통찰력 덕분에 타고난 친화력을 발휘했다. 연기력이나 레퍼토리에 한계가 있는 대부분의 언더커버 경찰과 달리 델레이는 자신이 연기하는 인물에 완벽하게 동화하는 재능을 지니고 있었다.

연방 건물에서 멀지 않은 길거리에서 노숙자로 변장했을 때는 당시 맨해튼 지국 부지국장이던 직속상관조차 그를 알아보지 못하고 앞을 지나치며 구걸통에 동전을 던져주었을 정도였다.

델레이가 받은 최고의 찬사 중 하나였다.

카멜레온. 일주일은 엑스터시가 없으면 안절부절못하는 골수 마약 중독자로. 다음 주에는 핵 기밀을 팔아넘기려는 남아프리카 대사로. 그러다가 미국에 대한 증오로 불타 코란 문구를 달달 외고 다니는 소말리아 성직자의 오른팔로.

그와 세레나가 몇 년 전 브루클린에 장만한 타운하우스 지하실에는 직접 만들기도 하고 구입하기도 한 의상이 수십 벌 있었다. 그 정도 열정과 기술이 있으면서도 동료의 등을 찌르려는 욕구가 전혀 없는 요원이라면 당연한 일이지만 승진도 거듭했다. 이제 델레이는 실질적으로 다른 FBI 언더커버 요원과 민간인 정보원을 총괄 책임지고 있었지만, 여전히 때때로 현장에서 일하며 예전과 마찬가지로 그 일을 즐겼다.

한데 변화가 찾아온 것이다.

구름 지대….

좋은 놈과 나쁜 놈 둘 다 더욱 영리해지고 기술적으로 진화하고 있다는 것을 부정하지는 않았다. 그 점은 누구의 눈에도 명백했다. 인간 대 인간의 접촉을 통해 정보를 확보하는 HUMINT는 이제 SIGINT에 자리를 내주고 있었다.

그러나 델레이는 이런 현상 자체가 불편했다. 젊었을 때 세레나는 발라드 가수가 되려는 꿈을 갖고 있었다. 그러나 그녀는 발레부터 재즈, 모던 댄스까지 온갖 춤에 타고난 재능을 갖고 있었지만 노래를 부르는 재주는 없었다. 델레이도 마찬가지로 데이터나 숫자, 기술이라는 새로운 수사 방식에 대한 재능 자체가 없었다.

그는 계속 정보원을 부리고 직접 언더커버로 활동하며 성과를 내고 있었다. 그러나 맥대니얼과 T&C 팀―아, 미안해, 터커―테크놀로지와 컴퓨터를 다루는 팀 앞에 서면 구식 요원인 델레이는 자신이 말 그대로 구식 같다는 기분이 들었다. 뉴욕 지국 책임자는 일주일에 60시간을 일하는 예리하고 성실한 요원이었고, 필요하다면 대통령 앞에서도 요원들을 대변할 수 있는 인파이터였다. 그의 기술도 성과를 내고 있었다. 지난달 맥대니얼 휘하 수사 팀은 암호화된 위성 전화에서 정보를 확보해 밀워키 외곽의 근본주의자 테러 집단을 지목해냈다.

델레이와 기타 구식 요원들에게 메시지는 분명했다. 당신들의 시대는 갔다.

의도적인 것은 아니었겠지만, 라임의 연구실에서 은근히 자신을 걸고 넘어졌던 맥대니얼의 말이 아직도 신경 쓰였다.

계속해봐, 프레드. 잘하고 있어….

이건 이런 뜻이다. 당신이 '─를 위한 정의'나 라만에 대한 정보를 얻어낼 거라고는 기대하지도 않아.

어쩌면 맥대니얼의 비판이 옳은지도 모른다. 델레이는 테러리스트의 활동을 추적하는 데는 최상의 정보원 인맥을 갖추고 있었다. 그는 정기적으로 정보원들을 만났다. 겁먹은 사람들에게는 신변보호를, 죄책감에 빠진 사람들에게는 클리넥스를, 생계형 정보원들에게는 현금을, 건방진 놈들에게는 정신적·육체적으로 본때를 보여주면서 열심히 다루고 얼렀다.

그러나 그가 수집한 테러 정보 중에는 라만의 '─를 위한 정의'나 빌어먹을 전기 스파크와 관련한 내용은 전혀 없었다.

이 와중에 맥대니얼의 수사 팀은 범인의 신원을 알아냈고, 그들을 추적할 수 있는 구체적인 단서까지 확보했다.

중동과 아프가니스탄의 무인정찰기 아시죠? 조종사는 콜로라도 스프링스나 오마하 같은 곳의 상가 옆 건물에 있는 것 말입니다.

델레이에게는 다른 걱정거리도 한 가지 있었다. 젊은 맥대니얼이 등장했을 즈음, 고개를 들기 시작한 걱정이었다. 어쩌면 예전 같은 솜씨가 아닐지도 모른다는.

라만이 바로 내 코앞에서 보란 듯이 활동하고 있었는지도 모른다. 9·11 때 비행기 조종을 배웠던 납치범들과 마찬가지로, '——를 위한 정의' 조직원들도 브루클린이나 뉴저지에서 전기공학을 배우고 있었는지 모른다.

한 가지 마음에 걸리는 점이 더 있었다. 사실 최근 그는 다른 곳에 정신이 팔려 있었다. 그의 표현대로 '저쪽 세계 생활', 가솔린과 불똥을 철저히 격리하듯 업무와 엄격히 분리하는 세레나와의 결혼 생활이었다. 그리고 이것도 상당히 중요한 문제였다. 프레드 델레이는 이제 아버지였다. 1년 전 세레나는 아들을 낳았다. 미리 계획한 출산이었고, 아내는 아이가 태어나도 델레이의 직장 생활에는 절대 변화가 있어서는 안 된다고 고집했다. 설령 위험한 언더커버 일이 있더라도 마찬가지였다. 세레나는 자신에게 춤이 그러했듯 남편에게도 일이 어떤 의미가 있는지 이해하고 있었다. 궁극적으로는 사무직으로 옮기는 게 그에게는 더 위험할 것이다.

그러나 아버지가 된 것이 요원으로서 그를 변하게 하고 있는 것일까? 델레이는 프레스턴을 공원이나 가게에 데려 다니고, 우유를 먹이고, 책을 읽어주고 싶었다. (아이 방에 들른 세레나는 델레이의 긴 손에서 키르케고르의 실존주의 선언문 《공포와 전율》을 웃으면서 빼앗고 《잘 자라 달님아》를 건네주었다. 델레이는 이렇게 어린 나이에도 언어가 중요하다는 것을 미처 모르고 있었다.)

전동차가 그리니치빌리지에서 멈추자 승객들이 우르르 탔다.

언더커버의 본능으로 네 사람이 눈에 띄었다. 두 사람은 거의 확실한 소매치기였고, 한 아이는 칼이나 커터를 소지하고 있었다. 땀을 많이 흘리는 저 회사원이 조심스럽게 손으로 누르고 있는 저 주머니에서는 여차하면 마약 한 봉지가 떨어질 것 같았다.

거리…. 프레드 델레이는 거리를 사랑했다.

그러나 이 네 사람은 그의 임무와 상관이 없었다. 그는 뇌리에서 그들을 지우고 중얼거렸다. 그래, 내가 실수했지. 라만도 놓치고, 그 단체도 놓쳤어. 하지만 사상자와 피해 정도는 적어. 맥대니얼은 거들먹거리고 있지만 나를 희생양으로 삼지는 않았어. 아직은. 다른 사람이라면 충분히 그럴 수 있었을 텐데.

델레이는 범인이 다른 테러 공격을 자행하기 전에 놈을 잡을 단서를 찾아야 했다. 아직 명예를 회복할 기회는 있었다.

그는 다음 역에서 내려 동쪽을 향해 걷기 시작했다. 목적지는 술집과 공동 주택, 낡고 어두운 클럽, 기름 냄새 풍기는 식당이 밀집해 있고 택시 기사들이 스페인어나 아랍어, 페르시아어로 무선통신을 주고받는 동네였다. 웨스트빌리지처럼 전문직 종사자들이 빠른 걸음으로 걷는 모습은 찾을 수 없었다. 여기 사람들은 주로 남자들이었다. 그들은 아예 움직이지도 않고 삐걱거리는 의자나 현관 앞 계단에 그냥 앉아 있었다. 젊은 사람들은 날씬하고, 늙은 사람들은 뚱뚱했다. 한결같이 경계심 가득한 눈으로 지나가는 사람들을 지켜보았다.

여기가 바로 거리에서 진짜 업무를 수행하는 곳이다. 그리고 이곳이 바로 프레드 델레이의 사무실이었다.

그는 커피숍 창가로 다가가 안을 들여다보았다. 유리를 몇 달 동안 닦지 않았는지 잘 보이지 않았다.

아, 저기, 있다. 그를 구원할 수도, 파멸시킬 수도 있는 사람이 눈에 띄었다.

그의 마지막 기회였다.

발목에 묶은 권총이 제대로 있는지 다른 쪽 발로 두드려 확인한 뒤, 델레이는 문을 열고 안으로 들어섰다.

II 목격자

"기분이 어때요?"

색스가 연구실 안으로 들어서며 물었다. 라임은 뻣뻣하게 말했다.

"좋아. 증거물은?"

두 문장이었지만, 구두점은 느껴지지 않았다.

"감식원들과 론이 가져오는 중이에요. 코브라는 내가 직접 몰고
왔어요."

즉, 나스카 운전자처럼 집까지 달려왔다는 뜻이다.

"당신은 어떻습니까?"

톰이 물었다.

"젖었어요."

말할 필요도 없었다. 머리카락은 거의 말랐지만, 옷은 아직 흠뻑
젖어 있었다. 몸 상태는 언급할 필요가 없었다. 다들 괜찮다는 것
을 알고 있었다. 아까 확인한 것이다. 충격을 받았던 라임은 색스
가 괜찮다는 것을 확인하자 곧바로 증거물을 보고 싶었다.

하지만 그걸 뒤집으면 뉴욕 어딘가의 다른 누군가가 전기로 살해
당할 가능성이 45퍼센트라는 뜻 아닙니까? …지금 이 순간 그런 일

이 벌어지고 있을 수도 있습니다.

"음, 그건…."

"무슨 일이 있었어요?"

색스는 라임 쪽으로 눈길을 보내며 톰에게 물었다.

"나는 괜찮다고 했잖아."

"톰에게 물었어요."

색스도 약간 성질이 났다.

"혈압이 급상승했습니다."

라임은 짜증스럽게 말했다.

"이제 안 높잖아, 톰. 안 그래? 이제 완전히 정상이라고. 러시아
가 쿠바에 미사일을 배치했다는 소리 같군. '한동안' 긴장 국면이었
지. 하지만 마이애미에 핵폭탄 구덩이가 없는 걸 봤으니 문제는 저
절로 해결된 것 아니겠어? 이제, 지난일이야. 폴라스키한테 연락
해. 퀸스의 감식원들한테도. 증거를 봐야겠어."

조수는 라임을 무시하고 색스에게 말했다.

"약물은 필요 없습니다. 하지만 계속 지켜보는 중이에요."

색스는 라임을 다시 한 번 훑어보았다. 그리고 위층으로 올라가
옷을 갈아입겠다고 말했다. 몇 분 전 다운타운에서 도착한 론 셀리
토 역시 물었다.

"문제가 있었나? 기분 괜찮아, 링컨?"

"아, 젠장. 다들 귀가 먹었나? 내 말 무시해?"

라임은 이렇게 내뱉고는 문간을 바라보았다.

"아, 드디어 다른 분이 오셨군. 빌어먹을, 폴라스키. 그래도 자네
가 생산적이야. 뭘 갖고 왔지?"

다시 제복으로 갈아입은 젊은 경찰은 감식반원들이 보통 증거물
을 운반할 때 사용하는 우유 상자를 밀고 들어왔다.

잠시 후, 퀸스 현장감식반 기술자 두 사람이 비닐에 싼 두툼한 물
건을 들고 왔다. 전선이었다. 라임이 지금껏 본 것 중에서 가장 특

이한 무기였다. 가장 치명적인 무기 중 하나이기도 했다. 그들은 변전소 지하실 문짝도 비닐에 싸서 들고 왔다.

"풀라스키, 커피숍은?"

"아까 하신 말씀이 맞았습니다. 몇 가지 알아냈습니다, 반장님."

라임은 눈썹을 치켜 올렸다. 그는 뉴욕시경 반장으로 은퇴한 사람이었다. 일반 시민과 마찬가지로 그를 부를 때 직함 따위는 필요 없었다. 그는 풀라스키의 이런 나약함을 깨뜨리려고 노력하는 중이었다. 그것은 물론 그가 젊기 때문이기도 하지만, 처음 같이 수사한 사건에서 머리에 심한 부상을 입었기 때문이기도 했다. 이 때문에 경찰을 그만둘 뻔하기도 했지만 풀라스키는 경찰에 남았다. 그러나 아직도 가끔 부상 때문에 머리가 멍하고 방향 감각이 혼란스러울 때가 있었다. (그가 경찰에 남기로 결정한 것은 라임이 수사를 계속하는 것을 보고 감명을 받았기 때문이다.)

풀라스키를 일급 감식반 경찰로 만들기 위해 가장 시급히 각인시켜야 할 점은 강철 같은 자의식이었다. 세계 최고의 기술을 가지고 있어도 그것을 뒷받침할 배짱이 없다면 아무 쓸모가 없다. 라임은 죽기 전에 풀라스키가 뉴욕시경 감식반에서 높은 지위로 올라가는 것을 보고 싶었다. 그는 그게 가능하다는 것을 알고 있었다. 풀라스키와 색스가 함께 뉴욕시경 감식반을 지휘하는 꿈을 꾼 적도 있었다. 링컨 라임이 남긴 유산으로.

라임은 감식반원들에게 고맙다는 인사를 했다. 그들은 연구실 풍경에 깊은 인상을 받은 표정으로 정중하게 고개를 끄덕인 뒤 방을 나갔다. 본부에서 라임을 직접 만나는 사람은 많지 않았다. 그는 뉴욕시경의 위계에서 특별한 위치를 차지하고 있었다. 최근 법과학 부서를 책임지던 사람이 마이애미 - 데이드 카운티로 옮기면서 조직에 상당한 변화가 있었다. 정식 책임자를 임명할 때까지 몇몇 상급 형사들이 부서를 이끌고 있었다. 라임이 감식반으로 돌아올 거라는 소문도 돌았다.

경찰 부국장이 이 문제로 전화를 했을 때, 라임은 뉴욕시경 기본 체력 검사에서 문제가 있을 것이라고 대답했다. 체력 검사에서는 정해진 시간 안에 완주해야 하는 장애물 코스가 있었다. 1.8미터 높이의 장애물 달리기를 하면서 가짜 범인을 제압하고, 80킬로그램짜리 인형을 안전한 곳으로 대피시키고, 주로 사용하는 쪽 손으로 열여섯 번, 반대쪽 손으로 열다섯 번 총을 발사해야 한다.

라임은 자신을 만나러 온 뉴욕시경 고위 간부에게 이 시험을 통과할 수 없다는 이유로 제안을 거절했다. 1.5미터 장애물 하나 정도는 넘을 수 있을지 모른다. 관심을 가져준 것은 감사하다.

청바지와 연파랑 스웨터로 갈아입은 색스가 새로 감아서 약간 젖은 머리를 뒤통수 쪽에서 다시 검은 고무줄로 묶고 아래층으로 내려왔다.

그때 초인종이 울려 톰이 밖으로 나갔다. 다른 한 사람이 문간에 나타났다.

내성적인 태도 때문에 중년의 회계사나 자동차 판매원처럼 보이는 날씬한 남자는 라임이 미국 법과학계에서 최고의 연구원이라고 생각하는 멜 쿠퍼였다. 그는 수학과 물리학, 유기화학 학위 소지자이자 국제 신원확인학회와 혈흔분석학회 임원으로서 여러 경찰서의 감식 본부에서 쉴 새 없이 업무 요청이 들어왔다. 그러나 몇 년 전 라임이 그를 업스테이트에서 뉴욕시경으로 납치해온 이래, 라임과 셀리토가 요청하면 언제든지 진행 중인 일을 접고 곧장 이쪽에 합류하는 것이 관례가 되어 있었다.

"멜, 시간이 비어서 다행이군."

"흠, 시간이 비었다고요? 하노버-스턴스 사건에서 날 빼주지 않으면 온갖 무시무시한 짓을 할지도 모른다고 제 상관을 협박하지 않으셨던가요?"

"자넬 위해서 한 일이야, 멜. 내부자 거래 사건 따위로 시간을 낭비하다니."

"은혜에 감사드립니다."

쿠퍼는 방 안에 있는 사람들에게 고갯짓으로 인사를 하고 해리포터 안경을 콧등에서 밀어 올리더니 갈색 허시 퍼피스를 신은 발로 소리 없이 연구실 맞은편 작업대 쪽으로 향했다. 겉보기로는 라임이 만나본 사람 중에서 가장 운동을 못할 것 같았지만—물론 라임은 빼고—사실 그는 축구 선수처럼 우아한 동작으로 움직였다. 라임은 그가 볼룸 댄스 챔피언이라는 것을 다시 떠올렸다.

"자세한 내용을 들어볼까."

라임은 색스를 돌아보았다.

색스는 메모를 넘기며 전력 회사 현장 책임자가 말한 내용을 설명했다.

"앨곤퀸 전력 회사는 이 일대 거의 전역에 전력을 공급하고 있어요. 펜실베이니아, 뉴욕, 코네티컷, 뉴저지."

"이스트 강변의 굴뚝 많은 공장이 거긴가?"

"맞아요."

색스는 쿠퍼를 돌아보며 말을 이었다.

"거기가 본사고, 증기와 전기 발전소를 갖고 있어요. 앨곤퀸 관계자는 범인이 지난 36시간 안에 변전소에 침입해 장치를 설치했을 거라고 했어요. 변전소는 보통 무인으로 운영해요. 오늘 아침 11시가 조금 지나서 범인은 앨곤퀸 컴퓨터에 침입해 인근의 변전소를 마비시키고 모든 전류를 57번가 변전소로 집중시켰어요. 전압이 일정 수위를 넘자 회로는 한계에 부딪혔죠. 막을 수가 없었어요. 전기는 다른 전선이나 지면과 연결된 물체로 튈 수밖에 없대요. 보통은 변전소 안의 차단기가 올라가는데, 범인이 한계치를 열 배로 재설정했기 때문에 그대로 터질 때만 기다리고 있었던 거죠. 댐처럼. 압력은 계속 올라가고, 전류는 어딘가로 가야 하는 거죠. 뉴욕 전력망은 이런 식으로 운영돼요. 기술자 한 사람이 그려줬는데, 도움이 됐어요."

색스는 도표를 그린 종이를 꺼냈다. 그러곤 화이트보드로 다가가 진한 청색 마커로 도표를 옮겨 적었다.

전력 발전소 혹은 전력 공급처(345,000v)
↓ (고압선)
송전용 변전소(345,000v를 138,000v로 낮춤)
↓ (각 지역 송전 선로)
배전용 변전소(138,000v를 13,800v로 낮춤)
↓ (피더선)
1. 대형 상업용 건물의 스폿 네트워크(13,800v를 120/208v로 낮춤), 혹은
2. 일반 변압기(13,800v를 120/208v로 낮춤)
↓ (서비스 선)
각 가정 및 사무실(120/208v)

색스는 말을 이었다.

"57번가의 10번 변전소는 송전용 변전소에 해당해요. 고압 전류가 공급되죠. 범인이 송전용 변전소로 들어오는 송전 선로에 케이블을 설치할 수도 있지만, 그건 아주 까다롭대요. 아마 전압이 워낙 높아서 그렇겠죠. 그래서 범인은 변전소에서 나가는 전선에 장비를 연결했어요. 이쪽은 겨우 1만 3800볼트밖에 안 되니까요."

"휴, 겨우라니."

셀리토가 중얼거렸다.

"장비를 설치한 뒤, 범인은 차단기 한계를 높게 설정하고 변전소에 계속 전기가 쌓이도록 한 거예요."

"그래서 폭발했다."

라임이 말했다.

색스는 물방울 모양의 금속 조각이 들어 있는 증거물 봉투를 집어 들었다.

"폭발한 거죠. 이게 온통 깔려 있었어요. 파편처럼."

"그게 뭐지?"

셀리토가 물었다.

"버스 정류장 기둥이 녹은 거예요. 사방으로 날아갔어요. 콘크리

트에도 찍히고, 자동차 옆면도 뚫고 지나갔더군요. 피해자는 화상을 입었는데, 사인은 그게 아니에요."

목소리가 낮아졌다.

"커다란 산탄총에 맞은 것 같았어요. 상처가 저절로 지혈되었더군요."

색스는 얼굴을 찡그렸다.

"그 때문에 한동안 의식도 있었어요. 보세요."

그러곤 풀라스키에게 고개를 끄덕여 보였다.

풀라스키는 옆 컴퓨터에 플래시 카드를 꽂고 사건 파일을 불러왔다. 잠시 후, 가까운 고해상도 모니터에 사진이 떴다. 오랫동안 현장 감식 일을 해왔기 때문에, 라임은 아무리 끔찍한 영상에도 대체로 무감각했다. 하지만 이 사진들은 불편했다. 젊은 피해자의 몸에는 쇳조각이 수없이 박혀 있었다. 파편이 불덩어리처럼 뜨거웠기 때문에 출혈은 거의 없었다. 범인도 자신의 무기가 지혈 작용을 할 거라는 점을 알고 있었을까? 피해자가 계속 고통을 느낄 거라는 걸? 이것도 그의 범행 수법에 속할까? 라임은 색스가 왜 그렇게 착잡해하는지 알 수 있었다.

"맙소사!"

셀리토도 중얼거렸다.

라임은 고개를 저으며 영상을 뇌리에서 지운 뒤 물었다.

"피해자는 누구지?"

"이름은 루이스 마틴, 음반 가게 부지배인. 스물여덟 살, 전과 없음."

"앨곤퀸이나 뉴욕교통본부와 아무 관련이 없다…. 누군가가 그를 없앨 만한 이유는 있나?"

"없어요."

"하필 그때 그 자리에 있었군."

셀리토가 요약했다. 라임이 물었다.

"론, 커피숍은? 뭘 알아냈지?"

"진한 청색 작업복 차림의 남자가 10시 45분쯤 가게에 들어왔답니다. 랩톱을 갖고 있었고, 온라인에 접속했습니다."

셀리토가 물었다.

"청색 작업복? 로고나 신분증 같은 건 없었나?"

"아무도 못 봤답니다. 하지만 앨곤퀸 기술자들이 거기 있었는데, 그 사람들 작업복도 진청색이었습니다."

"인상착의는?"

"백인, 40대로 추정, 안경, 진한 색 모자. 목격자 두 사람은 안경을 쓰지 않았고, 모자도 쓰지 않았다고 했습니다. 금발 머리, 빨강 머리, 진한 색 머리라는 증언도 있었고요."

"목격자들이란."

라임은 한심하다는 듯 중얼거렸다. 허리까지 벌거벗은 사람이 10명 앞에서 사람을 쏴 죽였어도, 목격자는 범인이 각자 다른 색의 셔츠를 입고 있었다고 증언하기 마련이다. 지난 몇 년 동안 색스의 탐문 기술과, 신체 언어 분석도 대부분의 사건에서 반복적인 결과를 이끌어낼 수 있을 만큼 과학적이라는 것을 증명해낸 캐스린 댄스 덕분에 목격자의 가치에 대한 라임의 불신은 많이 누그러졌다. 하지만 아직도 회의적인 태도를 완전히 떨치지는 못했다.

"그래서 그 작업복 차림의 남자는 어떻게 됐지?"

"아무도 확실히 몰랐습니다. 아주 혼란스러운 상황이었으니까요. 엄청나게 큰 폭발음과 함께 아크 플래시가 터지면서 거리가 온통 하얗게 변했고, 사람들이 모두 뛰쳐나갔답니다. 그 뒤로는 아무도 그를 기억하지 못했습니다."

"커피를 갖고 나갔나?"

라임은 물었다. 그는 음료수 용기를 좋아했다. DNA와 지문을 고스란히 담고 있고 우유, 설탕, 기타 첨가물로 끈적끈적해서 미량증거물도 붙어 있기 때문에 마치 신분증 같은 역할을 한다.

"아쉽지만 갖고 나갔습니다."

"젠장. 테이블에는 뭐가 있었지?"

"이겁니다."

풀라스키는 우유 상자에서 비닐봉투를 꺼냈다.

"아무것도 없잖아."

셀리토는 눈을 가늘게 뜨며 어디가 간지러운지, 요즘 몰두 중인 다이어트가 잘 안 되는지 튀어나온 뱃살을 문질렀다.

하지만 라임은 비닐봉투를 바라보며 미소를 지었다.

"잘했어, 신참."

"잘했다고? 아무것도 없잖아."

"내가 가장 좋아하는 증거물이야, 론. 눈에 보이지 않는 물질. 이건 좀 있다 확인하지. 난 해커가 궁금해. 풀라스키, 커피숍에서 무선 인터넷이 되던가? 생각해봤는데, 분명 안 될 거야."

"맞습니다. 어떻게 아셨습니까?"

"무선 인터넷이 안 될 가능성을 감안해야 했겠지. 아마 휴대전화를 통해 접속했을 거야. 하지만 그가 앨곤퀸 시스템에 어떻게 침입했는지는 알아내야 해. 론, 컴퓨터범죄과에 수사 요청을 해. 앨곤퀸 인터넷 보안 담당자와 이야기해보라고. 로드니가 시간을 낼 수 있는지 알아봐."

뉴욕시경 컴퓨터범죄과는 30명 정도의 형사와 지원 인력으로 구성된 엘리트 그룹이었다. 라임은 그중 로드니 자넥 형사와 종종 같이 일했다. 워낙 젊은이처럼 행동하고 해커처럼 헐렁한 옷차림에 헝클어진 머리를 하고 다녀서 젊을 거라고 짐작은 했지만, 사실 라임은 자넥의 나이도 몰랐다. 이런 겉모습이나 취미 생활을 지닌 사람은 워낙 나이보다 젊어 보이게 마련이다.

셀리토는 전화를 걸어 잠시 대화한 후 수화기를 내려놓더니, 자넥이 앨곤퀸 보안 팀에 즉각 연락해서 전력망 컴퓨터에 침입한 해커에 대해 알아보기로 했다고 말했다.

쿠퍼는 전선을 존경스럽다는 듯한 눈으로 쳐다보고 있었다.

"그럼 이게 무기군요."

그러곤 물방울 모양의 파편이 들어 있는 봉투를 집어 들더니 덧붙였다.

"길을 걷던 사람이 없던 게 다행입니다. 5번 애버뉴에서 사건이 발생했다면 사망자가 20명은 됐을 텐데요."

라임은 쿠퍼의 쓸데없는 말을 무시하고 색스를 바라보았다. 작은 파편을 바라보는 그녀의 눈빛은 딱딱하게 굳어 있었다.

그는 색스의 주의를 파편에서 돌리기 위해 필요 이상 차가운 목소리로 말했다.

"정신 차려. 자, 이제 일을 시작하지."

12 정보원

　자리로 들어가 앉으며, 프레드 델레이는 겉늙은 서른 살로 보이기도 하고 관리 잘한 쉰 살로 보이기도 하는 창백하고 비쩍 마른 남자의 얼굴을 바라보았다.

　남자는 너무 큰 스포츠 재킷을 입고 있었다. 아무도 안 볼 때 아주 값싼 중고 가게나 옷걸이에서 슬쩍한 물건 같았다.

　"지프."

　"음, 요즘 내 이름은 그게 아니야."

　"네 이름이 아니야? 변신술이라도 썼나? 내가 누굴 보고 있는 거지?"

　"음, 그게 아니라…."

　"요즘 네 이름은 뭐냐고?"

　델레이는 잔뜩 미간을 찌푸리며 물었다. 이런 사람을 다룰 때 보통 하는 행동이었다. 그는 델레이가 언더커버로 근무할 때 마약 값을 제때 내지 않은 대학생을 어떻게 고문했는지 생생하게 늘어놓는 동안 웃으면서 맞장구를 쳐줘야 했던 사디스틱한 마약 중독자였다. 그는 체포당했고, 약간의 협상과 복역 기간을 거쳐 프레드의 애완동물 중 하나가 되었다.

요컨대 단단히 목줄을 붙잡고 가끔 홱 채줘야 한다는 뜻이다.

"예전에는 지프였지. 하지만 변화를 주기로 했어. 요즘은 짐이야, 프레드."

변화라. 오늘 유난히 많이 듣는 말이군.

"아, 아, 이름 이야기가 나왔으니 말인데, 프레드… 프레드? 내가 네 친구야? 세상에서 둘도 없는 친구라도 돼? 만났으면 예의범절을 지켜야지."

"죄송합니다."

"그냥 프레드라고 불러. 네놈이 존댓말을 하면 도대체 믿을 수가 있어야지."

역겹기 그지없는 인간이지만, 델레이는 미묘한 경계선에서 줄다리기를 할 줄 알았다. 절대 경멸하지 말되 한두 번 주먹을 날려서 두려움을 심어주는 것도 망설이지 말라.

두려움은 존경심을 낳는다. 그게 세상의 이치다.

"할 일이 있어. 중요한 거야. 오늘 데이트가 있다고 한 것 같은데."

주거지 변경 때문에 가석방 심사를 받을 예정이었다. 그를 잃는 것은 아무 상관없었다. 지프는 거의 용도 폐기된 물건이었다. 정보원이란 원래 그렇다. 신선한 요구르트 정도의 수명이라고나 할까. 지프—짐은 뉴욕 주 가석방심사위원회에 조지아 주로 주거 변경을 요청해놓은 상태였다. 하필이면 조지아라니.

"확실하게 말해주면 고맙겠어, 프레드."

그가 커다랗고 축 늘어진 눈으로 요원을 바라보았다.

월 스트리트는 비밀 정보원들의 세계에서 한 수 배워야 한다. 이 세계에는 파생상품도, 신용부도스와프도, 보험도, 장부 조작도 없다. 단순한 세계다. 정보원에게 X라는 가치가 있는 물건을 주면, 그도 똑같은 가치가 있는 물건을 준다.

물건을 주지 않으면 버린다. 돈을 내지 않으면 망하는 것이다.

이 모든 것이 아주 투명하다.

"좋아. 네가 원하는 건 알겠어. 이제 내가 원하는 걸 말해주지. 우선 명심해야 할 건, 이건 시간에 민감해. 무슨 뜻인지 알겠나, 짐?"

"누가 조만간 당한다는 뜻이군."

"바로 그거야. 자, 잘 들어. 난 브렌트를 찾아야 해."

잠시 침묵.

"윌리엄 브렌트? 그 사람이 어디 있는지 내가 어떻게 알아?"

지프―짐, 말라깽이 짐의 목소리가 지나치게 높은 걸 보니, 어디쯤 가면 그를 찾을 수 있을지 대략 감이 온다는 뜻이다. 델레이는 유유히 노래를 불렀다.

"내 마음속의 조지아 주."

지프가 마음속으로 갈등하는 사이 60초가 흘렀다.

"아니, 내 말은, 어쩌면… 가능성이 있을지도 모르겠는데….”

"형을 끝까지 살 거야, 말 거야?"

"한 번 확인해보고."

지프―제임스―짐은 가게 구석으로 가서 문자를 치기 시작했다. 델레이는 문자를 두드리는 다급한 소리에 미소를 지었다. 지프는 조지아에 가서 잘살 것 같았다.

델레이는 웨이터가 가져온 물을 마셨다. 깡마른 남자가 이번 임무에 성공했으면 하는 바람이었다. 델레이의 작전 중에서 가장 성공적이었던 경우 중 하나가 월마트 계산원처럼 비실비실하게 생긴 중년 백인 남자 윌리엄 브렌트였다. 아주 고약한 음모를 분쇄하는 데 핵심 역할을 한 사람이었다. 한 국내 인종차별 테러 조직이 금요일 오후 유대인 예배당 여러 곳을 일제히 폭파하고 이슬람 근본주의자들의 짓으로 뒤집어씌우려는 계획을 세웠다. 돈은 있지만 경험이 없던 그들은 유대인이나 이슬람인을 좋아하지 않는 지역 범죄 조직과 손을 잡았다. 이 범죄 조직의 사주를 받은 브렌트는 로켓 추진 수류탄을 파는 아이티 출신 무기상으로 변신한 델레이에게 속아

넘어갔다.

브렌트는 체포되었고, 델레이는 그를 정보원으로 교육시켰다. 놀랍게도 그는 기밀 정보원 노릇을 평생 해온 것처럼 잘해냈다. 브렌트는 인종차별 테러 집단과 범죄 조직 양쪽의 고위 조직원에게 침투해 음모를 무산시켰다. 이렇게 사회에 진 빚을 갚고도 브렌트는 계속 다양한 역할로 델레이에게 협조했다. 잔인한 청부 살인범, 보석상 및 은행 강도, 반낙태 근본주의자. 그는 델레이가 부린 가장 영리한 정보원 중 하나였다. 프레드 델레이의 이면 같은 사람이었다. (몇 년 전에는 브렌트가 뉴욕시경 내부에 자기 정보원 조직을 부리고 있다는 소문까지 돌았다.)

델레이는 1년 남짓 그를 부렸고, 지나치게 노출된 후에는 증인 보호 프로그램에 편안하게 넣어주었다. 하지만 여전히 새로운 신원으로 각종 인맥을 가지고 거리에서 활동하고 있다는 소문이었다.

평소 부리던 정보원들이 라만이나 그 무슨 정의 테러 집단, 전력망 테러에 대한 정보를 전해주지 못하자 델레이는 브렌트를 생각해낸 것이다.

짐-지프가 돌아와 삐걱거리는 의자에 앉았다.

"잘될 것 같아. 그런데 무슨 일이지? 아니, 난 그에게 당하고 싶지 않다는 뜻이야."

이것도 월 스트리트와 정보원 세계의 중요한 차이점 중 하나였다.

"아니, 아니야, 지미. 내 말을 안 들었군. 너보고 정보를 물어다 달라는 게 아니야. 뚜쟁이 노릇만 해달라는 거지. 연락만 시켜주고 조지아로 가서 복숭아나 먹으면 돼."

델레이는 전화번호만 적혀 있는 명함을 내밀었다.

"이쪽으로 전화하라고 전해. 가서 그렇게만 말해."

"지금?"

"지금."

지프는 주방 쪽으로 고갯짓을 했다.

"하지만 내 점심은? 아직 점심을 안 먹었어."

"한데 여기는 뭐하는 곳이야?"

델레이는 갑자기 끔찍하다는 표정을 지으며 주위를 둘러보았다.

"무슨 뜻이야, 프레드?"

"포장도 안 해줘?"

13 데이터베이스

사건 이후 다섯 시간이 지났지만, 라임의 타운하우스 안은 긴장감이 점점 높아가고 있었다. 아무런 단서도 나타나지 않았다.

라임은 다급하게 지시했다.

"전선, 전선은 어디서 나온 거지?"

쿠퍼는 두꺼운 안경을 다시 콧등 위로 밀어 올렸다. 그는 라텍스 장갑을 꼈지만, 증거물을 만지기 전에 애완동물용 털 제거기로 손을 닦고 테이프를 버렸다. 라임은 뉴저지 주 경찰이 맡은 사건을 분석하다가 섬유 증거물이 구금 중인 용의자가 아니라 형사의 속주머니에서 나온 것으로 밝혀진 이후 자기 휘하 수사 팀에게 늘 이렇게 하라고 지시했다. 수사관이 텔레비전 인기 형사물에 나오는 형사들을 흉내 내 고무장갑 뭉치를 속주머니에 넣어두었던 것이다. 증거물 오염 가능성은 희박하지만, 감식 형사의 임무 중 증거물을 찾아내고 분석하는 것은 일부에 지나지 않는다. 예리한 피고 측 변호사가 득실거리는 법정에서 범인이 유죄 판결을 받을 때까지 증거물을 깨끗하게 보존해야 하는 임무도 있는 것이다.

악명 높은 뉴저지 섬유 사건 이후, 라임은 늘 수사 팀에게 장갑을 긴 뒤에도 원래 들어 있던 상자나 봉투가 오염되었을 가능성에 대비해 장갑을 테이프로 한 번 밀도록 했다.

쿠퍼는 수술용 가위로 비닐 포장을 자르고 전선을 노출시켰다. 길이는 4.5미터 정도, 대부분은 검은색 절연재로 덮여 있었다. 전선 자체는 단단하지 않았지만, 여러 갈래의 은색 줄이 꼬여 있었다. 한쪽 끝에는 두껍고 불에 그을린 놋쇠판이 볼트로 고정되었다. 반대쪽 끝에는 가운데에 구멍이 뚫린 커다란 구리 볼트 두 개가 달렸다.

색스가 설명했다.

"앨곤퀸 기술자 말로는 스플릿 볼트라는 거래요. 전선을 연결할 때 쓰는. 범인은 이걸로 케이블을 주 전력선에 연결했어요."

색스는 범인이 쇠판을 어떻게 매달았는지 설명하기 시작했다. 창문 밖으로 매단 쇠판은 버스 바(bus bar)라는 것이었다. 쇠판은 0.4센티미터짜리 볼트 두 개로 케이블과 연결되어 있었다. 아크 플래시는 이 판에서 시작해 가장 가까운 땅과의 연결지점, 즉 버스 정류장 쇠기둥에 튄 것이었다.

라임은 검은 피가 말라붙어 있는 색스의 엄지손가락을 보았다. 그녀는 손톱을 씹고 손가락으로 두피를 긁는 습관이 있었다. 앨곤퀸 변전소의 전압처럼 마음속에 긴장감이 쌓인 모양이었다. 그녀는 엄지손가락을 다시 집어 뜯더니, 마치 그러지 않으려는 듯 라텍스 장갑을 꼈다.

론 셀리토는 57번가를 오가며 탐문하는 경찰들과 통화를 하고 있었다. 라임은 그에게 얼른 묻는 듯한 시선을 보냈지만, 형사의 얼굴에 평소보다 더 깊은 주름이 잡히는 것을 보니 지금까지는 별다른 소득이 없는 모양이었다. 라임은 다시 전선으로 주의를 돌렸다.

"카메라를 이쪽으로 옮겨, 멜. 천천히."

쿠퍼는 핸드헬드 카메라로 전선을 위에서 아래까지 훑은 뒤 뒤집어서 반대편을 다시 훑었다. 카메라에 잡힌 영상이 라임 앞의 대형

스크린에 고해상으로 떴다. 라임은 열심히 들여다보았다.

"베닝튼 전기 장비 제작사, 일리노이 주 시카고 남부. 모델은 AM-MV-60. 규격 0. 한계 전력 6만 볼트."

폴라스키가 웃었다.

"그걸 아세요, 링컨? 전선은 어디서 배우셨습니까?"

"옆면에 찍혀 있어, 신참."

"아, 전 못 봤는데요."

"당연하지. 범인은 이 길이로 전선을 잘랐어, 멜. 어떻게 생각하나? 기계로 자른 건 아닌 것 같은데."

"같은 생각입니다."

쿠퍼는 변전소 전력선에 연결되었던 금속 전선 끝을 확대경으로 들여다보았다. 그런 다음 비디오를 전선 끝에 갖다 댔다.

"아멜리아?"

쿠퍼가 확대경을 들여다보며 불렀다.

색스가 대답했다.

"쇠톱으로 잘랐어요."

스플릿 볼트는 알고 보니 전력업계에서만 사용하는 것이었지만, 제조사는 수십 군데였다.

전선과 버스 바를 연결한 볼트 역시 마찬가지로 일반적인 물건이었다.

"차트를 적어봐."

라임이 지시했다.

폴라스키는 연구소 구석에 세워둔 화이트보드 여러 개를 밀고 왔다. 색스는 보드 맨 위에 적었다. 〈범행 현장 : 앨곤퀸 변전소 맨해튼 10호, 웨스트 57번가〉. 또 하나의 보드에는 〈범인 프로파일〉이라고 쓴 뒤, 그동안 알아낸 사항들을 모두 적었다.

"범인이 변전소에서 전선을 구했을까?"

라임이 물었다. 폴라스키가 대답했다.

"아뇨, 변전소에 따로 저장한 전선은 없었습니다."

"그럼 어디서 구했는지 알아봐야지. 베닝튼에 전화해."

"알겠습니다."

"좋아, 우린 금속과 공구를 확보했어. 공구흔이 있다는 뜻이야. 쇠톱. 전선을 자세히 들여다보자고."

쿠퍼는 컴퓨터에 연결한 실체 현미경으로 전선이 잘린 자국을 들여다보았다. 그는 저배율을 사용했다.

"새 톱입니다. 날카로워요."

라임은 현미경의 초점과 재물대를 조절하는 쿠퍼의 날렵한 손놀림을 부러운 눈으로 쳐다보았다. 그의 눈길이 다시 스크린으로 향했다.

"맞아. 새 거야. 하지만 부러진 이가 있군."

"손잡이 근처요."

"맞아."

톱질을 시작할 때, 사람들은 흔히 톱날을 자르려는 지점에 서너 번 내려놓는다. 이 과정에서, 특히 전선처럼 부드러운 알루미늄에는 부러지거나 구부러진 톱날 자국, 혹은 범인이 범행에 사용한 공구의 특징이 남는다.

"스플릿 볼트는?"

쿠퍼는 모든 볼트에서 범인의 렌치가 남긴 것으로 추정되는 독특한 긁힌 자국을 찾아냈다.

"부드러운 놋쇠라. 사랑스럽군. 사랑스러워. 범인은 상당히 많이 사용한 공구를 썼어. 점점 더 내부자라는 느낌이 오는데."

그때 셀리토가 전화를 끊고 말했다.

"전혀 없어. 파란 작업복을 본 것 같기도 하다는데, 사건 이후 한 시간 뒤에 본 건지 누가 알아. 그 블록 전체에 앨곤퀸 수리 팀이 파란 작업복 차림으로 득실거리고 있을 텐데."

"자네는 뭘 찾아냈지, 신참? 전선 제조사가 필요해."

"통화 대기 중입니다."

"자네가 경찰이라고 말해."

"했습니다."

"경찰 두목이라고 해. 아주 대단한 놈이라고."

"저는….'"

하지만 라임의 시선은 이미 다른 곳에 가 있었다. 터널 입구를 막았던 창살문의 쇠막대였다.

"이건 어떻게 잘랐지, 멜?"

조심스럽게 살펴보니, 이쪽은 쇠톱이 아니라 볼트 커터로 자른 것이었다.

쿠퍼는 창살 끝부분을 디지털 카메라를 부착한 현미경 밑에 놓고 사진을 찍었다. 그런 다음 사진을 중앙 컴퓨터로 보내 한 스크린에 배치했다.

"독특한 자국은 없나?"

라임이 물었다. 잘린 톱날이나 볼트와 너트의 긁힌 자국과 마찬가지로 볼트 커터의 특이한 자국도 공구의 주인을 찾을 수 있는 단서가 된다.

"이건 어떻습니까?"

쿠퍼가 사진을 가리키며 물었다.

여러 창살의 잘린 면에서 같은 위치에 작은 초승달 모양의 긁힌 자국이 있었다.

"저거면 되겠군. 좋아."

풀라스키가 고개를 갸우뚱하더니 펜으로 적을 준비를 했다. 베닝튼 전기 회사 사람이 뉴욕시경의 황제와 통화를 하려고 수화기를 든 모양이었다. 잠시 대화를 나눈 뒤, 그는 전화를 끊었다.

"케이블은 뭐래, 풀라스키?"

"우선 그 모델 전선은 아주 흔한 거랍니다. 보통….'"

"얼마나 흔한데?"

"매년 수백만 미터를 판매할 정도랍니다. 주로 중급 정도 전압에 사용한답니다."

"6만 볼트가 중급이라고?"

"그런 모양입니다. 전기 관련 도매상 어디에서나 살 수 있답니다. 하지만 앨곤퀸에서는 대량으로 직접 구매한다는군요."

셀리토가 물었다.

"누가 주문하는 거지?"

"기술자재부랍니다."

"내가 연락하지."

셀리토는 잠시 통화를 한 뒤 끊었다.

"재고를 확인해서 빈 게 있으면 연락하기로 했어."

라임은 창살을 응시하고 있었다.

"그럼 범인은 미리 맨홀을 통해 골목 지하에 있는 앨곤퀸 변전소로 들어갔군."

색스가 말했다.

"무슨 일을 하려고 증기관 맨홀로 들어갔다가 그 터널과 연결된 창살을 봤을지도 몰라요."

"틀림없이 내부자 소행일 가능성이 커."

라임은 그러기를 바랐다. 내부자 공모는 수사를 훨씬 수월하게 해준다.

"계속하자고. 부츠."

"터널 안과 변전소 내부 전선이 설치된 지점 근처에서 비슷한 부츠 족적을 발견했어요."

"커피숍에서는 없었나?"

"그겁니다."

풀라스키는 정전기로 본뜬 족적 한 장을 가리켰다.

"테이블 아래에 있었습니다. 제 눈에는 같은 브랜드 같은데요."

멜 쿠퍼도 족적을 비교하고 동의했다. 젊은 경찰이 말을 이었다.

"아멜리아가 거기 있던 앨곤퀸 기술자들의 부츠와 대조해보라고 했습니다. 모두 달랐습니다."

라임은 부츠로 시선을 돌렸다.

"브랜드가 뭘까, 멜?"

쿠퍼는 수천 가지 신발과 부츠가 등록되어 있는 뉴욕시경 신발 데이터베이스를 살펴보았다. 대부분 남자 신발이었다. 현장에 물리적 존재를 남기는 심각한 중범죄는 남성이 저지르는 경우가 대부분이다.

신발과 부츠 데이터베이스를 확장한 것은 오래전 라임이 주도한 사업이었다. 정기적으로 주요 신발업체에 신발을 보내달라고 해 밑창을 스캔하고 등록한 것이다.

사고 후 감식 일로 복귀한 뒤, 라임은 이 데이터베이스는 물론 뉴욕시경에서 확보한 물건 및 재료 데이터베이스를 유지하는 일에 계속 관여하고 있었다. 최근 데이터마이닝 관련 사건을 수사한 이후, 그가 생각해낸 아이디어를 현재 미국 내 많은 경찰서에서 활용하고 있었다. 뉴욕시경에 프로그래머를 고용하게 해서(실은 협박이었다) 신발이 닳은 단계에 따라 일일이 밑창을 컴퓨터 그래픽으로 구성하도록 한 것이다. 새 신발, 6개월, 1년, 2년 신은 신발, 이런 식이었다. 평발이거나 발가락을 안쪽으로 오므리고 걷는 사람이 신은 신발 형태도 따로 구분했다. 또한 키와 몸무게에 따라 밑창이 닳는 패턴을 연구하도록 했다.

예산이 많이 드는 프로젝트였지만 구축하는 시간은 놀랄 정도로 짧았고 신발의 브랜드나 신은 시간은 물론 신은 사람의 키, 몸무게, 걸음걸이의 특징에 대해 즉각 알아낼 수 있었다.

이 데이터베이스의 도움을 받아 범인의 신원을 파악한 사건도 이미 서너 건에 달했다.

쿠퍼는 키보드 위로 손가락을 바삐 움직이며 말했다.

"찾았습니다. 앨버트슨 펜윅 부츠/장갑 회사, 모델 E-20입니다."

그러곤 화면을 훑어보며 덧붙였다.

"놀랄 일도 아니군요. 특수 절연재를 사용한 신발입니다. 전기를 정기적으로 직접 다루는 기술자들을 위한 모델이군요. ASTM 전기 안전 규격 F2413-05를 충족합니다. 사이즈는 11이고요."

라임은 눈을 가늘게 뜨고 신발을 보았다.

"밑창의 홈이 깊군. 좋아."

미량증거물이 많이 끼어 있다는 뜻이었다.

쿠퍼가 말을 이었다.

"상당히 새 신발이라 범인의 키나 몸무게, 기타 특징을 파악할 만큼 닳은 흔적은 없습니다."

"하지만 걸음이 반듯하다는 건 알 수 있지 않나?"

라임은 작업대 위에 놓인 카메라에서 스크린으로 전송된 족적을 보고 있었다.

"네."

색스는 그 내용을 보드에 썼다.

"좋아, 색스. 자, 신참. 자네가 발견한 눈에 보이지 않는 증거물은?"

라임은 〈폭발 장소 맞은편 커피숍 용의자가 앉아 있던 테이블〉이라고 적힌 비닐봉투를 보았다.

쿠퍼가 살펴보았다.

"금발 머리, 길이 2.5센티미터. 염색하지 않은 자연 상태."

라임은 머리카락을 좋아했다. 보통 DNA를 채취할 수 있을 뿐 아니라 모근이 달려 있을 경우 용의자의 머리색, 상태, 모양까지 외모에 대한 여러 가지 정보를 알려주기 때문이다. 나이와 성별도 어느 정도 정확히 추정할 수 있다. 소변이나 혈액보다 마약의 흔적이 오랫동안 남아 있기 때문에 머리카락 검사는 감식은 물론 채용 정보로도 점점 더 많이 활용하고 있다. 2.5센티미터 길이의 머리카락에는 두 달 동안의 마약 복용 기록이 남는다. 영국에서는 머리카락을 알코올 중독 검사에도 자주 사용한다.

"범인의 머리카락인지는 아직 확실하지 않잖아."

셀리토가 지적했다.

"그렇지. 이 시점에서는 아직 아무것도 확실하지 않아."

하지만 풀라스키가 말했다.

"그래도 가능성이 높습니다. 주인과 이야기했는데요, 손님이 나갈 때마다 점원이 테이블을 닦는답니다. 제가 확인했습니다. 범인이 나간 뒤에는 폭발 때문에 안 닦았답니다."

"좋아, 신참."

쿠퍼는 머리카락을 계속 관찰하고 있었다.

"자연 곱슬머리도, 파마도 아닙니다. 직모입니다. 탈색 흔적도 없는 걸로 봐서 50세 이하입니다."

"독극물 분석을 요청해. 긴급으로."

"제가 연구실로 보내죠."

"사설 연구소에 보내. 빨리 분석하면 돈을 많이 준다고 해."

셀리토가 투덜거렸다.

"우린 돈 없어. 퀸스에도 완벽하게 좋은 연구실이 있다고."

"범인이 다른 사람을 죽이기 전에 결과를 내놓지 못하면 완벽하게 좋은 연구실은 아니야, 론."

"업타운 연구소가 어떨까요?"

쿠퍼가 물었다.

"좋아. 명심해. 돈을 많이 준다고 해."

"맙소사! 시경이 자네 중심으로 돌아가는 줄 아나, 링컨?"

"안 그래?"

라임은 진심 같기도 하고 장난 같기도 한 놀라움을 눈빛에 담아 물었다.

14 미량증거물

멜 쿠퍼는 주사전자현미경과 분산형 엑스레이 분광기로 색스가 범인이 전선을 설치한 지점에서 가져온 미량증거물을 분석했다.

"변전소 주변 지층과 다른 광물이 있습니다."

"구성은?"

"장석 70퍼센트 그리고 석영, 자철석, 운모, 방해석, 각섬석입니다. 경석고도 있습니다. 묘하군요. 규소도 상당히 많아요."

라임은 뉴욕 일대의 지질에 대해 잘 알고 있었다. 몸을 움직일 수 있었을 때는 뉴욕 시내를 걸어 다니면서 흙과 돌 샘플을 채취해 범인과 특정 위치를 대조할 수 있도록 데이터베이스를 만들었다. 하지만 이 광물 조합은 수수께끼였다.

"지질학자가 필요해."

라임은 잠시 생각하다가 스피드 다이얼을 눌러 전화를 걸었다.

"여보세요?"

기분 좋고 나직한 남자 음성이었다.

"아서."

라임은 멀지 않은 뉴저지에서 살고 있는 사촌에게 말했다.

"아, 잘 지내나?"

라임은 오늘은 다들 자기 건강에 대해 묻는다고 생각했다. 하지만 아서는 그냥 의례적인 인사말을 던진 것뿐이었다.

"잘 지내."

"지난주에 자네와 아멜리아를 만나서 반가웠어."

라임은 시카고 외곽에서 형제처럼 자랐던 아서 라임과 최근에 다시 연락하게 되었다. 시골에서 주말을 보내는 유형이 아닌 그가 아서 라임과 그의 아내 주디의 초대를 받아들여 해안의 작은 별장으로 찾아가자고 했을 때, 색스는 깜짝 놀랐다. 아서는 별장에 휠체어가 드나들 수 있도록 경사로까지 설치했다. 톰과 패미, 패미의 개 잭슨까지 같이 가서 이틀 동안 즐거운 시간을 보냈다.

라임도 즐거웠다. 여자들과 개가 해안을 산책하는 동안, 그와 아서는 과학과 학문 그리고 시사에 대해 이야기했고 싱글몰트 스카치가 많이 들어갈수록 토론도 점점 혀가 꼬여갔다. 아서는 라임과 마찬가지로 상당히 좋은 위스키를 갖고 있었다.

"스피커폰이야, 아서. 경찰이… 잔뜩 있어."

"뉴스를 봤어. 그 전기 사고를 수사 중이겠지. 끔찍한 일이야. 언론은 사고일 거라고 하지만….”

그는 믿지 않는다는 듯 웃었다.

"아니, 절대 사고는 아니야. 불만을 품은 내부 직원 소행인지, 테러리스트인지 아직 몰라.”

"내가 도울 일은 없나?"

아서도 과학자였다. 라임보다 지식의 폭이 넓었다.

"사실, 있어. 잠깐 물어볼 게 있는데. 아니, 잠깐으로 끝났으면 좋겠지만. 현장에서 미량증거물을 발견했는데, 인근 지층과 일치하지 않아. 사실 내가 아는 뉴욕 시내 어느 곳과도 달라."

"적을게. 말해봐.”

라임은 실험 결과를 알려주었다.

아서는 침묵을 지켰다. 받아 적은 목록을 들여다보며 머릿속으로 온갖 가능성을 검색하고 있는 사촌의 모습이 눈에 보이는 듯했다.

"입자 크기는 어느 정도지?"

"멜?"

"안녕하세요, 아서? 멜 쿠퍼입니다."

"안녕, 멜. 요즘도 댄스를 하나?"

"지난주 롱아일랜드 댄스 대회에서 우승했어요. 일요일에는 지역 대회에 출전합니다. 이 일에 붙잡히지만 않으면."

"멜?"

라임이 재촉했다.

"입자 크기요? 네, 아주 작습니다. 0.25밀리미터 정도."

"좋아. 테프라 같은데."

"뭐?"

라임이 물었다. 아서가 철자를 불러주었다.

"화산 쇄설물이야. 그리스어로 '재'라는 뜻이지. 화산에서 폭발해 공중에 떠 있을 때는 파이로클라스트, 즉 '부서진 돌'이라고 하는데, 그게 땅에 쌓이면 테프라라고 해."

"지역 원산인가?"

아서는 재미있다는 듯 대꾸했다.

"어딘가의 지역이 원산이겠지. 하지만 이 근처? 요즘은 아니야. 서부에서 대형 화산이 폭발하고 바람이 이쪽으로 분다면 북동부에도 아주 미량 검출되겠지만, 최근 그런 화산 활동은 없었어. 그런 구성비라면 태평양 연안 북서부일 거야. 어쩌면 하와이일 수도."

"그럼 이 흙은 범인이나 다른 누군가한테 묻어서 현장에 왔겠군."

"그럴 거야."

"음, 고마워. 조만간 또 연락하지."

"아, 전에 아멜리아가 물어봤던 요리법을 주디가 이메일로 보낼 거래."

라임은 주말에 이런 대화가 오가는 것을 들은 적이 없었다. 아마 해안에서 나눈 이야기일 것이다. 색스가 말했다.

"급할 거 없어요."

전화를 끊은 뒤, 라임은 한쪽 눈썹을 치켜 올리고 색스를 쳐다보지 않을 수 없었다.

"요즘 요리하나?"

색스는 어깨를 으쓱했다.

"패미가 가르쳐줄 거예요. 어려워봤자 얼마나 어렵겠어요? 카뷰레터 조립하는 거나 비슷하겠죠. 재료가 잘 부서지는 것만 빼면."

라임은 차트를 응시했다.

"테프라…. 그렇다면 범인은 최근 시애틀이나 포틀랜드, 혹은 하와이에 있었을 가능성이 있어. 하지만 이렇게 많은 양이 여행길에 남아 있었을지는 의문이군. 아마 박물관이나 학교, 어떤 종류의 지질학 전시관이나 그 근처에 갔을 거야. 업무용으로 화산재를 사용하는 경우가 있나? 돌을 연마한다든지. 탄화규소처럼."

쿠퍼가 말했다.

"상업적으로 생산했다고 하기에는 구성 물질이 너무 다양하고 불규칙합니다. 경도가 너무 연하기도 하고요."

"음. 보석은? 용암에서 보석을 만들지는 않나?"

아무도 그런 이야기를 들은 사람은 없었다. 라임은 범인이 사는 곳이나 다음 목표물이 있는 곳 근처에 지질 전시관이 있을 거라고 결론 내렸다.

"멜, 퀸스에 사람을 시켜서 알아보라고 해. 상설이든 이동식이든 화산이나 용암과 조금이라고 관련된 전시장이 어디 있는지. 맨해튼부터 알아보라고 해."

이어서 라임은 비밀에 감싸인 문짝을 바라보았다.

"이제 아멜리아가 헤엄을 쳐서 들고 나온 걸 보자고. 자네 차례야, 신참. 우릴 자랑스럽게 해줘."

15 프로파일

　애완동물 털 제거기로 라텍스 장갑을 한 번 밀고 라임에게서 칭찬의 눈빛을 받은 뒤, 젊은 경찰은 아직 연결되어 있는 문짝과 문틀을 한꺼번에 들었다. 문은 가로 세로 45센티미터였으며, 문틀은 5센티미터 정도 더 컸다. 짙은 회색 페인트가 칠해져 있었다.

　색스의 말이 옳았다. 아주 좁았다. 범인은 변전소로 들어갈 때 힘들게 몸을 구겨 넣다가 틀림없이 뭔가를 남겼을 것이다.

　문은 양쪽에 붙은 아주 작은 빗장 네 개로 열리게 되어 있었다. 장갑을 낀 손으로 벗기려면 힘들었을 것이고, 어차피 나중에 배터리 폭탄으로 문짝을 날려 증거물을 없앨 계획이었으니, 분명 맨손을 썼을 것이다.

　지문에는 세 가지 종류가 있다. 눈에 보이는 지문(흰 벽에 피 묻은 엄지손가락을 눌러 생기는 경우), 압력으로 눌린 지문(플라스틱 폭탄처럼 말랑말랑한 표면에 남은 경우), 잠재 지문(육안으로 볼 수 없는 경우). 잠재 지문을 뜨는 좋은 방법은 수십 가지가 있지만, 그중 최고는 그냥 일반 가게에서 살 수 있는 슈퍼 글루, 즉 시아노아크릴레이트를 금속 표면에 사용하는 경우다. 슈퍼 글루가 들어 있는 상자에 물건을 넣고 밀봉한 다음, 순간접착제가 기화될 때까지 가열한다. 이 증기는 손가락이 남긴 어떤 성분에도 달라붙어 아미노산, 젖산, 포도당, 칼륨, 삼산화탄소 등 눈에 보이는 지문을 생성한다.

이 과정은 전혀 보이지 않던 지문을 눈에 보이게 하는 기적을 일으킨다.

한데 이번 사건은 아니었다.

"없습니다."

풀라스키는 셜록 홈스풍의 확대경으로 문짝을 살펴보며 낙심한 목소리로 말했다.

"장갑 얼룩뿐입니다."

"놀랄 일은 아니지. 범인은 지금까지 아주 조심스러웠어. 몸이 닿았을 테니까 문짝 안쪽에서 미량증거물을 채취해."

풀라스키는 큰 관찰용 종이를 깔아놓은 다음 부드러운 솔로 문을 털고 면봉으로 닦아냈다. 그러곤 찾아낸 것을 봉투에 넣고―라임의 눈에는 거의 없는 것 같았다―쿠퍼가 분석할 수 있도록 잘 정리했다.

그때 셀리토가 전화를 받더니 말했다.

"잠깐만. 스피커폰을 켜지."

"여보세요?"

스피커에서 목소리가 흘러나왔다. 라임은 셀리토를 돌아보며 속삭였다.

"누구지?"

"자넥."

뉴욕시경 컴퓨터 범죄 전문가다.

"뭘 찾았나, 로드니?"

배경에서 록 음악이 시끄럽게 울리고 있었다.

"앨곤퀸 서버에 침투한 사람은 애당초 비밀번호를 알고 있었다고 장담할 수 있어요. 확실히 장담한다니까요. 일단, 침투를 시도한 흔적이 전혀 없어요. 억지로 공격한 흔적 말이에요. 분산된 루트킷

(rootkit) 코드도, 수상한 드라이버도, 커널(kernel) 모듈도, 전혀⋯."

"핵심만 말해줘."

"네. 내 말은 모든 포트를 살펴봤는데⋯."

그는 라임의 한숨 쉬는 소리에 머뭇거렸다.

"아, 핵심 말이죠. 내부인 소행이기도 하고, 아니기도 해요."

"무슨 뜻이야?"

"물리적으로 공격은 앨곤퀸 건물 외부에서 들어왔어요."

"그건 알고 있어."

"하지만 범인은 퀸스 본사 내부에서 비밀번호를 얻어낸 게 틀림없어요. 범인이든 공범이든. 비밀번호는 네트워크와 분리된 무작위 코드 생성기 형태로 하드에 저장되어 있어요."

라임은 제대로 이해했는지 확인하기 위해 소리 내어 정리했다.

"그럼 내국인이든 외국인이든, 외부 해커의 소행은 아니다."

"거의 불가능해요. 진짜예요, 링컨. 루트킷이 단 하나도⋯."

"알겠어, 로드니. 커피숍에서 접속한 흔적은?"

"USB 포트로 선불 휴대전화 접속을 이용했어요. 유럽의 프록시를 경유해서."

라임은 이 말이 '흔적이 없다'를 뜻한다는 것 정도는 알고 있었다.

"고마워, 로드니. 그렇게 음악을 틀어놓고 어떻게 일을 하지?"

그는 킬킬 웃었다.

"언제든지 연락 주세요."

딸깍하고 전화 끊기는 소리와 함께 시끄러운 소음도 사라졌다.

쿠퍼도 통화 중이었다. 그가 전화를 끊고 말했다.

"본부의 재료분석실 연구원과 통화했습니다. 지질학 전공인데, 일반인 상대로 정기적으로 전시회를 여는 학교가 많답니다. 화산재와 용암 전시회를 확인하는 중입니다."

풀라스키는 눈을 가늘게 뜨고 문짝을 바라보고 있었다.

"여기 뭐가 있는 것 같은데요."

그러곤 문짝 맨 위 빗장 근처를 가리켰다.

"닦아낸 것 같습니다."

풀라스키가 확대경을 집어 들었다.

"금속 표면에 찍혀서 튀어나온 자국이 있습니다. 날카로워요. 아마 긁혀서 피가 난 것 같습니다."

"그래?"

라임은 흥분했다. 감식에서 DNA보다 좋은 것은 없다.

셀리토가 말했다.

"하지만 닦아냈다면 도움이 될까?"

라임이 뭐라 말하기 전에, 풀라스키가 허리를 굽힌 채 중얼거렸다.

"하지만 무엇으로 닦았을까요? 침이겠죠. 그것도 피 못지않게 좋습니다."

라임이 내리려던 결론이었다.

"ALS를 써봐."

가변 광원은 미량의 타액이나 정액, 땀처럼 DNA가 들어 있는 체액을 검출한다. 특정한 종류의 범죄에서 — 성 범죄 같은 경우 — 현재 모든 사법 기관은 용의자의 DNA를 채취하며, 그 이상의 조치를 취하는 경우도 많다. 용의자가 이런 범죄를 저지른 적이 있다면 DNA 데이터베이스 CODIS에 등록되어 있을 것이다.

잠시 후, 풀라스키는 고글을 쓰고 얼룩이 묻어 있는 지점에 광원을 비췄다. 작은 얼룩이 노란색으로 빛을 발했다.

"네, 있습니다. 많지는 않아요."

"신참, 인체에 얼마나 많은 수의 세포가 있는지 아나?"

"음…. 아뇨, 모르겠습니다."

"3조 개가 넘어."

"아주 많은 것 같은데…."

"DNA를 채취하려면 그중 몇 개가 필요한지 아나?"

"직접 쓰신 책에는 100개라고 되어 있었습니다, 링컨."

라임은 한쪽 눈썹을 치켜 올렸다.

"대단한데."

그러곤 덧붙였다.

"그 어마어마한 얼룩에 세포 100개가 있을 것 같나?"

"아마 있겠죠."

"당연하지. 섹스, 헤엄을 친 게 무위로 돌아가지는 않은 것 같군. 배터리가 폭발했다면 저 시료가 없어졌을 거야. 좋아, 멜, 저걸 어떻게 채취하는지 신참한테 보여줘."

풀라스키는 까다로운 작업을 쿠퍼에게 맡기고 물러섰다.

"STR? 아니면, 변질된 상태인가?"

폴리머라아제 연쇄 반응 방식은 형사 사건에서 DNA를 검출하는 표준 방식이다. 빠를 뿐만 아니라, 최소 10억 대 1의 정확성을 보장하기 때문에 가장 신뢰할 수 있다. 용의자의 성별도 알 수 있다. 그러나 시료의 양이 아주 적은 경우에는 DNA 상태가 좋아야 한다. 변전소 안에서 물이나 열기 때문에 변질되었다면 미토콘드리아 DNA 같은 다른 감식 방법을 이용해야 하고, 시간도 오래 걸린다.

"괜찮을 것 같습니다."

쿠퍼는 DNA를 채취하고 연구실에 전화해 가져가라고 연락했다.

"알고 있어요. 긴급으로."

라임이 한마디 하려는 순간, 그가 선수를 쳤다.

"비용 걱정도 절대 하지 말고 해."

"자네 수수료에서 떼줄 건가, 링컨?"

셀리토가 툴툴거렸다.

"우수 고객 할인 제도를 적용해주지, 론. 잘 찾았어, 풀라스키."

"고맙습니다. 저는…."

당분간 이 정도 칭찬이면 충분하다고 생각했는지, 라임은 말을 막았다.

"문 안쪽에는 미량증거물이 없나, 멜? 별로 진도가 안 나가는데."

쿠퍼는 샘플을 채취해 관찰 종이 위에 털어보기도 하고 현미경으로 들여다보기도 했다.

"대조구나 일대 토양과 일치하지 않는 건 없군요. …단 하나, 이게 있습니다."

아주 미세한 분홍색 점이었다.

"가스크로마토그래피로 분석해봐."

잠시 후, 멜은 가스크로마토그래피와 질량분석기, 기타 몇 가지 분석 결과를 읽었다.

"산성입니다. pH 2 정도. 구연산과 설탕이군요. 그리고… 음, 이건 스크린에 올리겠습니다."

단어가 떴다. 케르세틴 3-O-루티노시드-7-O-글루코시드, 크리소에리올 6,8-디-C-글루코시드(스텔라린-2)였다.

"좋아, 과일 주스군. 저 정도 산도라면 아마 레몬일 거야."

풀라스키는 웃지 않을 수 없었다.

"그걸 어떻게 아세요? 죄송합니다만, 어떻게 아셨습니까?"

"아는 만큼 보이는 거야, 신참. 숙제를 해! 명심하라고."

라임은 쿠퍼를 돌아보았다.

"그리고 식물성 기름 같은 것, 소금, 무슨 화합물이 있는데, 이건 뭔지 전혀 모르겠습니다."

"무엇으로 된 거지?"

"단백질이 많군요. 아미노산은 아르기닌, 히스티딘, 이소류신, 리신, 메티오닌입니다. 지질도 많군요. 주로 콜레스테롤과 레시틴입니다. 비타민 A · B2 · B6 · B12, 나이아신, 판토텐산, 엽산도 있고요. 칼슘, 마그네슘, 인, 칼륨도 다량 함유되어 있습니다."

"맛있겠군."

라임이 말했다. 쿠퍼는 고개를 끄덕였다.

"분명 음식입니다. 한데 뭘까요?"

사고 뒤로 미각은 별로 변하지 않았지만, 링컨 라임에게 음식이란 근본적으로 연료였고, 먹는 행위에서 그다지 큰 즐거움을 느끼지 못했다. 위스키 정도만 예외랄까.

"톰?"

대답이 없었다. 라임은 심호흡을 했다. 다시 부르려는데, 문간에서 조수가 머리를 내밀었다.

"괜찮으십니까?"

"왜 자꾸 그걸 묻지?"

"뭘 원하십니까?"

"레몬주스, 식물성 기름, 달걀."

"배고프세요?"

"아니, 아니, 아니. 어떤 음식에 이런 성분이 들어가지?"

"마요네즈요."

라임은 쿠퍼를 향해 한쪽 눈썹을 들어 보였다. 쿠퍼가 고개를 저었다.

"덩어리 상태에 분홍색을 띠고 있어요."

조수는 다시 생각해보았다.

"그러면 타라마살라타로 하겠습니다."

"뭐? 식당 이름인가?"

톰이 웃었다.

"그리스식 애피타이저예요. 발라 먹는 겁니다."

색스가 물었다.

"캐비어요? 빵에 발라 먹는 거?"

톰은 색스에게 대답했다.

"음, 생선 알이긴 한데, 철갑상어 알이 아니라 대구 알입니다. 그러니 엄밀히 말해 캐비어는 아니죠."

라임은 고개를 끄덕였다.

"아, 그래서 염분이 많군. 생선이라. 맞아. 흔한 음식인가?"

"그리스 식당이나 식료품점에는 많죠."

"이런 게 다른 곳보다 많은 지역이 있을까? 그리스인 밀집 지역이라든지."

"퀸스죠."

퀸스에 사는 풀라스키가 대답했다.

"애스토리아에 있습니다. 그리스 식당이 많아요."

"이제 전 가도 됩니까?"

톰이 물었다.

"좋아, 좋아, 좋아…."

"고마워요."

색스가 말했다. 조수는 노란색 고무장갑을 낀 손을 흔들더니 사라졌다. 셀리토가 물었다.

"어쩌면 퀸스 어딘가에서 다음 공격을 계획했는지도 모르겠군."

라임은 어깨를 으쓱했다. 그가 할 수 있는 몇 안 되는 몸짓 중 하나였다. 범인은 위치를 선정해야 할 것이다. 사실이다. 하지만 그의 생각은 다른 방향으로 기울고 있었다.

색스는 그의 시선을 보았다.

"앨곤퀸 본사가 애스토리아에 있다는 걸 생각하는 거죠?"

"그거야. 모든 정황이 내부인 소행이라는 걸 가리키고 있어. 회사 책임자는 누구지?"

론 풀라스키가 변전소 밖에서 기술자들과 대화했던 내용을 알려주었다.

"사장 겸 CEO 이야기를 하더군요. 이름은 제슨이었습니다. 앤디제슨, 다들 그를 좀 무서워하는 것 같았습니다."

라임은 한동안 차트를 응시하다가 말했다.

"색스, 차도 새로 샀겠다 한 바퀴 신 나게 돌고 오지?"

"그러죠."

색스는 CEO의 비서에게 연락해 30분 뒤에 약속을 잡았다. 그때 셀리토의 휴대전화가 울렸다. 그는 전화를 꺼내 발신자를 확인했다.

"앨곤퀸이군."

통화 버튼을 눌렀다.

"셀리토 형사요."

라임은 그의 얼굴이 굳어지는 것을 눈치챘다.

"확실한 거요? ···알겠습니다. 접근 가능했던 사람은? ···고맙습니다."

전화를 끊었다.

"개자식."

"뭐?"

"자재부 부장이야. 지난주 할렘에 있는 앨곤퀸 창고 중 한 곳에 도둑이 들었대. 118번가. 직원이 빼돌린 거라고 생각했다는군. 열쇠를 사용했대. 억지로 들어간 게 아니라."

풀라스키가 물었다.

"그 도둑이 케이블을 가져갔답니까?"

셀리토는 고개를 끄덕였다.

"스플릿 볼트도."

하지만 라임은 형사의 둥근 얼굴에서 뭔가 다른 소식이 있다는 것을 감지했다. 그는 속삭이듯 물었다.

"얼마나? 얼마나 훔쳤지?"

"맞아, 링컨. 케이블 23미터, 볼트 12개야. 맥대니얼이 뭐라고 했지? 일회성? 헛소리. 범행을 계속할 생각인 거야."

범행 현장: 앨곤퀸 변전소 맨해튼 10호, 웨스트 57번가

- 피해자(사망): 루이스 마틴, 음반 가게 부지배인
- 어떤 표면에도 지문이 없음
- 아크 플래시로 인해 녹은 금속 파편
- 절연 알루미늄 전선. 규격 0
  - 베닝튼 전기 자재 제작사 AM-MV-60. 한계 전압 60,000볼트
  - 쇠톱으로 잘랐음. 톱날은 새 것, 이가 빠졌음
- 스플릿 볼트 2개. 2.0센티미터짜리 구멍이 있음
  - 추적 불가
- 볼트에 독특한 공구흔
- 놋쇠 버스 바, 0.4센티미터 볼트 2개로 케이블에 연결

- 모두 추적 불가
- 부츠 자국
  - 앨버트슨–펜윅 전기 작업용 모델 E-20, 사이즈 11
- 변전소로 통하는 쇠창살 문을 잘라냈음, 독특한 볼트 커터 공구흔
- 지하실 출입구와 문틀
  - DNA 확보. 감식을 위해 연구실에 보냈음
  - 그리스 음식, 타라마살라타
- 금발 머리, 길이 2.5센티미터, 자연 상태. 50세 이하. 변전소 맞은편 커피숍에서 발견
  - 독극물 검사실로 보냈음
- 광물 미량증거물 : 화산재
  - 뉴욕 지역에서는 자연 상태에서 발견되지 않는 종류
  - 전시관이나 박물관, 지질 학교?
- 앨곤퀸 통제실 소프트웨어, 외부 해커의 소행이 아니라 내부 비밀번호로 접속

범인 프로파일
- 남성
- 40대
- 백인일 가능성
- 안경과 모자를 썼을 가능성
- 앨곤퀸 기술자들과 비슷한 진청색 작업복
- 전기 시스템에 대해 아주 잘 알고 있음
- 부츠 자국에서는 자세나 걸음걸이로 인한 물리적 특성이 나타나지 않음
- 베닝튼 케이블 23미터와 스플릿 볼트 12개를 훔친 도둑과 동일인일 가능성. 다른 공격을 계획하고 있을까? 절도가 발생한 앨곤퀸 창고는 열쇠로 열고 들어갔음
- 앨곤퀸 직원이거나 직원을 아는 사람일 가능성이 높음
- 테러리스트와 연계? '—를 위한 정의'와 관련? 테러 조직? 라만이라는 사람이 연루? 현금 지급, 인력 이동, 뭔가 '큰' 일이 있다는 내용의 비밀 통화

16 앨곤퀸 전력 회사

으스스하군….

토리노 코브라를 퀸스의 애스토리아 앨곤퀸 전력 회사 주차장에 세우고 차에서 내리는 순간, 아멜리아 색스의 머리에는 이 단어가 떠올랐다. 회사 시설은 몇 블록 일대에 걸쳐 있었지만, 음침한 빨강색과 회색 건물 한 동이 200미터가량 공중으로 우뚝 솟아 있었다. 거대한 건물 때문에 하루 일과를 마치고 기다란 벽으로 난 문을 걸어 나오는 직원들이 마치 인형의 집을 나서는 난쟁이처럼 작아 보였다.

파이프 수십 개가 건물에서 뻗어 나와 있었는데, 예상대로 온통 전선이었다. '전선'이라는 표현도 어울리지 않았다. 두껍고 뻣뻣한 케이블이었는데, 절연재로 싸인 것도 있고 보안등 아래에서 반짝이는 노출된 은회색 금속선도 있었다. 건물 내부에서 뻗어 나온 이 케이블은 금속이나 세라믹 등의 절연 장치를 거쳐 더욱 복잡한 구조물과 지지대 또는 탑으로 수십만 볼트의 전기를 운반하고 있을 것이다. 거기서 다시 팔에서 손으로, 다시 손가락으로 이어지는 인간의 뼈처럼 서로 다른 목적지를 향해 이어져 있을 것이다.

색스는 고개를 뒤로 젖히고 높이 솟은 굴뚝 네 개를 올려다보았다. 역시 검댕이 묻어 지저분한 빨강색과 회색이었다. 땅거미가 지고 있는 흐릿한 하늘 위로는 경고등이 밝게 깜빡이고 있었다. 오랫동안 보고 다녔던 굴뚝들이다. 뉴욕에 와본 적이 있는 사람이라면, 삭막한 산업 설비가 늘어선 이스트 강변에서 가장 시선을 끄는 이 굴뚝들을 못 보았을 리가 없다. 하지만 이렇게 가까이에서 본 것은 처음이었다. 흐린 하늘을 찌를 듯이 솟아 있는 모습이 인상적이었다. 겨울에 연기나 증기가 흘러나오는 것을 본 기억도 났지만, 지금은 보이지 않는 가스나 열기가 굴뚝에서 피어오르며 매끈한 허공에 아지랑이 같은 파문을 일으키고 있었다.

사람의 목소리가 들려 주차장 쪽을 바라보니, 50명쯤 되는 시위대가 모여 있었다. 높이 쳐든 피켓도 보였고 구호 소리도 들렸다. 석유를 퍼마시는 사악한 늑대 같은 전력 회사를 규탄하는 것 같았다. 색스가 도요타 프리우스보다 기름을 다섯 배는 더 먹는 자동차를 타고 여기 도착한 것은 미처 못 본 모양이었다.

발밑에서 거대한 19세기 엔진 같은 우르릉거리는 진동이 느껴지는 것 같았다. 낮게 윙윙거리는 소리도 들렸다.

색스는 자동차 문을 닫고 출입구로 다가갔다. 경비 두 사람이 그녀를 바라보고 있었다. 오래된 빨강색 머슬카를 타고 도착한 날씬한 빨강 머리 여자가 누군지 궁금한 것 같았지만, 건물에 대한 그녀의 반응도 재미있어하는 것 같았다. 그래, 대단하지. 안 그래? 이렇게 오래 살았어도 아직까지 신기해. 이런 말이 그들의 얼굴에 드러나 있었다.

하지만 신분증과 배지를 보여주자 그들의 얼굴에 긴장한 표정이 떠올랐다. 경찰이 온다는 말을 듣기는 했지만, 이런 여자를 예상하지는 않았던 것 같다. 그들은 즉시 앨곤퀸 전력 회사의 간부들이 근무하는 듯한 복도로 색스를 안내했다.

최근 수사했던 미드타운의 세련된 데이터마이닝 회사 건물과 달리 앨곤퀸 본사는 1950년대의 일상을 소개하는 박물관 전시품 같았다. 금빛 목제 가구, 보란 듯이 틀에 끼워 걸어놓은 시설물 및 송전탑 사진, 갈색 양탄자. 거의 대부분 남자인 직원의 옷차림도 극도로 보수적이었다. 모두 흰 셔츠와 진한 색 정장이었다. 머리는 거의 군인처럼 짧았다.

그들은 앨곤퀸에 대한 잡지 기사 사진들로 장식한 따분한 복도를 지났다. 〈전력의 시대〉, 〈월간 송전〉, 〈전력망〉.

6시 30분이 다 되어가는 시간이었지만, 여기에는 직원 수십 명이 타이를 느슨하게 풀고 소매를 걷어 올린 채 심각한 얼굴로 일을 하고 있었다.

경비는 복도 끝에서 색스를 A. R. 제슨의 사무실로 안내했다. 긴 고속도로를 시속 110킬로미터로 달려왔지만, 색스는 사전 조사를 대략 해두었다. 제슨의 이름은 남자 'Andy'가 아니라 여자 이름 앤드리아의 애칭 'Andi'였다. 색스는 늘 중요한 인물에 대해 이런 것을 미리 확인하는 것을 원칙으로 삼았다. 탐문이나 심문에서는 주도권을 확보하는 것이 중요하다. 론은 CEO가 당연히 남자일 거라고 생각했다. 여기에 도착한 색스가 '미스터 제슨'을 찾았다면 얼마나 신뢰도가 떨어졌을까.

안으로 들어간 색스는 대기실 입구에서 잠시 멈췄다. 몸에 붙은 검은색 탱크톱과 대담한 하이힐 차림의 비서 또는 개인 조수 같은 여자가 아슬아슬하게 발가락 끝으로 일어서더니 파일 캐비닛을 뒤졌다. 40대 초반이거나 30대 후반으로 보이는 짧은 금발 머리 여자는 보스가 원하는 서류를 찾을 수 없는지 미간에 주름을 잡았다.

사무실로 통하는 문간에는 머리카락이 희끗희끗한 여자가 딱딱한 갈색 정장과 하이넥 블라우스 차림으로 당당하게 서 있었다. 그녀는 팔짱을 낀 채 파일 캐비닛을 뒤지는 비서를 바라보았다.

"아까 전화 드린 색스 형사입니다."

색스는 음침한 여자가 자신을 돌아보자 말했다.

그때 젊은 여자가 캐비닛에서 폴더 하나를 꺼내더니 나이 많은 여자에게 건네며 말했다.

"찾았어요, 레이철. 내가 실수했군요. 당신이 점심 먹으러 나갔을 때 내가 철을 해뒀었는데. 다섯 부만 복사해줘요."

"알겠습니다, 제슨 씨."

나이 많은 여자가 복사기 쪽으로 향했다.

CEO는 아슬아슬한 하이힐로 성큼성큼 걸어오더니 색스의 눈을 올려다보며 손을 굳게 잡았다.

"들어오세요, 형사님. 할 이야기가 많은 것 같군요."

색스는 갈색 정장 차림의 개인 비서를 흘끗 바라본 뒤, 진짜 앤디 제슨을 따라 사무실로 들어갔다.

예습은 개뿔. 색스는 씁쓸하게 생각했다.

17 용의자

앤드리아 제슨은 색스가 실수를 저지를 뻔한 것을 눈치챈 모양이었다.

"나는 미국 내 주요 전력 회사 사장 중에서 두 번째로 젊고, 여성으로서는 유일합니다. 내가 고용에 대해 최종 결정권을 가지고 있는데도 앨곤퀸의 여성 인력 비율은 미국 내 다른 대기업의 10퍼센트밖에 되지 않아요. 이 분야 자체가 그렇습니다."

왜 이런 분야로 뛰어들었는지 물어보려는데, 색스의 마음을 읽었는지 제슨이 말했다.

"아버지가 이 분야에서 일했어요."

나도 뉴욕시경에서 오랫동안 순경으로 재직했던 아버지 때문에 경찰이 되었어요. 이런 말이 혀끝까지 튀어나왔지만 색스는 참았다.

제슨의 얼굴은 각이 졌고, 화장기는 아주 옅었다. 녹색 눈가와 단조로운 입가에 주름이 약간 있었지만 심하지는 않았다. 그 외의 피부는 매끄러웠다. 바깥 공기를 많이 쐬는 사람은 아니다.

상대도 색스를 찬찬히 관찰하더니 의자로 둘러싸인 커다란 커피 탁자를 턱으로 가리켰다. 색스가 의자에 앉는 동안, 제슨은 수화기를 집어 들었다.

"잠깐만 실례할게요."

매니큐어를 발랐지만 광택은 내지 않은 손톱으로 숫자판을 두드렸다.

제슨은 세 사람에게 전화를 걸었다. 모두 이번 공격과 관련한 내용이었다. 한 통은 변호사인 것 같았고, 한 통은 홍보부나 외부 홍보 회사 같았다. 세 번째 통화가 시간을 거의 다 잡아먹었는데, 회사 소유 변전소나 다른 시설에 경비를 강화하라는 내용이었다. 제슨은 금색 연필로 메모를 하며 딱딱 끊기는 말투로 단어 하나하나를 힘주어 말했다. '그러니까', '내 말은' 같은 불필요한 어구는 전혀 사용하지 않았다. 제슨이 빠르게 지시를 내리는 동안, 색스는 사무실을 둘러보았다. 넓은 티크 책상 위에 놓인 10대 시절의 제슨과 가족사진이 눈에 띄었다. 아이들 사진 여러 장을 바탕으로 추정하건대, 몇 살 어린 남동생이 하나 있는 것 같았다. 얼굴은 닮았지만, 동생은 갈색 머리, 누나는 금발이었다. 최근 찍은 사진에서는 육군 군복을 입은 잘생기고 날렵한 남자의 모습이었다. 여행 중에 찍은 사진도 있고 예쁜 여자를 안고 있는 사진도 많았는데, 사진마다 여자가 전부 달랐다.

제슨이 연인과 찍은 사진은 없었다.

벽면에는 책장이 늘어섰고, 전력의 역사 전시회에 사용한 듯한 오래된 인쇄물이나 지도 같은 것도 붙어 있었다. '최초의 전력망'이라는 제목이 붙은 지도는 펄 스트리트와 인근 로어맨해튼 지역이었다. 토머스 A. 에디슨이라는 글씨도 눈에 띄었다. 전기의 아버지가 직접 사인한 것 같았다.

제슨은 전화를 끊더니 책상에 팔꿈치를 괴고 몸을 앞으로 내밀었다. 눈은 충혈되어 있었지만, 턱과 얇은 입술은 단호했다.

"사고 이후… 일곱 시간이 지났군요. 용의자를 잡았으면 했는데. 잡았다면 전화를 하셨겠지요. 직접 방문할 게 아니라."

"네. 수사 과정에서 알아낸 몇 가지 사실에 대해 질문을 드리러 왔습니다."

다시 조심스럽게 위아래로 훑어보는 시선.

"난 시장과 주지사, FBI 뉴욕 지국장과 계속 통화하고 있어요. 아, 국토안보부도 있군요. 난 일개 경찰이 아니라 그 사람들이 올 거라고 생각했는데요."

이건 상대를 비하하려는 의도에서 나온 말이 아니었다. 색스는 불쾌하지 않았다.

"뉴욕시경이 현장 감식을 담당하고 있습니다. 제 질문도 그와 관련된 거고요."

제슨의 얼굴이 약간 누그러졌다.

"그렇다면 설명이 되는군요. 여자끼리라서 하는 말인데, 난 약간 방어적인 입장입니다. 거물들이 날 덜 진지하게 취급하지 않나 하는 생각이 들어서."

공모자 같은 희미한 미소.

"늘 있는 일이에요. 생각보다 자주."

"이해합니다."

"이해하실 거예요. 형사님이라고요?"

"맞습니다."

색스는 수사가 다급하다는 것을 떠올리고 곧장 물었다.

"이제 질문을 드려도 될까요?"

"그러세요."

전화가 계속 울렸다. 하지만 조금 전 사무실에 들어온 개인 비서에게 지시를 내리자 모든 전화는 단 한 번만 울리고 조용해졌다.

"우선 간략히 확인 좀 하려고 하는데요, 전력망 소프트웨어의 접근 비밀번호를 변경했나요?"

미간에 주름이 생겼다.

"물론이죠. 가장 먼저 취한 조치였어요. 시장이나 국토안보부에서 말하지 않던가요?"

아니, 말 안 했어. 색스는 생각했다. 제슨이 말을 이었다.

"방화벽도 추가로 설치했어요. 해커는 더 이상 침투하지 못할 거예요."

"해커가 저지른 짓이 아닐 수도 있습니다."

제슨은 고개를 갸우뚱했다.

"하지만 오늘 아침 터커 맥대니얼이 테러리스트의 소행일 거라고 했는데요. 그 FBI 요원 말이에요."

"이후에 다른 정보를 찾아냈습니다."

"해커가 아니라면 어떻게 그런 일이 있을 수 있죠? 외부의 누군가가 전력 공급을 다른 곳으로 돌리고 10번 변전소, 57번가 변전소의 차단기를 변경했어요."

"저희는 범인이 내부에서 비밀번호를 얻어냈다고 확신합니다."

"그건 불가능해요. 이건 테러리스트 짓이에요."

"그럴 가능성도 분명 있고, 그 점도 질문을 드리고 싶어요. 하지만 그렇더라도 내부 공범이 있습니다. 우리 컴퓨터범죄과 전문가가 이곳 정보 기술 쪽 사람들과 통화를 했습니다. 독립된 해킹 증거는 전혀 없다고 했다더군요."

제슨은 입을 다물고 책상을 바라보았다. 기분이 좋아 보이지 않았다. 내부에 공범이 있다는 얘기 때문일까? 아니면 회사 직원이 자신도 모르는 사이에 경찰과 따로 이야기를 해서일까? 제슨은 뭐라고 메모를 했다. 기술 보안 담당 직원을 문책해야겠다는 내용이 아닐까 하는 생각이 들었다.

색스는 말을 이었다.

"앨곤퀸 제복 차림의 용의자가 목격되었습니다. 똑같은 옷이 아니라도, 이 회사 직원들의 작업복과 아주 유사한 파란 작업복이었어요."

"용의자?"

"사건이 발생한 시각을 전후로 변전소 건너편 커피숍에서 한 남자를 목격했습니다. 랩톱 컴퓨터를 소지하고 있었어요."

"더 자세한 특징은 없나요?"

"백인 남자. 40대 정도. 그 외에는 없습니다."

"음, 제복이라면 어디서 구입하거나 만들 수도 있을 텐데요."

"네. 하지만 한 가지 더 있어요. 아크 플래시를 발생시킨 케이블 말인데요, 베닝튼 제품이었습니다. 앨곤퀸에서 자주 사용하는 전선이지요."

"알고 있어요. 대부분의 전력 회사들이 쓰죠."

"지난주 동일한 규격 0 베닝튼 케이블 23미터와 스플릿 볼트 열두 개가 할렘의 앨곤퀸 창고에서 도난당했습니다. 전선을 연결하는 데 사용하는…."

"어디 사용하는지는 나도 알아요."

제슨의 주름살이 더욱 깊어졌다.

"창고에 침입한 사람은 열쇠를 사용했습니다. 앨곤퀸 증기관 맨홀을 통해 변전소로 이어지는 터널에 잠입했고요."

제슨은 얼른 말했다.

"변전소에 들어갈 때 전자 입력식 암호를 사용하지 않았다는 뜻인가요?"

"네."

"그러면 직원의 소행이 아니라는 증거도 있는 셈이군요."

"말씀드렸듯이 그럴 가능성도 있습니다. 하지만 한 가지가 더 있어요."

색스는 그리스 음식이 미량 발견되었는데, 이 역시 앨곤퀸 인근을 지목한다는 점도 알려주었다.

경찰의 정보력에 어리둥절했는지, 제슨은 답답하다는 듯 말했다.

"타라마살라타?"

"이곳 본사에서 걸어갈 수 있는 거리 안에 그리스 식당이 다섯 군데 있습니다. 택시로 10분 반경 안에는 스물여덟 군데 있고요. 상당히 최근에 묻은 음식인 것으로 보아, 범인은 현재 직원이거나 현재 직원에게서 비밀번호를 얻었을 거라고 추정할 수 있습니다. 어쩌면 가까운 식당에서 접선했을 수도 있어요."

"아, 잠깐. 뉴욕 전역에 널린 게 그리스 식당이에요."

"일단 컴퓨터 비밀번호가 내부에서 새나간 거라고 가정해보죠. 비밀번호를 입수할 수 있는 사람은 누가 있나요?"

"아주 제한된 인력이 엄격하게 관리하고 있어요."

제슨은 업무 태만으로 법정에라도 불려온 양 빠르게 말했다. 미리 연습한 대사 같았다.

"누구죠?"

"나. 고위 간부 6명. 그뿐이에요. 하지만 형사님, 다들 오랫동안 회사에 몸담은 사람들입니다. 이런 짓을 할 리가 없어요. 상상할 수도 없습니다."

"비밀번호는 컴퓨터와 분리해서 보관한다고 알고 있는데요."

경찰이 이것까지 안다는 게 놀라운지, 제슨은 눈을 깜빡였다.

"네. 통제실 고위 책임자가 무작위로 생성합니다. 옆방의 안전한 자료실에 보관해요."

"이름을 알려주시고, 출입 자격이 없는 사람 중 그 방에 들어간 사람이 있는지 찾아봐주세요."

제슨은 범인이 직원일 수도 있다는 말을 믿고 싶지 않은 것 같았지만, 이렇게 말했다

"보안 담당자를 불러드리죠. 그 사람이 알고 있을 겁니다."

"그리고 지난 몇 달 동안 변전소 건너편 맨홀 안의 증기관 수리 업무를 맡았던 직원의 이름을 모조리 알려주시기 바랍니다. 변전소 북쪽으로 9미터가량 떨어진 골목 안에 있는 맨홀입니다."

사장은 전화를 들고 비서에게 직원 두 사람을 사무실로 불러달라고 말했다. 정중한 요청이었다. 이런 상황이라면 던지듯이 퉁명스

링커 차일드
142

럽게 명령하는 사람도 있겠지만, 제슨은 자기 통제를 할 줄 아는 이성적인 사람이었다. 그게 오히려 색스에게는 더 힘든 일 같았다. 나약하고 불안한 사람이 고함을 지르는 법이다. 경찰 업무에서도 흔히 볼 수 있는 경우다.

전화를 끊고 잠시 후, 남자 한 사람이 도착했다. 사무실이 바로 옆방인 모양이었다. 회색 바지와 흰색 셔츠 차림의 땅딸막한 중년 회사원이었다.

"앤디, 새로운 소식 있습니까?"

"몇 가지. 앉아요."

제슨이 색스를 돌아보았다.

"이쪽은 밥 캐버너. 업무 수행 담당 상무입니다. 그리고 이쪽은 색스 형사."

그들은 악수를 나누었다. 그가 색스에게 물었다.

"무슨 단서라도? 용의자는?"

형사가 뭐라 대답하기 전에, 앤디 제슨이 딱딱하게 대답했다.

"경찰은 내부인 소행이라고 생각하고 있어요, 밥."

"내부인?"

"그렇게 보입니다."

색스는 지금까지 알아낸 정보를 알려주었다. 캐버너는 자기 회사에 배신자가 있을 수도 있다는 소식에 너무나 절망한 것 같았다. 제슨이 물었다.

"증기관리과에 연락해서 맨해튼 10번 변전소 근처 맨홀 파이프를 검사했던 직원 명단을 뽑아주겠어요?"

"언제부터요?"

"두세 달 정도."

"인력표가 있을지 모르겠지만, 알아보죠."

그는 전화를 걸어 정보를 요청하더니 다시 여자들 쪽을 돌아보았다. 색스가 말했다.

"이제 테러리스트 관련 정보에 대해 좀 더 이야기하고 싶은데요."

"내부 직원 소행이라면서요?"

"테러 집단이 내부인과 공모하는 경우도 드물지 않습니다."

캐버너가 물었다.

"이슬람계 직원일까요?"

색스가 말했다.

"본사 밖에도 시위대가 있던데, 에코 테러는 어떨까요?"

캐버너는 어깨를 으쓱했다.

"앨곤퀸은 녹색 성장에 관심이 없다고 언론에서 비판을 받았죠."

캐버너는 제슨 쪽을 돌아보지 않고 미묘한 표현으로 말했다. 분명 지루하고 익숙한 문제인 모양이었다. 제슨이 말했다.

"우리는 재생 에너지 개발 프로그램을 갖고 있어요. 그쪽도 진행하고 있죠. 하지만 시간 낭비하지 말고 현실적으로 봅시다. 재생에너지라는 구호가 정치적으로 올바르다는 건 사실이에요. 하지만대부분의 사람들은 그 개념에 대해 아무것도 몰라요."

제슨은 한심하다는 듯 손을 흔들었다.

최근 발생한 에코 테러가 상당히 격했다는 사실을 떠올리며, 색스는 자세히 설명해달라고 부탁했다.

마치 재생 버튼을 누른 것처럼 말이 쏟아졌다.

"수소 연료 전지, 생물 연료, 풍력, 태양열, 지열, 메탄 발전, 파력(波力) 발전…. 이런 걸 통해 전력이 얼마나 생산될 것 같아요? 미국에서 소비하는 에너지의 3퍼센트 이하입니다. 미국 전력 공급량절반이 석탄에서 나와요. 앨곤퀸은 천연가스를 사용합니다. 이건20퍼센트죠. 핵 발전은 19퍼센트. 수력 발전은 7퍼센트. 물론 재생에너지도 성장하고 있지만 속도가 너무나 느려요. 제가 이런 표현을 쓴 적이 있는데, 앞으로 100년간은 물동이에 물 한 방울을 떨어뜨리는 정도에 머물 겁니다."

사장의 목소리는 차츰 분노를 띠었다.

"시작 비용이 어마어마하죠. 전기를 생산하는 데 드는 장비도 비싸고 안정성이 떨어집니다. 발전소가 주로 전기 주요 소비 지점과 떨어져 있기 때문에 송전 비용도 상당해요. 태양열 농장을 봐요. 미래의 파도? 그쪽이 전력업계에서 물을 가장 많이 사용하는 분야 중 하나라는 것 알고 있어요? 그런 곳이 어디 있나요? 햇빛이 가장 많은 곳, 그래서 물이 가장 적은 곳이죠. 하지만 이런 말을 입 밖에 냈다 하면 언론에서 집중 포화를 얻어맞습니다. 워싱턴과 올버니에서도 압력이 들어와요. 지구의 날에 상원의원들이 시내에 온다는 소식 들었어요?"

"아뇨."

"대통령과 함께 환경 문제를 의논하는 에너지 자원 합동소위원회에 참석할 예정이에요. 목요일 밤 센트럴 파크에서 열리는 큰 집회에도 참석한다죠. 가면 뭘 하겠어요? 우릴 패는 거예요. 아, 앨곤퀸을 직접 언급하지는 않겠지만, 그중 한 사람은 틀림없이 우릴 암시할 거예요. 공원에서 굴뚝이 보이죠. 그래서 집회를 거기서 개최하는 거예요. …좋아요, 이건 내 생각입니다. 하지만 이것 때문에 앨곤퀸을 테러 대상으로 지목하다니요? 말이 안 돼요. 정치적, 혹은 종교적 근본주의자들이 사회 기반 시설을 노린다면 몰라도, 에코 테러는 아니에요."

캐버너도 동의했다.

"에코 테러…. 제 기억에 그런 문제는 단 한 번도 없었습니다. 앤디의 아버지가 회사를 운영하던 시절부터 여기서 30년을 일했지만. 그때는 석탄을 땠지요. 그린피스나 자유주의자들이 시위를 벌일 수도 있다는 건 늘 염두에 두고 있었지만, 단 한 번도 그런 일은 없었습니다."

제슨도 말했다.

"보이콧이나 시위는 자주 있죠."

캐버너는 씁쓸하게 미소를 지었다.

"그런 시위대 절반은 뉴 엑스포 컨벤션센터에서 앨곤퀸이 생산한 전류로 운행하는 지하철을 타고 여기로 온 사람들입니다. 팻말도 우리가 생산한 전류에 의지해 간밤에 만들었을 거고요. 아이러니가 아니라, 이건 위선이죠."

색스는 말했다.

"무슨 정보가 나올 때까지는 에코 테러 가능성도 염두에 두고 싶어요. '— 를 위한 정의'라는 단체에 대해 혹시 들어본 적 있으신가요?"

"무엇을 위한 정의요?"

"그건 모릅니다."

"음, 난 못 들어봤는데요."

제슨이 대답했다. 캐버너도 마찬가지였다. 그러나 앨곤퀸 지국들에 연락해 들은 적이 있는지 알아보겠다고 했다.

전화를 건 캐버너는 앤디 제슨과 눈을 마주치며 통화를 끝낸 뒤 색스에게 말했다.

"1년 동안 맨홀 증기관에는 손을 안 댔답니다. 그쪽 선은 폐쇄했어요."

"알겠습니다."

색스는 실망했다. 캐버너가 말했다.

"용건이 끝났으면 지국에 확인하러 가보겠습니다."

캐버너가 나간 뒤, 키 큰 흑인이 문간에 나타났다. 제슨이 부른 두 번째 남자였다. 제슨은 그에게 손짓을 해 자리에 앉히고 소개했다. 보안 담당 부장 버나드 월은 이 회사 안에서 작업복을 입지 않은 유일한 비(非)백인이었다. 덩치 좋은 남자는 검은색 정장과 풀을 잔뜩 먹인 흰색 셔츠 차림이었다. 타이는 빨강색이었다. 박박 민 머리가 천장의 조명을 받아 빛났다. 위를 올려다보니, 천장 조명 기기의 전구 절반이 빠져 있었다. 절약 정책일까? 반환경주의적 입장을 생각할 때, 에너지 사용을 줄이는 것이 홍보에 도움이 된다고 판단한 걸까?

월은 색스의 손을 잡고는 글록이 불룩 솟아 있는 엉덩이 근처를 흘끗 보았다. 사법 기관 출신은 권총에 전혀 관심을 갖지 않는다. 이건 휴대전화나 볼펜처럼 이 업계의 필수품 같은 도구다. 아마추어 경찰이나 권총에 호기심을 갖는다.

앤디 제슨은 그에게 상황 설명을 하고 컴퓨터 접속 암호에 접근할 수 있는 사람에 대해 물었다.

"접속 암호요? 아주 소수만 접근할 수 있습니다. 그러니까 아주 고위직만요. 너무 뻔한데 누가 무슨 짓을 하겠습니까. 해킹이 아니라는 게 확실합니까? 요즘 아이들은 워낙 영리하잖아요."

"99퍼센트 확실합니다."

"버니, 통제실 옆 기밀파일실에 접근한 사람이 누구인지 알아봐."

월은 휴대전화를 꺼내 전화를 걸더니 조수에게 지시했다. 그러곤 전화를 끊고 덧붙였다.

"저는 테러리스트가 무슨 선언을 할 줄 알았습니다. 한데 내부자 소행이라고 생각하십니까?"

"내부인이거나 내부인의 도움을 받았을 거라고 생각합니다. 하지만 에코 테러 가능성에 대해서도 묻고 싶었습니다."

"4년 동안 여기 있었는데, 그런 일은 없었습니다. 그냥 시위대죠."

그러곤 창밖으로 고갯짓을 했다.

"'—를 위한 정의'라는 단체에 대해 들어보셨나요? 환경 문제를 다루는?"

"아뇨."

월은 아무런 감정도 드러내지 않고 평온하게 대답했다. 색스는 말을 이었다.

"최근 해고당한 직원과 문제가 있었다든가 하는 일은 없었나요? 회사에 불만을 가진 직원이라든지."

"회사에요? 뉴욕 시 버스를 불태우려고 했는데요? 그들이 노린 건 회사가 아니잖습니까."

제슨이 말했다.

"주가가 8퍼센트 떨어졌어, 버니."

"아, 그렇군요. 그 생각은 못했습니다. 몇 명 있기는 한데. 이름을 알아보죠."

색스는 말을 이었다.

"정신병이나 분노 조절에 문제가 있는 직원, 불안정한 모습을 보인 직원에 대한 정보도 알려주세요."

"심각한 문제가 있지 않는 이상 보안과에서 명단까지 작성하지는 않습니다. 폭력 위험성 같은 게 있다거나 해야지요. 당장 생각나는 이름은 없는데. 인사부와 의무실에 알아보겠습니다. 어떤 내용은 기밀이겠지만, 이름은 알려드릴 수 있을 겁니다. 거기서 수사를 시작해보시죠."

"고맙습니다. 한데 범인은 앨곤퀸 창고에서 케이블과 공구를 훔친 사람과 동일인일 수도 있습니다. 118번가의 창고요."

월은 미간을 찌푸렸다.

"기억납니다. 우리도 알아봤지만, 손실액이 몇 백 달러 정도였기 때문에. 단서도 없었습니다."

"열쇠는 누가 가지고 있죠?"

"공용 열쇠입니다. 모든 현장 직원이 한 세트씩 가지고 있습니다. 그 지역에서 일하는 직원은 88명입니다. 거기다 관리인들까지."

"최근 도난이나 횡령을 저질러서 해고되거나 그런 의심을 샀던 직원이 있나요?"

그는 이 질문에 대답해도 되는지 제슨을 흘끗 보았다. 대답해도 된다는 암묵적인 응답이 온 모양이다.

"아뇨. 저희 부서가 아는 한 없습니다."

휴대전화가 울렸다. 그는 액정을 들여다보았다.

"실례합니다. …월입니다."

얼굴 표정을 보니 신경 쓰이는 소식인 것 같았다. 그는 두 사람을 차례로 바라보더니 전화를 끊었다. 그러곤 헛기침을 하고 듣기 좋은 저음으로 입을 열었다.

"확실하지는 않지만, 보안이 뚫린 것 같습니다."

"뭐야?"

제슨이 얼굴을 붉히며 쏘아붙였다.

"9E동 출입 기록입니다."

월이 색스를 돌아보며 말을 이었다.

"통제실과 기밀파일실이 있는 건물입니다."

"그래서?"

제슨과 색스가 동시에 물었다.

"통제실과 파일실 사이에는 보안 문이 있습니다. 저절로 닫혀야 하는데, 이틀 전 두 시간 동안 열려 있었던 기록이 스마트 잠금 장치에 남아 있었답니다. 오작동 아니면 뭐가 걸린 거겠죠."

"두 시간 동안? 아무 관리 없이?"

앤디 제슨이 격노했다.

"맞습니다."

월은 입을 굳게 다물고 번들거리는 두피를 긁었다.

"하지만 외부인이 들어갈 수는 없었을 겁니다. 로비 출입구에는 아무 이상이 없습니다."

색스가 물었다.

"보안 카메라는요?"

"거기는 없습니다."

"방 근처에서 지키는 사람은?"

"없습니다. 빈 복도 쪽으로 문이 열립니다. 보안 때문에 표시도 안 되어 있습니다."

"그 방에 들어갈 수 있는 사람이 몇 명이나 됩니까?"

"9E에서 11E까지 출입 자격이 있는 사람은 다 들어갈 수 있죠."

"몇 명?"

"아주 많습니다."

월이 눈을 내리깔며 말했다.

실망스러운 소식이었지만, 애초 그 이상은 기대하지도 않았다.

"그날 거기 들어간 사람들의 명단을 작성해주시겠어요?"

월이 다시 전화를 거는 동안, 제슨도 전화를 집어 들고 보안 문제에 대해 난리를 치기 시작했다. 몇 분 뒤, 화려한 금색 블라우스 차림에 머리를 잔뜩 볶은 젊은 여자가 머뭇거리며 문 안으로 들어섰다. 그러곤 앤디 제슨을 흘깃 본 뒤 월에게 종이를 내밀었다.

"버니, 말씀하신 목록입니다. 인사부에서 온 목록도 있어요."

그리고 돌아서서 얼른 노한 암사자의 우리를 떠났다.

색스는 명단을 훑어보는 월의 얼굴을 살폈다. 명단 작성은 오래 걸리지 않았지만, 결과는 좋지 않은 것 같았다. 그 방에 들어갈 수 있는 사람은 46명이었다.

"46명? 맙소사."

제슨은 창밖을 내다보며 의자에서 축 늘어졌다.

"좋습니다. 그들 중 누가 알리바이를 가지고 있는지, 컴퓨터로 전류를 조정하고 버스 정류장에 전선을 설치하는 기술이 있는 사람은 누구인지 알아내야 합니다."

제슨은 반들반들한 책상을 응시했다.

"나는 기술 전문가가 아니에요. 아버지에게서 회사를 운영하는 능력을 물려받았죠. 전력 생산, 운송, 영업."

그러곤 잠시 생각하더니 덧붙였다.

"하지만 도움이 될 만한 사람을 알아요."

제슨은 다시 전화를 걸더니 고개를 들었다.

"곧 올 겁니다. 그 사람 사무실은 터빈실 반대쪽에 있어요."

그리고 굴뚝들이 늘어선 창밖 건물 쪽을 가리켰다.

"발전기를 돌리는 증기를 생산하는 곳이죠."

월이 더 짧은 목록을 살펴보며 말했다.

"지난 몇 달 동안 행실 문제를 일으켰거나 그 외 다양한 문제를 보인 직원들입니다. 정신적인 문제도 있고, 마약 검사에서 걸린 사람, 업무 중 음주자."

"8명뿐이군."

제슨이 말했다.

저 목소리에 담긴 건 자부심인가?

색스는 두 명단을 대조했다. 짧은 명단에 있는 문제 직원 중에 컴퓨터 접속 암호를 얻을 수 있는 사람은 없었다. 실망스러웠다. 뭔가 나올 거라고 생각했기 때문이다.

제슨은 월에게 수고했다고 말했다.

"더 필요하신 게 있으면 전화 주십시오, 형사님."

색스도 보안 담당자에게 고맙다는 말을 했다. 월이 방을 나가자 색스는 제슨을 돌아보았다.

"이력서 사본을 주십시오. 목록에 있는 모든 사람에 대해서. 직원 프로파일 같은 게 있다면 그것도 좋고요. 뭐든지."

"네, 준비하라고 하죠."

제슨은 비서에게 목록을 복사해 거기 있는 모든 직원에 대한 정보를 취합하라고 지시했다.

또 한 사람의 남자가 숨을 몰아쉬며 제슨의 사무실로 들어왔다. 40대 중반 같았다. 얼굴이 희고 통통했다. 희끗희끗한 갈색 머리는 헝클어져 있었다. '귀엽다'는 표현이 맞을 것 같았다. 소년 같은 데가 있었다. 반짝이는 눈, 위로 치켜 올라간 눈썹, 초조해 보이는 표정. 구깃구깃한 줄무늬 셔츠 소매는 위로 걷어 올렸다. 음식 조각 같은 것이 바지에 묻어 있었다.

"색스 형사, 이쪽은 찰리 서머스입니다. 특수 프로젝트 책임자죠."

두 사람은 악수를 나누었다.

사장은 시계를 보더니 일어나 커다란 옷장에서 정장 재킷을 골라 꺼내 입었다. 밤을 샌 것 같았다. 그러곤 재킷의 어깨를 털며 말했다.

"홍보 회사 사람들을 만난 뒤에 기자회견을 열어야 해요. 찰스, 색스 형사를 당신 사무실로 모시고 가세요. 질문할 게 있답니다. 최대한 협조하세요."

"그러죠."

제슨은 창밖을, 자신의 제국을 바라보고 있었다. 거대한 건물, 탑과 케이블과 온갖 구조물. 빠르게 흐르는 이스트 강을 배경으로 그렇게 서 있으니 마치 커다란 배의 선장 같았다. 그녀는 오른쪽 엄지와 검지를 강박적으로 문질렀다. 색스 자신도 종종 하는 습관이기 때문에 곧 알아볼 수 있었다.

"색스 형사, 이번 공격에 범인이 전선을 얼마나 사용했나요?"

색스가 대답하자 사장은 고개를 끄덕이며 계속 창밖을 주시했다.

"이런 사건을 여섯 번이나 일곱 번 더 저지를 수 있다는 뜻이군. 막지 못하면."

대답을 기대하지 않는 말투였다. 방 안의 다른 사람에게 말하는 것 같지도 않았다.

18 위험한 거래

일과 시간이 지나자, 이스트빌리지의 톰킨스 스퀘어 파크 분위기가 확 달라졌다. 더러는 브룩스 브라더스 차림을 하고, 혹은 피어싱에 문신을 한 부부 커플들이 아이들을 데리고 산책을 나왔다. 음악가, 연인, 시시한 직장에서 하루 일을 마치고 오늘 밤에 대한 기대로 가득 차 집으로 돌아가는 20대 젊은이. 하수구 냄새, 마리화나 냄새, 카레와 종교 의식에 쓰이는 향내가 떠돌았다.

프레드 델레이는 커다랗게 가지를 펼친 느릅나무 근처 벤치에 앉아 있었다. 여기 도착하자마자 벤치의 명판을 보니, 이곳은 1966년 인도 이외의 지역에서 처음으로 하리 크리슈나 운동의 창안자가 기도문을 읊은 장소였다.

처음 안 사실이었다. 델레이는 신학보다 세속적인 철학을 좋아했지만 주요 종교에 대해서도 모두 공부했기 때문에 하리 크리슈나 교파가 다르마라는 올바른 길을 추구하기 위해 네 가지 근본 법칙을 지킨다는 것을 알고 있었다. 자비, 자제력, 정직, 신체와 영혼의 청결이 그것이다.

이런 미덕이 오늘날의 뉴욕 시와 남부 아시아에서 어떤 의미를 지닐까 하는 생각에 잠겨 있는데, 등 뒤에서 발을 끄는 소리가 들렸다.

권총으로 손을 절반도 채 뻗지 않았는데 목소리가 들렸다.

"프레드."

허를 찔렸다는 사실이 몹시 불쾌했다. 윌리엄 브렌트는 위험인물이 아니었지만, 아주 쉽게 위험인물이 될 수도 있는 사람이었다.

이것도 감을 잃었다는 증거일까?

프레드는 남자에게 고갯짓으로 앉으라고 했다. 낡은 검은색 정장 차림의 브렌트는 턱살이 약간 붙었을 뿐 별다른 특징이 없는 사람이었다. 머리는 뒤로 빗어 넘겨 스프레이로 고정했다. 안경 너머의 눈빛이 상대를 똑바로 쳐다보았다. 철테 안경은 델레이가 그를 정보원으로 부리던 시절에도 유행에 뒤떨어진 것이었다. 하지만 실용적이었다. 전형적인 윌리엄 브렌트의 특징이다.

정보원은 다리를 꼬고 나무를 바라보았다. 그는 아가일무늬 양말과 긁힌 데가 많은 캐주얼 단화를 신고 있었다.

"잘 지냈나, 프레드?"

"어. 바빴어."

"항상 그렇지."

델레이는 브렌트에게 요즘 뭐하고 지내는지 묻지 않았다. 현재 쓰는 이름이 무엇인지도 묻지 않았다. 시간과 에너지 낭비다.

"지프. 희한한 친구지?"

델레이도 동의했다.

"맞아."

"언제까지 목숨이 붙어 있을까?"

델레이는 잠시 입을 다물고 있다가 솔직하게 대답했다.

"3년."

"여기라면. 하지만 애틀랜타로 무사히 내려가면 좀 더 버틸지도 모르지. 멍청한 짓을 안 하면."

델레이는 브렌트의 정보력에 희망이 솟았다. 그조차 지프가 어디로 가는지 정확히는 모르고 있었다.

"그런데 프레드, 요즘 나는 일하는 사람이야. 제대로 된 일. 왜 부른 거야?"

"넌 들을 줄 아니까."

"들어?"

"그래서 내가 널 정보원으로 좋아했잖아. 넌 항상 들으니까. 이 런저런 것들을. 요즘도 들을 거라는 생각이 들어서 말이야."

"버스 정류장 폭발 사건 때문에?"

"어."

"전기 제품 오작동. 뉴스에서는 그러더군."

브렌트는 미소를 지었다.

"사람들이 언론에 집착하는 건 언제 봐도 신기해. 왜 그런 걸 믿 어야 하지? 항상 하는 이야기라고는 재능 없는 배우나 가슴 빵빵한 스물아홉 살 가수가 코카인 문제로 나쁜 짓을 했다는 둥, 그런 내용 이 사람의 의식 세계에 단 100만 분의 1초라도 머물러 있어야 할 이유가 있나? …그 버스 정류장 말이야, 프레드, 뭔가 다른 일이 있 었어."

"뭔가 다른 일이 있었다…."

델레이는 지프와 만날 때는 다른 캐릭터를 연기했다. 텔레비전용 영화, 멜로드라마 배우 같은 연기였다. 하지만 윌리엄 브렌트와 함 께 있을 때는 메서드 배우(Method actor)가 되어야 한다. 섬세하고 리 얼한. 대사는 오래전에 완성했지만, 연기는 그의 심장에서 우러나 왔다.

"그걸 진짜 알아야 해."

"난 당신과 같이 일하는 게 좋았어, 프레드. 당신은… 어렵지만 항상 정직했지."

"그럼 나도 다르마의 도를 4분의 1은 따르고 있는 셈이군. 계속 이야기해볼까?"

"난 은퇴했어. 정보원 노릇은 건강에 안 좋아."

"은퇴했다가 다시 복귀하는 사람이 얼마나 많은데. 경제가 안 좋아. 사회보장연금도 생각만큼 꼬박꼬박 안 나온다고. 계속해볼까?"

브렌트는 아주, 아주 오랫동안, 약 15초가량 느릅나무를 바라보았다.

"해보지. 자세한 이야기를 좀 해주면, 내 시간과 위험을 감수할 가치가 있는지 생각해볼게. 우리 둘 다를 위해서."

우리 둘 다? 델레이는 의아했다. 하지만 말을 이었다.

"자세한 정보는 아직 별로 없어. 하지만 '— 를 위한 정의'라는 테러 집단이 있는데, 우두머리가 라만이라는 이름일 가능성이 있어."

"그놈들이 배후야? 버스 정류장 사건?"

"그럴 수 있어. 그 회사와 연루된 공범도 있어. 아직 밝혀진 신원은 없지만. 남자인지 여자인지도 몰라."

"언론에서 말하는 것 말고 정확히 무슨 일이었지? 폭탄?"

"아니야. 범인은 그리드를 조작했어."

브렌트의 눈썹이 고풍스러운 안경 뒤에서 위로 올라갔다.

"그리드라. 전력망. …생각해봐. 그건 사제 폭탄보다 더 나빠. 전력망이라면 폭발물이 쫙 깔려 있는 거나 마찬가지라고. 각 가정에, 사무실에. 범인은 스위치 몇 개만 움직이면 돼. 나도 죽고, 당신도 죽는 거야. 시체도 아름답지 않을걸."

"그래서 내가 이러고 있잖아."

"— 를 위한 정의라…. 뭘 하는 단체인지는 알아?"

"몰라. 이슬람인지, 아리아계인지, 정치적 테러 집단인지, 국내 집단인지, 외국계 집단인지, 에코 테러인지, 아무것도 몰라."

"이름은 어디서 나왔지? 번역한 건가?"

"아니. 도청을 했는데 '정의', '— 를 위한'이라는 단어가 나왔어. 영어야. 다른 단어도 있었는데, 그들은 못 들었어."

"그들…."

브렌트가 씩 웃었다. 델레이가 여기서 무엇을 하고 있는지 정확히 알고 있는 것 같다는 느낌이 들었다. 전자공학이라는 용감한 신세계 때문에 한쪽으로 밀려난 신세라는 것도. SIGINT. 브렌트는 부드럽게 물었다.

"자기네가 했다고 나선 놈은 없고?"

"아직."

브렌트는 열심히 생각하고 있었다.

"이런 일을 저지르려면 계획을 아주 열심히 짜야겠지. 한데 엮어야 하는 실타래가 워낙 많으니까."

"그럼. 맞아."

브렌트의 얼굴 근육이 움직이는 것을 보니, 몇 가지 조각이 맞춰지는 것 같았다. 그 표정을 보자 마음이 설레었다. 하지만 델레이는 그런 기색을 드러내지 않았다.

브렌트는 속삭이듯 말했다.

"들은 게 있긴 해. 누가 무슨 짓을 한다는."

"말해봐."

너무 솔깃한 티를 내서는 안 된다.

"뭐라 말할 정도로 아는 건 아냐. 그냥 연막 비슷한 거지. 그리고 나한테 이야기해줄 수 있는 사람들? 당신이 직접 연락하게 다리를 놓아줄 수는 없어."

"테러 관련인가?"

"몰라."

"아니라고 말할 수도 없다는 뜻이군."

"맞아."

문득 뭔가 불안한 기분이 들었다. 오랫동안 정보원을 부린 경험으로 미루어 뭔가 중요한 사실이 나오리라는 것을 직감할 수 있었다.

"이 집단이든 누구든 계속 그 짓을 한다면… 많은 사람이 다칠 거야. 아주 심하게."

윌리엄 브렌트는 희미하게 촛불을 불어 끄는 듯한 소리를 냈다. 그런 것 따위 조금도 신경 쓰지 않는다는 뜻이다, 애국심에 호소해 봤자 소용없다. 정의로운 일 따위는 시간 낭비라는 뜻이다.

월 스트리트가 한 수 배워야 한다니까.

델레이는 고개를 끄덕였다. 협상을 하자는 뜻이었다.

브렌트는 말을 이었다.

"이름과 장소를 알려주지. 알아내는 대로 정보를 줄게. 하지만 일은 내가 하는 거야."

지프와 달리 델레이 밑에서 일할 때, 브렌트는 다르마의 규칙 몇 가지를 훌륭하게 선보인 적이 있었다. 자제력, 영혼의 청결… 아니, 육체의 청결.

그리고 가장 중요한 정직성.

델레이는 그를 신뢰해도 된다고 믿었다. 그는 브렌트의 눈을 똑바로 쳐다보았다.

"이렇게 하지. 일은 네가 해. 그건 양보할 수 있어. 단, 느린 건 참을 수 없어."

"당신이 나를 쓰는 이유 중 하나잖아. 빠른 해답."

"남은 문제는…."

델레이는 정보원에게 대가를 지불하는 것을 꺼리지 않았다. 감형이라든지, 가석방 심사 담당관들과 협상을 해준다든지, 기소를 취하해준다든지 하는 식으로 편의를 봐주는 것이 더 좋지만, 돈도 효과가 있었다.

준 만큼 받는다.

윌리엄 브렌트가 말했다.

"세상은 변하고 있어, 프레드."

아, 또 그 이야긴가? 델레이는 생각했다.

"몇 가지 새로운 분야도 건드려야 해. 한데 문제가 뭘까? 항상 문제 되는 게 뭐더라?"

돈이지, 물론.

델레이가 물었다.

"얼마나?"

"10만 달러. 즉시 현금으로. 내가 보증하지. 정보는 틀림없이 얻어줄 거야."

델레이는 픽 웃었다. 평생 정보원을 부리면서 5000달러 이상은 써 본 적이 없었다. 그것도 항만 부패 범죄를 기소한 대형 사건이었다.

10만 달러?

델레이는 브렌트가 오랫동안 사용하지 않았을 이름을 자기도 모르게 입에 올렸다.

"그만한 돈은 없어, 윌리엄. 정보원 예산을 다 합해도 그 정도는 안 된다고. 모든 정보원한테 나가는 돈을 다 합쳐도 그만큼은 아냐."

"흠."

브렌트는 아무 말도 하지 않았다. 협상에서 우위를 쥐고 있다면, 프레드 델레이도 이런 식으로 할 것이다.

요원은 깡마른 손을 맞잡고 몸을 앞으로 내밀었다.

"잠깐만 기다려봐."

아까 지저분한 식당에서 만났던 지프처럼 델레이는 자리에서 일어나 스케이트보드를 타는 사람과 키득거리는 아시아계 소녀 둘, 2012년에 세계의 종말이 온다는 전단을 나눠주면서도 놀라울 정도로 이성적이고 유쾌해 보이는 남자 옆을 지나쳤다. 다르마 나무 옆에서 휴대전화를 꺼내 통화를 했다.

"터커 맥대니얼입니다."

또박또박한 인사.

"프레드야."

"뭘 알아냈나?"

놀란 목소리였다.

"어쩌면. 내 정보원 중 한 사람이야. 구체적인 것은 없어. 하지만 예전에 일을 아주 잘했던 친구야. 돈을 달래."

"얼마나?"

"얼마나 있나?"

맥대니얼은 잠시 말을 끊었다.

"많지 않아. 그렇게 중요한 정보야?"

"아직은."

"이름, 장소, 행동, 숫자? 물증? …뭐든지."

데이터를 뱉어놓는 컴퓨터 같았다.

"아니, 터커. 아직은 없어. 투자 같은 거야."

마침내 맥대니얼이 말했다.

"6000에서 8000 정도는 내놓을 수 있어."

"그게 다야?"

"도대체 얼마나 달라는데?"

"협상 중이야."

"그 돈에 맞출 수밖에 없어, 프레드. 뭔가를 가져와봐. 알잖아."

돈을 쓰기 싫다는 태도가 역력했다. 그는 최근 SIGINT와 T/C 부서로 모든 예산을 다 옮겼다. 가장 먼저 축소한 자금이 정보원 운용비였다.

"6000부터 시작해봐. 상품을 보여달라고 해. 좋은 정보면 9000, 1만까지 올려줄 수 있어. 그것도 무리하는 거야."

"정말 중요한 걸 갖고 있을 수도 있어, 터커."

"음, 그 증거를 보여달라니까. …잠깐만. 프레드, T/C에서 연락이 왔어. 끊을게."

딸깍.

델레이는 전화를 탁 끊고 잠시 나무를 바라보며 서 있었다. 주위에서 온갖 사람의 목소리가 들려왔다.

"멋진 여잔데, 한 가지가 마음에 안 들어."

"아니, 마야력입니다. 노스트라다무스겠지요."

"엉망진창이야. 이런, 어디 갔었니?"

하지만 정작 그의 귀에 들어온 것은 몇 년 전 FBI 파트너였던 친구의 목소리였다.

문제없어, 프레드. 내가 알아서 하지.

파트너는 이 말을 남기고 원래 델레이가 가기로 되어 있던 출장길에 올랐다.

이틀 뒤, 뉴욕 지부를 책임지고 있던 특수 요원이 쉰 목소리로 말했다. 델레이의 파트너가 오클라호마 연방 청사 폭탄 테러 사건에서 희생되었다는 소식이었다. 그는 델레이가 원래 앉아 있어야 할 회의실에 있었다.

연기를 내뿜는 연방 청사에서 멀리 떨어진, 에어컨 켜진 편안한 사무실에 앉아 있던 프레드 델레이는 그 순간 정치든 종교든 사회 문제든 대의라는 이름으로 남자와 여자와 아이들을 대량 학살하는 테러리스트를 추적하는 것을 평생의 최우선 과제로 삼겠다고 결심했다.

그랬다. 그는 이제 주변으로 밀려나고 있었다. 진지하게 취급되지도 않는다. 하지만 델레이가 하려는 일은 자존심 회복이나 예전의 수사 방식을 부활시키고 싶은 욕심과는 거리가 멀었다.

그가 하고자 하는 일은 최악 중의 최악, 무고한 사람을 살해하는 범죄를 막는 것이었다.

그는 윌리엄 브렌트에게 돌아가 의자에 앉았다.

"좋아, 10만 달러."

그들은 전화번호를 교환했다. 둘 다 하루 정도 쓰고 버릴, 추적 불가능한 선불 휴대전화였다. 델레이는 시계를 보며 말했다.

"오늘 밤, 워싱턴 스퀘어. 법대 근처. 체스판 옆."

"9시?"

"9시 30분으로 해."

자리에서 일어난 델레이는 정보원 세계의 규칙에 따라 브렌트를 뒤로하고 혼자 공원을 나섰다. 브렌트는 신문을 읽거나 크리슈나 느릅나무를 바라보며 명상에 젖은 척하고 있을 것이다.

어쩌면 돈을 어디다 쓸지 구상하고 있을지도 모른다.

하지만 정보원 생각은 곧 사라졌다. 델레이는 무대를 어떻게 짜야 할지, 어떤 카멜레온으로 변신해야 할지, 눈길을 어디다 두어야 할지, 어떻게 설득하고 구슬리고 편의를 얻어내야 할지 생각하고 있었다. 그는 자신이 해낼 수 있다고 확신했다. 오랜 세월 갈고닦은 기술이었다.

자신이 언젠가 이 기술을 이용해 자신의 고용주인 미국 연방 정부와 국민에게서 10만 달러라는 돈을 훔치게 될지도 모른다는 생각은 평생 해본 적이 없었다.

19 발명가

찰리 서머스를 따라 앨곤퀸 전력 회사 터빈실 건너편 사무실로 향하던 아멜리아 색스는 복잡한 통로를 따라 걸을수록 공기가 점점 뜨거워지는 것을 느꼈다. 복도를 가득 채운 우르릉거리는 소음도 걸음을 내딛을 때마다 점점 커졌다.

어디로 가는지 오리무중이었다. 계단을 올라갔다가 내려갔다. 그를 따라가는 도중 블랙베리로 문자 메시지를 여러 번 주고받았지만, 아래로 내려갈수록 발밑에 집중해야 했다. 복도는 처음 오는 손님에게 점점 더 불편해졌다. 휴대전화 전파도 마침내 끊겼다. 색스는 전화를 집어넣었다.

온도는 더 높이 올라갔다.

서머스는 헬멧을 보관한 벽장 옆 두꺼운 문 앞에서 멈췄다.

"머리카락이 걱정되십니까?"

그가 목소리를 높였다. 문 안에서 들려오는 소음이 너무나 컸다.

"잃고 싶지는 않아요. 그것만 빼면 괜찮아요."

"조금 헝클어질 겁니다. 사무실로 가는 가장 빠른 길이에요."

"빠른 길이 좋아요. 급하니까요."

색스는 헬멧을 집어 들고 머리에 끼웠다.

"준비됐습니까?"

"네. 그런데 정확히 뭐가 있는 거죠?"

서머스는 잠시 생각하다가 대꾸했다.

"지옥이죠."

그러곤 따라오라고 고갯짓을 했다.

루이스 마틴의 몸에 뒤덮여 있던 물방울무늬 화상이 기억났다. 호흡이 가빠졌다. 문손잡이로 향하던 손길이 머뭇거렸다. 색스는 손잡이를 잡고 묵직한 철문을 잡아당겼다.

아, 지옥이었다. 불, 유황, 지옥도 그 자체였다.

방 안의 온도는 엄청났다. 섭씨 100도가 훌쩍 넘을 것 같았다. 피부가 따끔거리는 게 느껴졌지만, 열기가 관절염을 완화해주는지 관절의 통증은 묘하게 줄어들었다.

오후 8시가 다 되어가는 늦은 시각이지만, 터빈실 안에는 전 직원이 남아 일하고 있었다. 하루 중 전기 소비량은 늘었다 줄었다 하지만 완전히 없어지지는 않는다.

천장이 60미터는 될 법한 넓은 공간에 비계와 수백 개의 장비가 가득 차 있었다. 중앙에는 연녹색의 거대한 기계가 여러 대 있었다. 그중 가장 큰 기계는 퀀셋식 천막처럼 위가 둥글고 길었으며, 거기서 많은 파이프와 도관 그리고 전선이 뻗어 나왔다.

"저게 MOM입니다."

서머스가 기계를 가리키며 말했다.

"M-O-M. 인디애나 주 게리의 미드웨스트 오퍼레이팅 머시너리(Midwest Operating Machinery). 1960년대에 제작했지요."

외치듯 말하는 목소리에도 존경심이 담겨 있었다. 서머스는 이 기계가 퀸스 본사의 다섯 개 발전기 중 가장 크다고 말했다. 처음 설치했을 때만 해도 MOM은 미국에서 가장 큰 발전기였다. 발전기 외에도—발전기는 숫자가 아니라 이름으로 불렸다—증기를 공급하는 기계가 네 대 더 있었다.

아멜리아 색스는 당연히 이런 거대한 기계류에 넋을 잃었다. 거대한 부속을 살펴보며 기능을 짐작하느라 자기도 모르게 발걸음이 느려졌다. 인간의 지능이, 인간의 손이 만들어낸 것에 경이감을 느꼈다.

"저건 보일럽니다."

서머스가 색스의 눈에는 건물 안에 지은 별도의 건물처럼 보이는 구조물을 가리키며 말했다. 10층, 혹은 12층 높이는 될 것 같았다.

"제곱인치당 1360킬로그램이 넘는 압력의 증기를 생산합니다."

그가 숨을 들이마셨다.

"증기는 고압, 저압의 터빈 두 개로 각각 들어가죠."

그러곤 MOM의 한 부분을 가리켰다.

"저기서 발전기로 연결됩니다. 전기를 끊임없이 생산하죠. 3만 4000암페어, 1만 8000볼트. 하지만 외부로 나가면 30만 볼트 이상으로 전송됩니다."

찌는 듯한 열기에도 불구하고, 이런 숫자를 들으니 뜨거운 쇳조각이 박혀 있던 루이스 마틴의 시체가 기억나면서 몸이 부르르 떨렸다.

서머스는 퀸스 발전소 전체가 생산하는—MOM과 기타 몇 개의 터빈에서 생산하는—전력이 2500메가와트에 달한다고 자부심 어린 목소리로 말했다. 뉴욕 전기 소비량의 25퍼센트에 해당한다면서.

그는 다른 탱크 몇 기를 가리키며 말했다.

"증기가 물로 응축되어 다시 보일러로 돌아가는 곳입니다. 다시 전체 과정을 시작하는 거죠."

그리고 자랑스럽게 외쳤다.

"도관과 파이프 길이는 총 580킬로미터, 케이블은 304킬로미터에 달합니다."

거대한 규모에 넋을 잃은 상태에서도, 색스는 폐쇄공포증이 밀려오는 것을 느꼈다. 소음과 열기는 끝이 없었다.

서머스가 그걸 눈치챈 것 같았다.

"이리 오시죠."

그러곤 색스에게 따라오라고 손짓했다. 5분 뒤 그들은 반대편 문으로 나와 헬멧을 걸었다. 색스는 깊이 숨을 들이쉬었다. 복도는 여전히 따뜻했지만, 지옥에서 나온 직후라 시원하게 느껴졌다.

"신경이 피곤해지지요?"

"네."

"괜찮습니까?"

색스는 줄줄 흐르는 땀을 훔치며 고개를 끄덕였다. 그는 색스에게 얼굴과 목을 닦는 용도로 놓아둔 듯한 종이 수건을 건넸다. 색스는 그것으로 땀을 닦았다.

"이쪽으로 오십시오."

서머스는 복도를 지나 다른 건물로 들어갔다. 다시 계단을 한참 오른 뒤, 그들은 사무실에 도착했다. 색스는 정신없이 어질러진 방을 보고 웃음을 억눌렀다. 알아볼 수도 없는 컴퓨터와 온갖 기계, 수백 점의 장비 부속과 공구, 전선, 전자 부품, 키보드, 온갖 색깔과 모양의 금속 및 플라스틱, 목재 따위로 된 물건이 빼곡히 들어차 있었다.

정크푸드도 있었다. 아주 많았다. 칩, 프레첼, 탄산음료, 딩동, 트윙키. 파우더 설탕 도넛도 있었다. 옷에 묻은 가루의 정체였다.

"죄송합니다. 특수 프로젝트 팀에서는 이런 식으로 일을 해서."

서머스는 의자에서 컴퓨터 출력물을 밀치더니 색스에게 앉으라고 권했다.

"전 이렇게 일합니다."

"업무가 정확히 뭔가요?"

그는 약간 쑥스러운 듯 자신이 발명가라고 말했다.

"압니다. 19세기 사람, 아니면 광고처럼 들리겠지요. 하지만 그게 제가 하는 일입니다. 세상에서 제일 운이 좋은 사람이지요. 어렸을 때 하고 싶었던 일을 하고 발전기니 모터니 전구를 만들면서 돈을 버니⋯."

"전구도 직접 만드세요?"

"침실에 불을 두 번 냈지요. 아니, 세 번인가. 하지만 소방차는 두 번 불렀습니다."

색스는 벽에 걸린 에디슨의 사진을 바라보았다.

"제 영웅이죠. 매력적인 인물입니다."

"앤디 제슨의 사무실 벽에도 에디슨 관련 그림이 있었어요. 전력망 사진."

"토머스 앨버의 사인이 있는 그림 말이군요. 하지만 제슨은 새뮤얼 인설에 좀 더 가깝습니다."

"누구요?"

"에디슨은 과학자였고, 인설은 사업가였죠. 인설은 컨솔러데이티드 에디슨사를 설립하고 최초의 대형 독점 발전소를 건설했습니다. 시카고 트롤리 시스템을 전철로 바꾸면서 사실상 사람들을 전기에 중독시킨 최초의 전기 장치를 공급했죠. 천재였어요. 하지만 오명을 썼습니다. 어디서 들어본 소리 같죠? 부채가 많이 쌓여서 대공황이 오자 회사는 망하고 수십만 명의 주주는 빈털터리가 됐어요. 엔론 사태 같은 거죠. 재미있는 게 있는데, 인설과 엔론을 담당한 회계업체 모두 아서 앤더슨이었습니다. 저요? 저는 사업은 다른 사람에게 맡깁니다. 그냥 발명만 하죠. 99퍼센트는 없는 거나 마찬가지예요. 하지만⋯ 제 이름으로 등록된 특허가 28개 있고, 앨곤퀸의 공정이나 생산물 중 제가 창안한 게 거의 90개 가까이 됩니다. 어떤 사람은 재미로 텔레비전을 보거나 비디오 게임을 하죠. 저는⋯ 음, 그런 걸 발명해요."

그러곤 정사각형과 직사각형 종이가 넘쳐나는 커다란 마분지 상자를 가리켰다.

"저건 냅킨 파일입니다."

"뭐요?"

"스타벅스나 식당에 앉아 있으면 무슨 생각이 나죠. 그럴 때는 냅킨에 적어와 사무실에서 제대로 설계를 합니다. 그래도 원본 냅킨은 항상 저렇게 보관해두죠."

"당신에 대한 박물관을 지으면 '냅킨 전시실'도 생기겠군요."

"그런 생각도 해봤습니다."

서머스는 이마에서 통통한 턱까지 얼굴을 붉혔다.

"정확히 어떤 걸 발명하나요?"

"내 전문 분야는 에디슨과 정반대일 겁니다. 에디슨은 사람들이 전력을 사용하도록 했지요. 저는 그러지 않도록 하려고 합니다."

"사장도 당신이 그런 목표를 갖고 있다는 걸 아나요?"

그는 웃었다.

"전력을 좀 더 효율적으로 사용하는 방법을 찾는다고 말하는 게 옳겠네요. 난 앨곤퀸의 네가와트 전문가입니다. 메가가 아니라 네가죠."

"처음 들어봐요."

"못 들어본 사람이 많죠. 유감이에요. 탁월한 과학자이자 환경론자인 에머리 로빈스의 개념입니다. 전력 생산을 늘이기 위해 새로운 발전소를 건설하기보다 전력 수요를 줄이고 전기를 좀 더 효율적으로 이용하는 동기를 창출하자는 이론이에요. 일반적인 발전소에서 생산한 열의 절반은 낭비됩니다. 굴뚝으로 그냥 날아가는 거예요. 절반이나! 생각해보십시오. 하지만 이곳 굴뚝과 냉각탑에는 열 집적 장치가 있습니다. 앨곤퀸에서는 열 손실이 27퍼센트밖에 되지 않아요. 저는 휴대용 핵 발전기 개념도 만들었습니다. 배에 발전소를 건설해서 이 지역 저 지역으로 움직일 수 있도록 하는 겁니다."

그러곤 다시 눈을 반짝이며 몸을 앞으로 내밀었다.

"엄청난 도전 과제도 있지요. 전기를 저장하는 겁니다. 전기는 음식이 아니에요. 만들어서 한 달 동안 선반에 저장할 수가 없습니다. 당장 쓰지 않으면 없어지죠. 저는 전기를 저장하는 새로운 방법을 발명하고 있습니다. 플라이휠이나 공기 압력 시스템, 새로운 배터리 기술…. 아, 최근에는 업무 시간 절반을 전국을 돌아다니며 소규모 대안 회사나 재생 에너지 회사를 서로 연계해 뉴욕의 북동부 전력망 같은 대형 네트워크를 추진하고 있습니다. 우리가 작은 커뮤니티에 전기를 팔지 않고 그쪽에서 사들이는 겁니다."

"앤디 제슨은 재생 에너지나 대안 에너지에 대해 그리 긍정적인 시각이 아니던데요."

"아, 하지만 미친 사람은 아니죠. 이건 미래의 물결입니다. 그 미래가 언제 올 것이냐에 대해 생각이 서로 다를 뿐이죠. 나는 좀 더 일찍 온다고 생각하는 것이고."

장난스러운 미소.

"물론 제 부서 전체를 합해도 제슨의 사무실만 한 크기에 지나지 않죠. 사장은 맨해튼을 내려다보는 9층 사무실에서 일하지만 나는… 지하실이고요."

문득 그의 얼굴이 심각해졌다.

"자, 뭘 도와드릴까요?"

"오늘 아침 공격에 가담한 앨곤퀸 직원을 찾고 있어요."

"회사 사람이라고요?"

그가 절망한 표정을 지었다.

"그렇게 보입니다. 최소한 범인에게 협조했어요. 범인은 남자일 가능성이 높지만, 여자가 협력했을 수도 있습니다. 그, 혹은 그녀는 전력망 제어 소프트웨어에 접속할 수 있는 코드를 빼냈습니다. 변전소를 연속적으로 차단해서 전기를 57번가 변전소로 돌렸지요. 회로 차단기의 한계 전압을 원래보다 높게 재설정했고요."

"그렇게 된 거군요. 컴퓨터라. 궁금했습니다. 저는 자세한 걸 몰랐습니다."

"알리바이가 있는 사람도 있겠죠. 그 점은 우리가 확인할 겁니다. 전송로를 변경하고 아크 플래시를 만들어낼 만한 능력이 있는 사람이 누군지 알려주셨으면 해요."

서머스는 재미있다는 표정을 지었다.

"영광이군요. 앤디가 이 밑에서 돌아가는 일에 대해 그렇게 많이 알고 있는 줄 몰랐는데."

천사 같던 표정이 사라지고 삐딱한 미소가 떠올랐다.

"제가 용의자인가요?"

색스는 제슨이 서머스의 이름을 입에 올릴 때 목록에서 그 이름을 보았다. 색스는 그와 시선을 마주쳤다.

"명단에 있어요."

"음, 그런데 절 신뢰하신다고요?"

"공격이 있었던 오늘 10시 30분부터 정오까지 전화 회의를 하셨더군요. 범인이 컴퓨터 코드를 알아낸 시간대에는 출장을 가 계셨고요. 다른 시간대에도 기밀파일실에 출입하지 않은 걸로 나왔습니다."

서머스가 한쪽 눈썹을 치켜 올렸다. 색스는 블랙베리를 두드렸다.

"여기 오는 길에 그것 때문에 계속 문자를 주고받았어요. 뉴욕시경에 당신을 조사하라고 했죠. 당신은 깨끗해요."

색스는 그를 믿지 못해서 미안하다는 말투를 쓰려고 애썼다. 하지만 서머스는 눈을 반짝이며 말했다.

"토머스 에디슨이 좋아하겠군요."

"무슨 뜻이죠?"

"에디슨은 천재란 숙제를 열심히 한 재능 있는 사람이라고 말했거든요."

20 안전 지침

　아멜리아 색스는 서머스에게 목록 전체를 보여주고 싶지는 않았다. 자신이 아는 직원들을 용의선상에서 빼주고 싶은 마음이 들 수도 있고, 반대로 개인적으로 수상하다 싶은 사람 쪽으로 혐의가 돌아가도록 할 수도 있기 때문이었다. 그래서 목록을 보여주지 않는 이유는 설명하지 않고, 그냥 공격을 기획하고 컴퓨터를 사용하려면 어떤 사람이어야 하는지 알려달라고 했다.

　서머스는 도리토스 봉투를 뜯고 색스에게 권했다. 사양하자 한 주먹 집어 입에 넣었다. 서머스는 발명가처럼 보이지 않았다. 헝클어진 머리카락과 허리춤에서 약간 삐져나온 파란색과 흰색 줄무늬 셔츠가 어쩐지 중년 광고 카피라이터에 가까워 보였다. 배도 약간 나왔다. 안경은 세련된 모양이었지만, 테에는 분명 아시아계 국가에서 생산했다는 문구가 붙어 있을 것 같았다. 눈가와 입가의 주름도 자세히 봐야 눈에 띄었다.

　서머스는 음식을 탄산음료로 씻어 넘기고 말했다.

　"우선 57번가 변전소로 전기가 집중되도록 전송망을 변경한다? 이건 범위가 아주 좁아지지요. 여기서 일하는 사람이라고 모두 그런 일을 할 수 있는 건 아닙니다. 많지 않아요. SCADA를 알아야 합니다. 이건 감시 제어 및 데이터 수집 프로그램입니다. 유닉스에서 돌아가죠. 아마 EMP, 즉 에너지 관리 프로그램도 잘 알 겁니다. 이것도 유닉스가 기반이 되지요. 유닉스는 상당히 복잡한 운영 체제입니다. 대형 인터넷 라우터에서 사용하지요. 윈도나 애플 같은 체제와는 달라요. 온라인에서 찾아보고 배울 수 있는 게 아닙니다. SCADA와 EMP를 공부한 사람이 필요합니다. 강좌를 듣거나 최소한 6개월, 1년 이상 통제실에서 수습 과정을 거친 사람일 겁니다."

색스는 메모를 하고 물었다.

"아크 플래시는요? 그런 장치를 설치할 줄 아는 사람은 누굴까요?"

"정확히 어떻게 했는지 알려주세요."

색스는 케이블과 버스 바에 대해 설명했다.

"창밖으로 겨냥한 겁니까? 총처럼?"

색스는 고개를 끄덕였다. 서머스는 잠시 침묵을 지켰다 시선은 다른 곳을 보고 있었다.

"수십 명이 죽을 수도 있었을 텐데. …화상도. 끔찍하군요."

"누가 그런 일을 할 수 있을까요?"

서머스는 다시 시선을 돌렸다. 색스는 그가 자주 시선을 피한다는 것을 알아챘다. 잠시 후, 그는 말했다.

"앨곤퀸 직원들에 대해 묻고 계시다는 건 알지만. 사실 아크 플래시는 모든 전기 기술자들이 가장 먼저 배우는 겁니다. 면허가 있는 전기 기술자든, 건축에 종사하는 사람이든, 제조사에 있든, 육군이나 해군이든. 어떤 분야에 몸담고 있더라도, 아크 문제를 일으키기에 충분한 전류가 흐르는 전선 주위에서 일하는 사람이라면 규칙을 배우게 마련이죠."

"그럼 아크를 피하거나 예방하는 방법을 아는 사람이라면 그걸 생성하는 법도 안다는 말씀이군요."

"그렇죠."

색스는 다시 빠르게 흘려 썼다. 그리고 고개를 들었다.

"하지만 일단은 직원으로 한정해서 이야기하도록 하죠."

"좋습니다. 이 회사에서 그런 걸 만들 수 있는 사람이라? 현장 배선 일을 해야 하는 만큼 건설 면허 소지자, 현장 반장이나 선로공, 해결사 같은 직군이거나 그런 경력이 있어야 할 겁니다."

"뭐요? 해결사?"

서머스는 웃었다.

"멋진 직업 이름이지요? 선이 고장 났을 때 수리를 하거나 합선 문제 해결 같은 걸 관리하는 사람을 말합니다. 이 회사 고위 간부들도 한때 이런 일을 하면서 승진했어요. 지금은 영업이나 하고 책상 앞에 앉아 있지만, 3상(three-phase) 배선 수리 정도는 잠을 자면서도 할 수 있는 사람들입니다."

"아크 플래시 총도 만들 수 있다…."

"맞습니다. 종합하면, 유닉스 전력 통제 및 에너지 관리 프로그램 교육을 받은 사람을 찾아야 합니다. 그리고 선로공이나 해결사, 혹은 건설업계 경력이 있는 사람을 찾으세요. 군 경력도 좋고요. 육군이나 해군, 공군에서는 전기 기사를 많이 배출합니다."

"감사합니다."

문에서 노크 소리가 났다. 두꺼운 레드웰드 폴더를 든 젊은 여자가 서 있었다.

"제슨 씨가 이걸 드리라고 해서요. 인력관리부에서 나온 건데요."

색스는 이력서와 직원 파일을 받아들며 고맙다고 인사했다. 서머스는 컵케이크를 디저트로 먹고 하나 더 먹었다. 탄산음료도 마셨다.

"드릴 말씀이 있는데요."

색스는 한쪽 눈썹을 치켜 올렸다.

"당신한테 강의를 한 번 할까 합니다."

"강의요?"

"안전에 대한 강의입니다."

"시간이 별로 없어요."

"오래 안 걸립니다. 하지만 중요해요. 수사할 때 상당히 불리한 입장일 거라는 생각이 들어서요. 보통 범인을 추적한다고 생각해봅시다. 은행 강도라는지, 청부 살인범이라든지. 그런 경우에는 자신을 방어하는 방법을 잘 알고 계실 겁니다. 그런 사람들을 다루는 절차도 잘 알 것이고. 하지만 전기를 무기나 부비트랩으로 사용하는 경우라면… 이건 완전히 다른 게임입니다. 전기의 특징이 뭘까요? 눈에 안 보인다는 겁니다. 하지만 어딜 가나 있어요. 어디든지요."

색스는 뜨거운 금속을 떠올렸다. 루이스 마틴의 갈색 피부에 나 있던 끔찍한 구멍들.

녹아내린 현장의 냄새도 기억났다. 문득 몸서리가 났다.

서머스가 벽에 걸린 안내판을 가리켰다.

전국소방협회 안전 규정 70조를 명심할 것.
읽고 외울 것.
안전 규정 70조가 당신의 목숨을 살릴 수 있습니다!

얼른 수사를 계속하고 싶어 마음이 급했지만, 그가 무슨 말을 하려는지 알고 싶었다.

"별로 시간은 없는데, 계속하세요."

"첫째, 전기가 얼마나 위험한지 아셔야 합니다. 그러려면 암페어나 전류에 대해 알아야 하죠. 뭔지 아십니까?"

"음…."

안다고 생각했지만, 막상 정의하려니 막막했다.

"아뇨."

"전기 회로를 배관 시스템에 비유해봅시다. 물은 관을 통해 흘러갑니다. 펌프가 발생시킨 수압은 일정한 부피의 물을 일정한 속도로 관을 따라 흐르게 하지요. 관의 단면적과 상태에 따라 쉽게 흘러

갈 겁니다. 전류 역시 마찬가집니다. 단지 물 대신 전자, 관 대신 전선이나 기타 도체, 펌프 대신 발전기나 배터리가 되겠죠. 전자를 움직이게 하는 압력이 전압입니다. 전선을 따라 흐르는 전자의 양이 암페어, 혹은 전류입니다. 저항은 옴이라는 단위로 측정하는데, 전선, 혹은 전자가 흐르는 매개의 단면적이나 성질에 따라 결정됩니다."

지금까지는 순조로웠다.

"이해가 되네요. 그런 비유는 들어본 적이 없어요."

"이제 암페어에 대해 생각해봅시다. 암페어는 전선을 따라 흐르는 전자의 양이지요."

"맞아요."

"사람을 죽이려면 몇 암페어가 필요할까요? 15밀리암페어에서 사람은 엄청난 고통을 느끼고, 호흡 정지를 겪습니다. 직류 100밀리암페어에서는 심장이 멎고, 죽습니다. 10분의 1암페어지요. 흔히 쓰는 헤어드라이어에는 10암페어의 전류가 흐릅니다."

"10암페어?"

색스는 속삭이듯 물었다.

"네. 헤어드라이어가 그렇습니다. 10암페어라면 전기의자나 마찬가지지요."

안 그래도 불안하던 기분이 더욱 불편해졌다.

서머스는 말을 이었다.

"전기는 프랑켄슈타인의 괴물과 같습니다. 그 괴물은 번개로 생명을 얻었지요. 어리석은 동시에 영리하고요. 어리석다는 이유는, 일단 태어난 뒤에는 땅으로 돌아가려는 단 한 가지 목표밖에 없기 때문입니다. 영리하다는 것은, 전기가 땅으로 돌아가는 최선의 길을 본능적으로 찾는다는 의미에서입니다. 전기는 항상 저항이 최소인 경로를 찾아갑니다. 10만 볼트 전선을 손에 쥐고 있더라도, 전선으로 흐르는 것이 전기 입장에서 더 쉽다면 사람은 안전합니다. 하지만 전기가 땅으로 흐를 수 있는 최선의 도체가 사람이라면….."

고개를 끄덕이는 그의 모습을 보니 듣지 않아도 알 수 있었다.

"이걸 명심하십시오. 제가 전기를 다루는 세 가지 원칙입니다. 첫째, 가능하면 피하라. 범인은 당신이 자기를 쫓는다는 걸 알고 있을 테고, 전류가 통하는 전선으로 함정을 파놓을 겁니다. 금속에서 떨어지세요. 난간, 문, 문손잡이, 양탄자가 깔리지 않은 맨 바닥, 전기 장비, 기계, 젖은 지하실, 고인 물. 거리에서 변압기와 개폐기를 보신 적 있습니까?"

"아뇨."

"보셨을 겁니다. 단지 도시를 건설한 사람들이 숨기고 위장해놨기 때문에 깨닫지 못하는 것뿐이지요. 변압기에서 전류가 흐르는 부분은 무섭고 흉합니다. 도시에서는 지하나 멀쩡해 보이는 건물, 눈에 띄지 않는 색으로 칠한 구역에 들어 있어요. 1만 3000볼트의 전류가 흐르는 변압기 바로 옆에 서 있어도 모릅니다. 그러니 앨곤퀸이라는 단어가 찍힌 물건은 뭐든지 조심하십시오. 가능하면 다가가지 말고요. 한데, 피했다고 생각해도 위험할 수 있다는 걸 기억해야 합니다. 이걸 단독 운전(islanding)이라고 하는데요."

"단독 운전?"

"오늘처럼 시내 어딘가에서 전력이 끊겼다고 생각해봅시다. 그러면 모든 회로가 차단되었다고 생각하겠지요? 당연히 안전할 거라고. 한데 그렇지 않을 수도 있습니다. 앤디 제슨은 앨곤퀸이 뉴욕을 독점하길 원하겠지만, 그렇지 않습니다. 요즘 전력은 분산 에너지 시스템이라고 해서, 소규모 발전소도 우리 그리드에 전력을 공급하고 있습니다. 앨곤퀸 전력이 끊기더라도 다른 소규모 발전소가 계속 그리드에 전력을 공급하고 있을 때를 단독 운전이라고 합니다. 아무것도 없는 곳에 섬처럼 전기가 존재한다는 의미죠. 그때 전기 역류가 발생합니다. 작업을 할 때는, 전류가 선으로 들어오지 못하도록 회로를 차단하고 일을 시작하지요. 한데 하류에서 흐르던 저압의 전류가 변압기로 도로 흘러 들어오면…."

색스는 이해했다.

"변압기가 전압을 다시 높이겠군요."

"네. 죽었다고 생각했던 전선이 살아나는 겁니다. 정말로."

"사람을 해칠 수 있을 만한 전류가 흐르겠군요."

"네. 유도라는 현상도 있습니다. 회로를 확실히 차단했다 해도, 전선이 완전히 죽었고 단독 운전이나 역류 현상이 불가능하다 해도, 전류가 흐르는 전선이 근처에 있으면 작업 중인 그 전선에도 치명적인 전압이 발생할 수 있습니다. 전기 유도 현상 때문입니다. 거리가 아주 가까우면, 전류가 흐르는 전선이 죽은 전선을 살릴 수 있는 겁니다. 종합하면, 규칙 1번, 전기를 피할 것. 2번은 뭐죠? 피할 수 없다면, 전기가 통하지 않도록 자신을 보호할 것. 개인 보호 장구를 착용하십시오. 고무 부츠와 장갑. CSI 드라마에 나오는 빈약한 것 말고요. 아주 두꺼운 산업용 고무 장갑을 끼세요. 절연 장비, 핫 스틱이 가장 좋습니다. 하키 스틱처럼 생긴 유리 섬유 막대인데, 끝에 공구를 부착하게 되어 있습니다. 활선 작업을 할 때 사용하는 겁니다. 자기 자신을 보호하세요."

서머스는 계속 말을 이었다.

"최소 저항 경로를 명심하세요. 인간의 피부는 마른 상태에서는 전기가 잘 통하지 않습니다. 하지만 젖었을 때, 특히 땀에 젖어 있을 때는 염분 때문에 저항이 급격히 저하됩니다. 상처나 화상이 있을 때는 피부가 훌륭한 전도체가 되지요. 신발 가죽 밑창은 상당히 좋은 절연체입니다. 젖은 가죽은 사람의 피부와 같습니다. 특히 젖은 땅이나 지하실 바닥처럼 전기가 통하는 표면에 서 있으면요. 물웅덩이? 절대 안 됩니다. 그러니 철문을 열어야 한다든지 전기가 통할 가능성이 있다고 생각되는 것을 만져야 하는 상황이 되면, 손이 말랐는지 확인하고 절연된 신발이나 부츠를 꼭 신으세요. 가능하면 핫 스틱이나 절연재가 달린 공구를 사용하고, 한 손만 쓰십시오. 심장에서 약간 먼 오른손이 좋습니다. 반대편 손은 실수로 뭘 건드려 회로가 완성될 수도 있으니 항상 주머니에 넣고요. 발을 디디는 지점을 잘 살피세요. 절연재를 덮지 않은 고압선에 새가 앉아 있는 걸 보셨지요? 보호 장구도 착용하지 않았는데요. 10만 볼트의 전류가 흐르는 금속선 위에 어떻게 멀쩡하게 앉아 있을 수 있을까요? 왜 하늘에서 바싹 구운 비둘기가 떨어지지 않는 걸까요?"

"다른 전선을 만지지 않으니까?"

"그겁니다. 귀전선이나 송전탑을 건드리지 않으면 안전합니다. 전선과 똑같은 극이기 때문에 전류가 새의 몸에 흐르지 않죠. …당신도 그 새처럼 행동해야 합니다."

새처럼 행동하라니. 너무나 연약하게 들렸다.

"전기 작업을 하기 전에는 몸에서 금속을 모두 떼세요. 특히 보석. 순은은 지구상에서 가장 좋은 도체입니다. 구리와 알루미늄도 최고고요. 금도 그 뒤를 바짝 따릅니다. 반대가 유전체입니다. 절연재죠. 유리, 테플론. 다음이 세라믹, 플라스틱, 고무, 나무. 나쁜 도체죠. 그런 재질 위에 서 있으면 아무리 얇아도 생사를 가르는 역할을 할 수 있습니다. 이게 규칙 2번이죠. 자기 보호. 마지막으로 규칙 3번. 전기를 피할 수도 없고 자기 보호를 할 수도 없다면 머리를 잘라라. 작건 크건 모든 회로에는 차단 장치가 달려 있습니다. 모두 스위치가 있고, 차단기나 퓨즈가 있지요. 스위치를 올리거나 차단기를 끄거나 퓨즈를 제거하면 즉시 전기를 차단할 수 있습니다. 차단기가 어디 있는지 몰라도 끌 수 있어요. 집 안의 콘센트 구멍 두 개에 전선을 꽂고 서로 마주대면 어떻게 됩니까?"

"회로 차단기가 터지죠."

"맞습니다. 어떤 회로든 그렇게 하면 터집니다. 하지만 규칙 2번을 기억하세요. 그렇게 할 때는 자기 자신을 보호해야 합니다. 전압이 높을 때 전선을 그렇게 마주 대면 엄청난 스파크가 튀고 아크 플래시가 생길 수 있으니까요."

서머스는 다시 프레첼을 먹었다. 과자를 우걱우걱 씹어 먹은 뒤 탄산음료로 넘겼다.

"한 시간도 더 이야기할 수 있지만, 이게 기본입니다. 아시겠습니까?"

"네. 정말 도움이 많이 됐어요, 찰리. 감사합니다."

조언은 너무나 간단했지만, 그가 말한 내용을 신중하게 들어보니 색스는 자신이 이 무기에 대해 너무나 아는 게 없다는 것을 깨닫지 않을 수 없었다. 내가 루이스 마틴 입장이었다면 공격을 피하거나, 자신을 보호하거나, 괴물의 대가리를 잘라낼 수 있었을까? 대답은 '할 수 없다'였다.

"기술적으로 또 필요한 게 있으면 언제든 전화 주십시오."

그러곤 전화번호 두 개를 알려주었다.

"아, 잠깐. 이것도."

서머스는 옆면에 버튼이 달리고 위에 LCD 스크린이 달린 검은색 플라스틱 상자를 건넸다. 길쭉한 휴대전화 같은 모양이었다.

"제 발명품 중 하납니다. 비접착식 전류검출기죠. 전류검출기는 대부분 1000볼트까지만 기록되고, 전선이나 단말기에 가까이 다가가야 읽을 수 있습니다. 하지만 이건 1만 볼트까지 읽습니다. 그리고 아주 민감하죠. 1.2~1.5미터 떨어진 전압도 감지합니다."

"고마워요. 도움이 되겠군요."

색스는 피식 웃으며 장비를 받았다.

"길거리에 다니는 사람이 권총을 가지고 있는지 감지하는 장비는 왜 없을까요?"

이건 농담이었다. 하지만 찰리 서머스는 얼굴에 잔뜩 집중한 표정을 띤 채 고개를 끄덕였다. 색스의 말을 아주 진지하게 생각하는 것 같았다. 그는 작별 인사를 하며 입에 콘 칩을 집어넣더니 뭔가를 그리기 시작했다. 그가 가장 먼저 집어든 것은 냅킨이었다.

21 이상한 방문자

"라임, 이쪽은 코페스키 박사입니다."

톰이 손님을 데리고 연구실 문간에 나타났다.

링컨 라임은 무심히 고개를 들었다. 오후 8시 30분이었다. 앨곤
퀸 사건의 긴박감이 연구실을 가득 채우고 있었지만, 색스가 전력
회사 간부들을 만나고 돌아올 때까지는 그가 할 수 있는 일이 없었
다. 그래서 라임은 상을 주겠다는 장애인 인권 단체 대표를 마지못
해 만나기로 했다.

코페스키가 이 집에 와서 임금을 알현하려는 신하처럼 마냥 대기
할 수는 없잖습니까.

"알렌이라고 부르십시오."

보수적인 정장과 흰색 셔츠, 오렌지색과 검은색 지팡이 모양의
사탕처럼 생긴 타이 차림, 부드러운 목소리를 지닌 남자가 라임 쪽
으로 다가와 고개를 끄덕였다. 그는 라임의 다리나 휠체어에 시선
조차 주지 않았다. 장애인 인권 단체에서 일하는 코페스키에게는
라임의 상태가 아무것도 아닌 모양이었다. 라임이 좋아하는 태도
였다. 그는 감정적인 상처부터 관절염, 루게릭병에 이르기까지 모

든 인간에게는 어떤 면에서 장애가 있다고 믿었다. 인생은 거대한 장애물이다. 그렇다면 질문은 단순했다. 그 장애물을 어떻게 받아들여야 하는가? 라임은 이런 문제를 깊이 생각하지 않았다. 장애인 인권 문제에 대해 목소리를 높인 적도 없었다. 그것은 업무에서 주의를 빼앗는 방해물이었다. 그는 다른 사람보다 기동성이 좀 떨어지는 범죄학자일 뿐이었다. 최대한 자신의 약점을 상쇄하면서 일을 계속하고 있었다.

라임은 멜 쿠퍼를 힐끗 본 뒤, 연구실 맞은편 서재 쪽을 턱으로 가리켰다. 톰은 코페스키를 서재로 데려갔다. 라임이 뒤따라 들어가자 톰은 미닫이문을 조용히 닫고 사라졌다.

"앉으시죠, 원하시면."

라임은 말했다. 선 채로 재빨리 용무를 마치고 사라져주기를 바라는 마음에서 덧붙인 말이었다. 코페스키는 서류가방을 들고 있었다. 아마 거기 상장이 들어 있는 모양이었다. 얼른 상을 주고 사진 한 장 찍고 가면 된다. 그러면 모든 일이 끝난다.

박사는 자리에 앉았다.

"한동안 라임 씨의 활동을 지켜봤습니다."

"그래요?"

"장애정보위원회라고 아십니까?"

톰이 알려준 적이 있었다. 내용은 거의 기억나지 않았다.

"좋은 일을 하십니다."

"좋은 일이죠, 네."

침묵.

빨리 좀 하지. 라임은 마치 새로운 일거리가 송골매처럼 날아들기라도 하는 듯 창밖을 뚫어지게 주시했다. 미안합니다. 이제 가봐야겠어요. 업무가 바빠서….

"저는 오랫동안 수많은 장애인과 일했습니다. 척추 손상, 척추갈림증, 루게릭병, 기타 수많은 환자를 만났지요. 암 환자도 있고요."

재미있군. 암이 장애라는 생각은 해본 적이 없지만, 어떤 종류의 환자는 그렇게 분류할 수도 있을 것 같았다. 라임은 천천히 째깍거리는 벽시계를 흘끗 보았다. 그때 톰이 커피와, 젠장, 쿠키를 쟁반에 받쳐 왔다. 그는 조수에게 이게 무슨 다과회라도 되느냐는 뜻의 시선을 보냈지만, 그런 시선도 톰 앞에서는 흔적 없이 증발해버리는 것 같았다.

　"감사합니다."

　코페스키는 잔을 들며 말했다. 라임은 그가 우유를 넣지 않는 것을 보고 실망했다. 우유를 넣으면 커피가 식어서 더 빨리 마시고 사라질 수 있을 텐데.

　"당신은요, 링컨?"

　"난 됐어."

　그러곤 싸늘하게 고맙다는 말을 덧붙였지만, 톰은 조금 전의 무시무시한 시선처럼 이 싸늘한 말투도 아무렇지 않게 받아넘겼다. 그는 쟁반을 내려놓고 주방으로 돌아갔다.

　박사는 바람 빠지는 소리를 내며 가죽 소파에 깊숙이 몸을 묻었다.

　"좋은 커피군요."

　좋다니 기쁘군. 라임은 머리를 한쪽으로 기울였다.

　"바쁘실 테니 요점을 말씀드리겠습니다."

　"고맙습니다."

　"라임 형사, 링컨, 종교를 믿으십니까?"

　장애인협회는 교회와 협력하는 모양이다. 이교도는 돕고 싶지 않겠지.

　"아뇨."

　"사후 세계를 믿으십니까?"

　"그런 게 존재한다는 객관적인 증거를 본 적이 없습니다."

　"많은 사람이 그런 식으로 생각하지요. 그렇다면 당신에게 죽음이란, 음, 평화와 같겠군요."

"어떻게 죽느냐에 따라 다르겠지요."

친절한 얼굴에 미소가 떠올랐다.

"사실 조수분께는 제 진짜 신분을 밝히지 않았습니다. 당신한테도요. 하지만 그럴 만한 이유가 있었습니다."

라임은 관심이 없었다. 나를 해치기 위해 신원을 숨기고 잠입한 사람이라면, 진작 죽였겠지. 라임은 한쪽 눈썹을 치켜 올렸다. 알겠소. 그럼 솔직하게 말하고 본론으로 들어가시오. 이런 뜻이었다.

"전 장애정보위원회 소속이 아닙니다."

"그래요?"

"네. 진짜 소속을 말했다가는 남의 집에서 쫓겨날 때도 있기 때문에 가끔 이런저런 단체에서 나왔다고 거짓말을 합니다."

"여호와의 증인입니까?"

웃음.

"저는 '위엄 있는 죽음' 소속입니다. 플로리다에 있는 안락사 옹호 단체지요."

라임도 들어본 적이 있었다.

"조력 자살을 생각해본 적 있으십니까?"

"네, 몇 년 전에. 난 자살하지 않기로 결정했습니다."

"하지만 아직도 선택의 여지는 있으시겠죠."

"모든 사람이 그렇지 않습니까? 장애가 있든 없든."

상대는 고개를 끄덕였다.

"그렇지요."

"가장 효율적으로 내 인생을 끝내는 방식을 선택하는 걸로 상을 받을 생각은 없습니다. 그럼 이제 저와는 볼일 끝나셨지요?"

"우리는 지지자가 필요합니다. 당신 같은 사람, 대중에게 어느 정도 알려진 사람, 다른 세상으로 떠나는 것을 진지하게 고민할 만한 사람."

"다른 세상으로 떠난다…. 괜찮은 완곡 어법이군요."

"유튜브에 비디오를 올릴 수도 있습니다. 인터뷰를 해서요. 당신도 언젠가 우리 도움을 받겠다고 결심하게 될지도 모르니까요."

그러곤 서류가방에서 책자를 꺼냈다. 명함 용지에 점잖은 색으로 인쇄한 표지에는 꽃 그림이 있었다. 백합이나 데이지 같은 게 아니었다. 장미였다. 꽃 위의 제목은 '선택'이었다.

그는 라임 옆 탁자에 책자를 놓았다.

"저희 단체에 후원자로 참여하는 데 관심이 있으시면, 무료로 저희 서비스를 제공해드릴 뿐만 아니라 보상금도 드리겠습니다. 믿으실지 모르겠지만, 규모에 비해 재정 상태는 좋습니다."

일시불로 고객을 받으니까 그렇겠지. 라임은 생각했다.

"나는 당신들이 찾는 사람이 아닌 것 같습니다."

"조력 자살이라는 대안을 항상 생각해왔다는 이야기만 간단하게 해주시면 됩니다. 비디오 촬영도 합니다. 그렇게 해서…."

그때 문간에서 목소리가 들려와 라임은 깜짝 놀랐다.

"당장 꺼져!"

톰이 방 안으로 뛰어 들어왔다. 박사는 깜짝 놀라 잔을 떨어뜨렸다. 커피가 쏟아지고, 잔이 바닥에 떨어져 산산조각 났다.

늘 자제력의 상징 같던 조수의 얼굴이 붉게 달아올랐다. 손도 떨리고 있었다.

"나가라고 했어!"

코페스키는 자리에서 일어섰다. 침착한 표정이었다.

"저는 라임 형사와 이야기 중입니다. 흥분하실 이유는 없습니다."

"나가라니까! 빨리!"

"오래 걸리지 않을 겁니다."

"지금 나가시죠!"

"톰…."

라임이 입을 열었다. 조수는 내뱉듯이 말했다.

"가만 계십시오."

박사의 얼굴에 이런 표정이 떠올랐다. 당신 조수는 당신한테 이런 식으로 말하나?

"두 번 말하지 않겠습니다."

"용무가 끝나면 나가겠습니다."

코페스키는 톰 쪽으로 다가갔다. 의료인들이 대개 그렇듯이 그도 몸이 좋았다. 하지만 톰은 라임을 침대에, 의자에, 운동 장비에 앉혔다 일으키는 업무를 하루 종일 하는 사람이었다. 물리치료사이기도 했다. 그는 필요하다면 당장이라도 주먹을 날릴 태세로 코페스키의 코앞으로 바짝 다가섰다.

대치 상태는 몇 초 만에 끝났다. 박사가 물러섰다.

"알겠습니다, 알겠어요."

그러곤 두 손을 들어 보이며 덧붙였다.

"맙소사. 이렇게 흥분할 이유는⋯."

톰은 남자의 서류가방을 집어 들고 그의 가슴에 밀어붙이더니 밖으로 끌고 갔다. 잠시 후, 쾅하고 문 닫히는 소리가 들렸다. 벽에 걸린 그림이 흔들렸다.

이윽고 톰이 몹시 당황한 표정으로 돌아와 부서진 잔을 치우고 커피를 닦았다.

"죄송합니다, 링컨. 확인도 해봤는데. 진짜 단체더군요. ⋯그래서 그만."

목소리가 갈라졌다. 톰은 고개를 저었다. 잘생긴 얼굴에 어두운 표정이 역력하고, 손까지 떨고 있었다.

라임은 휠체어를 돌려 연구실로 향하며 말했다.

"괜찮아, 톰. 걱정 마. ⋯오히려 잘됐군."

톰은 황망한 눈길로 라임을 돌아보았다. 보스는 미소를 짓고 있었다.

"빌어먹을 수상 소감을 쓰느라 시간 낭비할 필요가 없잖아. 이제 다시 일할 수 있어."

22 전기의 본성

전기는 인간을 살아가게 한다. 뇌에서 심장으로, 폐로 전달되는 자극 역시 전기다.

전기는 인간을 죽이기도 한다.

그것은 죽음과 떼려야 뗄 수 없다.

앨곤퀸 변전소 맨해튼 10호 사건이 벌어진 지 아홉 시간 반이 지난 오후 9시, 진청색 앨곤퀸 작업복 차림의 남자가 눈앞의 현장을 둘러보고 있었다. 그의 살인 구역이었다.

전기와 죽음….

사방이 탁 트인 건설 현장을 바라보고 있었지만, 아무도 그에게 주의를 기울이지 않았다. 동료 노동자의 일원이기 때문이다. 제복도 다르고 헬멧도 다르고 회사도 다르다. 그러나 그들을 한데 묶어 주는 것이 있었다. '진짜 사람들', 그들의 노동에 의지해서 살아가는 부자들, 편안한 사람들, 배은망덕한 사람들에게 오히려 멸시당하는 육체노동자라는 점이었다.

눈에 띄지 않는 안전한 상태에서, 그는 아까 헬스클럽에서 시험했던 것보다 훨씬 강력한 장치를 설치하고 있었다. 전기업계에서 7만 볼트 이하는 '고압'으로 치지도 않는다. 계획대로 하려면 모든 시스템이 그보다 최소한 두세 배의 전류를 감당할 수 있어야 한다.

그는 내일 공격을 감행할 장소를 한 번 더 둘러보았다. 보고 있으려니 전압과 암페어에 대해, 죽음에 대해 생각하지 않을 수 없었다.

벤저민 프랭클린이 폭풍우 치는 날씨에 열쇠를 손에 대는 미친 짓을 해서 번개가 전기라는 것을 알아냈다는 일화에는 사실과 다른 점이 많다. 사실 프랭클린은 물에 전혀 젖지 않은 헛간에 있었고, 젖은 연실을 마른 실크 리본에 연결했다. 연 자체는 번개에 맞지 않았다. 그냥 폭풍우에서 정전기가 생겼을 뿐이다. 연에서 진짜 번개가 친 게 아니라 그냥 귀여운 파란 불꽃이 마치 먹이를 찾아 호수 표면에서 파닥거리는 물고기처럼 프랭클린의 손등에 튀었을 뿐이다.

얼마 후, 유럽인 과학자가 프랭클린의 실험을 재연했다. 그는 살아남지 못했다.

발전소가 건설된 초창기만 해도 노동자들은 끊임없이 죽거나 심장 박동이 멈췄다. 최초의 전력망이 건설되었을 때는 젖은 코블스톤과 쇠로 된 말발굽 때문에 수많은 말이 죽어나갔다.

토머스 앨버 에디슨과 그의 유명한 조수 니콜라 테슬라는 전류 때문에 일어나는 무시무시한 사고와 관련해 직류가 좋은지(에디슨), 교류가 좋은지(테슬라)를 놓고 끊임없이 싸웠다. 전류 전쟁으로 알려진 이 논쟁은 정기적으로 신문 1면에 실리곤 했다. 에디슨은 교류를 이용하면 아주 참혹하게 목숨을 잃을 수 있다고 주장하며 끊임없이 감전 위험을 강조했다. 교류가 적은 전류로도 부상을 일으킬 수 있다는 것은 사실이지만, 일상생활에 사용할 정도의 크기라면 어떤 전류든 사람을 죽일 수 있다.

최초의 전기의자를 제작한 것은 에디슨의 직원이었는데, 그는 의도적으로 테슬라의 교류를 사용했다. 최초의 전기의자 사형은 1890년에 사형집행인이 아닌 '주(州) 전기 기술자'가 집행했다. 사형수는 죽었지만, 전체 과정은 8분이나 걸렸다. 몸에 불이 붙었을 때는 의식을 잃은 상태였으니 그나마 다행이었다.

전기충격기도 늘 문제다. 맞은 사람이나 몸의 부위에 따라 간혹 사망 사례도 발생한다. 전기업계에 종사하는 모든 사람은 아크 플래시를 두려워한다. 오늘 아침 그가 만들어낸 무기와 같은.

전기와 죽음….

그는 하루 일과가 끝나 피곤한 척하며 건설 현장을 어슬렁거렸다. 이제 현장에는 최소한의 야간 작업자들만 남아 있었다. 좀 더 가까이 다가갔지만, 아무도 관심을 갖지 않았다. 그는 두꺼운 보안경과 노란 앨곤퀸 헬멧을 쓰고 있었다. 전선 안의 전기와 마찬가지로 눈에 띄지 않는 차림이었다.

최초의 공격은 당연히 대대적으로 언론에 보도되었지만, 공개된 내용은 미드타운의 한 변전소에서 '사고'가 났다는 정도였다. 기자들은 합선이니, 스파크니, 일시적 전력 부족에 대해 떠들어댔다. 테러리스트의 소행일 거라는 추측은 많았지만, 아무도 관련 단체를 찾지 못했다.

아직은.

언젠가 아주 잔혹하고 고통스럽게 사람을 죽이는 장치를 설치하고 다니는 것이 앨곤퀸 노동자가 아닐까 하고 추측하는 사람이 나올 수도 있겠지만, 아직은 아니었다.

그는 건설 현장을 떠나 아무런 제재 없이 지하로 들어갔다. 제복과 신분증은 마법의 열쇠와 같다. 그는 보호 장구를 착용한 다음, 지저분하고 뜨거운 터널로 슬쩍 들어가 계속해서 작업을 했다.

전류와 죽음.

500미터 떨어진 곳에서 목표물을 쏴 죽이는 것에 비하면 얼마나 우아한 방법인가.

너무나 순수하고, 너무나 단순하고, 너무나 자연스럽다.

전류를 멈추게 할 수도 있고, 방향을 바꿀 수도 있다. 그러나 전류를 속이지는 못한다. 일단 발생한 전류는 본능적으로 땅으로 돌아가기 위해 무슨 짓이든 하며, 가장 직접적인 경로가 인간의 목숨을 빼앗는 것이라면 문자 그대로 눈 깜짝하는 순간에 살인을 저지른다.

전류는 양심도 없고 죄책감도 느끼지 않는다.

그가 이 무기에 감탄하는 점 중 하나가 바로 이것이었다. 인간과 달리, 전류는 영원히 자신의 본성에 충실하다.

23 도시의 밤

도시는 밤의 이 시간에 살아난다.

밤 9시는 자동차 경주의 녹색 깃발과 다름없다.

뉴욕이 죽는 시간은 밤이 아니다. 도시의 영혼이 마비되는 것은 역설적으로 가장 분주한 시간, 즉 출퇴근 시간이나 오전과 오후 업무 시간이다. 밤이 되면 사람들은 업무 시간의 마비를 벗어던지고 다시 살아난다.

가장 중요한 결정을 한다. 어느 바에 갈까? 어떤 친구를 만날까? 어느 셔츠를 입을까? 브라를 할까, 말까?

콘돔은?

그리고 거리로 나선다.

프레드 델레이는 시원한 봄 공기 속에서 천천히 걷고 있었다. 전선을 따라 전류가 흐르듯 도시의 에너지가 발밑에서 점점 차오르는 것이 느껴졌다. 그는 운전을 별로 하지 않고 차도 없었지만, 지금 느끼는 기분은 마치 액셀을 꾹 밟고 가솔린을 미친 듯이 태우며 운명을 향해 돌진하는 것 같았다.

지하철에서 두 블록. 세 블록, 네 블록.

주머니 안의 10만 달러가 마치 타는 듯 뜨겁게 느껴졌다.

보도를 따라 걸으며 프레드 델레이는 이런 생각을 하지 않을 수 없었다. 내가 다 망쳤나? 그래, 도덕적으로는 옳은 일이다. 이 가느 다란 실이 궁극적으로 범인에게, 테러 단체에게 이어지는 단서라 면 나는 기꺼이 경력도 걸고, 교도소에 갈 위험도 무릅쓸 수 있다. 시민의 생명을 살릴 수 있는 일이라면 기꺼이. 물론 10만 달러는 이 돈의 주인에게는 아무것도 아니다. 그리고 근시안적 관료 조직 은 이 돈이 없어진 걸 절대 놓치지 않을 것이다. 하지만 만의 하나 들키지 않는다 해도, 윌리엄 브렌트의 단서가 적중해서 더 이상의 테러를 막을 수 있다 해도, 이 불법 행위가 양심을 끈질기게 괴롭히 지 않을까? 죄책감이 종양처럼 점점 더 커지지 않을까?

인생이 영원히 바뀌는 죄를…. 인생이 회색으로, 무가치한 것으 로 변하는 죄를 꼭 저질러야 하나?

변화….

지금이라도 연방 건물로 되돌아가 돈을 돌려놓고 싶었다.

하지만 아니다. 그는 옳은 일을 하고 있었다. 그로 인해 어떤 결 과가 벌어지든 감수할 수 있었다.

그러려면 빌어먹을 윌리엄, 네가 진짜 단서를 갖고 와야 해.

델레이는 빌리지에서 길을 건넌 뒤, 윌리엄 브렌트를 향해 곧장 다가갔다. 브렌트는 델레이가 오지 않을 거라고 생각했는지 놀란 얼굴로 눈을 깜빡이고 있었다. 그들은 마주보고 섰다. 언더커버 작 전도 아니고, 정보원을 모집하는 자리도 아니었다. 그냥 업무상 길 에서 만난 두 남자일 뿐이었다.

그들 뒤에서는 지저분한 10대 소년 둘이 기타를 치며 신음하듯 노래를 부르고 있었다. 얼마 전 입술에 피어싱을 했는지 소년들의 입술에서 피가 흘렀다. 델레이는 보도에서 브렌트에게 손짓했다. 모든 냄새와 소리가 차차 희미해졌다.

요원이 물었다.

"알아낸 것 좀 있나?"

"있어."

"뭐지?"

이번에도 간절한 모습을 드러내지 않으려고 애썼다.

"이 시점에서는 별로 쓸모가 없어. 그냥 다른 단서로 이어지는 연결 고리일 뿐이니까. 내일까지는 찾아낸다고 보장해."

보장? 정보원 업계에서는 듣기 힘든 단어다.

하지만 윌리엄 브렌트는 정보원 업계의 아르마니 같은 존재다.

게다가 델레이에게는 선택의 여지가 없었다.

브렌트는 대수롭지 않게 말했다.

"돈은 가져왔어?"

"여기. 가져가."

델레이는 여러 번 접은 〈뉴욕 포스트〉를 브렌트에게 건넸다.

전에도 수백 번은 해본 일이다. 정보원은 신문 안에 들어 있는 봉투를 열고 돈을 세어보기는커녕 만져보지도 않고 그대로 서류가방에 집어넣었다.

델레이는 무덤 안으로 내려가는 관을 바라보는 심정으로 돈이 사라지는 것을 지켜보았다.

브렌트는 현금의 출처를 묻지 않았다. 무엇하러 그러겠는가? 그에게는 중요한 일도 아닌데.

정보원은 생각을 정리하듯 나직한 소리로 짧게 말했다.

"백인 남자. 연줄이 많다. 직원이나 내부자. '— 를 위한 정의', 라만. 테러일 가능성도 있다. 하지만 다른 이유일 수도 있고. 전기에 대해 잘 안다. 계획도 철저하고."

"지금 우리가 갖고 있는 건 그게 다야."

"다른 건 필요할 것 같지 않아."

브렌트는 잘난 척하는 기색 없이 말했다. 태연한 말투에 희망이 생겼다. 보통은 정보원에게 의례적으로 500달러 정도의 격려금을 건넸다. 그리고 헤어질 때면 도둑맞은 느낌이 들곤 했다. 하지만 델레이는 브렌트가 결과물을 내놓을 거라는 직감이 들었다.

델레이는 말했다.

"내일 만나지. 카멜라 식당. 빌리지. 알아?"

"알아. 언제?"

"정오."

브렌트는 주름진 얼굴을 찌푸렸다.

"5시."

"3시."

"좋아."

델레이는 하마터면 '부탁해'라고 중얼거릴 뻔했다. 정보원에게 그런 말을 하리라곤 한 번도 생각해본 적이 없었다. 간절함은 숨겼지만 자신의 경력을 한줌 재로 만들어버릴 수도 있는 서류가방에 자꾸 시선이 가는 것은 어쩔 수 없었다. 아니, 인생 전체가 날아갈 수도 있다. 아들의 환한 얼굴이 눈앞에 어른거렸다. 델레이는 그 모습을 떨쳐냈다.

"같이 일해서 기뻐, 프레드."

브렌트는 미소를 짓고 작별의 뜻으로 고개를 끄덕였다. 커다란 안경에 가로등 불빛이 반사되었다. 이윽고 그는 자리를 떴다.

24 암호 해독

"색스군."

창밖에서 육중한 자동차 엔진 소리가 들리더니 조용해졌다.

라임은 얼마 전 '죽음의 의사'가 황급히 나갈 무렵 도착한 터커 맥대니얼 및 론 셀리토와 이야기를 나누고 있었다.

색스는 뉴욕시경 공식 업무 안내판을 대시보드 앞에 던져놓고 집 쪽으로 걸어오고 있을 것이다. 과연 잠시 후 문이 열리더니, 다리가 길기도 하고 다급한 성격을 무기처럼 늘 지참하고 다니기 때문에 성큼성큼 걷는 특유의 발소리가 바닥에 울려 퍼졌다.

색스는 연구실에 있는 사람들에게 목례를 한 다음 라임을 아주 약간 더 오랫동안 쳐다보았다. 라임은 그녀의 표정을 읽었다. 중증 장애인과 관계를 맺고 있는 연인 특유의 따뜻하고도 냉정하게 관찰하는 시선. 그녀는 라임보다 사지마비에 대해 더 많이 공부했고, 매일 치러야 하는 라임의 사적인 모든 용무를 처리할 줄 알았다. 종종 톰 대신 직접 하기도 했다. 처음에는 라임도 민망했다. 하지만 색스는 유머와 애교를 섞어 이렇게 말했다.

"오래된 부부와 다를 게 뭐죠?"

딱히 대꾸할 말이 없었다.

"좋은 지적이야."

라임은 겨우 이렇게 대답했을 뿐이다.

그렇다고 해서 색스의 배려가 다른 사람과 마찬가지로 전혀 짜증스럽지 않은 것은 아니었다. 라임은 그녀를 힐끗 보고 다시 증거물 차트로 시선을 돌렸다.

색스는 방 안을 둘러보았다.

"상은 어디 있죠?"

"와전된 내용이 있었어."

"무슨 뜻이에요?"

라임은 코페스키의 정체를 설명했다.

"맙소사!"

라임은 고개를 끄덕였다.

"상장은 없어."

"쫓아냈어요?"

"톰이. 아주 잘하더군. 하지만 지금은 그 이야기를 할 때가 아니야. 할 일이 있어."

라임은 색스의 가방을 힐끗 보았다.

"그래, 뭘 찾았지?"

색스는 커다란 파일 여러 개를 꺼냈다.

"앨곤퀸 컴퓨터 접속 코드에 손을 댈 수 있는 사람들 명단을 받아왔어요. 이력서랑 근무 기록."

"회사에 불만을 가진 직원은? 정신적인 문제가 있는 직원은?"

"접속 코드에 손을 댈 수 있는 사람 중에는 없어요."

색스는 앤디 제슨과 나눈 이야기를 자세히 해주었다. 57번가 변전소 근처 증기 터널 안에서 일한 직원 기록은 없다. 구체적인 테러 협박도 없었다. 하지만 그런 가능성에 대해서도 조사 중이다.

"특수 프로젝트 팀에서 일하는 사람을 만나봤어요. 대안 에너지를 연구하는 부서인데, 이름은 찰리 서머스. 좋은 사람이었어요. 아크 플래시를 설치할 만한 사람의 프로파일을 알려주더군요. 전기 기술자, 군대에서 전기를 다룬 사람, 전력 회사 선로공이나 해결사…."

"대단한 직업군이군."

셀리토가 한마디 했다.

"기본적으로는 문제 해결사, 즉 현장 감독 같은 직군이에요. 아크 플래시를 만들려면 현장 경험이 있어야 한대요. 인터넷에서 찾아보고 뚝딱 만들어낼 수 있는 건 아니라고 했어요."

라임이 화이트보드 쪽을 턱으로 가리키자 색스는 내용을 요약해서 적고 덧붙였다.

"다음은 컴퓨터인데, 학원 같은 데서 배우거나 현장에서 상당한 실습 경험이 있어야 한대요. 역시 상당히 까다로운 일이랍니다."

색스는 범인이 능통해야 하는 SCADA와 EMP 프로그램에 대해 설명했다. 그리고 이 내용도 차트에 적었다.

셀리토가 물었다.

"명단은 전부 몇 명이지?"

"40명이 넘어요."

"젠장."

맥대니얼이 중얼거렸다.

라임은 명단 중 한 사람이 범인일 거라고 생각했다. 색스나 셀리토가 범위를 줄여나가면 용의선상에 있는 사람을 적당한 수로 좁힐 수 있을 것이다. 그러나 지금 당장 필요한 것은 증거였다. 그러나 증거는, 최소한 생산적인 증거는 아주 적었다.

사건이 일어난 지 거의 열두 시간이 지났지만, 아직 커피숍에 있던 남자나 기타 용의자에 대한 추가 단서는 전혀 나오지 않았다.

단서가 부족한 것도 답답했지만, 더욱 신경 쓰이는 것은 범인 프로파일 차트의 단순한 항목 하나였다. 베닝튼 케이블 23미터와 스플릿 볼트 12개를 훔친 도둑과 동일인일 가능성. 다른 공격을 계획하고 있을까?

범인은 지금 이 순간에도 뭔가를 설치하고 있을까? 버스 공격에 대해서는 아무런 경고도 없었다. 어쩌면 이것이 녀석의 범행 수법일지도 모른다. 수십 명이 제2의 아크 플래시 폭발로 사망했다는 보도가 언제 텔레비전에서 흘러나올지 모른다.

멜 쿠퍼가 목록을 복사했다. 수사 팀은 각자 책임을 나누었다. 색스와 풀라스키 그리고 셀리토가 절반을 맡고, 맥대니얼 팀의 연방 요원들이 나머지를 맡기로 했다. 색스는 앨곤퀸에서 얻어온 개인 기록도 자신이 맡은 부분만 챙기고 나머지는 맥대니얼에게 주었다.

"이 서머스라는 사람은 믿을 수 있나?"

라임이 물었다.

"네. 알리바이를 확인했어요. 이것도 주더군요."

색스는 작은 검은색 전자 장비를 꺼내 라임 옆의 전선을 겨누었다. 그리고 버튼을 누른 다음 화면을 읽었다.

"음, 240볼트."

"나는, 색스? 나도 완전히 충전된 상탠가?"

색스는 웃으며 장난스럽게 라임을 겨누고 유혹하는 듯한 시선을 보냈다. 그때 색스의 휴대전화가 울렸다. 그녀는 화면을 들여다보고 전화를 받았다. 잠시 통화를 나눈 다음 전화를 끊고 말했다.

"밥 캐버너, 업무 수행 담당 상무예요. 각 지역의 앨곤퀸 지사에 테러 관련 정보를 확인하고 있어요. 앨곤퀸을 위협하거나 산하 발전소를 공격한 에코 테러 단체는 없는 것 같아요. 한데 필라델피아 주요 변전소 중 한 곳에 누군가가 침입했었다는군요. 40대 백인 남자였대요. 그가 누구인지, 안에서 무엇을 했는지는 아무도 모르고요. 보안 테이프도 없고, 범인은 경찰이 도착하기 전에 도망쳤대요. 지난주에요."

인종, 성별, 나이….

"우리가 찾는 놈이야. 한데 뭘 원했을까?"

"회사 내 다른 설비에 침입한 사건은 없어요."

범인은 전력망에 대한 정보나 변전소의 보안을 확인하고 싶었을까? 일단은 추측밖에 할 수 없으니, 당분간 이 사건은 접어두어야 한다.

맥대니얼이 전화를 받았다. 그러곤 멍하니 증거물 차트를 바라보다 전화를 끊었다.

"우리 T/C 팀이 '— 를 위한 정의'에 대한 정보를 추가로 입수했습니다."

"뭐죠?"

라임이 다급하게 물었다.

"큰 건 아닙니다. 하지만 흥미로운 게 있군요. 그들은 과거 대규모 무기를 지칭하는 데 사용한 암호를 쓰고 있어요. 우리 알고리즘이 추출해낸 단어는 '종이와 보급품'입니다."

그러곤 지하 조직이 흔히 하는 짓이라고 설명했다. 최근 프랑스에서는 조직원들의 통신 내용에서 'gâteau', 'farine', 'beurre'라는 단어를 감지해 테러 공격을 무산시킬 수 있었다. 프랑스어로 '케이크', '밀가루', '빵'을 뜻하는데, 테러 조직원들은 이 단어를 폭탄과 그 부품, 화약과 기폭 장치를 가리킬 때 사용했다.

"모사드는 헤즈볼라 조직이 '사무 보급품', 혹은 '파티 보급품'이라는 단어를 미사일이나 고성능 폭탄을 지칭할 때 사용한다고 보고한 적도 있습니다. 또 컴퓨터 분석 결과, 라만 외에도 두 사람이 더 사건에 연루되었다고 합니다. 남자 하나, 여자 하나."

라임이 물었다.

"프레드에게 알렸습니까?"

"좋은 생각이군요."

맥대니얼은 블랙베리를 꺼내 스피커폰으로 전화를 걸었다.

"프레드, 터커야. 라임의 연구실 스피커폰일세. 좀 진전이 있나?"

"정보원을 붙였어. 몇 가지 단서를 추적 중이야."

"추적 중? 구체적인 건 없고?"

잠시 침묵.

델레이가 말했다.

"없어. 아직은."

"T/C 팀이 몇 가지를 알아냈는데…."

맥대니얼은 델레이에게 암호에 대해 알려주고, 남자와 여자가 개입한 것 같다는 이야기도 했다.

델레이는 정보원에게 전하겠다고 대답했다.

맥대니얼이 물었다.

"예산 내에서 일해주겠다고 하던가?"

"그래."

"그럴 줄 알았지. 그런 놈들은 여차하면 등을 치려고 한단 말이야, 프레드. 정보원 일이 그렇잖아."

"그런 일도 있지."

델레이는 음울하게 대답했다.

"계속 연락해."

맥대니얼은 전화를 끊고 몸을 쭉 폈다.

"이 빌어먹을 구름 지대. 청소기가 원하는 만큼 빨아들이지를 못하고 있어."

청소기가 빨아들여?

셀리토는 앨곤퀸에서 가져온 개인 정보 파일을 툭툭 쳤다.

"난 다운타운으로 갈게. 인력을 붙여서 수사를 시작해야겠어. 휴, 아주 긴 밤이 되겠군."

11시 10분이었다.

그럴 거라고 라임은 생각했다. 그에게도 마찬가지였다. 지금 이 시점에서 기다리는 것 말고는 할 일이 없기 때문에 더욱 그랬다.

아, 기다리는 건 정말 싫어.

빈약한 증거물 보드 쪽으로 시선을 보내며, 라임은 생각했다. 빌어먹을, 속도가 너무 느려.

범인은 빛의 속도로 공격하고 있는데.

범인 프로파일

- 남성
- 40대
- 백인일 가능성
- 안경과 모자를 썼을 가능성
- 짧은 금발 머리일 가능성
- 앨곤퀸 기술자들과 비슷한 진청색 작업복
- 전기 시스템에 대해 아주 잘 알고 있음
- 부츠 자국에서는 자세나 걸음걸이로 인한 물리적 특성이 나타나지 않음
- 베닝튼 케이블 23미터와 스플릿 볼트 12개를 훔친 도둑과 동일인일 가능성. 다른 공격을 계획하고 있을까? 절도가 발생한 앨곤퀸 창고는 열쇠로 열고 들어갔음
- 앨곤퀸 직원이거나 직원을 아는 사람일 가능성이 높음
- 테러리스트와 연계? '―를 위한 정의'와 관련? 테러 조직? 라만이라는 사람이 연루? 현금 지급, 인력 이동, 뭔가 '큰' 일이 있다는 내용의 비밀 통화
  - 앨곤퀸 필라델피아 변전소 침입 사건과 관련이 있을 가능성
  - SIGINT 정보 : 무기를 가리키는 암호 '종이와 보급품'(총, 폭탄?)
  - 남자와 여자 조직원
- SCADA(감시 제어 및 데이터 수집 프로그램)과 EMP(에너지 관리 프로그램)을 공부했다. 앨곤퀸이 쓰는 프로그램은 Enertrol, 둘 다 유닉스 기반
- 아크 플래시를 생성할 수 있으려면, 전·현직 선로공이나 해결사, 건설 면허 소지자, 발전기 건설자, 현장 반장, 군대 기술자여야 함

제2부

최소 저항 경로

지 구 의 날 1 6 시 간 전

"언젠가 인간은 조수간만을 통제하고,
태양력을 가두고,
원자력을 해방시킬 것이다."

— 토머스 앨버 에디슨, 전기 생산의 미래에 대해

25 멕시코시티

오전 8시.

나지막한 아침 햇살이 타운하우스 안으로 쏟아져 들어왔다. 링컨 라임은 눈을 깜빡이고 눈부신 햇빛을 피하며 스톰 애로 휠체어를 조종해 작은 엘리베이터를 타고 침실 아래층 연구실로 내려갔다.

색스와 멜 쿠퍼, 론 셀리토는 한 시간 전부터 모여 있었다.

셀리토는 통화 중이었다.

"좋아, 알겠어."

그러곤 이름 하나를 지우더니 전화를 끊었다. 옷을 갈아입었는지 알 수 없었다. 서재나 아래층 침실에서 잤을 것이다. 쿠퍼는 잠시 집에 갔다 왔다. 색스는 라임 옆에서 잠깐 자다가, 새벽 5시 30분에 일어나 직원 파일을 검토하고 용의자의 범위를 줄여갔다.

"어디까지 왔지?"

라임이 물었다. 셀리토가 중얼거렸다.

"방금 맥대니얼과 통화했어. 그쪽도 6명, 우리도 6명."

"12명 남았다고? 그럼⋯."

"아니, 링컨. 12명 제외했다고."

색스가 말했다.

"명단에 고위직이 많다는 게 문제예요. 이력서에 초기 경력을 안 적어놓은 경우도 많고, 이후 컴퓨터 교육을 이수한 내역도 일일이 안 넣었거든요. 전력망을 조작하고 장치를 설치할 능력이 있는지 알아내려면 뒷조사를 한참 해야 해요."

"DNA는 도대체 어떻게 된 거야?"

쿠퍼가 대답했다.

"오래 걸리지 않을 겁니다. 특급으로 하고 있어요."

"특급이라."

라임은 씁쓸하게 대답했다. 일주일 걸리던 예전의 RFPL 방식과 달리, 새로운 기법은 보통 하루 이틀 만에 끝난다. 왜 결과가 아직도 도착하지 않는 건지 이해할 수 없었다.

"그 무슨 정의라는 단체에 대해서는 아직 아무것도 없나?"

셀리토가 말했다.

"우리 팀이 수사 기록을 샅샅이 뒤지고 있어. 맥대니얼 쪽도 그렇고. 국토안보부와 주류·담배·화기 단속국, 인터폴에도 연락했어. 한데 그런 단체나 라만이라는 이름에 대한 정보는 없어. 전혀. 그 구름 지대인지 뭔지, 불길하지 않아? 스티븐 킹 소설에서 튀어나온 것 같아."

라임이 유전자 감식을 맡은 연구소에 전화를 하려고 터치 패드에 손가락을 대려는 순간, 전화가 울렸다. 그는 한쪽 눈썹을 치켜 올리고 곧바로 통화 버튼을 눌렀다.

"캐스린, 안녕. 일찍 일어났군요."

캘리포니아는 새벽 5시다.

"그런 편이죠."

"진전이 있습니까?"

"로건이 다시 나타났어요. 전에 목격했던 곳 근처. 아르투로 디아스와 이야기했는데…."

다들 일찍 일어났군. 좋은 징조다.

"그의 상관이 지금 수사 중이에요. 전에 말했던 그 사람. 로돌포 루나."

알고 보니 루나는 아주 고위직이었다. FBI와 동일한 기관에 해당하는 멕시코 연방 경찰에서 서열 2위였다. 마약 수사라는 어마어마한 업무를 짊어지고 있으면서도 – 정부 기관 내부의 부패 수사도 같이 진행하고 있었다 – 루나는 기꺼이 시계공을 검거할 기회를 떠맡았다. 멕시코에서 살해 협박은 그다지 새로운 소식이랄 것도 없어 루나 같은 고위 경찰이 나설 일이 아니었다. 하지만 그는 야심 있는 경찰이었고, 뉴욕시경과 협력해 그간 북쪽에서 꾸준히 협조해준 동맹군에게 진 빚을 갚겠다고 생각하는 것 같았다.

"허세가 있어요. 렉서스 SUV를 타고 총 두 자루를 갖고 다니죠. …카우보이 비슷한 인물이라고 할까."

"정직합니까?"

"아르투로 말로는 법망을 교묘히 피해가는 경우도 있다고 하지만 웬만큼 정직한 인물이에요. 솜씨도 좋고요. 경찰 경력 21년인데, 아직도 가끔 현장에서 활동한다는군요. 직접 증거물을 수집하기도 한대요."

라임은 감탄했다. 그도 경찰에서 수사자원국을 이끌 때 똑같은 일을 했다. 그가 장갑을 끼고 핀셋으로 섬유나 머리카락 한 올을 들고 관찰하고 있으면, 까마득히 아래 서열인 젊은 기술자가 깜짝 놀라 돌아보는 경우도 종종 있었다.

"경제 사범과 인신 매매, 테러 수사로 명성을 얻었어요. 거물들을 감방에 집어넣었죠."

"그러고도 아직 살아 있군요."

건방진 소리가 아니었다. 멕시코시티 경찰국장이 암살당한 게 불과 얼마 전이었다.

"어마어마한 호위병들이 따라다니죠."

그리고 댄스가 덧붙였다.

"당신과 직접 통화하고 싶대요."

"전화번호를 알려주십시오."

댄스는 번호를 불러주었다. 천천히. 그녀는 라임을 만나본 적이 있고, 그의 장애에 대해서도 알고 있었다. 라임은 오른손 검지를 특수 터치 패드 위로 옮겨 숫자를 찍었다. 숫자가 그의 앞 평면 스크린에 떴다.

댄스는 마약단속국이 로건에게 꾸러미를 전달한 사람을 계속 심문하는 중이라고 전했다.

"상자 안에 뭐가 들어 있는지 모른다고 한 건 거짓말이었어요. 내가 비디오를 보고 요원에게 어떻게 심문해야 할지 조언해줬죠. 아마 마약이나 돈일 거라 생각하고 흘끗 봤을 거예요. 훔치지 않은 걸 보면 마약도, 돈도 아니었다는 걸 알 수 있어요. 마약단속국에서 다시 심문을 시작할 거예요."

라임은 그녀에게 고맙다고 말했다.

"아, 한 가지 더."

"뭡니까?"

댄스는 웹사이트 주소를 불러주었다. 라임은 그 주소도 천천히 브라우저에 쳐 넣었다.

"거길 들어가보세요. 로돌포를 볼 수 있을 거예요. 모습을 알고 있으면 상대를 이해하는 데 도움이 될 테니까요."

이런 경우에도 도움이 될지는 알 수 없었다. 라임은 업무상 사람들을 직접 대면하는 경우가 별로 없었다. 피해자는 보통 죽은 사람이고, 희생자를 죽인 사람은 그가 개입하기 오래전에 사라지고 없다. 성격상 라임도 사람들을 안 보는 게 편했다.

하지만 전화를 끊은 뒤, 그는 사이트에 접속했다. 스페인어로 된 대규모 멕시코 마약범 검거에 관한 신문기사 같았다. 수사 책임자는 로돌포 루나였다. 기사에는 동료 연방 경찰에 둘러싸인 덩치 큰 남자 사진이 딸려 있었다. 신원을 감추기 위해 검은 스키마스크를 쓴 경찰도 있고, 마스크를 쓰지 않은 경찰도 직업상 타인의 표적이 될 수밖에 없어 음침하게 주위를 빈틈없이 경계하는 눈빛이었다.

루나는 얼굴이 넓적하고 피부가 검었다. 군용 모자를 썼지만 그 안의 머리는 박박 민 것 같았다. 칙칙한 올리브색 제복은 경찰이라기보다 군복 같았고, 가슴에는 훈장을 잔뜩 달고 있었다. 검은 콧수염은 텁수룩하고 턱살이 늘어져 있었다. 그는 위압적인 얼굴을 잔뜩 찌푸린 채 담배를 든 손으로 현장 왼쪽의 뭔가를 가리키고 있었다.

라임은 다시 터치 패드로 멕시코시티에 전화를 걸었다. 음성 인식 장치를 사용할 수도 있었지만, 오른손의 기능을 약간 회복한 뒤로는 이쪽을 사용하는 것이 더 좋았다.

국가 번호를 누르는 데 시간이 약간 걸렸을 뿐 라임은 곧 루나와 통화할 수 있었다. 놀랍게도 목소리는 상당히 섬세했고, 외국 억양은 거의 알아차릴 수 없을 정도였다. 당연히 멕시코 억양이었지만, 모음에 프랑스식 발음이 살짝 느껴졌다.

"아, 링컨 라임 씨. 영광입니다. 당신 기사는 읽었습니다. 당연히 책도 읽었고요. 내 수사관들의 필수 교육 과정에 넣었습니다."

잠시 침묵. 그가 덧붙였다.

"실례지만, DNA에 관해서 개정판은 생각 중이신지?"

라임은 웃을 수밖에 없었다. 며칠 전에 정확히 그런 생각을 했던 것이다.

"그럴 생각입니다. 이번 사건만 끝나면. 검사관님(inspector)…."

사람 좋은 목소리가 대꾸했다.

"검사관? 도대체 왜 다들 미국 외의 다른 나라 경찰들을 검사관이라고 부르죠?"

"사법 기관 훈련 및 절차에 관한 최고 권위의 참고 자료가 있잖습니까. 영화와 텔레비전."

킬킬거리는 웃음.

"케이블 텔레비전이 없으면 우리 불쌍한 경찰들은 어떻게 살까요? 한데 아닙니다. 난 사령관입니다. 우리나라에서는 군과 경찰이 서로 대체 가능한 경우가 많습니다. 책을 보니 라임 씨는 경감 RET라고 되어 있던데, 이게 혹시 상주 전문 기술자(Resident Expert Technician)를 뜻하는 겁니까? 궁금했던 점이라."

라임은 소리 내어 웃었다.

"아뇨. 퇴직했다는(Retire) 뜻입니다."

"그래요? 한데 일은 계속하시잖습니까."

"네. 이번 사건에 도움을 주셔서 감사합니다. 범인은 아주 위험한 사람입니다."

"도움이 되어서 기쁩니다. 동료이신 댄스 씨가 상당한 압력이 있었는데도 불구하고 멕시코 범인을 국내로 소환하는 데 큰 도움을 주셨습니다."

"네. 유능한 사람입니다."

라임은 본론으로 들어갔다.

"로건을 보셨다고요."

"내 부하 아르투로 디아스와 그의 수사 팀이 두 번 목격했습니다. 어제 호텔에서 한 번. 그리고 얼마 전에도 보스쿠에 데 레포르마 애버뉴의 상업 지구 사무용 건물에서 한 번 목격했습니다. 건물 사진을 찍고 있었답니다. 대단한 건축물이 아닌지라 수상하게 본 교통경찰 한 사람이 로건의 사진을 기억했습니다. 아르투로 팀이 즉시 출동했지요. 한데 시계공은 지원 팀이 도착하기 전에 사라졌습니다. 아주 미꾸라지 같은 놈입니다."

"잘 어울리는 표현입니다. 그가 사진을 찍은 건물 입주자는 누굽니까?"

"수십 개의 회사가 들어가 있지요. 작은 정부 기관도 있고. 위성 관련 업종, 운송 및 무역업. 1층에는 은행도 있습니다. 그게 중요할까요?"

"도둑질을 하려고 멕시코에 간 게 아닙니다. 이쪽 정보로는 살인을 계획하고 있습니다."

"그러면 즉시 모든 사무실의 인력과 업무를 알아보고, 목표가 될 만한 사람을 찾아보죠."

라임은 미묘한 정치적 절차에 대해 잘 알고 있었지만, 그런 걸 따질 여유가 없었다. 루나도 그럴 것 같지는 않았다.

"수사 팀을 눈에 안 띄게 움직여주십시오, 사령관님. 평소보다 아주 조심하셔야 합니다."

"당연하지요. 눈을 가진 범인 아닙니까. 그렇죠?"

"눈을?"

"제2의 눈 같은 것 말입니다. 캐스린 댄스가 고양이 같은 자라고 했습니다. 위험한 상황을 잘 알아챈다고."

아니, 그런 게 아니야. 라임은 생각했다. 아주 영리하고 상대가 어떻게 나올지 정확히 예측할 수 있다는 거지. 체스의 대가처럼. 하지만 라임은 그냥 이렇게 말했다.

"맞습니다, 사령관님."

라임은 컴퓨터에 뜬 루나의 사진을 바라보았다. 댄스의 말이 맞았다. 통화하는 상대를 시각적으로 떠올릴 수 있으니 대화가 한층 효과적으로 이루어지는 것 같았다.

다시 킬킬거리는 웃음소리.

"여기도 그런 놈들이 좀 있습니다. 사실 나도 그런 부류죠. 수많은 내 동료들이 죽었는데도 내가 아직 살아남아 있는 것 역시 그 덕분이고. 감시는 계속하겠습니다. 조심해서요. 놈을 잡으면, 경감님, 범인 인도를 위해 직접 한 번 오시죠."

"전 외출을 잘 안 합니다."

다시 침묵. 약간 무거운 목소리.

"아, 실례했습니다. 부상당하신 걸 잊었군요."

나 자신은 절대 잊지 못하지. 라임은 무거운 마음으로 생각했다.

"사과하실 필요 없습니다."

"아, 이쪽 멕시코시티는 아주… 뭐라고 해야 할까. …접근성이 좋습니다. 언제라도 오시면 편안하게 지내실 수 있을 겁니다. 제 집에서 지내셔도 되고, 아내가 음식을 해줄 겁니다. 거추장스러운 계단도 없고요."

"생각해보죠."

"멕시코는 음식이 좋습니다. 저는 메스칼과 테킬라를 수집하지요."

"그러면 축하 파티를 여는 것도 좋겠군요."

라임은 장단을 맞춰주었다.

"이놈을 잡으면 와주시는 겁니다. …내 부하들에게 강의도 한 번 해주시고."

라임은 속으로 웃었다. 지금 상대가 협상 중이라는 걸 미처 모르고 있었던 것이다. 멕시코에 라임이 나타나면 이 남자는 자랑거리가 하나 더 생기는 셈이다. 그가 이렇게 협조적인 데는 이런 이유도 있을 것이다. 어쩌면 라틴아메리카에서는 사법 기관이든 무역이든 모든 업무가 이런 식으로 진행되는지도 모른다.

"그러죠."

라임은 시선을 들었다. 톰이 그를 바라보며 복도를 가리키고 있었다.

"사령관님, 이제 끊어야겠습니다."

"연락해주셔서 감사합니다, 경감님. 정보가 생기는 대로 연락드리죠. 중요한 것 같지 않아도 틀림없이 알려드리겠습니다."

26 첫 번째 협박 편지

톰은 탄탄하고 에너지 넘치는 FBI 수사 책임자 터커 맥대니얼을 다시 연구실로 안내했다. 맥대니얼은 맵시 있고 젊은 부관을 대동하고 있었지만, 라임은 그의 이름을 곧 잊어버렸다. 그냥 '애송이'라고 생각하는 것이 편할 것 같았다. 그는 사지마비 환자를 보고 눈을 한번 깜빡이더니 시선을 돌렸다.

"명단에서 몇 명을 더 제외했습니다. 한데 다른 게 있어요. 요구 사항을 적은 편지가 왔습니다."

"보낸 사람이 누구요? 테러리스트?"

작업대 옆에서 쭈그러든 공처럼 앉아 있던 론 셀리토가 물었다.

"신원 미상, 익명입니다."

맥대니얼은 음절을 하나하나 또박또박 발음했다. 라임은 이 남자가 왜 이렇게 싫은지 궁금했다. 부분적으로는 프레드 델레이를 대하는 태도도 이유가 될 것이다. 어쩌면 그냥 스타일 때문일지도 모른다. 물론 가끔은 이유 없이 싫을 때도 있다.

구름 지대….

요원은 말을 이었다.

"주로 환경 문제에 대한 분노인데, 진짜 속셈이 뭔지는 모르죠."

셀리토가 말했다.

"범인이라고 확신할 수 있소?"

뚜렷한 동기가 없는 공격일 때는 많은 사람이 자기 짓이라고 나서는 경우도 드물지 않다. 자신과 아무런 관계 없는 사건인데도 불구하고, 어떤 조건을 들어주지 않으면 동일한 범행을 계속하겠다고 협박하는 경우도 있다.

맥대니얼은 딱딱한 목소리로 말했다.

"버스 공격에 대해 자세한 내용을 언급했습니다. 당연히 그런 건 확인했겠지요."

상대를 내려다보는 듯한 태도 역시 라임의 마음에 들지 않았다.

"누가 언제 받았습니까?"

"앤디 제슨. 자세한 내용은 직접 들어보시죠. 최대한 빨리 당신에게 전해주라고 했으니까요."

그래도 영역 문제로 신경전은 벌이려고 하지 않는군. 비호감이 약간 줄어들었다.

"시장과 워싱턴, 국토안보부에도 연락했습니다. 오는 길에 회의도 했고요."

우리는 빼놓고 했단 말이지. 라임은 생각했다.

FBI는 서류가방을 열고 깨끗한 비닐봉투에 담긴 종이 한 장을 꺼냈다. 라임이 고갯짓을 하자 쿠퍼는 장갑을 끼고 종이를 꺼낸 뒤 작업대 위에 올려놓았다. 우선 사진부터 찍었다. 잠시 후, 손으로 직접 쓴 내용이 방 안 여기저기 있는 컴퓨터 화면에 일제히 떴다.

앨곤퀸 전력 회사 CEO 앤디 제슨 앞

어제 오전 11시 30분경, 맨해튼 웨스트 57번가 MH-10 변전소에서 아크 플래시 사고가 발생했다. 베닝턴 케이블과 버스 바를 두 개의 스플릿 볼트로 회로 차단기 뒤쪽 전선에 연결했다. 변전소 네 곳을 정지하고 MH-10 변전소의 한계 전압을 20만 볼트 가까이 올려서 아크 플래시를 발생시킨 것이다.

이 사고는 전적으로 당신들의 잘못이며, 당신들의 탐욕과 이기심의 결과다. 전기업계 전반에 팽배한 이런 사고는 비난받아 마땅하다. 언론은 인간의 경제적 생명을 파괴했지만, 당신의 회사는 인간의 물리적 생명과 지구의 생명을 파괴한다. 결과에 대한 고민 없이 전기를 과잉 생산함으로써 당신들은 우리의 세계를 파괴하고 있으며, 바이러스처럼 우리의 생활에 잠입해 인간이 인간을 죽이게끔 만든다.

사람들은 당신들이 주장하는 것만큼의 전기가 우리에게 필요하지 않다는 것을 배워야 한다. 당신들이 그 방법을 보여주어야 한다. 오늘 뉴욕 시 전력망에 순환 부분 정전을 실시해 12시 30분부터 30분간 전력 공급량을 경부하(輕負荷) 시간대의 50퍼센트 수준으로 낮춰라. 이를 어길 때는, 오후 1시에 더 많은 사람이 죽을 것이다.

라임은 전화 쪽으로 고갯짓을 하며 색스에게 말했다.

"앤디 제슨한테 전화해."

색스가 전화를 걸자 잠시 후 여자 목소리가 스피커에서 흘러나왔다.

"색스 형사? 들었어요?"

"네. 링컨 라임과 FBI, 뉴욕시경 사람들이 모여 있습니다. 편지를 가져왔어요."

라임은 여자 목소리에서 다급함과 분노를 읽었다.

"누구 짓이죠?"

"우린 몰라요."

"감이라도 올 것 아닌가요?"

맥대니얼이 신원을 밝히고 끼어들었다.

"수사는 진전이 있습니다만, 아직 용의자는 없습니다."

"어제 아침 버스 정류장 근처 커피숍에 있었다는 제복 차림의 남자는요?"

"아직 신원을 밝히지 못했습니다. 현재 그쪽에서 받은 명단을 훑는 중입니다만, 아직 분명한 용의자는 없습니다."

"제슨 씨, 뉴욕시경 셀리토 형사입니다. 할 수 있습니까?"

"뭘 해요?"

"범인의 요구 사항 말입니다. 전력량을 낮추는 것."

라임은 약간의 협상을 통해 증거물을 분석하거나 테러에 대한 수색을 하는 시간을 벌 수 있다면 나쁜 놈들과 어느 정도 줄다리기를 벌이는 것도 나쁘지는 않다고 생각했다. 하지만 그가 결정할 문제는 아니다.

"터커입니다, 제슨 씨. 우리는 협상을 강력히 반대합니다. 결국에는 더 큰 요구를 하도록 부추기는 것밖에 되지 않습니다."

셀리토는 고집했다.

"숨 쉴 시간을 벌 수 있소."

FBI는 의견이 일치하지 않는 모습을 보여주는 것이 싫은지 잠깐 주저했다. 그래도 생각을 바꾸지는 않았다.

"저는 단호하게 반대하는 입장입니다."

앤디 제슨이 말했다.

"이건 논란의 여지가 없어요. 뉴욕 전역의 전력 공급량을 경부하 시간대의 50퍼센트 수준으로 낮추라고요? 그건 조광기 스위치 하나를 조절하는 문제가 아닙니다. 북동부 전력망 전역의 전력 수급 패턴이 헝클어지게 돼요. 수십 곳이 넘는 지역에서 전압 강하와 정전이 발생할 거예요. 전압 강하로 인해 개폐계(on-off system)가 차단되면 수백만 명의 고객이 손해를 입게 됩니다. 데이터 손실이 있을 것이고, 각종 설정값이 초기화돼요. 그냥 다시 켤 수 있는 게 아니란 말입니다. 프로그램을 다시 짜는 데만 며칠이 걸리고 엄청난 데이터가 통째로 날아가요. 게다가 생명과 관련 있는 사회 기반 시설에는 배터리나 예비 발전기가 있는 곳도 있지만, 다 그런 건 아니에요. 병원에 있는 장비 중에는 제대로 돌아가지 않는 것도 있고요. 사람들이 목숨을 잃게 됩니다."

음, 편지를 쓴 사람이 한 가지 제대로 본 건 있군. 라임은 생각했다. 전기, 앨곤퀸 같은 전력 회사들은 정말 인간의 생활에 잠입해 있어. 우리는 전기에 의존하고 있어.

맥대니얼이 말했다.

"바로 그겁니다. 그렇게는 할 수 없어요."

셀리토가 얼굴을 찌푸렸다. 라임은 색스를 돌아보았다.

"파커."

색스는 고개를 끄덕이고 블랙베리에서 워싱턴에 있는 파커 킨케이드의 전화번호와 이메일을 검색했다. 그는 전직 FBI 요원으로서 현재는 개인 컨설턴트로 일하고 있었다. 라임이 볼 때는 미국 최고의 서류 감정사였다.

"지금 보내죠."

색스는 작업대 앞 의자에 앉아 이메일을 쓰고 편지를 스캔해 같이 보냈다.

셀리토는 전화를 열고 뉴욕시경 반테러과와 응급기동대에 오후 1시경 새로운 공격이 있을 거라고 전했다.

라임은 스피커 폰 쪽을 돌아보았다.

"제슨 씨, 링컨입니다. 어제 색스 형사한테 준 명단 말인데요, 직원 명단."

"네."

"그 사람들의 필적을 보내주시겠습니까?"

"전부 다요?"

"가능한 한 많이. 가능한 한 빨리."

"가능해요. 모든 사람에게 기밀 서약서를 받으니까요. 건강 보험 관련 서류나 요청서, 경비 지출 내역서 같은 것도 있을 거예요."

라임은 필적 대조용으로 서명이 효과적일지 의심스러웠다. 서류 감정사는 아니지만, 경찰 감식반을 이끌다 보면 그 부분에 대해서도 어느 정도 지식이 쌓이게 마련이다. 사람들은 자기 이름을 쓸 때 대충 흘려 쓰는 경향이 있다. (아주 나쁜 습관이다. 정확한 서명보다 흘려 쓴 서명이 위조하기 쉽기 때문이다.) 그러나 비망록이나 메모는 좀 더 또박또박 쓰기 때문에 일상적 필체가 어떤지 파악하기 쉽다. 그는 이 점을 제슨에게 말했고, 제슨은 비서 몇 명을 시켜 서명이 아닌 필적을 최대한 많이 확보하겠다고 약속했다. 기분이 좋은 것 같지는 않았지만, 앨곤퀸 직원이 연루되었을 리 없다는 입장에서는 좀 물러선 것 같았다.

라임은 전화에서 눈길을 돌렸다.

"색스! 전화 연결됐나? 파커하고 연결했어? 어떻게 된 거야?"

색스는 고개를 끄덕였다.

"용무 중이래요. 지금 연결하는 중이에요."

킨케이드는 두 아이, 로비와 스테파니를 혼자 키우면서 개인 생활과 사회생활 사이의 균형을 잘 이루고 있었다. 그가 FBI를 그만두고 라임처럼 컨설턴트가 된 것도 아이들에 대한 책임 때문이었다. 하지만 라임은 이런 사건이라면 킨케이드도 즉각 동참해 할 수 있는 한 도와줄 거라는 걸 알고 있었다.

라임은 다시 전화를 돌아보았다.

"제슨 씨, 서류를 스캔해서 이쪽으로 보내주시죠."

그러곤 색스를 향해 눈썹을 치켜 올렸다. 색스는 파커 킨케이드의 이메일 주소를 불러주었다.

"그러죠."

"이런 건 다 업계 용어지요? 순환 정전, 전력망, 경부하 시간."

"네."

"이걸로 범인의 특성을 좀 알 수 있을까요?"

"그렇지는 않아요. 전기업계의 기술적인 용어지만, 컴퓨터를 조작하고 아크 플래시를 만들어낼 수 있다면 당연히 알 거예요. 전력업계에 있는 사람이라면 누구나 알 겁니다."

"편지는 어떻게 받았습니까?"

"집으로 왔어요."

"개인 주소가 일반에 공개되어 있습니까?"

"전화번호부에는 등록되어 있지 않지만, 찾으려면 불가능한 일은 아닐 거예요."

라임은 끈질기게 물었다.

"정확히 어떻게 받았습니까?"

"전 도어맨이 있는 건물에 살아요. 어퍼이스트사이드. 누군가가 로비 뒤쪽에 있는 배달 초인종을 눌렀어요. 도어맨이 나갔다가 다시 돌아와 보니 편지가 자기 책상에 있더래요. '긴급, 앤디 제슨에게 즉시 전할 것'이라고 적혀 있었어요."

"비디오카메라는 있습니까?"

"아뇨."

"누가 만졌습니까?"

"도어맨이요. 하지만 봉투만 만졌어요. 사무실 비서가 받아 왔으니 그도 만졌겠죠. 나도 만졌고."

맥대니얼이 뭔가 말하려 했다. 하지만 라임이 더 빨랐다.

"시간을 다투는 편지였으니, 그걸 놓아둔 사람은 도어맨이 있다는 사실을 알았을 겁니다. 즉시 전달된다는 걸 알았던 거죠."

맥대니얼이 고개를 끄덕였다. 그게 바로 자기가 말하려던 것이라는 듯. 이어서 반짝이는 눈을 지닌 애송이가 고개를 주억거렸다. 그 모습이 마치 자동차 뒷유리창에서 까딱거리는 강아지 인형 같았다.

잠시 후, 제슨이 근심 가득한 목소리로 말했다.

"그렇겠군요. 나에 대해 잘 알고 있다는 얘기군요. 어쩌면 아주 많이."

"보디가드가 있습니까?"

셀리토가 물었다.

"직장에서는 보안 책임자가 있어요. 버니 윌. 당신도 만나보셨죠, 색스 형사? 무장 경비 4명이 돌아가면서 근무해요. 하지만 집에는 없어요. 그런 생각은 한 번도…."

"음, 순찰과에 연락해서 아파트 밖을 지키라고 하겠습니다."

셀리토가 말했다. 그가 전화를 거는 동안 맥대니얼이 물었다.

"뉴욕에 다른 가족은 없습니까? 가족도 누가 지켜야 할 텐데요."

스피커폰에서 잠시 침묵이 흘렀다.

"왜요?"

"가족을 협박 수단으로 이용할 수도 있으니까요."

"아."

가까운 사람이 다칠 수도 있다는 생각이 들었는지 제슨의 단호한 목소리가 약간 작아졌다.

"부모님은 플로리다에 살아요."

색스가 물었다.

"동생이 있지 않나요? 사무실에서 사진을 봤는데요."

"동생? 동생은 자주 연락하지 않아요. 여기 살지도 않고."

그때 다른 목소리가 끼어들었다. 잠시 후, 제슨의 목소리가 다시 들렸다.

"아, 죄송해요. 주지사한테 전화가 왔어요. 금방 소식을 들었다는군요."

딸깍 소리와 함께 전화가 끊겼다.

"자."

셀리토가 두 손을 들어 올렸다. 그의 시선이 맥대니얼을 기분 나쁘게 쳐다보다 라임에게로 향했다.

"아주 쉬워졌군."

"쉬워져요?"

맥대니얼이 물었다.

"그렇소."

셀리토는 가까운 평면 모니터 위의 디지털시계 쪽으로 고갯짓을 했다.

"협상을 할 수 없다면, 우리가 할 일은 범인을 찾는 것뿐이잖소. 세 시간 안에. 누워서 떡 먹기지."

27 필적 감정

멜 쿠퍼와 라임은 편지 분석을 하고 있었다. 론 풀라스키도 몇 분전 도착했다. 론 셀리토는 용의자의 신원을 파악하거나 다음 목표물을 찾을 경우를 대비해서 응급기동대와 조율하기 위해 다운타운으로 달려갔다.

터커 맥대니얼은 협박 편지를 마치 처음 보는 음식처럼 들여다보고 있었다. 라임은 종이 위의 필적 같은 것은 구름 지대에 들어가는 것이 아니기 때문일 거라고 생각했다. 편지는 하이테크 통신과 대척점에 있다. 컴퓨터와 정교한 추적 장치도 종이와 잉크 앞에서는 무용지물이다.

라임은 필적을 흘끗 보았다. 파커 킨케이드와 함께 일한 경험이나 스스로 공부한 것도 있기 때문에 그는 편의점에서 파는 책이나 신문 기사 같은 데서 떠드는 것과 달리 필적에서는 글쓴이의 성격을 읽을 수 없다는 사실을 알고 있었다. 물론 대조할 만한 동일인의 필적이 하나 더 있다면, 두 번째 필적을 쓴 사람이 첫 번째 필적과 동일인인지 여부를 분석을 통해 밝힐 수 있다. 파커 킨케이드는 지금 테러 용의자의 편지 필적과 목록에 있는 앨곤퀸 직원들의 필적을 대조해 동일인을 가려내는 작업을 하고 있을 것이다.

필적과 내용을 보면 오른손잡이인지 왼손잡이인지, 교육 수준은 어느 정도인지, 어떤 국가나 지역에서 성장했는지, 정신적·육체적 질병은 있는지, 알코올이나 마약에 취한 상태에서 쓴 것인지를 알 수 있다.

그러나 이 편지에 대한 라임의 관심사는 좀 더 근본적인 데 있었다. 종이와 잉크는 어디 제품인지, 종이 섬유에 지문이나 미량증거물은 남아 있는지….

쿠퍼가 꼼꼼하게 분석을 끝냈지만, 이런 부분에서는 성과가 전혀 없었다.

종이와 잉크는 수없이 많은 상점에서 구할 수 있는 일반 제품이었다. 편지에 남은 것은 앤디 제슨의 지문뿐이었고, 봉투의 지문은 비서와 도어맨의 것이었다. 맥대니얼의 요원들이 미리 비서와 도어맨의 지문을 따서 전달한 터였다.

무용지물이야. 라임은 씁쓸하게 생각했다. 유일하게 추측할 수 있는 사실은 범인이 영리하고 생존 본능이 강하다는 점뿐이었다.

그러나 10분 뒤, 마침내 돌파구 비슷한 것이 나타났다.

파커 킨케이드가 버지니아 주 페어팩스에 있는 서류 감정 사무실에서 전화를 걸었다.

"링컨."

"파커, 어떻게 됐어?"

"일단, 필적 대조. 앨곤퀸에서 가져온 대조용 필적은 양이 빈약해서 완전한 분석을 할 수 없었어."

"이해해."

"하지만 범위는 12명으로 줄였어."

"12명. 아주 좋아."

"이름을 알려주지. 준비됐나?"

라임이 쳐다보자 쿠퍼는 고개를 끄덕이고 킨케이드가 부르는 이름을 적었다.

"한데 범인에 대해 몇 가지 다른 정보를 알려주지. 우선, 오른손잡이야. 그리고 언어와 단어 선택에 몇 가지 특징이 있어."

"말해봐."

라임이 고갯짓을 하자 쿠퍼는 프로파일 보드로 향했다.

"고등학교를 나왔고, 대학 교육도 받은 것 같아. 미국 학교야. 몇 가지 철자나 문법, 구두점에 오류가 있는데, 주로 어려운 단어나 구문에서 그래. 범행을 저지른다는 초조감 때문이겠지. 아마 미국 태생일 거야. 외국계는 절대 아니라고 말할 수는 없지만, 영어가 모국어야. 거의 확신하건대 유일하게 알고 있는 언어일 거야."

쿠퍼는 이 모든 내용을 보드에 적었다.

킨케이드가 말을 이었다.

"상당히 영리해. 일인칭을 쓰지 않았고, 능동태도 피했어."

라임이 말했다.

"자기 자신을 전혀 노출하지 않았지."

"맞아."

"같이 일하는 공범이 있을 거라는 점을 시사하고."

"그럴 가능성이 있어. 그리고 높은 획과 낮은 획 모양이 들쭉날쭉해. 글을 쓴 사람이 냉정을 잃고 감정적일 때 이런 현상을 볼 수 있어. 고통이나 분노를 느낄 때. 그리고 굵은 획이 강조되는 경향도 있어."

"좋아."

라임은 쿠퍼에게 고갯짓을 했다. 쿠퍼는 이것도 프로파일 보드에 썼다.

"고마워, 파커. 이제 일해야 해."

그들은 전화를 끊었다.

"12명."

라임은 한숨을 쉬었다. 그러곤 증거물 차트와 프로파일 차트를 바라보다 용의자의 이름을 훑어보았다.

"좀 더 빨리 범위를 좁힐 방법은 없을까?"

라임은 시계의 초침이 점점 다가오는 데드라인을 향해 돌아가는 것을 지켜보며 씁쓸하게 물었다.

범행 현장: 앨곤퀸 변전소 맨해튼 10호, 웨스트 57번가

- 피해자(사망): 루이스 마틴, 음반 가게 부지배인
- 어떤 표면에도 지문이 없음
- 아크 플래시로 인해 녹은 금속 파편
- 절연 알루미늄 전선, 규격 0
  - 베닝턴 전기 자재 제작사 AM-MV-60. 한계 전압 60,000볼트
  - 쇠톱으로 잘랐음. 톱날은 새 것, 이가 빠졌음
  - 스플릿 볼트 2개. 2센티미터짜리 구멍이 있음
  - 추적 불가
- 볼트에 독특한 공구흔
- 놋쇠 버스 바, 0.4센티미터 볼트 2개로 케이블에 연결
  - 모두 추적 불가
- 부츠 자국
  - 앨버트슨-펜윅 전기 작업용 모델 E-20, 사이즈 11
- 변전소로 통하는 쇠창살 문을 잘라냈음, 독특한 볼트 커터 공구흔
- 지하실 출입구와 문틀
  - DNA 확보, 감식을 위해 연구실에 보냈음
  - 그리스 음식, 타라마살라타
- 금발 머리, 길이 2.5센티미터, 자연 상태. 50세 이하. 변전소 맞은편 커피숍에서 발견
  - 독극물 검사실로 보냈음
- 광물 미량증거물: 화산재
  - 뉴욕 지역에서는 자연 상태에서 발견되지 않는 종류
  - 전시관이나 박물관, 지질 학교?
- 앨곤퀸 통제실 소프트웨어, 외부 해커의 소행이 아니라 내부 비밀번호로 접속

협박 편지

- 앤디 제슨의 집으로 배달
  - 목격자 없음
- 필적
  - 파커 킨케이드에게 보내 감정 중
- 일반적인 종이와 잉크
  - 추적 불가
- A. 제슨, 도어맨, 비서의 지문 외에는 다른 지문 없음
- 종이에서 미량증거물이 검출되지 않음

범인 프로파일

- 남성
- 40대
- 백인일 가능성
- 안경과 모자를 썼을 가능성
- 짧은 금발 머리일 가능성
- 앨곤퀸 기술자들과 비슷한 진청색 작업복
- 전기 시스템에 대해 아주 잘 알고 있음
- 부츠 자국에서는 자세나 걸음걸이로 인한 물리적 특성이 나타나지 않음
- 베닝턴 케이블 23미터와 스플릿 볼트 12개를 훔친 도둑과 동일인일 가능성. 다른 공격을 계획하고 있을까? 절도가 발생한 앨곤퀸 창고는 열쇠로 열고 들어갔음
- 앨곤퀸 직원이거나 직원을 아는 사람일 가능성이 높음
- 테러리스트와 연계? '—를 위한 정의'와 관련? 테러 조직? 라만이라는 사람이 연루? 현금 지급, 인력 이동, 뭔가 '큰' 일이 있다는 내용의 비밀 통화
  - 앨곤퀸 필라델피아 변전소 침입 사건과 관련이 있을 가능성
  - SIGINT 정보: 무기를 가리키는 암호 '종이와 보급품' (총, 폭탄?)

- 남자와 여자 조직원
- SCADA(감시 제어 및 데이터 수집 프로그램)과 EMP(에너지 관리 프로그램)을 공부했다. 앨곤퀸이 쓰는 프로그램은 Enertrol. 둘 다 유닉스 기반
- 아크 플래시를 생성할 수 있으려면, 전·현직 선로공이나 해결사, 건설 면허 소지자, 발전기 건설자, 현장 반장, 군대 기술자여야 함
- 파커 킨케이드의 필적 프로파일
  - 오른손잡이
- 최소한 고등학교 졸업자, 대학 교육도 받았을 가능성 있음
- 미국에서 교육
- 영어가 모국어이며, 유일한 언어일 가능성
- 공범을 드러내지 않기 위해 수동태 사용
- 앨곤퀸 직원 12명 중 하나일 가능성
- 편지를 쓸 때 감정적이고 분노와 정신적 고통을 겪은 상태

28 머리카락

컴퓨터 앞에 앉아 있던 멜 쿠퍼가 얼른 허리를 폈다.

"하나 찾은 것 같습니다."

"뭘 하나 찾았다고?"

라임이 신랄하게 물었다.

"목록을 좁혀 들어갈 방법이요."

쿠퍼는 허리를 더욱 곧게 펴고 안경을 콧등으로 더 높이 밀어 올리며 이메일을 읽었다.

"머리카락, 변전소 건너편 커피숍에서 찾은 것 말입니다."

"모근이 없으니 DNA도 없겠지."

라임은 불쑥 말했다. 분석이 아직 끝나지 않아서 짜증스러웠다.

"그 말이 아닙니다, 링컨. 머리카락 독극물 검사 결과가 방금 왔는데요, 빈블라스틴과 프리드니손이 상당량 나왔고, 에토포시드도 미량 검출되었습니다."

"암 환자군."

라임은 고개를 앞으로 내밀며 말했다. 쿠퍼가 자세를 고친 것과 비슷한 라임만의 몸짓이었다.

"화학 치료 중이야."

"맞습니다."

맥대니얼과 함께 온 젊은 FBI가 피식 웃었다.

"어떻게 아시죠?"

그러곤 다시 보스를 쳐다보며 덧붙였다.

"대단한데요."

"아직 놀랄 일이 많을 겁니다."

론 풀라스키가 대꾸했다. 라임은 둘 다 무시했다.

"앨곤퀸에 연락해서 명단에 있는 12명 중 과거 5~6개월 동안 항암 치료를 받은 사람이 있는지 물어봐."

색스가 전화를 걸었다. 앤디 제슨이 전화를 받더니—주지사나 시장과 함께 있는 것 같았다—보안 담당 버나드 월을 바꿔주었다. 스피커폰을 통해 저음의 흑인 목소리가 즉시 알아보겠다고 대답했다.

아주 즉시 연락이 오지는 않았다. 3분 뒤 월에게서 전화가 왔다. 라임은 이 정도로도 만족했다.

"원래 명단, 총 42명 중에 암 환자가 6명 있습니다. 하지만 12명으로 추린 명단에는 2명뿐인데, 그중 한 사람이 편지의 필적과 일치할 가능성이 있습니다. 버스 공격이 일어난 시각에는 출장을 갔다가 뉴욕으로 돌아오는 중이었다고 합니다."

월은 적절한 정보를 알려주었다. 쿠퍼가 내용을 받아 적었다. 라임이 고개를 끄덕이자 쿠퍼는 항공사에 전화를 걸었다. 요즘은 승객의 위치를 쉽게 파악하기 위해 신원 확인 절차가 워낙 엄격해졌다. 그래서 공항 보안 팀이 본의 아니게 수사 전반에 도움을 주는 경우가 많다.

"비행기에 탑승했답니다."

"다른 한 사람은?"

"네, 가능성이 있습니다. 레이먼드 골트. 40세. 작년에 백혈병 치료 때문에 보험 청구를 했습니다."

225

라임은 색스에게 눈길을 주었다. 색스는 본능적으로 그 눈빛의 의미를 알아챘다. 두 사람은 자주 이런 식으로 소통했다. 색스는 의자에 앉아 키보드를 두드리기 시작했다.

"경력은?"

라임이 물었다. 월이 대답했다.

"중서부에서 경쟁자로 있다가 앨곤퀸에 입사했습니다."

"경쟁자?"

"아, 자동차 경주 같은 경쟁자란 뜻이 아니라, 업계에서 다른 전력 회사를 일컫는 표현입니다."

"골트는 지금 무슨 일을 합니까?"

"해결사입니다."

월이 대답했다.

라임은 컴퓨터 화면의 프로파일을 응시했다. 찰리 서머스가 설명했듯이 해결사라면 변전소에서 발생한 것과 같은 아크 플래시를 만들어낼 수 있을 것이다.

"멜, 골트의 파일을 찾아봐. SCADA와 에너지 관리 프로그램을 알 만한 사람인가?"

쿠퍼는 인력 파일을 열었다.

"구체적으로 나와 있지는 않습니다. 그냥 직원 훈련 과정을 많이 수강했다고 되어 있군요."

"월 씨, 골트는 미혼입니까, 기혼입니까?"

"미혼입니다. 맨해튼에 삽니다. 주소를 알려드릴까요?"

"네."

월은 주소를 알려주었다.

"터커 맥대니얼입니다. 그는 지금 어디 있습니까, 월 씨?"

맥대니얼이 다급하게 물었다.

"그게 문젭니다. 이틀 전 병가를 냈습니다. 아무도 그가 어디 있는지 모릅니다."

"최근 여행을 했을 가능성은 없습니까? 하와이나 오리건 같은 곳으로? 화산이 있는 곳."

"화산? 왜요?"

라임은 인내심을 발휘하려고 애쓰며 물었다.

"대답만 하세요. 여행을 했습니까?"

"근무표를 보면, 아니요. 건강 문제로 며칠 결근했지만, 아마 항암 치료 때문이겠지요, 작년부터 휴가를 쓴 적은 없습니다."

"동료들에게 그가 잘 가는 장소나 회사 밖에서 만나는 친구, 소속된 단체 같은 걸 물어봐주시겠습니까?"

"네."

라임은 그리스 음식이 연관되었다는 것을 기억하고 물었다.

"그리고 자주 같이 점심을 먹는 사람도 알아보십시오."

"알겠습니다."

"월 씨, 골트의 가장 가까운 친척은 누굽니까?"

월은 아버지는 죽었지만 어머니와 여동생이 미주리에 산다고 했다. 그는 가족의 이름과 주소, 전화번호도 알려주었다.

라임은─맥대니얼도─더 이상 보안 책임자에게 물어볼 게 없었다. 그는 고맙다는 인사를 하고 전화를 끊었다.

맥대니얼은 부하에게 미주리 주 케이프 지라도에 있는 FBI 지국에 연락해 감시를 시작하라고 지시했다.

"도청을 할 만한 이유가 될까요?"

애송이가 물었다.

"어려울 거야. 그래도 일단 밀어봐. 최소한 통화 기록 장치는 허가를 얻어내."

"알겠습니다."

"라임."

색스가 불렀다.

라임은 색스가 미친 듯이 키보드를 두드린 결과물이 뜬 스크린을 올려다보았다. 자동차등록국의 사진에는 창백한 남자가 미소 없는 얼굴로 카메라를 쳐다보고 있었다. 금발에 머리카락이 짧았다. 2.5센티미터 정도 되는 길이였다. 맥대니얼이 말했다.

"자, 용의자를 확보했군. 잘했습니다, 링컨."

"축하는 잡고 나서 합시다."

라임은 자동차등록국 정보를 훑어보았다. 주소가 있었다.

"로어이스트사이드? …대학이나 박물관은 별로 없는데. 화산재는 그가 공격하려는 장소 근처에서 나왔을 거야. 어쩌면 다음 표적이겠지. 범인은 공공장소를 원할 거야. 사람이 많은."

피해자가 많이 발생하도록….

시계를 흘끗 보았다. 10시 30분이었다.

"멜, 본부의 지질학자한테 다시 연락해봐. 움직여야 해!"

"그러죠."

맥대니얼이 말했다.

"나는 판사한테 연락해서 영장을 받아내고 골트의 집으로 보낼 기동대를 준비하겠습니다."

라임은 고개를 끄덕이고 아직 시청으로 가고 있을 셀리토에게 전화했다.

형사의 음성이 스피커에서 지지직거리며 흘러나왔다.

"신호등을 500개는 지난 것 같아. 그 자식이 전력망을 차단해서 신호등이 끊기면 끝장이야. 절대…."

라임은 형사의 말을 잘랐다.

"론, 들어봐. 용의자를 확보했어. 레이먼드 골트. 앨곤퀸의 해결사야. 절대적으로 확실한 건 아니지만, 가능성은 충분해. 멜이 자네한테 이메일로 자세한 내용을 보낼 거야."

쿠퍼는 용암과 관련해 통화를 하면서 용의자에 대한 정보를 키보드에 두드리기 시작했다.

"즉시 응급기동대를 그리로 보내지."

셀리토가 말했다. 맥대니얼이 얼른 끼어들었다.

"우리 쪽 기동대가 나갈 겁니다."

학교 다니는 어린애들 같군. 라임은 생각했다.

"누가 하든 상관없어. 당장 출동하면 돼."

스피커폰으로 잠시 회의를 한 뒤, 형사와 FBI 요원은 태스크포스를 꾸리기로 합의하고 각자 팀을 조직해 현장에 보내기로 했다.

라임이 경고했다.

"시한이 다가오고 있으니 집에는 아마 없을 겁니다. 골트의 아파트 현장에는 내 밑의 감식 팀만 들여보내죠."

"그러시죠."

맥대니얼이 대답했다. 색스가 한쪽 눈썹을 치켜 올렸다.

"내가요?"

"아니. 다음 공격에 대한 단서가 생기면, 자네는 거기로 가야 해."

라임은 풀라스키 쪽으로 눈빛을 보냈다.

"제가요?"

똑같은 질문이었지만 억양은 달랐다.

"가봐, 신참. 명심할 건…."

"압니다. 아크 플래시는 화씨 5000도라면서요. 조심하겠습니다."

라임은 흥, 하고 웃었다.

"내가 말하려던 건 그게 아냐. 망치지 마. 자, 움직여!"

29 프린터

금속투성이. 온통 금속이었다.

론 풀라스키는 시계를 들여다보았다. 오전 11시였다. 다음 공격까지는 두 시간 남았다.

전기가 잘 통하는 금속…. 지금 그가 서 있는 허름한 아파트 안에는 아마도 눈에 보이지 않는 전기에 전선으로 연결되어 있을 금속이 온통 널려 있었다.

FBI와 ESU 팀이 영장으로 무장하고 쳐들어가 보니 역시 골트는 없었다. 다들 실망했지만 놀란 사람은 없었다. 풀라스키는 경찰들을 모두 쫓아냈다. 그리고 지금 로어이스트사이드의 낡은 브라운스톤 건물 지하의 어둑어둑한 아파트를 둘러보는 중이었다. 그와 기동 대원 세 사람이 현장의 안전을 확인한 다음, 라임의 지시대로 현장 오염을 최소화하기 위해 딱 네 사람만 들어왔다.

나머지는 지금 밖에 있고, 풀라스키 혼자 작은 공간을 관찰했다. 변전소에서 아멜리아가 하마터면 목숨을 잃을 뻔했던 함정처럼 이 집의 수많은 금속에도 얼마든지 그런 장치가 달려 있을 수 있었다.

보도에 떨어져 있던 둥근 쇳조각, 콘크리트에 난 흠집, 불쌍한 젊은이 루이스 마틴의 몸에 난 상처가 떠올랐다. 더욱 심란한 장면도 떠올랐다. 겁을 먹은 아멜리아의 눈빛. 절대 그런 법이 없던 눈이었다. 이 전기란 놈이 아멜리아까지 두렵게 할 수 있다면….

어젯밤 아내 제니가 잠자리에 든 뒤, 론 풀라스키는 온라인에서 전기에 관한 내용을 최대한 많이 찾아보았다. 링컨 라임은 뭔가를 좀 더 잘 알면 덜 무서워하게 된다고 말한 적이 있다. 지식은 통제력이다. 한데 전기는, 전력은 그렇지 않았다. 많이 알면 알수록 더 불안했다. 기본 개념은 이해할 수 있었지만, 눈에 보이지 않는다는 사실이 자꾸만 생각났다. 전기는 정확히 어디 있는지 알 수 없다. 캄캄한 방 안의 독사처럼.

풀라스키는 이런 생각을 떨쳐냈다. 링컨 라임이 현장을 나에게 맡겼다. 그러니 일을 하자. 여기로 오는 길에 그는 링컨에게 전화해 아멜리아가 종종 그러하듯 무전기와 비디오를 달고 그와 함께 현장을 관찰할지 물어보았다.

라임이 말했다.

"나는 바빠, 신참. 아직도 현장 관찰을 못한다면 자네는 희망이 없어."

딸깍.

대부분의 사람에게는 모욕적인 말이겠지만, 풀라스키의 얼굴에는 커다란 미소가 떠올랐다. 6번 지구대에서 정복 경찰로 근무하는 쌍둥이 형에게 전화를 걸어 자랑하고 싶었다. 하지만 참았다. 아껴뒀다가 이번 주말에 맥주 한잔하면서 말해줘야지.

그는 라텍스 장갑을 끼고 단독으로 현장 관찰을 시작했다.

골트의 아파트는 우울한 싸구려 공간이었다. 주변 환경에 대해 신경을 전혀 쓰지 않는 총각이 사는 방이라는 느낌이 확 풍겼다. 어둡고, 작고, 곰팡내가 났다. 음식은 반은 신선하고 반은 오래되었다. 어떤 것은 아주 오래되었다. 옷가지가 쌓여 있었다. 라임이 강조했듯이 이번 수색 목표는 재판을 위한 증거물을 모으는 것이 아니라—물론 '증거 보관 증명서'를 망치면 안 되지만—골트의 다음 공격 장소가 어디인지, 그가 라만과 무슨 정의 테러 단체와 어떤 관계가 있는지 알아내는 것이다.

풀라스키는 용의자가 출입했을 만한 모텔이나 호텔, 다른 아파트, 친구의 집, 휴가지 등의 주소가 혹시 나올지 몰라 덜컹거리는 허름한 책상과 우그러진 파일함 그리고 상자를 뒤졌다. 붉은색으로 크게 X자를 그려놓고 옆에 '공격 지점!'이라고 쓴 지도가 나오면 얼마나 좋을까.

그러나 물론 그렇게 명백한 단서는 없었다. 사실 도움이 될 만한 것은 거의 없었다. 주소록도, 쪽지도, 편지도. 통화 목록은 지워져 있었다. 재통화 버튼을 눌러보니 어떤 도시나 주(州) 번호를 찾느냐는 전자 음성이 흘러나왔다. 랩톱도 들고 나가 집 안에는 컴퓨터가 없었다.

풀라스키는 협박 편지에 사용한 것과 비슷한 종이와 봉투를 발견했다. 펜도 한 묶음 있었다. 그는 이것들을 봉투에 넣었다.

유용한 것을 전혀 찾지 못한 풀라스키는 현장 감식을 시작했다. 숫자판을 놓은 다음 사진을 찍고 미량증거물도 채취했다.

최대한 빨리 움직였지만, 늘 따라다니는 공포가 불쑥불쑥 치밀어 오르는 것을 견뎌야 했다. 또 다칠지도 모른다는 두려움 때문에 그는 항상 소심했다. 물러나고 싶었다.

또 다른 두려움도 꼬리를 물었다. 100퍼센트 완벽하게 해내지 않으면 사람들을 실망시키게 된다. 아내가, 형이, 아멜리아 색스가 실망할 것이다.

링컨 라임이 실망할 것이다.

그러나 두려움을 떨쳐내는 것이 너무나 힘들었다.

손이 떨리기 시작하고 호흡이 가빠졌다. 삐걱 소리에 놀라 펄쩍 뛰었다.

진정하자. 다정하게 속삭이는 아내의 목소리를 기억하자. 괜찮아, 괜찮아, 괜찮아.

풀라스키는 다시 작업을 시작했다. 벽장문을 열려는 순간, 쇠 손잡이가 눈에 띄었다. 바닥은 리놀륨이었지만, 안전한지 알 수 없었다. 너무나 두려워 라텍스 장갑을 끼고도 문을 열 수가 없었다. 그는 고무 접시받침을 들고 손잡이를 감싸 쥐었다. 문을 열었다.

안에는 레이 골트가 범인이라는 증거가 잔뜩 들어 있었다. 날이 부러진 쇠톱, 볼트 커터. 지금 자신의 임무는 현장 감식을 하고 증거물을 채취하는 것이라는 걸 알고 있었지만, 풀라스키는 주머니에서 작은 확대경을 꺼내 공구를 들여다보지 않을 수 없었다. 톱날에는 버스 정류장 근처 변전소 창살에 독특한 공구흔을 남긴 것과 비슷한 찍힌 자국이 있었다. 그는 공구를 봉투에 넣고 꼬리표를 달았다. 작은 캐비닛에서는 사이즈 11의 앨버트슨-펜윅 부츠가 나왔다.

그때 전화가 울려 퍼뜩 놀랐다. 발신인을 보니 링컨 라임이었다. 풀라스키는 즉시 전화를 받았다.

"링컨, 저는⋯."

"은신처에 대한 정보는 좀 나왔나, 신참? 렌트한 자동차, 같이 어울린 친구, 다음 목표 지점을 알아낼 만한 단서. 아무 거라도 없나?"

"아뇨. 집은 아주 깨끗합니다. 한데 공구와 부츠를 찾았습니다. 분명 이놈이에요."

"다음 범행에 대한 위치나 주소가 필요해."

"네. 제가⋯."

딸깍.

풀라스키는 전화를 탁 닫고 지금까지 모은 증거물을 조심스럽게 비닐봉투에 넣었다. 그런 다음 아파트 전체를 두 번 오가며 관찰했다. 냉장실과 냉동실, 옷장 하나까지 빠뜨리지 않았다. 심지어 뭔가 넣을 수 있을 만큼 큼직한 음식 상자도 빼놓지 않았다.

아무것도 없었다⋯.

이제 두려움은 답답함으로 바뀌었다. 골트가 범인이라는 증거는 있지만, 그에 대한 다른 정보는 전혀 나오지 않았다. 그가 어디 있는지, 다음 목표물은 무엇인지. 그때 풀라스키의 시선이 다시 책상으로 향했다. 싸구려 컴퓨터 프린터였다. 프린터 위의 노란색 등이 깜빡이고 있었다. 그는 프린터로 다가갔다. 종이가 끼었다는 신호다.

뭘 인쇄했을까?

풀라스키는 조심스럽게 뚜껑을 열고 프린터 내부를 들여다보았다. 종이가 엉켜 있었다.

경고문도 보였다. 조심! 전기 충격의 위험이 있습니다! 종이를 꺼내거나 수리를 하기 전에는 전원을 뽑으세요!

어쩌면 인쇄 대기 중인 다른 문서나 뭔가 유용한 정보가 있을지도 모른다. 어쩌면 핵심적인 정보가. 그러나 전원을 끄면 메모리에 대기 중인 남은 문서가 지워질 것이다.

풀라스키는 조심스럽게 손을 넣었다. 그때 녹은 쇳조각이 다시 떠올랐다.

화씨 5000도….

시계를 흘끗 보았다.

젠장. 아멜리아가 전기 옆에 갈 때는 절대 쇠붙이를 몸에 지니지 말라고 했는데. 잊어버렸다. 빌어먹을 머리 부상! 왜 머리가 잘 돌아가지 않지? 그는 시계를 풀어 주머니에 넣었다. 젠장. 이런다고 나을 게 뭐야. 그는 시계를 프린터에서 멀찍이 떨어진 책상 위에 놓았다.

한 번 더 손을 넣으려는데, 다시 공포가 밀려왔다. 머뭇거리는 자신에 대해 분노가 일었다.

"젠장."

풀라스키는 중얼거리고 부엌으로 돌아갔다. 두툼한 분홍색 고무장갑이 있었다. 그는 장갑을 끼고 혹시 FBI 요원이나 기동 대원들이 이 한심한 광경을 보고 있지나 않은지 주위를 둘러본 다음 프린터 쪽으로 돌아갔다. 그리고 감식 도구함을 연 뒤 끼인 종이를 꺼내고 프린터를 다시 작동시킬 만한 도구를 찾았다. 핀셋이었다. 물론 금속이다. 골트가 혹시 프린터 안에 노출된 전선 같은 장치라도 장착해놨다면 회로를 아주 잘 연결시킬 완벽한 전도체였다.

2미터가량 떨어진 시계를 흘끗 보았다. 다음 공격까지는 한 시간 반도 채 남지 않았다.

론 풀라스키는 허리를 굽히고 아주 두꺼운 전선 두 개 사이로 핀셋을 집어넣었다.

30 방화

텔레비전 뉴스에서는 골트의 사진을 내보내며 예전 여자 친구와 소속 볼링 팀, 그를 치료한 의사를 인터뷰했다. 골트는 지하로 숨어들었다.

퀸스 본부의 지질 전문가는 뉴욕 메트로폴리탄 지역에서 화산재와 관련한 전시회 21곳을 찾아냈다. 퀸스에서는 용암을 깎아 조각을 만드는 한 미술가의 전시회도 있었다.

쿠퍼가 중얼거렸다.

"수박만 한 것 하나에 2만 달러라니. 생긴 것도 꼭 수박처럼 생겼군요."

라임은 멍하니 고개를 끄덕이며, 연방 건물로 돌아가서 스피커폰으로 전화를 건 맥대니얼의 말에 귀를 기울였다. 골트의 어머니는 며칠 동안 아들에게서 연락을 받지 못했다. 그러나 이상한 일은 아니었다. 병 때문에 최근 고민이 많았다고 했다. 라임이 물었다.

"애국법 3장은 적용했습니까?"

요원은 골트의 가족을 도청하겠다는 요청을 판사가 거부했다고 짜증스럽게 말했다.

"하지만 통화 기록 장치는 가능합니다."

통화 기록 장치로는 대화 내용을 들을 수 없지만 전화를 걸고 받은 사람의 수를 확인하고 추적할 수 있다.

라임은 다시 초조하게 풀라스키에게 연락했다. 즉시 전화를 받은 풀라스키는 떨리는 목소리로 전화벨 소리 때문에 '뭐가 떨어지는 줄 알았다'고 말했다. 젊은 경찰은 레이먼드 골트의 프린터에서 정보를 뽑아내는 중이었다.

"맙소사, 신참. 그건 직접 하지 마."

"괜찮습니다. 고무 깔개 위에 서 있으니까요."

"그 말이 아니야. 컴퓨터는 전문가가 만져야 해. 데이터 삭제 프로그램이 있으면…"

"아뇨, 아뇨. 컴퓨터가 아닙니다. 그냥 프린터예요. 종이가 걸려서…."

"무슨 주소라든지 다음 목표 지점에 대한 정보는 없나?"

"없습니다."

"뭐라도 찾으면 곧장 전화해."

"그렇게 하…."

딸깍.

합동 태스크포스 팀이 57번가와 골트의 동네에서 탐문 수사를 벌였지만 성과가 없었다. 범인은 지하로 숨어든 것 같았다. 골트의 휴대전화는 '죽은' 상태였다. 통신사에 물어봤더니 배터리를 빼서 추적도 할 수 없다고 했다.

고개를 숙이고 자기 휴대전화에 귀를 기울이던 색스가 상대에게 고맙다고 말한 뒤 전화를 끊었다.

"버니 월이에요. 골트의 부서, 뉴욕 긴급 보수 팀 사람들과 이야기를 해봤는데, 다들 외톨이라고 했대요. 사람들과 어울리지 않았다고. 그와 자주 점심을 먹은 사람도 없어요. 혼자 작업하는 걸 좋아했다는군요."

라임은 고개를 끄덕였다. 그리고 FBI 요원에게 용암의 출처에 대해 알려주었다.

"모두 21곳이 있습니다. 우리는….."

"22곳입니다."

퀸스의 지질 전문가와 통화 중인 쿠퍼가 끼어들었다.

"브루클린 미술관. 헨리 스트리트입니다."

맥대니얼은 한숨을 쉬었다.

"그렇게 많습니까?"

"안 됐지만."

라임은 덧붙였다.

"프레드에게 알려야 합니다."

맥대니얼은 대답하지 않았다. 당신 부하란 말이야. 라임은 속으로 중얼거렸다.

"프레드 델레이의 정보원에게 골트에 대한 정보를 알려줘야지요."

"그렇군요. 잠깐만. 그를 연결하겠습니다."

딸깍거리는 소리가 들리더니 몇 초간 정적이 흘렀다.

"여보세요? 델레이입니다."

"프레드, 터커야. 링컨과 전화 회의 중이야. 용의자를 찾았어."

"누구지?"

라임은 레이 골트에 대해 설명했다.

"동기는 아직 미상이지만, 범인이 그자라는 단서는 충분해."

"찾았나?"

"아니. 행방불명이야. 그의 아파트로 기동대를 보냈어."

"공격 시한은 아직 그대론가?"

맥대니얼이 대답했다.

"아니라고 생각할 근거가 없어. 뭘 좀 찾았나, 프레드?"

"정보원이 좋은 단서를 찾았대. 기다리는 중이야."

"지금 알려줄 수 있는 건 없고?"

맥대니얼이 날카롭게 물었다.

"이 시점에서는 없어. 3시에 만나기로 했어. 정보원이 뭔가를 찾았다고 했어. 그에게 전화해서 골트의 이름을 알려줘야겠군. 그러면 빨라질지도 몰라."

그들은 전화를 끊었다. 잠시 후, 라임의 전화가 울렸다. 여자 목소리였다.

"라임 형사님?"

"네, 접니다."

"앤디 제슨입니다. 앨곤퀸 전력 회사."

맥대니얼이 자기가 있다는 것을 알리고 물었다.

"그에게서 다른 연락은 없습니까?"

"아뇨. 하지만 알려드려야 할 상황이 생겼어요."

허스키하고 다급한 목소리가 라임의 주의를 집중시켰다.

"말씀하십시오."

"전에 이야기했지만, 우린 컴퓨터 코드를 바꿨어요. 그러니 어제 공격은 되풀이할 수 없을 겁니다."

"기억합니다."

"그리고 모든 변전소에 보안을 배치하라고 지시했어요. 매일 스물네 시간. 한데 15분 전 업타운 변전소 한 곳에서 화재가 발생했습니다. 할렘이에요."

"방화?"

"네. 경비들은 변전소 앞쪽에 있었어요. 누가 뒷유리창 안으로 화염병 같은 걸 던진 것 같아요. 화재는 진압했지만, 그 때문에 문제가 생겼습니다. 개폐기가 망가졌어요. 수동으로 그 변전소를 닫을 수 없다는 뜻이에요. 통제가 안 돼요. 전체 그리드를 닫지 않고는 송전선으로 흐르는 전류를 막을 방법이 없어요."

제슨이 걱정하고 있다는 것은 느껴졌지만, 이 상황에서 그게 어떤 의미가 있는지는 알 수 없었다. 라임은 그녀에게 자세한 설명을 요구했다.

"정말 미친 짓을 한 게 아닌가 싶어요. 불에 탄 변전소에서 흘러나가는 지역 송전선을 직접 연결해 들어가는 거죠. 거의 15만 볼트에 달해요."

"어떻게? 어제는 간선에 직접 연결하는 건 너무 위험해서 변전소를 이용했다고 한 것 같은데요."

"맞아요. 한데, 모르겠어요. 원격 개폐기 같은 걸 개발해서 선을 잇고 다시 전류를 통하게 할 수도 있을 거예요."

맥대니얼이 물었다.

"어디쯤일까요?"

"제 생각에는 1.2킬로미터 정도 되는 구간인 것 같아요. 센트럴할렘과 웨스트할렘 지하를 통해 강으로 이어져요."

"전기를 정말 못 끊습니까?"

"불에 탄 개폐기를 수리할 때까지는 안 돼요. 몇 시간은 걸릴 거예요."

"이 아크 플래시도 어제처럼 심각할까요?"

라임이 물었다.

"최소한. 네."

"좋습니다. 우리가 확인하죠."

"라임 형사님? 터커 요원?"

제슨의 목소리는 한결 침착했다. 맥대니얼이 대답했다.

"네?"

"죄송해요. 어제는 제가 까다롭게 굴었던 것 같습니다. 하지만 전 제 직원 중 한 사람이 이런 짓을 할 거라고는 정말 생각하지 못했어요."

"이해합니다. 최소한 이제 용의자의 신원은 확보했으니까. 행운이 따른다면 더 많은 사람이 다치기 전에 범행을 막을 수 있을 겁니다."

전화를 끊자마자 라임은 소리 질렀다.

"멜, 들었지? 업타운? 모닝사이드 하이츠, 할렘. 박물관, 조각가, 뭐든지. 가능한 테러 목표물을 찾아내!"

라임은 퀸스의 임시 감식 반장에게 전화를 걸어 방화 때문에 폐쇄된 변전소로 감식 팀을 보내라고 알렸다.

"뭐든지 찾아내는 대로 갖고 오라고 해."

"가능성 있는 목표 지점을 찾아냈습니다!"

쿠퍼가 전화기에서 고개를 약간 떼며 소리쳤다.

"컬럼비아 대학. 미국 내에서 용암과 화성암을 가장 많이 보유한 곳 중 하납니다."

라임이 돌아보자 색스는 고개를 끄덕였다.

"10분이면 도착할 수 있어요."

두 사람은 라임의 컴퓨터 화면에 있는 디지털시계를 바라보았다.

11시 29분이었다.

31 화산재

아멜리아 색스는 맨해튼 북쪽 모닝사이드 하이츠에 위치한 컬럼비아 대학 캠퍼스에 있었다.

방금 지구환경과학부 사무실에서 싹싹한 학과 사무원의 말을 듣고 나온 참이었다.

"화산 전시회는 따로 없지만 화산재와 용암, 기타 화성암 샘플은 수백 점 있어요. 학부생들이 현장 실습에서 돌아올 때마다 온통 먼지투성이가 되죠."

"저예요, 라임."

색스는 마이크에 대고 화산재에 대해 알아낸 내용을 전했다. 라임이 대답했다.

"앤디 제슨과 다시 통화했어. 송전 선로는 기본적으로 5번 애버뉴에서 허드슨 강까지 지하로 쭉 이어져. 대충 160번가를 따라간다고 생각하면 될 거야. 하지만 용암 가루가 나왔다는 건 학교 근처 어딘가에 아크 플래시 장치를 해놨다는 뜻이야. 근처에 뭐가 있지, 색스?"

"주로 그냥 교실이에요. 학교 사무처."

"그중 뭐든지 목표물이 될 수 있어."

색스는 좌우를 두리번거렸다. 맑고 시원한 봄날, 교정을 오가거나 조깅을 하는 학생들. 풀밭에, 도서관 계단에 앉아 있는 학생들.

"그럴듯한 목표물은 안 보여요, 라임. 낡은 건물, 주로 돌과 목재로 지은 것 같아요. 철이나 전선 같은 건 안 보여요. 많은 사람을 해치기 위해 어떻게 여기다 커다란 함정을 설치할 수 있는지 모르겠어요."

그때 라임이 물었다.

"바람은 어느 방향으로 불지?"

색스는 생각해보았다.

"동쪽, 아니면 동북쪽인 것 같아요."

"논리적으로 생각해봐. 먼지는 그렇게 멀리 날아가지 않을 거야. 기껏해야 몇 블록 정도."

"그렇겠군요. 그럼 모닝사이드 파크 정도 같은데요."

"내가 앤디 제슨이나 앨곤퀸 직원한테 연락해서 모닝사이드 파크 어디쯤에 송전선이 지나가는지 물어보지. 그리고 색스?"

"네?"

라임은 망설였다. 조심하라는 말을 하려고 한 것 같았다. 하지만 굳이 필요 없는 말이었다.

"아냐."

전화가 뚝 끊겼다.

아멜리아 색스는 바람 반대편 쪽을 향해 학교 정문을 나섰다. 암스테르담 애버뉴를 건넌 뒤 우중충한 베이지색 화강암과 벽돌로 지은 낮은 건물을 향해 걸었다.

전화가 다시 울렸다. 발신인을 확인했다.

"라임, 뭘 알아냈어요?"

"방금 앤디와 통화했어. 송전 선로는 160번가 북쪽을 지나 서쪽으로 공원 밑을 지난다는군."

"지금 거의 다 왔어요, 라임. 별로 보이는 게…. 아, 이런."

"뭐지, 색스?"

점심시간을 맞아 사람으로 가득 찬 모닝사이드 파크가 눈앞에 펼쳐졌다. 아이들, 유모, 직장인, 컬럼비아 대학생, 음악가…. 수백 명의 사람들이 느긋하게 시간을 보내며 아름다운 날을 즐기고 있었다. 보도에도 사람들이 있었다. 하지만 색스를 절망하게 한 것은 목표물의 수뿐만이 아니었다.

"라임, 공원 서쪽으로 지나가는 도로 말이에요, 모닝사이드 드라이브."

"그게 왜?"

"공사 중이에요. 수도관 교체. 큰 쇠파이프예요. 맙소사, 전선을 여기에다 연결했다면…."

"그럼 거리 어디라도 플래시가 떨어질 수 있겠군. 맙소사! 건물이나 사무실, 기숙사, 근처 가게까지 들어갈 수도 있어. 몇 킬로미터 떨어진 곳까지."

"어디에다 연결했는지 찾아야겠어요, 라임."

색스는 전화를 끊고 공사장을 향해 뛰기 시작했다.

32 공사장

샘 베터는 뉴욕에 대해 복잡한 감정을 갖고 있었다.

68세인 샘은 뉴욕에 처음 오는 길이었다. 평생 스코츠데일에 살면서 뉴욕에 와보고 싶은 마음은 항상 있었다. 루스도 뉴욕을 구경하고 싶어 했지만, 휴가를 가게 되는 곳은 늘 캘리포니아나 하와이 또는 알래스카 유람선 여행이었다. 그런데 루스가 죽고 나서 회사 비용으로 첫 출장을 오게 된 곳이 하필 뉴욕이라니.

여기 오니 좋았다. 루스가 없는 게 슬프긴 했지만 말이다.

그는 우아하고 조용한 배터리 파크 호텔 식당에 앉아 점심을 먹었다. 그리고 건설 예산 회의 때문에 만난 사람들과 맥주를 기울이며 이야기를 나누고 있었다.

업무 이야기. 월 스트리트, 팀 스포츠 이야기. 개인 스포츠 중에서는 골프 이야기. 아무도 베터가 좋아하는 테니스 이야기는 하지 않았다. 페더러, 나달…. 그러나 테니스는 전투 무용담이 생기는 스포츠가 아니다. 여자 이야기는 별로 오가지 않았다. 다들 그럴 나이는 아니었다.

베터는 파노라마처럼 펼쳐지는 바깥 경치를 창문 너머로 바라보았다. 비서와 동료들이 물어보면 뉴욕에 대해 느낀 인상을 이야기해주고 싶었다. 지금까지는 아주 분주하다, 아주 돈이 많다, 아주시끄럽다, 아주 회색이다－하늘에는 구름 한 점 없는데도. 태양조차 뉴욕 사람에게는 빛이 많이 필요 없다는 것을 아는 듯했다.

복잡한 감정….

이런 것을 즐기는 자신에 대한 죄책감도 있었다. 뮤지컬 〈위키드〉를 피닉스 공연과 비교해볼 예정이었다. 〈빌리 엘리엇〉도 영화 트레일러만큼 좋은지 확인하고 싶었다. 저녁에는 아침에 만난 은행가 두 사람과 차이나타운에서 식사를 할 계획이었다. 한 사람은 뉴욕에서 근무하는 사람이고, 한 사람은 샌타페이에서 왔다.

이렇게 즐기는 것이 어쩐지 배신을 저지르는 것 같은 기분도 들었다. 물론 루스는 상관하지 않을 것이다. 그래도….

어쩐지 조금 어울리지 않는 공간에 있다는 느낌도 들었다. 그의 회사는 기초 공사 전문이었다. 건물 기반, 진입로, 연단, 도로 등. 대단할 것은 없지만 필수적이고 돈도 되는 업무다. 실용적이고 윤리적인 회사이지만, 이 업계는 그런 특성을 항상 잘 지키는 분야는 아니다. 하지만 작은 회사였다. 합작 사업에 참여한 다른 업체들은 덩치가 컸다. 다른 사람들은 사업이나 규제, 법률문제에 그보다 훨씬 박식했다.

점심 식탁의 대화는 다이아몬드백스와 메츠의 경기에서 담보, 이자율, 하이테크 시스템으로 이어졌다. 베터는 정신이 없었다. 그는 다시 큰 사무용 건물이나 아파트 같은 게 올라가고 있는 창밖 호텔 옆의 큰 공사장을 내다보았다.

그렇게 바라보고 있는데, 한 인부가 유독 눈에 띄었다. 여느 사람과 다른 작업복 차림이었다. 진파랑 오버롤에 노란 헬멧 그리고 전선인지 케이블인지를 한 다발 어깨에 지고 있었다. 그가 공사장 뒤쪽 맨홀에서 나오더니 눈을 깜빡이며 주위를 둘러보았다. 그러다 휴대전화를 꺼내 전화를 걸고는 공사장을 돌아다니다 옆 건물 쪽으로 향했다. 발걸음은 경쾌하고 편안해 보였다. 자기 일을 즐기는 사람 같았다.

　모두 일상적인 풍경이었다. 파란 작업복 차림의 남자는 30년 전의 베터 같았다. 베터가 고용한 직원 같기도 했다.

　베터는 긴장을 풀기 시작했다. 파란색 작업복 차림의 남자 그리고 칼하트 재킷과 작업복 차림으로 공구와 자재를 운반하며 농담을 나누는 인부들을 보니 마치 고향에 온 것 같았다. 자신의 회사와 가족 같은 직원들이 떠올랐다. 태어날 때부터 콘크리트를 섞은 것만 같은, 볕에 그을린 마르고 조용한 백인 남자들. 떠들썩하게 이야기를 주절거리면서도 정확하게 자부심을 갖고 일하는 젊은 라틴계 노동자들.

　어쩌면 뉴욕도, 같이 사업을 하는 이 사람들도 나의 세계나 그 안에서 살아가는 사람들과 여러 면에서 비슷한지 모른다.

　긴장을 풀자.

　그때 파란 작업복과 노란 헬멧 차림의 남자가 공사장 건너편 건물로 들어가는 모습이 보였다. 학교였다. 샘 베터는 창문에 걸린 표지판을 읽었다.

스카이콩콩 마라톤 모금회 5월 1일
아픈 사람들을 위해 뛰자!

크로스젠더 학생 모임 5월 3일
지금 등록하세요!

지구과학부에서 〈화산 : 가까이 구경하기〉 전시회를 엽니다.
4월 20일 – 5월 15일. 입장료는 무료. 불꽃 튀는 지구의 역사!
일반인 입장가.

　그래. 그는 웃었다. 뉴욕은 스코츠데일과 좀 다르군.

33 한계 용량

라임은 서로 아무런 관계도 없어 보이는 금속과 플라스틱, 먼지를 계속 들여다보며 자신의 상상력에 불꽃을 튀길 만한 단서, 골트가 모닝사이드 하이츠와 할렘을 통과하는 수도관 어디쯤에 치명적인 전선을 설치했는지 알려줄 단서를 찾으려고 애썼다.

실제로 진짜 수도관에 전선을 설치했다면.

상상력이 불꽃을 튀긴다…. 하필이면 왜 이런 단어를 선택한 거야. 라임은 생각했다.

색스는 계속해서 모닝사이드 파크를 수색하며 송전선에서 수도 파이프에 연결된 전선을 찾고 있었다. 라임은 그녀가 불안할 거라는 걸 알고 있었다. 가까이 다가가지 않고는 전선이 수도관 어디쯤 연결되었는지 찾을 방법이 없다. 라임은 어제 루이스 마틴의 몸을 꿰뚫은 아크 플래시 파편에 대해 설명하던 그녀의 목소리를, 공허한 눈을 떠올렸다.

인근 지구대에서 경찰 수십 명이 출동해 모닝사이드 파크와 수도관 공사장 인근 건물에서 사람들을 대피시키고 있었다. 그러나 전선은 쇠파이프를 따라 계속 흐르지 않나? 1킬로미터 떨어진 어느 집 부엌에서 아크 플래시가 발생하는 건 아닐까?

내 부엌은? 지금 톰이 싱크대 앞에 서 있는데.

라임은 컴퓨터 화면의 시계를 흘끗 보았다. 60분 안에 전선을 찾지 못하면, 아마 해답을 알게 될 것이다.

색스가 전화를 걸었다.

"전혀 없어요, 라임. 내가 잘못 생각했는지도 몰라요. 선이 지하철을 가로지를 거라고 생각했는데, 자동차를 맞추도록 설치되었다면 어떨까요? 거기도 찾아봐야겠어요."

"지금 앨곤퀸과 연락해서 범위를 좁혀가는 중이야, 색스. 다시 연락하지."

라임은 멜 쿠퍼에게 소리쳤다.

"뭐 없나?"

쿠퍼는 앨곤퀸 통제 센터 책임자와 이야기하고 있었다. 앤디 제슨의 지시에 따라 그와 직원들은 송전선에서 전압 변화가 생긴 구간을 찾고 있었다. 송전선 자체가 노화하거나 절연재에 문제가 생길 경우를 대비해 몇 백 미터 간격으로 센서를 장착했다. 잘하면 골트가 치명적인 전선을 지상으로 연결한 지점을 정확히 찾아낼 수도 있다.

그러나 쿠퍼는 대답했다.

"아뇨. 없습니다."

라임은 잠시 눈을 감았다. 아까부터 애써 무시했던 두통이 점점 밀려오고 있었다. 혹시 머리가 아닌 다른 곳이 욱신거리는 건 아닐까 하는 생각이 들었다. 사지마비 환자에게는 항상 그럴 가능성이 있다. 통증이 없으면 몸이 어떤 상태인지 알 수가 없다. 숲에서 나무가 쓰러지면 당연히 소리가 난다. 하지만 느낄 수 없다면 과연 고통은 존재하는 것일까?

이런 생각을 하면 병적인 기분만 남는다. 최근 비슷한 생각을 했다는 것도 깨달았다. 이유는 알 수 없었다. 하지만 떨칠 수가 없었다.

더욱 묘한 것은 어제 이 시간만 해도 톰과 입씨름을 벌였는데, 오늘은 스카치 생각이 나지 않았다. 생각만 해도 구역질이 났다.

두통보다 이게 더 신경 쓰였다.

시선은 증거물 차트를 훑고 있었지만, 그는 마치 학교에서 배운 뒤로 오랫동안 사용하지 않은 외국어처럼 단어를 그냥 스쳐 읽기만 했다. 그리고 다시 차트에 집중하며 전기가 발전소에서 각 가정까지 이어지는 경로를 살펴보았다. 전력은 점점 낮아진다….

13만 8000볼트….

라임은 쿠퍼에게 앨곤퀸의 서머스를 연결하라고 지시했다.

"특수 프로젝트 팀입니다."

"찰리 서머스 씨?"

"맞습니다."

"링컨 라임이라고 합니다. 아멜리아 색스와 함께 일하는."

"아, 네. 당신 이름을 말하더군요."

부드러운 목소리였다.

"우리 직원 중에… 레이 골트라고 들었습니다. 사실입니까?"

"그런 것 같습니다. 서머스 씨…."

"찰리라고 부르세요. 명예 경찰이라도 된 기분이군요."

"네, 찰리. 지금 무슨 일이 벌어지고 있는지 아십니까?"

"바로 여기 내 랩톱에 전력망을 띄워놨습니다. 앤디 제슨이 제게 상황을 모니터링하라고 하더군요."

"그걸 고치려면 얼마나 더 걸리겠습니까? 그 뭐더라, 화재가 발생한 변전소의 개폐기."

"두세 시간. 아직 통제 불가능입니다. 뉴욕 시 대부분의 전기를 끊는 것 말고는 변전소를 닫을 방법이 없어요. 제가 도울 일이 있습니까?"

"네. 아크 플래시에 대해 궁금한 게 있습니다. 골트가 간선, 그러니까 송전 선로에 선을 이어서 수도관과 연결한 것 같은데…."

"아뇨, 아뇨. 그럴 리가 없습니다."

"왜요?"

"접지가 되니까요. 건드리는 순간 합선됐을 겁니다."

라임은 잠시 생각했다. 그때 다른 것이 떠올랐다.

"송전 선로에 연결한 것처럼 보이게 한 건 아닐까요? 사실은 다른 곳에 덫을 설치해놓고. 아크 플래시가 생성되려면 전압이 얼마나 필요합니까?"

"30만 볼트라면 대량 살상이 가능하지만, 네, 그보다 적은 전기로도 아크 플래시를 발생시킬 수 있습니다. 전압이 전선이나 단자의 한계 용량을 초과하는 게 핵심입니다. 이때 아크는 단락(phase to phase), 즉 다른 선으로 점프하거나 지락(phase to ground), 즉 땅으로 이어집니다. 가정용 전기라면 스파크가 생길 뿐 아크 플래시는 발생하지 않습니다. 최대 200볼트죠. 한데 400볼트 정도 되면 작은 아크가 가능합니다. 600볼트가 넘으면 가능성이 아주 커지죠. 하지만 중압에서 고압으로 넘어가야 심각한 정도의 아크가 발생합니다."

"그럼 1000볼트 정도라면?"

"조건이 충족되면, 가능하죠."

라임은 맨해튼 지도를 바라보며 지금 색스가 있는 지점에 집중했다. 골트가 다음 공격을 감행할 장소의 범위가 상당히 넓어진 셈이었다.

서머스가 물었다.

"한데 왜 아크 플래시에 대해 물으시죠?"

라임은 생각에 잠긴 채 멍하니 대꾸했다.

"골트가 한 시간 내에 사람을 죽인다고 했으니까요."

"아, 골트의 편지에 아크에 관한 내용이 있었습니까?"

라임은 그렇지 않다는 것을 깨달았다.

"아뇨."

"그럼 그냥 추정이군요."

라임은 '추정'이라는 단어와 그에 관련한 모든 파생어를 싫어했다. 혹시 중요한 것을 놓치지 않았나 싶어 자신에 대한 분노가 치밀었다.

"말씀해보시죠, 찰리."

"아크는 엄청난 현상이지만, 전기를 무기로 사용하기엔 아주 비효율적인 방법이기도 합니다. 잘 통제할 수 없고, 어떤 결과가 생길지 정확히 예측할 수 없거든요. 어제 아침을 보십시오. 골트는 버스 전체를 목표로 삼았지만 그러지 못했습니다. 저라면 전기로 사람을 어떻게 죽일지 말씀드릴까요?"

링컨 라임은 얼른 말했다.

"네, 궁금합니다."

그러곤 고개를 전화 쪽으로 한껏 내밀고 잔뜩 집중했다.

34 지하 전력망

토머스 에디슨은 1883년 뉴저지에 처음으로 가공 송전선(overhead transmission), 즉 그 흉한 탑들을 건설했지만 펄 스트리트의 발전소에서 시작한 최초의 전력망은 로어맨해튼의 지하에 매설되었다. 고객은 총 59명이었다.

선로공은 지하 전력망을 싫어하지만─어두운 그리드라고 부르기도 한다─조이 바잔은 지하를 좋아했다. 그는 앨곤퀸 전력에서 겨우 2년 일했지만, 열여덟 살 때부터 전력업계에 종사했으니 경력은 10년이 넘었다. 개인 건설업체에서 일하다 앨곤퀸에 입사한 그는 수습을 거쳐 정식 직원까지 올라갔다. 계속 일해서 현장 반장이 될 생각도 해보았고 언젠가는 그럴 마음도 있었지만, 지금으로서는 대기업에서 일하는 것이 좋았다.

미국 최대의 전력 회사 중 하나인 앨곤퀸보다 큰 곳을 어디서 찾겠는가?

30분 전 바잔과 그의 파트너는 윗사람에게서 월 스트리트 근처 지하철 전기 공급 장치의 전력이 불안정하다는 전화를 받았다. 뉴욕 지하철 몇몇 선은 앨곤퀸의 MOM을 축소한 것과 비슷한 자체 발전소를 가지고 있다. 그러나 지금 덜컹거리며 옆을 지나가는 이 전철선은 앨곤퀸 전력만으로 돌아가고 있었다. 퀸스에서 2만 7500볼트의 전력이 이 전철선 일대 변전소로 들어오면, 변전소는 전압을 직류 625볼트로 낮춰 제3레일(third rail)에 공급한다.

근처 뉴욕교통공사 변전소 계기판을 보니, 잠깐 전압 강하가 생겼다는 것을 알 수 있었다. 전철 서비스에 이상을 초래할 정도는 아니지만, 어제 버스 정류장 사건을 생각할 때 충분히 걱정할 만한 일이었다.

한데 젠장, 앨곤퀸 직원이 저지른 일이었다니. 레이 골트. 퀸스의 상급 해결사.

바잔은 아크 플래시를 본 적이 있었다. 이 업계에서 일하는 사람이라면 누구든지 한두 번은 봤을 것이다. 그 눈부신 번개, 폭발, 으스스한 진동음을 체험한 뒤로는 전기 앞에서 절대 방심하지 않겠다고 결심했다. 개인 보호 장갑과 부츠, 절연 처리한 핫 스틱, 업무 중에는 절대 금속을 몸에 지니지 말 것. 전류에 대해 다 안다고 생각하는 사람들이 너무나 많다.

하지만 그건 불가능하다. 인간은 전류보다 더 빠를 수도 없다.

지금 바잔은 전압이 떨어진 이유가 무엇인지 찾고 있었다. 지하는 시원하고 사람이 없었지만 조용하지는 않았다. 엔진 소리가 윙윙거리고, 전동차가 지진처럼 땅을 흔들었다. 그랬다. 그는 전선이 거미줄처럼 늘어선 지하에 있는 것이, 전선과 절연재 그리고 고무와 기름 냄새가 좋았다. 뉴욕 시는 지하에도 지상만큼 많은 구조물이 존재하는 커다란 배 같았다. 그는 이 배의 모든 갑판을 브롱크스의 자기 동네를 들여다보듯 잘 알고 있었다.

도대체 무엇이 전압 불안을 초래했는지 알 수 없었다. 앨곤퀸 선은 모두 괜찮은 것 같았다. 어쩌면….

그는 일손을 멈췄다. 뭔가 이상한 게 보였다.

뭐지? 모든 선로공이 그렇듯이 지상이든 지하든 그는 자기 영역에 대해 잘 알고 있었다. 한데 으슥한 터널 끝에 뭔가 잘못된 것이 눈에 띄었다. 지하철 시스템에 전기를 공급하는 차단기 패널 중 하나에 아무 논리적 이유도 없이 케이블이 연결되어 있었다. 게다가 케이블은 지하철이 있는 땅으로 내려오지 않고 위로 올라가서 터널 천장을 가로질렀다. 연결 솜씨가 괜찮은 것을 보니 – 전선을 어떻게 연결했는지를 보면 배선공의 기술을 가늠할 수 있다 – 전문가가 한 것 같았다. 그런데 누가? 왜?

그는 잠깐 서 있다가 전선을 따라가기 시작했다.

그러다 문득 헉하고 숨을 들이쉬었다. 다른 앨곤퀸 직원 한 사람이 터널에 서 있었다. 상대가 오히려 더 놀란 것 같았다. 어둑어둑했기 때문에 얼굴을 알아볼 수는 없었다.

"여."

바잔은 고갯짓을 했다. 악수를 하지는 않았다. 둘 다 두툼한 보호 장갑을 끼고 있었다. 다른 절연 장비를 잘 갖추었다면 활선 작업을 할 수 있을 정도로 두꺼웠다.

상대가 눈을 깜빡이더니 땀을 닦았다.

"누가 올 줄은 몰랐어."

"이쪽도 마찬가지야. 전력 불안정 소식은 들었나?"

"그래."

남자가 뭐라고 덧붙였지만, 바잔은 그의 말이 들리지 않았다. 지금 랩톱을 가지고 도대체 뭘 하고 있는 걸까? 물론 전력망 전체가 전산화되어 있기 때문에 모든 선로공은 랩톱을 사용한다. 그런데 그는 전압 수위나 개폐기를 점검하는 것이 아니었다. 화면에는 비디오 영상이 떠 있었다. 지상에 있는 공사장 같았다. 고화질 보안 카메라 같은 영상이었다.

그때 바잔은 상대의 앨곤퀸 신분증을 보았다.

아, 이런.

레이먼드 골트. 상급 기술 운영자.

폐에서 호흡이 가쁘게 새어나오는 소리가 들렸다. 아침에 상관이 모든 선로공을 불러놓고 골트와 그의 범행에 대해 알려준 내용이 떠올랐다.

그는 연결된 전선이 또 다른 아크 플래시를 발생시키는 장치라는 것을 깨달았다!

침착하자. 지하는 어두워서 골트는 그의 얼굴을 잘 보지 못했을 것이다. 그의 반응을 눈치채지 못했을 수도 있다. 회사와 경찰이 소식을 발표한 것도 얼마 되지 않았다. 어쩌면 골트는 몇 시간 전에 내려와서 경찰들이 자신을 찾고 있다는 것을 모를 수도 있다.

"점심시간이군. 배가 고픈데."

바잔은 배를 두드리려다 과잉 반응이라는 것을 깨달았다.

"위로 올라가는 게 좋을 것 같아. 내가 밑에서 뭘 하는지 파트너가 궁금해할 거야."

"음, 그래."

골트는 컴퓨터 쪽으로 돌아섰다.

바잔도 뛰어서 달아나고 싶은 충동을 억누르며 가장 가까운 출구 쪽으로 돌아섰다.

도망칠 것을. 그는 문득 깨달았다.

돌아서는 순간, 골트가 얼른 손을 뻗어 옆에 있는 뭔가를 집어 드는 것이 느껴졌다.

바잔은 뛰기 시작했지만 골트가 더 빨랐다. 뒤를 돌아보는 순간, 선로공의 두툼한 유리 섬유 핫 스틱이 헬멧을 향해 쏜살같이 내려왔다. 바잔은 지저분한 바닥에 나동그라졌다.

15센티미터 떨어진 눈앞에는 13만 8000볼트의 전류가 흐르는 전선이 있었다. 핫 스틱이 다시 한 번 머리를 내리쳤다.

35 인간 스위치

아멜리아 색스는 가장 잘하는 일을 하고 있었다.

아니, 가장 잘하는 일은 아닐지 모른다.

하지만 분명 가장 좋아하는 일이었다. 살아 있다는 것을 가장 생생하게 느끼게 해주는 일.

운전이었다.

색스는 금속과 육체를 한계까지 밀어붙이며 빽빽한 교통 상황과 인파를 고려할 때 말도 안 되는 지름길을 돌고 돌아 도시를 쏜살같이 달렸다. 꺾고, 미끄러지고. 차를 빨리 몰 때는 도로를 따라 매끄럽게 진행할 수 없다. 그냥 밀어붙여야 한다. 밟고, 홱 틀고, 부딪혀야 한다.

이런 차를 머슬카라고 부르는 데는 이유가 있다.

페어레인을 계승한 1970년식 428 포드 토리노 코브라는 출력 405마력, 토크 447풋파운드로 달렸다. 물론 스피드를 낼 때 필요한 4단 변속기도 있었다. 변속기는 무겁고 빽빽하다. 기어가 제대로 들어가지 않을 때는 기어 톱니바퀴의 이빨을 밋밋하게 하는 등 대안이 많다. 요즘 휴대전화를 귀에 꽂고 저녁 식사 생각을 하며 운전

257

하는 중년 회사원들을 위해 나온 친절한 6단 동기물림식 변속기와는 다르다.

코브라는 씩씩거리고, 으르렁거리고, 끽끽거렸다. 차는 다양한 목소리를 낸다.

색스는 긴장했다. 경적을 살짝 두드렸지만, 백미러를 보지도 않고 차선을 바꾸려는 게으른 운전자의 귀에 음파가 채 들어가기도 전에 코브라는 그 옆을 지나쳤다.

최근까지 몰았던 셰비 카마로 SS, 아버지와 함께 고치곤 했던 차가 솔직히 그리웠다. 카마로는 얼마 전 어느 사건에서 범인의 희생자가 되었다. 하지만 아버지는 차를 지나치게 의인화하는 것은 현명한 일이 아니라고 말하곤 했다. 차는 네 일부지만, 결코 네가 아니다. 네 자식도, 네 친구도 아니다. 로드, 핸들, 실린더, 드럼, 까다로운 전자 부품 같은 것은 어느 순간 네게 무심해지고 게으름을 피울지도 모른다. 너를 배신하고 죽일 수도 있다. 금속과 플라스틱, 구리, 알루미늄 카드를 한데 모은 기계가 인간을 배려한다고 생각하는 건 어리석은 짓이다.

"에이미, 차는 네가 집어넣는 만큼의 영혼만 가질 뿐이야. 그 이상도 이하도 아니다. 절대 잊지 말아라."

물론 카마로를 잃은 것은 언제까지나 섭섭할 것이다. 하지만 이제 그녀는 자신에게 잘 맞는 좋은 차를 몰고 있다. 핸들에는 패미가 죽은 셰비에서 경건하게 떼어내 선물로 준 카마로의 문장이 달려 있다.

교차로에서 브레이크를 밟고, 힐 앤드 토(heel and toe)로 레브 매치(rev match)시키고, 왼쪽 오른쪽을 확인하고, 클러치에서 발을 떼고 단숨에 나아갔다. 속도계가 50을 가리켰다. 60, 70. 대시보드의 파란불이 고동치는 심장처럼 빠르게 깜빡이는 것도 눈에 들어오지 않았다.

색스는 9번 국도에서 헨리 허드슨 파크 웨이가 웨스트사이드 하이웨이로 바뀌는 지점을 몇 킬로미터 지나쳐 계속 남쪽으로 달렸다. 익숙한 풍경이 스쳐 지나갔다. 헬리콥터 이착륙장, 허드슨 리버 파크, 요트 항구, 복잡한 홀랜드 터널 입구. 파이낸셜센터 빌딩을 오른쪽으로 끼고, 이제는 거대한 공사장이 된 국제무역센터 자리를 지나쳤다. 다급한 순간이었지만, 빈 공간이 그림자를 드리울 수 있다면 바로 이곳일 거라는 생각이 스쳤다.

코브라는 미끄러지듯 배터리 플레이스에 접어들었다. 색스는 로어맨해튼의 미로 속으로 들어갔다.

아랍계 운전사를 혼비백산하게 하면서 택시 두 대를 지나치는 순간, 귀에 꽂고 있던 이어폰이 지지직거려 집중력이 흐트러졌다.

"색스!"

"뭐예요, 라임?"

"어디야?"

"거의 다 왔어요."

색스는 타이어 고무를 태우며 90도로 꺾어 보도와 다른 자동차 사이에 포드를 밀어 넣었다. 그동안에도 계기판의 바늘은 70킬로미터, 5000 rpm 밑으로 떨어지지 않았다.

색스는 화이트홀 스트리트로 향하고 있었다. 스톤 스트리트 근처. 라임이 찰리 서머스와 통화를 했는데, 예상치 못한 결론이 나왔다. 서머스는 골트가 아크 플래시 말고 다른 방법을 쓸지도 모른다고 했다. 차라리 그냥 행인들을 죽일 수 있을 정도의 전압을 공공장소에 흘릴 거라는 것이었다. 사람들을 회로의 일부로 만들어 전류를 통하게 하는 것이다. 그게 더 쉽고 효율적이다. 전압도 별로 높을 필요가 없다고 했다.

라임은 업타운 변전소 화재는 골트의 진짜 목표 지점, 아마 다운타운 쪽에서 시선을 빼앗기 위한 위장이라는 결론을 내렸다. 그는 용암과 화산 전시회가 있는 장소의 목록을 살펴보고, 모두가 주목하고 있는 할렘에서 가장 먼 전시장을 찾았다. 암스테르담 대학이었다. 사무나 각종 전문 기술 준학사 과정을 제공하는 커뮤니티 칼리지였다. 이 학교 교양학부에서 지층 형성에 대한 전시회를 열고 있었는데, 그중 화산에 대한 전시도 있었다.

"도착했어요, 라임."

색스는 회색 아스팔트 위에 검은 고무 자국을 두 줄 남기며 토리노를 학교 현관 앞에 세웠다. 그리고 타이어 연기가 흩어지기도 전에 차에서 내렸다. 고무 냄새는 불길하게도 앨곤퀸 변전소 MH-10호를 연상케 했다. 생각하지 않으려 해도 자꾸만 루이스 마틴의 몸에 났던 검고 붉은 구멍들이 떠올랐다. 학교 현관을 향해 뛰어가는 동안, 그녀는 끔찍한 기억을 물리쳐주는 무릎의 관절염 통증에 처음으로 감사했다.

"학교를 둘러보고 있어요, 라임. 아주 넓어요. 생각보다 더."

현장 감식을 하러 온 게 아니라 비디오 링크는 생략했다.

"시한까지 18분 남았어."

색스는 6층짜리 커뮤니티 칼리지를 둘러보았다. 학생과 교수, 직원들이 불안한 표정으로 급히 건물에서 나오고 있었다. 터커 맥대니얼과 론 셀리토가 사람들을 대피시키기로 결정한 것이다. 사람들은 가방과 컴퓨터, 책을 움켜쥐고 급히 나와 건물에서 멀찌감치 떨어졌다. 거의 대부분 대피하면서 하늘을 한 번씩 올려다보았다.

9·11 이후의 세상에서는, 항상 올려다본다.

다른 자동차 한 대가 도착하더니 어두운 정장 차림의 여자가 내렸다. 동료 형사 낸시 심슨이었다. 그녀가 색스에게 달려왔다.

"어떻게 됐어, 아멜리아?"

"골트가 학교에 뭔가를 장치한 것 같아. 아직 뭔지는 몰라. 내가 안에 들어가서 둘러볼 거야. 당신은 탐문을 하고…."

그러곤 턱으로 대피해 있는 사람들을 가리켰다.

"골트를 본 사람이 있는지 알아봐. 사진 가지고 있어?"

"PDA에."

색스는 고개를 끄덕이고 다시 학교 정문 쪽으로 돌아섰다. 서머스가 한 말이 떠올라 이제부터 어떻게 해야 할지 막연했다. 어디쯤 폭탄이 있을지, 저격수가 어디쯤 있을지는 짐작할 수 있다. 하지만 전기 공격은 도대체 어디서 시작될지 알 수가 없었다.

색스는 라임에게 물었다.

"찰리가 범인이 정확히 뭘 설치할 거라고 했어요?"

"가장 효율적인 방법은 사람을 스위치로 이용하는 거라고 했어. 문손잡이나 계단 난간에 전원을 공급하고, 바닥에 귀전선을 연결하는 거지. 바닥이 젖어 있으면 그냥 자연 상태의 땅을 대신할 수도 있을 거라고. 피해자가 손잡이나 난간을 잡기 전에는 회로가 끊긴 상태인데, 잡으면 전류가 통하게 돼. 이런 식으로 사람을 죽일 때는 높은 전압이 필요 없어. 이 방법이 아니라면, 그냥 두 손으로 전원을 만지게 할 수도 있어. 그러면 가슴으로 충분한 전압이 들어가서 죽게 돼. 하지만 이건 효율적인 방법이 아니야."

효율적이라…. 이런 상황에 사용하기에는 역겨운 단어였다.

사이렌 소리가 등 뒤에서 요란하게 울렸다. 소방차, 뉴욕시경 응급기동대, 의료 인력이 도착했다.

색스는 전직 교관이었던 날렵하고 머리가 희끗희끗한 응급기동대장 보 하우먼에게 손을 흔들어 인사했다. 그도 고개를 끄덕여 보이고 대원을 민간인 대피와 레이먼드 골트 및 공범을 수색하는 전술 대응 팀에 각각 나누어 배치했다.

색스는 잠시 망설이다 쇠 손잡이를 피해 문의 유리 부분을 밀고 학교 로비로 들어섰다. 아무도 금속을 만지지 말라고 소리치고 싶었지만, 그랬다가는 사람들이 공황 상태에 빠져 서로 밀치다 다치거나 죽는 수가 있다. 게다가 아직 시한은 15분이나 남았다.

안에는 금속으로 된 난간, 손잡이, 계단, 바닥 면이 아주 많았다. 하지만 눈으로 봐서는 전선에 연결되었는지 알 수가 없었다.

색스는 애매하게 말했다.

"모르겠어요, 라임. 금속은 있는데. 바닥은 대부분 양탄자가 깔리거나 리놀륨으로 되어 있어요. 저건 전도성이 나쁠 텐데."

그냥 불을 내서 건물을 태워버리려는 건 아닐까?

13분.

"계속 찾아봐, 색스."

색스는 찰리 서머스가 준 비접착식 전류검출기를 꺼냈다. 가끔 전압이 기록되기도 했지만 가정용 전류보다 높은 경우는 없었다. 전원도 사람을 죽이거나 다치게 할 만한 곳에 있지는 않았다.

창밖에서 반짝이는 노란색 불빛이 시선을 끌었다. 옆면에 '긴급 보수'라고 적힌 앨곤퀸 전력 회사 트럭이었다. 트럭에서 내린 네 사람 중 두 사람을 알아볼 수 있었다. 보안 책임자 버니 월과 업무 수행 담당 상무 밥 캐버너였다. 그들은 모여 있는 경찰 쪽으로 다가갔다. 낸시 심슨도 거기 있었다.

유리창을 통해 세 사람을 바라보는 동안, 색스는 학교 옆에 무엇이 있는지 처음으로 깨달았다. 대규모 고층 건물 공사장이었다. 인부들은 철골 작업, 조립 작업, 용접 작업 등을 하고 있었다.

금속. 구조물 전체가 거대한 쇳덩어리였다.

색스는 나지막이 말했다.

"라임, 학교가 아닌 것 같아요."

"무슨 소리야?"

색스는 공사장에 대해 설명했다.

"쇠…. 그렇군, 색스. 말이 돼. 인부들을 내려오라고 해. 내가 론한테 연락해서 응급기동대를 보내라고 할 테니까."

색스는 문을 밀치고 고층 건물 공사 현장 관리실로 사용하는 트레일러 쪽으로 달려가며 거대한 전선으로 둔갑하게 될 20층, 아니, 25층 높이의 철골을 올려다보았다. 200명은 족히 되는 일꾼이 그 위에 달라붙어 있었다. 그들을 안전하게 땅으로 데려올 엘리베이터는 두 개뿐이었다.

시간은 1시 10분 전이었다.

36 위기 일발

"무슨 일인가?"

샘 베터는 호텔 식당 웨이터에게 물었다. 창밖의 학교 그리고 학교와 호텔 사이의 공사장에서 사람들이 대피하고 있었다. 경찰차와 소방차가 몰려들었다.

같이 점심을 먹던 사람이 물었다.

"안전하겠지? 여긴 말이야."

"아, 그럼요. 아주 안전합니다."

웨이터가 대답했다.

베터는 웨이터가 무엇이 안전하고 안전하지 않은지 전혀 모른다는 것을 알았다. 건축업계에 종사하는 그는 본능적으로 실내에 있는 사람 수와 비상구의 비율을 확인했다.

샌타페이에서 온 남자가 물었다.

"어제 그 소식 들었나? 발전소 폭발 사고. 그것 때문에 저러는지도 모르겠군. 테러가 어쩌고 하던데."

베터도 뉴스를 들은 기억은 있었지만, 지나치며 대충 넘겼다.

"무슨 일이 있었는데?"

"누가 전력망에 무슨 짓을 했나봐. 전기 회사 말이야."

그러곤 창밖으로 고갯짓을 했다.

"학교에서 똑같은 짓을 저질렀는지도 모르지. 아니면 건설 현장 이든가."

다른 한 사람이 걱정스러운 듯 말했다.

"우린 아니겠지? 이 호텔 말이야."

"아니, 아닙니다. 우린."

웨이터는 미소를 지으며 사라졌다. 베터는 웨이터가 지금쯤 어떤 비상구로 도망치고 있을지 궁금했다.

사람들이 일어나서 창가로 다가갔다. 식당에서는 소동을 벌이는 현장이 아주 잘 보였다.

그때 이런 목소리가 들렸다.

"아니, 테러가 아니래. 회사에 불만을 품은 직원이 그랬대. 회사 선로공이라던가. 텔레비전에 사진도 나왔어."

샘 베터는 문득 한 가지 생각이 떠올라 동료 사업가에게 물었다.

"그 사람이 어떻게 생겼는지 아나?"

"40대야. 회사 작업복 차림이고, 노란 헬멧을 썼을 거래. 파란 작업복."

"맙소사. 그 사람 내가 봤는데. 방금 전에."

"뭐?"

"공사장에서 파란 작업복과 노란 헬멧 차림의 일꾼을 봤어. 어깨에 전선 다발을 메고 있었어."

"경찰한테 말하는 게 좋겠어."

베터는 일어나 식당을 나서려다 잠시 멈추고 주머니에 손을 넣었다. 새 친구들이 식사비가 아까워 도망치는 거라고 생각할 것 같았다. 뉴욕 사람들은 의심이 아주 많다고 들었다. 대도시 업계에 첫발을 들이면서 그런 인상을 주고 싶지는 않았다. 그는 샌드위치와 맥주 값으로 10달러를 테이블에 놓았다. 그리고 여기가 뉴욕이라는 것을 기억하고 10달러를 더 내려놓았다.

"샘, 그건 됐으니까 얼른 가봐!"

베터는 아까 그 남자가 정확히 어떤 맨홀에서 나왔는지, 학교로 들어가기 전 어디쯤에 서서 전화를 걸었는지 기억을 더듬었다. 전화한 시각을 대략이라도 기억한다면, 혹시 경찰이 추적할 수 있을지 모른다. 휴대전화 회사에서 통화 상대를 알아낼 수도 있다.

베터는 에스컬레이터를 타고 한 번에 두 계단씩 서둘러 내려간 다음 로비를 향해 달렸다. 프런트 근처에 서 있는 경찰 한 사람이 눈에 띄었다.

"경관, 실례합니다. 방금 소식을 들었는데…. 혹시 전력 회사에서 일하는 사람을 찾으십니까? 어제 폭발 사건을 저지른 사람?"

"그렇습니다. 아시는 게 있습니까?"

"그 사람을 본 것 같습니다. 확실하진 않지만. 범인이 아닐지도 몰라요. 하지만 일단 말씀은 드려야 할 것 같아서."

"잠깐만 기다리십시오."

경찰은 큼직한 무전기를 들어 올리고 말했다.

"7873번, 작전 본부 나와라. 목격자가 있다. 용의자를 본 것 같다."

스피커에서 지지직거리며 목소리가 흘러나왔다.

"알겠다. 잠깐만 기다려라. …좋아, 78. 목격자를 밖으로 내보내라. 심슨 형사가 만나러 간다."

"알겠다. 78."

경찰은 베터에게 돌아섰다.

"밖으로 나가서 왼쪽으로 꺾으십시오. 그곳에 여자 형사가 있을 겁니다. 낸시 심슨. 그분을 찾으십시오."

베터는 급히 로비를 나서며 생각했다. 그 남자가 아직 근처에 있다면 다른 사람을 해치기 전에 잡을 수 있어.

뉴욕 방문은 처음인데 신문에 나겠군. 영웅이라고.

루스가 봤다면 뭐라고 했을까?

37 아비규환

"아멜리아!"

낸시 심슨이 보도에서 소리쳤다.

"목격자가 있어. 옆 호텔에 있던 사람이야."

색스는 얼른 심슨에게 다가갔다.

"우릴 만나러 오고 있어."

색스는 마이크를 통해 라임에게 이 소식을 전했다. 라임은 급하게 물었다.

"어디서 골트를 본 거지?"

"아직 몰라요. 이제 곧 목격자를 만날 거예요."

색스와 심슨은 목격자를 만나기 위해 급히 호텔 입구로 향했다. 색스는 건설 중인 철골을 올려다보았다. 인부들은 빠르게 대피하고 있었다. 이제 시한까지는 몇 분밖에 남지 않았다.

그때 등 뒤에서 남자 목소리가 들렸다.

"경관님! 형사님!"

돌아보니 앨곤퀸 상무 밥 캐버너가 이쪽으로 달려오고 있었다. 덩치 큰 남자는 숨을 몰아쉬며 땀을 흘렸다. 표정을 보니 이름을 까

먹은 것 같았다.

"아멜리아 색스입니다."

"밥 캐버너입니다."

색스는 고개를 끄덕였다.

"건설 현장 인부들을 대피시킨다고요?"

"네. 학교 안에서는 공격할 만한 장소를 찾지 못했습니다. 대부분 양탄자고…."

"하지만 건설 현장이라니, 말이 안 돼요."

캐버너는 공사장 쪽으로 다급하게 손짓을 했다.

"음, 제 생각에는… 철골이 많고…."

"거기 누구지, 색스?"

라임이 끼어들었다.

"앨곤퀸 업무 담당 상무예요. 목표 지점이 건설 현장은 아닐 거라고 하네요."

색스는 캐버너에게 물었다.

"왜죠?"

"보세요!"

캐버너가 답답하다는 듯이 근처에 모여 있는 인부들을 가리켰다.

"무슨 뜻이죠?"

"부츠 말입니다!"

색스는 속삭였다.

"개인 보호 장구. 절연재군요."

피할 수 없으면, 자신을 보호하라.

어떤 사람은 장갑까지 끼었고, 두꺼운 재킷을 입은 사람도 있었다.

"골트는 인부들이 보호 장비를 착용한다는 걸 알 겁니다. 저 사람을 다치게 하려면 이 일대를 정전시킬 만한 전류를 철골에 흘려야 해요."

라임이 말했다.

"음, 학교도 아니고 건설 현장도 아니라면 어디지? 혹시 애당초 위치를 잘못 잡은 것 아냐? 어쩌면 거기가 아닐 수도 있어. 다른 화산 전시관도 있는데."

그때 캐버너가 색스의 팔을 잡고 등 뒤를 가리켰다.

"호텔!"

"맙소사!"

색스는 중얼거리며 호텔을 바라보았다. 노출된 돌과 대리석, 분수 그리고 금속투성이의 미니멀하고 세련된 건물이었다. 금속이 아주 많았다. 구리 손잡이, 쇠로 된 계단과 바닥.

낸시 심슨도 건물을 돌아보았다.

"뭐야?"

라임의 다급한 목소리가 귀에 들어왔다.

"호텔이에요, 라임. 호텔이 목표 지점이에요."

색스는 무전기를 들고 기동대장에게 연락했다. 그리고 심슨과 함께 달리며 소리쳤다.

"보, 아멜리아예요. 목표는 호텔이에요. 확실해요. 건설 현장이 아니에요. 당장 거기로 기동대를 보내요! 대피시켜요!"

"알겠다, 아멜리아. 곧⋯."

하지만 색스는 나머지 내용을 듣지 않았다. 아니, 호텔의 거대한 창문을 바라보느라 그의 말이 귀에 전혀 들어오지 않았다.

정각 1시가 안 되었지만, 배터리 파크 호텔 안의 대여섯 명이 그 자리에 우뚝 섰다. 활기찼던 얼굴이 한순간 멍해졌다. 그리고 마치 인형 얼굴처럼 기괴하게 비틀렸다. 밧줄처럼 팽팽한 입가로 침이 배어나왔다. 손가락, 발, 턱이 부들부들 떨리기 시작했다.

바라보던 사람들은 숨을 헉 들이쉬다가 다음 순간 비명을 질렀다. 인간이 끔찍한 공포 영화의 괴물, 좀비처럼 변하고 있었다. 두세 사람은 손을 회전문 손잡이에 댄 채 좁은 공간 안에서 경련을 일으키며 발길질을 해댔다. 한 남자의 뻣뻣한 다리가 유리문을 박차고 나오는 순간 대퇴동맥이 끊어졌다. 피가 튀고 연기가 났다. 학생 같은 젊은 남자는 연회장으로 통하는 커다란 놋쇠 문을 붙잡고 허리를 숙인 채 오줌을 싸며 덜덜 떨고 있었다. 로비로 향하는 낮은 계단 난간을 잡고 있는 2명도 얼어붙은 채 부들부들 떨었다. 몸에서 생명이 빠져나가고 있었다.

심지어 바깥에서도, 한 여자가 발을 내딛으려다 우뚝 선 채 목구멍 깊숙한 곳에서 숨 막히는 신음 소리를 내질렀다.

덩치 큰 남자가 연기가 피어오르는 한 남자의 손을 엘리베이터 패널에서 떼어내려고 뛰어들었다. 불쌍한 남자를 자기 몸으로 밀어낼 수 있을 거라고 생각한 모양이었다. 하지만 그건 전류의 속도와 힘을 과소평가한 판단이었다. 피해자와 접촉한 순간, 그 역시 회로의 일부가 되었다. 얼굴이 고통으로 일그러져 주름투성이가 되었다. 일그러진 얼굴이 으스스한 인형처럼 변하더니, 역시 끔찍한 경련이 시작되었다.

혀와 입술을 깨물어 피가 입가로 흘러내렸다. 눈알이 돌아갔다.

문손잡이를 잡고 있던 여자는 특히 전류가 잘 통한 것 같았다. 등이 불가능한 각도로 휘면서 얼굴이 천장을 향했다. 흰 머리에 불이 붙었다.

색스는 속삭였다.

"라임. …세상에. 정말 끔찍해요. 정말. 다시 전화할게요."

그러곤 대답도 기다리지 않고 전화를 끊었다.

색스와 심슨은 돌아서서 앰뷸런스를 손짓으로 불렀다. 경련을 일으키는 팔다리, 얼어붙어서 부들부들 떨리는 근육, 튀어나온 혈관, 수포가 생길 정도로 뜨거운 얼굴에서 증발하는 침과 피에 몸서리가 쳐졌다.

캐버너가 외쳤다.

"나오지 못하도록 해야 합니다. 아무것도 건드리면 안 돼요!"

색스와 심슨은 창문으로 달려가 사람들에게 문에 접근하지 말라고 손짓으로 알렸다. 하지만 사람들은 다들 공황 상태에 빠져 줄지어 출구로 향하다가 끔찍한 광경을 보고야 멈춰 섰다.

머리를 잘라라….

색스는 캐버너를 돌아보며 외쳤다.

"전류를 어떻게 차단하죠?"

상무가 주위를 둘러보았다.

"어디다 설치했는지 몰라요. 이 근처에는 지하철 선, 송전선, 피더선이 있는데…. 퀸스에 연락하겠습니다. 일대 전기를 모두 끊으라고 하죠. 증권거래소도 정전이 되겠지만 할 수 없습니다."

그러곤 전화를 꺼냈다.

"몇 분 걸릴 겁니다. 호텔 안에 있는 사람들에게 그 자리에서 움직이지 말라고 하세요. 절대 아무것도 만지지 말라고!"

색스는 커다란 유리창으로 달려가 안에 있는 사람들에게 물러서라고 필사적으로 손짓했다. 몇몇은 알아듣고 고개를 끄덕였다. 하지만 다른 사람들은 공황 상태였다. 색스는 젊은 여자 하나가 친구들을 뿌리치고 비상구로 달려가는 것을 보았다. 비상구 앞에는 방금 나가려다 쓰러진 남자의 몸에서 연기가 나고 있었다. 색스는 창문을 두드렸다.

"안 돼!"

여자는 색스를 보았지만 팔을 앞으로 내민 채 계속 달렸다.

"안 돼! 만지지 마!"

여자는 흐느끼며 계속 달렸다.

문에서 3미터… 1.5미터….

색스는 다른 방법이 없다고 생각했다.

"낸시, 창문! 부숴!"

그러고는 글록을 꺼냈다. 맞은편을 확인했다. 높은 곳을 겨냥해 거대한 로비 유리창에 여섯 발을 쏘았다.

총성이 올리자 여자는 비명을 지르더니 손잡이를 잡기 직전 땅에 엎드렸다.

낸시 심슨은 문 반대편의 유리창을 깨뜨렸다.

두 형사는 유리창 안으로 몸을 날렸다. 그리고 사람들에게 금속으로 된 것은 절대 건드리지 말라고 지시한 뒤 깨진 유리창을 통해 질서 있게 대피시키기 시작했다. 믿기지 않을 정도로 독한 연기가 로비를 가득 채웠다.

38 뱀의 머리

밥 캐버너가 외쳤다.

"전력을 차단했습니다!"

색스는 고개를 끄덕이고 피해자들에게 구급 요원을 보낸 뒤 골트의 얼굴을 찾기 위해 바깥에 모인 인파를 둘러보았다.

"형사님!"

아멜리아 색스가 돌아서자 앨곤퀸 전력 회사 작업복 차림의 남자가 이쪽으로 달려오고 있었다. 진청색 작업복 차림의 백인 남자를 보는 순간, 골트일지도 모른다는 생각이 들었다. 호텔에 있던 목격자가 범인을 인근에서 봤다고 신고한 데다 경찰이 갖고 있는 범인의 사진은 화질이 좋지 않은 자동차등록국 사진뿐이었다.

하지만 좀 더 가까이 다가오니 골트보다 훨씬 젊은 남자였다. 남자가 숨을 몰아쉬며 말했다.

"형사님, 저기 있는 경찰이 형사님한테 이야기하라고 했습니다. 말씀드려야 할 것 같아서."

"말씀하세요."

"전 전력 회사에서 일합니다. 앨곤퀸요. 저기, 제 파트너가 우리 회사 지하 터널 안에 있는데요."

그러곤 암스테르담 칼리지 쪽을 고갯짓으로 가리켰다.

"연락을 계속했는데 응답이 없습니다. 무전기는 작동하는데요."

지하. 송전선이 지나가는 곳.

"레이먼드 골트라는 자가 거기에 있다가 조이와 마주쳤을지도 모른다는 생각이 들어서요."

색스는 경찰 둘을 부른 다음 급히 앨곤퀸 직원과 함께 학교 쪽으로 갔다.

"우리에겐 지하 통행권이 있습니다. 터널로 들어가는 가장 쉬운 길이죠."

골트가 화산재를 신발에 묻힌 게 대학 전시실을 지나갔기 때문이군. 색스는 라임에게 전화해 상황을 알렸다.

"난 지금부터 작전에 들어가요, 라임. 범인이 터널 안에 있을지도 몰라요. 뭔가 알아내면 전화할게요. 그쪽은 도움이 될 만한 증거를 찾았나요?"

"아직 없어, 색스."

"지금 들어가요."

그러곤 대답도 기다리지 않고 전화를 끊은 뒤, 경찰들을 데리고 직원을 따라 지하로 통하는 문으로 향했다. 건물의 전기는 끊겼지만, 비상등은 붉고 흰 눈처럼 빛을 발하고 있었다. 직원이 문으로 손을 뻗었다.

"안 돼요. 당신은 여기서 기다려요."

색스가 말했다.

"알겠습니다. 두 계단 내려가면 빨간 문이 나올 겁니다. '앨곤퀸 전력 회사'라는 표지가 달려 있습니다. 그 문으로 들어가면 서비스 터널로 향하는 계단이 있습니다. 열쇠는 여기 있습니다."

남자가 열쇠를 건넸다.

"당신 파트너 이름이 뭐죠?"

"조이. 조이 바잔."

"지금 어디쯤 있을까요?"

"계단을 다 내려간 다음 왼쪽으로 꺾으세요. 30~40미터 정도 안에서 작업했습니다. 호텔이 있는 지점 근방일 겁니다."

"앞은 잘 보일까요?"

"전원은 차단했지만, 배터리로 작동하는 작업용 조명은 있을 겁니다."

또 배터리. 훌륭하군.

"하지만 아주 어둡습니다. 저희는 항상 손전등을 씁니다."

"활선이 있나요?"

"네. 송전선 터널입니다. 피더는 꺼졌지만, 나머지는 살아 있습니다."

"노출된 상태인가요?"

남자가 눈을 깜빡였다.

"전압이 30만 볼트인데⋯. 아뇨. 절연된 전선입니다."

골트가 노출시키지 않았다면 그렇겠지.

색스는 망설이다가 문손잡이에 전류검출기를 댔다. 앨곤퀸 직원이 궁금하다는 표정으로 바라보았다. 이 발명품에 대해 설명할 생각은 없었다. 그녀는 사람들에게 물러서라고 손짓한 뒤 총에 손을 갖다 댄 채 문을 활짝 열었다. 비어 있었다.

색스와 두 경찰은 어둑어둑한 계단을 내려가기 시작했다. 폐쇄공포증이 즉각 몰려왔다. 하지만 최소한 여기는 불에 탄 고무와 피부, 머리카락의 역겨운 냄새는 덜했다.

색스가 앞장서고 두 경관이 뒤따랐다. 열쇠를 단단히 쥐고 있었지만, 터널로 통하는 빨간 문 앞에 와 보니 문이 약간 열려 있었다. 모두 시선을 교환했다. 색스는 총을 꺼냈다. 경찰들도 총을 빼들었다. 색스는 그들에게 천천히 뒤에서 따라오라고 손짓한 뒤 소리 없이 어깨로 문을 밀었다.

문간에서 우뚝 멈춘 채 아래를 내려다보았다.

젠장. 터널로 향하는 2층 높이 정도의 계단은 금속이었다. 페인트칠은 되어 있지 않았다.

심장이 다시 두근거리기 시작했다.

할 수 있으면, 피해라.

할 수 없다면, 자신을 보호하라.

할 수 없다면, 머리를 잘라라.

하지만 찰리 서머스가 가르쳐준 마법의 법칙도 여기서는 들어맞는 게 없었다.

땀이 비 오듯 흘렀다. 젖은 피부는 마른 피부보다 훨씬 전기가 잘 통한다는 말이 기억났다. 서머스가 짭짤한 땀은 더 나쁘다고 하지 않았나?

"뭐가 보입니까, 형사님?"

경찰 하나가 속삭이듯 물었다. 또 다른 경찰이 물었다.

"계속 가야 하나요?"

색스는 질문에는 대답하지 않고 나직하게 말했다.

"금속으로 된 건 절대 만지지 마."

"알겠습니다. 그런데 왜요?"

"10만 볼트야."

"아, 네."

무시무시한 천둥소리와 눈이 멀 듯한 불꽃을 예상하며, 색스는 계단을 내려갔다. 한 층 또 한 층.

예상은 틀렸다. 아주 가파른 3층 높이의 계단이었다.

바닥이 가까워지자 우르릉거리는 소리, 윙윙거리는 소리가 들렸다. 요란했다. 바깥보다 기온이 섭씨 20도는 높고, 한 걸음 내려갈 때마다 더 더워졌다.

다른 차원의 지옥이군.

터널은 생각보다 컸다. 폭은 1.8미터, 높이는 2.1미터. 하지만 예상보다 훨씬 어두웠다. 비상 전등은 많이 꺼져 있었다. 터널은 오른쪽으로 15미터 정도 떨어진 지점에서 끝나는 것 같았다. 골트가 도망쳤을 만한 문도, 숨을 만한 곳도 없었다. 그러나 조이 바잔이 있다는 왼쪽은 구부러진 터널이 계속 이어져 있었다.

색스는 터널 한쪽 끝에서 경찰 둘에게 뒤에 남으라고 손짓했다. 그들은 멈췄다. 골트가 아직 여기 있을 것 같지는 않았지만―최대한 멀리 도망갔을 것이다―혹시 함정을 만들어놓았을까봐 두려웠다.

어쩌면 도망가지 않았을지도 모른다. 색스가 글록을 들고 구부러진 모퉁이를 도는 순간, 골트가 총을 쳐내거나 붙잡을 수도 있다.

하지만 없었다.

색스는 콘크리트 바닥에 깔린 물을 바라보았다. 물. 물은 당연히 전도성이 뛰어나다.

두꺼운 검정색 케이블이 달린 터널 벽을 바라보았다.

위험!!! 고압선
작업 전 앨곤퀸 전력 회사로 연락하시오.

아까 앨곤퀸 직원이 전압에 대해 했던 말이 떠올랐다.

"없다."

색스는 속삭였다.

그리고 뒤에 있는 경찰들에게 따라오라고 손짓했다. 앨곤퀸 직원 조이 바잔이 걱정스러웠지만, 그보다는 골트가 어디 있는지 알려줄 단서를 찾고 싶었다.

하지만 찾을 수 있을까? 터널은 몇 킬로미터 이상 계속되는 것 같았다. 완벽한 도주로다. 바닥은 흙과 콘크리트였지만, 발자국은 보이지 않았다. 벽에는 검댕이 묻어 있었다. 며칠 동안 미량증거물을 추적해도 범인의 행방을 알려줄 만한 단서를 못 찾을 수 있다. 어쩌면….

뭔가를 긁는 소리.

색스는 얼어붙었다. 어디서 나는 소리지? 놈이 숨어 있을 만한 보조 통로가 있나?

경찰 하나가 손을 들었다. 그러곤 자기 눈을 가리키더니 앞으로 나섰다. 군대 수신호까지는 필요 없을 것 같았지만, 색스는 고개를 끄덕였다.

이런 상황에서는 뭐든지 편한 대로 해야 한다.

하지만 지금 이 순간 색스는 별로 편하지 않았다. 눈앞에서 녹은 금속 덩어리가 총알처럼 쉿 하고 날아가는 것 같았다.

그래도 물러설 수는 없다.

다시 깊은 호흡.

다시 앞을 보았다. …모퉁이를 돌자 아까보다 더 어두웠다. 이유를 알 수 있었다. 여기도 전등 대부분이 꺼져 있었지만, 이번에는 깨진 상태였다.

함정이다.

오른쪽으로 90도 꺾으면 호텔 지하로 곧장 이어질 것이다.

색스는 다시 앞쪽을 얼른 살폈다. 하지만 어두워서 거의 아무것도 보이지 않았다.

그때 또다시 무슨 소리가 들렸다.

경찰 하나가 다가왔다.

"목소린가요?"

색스는 고개를 끄덕이며 속삭였다.

"자세 낮춰."

그들은 웅크린 채 모퉁이를 돌았다.

순간, 색스는 몸을 부르르 떨었다. 그건 신음 소리였다. 필사적인 음성. 사람이었다.

"플래시!"

색스가 속삭였다. 형사라서 유틸리티 벨트는 차지 않고 총과 수

갑만 갖고 다녔다. 뒤에 있던 경찰이 옆구리에 손전등을 아프도록 들이밀었다.

"죄송합니다."

"낮춰."

색스는 경찰에게 부드럽게 말했다.

"엎드려서 사격 준비해. 단, 내가 지시할 때. …내가 먼저 쓰러지지 않으면."

그들은 터널을 겨눈 채 소리 없이 더러운 바닥 위에 엎드렸다.

색스도 총을 겨누었다. 치명적인 부위를 노출하지 않기 위해 팔을 옆으로 빼서 플래시를 들고 전원 버튼을 눌렀다. 눈부신 빛이 어둑한 복도를 가득 채웠다.

총성도, 아크 플래시도 없었다.

하지만 골트는 또 한 명의 희생자를 남겼다.

10미터 전방에 앨곤퀸 직원 하나가 옆으로 쓰러져 있었다. 입에는 덕트 테이프가 붙었고, 손은 뒤로 묶여 있었다. 관자놀이와 귀 뒤에서는 피가 흘렀다.

"가자."

세 사람은 얼른 조이 바잔으로 보이는 남자를 향해 다가갔다. 불빛을 통해 골트가 아니라는 것은 알 수 있었다. 남자는 부상이 심하고 피를 많이 흘리고 있었다. 경찰 하나가 지혈을 하기 위해 다가가자, 바잔은 미친 듯이 고개를 흔들며 울부짖었다.

처음에 색스는 그가 경련을 일으키며 죽어가는 줄 알았다. 한데 가까이 다가가 보니 눈을 커다랗게 뜬 채 어딘가를 쳐다보고 있었다. 그는 맨바닥이 아니라 테플론 또는 플라스틱 같은 두꺼운 판 위에 누워 있었다.

"잠깐!"

색스는 남자를 도우려고 손을 내밀던 경찰에게 소리쳤다.

경찰이 멈췄다.

상처와 피는 신체의 전기 저항을 떨어뜨린다고 했던 서머스의 말이 떠올랐다.

색스는 직원을 건드리지 않고 등 뒤로 돌아갔다.

손은 묶여 있었다. 하지만 테이프나 밧줄이 아니었다. 노출된 구리선이었다. 그리고 그 구리선은 벽에 있는 전선 중 하나와 연결되어 있었다. 색스는 서머스의 전류검출기를 들고 바잔의 손목을 묶은 선을 가리켰다.

바늘은 곧장 1만 볼트로 뛰어올랐다. 경찰이 그를 만졌다면, 전류가 바잔과 경찰을 타고 땅으로 흘러 두 사람 모두 즉사했을 것이다.

색스는 뒤로 물러서서 무전기를 켠 다음 낸시 심슨에게 밥 캐버너를 찾아 다른 뱀의 머리도 자르게 하라고 지시했다.

39 뜻밖의 사고

론 풀라스키는 레이 골트의 망가진 프린터를 살려내는 데 성공했다. 그는 출력되어 나오는 뜨거운 종이를 낚아챘다.

젊은 경찰은 필사적으로 종이를 들여다보며 범인의 소재나 공범, 테러 단체의 위치에 대한 단서를 찾으려고 애썼다. 테러를 저지하는 데 한 걸음이라도 다가가게 해줄 만한 정보라면 뭐든지.

쿠퍼 형사에게서 골트의 테러를 다운타운 호텔에서 저지하지 못했다는 문자 메시지가 날아왔다. 그들은 아직 범인을 찾아 월 스트리트 지역을 수색하고 있었다. 쿠퍼는 풀라스키에게 도움이 될 만한 단서를 찾았는지 물었다.

"아직. 곧 나오기를 바라야죠."

풀라스키는 이런 문자를 보내고 다시 출력물로 돌아섰다.

출력 대기 중이던 문서는 총 여덟 장이었는데, 당장 범인을 찾거나 테러를 저지할 만한 내용은 없었다. 하지만 풀라스키는 중요할 수도 있는 내용을 찾았다. 바로 골트의 범행 동기였다.

문서에는 골트가 블로그와 온라인 뉴스레터에 올린 글이 들어 있었다. 좋은 학위를 지닌 의사가 쓴 아주 상세한 의료 정보를 다운로

드한 내용도 있었다. 음모이론가 특유의 언어와 문체로 쓴 글도 있었다.

그중 하나는 심각한 질병의 환경적 원인에 대한 골트 본인의 블로그 글이었다.

내 사연은 많은 환자들의 전형이다. 나는 여러 전력 회사에서 선로공과 해결사(현장 감독 같은 거다)로 일하며 작업 중 10만 볼트 이상의 전류가 흐르는 전력선을 직접 접했다. 절연되지 않은 송전선 주변에는 전자기장이 생기는데, 나는 이로 인해 백혈병에 걸렸다고 확신한다. 게다가 전력선이 폐암을 일으키는 에어로솔 입자를 빨아들인다는 것은 이미 입증된 사실이지만, 언론은 이런 사실을 다루지 않는다.

모든 전력 회사, 특히 대중에게 이러한 위험을 인식시켜야 한다. 회사는 자발적으로는 아무런 조치도 취하지 않을 것이기 때문이다. 왜 그러겠는가? 사람들이 전기를 절반만이라도 덜 쓴다면, 한 해 수천 명의 목숨을 살릴 수 있고 회사도 좀 더 책임 있는 자세를 보일 것이다. 좀 더 안전하게 전력을 공급할 수 있는 방법을 찾을 것이다. 지구를 파괴하는 행위를 중단할 것이다.

우리의 손으로 문제를 해결하자!

— 레이먼드 골트

이거군. 앨곤퀸 같은 회사 때문에 병에 걸렸다고 생각한 거야. 자신에게 남은 시간 동안 투쟁을 하기로 한 거야. 풀라스키는 그가 살인마라는 것을 알고 있었지만, 일말의 동정심이 느껴지는 것은 어쩔 수 없었다. 선반에는 술병도 여러 개 있었는데, 대부분 반 이상비어 있었다. 수면제와 항우울제도 있었다. 그렇게 끔찍한 병을 앓고 있는데 자신의 죽음에 책임 있는 사람들이 관심을 보여주지 않는다는 것이 살인에 대한 변명은 될 수 없겠지? 하지만 풀라스키는 분노가 어디에서 비롯되었는지는 이해할 수 있었다.

출력물을 계속 읽었지만 전부 비슷한 내용이었다. 분노 표출, 의료 관련 자료. 골트의 친구나 소재에 대한 단서가 나올 만한 이메일 같은 것은 없었다.

풀라스키는 한 번 더 내용을 읽으며 텍스트 안에 숨어 있는 암호나 비밀 메시지를 찾는다는 FBI 터커 맥대니얼 요원의 구름 지대 통신 이야기를 떠올렸다. 문득 시간 낭비라는 생각이 들어 출력물을 챙겼다. 몇 분 동안 나머지 증거를 봉투에 넣고, 미량증거물을 수집하고, 증거물 카드를 작성했다. 그런 다음 집 안 전체에 숫자판을 놓고 사진을 찍었다. 일을 끝낸 뒤 현관문으로 향하는 어둑한 복도를 바라보는데, 다시금 불안한 기분이 엄습했다. 문손잡이와 문 자체가 금속이라는 것을 눈여겨보며 문으로 향했다. 무슨 문제야. 그는 짜증스럽게 생각했다. 한 시간 전에 이 문으로 들어왔잖아! 그러곤 라텍스 장갑을 낀 채 조심스럽게 손을 뻗어 문을 열었다. 그리고 안도의 한숨을 쉬며 밖으로 나왔다.

뉴욕시경 경찰 둘과 FBI 요원 한 사람이 근처에 있었다. 풀라스키는 고개를 끄덕여 보였다.

"들었나?"

요원이 물었다.

풀라스키는 아파트 문간에 서 있다가 철문에서 좀 더 떨어졌다.

"공격 이야기? 들었어. 도망쳤다면서. 자세한 내용은 몰라."

"5명이 죽었대. 더 많은 사람이 죽을 수도 있었는데, 당신 파트너가 많이 살려냈대."

"내 파트너?"

"그 여자 형사. 아멜리아 색스. 부상자도 많아. 심하게 화상을 입었대."

풀라스키는 고개를 저었다.

"안됐군. 같은 방식이야? 아크 플래시?"

"모르겠어. 그냥 전기로 죽였대. 나도 그것밖에 못 들었어."

"맙소사."

풀라스키는 거리를 둘러보았다. 전형적인 주거 지역에 이렇게 금속이 많은 줄은 미처 몰랐다. 다시금 으스스한 기분이 밀려왔다. 쇠기둥과 철창, 쇠막대가 온통 널려 있는 것 같았다. 비상구, 통풍

구, 땅으로 이어지는 파이프, 보도 밑 엘리베이터 위를 덮은 철판. 그중 어디라도 전기를 통하게 해서 사람을 감전시키거나 쇳조각을 사방으로 날릴 수 있는 것이다.

다섯 사람….

3도 화상….

"괜찮나?"

풀라스키는 반사적으로 웃었다.

"어."

자신이 느끼는 두려움을 설명하고 싶었지만, 그렇게 하지는 않았다.

"골트를 잡을 만한 단서는?"

"없어. 놈은 사라졌어."

"음, 난 링컨 라임한테 이걸 갖고 가야겠어."

"뭘 좀 찾았나?"

"음, 골트가 틀림없는 범인이야. 하지만 놈이 어디 있는지, 다음에 무슨 짓을 할 계획인지 알아낼 단서는 없었어."

"경비는 누가 서지?"

FBI가 아파트 쪽으로 턱짓을 했다.

"뉴욕시경 쪽에서 몇 사람 둘 건가?"

연방 경찰은 체포 작전에 투입된 것은 만족하지만, 골트가 여기 없고 돌아올 가능성도 없어─범인도 지금쯤 신원이 밝혀졌다는 소식을 들었을 것이다─경계 업무 같은 것에는 신경 쓰기 싫다는 뜻이었다.

"내가 결정할 문제가 아니야."

풀라스키는 론 셀리토에게 무전기로 상황을 알렸다. 셀리토는 혹시 골트가 몰래 나타날지도 모르니 공식 언더커버 감시 팀이 투입될 때까지 뉴욕시경 경찰 두 사람에게 눈에 띄지 않게 현장을 지키라고 지시했다.

풀라스키는 길모퉁이를 돌아 건물 뒤쪽 사람 없는 골목으로 들어섰다. 자동차 트렁크를 열고 증거물을 안에 넣었다.

트렁크 문을 닫고, 불안하게 주위를 둘러보았다.

주위는 온통 금속이었다.

빌어먹을, 그만 생각해! 운전석에 앉아 열쇠를 끼워 넣으려다 우뚝 멈췄다. 자동차는 골트가 혹시 돌아올 것을 대비해 아파트에서 보이지 않는 뒷골목에 세워두었다. 범인이 아직 거리를 활보하고 있다면, 혹시 돌아와서 내 차에 무슨 장치를 했을 가능성도 있지 않을까?

아니, 이건 지나친 생각이야.

풀라스키는 얼굴을 찡그리며 시동을 걸고 후진 기어를 넣었다.

그때 전화가 울렸다. 액정을 흘끗 보았다. 아내 제니였다. 그는 갈등했다. 아니, 나중에 내가 걸자. 그는 전화를 집어넣었다.

그리고 창밖을 내다보는 순간, 건물 옆 벽에 붙은 전기 배전반이 눈에 띄었다. 굵은 전선 세 가닥이 연결되어 있었다. 풀라스키는 몸서리를 치며 열쇠를 쥐고 돌렸다. 이미 시동이 걸린 엔진에서 요란하게 긁히는 소리가 났다. 공황 상태에 빠진 젊은 경찰은 감전될 거라 생각하고 손잡이를 움켜쥔 채 문을 열었다. 순간, 발이 브레이크에서 미끄러져 액셀을 밟았다. 크라운 빅토리아는 타이어가 미끄러지며 쇳소리와 함께 뒤로 밀렸다. 황급히 브레이크를 밟았다.

쿵하는 소리와 함께 비명 소리가 났다. 식료품을 카트에 싣고 골목을 지나던 중년 남자 한 사람이 언뜻 보였다. 남자의 몸이 벽에 부딪히더니 코블스톤 위로 쓰러졌다. 머리에서 피가 흐르고 있었다.

40 핫 스틱

아멜리아 색스는 조이 바잔을 찬찬히 살펴보았다.

"괜찮아요?"

"그런 것 같습니다."

무슨 뜻인지 알 수 없었다. 본인도 모르는 것 같았다. 색스는 바잔 위로 몸을 숙이고 있는 구급 요원을 힐끗 보았다. 그들은 아직도 배터리 파크 호텔 아래 터널 안에 있었다.

"타박상, 출혈 약간."

구급 요원은 벽에 비스듬히 기대앉은 환자를 돌아보았다.

"괜찮을 겁니다."

밥 캐버너는 골트가 사용한 전원을 찾아서 전선을 차단했다. 색스는 서머스의 전류검출기로 전류가 차단된 것을 확인하고 얼른, 아주 재빨리 피더선에 연결된 전선을 풀었다.

"어떻게 된 거죠?"

색스가 바잔에게 물었다.

"레이 골트였습니다. 여기 내려와 보니 있었어요. 핫 스틱으로 날 쳐서 쓰러뜨렸습니다. 깨어나 보니 전선에 날 묶었더군요. 세상에! 지하철에 공급하는 6만 볼트 전선에다가. 당신이 날 건드렸거나, 내가 몇 센티미터만 옆으로 굴렀어도. …맙소사!"

그러곤 문득 눈을 깜빡였다.

"거리에서 사이렌 소리가 들렸습니다. 냄새도 났고요. 무슨 일이 있었습니까?"

"골트가 이 옆 호텔에 전선을 연결했어요."

"맙소사! 다친 사람은 없습니까?"

"사상자가 있어요. 아직 자세한 건 모르겠고. 골트는 어디로 갔죠?"

"모르겠습니다. 정신을 잃어서요. 대학으로 나가지 않았다면 저쪽으로 갔을 겁니다. 터널로요."

바잔은 시선을 왼쪽으로 돌렸다.

"지하철 터널과 플랫폼으로 이어지는 출구가 많습니다."

"그가 혹시 무슨 말은 안 하던가요?"

"아뇨."

"그를 봤을 때 어디쯤 있던가요?"

"저깁니다."

바잔은 3미터 정도 떨어진 지점을 가리켰다.

"전선을 연결한 게 보일 겁니다. 무슨 상자 같은 게 있어요. 저도 그런 건 처음 봤습니다. 컴퓨터로 공사장과 호텔을 보고 있더군요. 보안 카메라와 연결한 것 같았습니다."

색스는 일어서서 케이블을 살폈다. 어제 버스 정류장에서 사용한 것과 같은 베닝튼 제품이었다. 컴퓨터도, 서머스가 활선 작업을 할 때 쓰는 유리 섬유 막대라고 설명한 핫 스틱도 보이지 않았다.

그때 바잔이 나직하게 말했다.

"제가 지금 살아 있는 이유는 놈이 나를 이용해 사람을 죽일 생각이었기 때문이죠. 안 그렇습니까? 당신이 추적하는 걸 막으려고?"

"맞아요."

"이 개자식. 그런 놈이 직원이었다니. 선로공에 해결사. 형제 같은 사람들인데. 우린 다 그렇습니다. 전류가 워낙 위험하니까요."

바잔은 골트의 배신행위에 치를 떨었다.

색스는 바잔의 손과 팔다리를 접착테이프로 밀어서 미량증거물을 수집한 다음 구급 요원들에게 고갯짓을 했다.

"데려가세요."

색스는 바잔에게 생각나는 게 있으면 전화해달라고 말하며 명함을 건넸다. 구급 요원이 동료에게 무전으로 현장이 정리되었으니 터널 안으로 들것을 가지고 오라고 알렸다. 바잔은 터널 벽에 기대앉아 눈을 감았다.

색스는 낸시 심슨에게 연락해 상황을 알렸다.

"응급기동대를 반경 0.5킬로미터 내의 앨곤퀸 터널로 내려 보내. 지하철도 수색하라고 하고."

"알았어, 아멜리아. 잠깐만."

잠시 후, 심슨의 목소리가 다시 들렸다.

"출동했어."

"호텔에 있다는 목격자는?"

"아직 찾는 중이야."

눈이 어둠에 한층 적응되었다. 색스는 눈을 가늘게 떴다.

"다시 전화할게, 낸시. 뭔가가 있어."

그러곤 바잔이 골트가 도망갔을 거라고 말한 방향으로 걸어갔다.

10미터가량 떨어진 지점. 움푹 들어간 벽면에 창살이 쳐져 있고 그 뒤에 앨곤퀸의 진청색 작업복과 헬멧 그리고 장비 가방이 처박혀 있었다. 안전모의 노란 불빛이 반짝였다. 골트가 사람들이 자신을 찾고 있다는 걸 알고 작업복을 벗은 다음 장비 상자와 함께 여기다 숨긴 게 분명했다.

색스는 심슨에게 다시 전화를 걸어 보 하우먼과 응급기동대원들에게 골트가 지금은 다른 옷을 입고 있을 거라고 전해달라고 했다.

그런 뒤 라텍스 장갑을 끼고 창살 뒤에 있는 증거물을 꺼내기 위해 손을 뻗었다.

순간, 색스는 얼른 손을 거두었다.

한데, 피했다고 생각해도 위험할 수 있다는 걸 기억해야 합니다.

서머스의 말이 머릿속에서 메아리쳤다. 색스는 전류검출기를 꺼내 공구 위를 훑어보았다.

바늘이 뛰었다. 603볼트였다.

색스는 헉하고 숨을 들이쉬며 눈을 감았다. 다리에서 힘이 쏙 빠졌다. 좀 더 자세히 보니 전선이 있었다. 전선은 창살에서 증거물을 숨긴 지하 파이프로 연결되어 있었다. 증거물을 꺼내려면 파이프를 건드려야 했을 것이다. 터널의 전원은 차단됐지만, 어쩌면 서머스가 설명한 단독 운전이나 역류 현상 같은 것을 이용했는지도 모른다.

사람을 죽이려면 몇 암페어가 필요할까?

10분의 1암페어도 안 돼….

색스는 바잔에게 돌아갔다. 그는 붕대 감은 머리를 여전히 터널 벽에 기댄 채 피로에 찌든 눈으로 색스를 바라보았다.

"도움이 필요해요. 증거물을 꺼내야 하는데, 아직 전류가 통하는 선이 하나 있어요."

"어느 선입니까?"

"저쪽이에요. 600볼트. 무슨 관 같은 데다 연결했더군요."

"600볼트? 그건 지하철 제3레일에 공급하는 직류입니다. 제 핫스틱을 쓰세요. 저기 보이죠?"

바잔이 스틱을 가리켰다.

"제 장갑도 끼세요. 제일 좋은 방법은 관에서 땅으로 또 하나의 전선을 연결하는 겁니다. 방법을 아십니까?"

"아뇨."

"제가 해드릴 수 있는 상태가 아니라."

"괜찮아요. 스틱을 어떻게 사용하는지 알려주세요."

색스는 바잔의 장갑을 라텍스 장갑 위에 겹쳐 끼고 스틱을 집어들었다. 스틱 끝에는 고무로 싸인 집게발 같은 것이 달려 있었다. 그걸 들고 있으니 대단하지는 않지만 자신감이 약간 생겼다.

"고무 매트 위에 서서 보이는 걸 하나씩 끌어당기면 됩니다. 괜찮을 거예요. …안전을 위해 한 손으로 하십시오. 오른손으로."

심장에서 가장 먼 손….

심장은 지금 미친 듯이 두근거리고 있었다. 색스는 움푹 들어간 벽면으로 다가가 테플론 판을 바닥에 깔고 증거물을 천천히 꺼내기 시작했다.

젊은 루이스 마틴의 갈기갈기 찢긴 몸이, 호텔 로비에서 경련을 일으키며 죽어가던 사람들이 떠올랐다.

주의가 흐트러지는 건 싫다.

보이지 않는 적과 맞서야 하는 것도 싫다.

색스는 숨을 참으며―왜 그러는지는 알 수 없었다―작업복과 안전모를 꺼냈다. 공구 가방도 꺼냈다. 'R. 골트'라는 이름이 붉은 천 위에 마커펜으로 적혀 있었다.

길게 숨을 내쉬었다.

마침내 색스는 증거물을 다 끌어내 봉투에 담았다.

퀸스의 현장감식반이 감식 장비 가방을 들고 도착해 있었다. 이미 심하게 오염된 현장이지만, 색스는 파란 타이벡 점프슈트를 입고 여느 때처럼 감식을 시작했다. 숫자판을 놓은 다음 사진을 찍고, 현장 관찰을 했다. 서머스의 전류검출기로 전선을 두 번씩 확인하고 베닝튼 케이블과 메인 피더선에 연결된 검은색 사각형 플라스틱 상자의 볼트를 얼른 풀었다. 골트는 전선을 호텔 철골에 연결해 문손잡이와 회전문의 철제 부위, 계단 난간에 전류를 통하게 했다. 그녀는 찾아낸 것을 모두 봉투에 담은 뒤, 골트가 케이블을 연결하기 위해 서 있던 지점과 조이 바잔을 공격한 지점에서 미량증거물을 채집했다.

골트가 동료 직원을 공격한 핫 스틱도 찾았지만, 보이지 않았다. 바잔이 말한 대로 공격 지점을 둘러보기 위해 학교나 건설 현장 감시 카메라 선을 어디서 연결했는지도 알 수 없었다.

증거물을 다 챙긴 다음, 색스는 라임에게 전화해 상황을 알렸다.

"가능한 한 빨리 돌아와, 색스. 그 증거가 필요해."

"론은 뭘 좀 찾았어요?"

"대단한 건 아니라는데. 흠, 무슨 일인지 모르겠어. 지금쯤 도착했어야 하는데."

조바심이 나는 말투가 역력했다.

"몇 분 더 걸릴 거예요. 목격자를 찾아야 해요. 점심을 먹던 호텔 손님이 골트를 목격했어요. 그 사람이 뭔가 구체적인 걸 알려줬으면 좋겠는데."

두 사람은 전화를 끊었다. 색스는 지상으로 돌아가 낸시 심슨을 찾았다. 형사는 이제 거의 텅 빈 호텔 로비에 있었다. 색스는 출입 금지 테이프를 치지 않은 회전문으로 들어가려다 주춤했다. 그리고 돌아서서 부서진 유리창을 넘어 들어갔다.

심슨의 공허한 표정을 보니 아직도 충격에서 헤어나지 못한 것 같았다.

"보하고 이야기했어. 골트가 어떻게 빠져나갔는지 모르겠대. 전력을 끊었으니 커널 스트리트까지 지하철 선로를 따라가서 차이나타운으로 숨어들었을 수도 있어."

색스는 대리석 바닥에 피해자가 쓰러져 있던 윤곽을 따라 얼룩진 핏자국과 그을린 자국을 둘러보았다.

"최종 사상자는?"

"사망 5명, 부상 11명 정도. 다 중상이야. 화상은 대부분 3도."

"탐문은 했어?"

"했는데, 아무도 본 사람이 없어. 대부분의 호텔 손님은 그냥 사라졌고. 체크아웃도 안 했어."

심슨은 손님들이 아내와 자식, 동료의 손을 잡고 서류가방을 든 채 줄줄이 도망쳤다고 덧붙였다. 호텔 직원도 전혀 저지하지 않았다. 직원도 절반은 떠난 것 같았다.

"아까 그 목격자는?"

"찾는 중이야. 같이 점심을 먹었다는 사람들을 찾았는데, 그 사람이 골트를 봤다고 했대. 그 사람을 정말 찾고 싶은데."

"누구지?"

"이름은 샘 베터. 스코츠데일에서 출장을 왔대. 뉴욕에는 처음이고."

경찰 하나가 지나가다 멈췄다.

"실례합니다. 지금 베터라고 하셨습니까?"

"맞아. 샘 베터."

"로비에서 저한테 온 사람입니다. 골트에 대한 정보가 있다고 했습니다."

"어디 있지?"

"아, 모르셨습니까? 피해자 중 한 사람입니다. 회전문에 끼어 있었죠. 죽었습니다."

41 증거물

아멜리아 색스는 증거물을 들고 돌아왔다.

라임은 타운하우스 안으로 들어서는 색스를 가늘게 뜬 눈으로 지켜보았다. 그녀에게서 불쾌한 악취가 풍겼다. 불에 탄 머리카락, 불에 탄 고무, 불에 탄 살점 냄새. 어떤 장애인들은 자신의 장애 때문에 후각이 예민해졌다고 생각하기도 한다. 그게 사실인지는 알 수 없지만, 라임도 이 악취를 감지하는 데는 아무 문제가 없었다.

라임은 색스와 퀸스 감식반이 카트에 담아온 증거물을 둘러보았다. 이 단서로 수수께끼를 풀고 싶은 허기가 맹렬히 일었다. 색스와 쿠퍼가 증거물을 꺼내놓는 동안 라임이 물었다.

"응급기동대는 골트가 터널에서 나간 위치를 찾았나?"

"전혀. 흔적도 없어요."

색스는 방 안을 둘러보았다.

"론은 어디 있죠?"

라임은 신참이 아직 돌아오지 않았다고 말했다.

"전화를 하고 메시지를 남겼어. 한데 연락이 없어. 마지막으로 통화할 때 골트의 범행 동기를 찾았다고 했는데, 내용은 말하지 않앉어. 뭐지, 색스?"

라임은 색스가 굳은 얼굴로 창밖을 응시하는 것을 보았다.

"내 잘못이에요, 라임. 건설 현장을 대피시키느라 시간을 낭비해 진짜 목표물은 완전히 놓쳤어요."

색스는 목표물이 호텔이라는 것을 알아낸 것은 밥 캐버너라고 설명했다. 그러곤 한숨을 쉬며 덧붙였다.

"내가 올바로 생각했다면 살릴 수 있었을 텐데."

색스는 화이트보드로 다가가 맨 위에 '배터리 파크 호텔'이라고 또박또박 쓴 다음 그 밑에 죽은 사람들의 이름을 적었다. 부부 사이인 듯한 남녀, 애리조나 스코츠데일에서 온 사업가, 웨이터, 독일인 광고 회사 중역.

"더 많이 죽을 수도 있었어. 창문을 깨고 사람들을 대피시켰잖아."

색스는 대답 대신 어깨만 으쓱했다.

라임은 '이것만 했더라면' 하는 생각은 경찰 업무의 일부가 아니라고 생각했다. 최선을 다 했다면 나머지는 운이다.

하지만 그 역시 색스와 똑같은 분노를 느끼고 있었다. 시간과 싸우며 대략적인 공격 지점을 정확히 추론했음에도 불구하고, 피해자들을 살릴 수 없었을 뿐 아니라 골트를 검거할 기회도 놓친 것이다.

그러나 색스만큼 화가 나지는 않았다. 아무리 많은 사람이 잘못을 저지르고 각자에게 무슨 책임이 돌아가더라도, 색스는 늘 자신에게 가장 가혹했다. 그녀가 가지 않았다면 틀림없이 더 많은 사람이 죽었을 거라고, 골트는 이제 자기 신원이 밝혀지고 거의 잡힐 뻔했다는 것을 알고 있을 거라고 말해줄 수도 있었다. 이제 범인이 공격을 중단하거나 포기할 가능성도 있다. 그러나 이런 식의 말은 상대를 아래로 내려다보는 느낌이 들고, 입장이 바뀐다면 라임 역시 귀를 기울이지 않을 것이다. 게다가 범인이 그들의 잘못된 판단 때문에 도망친 것은 엄연한 사실이었다.

색스는 관찰대 위에 증거물을 늘어놓기 시작했다.

색스는 평소보다 안색이 창백했다. 화장을 거의 하지 않는 성격이기 때문에 라임은 이번 현장 역시 그녀에게 충격을 주었다는 것을 알 수 있었다. 버스 사건이 그녀를 겁먹게 했고, 아직도 눈빛에는 그 흔적이 남아 있었다. 하지만 호텔 안의 사람들이 그렇게 끔찍하게 죽어가는 것을 목격한 것은 다른 종류의 충격이었다. 색스는 아까 이렇게 표현했다.

"마치… 춤을 추면서 죽어가는 것 같았어요, 라임."

증거물 중에는 골트의 앨곤퀸 작업복과 헬멧, 공구와 자재가 들어 있는 가방, 어제 아침 아크 플래시를 만들 때 사용한 것과 똑같은 고압용 케이블이 있었다. 미량증거물 비닐봉투도 여러 개 있었다. 두꺼운 비닐 안에는 57번가 앨곤퀸 변전소에서 사용한 재료 외에 다른 물건이 하나 더 있었다. 이번에도 스플릿 볼트를 사용했지만, 두 전선 사이에 하드커버 책만 한 플라스틱 상자가 있었다.

쿠퍼는 폭발물 검사를 한 뒤 상자를 열었다.

"직접 만든 것 같은데, 뭔지 모르겠습니다."

색스가 말했다.

"찰리 서머스와 통화해보죠."

5분 뒤 그들은 앨곤퀸의 발명가와 전화 회의를 시작했다. 색스는 호텔 공격에 대해 설명했다.

"그렇게 끔찍한 줄은 몰랐습니다."

서머스는 나직하게 말했다. 라임이 말했다.

"아까 조언을 해주셔서 감사합니다. 아크 대신 전류를 사용할 거라고 설명해주신 내용."

"별 도움이 안 됐는걸요."

색스가 물었다.

"이 상자를 좀 봐주시겠어요? 앨곤퀸 전선과 호텔까지 이어진 전선 사이에 있던 거예요."

"그러죠."

쿠퍼는 서머스에게 보안 비디오 스트림 주소를 알려주고, 고해상도 카메라를 상자 내부로 향하게 한 다음 전원을 켰다.

"떴습니다. 어디 보죠. …반대편을 다시 보여주세요. …흥미롭군요. 파는 물건은 아닙니다. 직접 만든 거예요."

라임이 말했다.

"우리도 그럴 거라고 생각했습니다."

"이런 건 처음 봐요. 이렇게 부피가 작은 건. 이건 개폐기입니다. 변전소와 송전 시스템의 스위치를 가리키는 말이죠."

"회로를 연결했다 끊었다 하는 겁니까?"

"네. 벽에 붙은 스위치 같은 건데, 이건 10만 볼트의 전압도 쉽게 다룰 수 있습니다. 내장 팬(fan), 솔레노이드, 수신기. 원격 조종이 가능합니다."

"그럼 전류가 흐르지 않는 상태에서 전선을 이은 뒤, 안전하게 멀리 떨어져서 스위치를 작동했겠군요. 앤디 제슨도 이와 비슷하게 했을 거라고 추측했습니다."

"제슨이? 흠, 흥미롭군요."

서머스가 덧붙였다.

"하지만 안전 문제 때문은 아니었을 겁니다. 해결사라면 전선을 안전하게 잇는 방법을 알고 있어요. 다른 이유가 있어서 이걸 쓴 겁니다."

라임은 이해했다.

"범행 시간을 맞추기 위해서군요. 최대한 많은 피해자가 노출되었을 때 전류를 연결하려고."

"그런 것 같습니다."

색스가 말했다.

"범인을 목격한 직원 말로는 랩톱으로 현장을 보고 있었대요. 아마 인근 보안 카메라에 연결한 것 같다고. 한데 연결 지점을 못 찾았어요."

라임이 말했다.

"몇 분 일찍 스위치를 누른 게 그 때문인지도 몰라. 더 많은 사람을 표적으로 삼을 수 있는 기회가 생겨서. 그는 앨곤퀸이 자기 요구를 들어주지 않을 거라는 걸 알고 있었어."

서머스가 감탄한 목소리로 말했다.

"재주 있는 사람이에요. 아주 영리한 수법입니다. 스위치는 단순해 보이지만 생각보다 만들기 힘들거든요. 이 정도 고압선 주변에는 큰 전자기장이 형성되기 때문에 전자 기기도 보호해야 했을 텐데. 영리한 친구예요. 물론 우리에게는 불행한 일이지만."

"부품은 어디서 구했을까요? 솔레노이드, 수신기, 팬."

"인근 전자부품상이라면 어디든지 있습니다. …혹시 제품 일련번호가 있나요?"

쿠퍼는 꼼꼼히 살폈다.

"없습니다. 모델 번호뿐이군요."

"그러면 방법이 없습니다."

라임과 색스는 서머스에게 고맙다고 말한 뒤 전화를 끊었다.

색스와 쿠퍼는 골트의 장비 상자와 작업복, 헬멧을 관찰했다. 쪽지나 지도, 그의 은신처나 다음 목표물을 찾을 만한 단서는 전혀 없었다. 놀랄 일은 아니었다. 경찰이 찾아낼 것을 알고 의도적으로 버린 게 분명했기 때문이다.

본부의 현장감식반 그레첸 샐로프 형사가 골트의 사무실과 앨곤퀸 인력관리부에서 엄지손가락 지문과 기타 지문을 채취해왔다. 쿠퍼는 수집한 모든 물건을 검사하고 이 지문과 대조했다. 하지만 증거물에는 골트의 지문밖에 없었다. 라임은 답답했다. 다른 사람의 지문이 있다면, 골트의 친구나 공범 혹은 공격에 가담한 테러 단원이 누군지 밝힐 단서가 될 텐데.

쇠톱과 볼트 커터는 가방 안에 없었지만, 놀라운 일은 아니다. 이 상자는 소형 공구용이었다. 그러나 렌치는 있었다. 렌치에는 57번 변전소의 볼트에 나 있던 공구흔과 동일한 자국이 있었다.

할렘 변전소 방화 현장에 출동했던 감식반이 도착했다. 별다른 단서는 없었다. 골트는 간단한 몰로토프 병, 즉 유리병에 가솔린을 채우고 입구에 천을 끼운 화염병을 사용했다. 창살은 있지만 열린 유리창으로 화염병을 던지자 불붙은 가솔린이 안으로 흘러 들어가면서 고무와 플라스틱 절연재에 불이 붙은 것이다. 와인 병 ─ 뚜껑을 돌려 따는 홈이 없었다 ─ 은 수십 곳의 와인 양조장에 병을 공급하는 유리업체 제품이었다. 아마 수천 군데의 소매점에서 팔리고 있을 것이다.

가솔린은 BP 제품. 일반 등급. 천은 티셔츠 조각이었다. 그중 어떤 것도 특정 지역을 추적할 수는 없었다. 단지 골트의 장비 가방에 있던 쇠줄에 이 유리병에서 묻은 듯한 유리 가루가 묻어 있었을 뿐이다. 아마 잘 부서지라고 홈을 판 모양이었다.

변전소 안에도, 밖에도 보안 카메라는 없었다.

그때 문에서 노크 소리가 들렸다.

톰이 현관으로 나갔다. 잠시 후, 론 풀라스키가 골트의 아파트에서 수집한 증거물을 들고 왔다. 여러 개의 우유 상자에 볼트 커터, 쇠톱, 부츠까지 온갖 물건이 가득 차 있었다.

드디어 왔군. 라임은 풀라스키가 늦은 것이 짜증스러웠지만 증거물이 도착했다는 것은 기뻤다.

풀라스키는 웃음기 없는 얼굴로 아무도 쳐다보지 않고 증거물을 테이블에 쌓아 올렸다. 라임은 그의 손이 떨리는 것을 눈치챘다.

"신참, 괜찮나?"

풀라스키는 이쪽으로 등을 보인 채 우뚝 서서 테이블에 손바닥을 짚고 아래를 내려다보았다. 그러다 문득 돌아서서 심호흡을 했다.

"현장에서 사고가 있었습니다. 제가 차로 사람을 쳤어요. 아무 죄도 없는 사람, 그냥 지나가던 사람을. 지금 혼수상태입니다. 죽을지도 모른대요."

42 제트 추진 연료

젊은 경찰은 무슨 일이 있었는지 설명했다.

"그냥 아무 생각이 없었어요. 아니, 너무 생각이 많았는지도. 겁이 났습니다. 골트가 제 차에 덫 같은 걸 설치했을지도 모른다는 생각이 들어서요."

"무슨 수로 그런 짓을 해?"

라임이 물었다. 풀라스키는 감정적으로 대꾸했다.

"모르겠다니까요. 시동을 켠 상태라는 것도 잊었습니다. 키를 다시 돌리는 순간 소리가 나서…. 무서웠습니다. 발이 브레이크에서 미끄러진 것 같아요."

"부딪힌 사람은 누구지?"

"그냥 파머라는 이름인데, 트럭 회사에서 야간 근무를 한답니다. 식료품점에서 지름길로 오다가…. 심하게 부딪혔습니다."

라임은 풀라스키의 머리 부상에 대해 생각했다. 아마 자신의 부주의로 인해 이번에는 다른 사람이 심하게 다쳤다는 생각에 괴로울 것이다.

"내사과에서 조사를 받아야 합니다. 아마 시 당국을 상대로 소송이 들어올 거라는데. 경찰연맹에 연락해서 변호사를 구하랍니다. 저는….”

할 말을 찾을 수 없는 모양이었다. 그는 미친 듯이 지껄이기 시작했다.

“발이 브레이크에서 미끄러졌어요. 기어를 넣은 것도, 시동을 건 것도 기억이 안 나고….”

“신참, 자책은 그렇다 치고, 중요한 건 그 파머라는 사람은 골트 사건과 관련이 없지 않아?”

“네.”

“그럼 업무 시간 끝나고 고민해.”

라임은 단호하게 말했다.

“알겠습니다. 그러겠습니다. 죄송합니다.”

“그래, 뭘 찾았지?”

풀라스키는 골트의 프린터에서 끄집어낸 문서에 대해 설명했다. 라임은 그를 칭찬했지만, 젊은 경찰은 칭찬이 귀에 들리지도 않는 것 같았다. 그는 골트의 암과 고압선의 연관 관계에 대해 계속 설명했다.

“복수. 그럴듯한 동기야. 내가 좋아하는 종류는 아니지만. 자네는?”

라임은 색스를 돌아보았다. 그녀는 진지하게 답했다.

“나도 아니에요. 내가 좋아하는 건 탐욕과 육욕이죠. 복수는 보통 반사회적 성격 장애와 관련이 있어요. 하지만 이건 단순한 복수 이상일 수 있어요, 라임. 협박 편지에서 그는 십자군을 자청했어요. 사람들을 사악한 전력 회사로부터 구하는. 광적인 사람이죠. 난 아직도 테러와 연관이 있을 거라고 생각해요.”

풀라스키가 찾아낸 증거 중에는 동기 말고 범인의 현재 소재라든지 다음 목표물을 알려줄 만한 단서가 없었다. 라임은 실망스러웠지만 놀라지는 않았다. 공격은 치밀한 계획에 따른 것이었고, 골트는 영리하다. 처음부터 신원이 밝혀질 거라 예측하고 은신처를 미리 구해두었을 것이다.

라임은 번호를 훑어 내려가다 전화를 걸었다.

"앤디 제슨 사무실입니다."

피곤한 목소리가 스피커폰에서 흘러나왔다.

라임은 신원을 밝혔다. 잠시 후, 전력 회사 CEO가 전화를 받았다.

"방금 게리 노블과 맥대니얼 요원하고 이야기했어요. 사망자가 5명이라고 들었습니다. 부상자도 많고요."

"맞습니다."

"정말 유감이에요. 이렇게 끔찍한 일이. 레이 골트의 근무 기록을 살펴봤습니다. 그의 사진이 지금 제 앞에 있어요. 이런 짓을 저지를 사람 같아 보이지는 않는데."

늘 그렇지.

"그자는 자신이 고압선에서 일하다가 암에 걸렸다고 생각합니다."

"그것 때문에 이런 짓을 저지른 건가요?"

"그런 것 같습니다. 십자군 운동을 벌이는 거죠. 고압선 작업에 심각한 위험이 있다고 생각합니다."

제슨이 한숨을 쉬었다.

"그 문제로 대여섯 건의 소송이 걸려 있어요. 고압선은 전자기장을 형성하죠. 절연재와 벽은 전기장을 막아주지만, 자기장은 막지 못하거든요. 이것이 백혈병을 일으킨다는 주장이 있습니다."

라임은 스캔해서 눈앞 모니터에 띄워놓은 골트의 문서를 바라보며 말했다.

"전력선이 폐암을 일으킬 수 있는 입자를 끌어당긴다는 이야기도 했군요."

"입증되지 않은 주장일 뿐이에요. 전 아니라고 생각합니다. 백혈병 문제도 그렇고요."

"음, 골트는 그렇게 생각합니다."

"그자는 우리가 어떻게 하기를 바랄까요?"

"다음 협박 편지가 오거나 다른 방법으로 당신한테 연락할 때까지는 알 수 없을 것 같습니다."

"성명서를 발표할 예정이에요. 자수하라고."

"나쁠 건 없겠지요."

하지만 골트는 자기주장을 한 것으로 만족하고 순순히 항복하기에는 너무 멀리 왔다. 더 많은 응징을 염두에 두고 있다고 봐야 할 것이다.

케이블 23미터와 스플릿 볼트 12개. 지금까지 훔친 케이블에서 그가 사용한 양은 9미터 정도였다.

전화를 끊는데, 풀라스키가 고개를 숙인 채 통화하는 모습이 보였다. 그는 고개를 들어 상관의 눈을 마주보았다. 그러다 얼른 죄책감 어린 얼굴로 전화를 끊고 증거물 테이블 쪽으로 다가갔다. 현장에서 가져온 공구 하나를 집어 들려다 라텍스 장갑을 끼지 않은 것을 깨닫고 멈칫했다. 그는 장갑을 끼고 손가락과 손바닥을 개털 제거기로 밀었다. 그런 다음 볼트 커터를 집어 들었다.

공구흔을 비교해보니 볼트 커터와 쇠톱 둘 다 버스 정류장 사건에 사용한 공구와 동일했으며, 부츠도 브랜드와 사이즈가 같았다.

그러나 그것은 이미 아는 내용을 입증한 것에 불과했다. 레이먼드 골트가 범인이라는 사실.

그들은 풀라스키가 골트의 아파트에서 가져온 종이와 펜을 살폈다. 출처는 알 수 없었지만, 종이와 잉크는 협박 편지에 썼던 것과 사실상 동일했다.

쿠퍼가 가스크로마토그래피/질량분석기 결과를 읽었다.

"미량증거물 분석 결과입니다. 서로 다른 두 대상에서 수거한 겁니다. 하나는 부츠 끈과 골트의 아파트에서 발견한 볼트 커터 손잡이. 하나는 다운타운 터널 안에서 골트에게 공격당한 기술자 조이 바잔의 소매."

"그래서?"

"페놀과 디노닐나프틸술폰산을 미량 첨가한 케로신 파생물입니다."

"제트 연료군. 페놀은 항응고 성분이고, 산은 정전기 방지 물질이야."

"한데 더 있습니다. 묘한 천연가스 형태군요. 액화 상태인데, 넓은 범위의 온도에서 안정 상태를 유지합니다. 그리고… 이걸 보십시오. 미량의 바이오디젤입니다."

"연료 데이터베이스를 찾아봐, 멜."

잠시 후, 쿠퍼가 말했다.

"찾았습니다. 현재 실험 중인 대안 항공 연료군요. 주로 군용 전투기에 사용합니다. 오염 물질을 적게 배출하고 화석 연료 사용을 줄일 수 있답니다. 미래의 물결이라네요."

"대안 에너지라…."

라임은 이 퍼즐 조각을 어떻게 맞춰야 할지 생각에 잠겼다. 하지만 한 가지는 분명했다.

"색스, 국토안보부와 국방부에 전화해. 연방항공청에도. 전화해서 범인이 연료 저장고나 공군 기지를 염탐했을지도 모른다고 해."

아크 플래시만 해도 충분했다. 제트 추진 연료까지 합치면 얼마나 끔찍한 파국이 벌어질지 상상조차 할 수 없었다.

범행 현장: 배터리 파크 호텔과 그 일대

- 피해자(사망자)
  - 린다 케플러, 오클라호마시티, 관광객
  - 모리스 케플러, 오클라호마시티, 관광객
  - 새무얼 베터, 스코츠데일, 사업가
  - 알리 마무드, 뉴욕시티, 웨이터
  - 게르하르트 쉴러, 프랑크푸르트, 독일, 광고 회사 중역
- 전류를 연결할 때 원격 조종 스위치 사용

- 부품은 추적 불가
- 첫 번째 공격과 동일한 베닝튼 케이블과 스플릿 볼트
- 앨곤퀸 작업복, 안전모, 장비 가방. 골트의 지문 외에 다른 사람의 지문은 없음
  - 렌치는 첫 번째 범행에 사용한 볼트에 있던 공구흔과 일치함
  - 쇠줄에는 할렘 변전소에서 발견된 유리병과 일치하는 유리 가루가 묻

어 있음
- 혼자 작업했을 가능성
- 골트에게 습격당한 앨곤퀸 기술자 조이 바잔에게서 나온 미량증거물
  - 제트 연료와 대안 제트 연료
  - 군사 기지 공격?

범행 현장: 골트의 아파트, 로어이스트사이드 서포크 스트리트 227번지
- 빅 소프트필 가는 펜, 파란색 잉크. 협박 편지에 사용한 잉크와 동일
- 일반적인 $8\frac{1}{2}$×11 크기의 흰색 컴퓨터 용지, 협박 편지에 사용한 것과 동일
- 일반적인 10호 봉투, 협박 편지에 사용한 것과 동일
- 볼트 커터, 쇠톱, 첫 번째 현장의 공구 흔과 일치
- 컴퓨터 출력물
  - 암과 고압선의 관계에 대한 의학 자료
  - 골트가 올린 블로그, 내용은 위와 동일
- 앨버트슨-펜윅 E-20 모델 전기 작업용 부츠, 사이즈 11, 밑창은 첫 번째 현장과 동일
- 제트 연료와 대안 제트 연료 미량 발견
  - 군사 기지 공격?

- 범인의 은신처나 다음 공격 목표에 관한 단서는 없음

범행 현장: 앨곤퀸 변전소 MH-7, 할렘 E 119번가
- 화염병: 750㎖ 와인 병. 추적 불가
- BP 가솔린을 촉진제로 사용
- 퓨즈로는 면으로 된 천 조각을 사용. 흰 티셔츠인 듯. 추적 불가

범인 프로파일
- 레이먼드 골트로 밝혀짐. 40세, 미혼, 맨해튼 서포크 스트리트 227번지 거주
- 테러리스트와 연계? '—를 위한 정의'와 관련? 테러 조직? 라만이라는 사람이 연루? 현금 지급, 인력 이동, 뭔가 '큰' 일이 있다는 내용의 비밀 통화
  - 앨곤퀸 필라델피아 변전소 침입 사건과 관련이 있을 가능성
  - SIGINT 정보: 무기를 가리키는 암호 '종이와 보급품'(총, 폭탄?)
  - 남자와 여자 조직원
  - 골트가 관련되었는지는 아직 알 수 없음
- 암 환자: 빈블라스틴과 프리드니손 상당량, 에토포시드도 미량 검출. 백혈병

43 수수께끼 숫자

링컨 라임의 집 전화가 울렸다.

발신자는 기다리던 번호였지만, 지금 이 순간은 아니었다. 하지만 그는 즉시 응답 버튼을 눌렀다.

"캐스린, 어떻게 됐습니까?"

의례적인 인사를 나눌 때가 아니었다. 하지만 댄스는 이해했다. 그녀 역시 수사 중에는 마찬가지였다.

"멕시코시티의 마약단속국 요원이 인부에게서 알아낸 거예요. 로건이 멕시코에 잠입한 직후 꾸러미를 전달한 사람 말이에요. 우리가 생각한 대로 안을 들여다봤다는데, 유용할지는 모르겠지만 이런 게 들어 있었대요. 표지에 문자가 찍힌 진파랑색 책자. 정확히는 기억하지 못했는데, C가 두 개 있었대요. 무슨 회사 로고 같은 거겠죠. 그리고 종이 한 장이 있었는데, 대문자 I 뒤에 줄이 여섯 개 찍혀 있었대요. 빈칸을 채우라는 문제처럼."

"무슨 뜻인지 전혀 짐작이 안 가고요?"

"네. …숫자가 여러 개 적힌 종이쪽지도 있었대요. 그가 기억한 숫자는 570, 379, 두 개였어요."

"다빈치 코드군."

라임은 실망했다.

"맞아요. 나도 퍼즐은 좋아하지만 일할 때는 싫어요."

"그렇죠."

I _ _ _ _ _ _

빈칸을 채워라.

그리고 570, 379….

댄스가 덧붙였다.

"그리고 하나 더 있었어요. 회로판. 작은 것."

"컴퓨터용?"

"모르겠더래요. 실망했대요. 쉽게 팔 수 있는 물건이었다면 훔쳤을 거라면서요."

"그랬다면 벌써 죽은 목숨이겠죠."

"그러니까요. 감옥에 들어가게 돼서 마음이 놓일 거예요. …로돌포하고 통화했는데, 당신한테 전화해달라고 하더군요."

"그러죠."

라임은 댄스에게 인사하고 전화를 끊었다. 그런 다음 멕시코시티의 로돌포 루나 사령관에게 전화를 걸었다.

"아, 라임 경감님. 방금 댄스 요원과 통화했습니다. 수수께끼죠. …그 숫자."

"주소일까요?"

"그럴 수도 있죠. 하지만…."

말끝을 흐리는 것은 인구 800만 명의 도시에서 특정 장소를 찾으려면 숫자 몇 개 가지고는 어렵다는 뜻이었다.

"서로 관계있는 숫자일 수도 있고, 아닐 수도 있겠죠."

"서로 다른 걸 의미한다고요?"

라임이 대답했다.

"네. 그를 목격한 장소와 무슨 관련이 있을까요?"

"없습니다."

"그 건물은? 세입자는?"

"아르투로 디아스와 부하들이 지금 상황을 설명하고 탐문하는 중입니다. 합법적인 사업을 하는 사람들은 자기들이 위험하다는 걸 믿을 수 없어서 어리둥절한 상태입니다. 불법적인 사업을 하는 사람들은 자기네들이 우리 경찰보다 훨씬 중무장을 하고 있는데 누가 감히 공격하겠느냐고 어리둥절한 상태고요."

570, 379….

전화번호? 좌표? 주소의 일부?

루나가 말을 이었다.

"우리는 트럭이 공항에서 수도로 들어온 경로를 재구성하고 있습니다. 검문을 한 번 받았더군요. 하지만 우리 교통경찰에 대해 혹시 들어보셨습니까? 그 자리에서 '벌금'을 내면 아무 질문 없이 보내줍니다. 아르투로 말로는 이 경찰들이, 지금은 새 일자리를 찾는 중입니다만, 시계공의 사진을 알아봤답니다. 트럭에는 운전사 말고 아무도 없었고, 경찰은 면허증도 요구하지 않았습니다. 뒷자리에 무슨 장비나 밀수품 같은 것이 전혀 없었다니까, 무슨 목적으로 들어왔는지 짐작할 수는 없지요. 그러니 그자가 살펴본 건물에 집중할 수밖에 없는 상황입니다. 그리고…."

"진짜 목표물이 엉뚱한 데 있는 게 아니기를 바라는 수밖에 없다."

"제가 말하려던 게 그겁니다."

"혹시 로건이 받은 회로판을 어떻게 생각하십니까?"

"난 군인입니다, 라임 경감님. 해커가 아니라. 열여섯 살 난 어린애도 아닙니다. 그러니 당연히 컴퓨터 장비가 아니라 폭발물 원격 기폭 장치라고 생각하지요. 책자는 아마 사용 설명서일 겁니다."

"저도 같은 생각입니다."

"그런 장비를 가지고 이동하는 건 위험했을 겁니다. 여기서 구하는 게 낫지요. 그리고 뉴스를 봤는데, 그쪽도 바쁘다면서요? 테러 단체입니까?"

"아직 모릅니다."

"도와드릴 수 있다면 좋을 텐데요."

"감사합니다. 하지만 시계공 사건에 집중해주세요, 사령관님."

"좋은 충고군요."

루나는 으르렁거리는 것 같기도 하고 웃음 같기도 한 소리를 냈다.

"시체라도 한두 구 있으면 수사하기가 훨씬 쉽지요. 상대가 살아서 신출귀몰하면 까다로워요."

라임은 이 말에 미소를 지었다. 동의하지 않을 수 없었다.

44 보안 책임자

　오후 2시 40분. 앨곤퀸 보안 책임자 버니 월은 수사를 마치고 퀸스의 보도를 걷고 있었다. 그는 이런 식으로 생각하는 것이 좋았다. 동부에서, 어쩌면 북미 전체에서 가장 큰 전력 회사인 '내' 회사에 대해 '내가' 수사를 벌인다.

　돕고 싶었다. 특히 오늘 오후 배터리 파크 호텔에서 있었던 끔찍한 공격을 보고 나니 더욱.

　그 여자, 색스 형사가 제슨에게 말한 그리스 음식 이야기를 들은 뒤로 그는 줄곧 전략을 짜고 있었다.

　'미시 수사.' 그는 자기가 하는 일을 이렇게 생각했다. 어디더라? 디스커버리 채널 같은 데서 본 용어인데. 미세한 단서, 미세한 연관성을 찾는다는 내용이었다. 국제 정치니 테러리스트는 잊자. 지문 하나, 머리카락 한 올을 찾아 거기서 출발하는 것이다. 막다른 골목에 부딪히면 다른 방향을 뚫어보면 된다.

　그래서 그는 지금 퀸스 애스토리아에 있는 그리스 식당을 확인하는 자신만의 임무를 수행하는 중이었다.

　30분 전에 드디어 정보를 얻을 수 있었다.

아주 귀여운 웨이트리스 소냐에게 팁 20달러를 줬더니, 검은 바지와 앨곤퀸 전력 회사 니트 셔츠 차림의 남자가 두 번 점심을 먹으러 왔다고 알려주었다. 레니 식당은 무사카와 구운 문어, 특히 직접 만든 타라마살라타로 유명한 곳이었다. 점심이든 저녁이든 손님들이 식탁에 앉으면 예외 없이 피타 빵, 레몬과 함께 타라마살라타 그릇이 나오곤 했다.

소냐는 레이먼드 골트의 사진을 보여주자 이렇게 말했다.

"맹세할 수는 없지만, 네, 네, 그 사람 같아요."

식사를 하는 내내 그 남자는 소니 바이오컴퓨터로 온라인에 접속했다. 다른 음식에는 식욕이 없는 것 같았지만, 타라마살라타만은 완전히 비웠다.

내내 온라인에 접속했다….

골트가 검색한 내용이나 이메일을 보낸 사람을 추적할 방법이 있을지도 모른다는 뜻이다. 윌은 텔레비전 수사물을 빠짐없이 봤고, 자비로 보안 관련 교육도 계속 받았다. 어쩌면 경찰이 골트의 컴퓨터 고유 번호를 알아내 숨어 있는 곳을 찾을지도 모른다.

소냐는 골트가 휴대전화를 많이 썼다고 했다.

흥미로웠다. 골트는 외톨이였다. 고압선 때문에 암에 걸렸다는 이유로 화가 나서 사람들을 공격하고 있다. 누구한테 전화를 걸었을까? 공범? 왜 공범이 필요했을까? 그 점도 알아낼 수 있을 것이다.

그는 급히 사무실로 돌아가며 이 정보를 어떻게 할까 생각했다. 물론 경찰에게 최대한 빨리 알려야 한다. 살인마를 잡는 데 결정적인 역할을 할 수 있을 거라고 생각하니 심장이 두근거렸다. 색스 형사가 감탄해서 뉴욕시경에 일자리를 추천할지도 모른다.

비밀스럽게 굴 필요는 없다. 그냥 최선의 대처를 하고, 나중 일은 나중에 생각하자. 모두에게 전화하자. 색스 형사, 링컨 라임, FBI 요원 맥대니얼과 경찰반장 론 셀리토.

물론 제슨에게도 말하자.

그는 잔뜩 긴장한 채 들뜬 기분으로 빠르게 걸었다. 저만치 앨곤 퀸의 빨강색과 회색 굴뚝이 보였다. 건물 앞에는 또 빌어먹을 시위대가 모여 있었다. 그들에게 물대포를 발사하는 즐거운 상상이 잠깐 머리를 스쳤다. 아니, 전기충격기라면 더 즐거울 것 같았다. 전기충격기를 제조하는 회사에서 충격총 비슷한 것도 나오는데, 시위 진압용으로 군중을 향해 미늘 달린 탄을 쏘게 되어 있다.

군중들이 우왕좌왕하는 모습을 상상하며 미소를 짓고 있는데, 뒤에서 누군가가 그를 잡았다.

월은 헉하고 짧은 비명을 질렀다.

총구가 오른뺨에 와 닿았다. 속삭이는 음성.

"돌아보지 마."

이번엔 총구가 등을 눌렀다. 방금 전의 목소리가 문 닫은 자동차 수리점과 어둑어둑한 창고 사이 골목으로 들어가라고 명령했다.

거친 속삭임.

"시키는 대로 해, 버니. 그럼 다치지는 않을 테니까."

"날 알아?"

"레이야."

속삭임.

"레이 골트?"

월은 심장이 덜컥 내려앉았다. 구역질이 날 것 같았다.

"아, 이런. 이것 봐. 도대체….."

"쉿. 계속 걸어."

그들은 골목을 15미터가량 걸어 다시 모퉁이를 돌았다. 어둑어둑한 막다른 골목이었다.

"엎드려. 팔은 옆구리에 붙이고."

월은 오늘 아침 자랑스럽게 입은 비싼 정장을 떠올리며 망설였다. 직급에 비해 옷은 항상 더 잘 입어야 한다고 아버지는 말한 적이 있었다.

45구경이 등을 쿡 찔렀다. 그는 기름때 묻은 흙 위에 돌처럼 척 붙었다.

"레니 식당에는 이제 안 가, 버니. 내가 멍청한 놈 같아?"

골트가 한동안 미행했다는 뜻이다.

그걸 눈치도 못 채다니. 아, 경찰이 잘도 되겠다. 맙소사.

"거기 브로드밴드도 쓰지 않아. 선불 휴대전화로 접속하지."

"넌 사람들을 죽였어, 레이. 넌…."

"그들은 나 때문에 죽은 게 아니야. 앨곤퀸과 앤디 제슨이 그들을 죽인 거라고! 왜 그 여자는 내 말을 듣지 않았지? 왜 내가 시키는 대로 하지 않았어?"

"그러고 싶었어. 전력망을 닫을 시간이 충분하지 않았을 뿐이야."

"헛소리."

"레이, 들어봐. 자수해. 이건 미친 짓이야."

씁쓸한 웃음.

"미쳐? 내가 미쳤다고 생각해?"

"그런 뜻은 아니야."

"진짜 미친 게 뭔지 알려줄까, 버니? 가솔린과 기름을 태우면서 지구를 망치고 있는 회사들이야. 우리 아이들을 죽이는 고압 전류야. 빌어먹을 블렌더니, 헤어드라이어니, 텔레비전이니, 전자레인지를 쓰고 싶다는 이유만으로…. 그게 미친 게 아니라고 생각해?"

"아니, 네 말이 맞아, 레이. 네 말이 맞아. 미안해. 네가 그동안 무슨 일을 겪었는지 몰랐어. 나도 마음이 아파."

"진심이야, 버니? 진심으로 하는 소리야, 그냥 살아보려고 하는 소리야?"

잠시 침묵.

"둘 다 약간씩은 맞아."

놀랍게도 살인마는 웃음을 터뜨렸다.

"솔직한 대답이군. 앨곤퀸에서 일하는 사람이 한 말 중에서 유일하게 정직한 대답인 것 같아."

"이봐, 레이. 난 내 일을 할 뿐이야."

비겁한 말이었다. 이런 말을 한 자신이 미웠다. 하지만 월은 아내와 세 아이, 롱아일랜드의 집에서 같이 사는 어머니를 떠올렸다.

"개인적으로 네게 유감은 없어, 버니."

이 말을 듣자, 죽은 목숨이라는 생각이 들었다. 월은 울지 않으려고 애썼다. 그는 떨리는 목소리로 물었다.

"원하는 게 뭐야?"

"나한테 뭘 좀 알려줘야겠어."

앤디 제슨의 타운하우스 출입문 비밀번호? 차고가 어디인지? 월은 둘 다 몰랐다.

하지만 골트의 요구는 전혀 다른 것이었다.

"날 쫓는 사람이 누구인지 알아야겠어."

월의 목소리가 갈라졌다.

"누구···. 음, 경찰, FBI, 국토안보부···. 전부 다야. 수백 명이 투입됐어."

"내가 모르는 걸 말해줘, 버니. 이름을 알려달라는 거야. 앨곤퀸 내부인도. 직원들이 협조하고 있다는 것 알아."

월은 울먹였다.

"난 몰라, 레이."

"알잖아. 난 이름이 필요해. 이름을 알려줘."

"그건 못해, 레이."

"그들은 호텔 공격도 거의 정확히 알아냈어. 어떻게 알아낸 거지? 잡힐 뻔했다고. 누구야?"

"난 몰라. 나한테는 이야기 안 해줘, 레이. 난 일개 경비일 뿐이잖아."

"넌 경비 책임자잖아, 버니. 당연히 너한테 이야기해야지."

"아냐, 난 정말···."

주머니에서 지갑이 빠져나가는 것이 느껴졌다.

아, 안 돼….

잠시 후, 골트는 월의 집 주소를 중얼거리며 지갑을 다시 주머니에 넣었다.

"네 집 전기는 뭐야, 버니? 200암페어?"

"아, 제발, 레이. 우리 가족은 너한테 아무 짓도 안 했잖아."

"난 아무한테도, 아무 짓도 안 했는데 병에 걸렸어. 넌 날 병들게 한 시스템의 일부고, 네 가족은 그 시스템의 수혜자야. 200암페어? 아크 플래시를 만들 수는 없어. 하지만 샤워기, 욕조, 주방…. 접지 사고. 차단기만 조금 만져줘도 너희 집 전체가 전기의자로 둔갑해, 버니. 자, 말해."

45 카멜레온

프레드 델레이는 이스트빌리지를 걸으며 한 줄로 늘어선 치자나무, 커피 전문점, 옷가게 앞을 지나쳤다.

어허, 이런…. 셔츠 한 장에 325달러? 정장, 타이, 신발이 한데 붙은 것도 아니고?

그는 복잡한 에스프레소 기계와 값비싼 미술품, 여자들이 새벽 4시에 시내 클럽을 순회하다 잊어버릴 법한 번쩍거리는 신발을 진열한 유리창 앞을 지나쳤다.

처음 FBI에 들어갔던 시절에 비해 빌리지가 얼마나 변했는지 생각했다.

변화….

한때 빌리지는 하나의 축제였다. 기상천외하고, 천박하고, 야단스러웠다. 웃음과 광기가 있었으며, 연인들이 서로 얽히기도 하고, 찢어지게 고함을 지르기도 하고, 분주한 보도를 우울하게 걷기도 했다. 언제나. 언제나. 스물네 시간. 지금 이스트빌리지 일대는 규격화된 시트콤의 공식과 사운드트랙 같았다.

하, 진짜 많이 변했어. 그것은 단지 돈도 아니고, 요즘 이 동네에 사는 전문직 종사자들의 일에 몰두한 눈빛도 아니고, 이빨 빠진 사기 컵 대신 등장한 두꺼운 종이컵도 아니었다.

아니, 델레이의 눈에 자꾸 들어오는 것은 그런 것이 아니었다.

모든 사람이 빌어먹을 휴대전화를 들고 있었다. 이야기를 하고, 문자를 보내고. 맙소사. 지금 그 앞에 서 있는 관광객 두 사람은 GPS로 식당을 찾고 있었다!

빌어먹을 이스트빌리지.

구름 지대….

어딜 보나 이 세계는, 아니, 이곳 델레이의 세계조차 이제 터커 맥대니얼의 것이라는 증거가 눈에 띄었다. 그 시절, 델레이는 여기서 의상을 차려입고 노숙자 역할, 뚜쟁이 역할, 마약상 역할을 했다. 그는 뚜쟁이 역을 잘해냈고, 화려한 보라색과 녹색 셔츠가 좋았다. 연방에서 다루지 않는 성매매 수사 때문이 아니라, 그냥 그런 역을 잘해서 입었다.

카멜레온.

그는 이런 장소에 잘 맞았다. 사람들은 그에게 말을 걸었다.

한데 이제는 전화를 사용하지 않는 사람보다 사용하는 사람이 많았다. 이 전화를 도청하면 – 연방 판사의 성향에 달려 있겠지만 – 델레이가 며칠 걸려서 얻어내는 정보를 실시간으로 알아낼 수 있다. 도청을 하지 않더라도, 최소한 일부라도 정보를 얻을 방법이 있다.

공기 속에서, 구름 속에서 마법처럼.

하지만 너무 민감한 탓이겠지. 그는 자신의 심리와는 거의 인연이 없는 단어를 써가며 중얼거렸다. 눈앞에 카멜라네 가게가 보였다. 오래전 사창가로 쓰였을 것 같은 낡은 가게는 마치 전통 있는 섬처럼 아직도 빌리지에 자리 잡고 있었다. 그는 안으로 들어가 삐걱거리는 테이블에 앉았다. 레귤러커피를 주문하면서 에스프레소와 카푸치노, 라테가 메뉴판에 있는 것을 보았다. 흥, 여기는 원래 이랬어. 스타벅스가 등장하기 오래전부터.

카멜라 만세.

가게 안의 10명 중에 - 세어보았다 - 휴대전화를 갖고 있는 사람은 둘뿐이었다.

이곳은 계산대 뒤에 서 있는 엄마의 세상이었다. 예쁜 아들들이 웨이터로 일하고, 오후인데도 손님들은 슈퍼마켓에서 산 것처럼 붉지 않은 오렌지색 파스타를 포크에 둘둘 감고 있었다. 작은 반구형 와인 잔도 홀짝거렸다. 가게 전체에 활기찬 대화와 간간이 끼어드는 몸짓이 가득했다.

마음이 편안해졌다. 델레이는 자신이 옳은 일을 하는 거라고 믿었다. 그는 윌리엄 브렌트의 장담을 믿었다. 이제 그 수상쩍은 달러를 지불한 대가를 받을 참이었다. 보잘것없는 단서라도 좋다. 그것이 거리의 남자 델레이의 특징이었다. 그는 정보원조차 자신이 알아낸 것이 어떤 가치가 있는지 모를 정도로 가늘다가는 실을 꼬아 천을 짜낼 수 있었다.

골트에게로, 혹은 다음 공격 지점으로, 혹은 수수께끼의 '—를 위한 정의'로 향하는 단 하나의 구체적인 사실만 있으면 된다.

그는 또한 그 사실이, 그 한 점이 구름 지대와 한참 떨어진 거리의 구식 정보원 델레이의 존재 가치를 입증해줄 것이라는 사실을 잘 알고 있었다.

델레이는 커피를 한 모금 마시고 시계를 흘끗 보았다. 오후 3시 정각이었다. 윌리엄 브렌트는 단 60초라도 늦은 적이 없었다.("효율적이지 않아." 정보원은 일찍 오거나 늦게 오는 것에 대해 이렇게 말한 적이 있었다. "위험하기도 하고.")

브렌트에게서는 전화 한 통 걸려오지 않았다. 45분이 흐른 뒤, 프레드 델레이는 굳은 얼굴로 전화 메시지를 확인했다. 없었다. 그는 여섯 번째로 브렌트에게 전화를 걸었다. 여전히 메시지를 남기라는 기계음만 들렸다.

델레이는 10분을 더 기다리다 한 번 더 전화를 건 다음, 휴대전화 회사에 근무하는 친구에게 브렌트의 전화에서 배터리가 빠졌는지 확인해달라고 부탁했다. 그렇게 하는 유일한 이유는 추적을 피하기 위해서다.

젊은 남녀가 다가와 그의 탁자 옆 의자를 써도 되느냐고 물었다. 델레이의 눈빛이 상당히 험악했는지 연인들은 얼른 물러났다. 남자 친구는 자기 애인 앞에서 호기 한 번 부리지 않았다.

브렌트는 사라졌다.

나는 돈을 뺏겼고, 놈은 사라졌다.

자신 있게 장담하던 모습이 떠올랐다.

보장해? 이 새끼….

10만 달러…. 그렇게 어마어마한 돈을 고집했을 때, 허름한 옷차림과 올이 다 닳은 아가일무늬 양말을 봤을 때 뭔가 수상하다고 생각했어야 했다.

브렌트가 횡재한 그 돈을 가지고 카리브 해에 정착할지, 남아메리카로 갈지 궁금했다.

46 두 번째 협박 편지

"협박 편지가 또 왔어요."

영상 회의 전화를 건 앤디 제슨의 굳은 얼굴이 라임의 평면 모니터 화면에 떴다. 금발 머리는 스프레이를 너무 많이 뿌려 뻣뻣했다. 혹시 사무실에서 밤을 지새우고 아침에 샤워를 안 했는지도 모른다.

"편지가 또?"

라임은 론 셀리토와 쿠퍼 그리고 색스를 돌아보았다. 각자 연구실 이곳저곳에서 다양한 동작을 하다 얼어붙었다.

덩치 큰 형사는 톰이 갖다 준 접시에서 집어 든 머핀 반쪽을 얼른 삼켰다.

"공격이 방금 있었는데, 또 공격할 거란 말이오?"

"우리가 자기를 무시해서 기분이 좋지 않은 것 같아요."

제슨은 날카롭게 말했다. 색스가 물었다.

"원하는 게 뭐죠?"

동시에 라임도 말했다.

"편지를 즉시 여기로 보내주십시오."

제슨은 우선 라임에게 대답했다.

"맥대니얼 요원에게 줬어요. 지금 그쪽으로 가고 있을 겁니다."

"시한은?"

"오후 6시."

"오늘?"

"네."

셀리토가 중얼거렸다.

"맙소사. 두 시간이라니."

"요구 사항은요?"

색스가 거듭 물었다.

"다른 북미 전력망으로 송전하는 직류 전류를 6시부터 한 시간 동안 끊으래요. 그러지 않으면 사람을 죽이겠다고."

라임이 물었다.

"그게 무슨 뜻입니까?"

"우리 그리드는 북동부 전력망이고, 앨곤퀸은 그중 대형 전력 공급처예요. 다른 전력망을 갖고 있는 전력 회사에 공급량이 부족하면, 우리가 전기를 그쪽에 팔지요. 800킬로미터 이상 떨어져 있으면 교류가 아닌 직류로 전송해야 합니다. 비용 효율 때문에요. 보통 농촌 지방의 작은 전력 회사로 송전하지요."

"그럼 그 요구 사항은 어떤 의미가 있는 거요?"

셀리토가 물었다.

"왜 이런 요구를 하는지 모르겠어요. 저도 이해가 안 됩니다. 송전선 주변 주민들의 암 발병 위험을 줄이려는 건지. 하지만 북미에서 직류 전선 주위에 사는 사람은 1000명도 채 안 될 거예요."

라임이 말했다.

"골트가 꼭 이성적으로 행동한다고 생각할 필요는 없겠죠."

"맞아요."

"할 수 있습니까? 그의 요구대로?"

"아뇨, 안 돼요. 불가능해요. 이전 요구와 마찬가진데, 더 심해요. 미국 내 수천 개 소도시의 전력이 끊깁니다. 군사 기지와 연구 기관으로 직접 송전되는 전류도 마찬가지고요. 국토안보부는 이 전기를 끊는 것은 국가적 안보 위험이라고 할 정도예요. 국방부도 동의했고요."

"당신은 수백만 달러를 잃게 되겠죠."

잠시 침묵.

"네, 그래요. 수백 건의 계약을 위반하게 됩니다. 회사로서는 재앙이에요. 하지만 어차피 이런 논쟁은 무의미합니다. 물리적으로 그가 제시한 시한 안에 들어줄 수 없는 요구예요. 70만 볼트짜리 전기를 벽에 붙은 스위치 하나로 차단할 수는 없습니다."

"알겠습니다. 편지는 어떻게 왔습니까?"

"골트가 우리 직원 중 한 사람에게 전했어요."

라임과 색스는 시선을 마주쳤다.

제슨은 골트가 점심을 먹고 돌아오는 보안 책임자 버나드 월을 공격했다고 설명했다. 색스가 물었다.

"월은 지금 같이 있나요?"

"잠깐만요. FBI와 이야기를 하고 있던데…. 기다리세요."

색스가 속삭였다.

"월과 이야기를 하고 있다는 걸 우리한테 알리지도 않아요? FBI가? 이 소식을 제슨한테 듣다니요."

잠시 후, 어깨가 넓은 버나드 월이 화면에 나타나 앤디 제슨 옆에 앉았다. 둥글고 검은 두피가 번들거렸다.

색스가 말을 건넸다.

"안녕하세요?"

잘생긴 얼굴이 고개를 끄덕였다.

"괜찮으세요?"

"네, 형사님."

괜찮지 않군. 라임은 알 수 있었다. 눈빛이 공허했다. 웹캠을 피하고 있었다.

"무슨 일이 있었는지 알려주세요."

"점심을 먹고 돌아오는 길이었습니다. 골트가 등 뒤에서 총을 들고 나타나더니 골목으로 절 데려갔습니다. 제 주머니에 편지를 집어넣으면서 즉시 제슨에게 전하라고 하더군요. 그리고 사라졌습니다."

"그뿐입니까?"

망설임.

"네."

"어디 숨었는지, 다음 목표물이 어딘지 단서가 될 만한 말은 안 하던가요?"

"아뇨. 전기가 암을 일으킨다는 둥, 위험하다는 둥, 아무도 신경을 안 쓴다는 둥 하는 소리만 주절거렸습니다."

라임은 한 가지 궁금증이 생겼다.

"월 씨? 총을 봤습니까? 혹시 총을 들고 있는 척한 건 아니었을까요?"

다시 망설임.

"언뜻 봤습니다. 45구경. 1911. 옛날 군대에서 쓰던 모델."

"그가 당신을 붙잡았나요? 그랬다면 당신 옷에서 미량증거물을 채취할 수 있을 거예요."

"아뇨. 총만 댔습니다."

"어디서 일어난 일입니까?"

"B&R 자동차 수리점 근처 골목입니다. 정확히는 기억나지 않습니다. 너무 놀라서요."

색스가 물었다.

"그게 다예요? 수사에 대한 건 안 묻던가요?"

"네. 편지를 곧바로 제슨에게 전하는 것만 생각한 것 같습니다. 직원한테 시키는 것 말고 다른 방법이 없었겠지요."

더 이상 질문할 것이 없었다. 라임이 흘끗 보자 셀리토도 고개를 저었다.

그들이 고맙다고 말하자 월은 카메라 밖으로 사라졌다. 그때 제슨이 고개를 들더니 문간으로 들어오는 누군가를 향해 고개를 끄덕였다. 그리고 영상 회의 화면을 다시 주시했다.

"게리 노블과 함께 시장을 만나야 합니다. 그런 뒤 기자회견을 열 거예요. 개인적으로 골트에게 호소할 생각입니다. 효과가 있을까요?"

아니. 라임은 효과가 있을 것 같지 않았다. 하지만 이렇게 말했다.

"할 수 있는 일은 뭐든 해야죠. 시간만이라도 벌 수 있을 테니까."

전화를 끊은 뒤, 셀리토가 물었다.

"월이 뭔가 숨기는 것 같은데?"

"겁을 먹었어. 골트가 협박한 거야. 무슨 정보를 넘긴 것 같은데. 크게 걱정할 건 없을 거야. 어차피 수사 내용은 잘 모르는 친구니까. 어쨌든 지금으로서는 그걸 걱정할 때가 아니야."

그때 초인종이 울렸다. 터커 맥대니얼과 애송이였다.

라임은 놀랐다. FBI 요원도 곧 기자회견이 있다는 걸 알고 있을 텐데, 연단에 나란히 설 기회를 마다하고 여기로 오다니. 라임에게 직접 증거물을 가져다주기 위해 국토안보부에 양보한 것이다.

FBI 부지국장에 대한 평가가 다시 한 번 약간 올라갔다.

골트와 그의 범행 동기에 대해 잠시 듣던 요원이 풀라스키에게 물었다.

"그의 아파트에 '— 를 위한 정의'나 라만을 언급한 내용은 전혀 없었나? 테러 조직이라든지?"

"없었습니다."

요원은 실망한 표정이었지만 이렇게 말했다.

"그래도 공생체 가설과 배치되지는 않으니."

"그게 뭡니까?"

라임이 물었다.

"전통적인 테러 조직이 상호 일치하는 목표를 가진 인물을 전면에 내세우고 있다는 시나리오입니다. 서로를 좋아하진 않아도, 궁극적으로 원하는 게 같은 거죠. 중요한 점은 전문 테러 조직이 전면에서 활동하는 인물과 완전히 단절되어 있다는 겁니다. 모든 통신은…."

"구름 지대에서?"

요원의 주가가 이번에는 약간 내려갔다.

"맞습니다. 서로 접촉을 최소화해야 합니다. 목표는 완전히 다르죠. 테러 조직은 사회를 파괴하는 것이 목적이고, 전면에 있는 골트는 복수를 원합니다."

맥대니얼은 화이트보드의 프로파일을 턱으로 가리켰다.

"파커 킨케이드가 말한 대로, 골트는 대명사를 쓰지 않았습니다. 자신이 다른 사람과 같이 일한다는 것을 알리고 싶지 않던 거죠."

"에코 테러, 아니면 정치/종교 테러?"

"어느 쪽도 가능합니다."

알카에다나 탈레반이 회사 때문에 암에 걸렸다는 이유로 복수심에 불타는 불안정한 회사원과 손을 잡고 있다고 상상하기란 힘들다. 그러나 에코 테러라면 말이 된다. 시스템 내부에 침투할 사람이 필요했을 것이다. 하지만 이런 가설을 뒷받침할 증거가 있어야 좀 더 신빙성이 있을 것 같았다.

맥대니얼은 T&C 팀이 골트의 이메일과 각종 온라인 계정을 수색할 수 있는 영장을 받아냈다고 덧붙였다. 골트는 이메일과 온갖 블로그에 암과 고압선의 관계에 대한 글을 남겼다. 그러나 그가 쓴 수백 페이지 분량의 글 속에는 은신처나 공격 목표에 대한 단서가 전혀 없었다.

라임은 추측을 하는 게 점점 지겨워졌다.

"편지를 보고 싶습니다, 터커."

"네."

요원이 애송이에게 손짓했다.

제발, 미량증거물이라도 좀 많이 나와라. 도움이 될 만한 건 뭐든지.

60초 뒤, 그들은 두 번째 협박 편지를 읽었다.

앨곤퀸 전력 회사와 CEO 앤디 제슨 앞

당신들은 나의 이전 요구를 무시하는 결정을 내렸고, 이는 받아들일 수 없다. 당신들은 부분 정전을 실시하라는 이성적인 요구에 응답할 수도 있었지만, 그렇게 하지 않았다. 위험 수위를 높인 것은 다른 사람이 아닌 당신들이다. 당신들의 무관심과 탐욕이 오늘 오후의 죽음을 낳았다. 당신들로 인해 중독된 마약이 필요 없다는 것을 당신들이 보여주어야 한다. 사람들은 좀 더 순수한 삶의 방식으로 돌아갈 수 있다. 그들은 할 수 없다고 생각하지만, 방법을 보여주어야 한다. 오늘 저녁 6시부터 한 시간 동안 다른 북미 전력망으로 전송되는 모든 고압 직류 송전을 중단하라. 일체의 협상을 거부한다.

쿠퍼는 편지 분석을 시작했다. 10분 뒤 그가 말했다.

"새로운 건 없습니다, 링컨. 같은 종이, 같은 펜. 추적 불가. 미량 증거물도 역시 제트 연료. 그뿐입니다."

"젠장."

크리스마스 아침에 예쁜 포장을 풀었지만, 상자 안이 텅 비어 있는 기분이었다.

구석에 서 있는 풀라스키가 눈에 띄었다. 그는 비죽비죽한 금발 머리를 숙인 채 나직하게 통화를 하고 있었다. 은밀한 대화 분위기를 보니, 골트 사건과 관계없는 내용인 것 같았다. 아마 병원에 전화해서 다친 사람의 상태를 묻는지도 모른다. 혹은 친척의 이름을 알아내 유감을 표하는지도 모른다.

"풀라스키, 듣고 있나?"

라임이 날카롭게 물었다. 풀라스키는 얼른 전화를 닫았다.

"네. 저는…."

"자네가 진짜 필요하기 때문에 이러는 거야."

"듣고 있습니다, 링컨."

"좋아. 연방항공청과 교통안전청에 연락해서 협박 편지가 또 왔다고 전해. 두 번째 편지에서도 제트 연료가 나왔다고 알려줘. 모든 공항의 보안을 강화하라고 해. 그리고 국방부에도 전화해. 터커 말대로 테러와 연관된 것이 사실이라면, 공군 기지를 공격할 수도 있다고 해. 할 수 있나? 국방부에 전화할 수 있어? 얼마나 위험한지 납득시킬 수 있겠나?"

"네, 할 수 있습니다."

증거물 차트를 돌아보며, 라임은 한숨을 쉬었다. 테러 공생체, 소나기 구름 속 통신, 보이지 않는 무기를 지닌 보이지 않는 용의자.

멕시코시티에서 시계공을 체포하려는 다른 작전은 어떻고? 수수께끼의 회로판, 사용 설명서, 무의미한 숫자 두 개.

570, 379….

숫자 생각을 하니, 또 다른 숫자가 기억났다. 다음 시한을 향해 끊임없이 돌아가고 있는 시계의 숫자.

두 번째 협박 편지
• 앨곤퀸 보안 책임자 버나드 월이 배달
  – 골트에게 습격당함
  – 신체적 접촉 없음. 미량증거물 없음
  – 범인의 소재나 다음 목표물에 대한 단서 없음
• 골트의 아파트에서 발견한 종이와 잉크
• 종이에서 제트 연료와 대안 제트 연료 검출
  – 군사 기지 공격?

범인 프로파일
• 레이먼드 골트로 밝혀짐. 40세, 미혼, 맨해튼 서포크 스트리트 227번지 거주

• 테러리스트와 연계? '—를 위한 정의'와 관련? 테러 조직? 라만이라는 사람이 연루? 현금 지급, 인력 이동, 뭔가 '큰' 일이 있다는 내용의 비밀 통화
  – 앨곤퀸 필라델피아 변전소 침입 사건과 관련이 있을 가능성
  – SIGINT 정보: 무기를 가리키는 암호 '종이와 보급품' (총, 폭탄?)
  – 남자와 여자 조직원
  – 골트가 연계되었는지는 아직 알 수 없음
• 암 환자: 빈블라스틴과 프리드니손 상당량, 에토포시드도 미량 검출 백혈병
• 군용 1911 콜트 45구경 소지

47 기자회견

라임의 연구실에는 텔레비전이 켜져 있었다.

앤디 제슨의 기자회견을 몇 분 앞두고, 앨곤퀸 전력 회사와 제슨
에 대한 소개가 방송되고 있었다. 라임은 제슨에 대한 내용이 궁금
해 그녀의 전기업계 경력을 소개하는 앵커맨의 말에 귀를 기울였
다. 아버지가 회사의 사장이자 CEO였다는 것. 하지만 단순한 족벌
경영은 아니었다. 제슨은 공학과 경영학 학위를 받았고, 뉴욕 업스
테이트에서 선로공으로 시작해 차근차근 승진했다.

평생 앨곤퀸에서 근무한 그녀는 앨곤퀸을 전력 생산 및 전력 중
개 분야에서 미국 최고의 회사로 키우고 싶다는 야심을 갖고 있었
다. 라임은 몇 년 전 규제가 해제되면서 전력 회사가 중개업에 뛰어
들고 있는 추세라는 것을 모르고 있었다. 전력과 천연가스를 다른
회사에서 구입해 되파는 것이다. 심지어 전력 생산과 전송 지분을
매각하고 사실상 사무실, 컴퓨터, 전화 외에 다른 자산이 없는 상
품 판매업으로 전향한 회사도 있었다.

그리고 그 배후에는 거대 은행이 있었다.

기자는 이것이 엔론의 영업 방식이었다고 설명했다.

하지만 앤디 제슨은 이런 어두운 관행에, 겉치레와 오만에, 탐욕에 신경 쓰지 않았다. 단단하고 열정적인 여인은 금욕적으로 회사를 이끌었고, 사치스러운 생활을 피했다. 이혼을 했고, 아이는 없었다. 앨곤퀸 외에는 다른 개인 생활이 없는 것 같았다. 유일한 가족은 필라델피아에 사는 남동생 랜들 제슨뿐이었다. 랜들은 아프가니스탄에서 훈장을 받은 군인이었다. 도로에서 발생한 폭탄 테러에 부상을 입고 제대했다.

제슨은 미국에서 거대 전력망, 즉 북미 전역을 하나의 망으로 연결하자는 주장을 가장 열렬히 옹호하는 사람 중 하나였다. 이것이 전력을 생산하고 소비자에게 공급하는 데 훨씬 효율적이라는 것이었다. (물론 앨곤퀸이 그 망의 선두주자가 되어야겠지, 라고 라임은 생각했다.)

제슨의 별명은—물론 당사자 면전에서 사용하는 사람은 없을 것 같지만—'전능자'였다. 타협이 없는 경영 방식과 앨곤퀸에 대한 야심을 가리키는 말일 것이다.

논란이 많았던, 녹색 전력에 대한 유보적인 태도가 한 인터뷰에서 직설적으로 드러났다.

"우선 앨곤퀸 전력은 재생 가능한 에너지원을 찾기 위해 노력하고 있다는 것을 말씀드리고 싶습니다. 하지만 다들 현실적으로 생각해야 합니다. 인간이 어류에서 진화해 석탄을 태우고 내연 기관을 운전하기 전에도 지구는 수십억 년 동안 존재했고, 인류가 멸종한 뒤에도 지구는 지금 이대로 계속 존재할 겁니다. 누군가가 지구를 지키고 싶다고 말할 때, 사실상 그 속내는 자신의 생활 방식을 지키고 싶다는 뜻입니다. 우리는 우리에게 에너지가 필요하다는 것을, 아주 많이 필요하다는 것을 인정해야 합니다. 문명의 진보를 위해서, 밥을 먹고 교육을 받기 위해서, 세상의 독재자들을 감시할 수 있는 첨단 장비를 사용하기 위해서, 제3세계가 선진국에 편입되는 것을 돕기 위해서 전력이 필요합니다. 석유와 석탄, 천연가스, 핵 발전은 그런 전력을 생산하는 가장 효율적인 방법입니다."

인터뷰가 끝나자 비평가들이 끼어들어 비판을 하기도 하고 동조하기도 했다. 그러나 그녀를 비판하는 입장을 취하는 것이 정치적으로 더 올바르고 시청률에도 도움이 될 것 같았다.

마침내 카메라가 생중계 현장으로 이동했다. 연단에는 네 사람이 서 있었다. 제슨, 시장, 경찰국장, 국토안보부의 게리 노블이었다.

시장이 짤막하게 발표를 한 뒤, 마이크를 넘겼다. 냉정하고 자신감 있어 보이는 앤디 제슨은 앨곤퀸이 상황을 통제하기 위해 모든 노력을 다하는 중이라고 말했다. 많은 안전장치가 작동하고 있다고 했지만, 구체적으로 그게 무엇인지는 설명하지 않았다.

라임과 연구실에 있는 모든 사람을 놀라게 한 것은 이들이 두 번째 협박 편지를 공개하기로 결정했다는 점이었다. 골트를 막는 데 실패해 다음 공격에서 추가 사망자가 나오면, 여론도 그렇고 법적으로도 앨곤퀸은 재앙적인 상황에 빠질 것이기 때문인 것 같았다.

기자들이 즉각 질문 세례를 퍼부었다. 제슨은 냉정하게 기자들의 말을 막은 다음, 협박자의 요구를 들어주는 것은 불가능하다고 설명했다. 그가 원하는 대로 전력 생산을 줄이면 수억 달러의 피해가 발생한다. 더 많은 사람이 죽을 가능성이 높다.

그리고 군사 기지와 기타 정부 활동이 장애를 입기 때문에 국가 안보에도 위협이 된다고 덧붙였다.

"앨곤퀸은 미국의 국방에 중요한 역할을 하고 있으며, 안보를 위협하는 조치는 절대 취할 수 없습니다."

능란하군. 라임은 생각했다. 의제를 완전히 바꿔놨어.

마지막으로, 제슨은 골트에게 자수하라는 개인적 호소로 말을 맺었다 – 절대 부당한 대우는 받지 않을 것이다.

"당신에게 일어난 비극 때문에 가족이나 주위 사람들이 고통 받지 않게 하세요. 우리는 당신의 고통을 덜어주기 위해 할 수 있는 모든 일을 다 하겠습니다. 부디 올바른 결정을 하세요. 자수하세요."

제슨은 말을 마친 뒤 질문을 받지 않고 아주 높은 하이힐을 또각

거리며 연단을 내려갔다.

제슨에 대한 동정심은 마음에 와 닿았지만, 회사가 잘못을 했다거나 고압선이 암에 영향을 미쳤을 수도 있다는 언급은 전혀 하지 않았다.

다음으로, 경찰국장이 마이크를 넘겨받아 사람들을 안심시키려고 애썼다 ― 경찰과 연방 요원이 골트를 열심히 찾고 있다. 추가 공격이 발생하거나 전력망에 손상이 생길 경우 주 방위군도 투입할 것이다.

그리고 시민들에게 특이한 점을 발견할 경우 주저 없이 신고하라는 호소로 말을 맺었다.

어지간히 도움이 되기도 하겠군. 라임은 생각했다. 차라리 뉴욕에서 특이하지 않은 걸 찾으라고 하지.

라임은 쥐꼬리만 한 증거로 다시 돌아갔다.

48 엘리베이터

　수전 스트링어는 오후 5시 45분, 미드타운의 오래된 건물 8층에 있는 자기 사무실을 나섰다.

　그녀는 함께 엘리베이터로 향하는 남자 둘에게 인사를 했다. 한 사람은 건물에서 가끔 마주쳐 얼굴을 알고 지내는 사람이었다. 래리는 매일 이 시간에 건물을 나선다. 하지만 그는 밤 근무를 하기 위해 사무실로 돌아올 예정이었다.

　한편, 수전은 집으로 가는 길이었다.

　서른다섯 살의 매력적인 수전은 주로 18~19세기 미술품 및 골동품 복원 분야 전문지 편집자였다. 가끔 시를 써서 출판한 적도 있었다. 그다지 수입이 많지는 않았지만, 자기 업종에 대한 회의가 들더라도 래리와 그의 친구가 지금 나누는 대화 같은 것을 듣다 보면 절대 저런 일은 못하겠다는 생각이 들곤 했다. 법률, 재무, 금융, 회계 같은 일.

　두 남자는 아주 비싼 옷과 좋은 시계, 우아한 구두를 신고 있었다. 그러나 항상 쫓기는 분위기를 풍겼다. 어딘가 초조한 느낌. 자기 일을 그리 좋아하는 것 같지 않았다. 친구는 자기 상관이 늘 감시를 한다고 불평했다. 래리는 회계 감사가 엉망이라고 불평했다.

스트레스. 불행.

그런 '언어.'

수전은 자신이 그런 입장이 아니라는 게 다행스러웠다. 그녀의 일상은 치펀데일부터 조지 헤플화이트, 셰러턴에 이르기까지 로코코와 네오클래식 디자인으로 가득했다.

실용적인 아름다움이지.

"피곤해 보여."

친구가 래리에게 말했다.

맞아. 수전도 생각했다.

"피곤해. 힘든 출장이었어."

"언제 돌아왔어?"

"화요일."

"네가 책임자였어?"

래리는 고개를 끄덕였다.

"장부가 악몽이었어. 하루 열두 시간씩. 일요일에 겨우 골프를 한 번 쳤는데, 기온이 섭씨 46도까지 올라가더군."

"저런."

"다시 가야 해. 월요일에. 도대체 돈이 다 어디로 갔는지 모르겠어. 뭔가 수상해."

"날이 그렇게 더우니 증발한 것 아닐까."

"재미있군."

래리는 재미없다는 듯 중얼거렸다.

두 남자는 재무제표와 사라진 돈에 대해 계속 이야기를 나누었지만, 수전은 귀를 닫아버렸다. 갈색 작업복과 모자 그리고 안경을 쓴 다른 남자가 다가오고 있었다. 그는 시선을 내리깐 채 공구 상자와 커다란 물 조리개를 들고 있었다. 이쪽 복도나 그녀의 사무실에는 장식용 식물이 없는 것으로 미루어보건대 다른 사무실에서 일한 것 같았다. 그녀의 잡지사 사장은 꽃에 물 주는 사람은커녕 꽃값도 대줄 위인이 아니었다.

엘리베이터가 도착하자 두 회사원은 수전에게 먼저 타라고 양보했다. 21세기에도 아직 기사도 비슷한 게 남아 있군. 인부도 엘리베이터를 타고 2층 버튼을 눌렀다. 그러나 다른 사람들과 달리 무례하게 수전을 밀치고 엘리베이터 안쪽으로 들어갔다.

엘리베이터가 내려가기 시작했다. 잠시 후, 래리가 아래를 내려다보며 말했다.

"어이, 조심해요. 거기 새잖아요."

수전은 뒤를 돌아보았다. 인부가 무심코 물 조리개를 기울이는 바람에 한 줄기 물이 스테인리스스틸 바닥에 흐르고 있었다.

"아, 죄송합니다."

인부는 죄송한 기색 없이 중얼거렸다. 바닥 전체가 흠뻑 젖었다.

문이 열리고 인부가 내렸다. 다른 남자가 탔다.

래리의 친구가 커다랗게 말했다.

"조심해요. 저 사람이 방금 물을 흘렸어요. 닦을 생각도 없군그래."

인부가 이 말을 들었는지는 알 수 없었다. 상관도 하지 않는 것 같았다.

문이 닫히고, 엘리베이터는 다시 아래로 내려가기 시작했다.

49 지구를 위한 정의

라임은 시계를 바라보았다. 다음 시한까지 10분 남았다.

마지막 한 시간 동안 경찰과 FBI는 합동으로 도시 전역을 수색했고, 이곳 타운하우스에서도 미친 듯이 증거를 분석했다. 그러나 무위로 돌아갔다. 골트의 소재나 다음 목표에 대한 단서가 전혀 없는 것은 첫 번째 공격 직후와 마찬가지였다. 라임의 시선이 애매한 퍼즐 조각만 잔뜩 쌓여 있는 증거물 차트로 향했다.

맥대니얼이 전화를 받고 귀를 기울이더니 커다랗게 고개를 끄덕였다. 그리고 부하에게 흘끗 눈빛을 보냈다. 맥대니얼은 전화를 건 사람에게 고맙다고 인사한 뒤 전화를 끊었다.

"T&C 팀이 테러 조직에 대한 정보를 한 가지 더 알아냈습니다. 작지만, 귀중한 단서예요. 명칭에 '지구'라는 단어가 들어간답니다."

"지구를 위한 정의군요."

색스가 말했다.

"다른 단어가 더 있을 수도 있지만, 일단 확실한 건 이겁니다. 지구를. 위한. 정의."

"최소한 에코 테러라는 건 확실해졌군."

셀리토가 중얼거렸다. 라임이 물었다.

"데이터베이스에 걸리는 건 없습니까?"

"없습니다. 하지만 이건 전부 구름 지대예요. 그리고 한 가지 더 있습니다. 라만의 부하는 존스턴이라는 이름인 것 같습니다."

"앵글로색슨이군."

그런데 이게 무슨 도움이 되나? 라임은 화가 나서 속으로 중얼거렸다. 몇 분 뒤에 발생할 공격 장소를 알아내는 데 무슨 도움이 되느냐고.

이번에는 또 무슨 무기를 개발했을까? 아크 플래시? 공공장소에 전기 회로를 설치했을까?

라임의 시선은 증거물 보드에 못 박혀 있었다.

맥대니얼이 애송이에게 말했다.

"델레이한테 연락해."

잠시 후, 요원의 음성이 스피커에서 흘러나왔다.

"네. 누구? 누구야?"

"프레드, 터커야. 링컨 라임과 뉴욕시경 사람들과 같이 있어."

"라임의 연구실이야?"

"그래."

"라임, 좀 어때?"

"잘 지내."

"그래. 다들 그렇겠지."

맥대니얼이 말했다.

"프레드, 새로운 요구 조건과 시한에 대해 들었지?"

"당신 비서한테 들었어. 범행 동기도. 암에 걸렸다고."

"테러 집단일 수도 있다는 증거를 찾았어. 에코 테러야."

"그게 골트와 무슨 상관이지?"

"공생체야."

"뭐?"

"공생 관계라고. 내 의견서에 있는데…. 그들은 같이 일해. 테러 단체 이름은 '지구를 위한 정의'. 라만의 부하 이름은 존스턴."

"서로 다른 목표를 가진 것 같은데. 어떻게 뭉쳤지? 골트와 라만이?"

"몰라, 프레드. 그건 중요한 게 아니야. 테러 집단이 골트가 암에 대해 쓴 글을 읽고 접촉했을 수도 있지. 인터넷에 잔뜩 써놨으니까."

"아."

"이제 시한이 얼마 안 남았어. 자네 정보원은 뭘 좀 찾았나?"

잠시 침묵.

"아니, 터커. 전혀."

"설명해봐. 3시라고 했잖아."

다시 망설임.

"맞아. 한데 구체적인 건 아직 없어. 좀 더 깊이 지하로 내려가야 할 것 같아."

"빌어먹을 온 세상이 지하야."

요원이 내뱉은 말에 라임은 놀랐다. 그의 부드러운 입술에서 욕설이 나오리라곤 상상할 수 없었다.

"그럼 그 정보원한테 연락해서 '지구를 위한 정의'에 대한 정보를 얻어봐. 그리고 존스턴이라는 새 인물에 대해서도."

"그러지."

"프레드?"

"왜?"

"그자가 단서를 지닌 유일한 사람이야? 그 정보원이?"

"맞아."

"그런데 아무것도 못 들었다고? 이름 하나도?"

"맞아."

맥대니얼은 멍하니 말했다.

"아, 고마워, 프레드. 자네는 할 만큼 했어."

별다른 도움을 기대하지 않았다는 듯한 말투.

잠시 침묵이 흘렀다.

"알았어."

전화가 끊겼다. 라임과 셀리토 둘 다 맥대니얼의 씁쓸한 표정을 눈치챘다. 셀리토가 말했다.

"프레드는 좋은 친구요."

"좋은 친구죠."

뉴욕 부지국장이 얼른 대꾸했다. 지나치게 빨랐다.

그때 톰을 제외하고 타운하우스에 있는 모든 사람의 휴대전화가 5초 간격으로 동시에 울렸다.

발신자는 서로 달랐지만, 소식은 같았다.

시한이 아직 7분 남았지만, 레이 골트가 다시 맨해튼의 무고한 시민을 죽인 것이다.

자세한 내용을 알려준 것은 셀리토에게 전화한 사람이었다. 스피커폰을 통해 젊고 산만한 뉴욕시경 경찰이 사건 개요를 설명했다. 4명이 탑승한 미드타운 사무용 건물의 엘리베이터였다.

"아주… 아주 안 좋습니다."

경찰은 숨이 막히는지 기침을 자꾸 했다. 공격 때문에 연기가 발생한 것 같았다. 어쩌면 자기감정을 감추고 싶었는지도 모른다.

경찰은 실례한다고 말한 다음 곧 다시 전화하겠다고 했다.

하지만 전화는 걸려오지 않았다.

50 살인 무기

또 그 냄새다.

언제쯤 이 냄새에서 빠져나갈 수 있을까?

아무리 문지르고 또 문지르고 옷을 벗어 던진다 해도, 잊을 수 있을까? 피해자 중 한 사람의 소매와 머리카락에 불이 붙었던 모양이다. 화염은 심하지 않았지만, 연기는 짙고 냄새도 역겨웠다.

색스와 론 플라스키는 작업복을 입고 있었다. 그녀는 연기로 가득 찬 엘리베이터를 가리키며 기동대원에게 물었다.

"현장에서 사망 확인했나?"

"네."

"시체는?"

"복도 저쪽에 있습니다. 저희가 엘리베이터 현장을 훼손했다는 건 알고 있습니다만, 형사님, 연기가 너무 많아서 내부 상황을 알 수가 없었습니다. 진입해야 했습니다."

색스는 괜찮다고 말했다. 피해자의 상태를 확인하는 것이 최우선이다. 게다가 화재보다 더 심하게 현장을 훼손하는 것은 없다. 기동대원이 발자국 몇 개를 더 남겼다고 달라질 것은 없다.

"사건은 어떻게 발생한 거지?"

"확실히 모르겠습니다. 건물 관리인은 지상층 바로 위에서 엘리베이터가 멈췄다고 했습니다. 연기가 새어나오고, 비명 소리가 들렸답니다. 엘리베이터를 1층으로 끌어내려 열었을 때는 다 끝난 상태였습니다."

색스는 그 장면을 상상하고 몸을 떨었다. 녹은 금속 덩어리도 고약했지만, 폐쇄공포증이 있는 그녀로서는 전기로 가득 찬 좁은 공간에 네 사람이 갇혀 있었다는 게, 그중 한 사람은 불타고 있었다는 게 더욱 끔찍하게 느껴졌다.

기동대원이 메모를 내려다보았다.

"피해자는 8층에서 일하는 미술 잡지 편집자, 변호사, 회계사. 6층에서 일하는 컴퓨터 부속품 판매원입니다. 혹시 관심 있으실까봐."

색스는 피해자를 실제 인물로 생각하게 해주는 정보라면 뭐든지 관심이 있었다. 심장을 지키고 싶은, 일을 하면서 끔찍한 상황을 너무 많이 목격하기 때문에 무감각해지지 않고 싶은 이유도 있었다. 그러나 이것은 라임이 그녀에게 주입한 사고방식이기도 했다. 순수 과학자이자 합리주의자인 라임은 감식 전문가로서 범인의 마음속에 들어가는 묘한 능력을 갖고 있었다.

오래전 두 사람은 증기 시스템을 이용한 잔인한 살인 사건이 일어났을 때 처음 같이 일했는데, 라임이 그 현장에서 속삭였던 말이 이후 현장을 수색할 때마다 색스의 머릿속에 떠올랐다. 자네가 범인이라고 생각해봐. 그의 머릿속에 들어가는 거야. 지금까지는 우리의 사고방식으로 생각해왔다면, 이제는 그의 사고방식으로 생각해봐.

라임은 법과학은 배울 수 있지만 이런 감정이입 능력은 타고난 재능이라고 말하곤 했다. 색스는 그러한 감정적 교감을 유지하는 최선의 방법은 피해자를 잊지 않는 것이라고 믿었다.

"준비됐나?"

색스는 풀라스키에게 물었다.

"그런 것 같습니다."

"현장 관찰 시작해요, 라임."

색스는 마이크에 대고 말했다.

"좋아. 하지만 나 없이 해, 색스."

색스는 놀랐다. 늘 아니라고 하지만 라임은 요즘 몸이 좋지 않았다. 쉽게 알 수 있었다. 하지만 라임이 통신을 끊은 것은 다른 이유 때문이었다.

"앨곤퀸의 그 남자와 같이 현장 관찰을 해."

"서머스?"

"맞아."

"왜요?"

"우선 그의 사고방식이 마음에 들어. 넓게 생각하는 사람이야. 발명가라서 그런지 모르겠어. 하지만 그것 말고 뭔가 이상해, 색스. 설명할 수는 없는데, 뭔가를 놓치고 있다는 느낌이 들어. 골트는 이 계획을 최소한 한 달은 준비했을 거야. 한데 지금은 폭주하는 느낌이야. 하루에 두 건이라니. 그 점을 이해할 수가 없어."

"예상보다 일찍 우리가 자기를 알아내서 그런 것 아닐까요?"

"그럴지도. 모르겠어. 하지만 그렇다면, 우리를 제거하고 싶겠지."

"맞아요."

"신선한 시각을 얻었으면 좋겠어. 찰리한테 전화했는데, 기꺼이 돕겠다고 했어. …그 사람은 통화할 때 항상 뭘 먹나?"

"정크푸드를 좋아하더군요."

"음, 현장 관찰을 할 때는 바삭거리지 않는 걸 먹으라고 해야겠군. 준비가 되면 곧장 통신으로 연결하지. 끝나면 최대한 빨리 돌아와. 골트는 지금도 다음 공격을 준비하고 있을 거야."

두 사람은 전화를 끊었다. 색스는 론 풀라스키를 돌아보았다. 그는 아직도 괴로운 기색이 역력했다.

자네가 필요해, 신참….

색스는 그를 불렀다.

"론, 골트가 전선과 장비를 연결한 것으로 추정되는 아래층이 주요 현장이야."

그러곤 무전기를 두드렸다.

"나는 찰리 서머스와 연결할 거야. 자넨 엘리베이터 현장을 맡아."

색스는 잠시 말을 끊었다.

"그리고 시체도 관찰해. 미량증거물은 많지 않을 거야. 그자의 범행 수법은 피해자와 직접적인 접촉을 하지 않는 것이니까. 하지만 하기는 해야 해. 할 수 있나?"

젊은 경찰은 고개를 끄덕였다.

"필요하신 거라면 뭐든지요, 아멜리아."

고통스러울 정도로 진심 어린 말투였다. 골트의 아파트에서 있었던 사고를 만회하고 싶은 것이라고 색스는 생각했다.

"시작해. 그리고 빅스."

"네?"

"도구 상자에. 빅스 바포럽 연고 말이야. 코 밑에 발라. 냄새가 나니까."

5분 뒤, 색스는 찰리 서머스와 연결하고 현장 감식을 도와주기로 해서 고맙다고 인사했다. 서머스는 '기술적 조언'을 해주겠다는 말을 특유의 불경스러운 태도로 '궁둥이를 닦아주겠다'고 표현했다.

색스는 헬멧의 조명을 켜고 건물 지하로 향하는 계단을 내려가며 엘리베이터 통로 바닥의 축축하고 지저분한 공간에서 보이는 것을 찰리 서머스에게 정확히 묘사하기 시작했다. 라임과 통신할 때와 달리 비디오가 아닌 오디오만 연결되어 있었다.

기동대가 건물의 안전을 확보했지만, 색스는 골트가 추적자를 노리기 시작했을 수도 있다는 라임의 말을 강하게 의식했다. 그녀는 주위를 둘러보며 으슥한 구석에 사람처럼 보이는 희미한 형상이 나타날 때마다 다가가서 불빛을 비춰보았다.

모두 그냥 사람처럼 보이는 형상일 뿐이었다.

서머스가 물었다.

"엘리베이터 레일에 뭔가 붙어 있는 게 보입니까?"

색스는 다시 수색에 집중했다.

"아뇨. 레일에는 아무것도 없어요. 한데… 베닝튼 케이블이 벽에 달려 있어요. 난…."

"전압부터 확인해요!"

"나도 그 말을 하려고 했어요."

"아, 타고난 전기 기술자군요."

"그렇지 않아요. 이번 일이 끝나면 내 자동차 배터리도 못 갈아 끼울 것 같아요."

색스는 검출기를 대고 훑어보았다.

"영이에요."

"좋습니다. 선은 어디로 이어집니까?"

"한쪽 끝은 통로에 매달린 버스 바로 연결돼요. 엘리베이터 바닥 면과 붙어 있군요. 접촉 부위는 그을려 있어요. 반대쪽 끝은 큰 약 장처럼 생긴 베이지색 패널 안으로 들어가는 굵은 케이블에 연결되어 있어요. 베닝튼 전선은 먼젓번 현장에서 발견한 리모컨 스위치로 메인 전선에 연결되었고요."

"그건 전력 공급선입니다."

서머스는 이런 상업용 건물의 수전 방식은 일반 가정과 다르다고 덧붙였다. 이런 건물은 주상 변압기와 마찬가지로 일반 가정보다 훨씬 고압 전류를 받는다. 1만 3800볼트에 달하는 전류를 받아서 전압을 낮춘 다음 각 사무실에 공급한다. 이것을 스폿 네트워크라고 한다.

"엘리베이터가 내려와서 뜨거운 버스 바에 닿은 거지요. …하지만 어딘가에 엘리베이터로 공급되는 전력을 조절하는 다른 스위치가 있을 겁니다. 엘리베이터가 로비에 도착하기 전에 멈추도록 해야 하니까. 피해자가 비상 버튼을 누르도록. 이때 승객의 손이 패널에 닿고 발이 바닥에 붙어 있으면 회로가 완성됩니다. 그 승객과 그를 만지거나 스치는 다른 승객도 모조리 감전되는 겁니다.”

색스는 주위를 둘러보고 그가 말한 스위치를 찾았다.

서머스는 케이블을 어떻게 해체하는지, 뭘 찾아야 하는지 설명했다. 색스는 증거물을 떼어내기 전에 우선 숫자판을 놓고 사진을 찍었다. 그런 다음 서머스에게 고마움을 전하고 이제 필요한 내용은 없다고 말했다. 통신을 끊은 뒤, 현장과 범인이 들어온 길 및 나간 길을 관찰했다. 도주로는 골목으로 통하는 가까운 문인 것 같았다. 자물쇠는 허술했고, 최근 강제로 연 흔적이 있었다. 이것도 사진을 찍었다.

위층으로 올라가 풀라스키와 합류하려던 색스는 우뚝 멈췄다.

엘리베이터에는 네 사람의 피해자가 있었다.

호텔에서는 샘 베터와 다른 몇 사람이 죽었고, 많은 부상자가 발생했다. 루이스 마틴도 죽었다.

도시 전역에 보이지 않는 살인마에 대한 공포가 번졌다.

그때 문득 라임의 말이 생각났다. 자네가 범인이라고 생각해봐.

색스는 증거물을 계단 옆에 놓아두고 엘리베이터 통로 바닥으로 돌아갔다.

내가 그자다. 내가 레이먼드 골트다….

광적인 십자군의 마음에 이입하는 것은 힘들었다. 그런 격렬한 감정과 지금까지 그자가 보인 극도의 계산이 머릿속에서 잘 어울리지 않았기 때문이다. 다른 사람이라면 그냥 앤디 제슨을 노리거나 퀸스 발전소에 폭탄을 던졌을 것이다. 하지만 골트는 복잡한 살인 무기를 이용하기 위해 이렇게까지 정밀하고 정교한 계획을 짰다.

무슨 의미일까?

나는 그자다.

내가 골트다.

그때 사고가 정지하면서 해답이 수면 위로 떠올랐다 – 나는 동기 따위에 개의치 않는다. 이런 일을 하는 이유 따위는 관심 없다. 그런 것은 중요하지 않다. 중요한 것은 기술에 집중하는 것, 전선과 스위치와 회로를 가장 완벽하게 연결해서 최대한 피해를 입히는 것이다.

그것이 내 우주의 중심이다.

나는 이 과정에 중독되었다. 전류에 중독되었다….

이런 생각과 함께 또 다른 생각이 떠올랐다 – 각도가 중요하다. 범인은… 아니, 나는 엘리베이터가 로비 근처까지 내려왔을 때 밑바닥에 닿도록 버스 바의 정확한 위치를 잡아야 한다.

즉, 엘리베이터의 평형추와 기어, 모터, 케이블이 버스 바를 건드려 넘어뜨리거나 전선에 감기지 않도록 하기 위해 작동하는 엘리베이터를 이 밑에서 온갖 각도로 관찰해야 한다는 뜻이다.

나는 엘리베이터 통로를 모든 각도에서 관찰해야 한다. 그래야만 한다.

색스는 엘리베이터 통로의 지저분한 바닥을 이리저리 기어 다니며 골트가 케이블과 버스 바, 접촉면을 관찰했을 만한 지점을 전부 훑었다. 발자국도, 지문도 없었다. 하지만 흙이 최근에 흐트러진 것 같은 곳이 몇 군데 있었다. 골트가 이곳에 쭈그리고 앉아 자신의 작품을 감상했다고 추측해도 무리는 아닐 것이다.

색스는 열 곳에서 흙을 채취하고 각기 다른 증거물 봉투에 넣은 다음 나침반 방향에 따라 '북서 10도, 남 7도' 이런 식으로 기록했다. 그런 다음 모든 증거물을 들고 욱신거리는 무릎으로 힘겹게 로비로 올라갔다. 풀라스키 옆으로 다가간 색스는 엘리베이터 안을 들여다보았다. 심하게 타지는 않았다. 연기 자국이 좀 있고, 그 끔찍한 냄새가 났다. 엘리베이터를 타고 가다 갑자기 1만 3000볼트의 전류에 감전되는 기분이 어떨지 상상조차 할 수 없었다. 그래도 처음 몇 초까지는 아무것도 느끼지 못했겠지.

풀라스키는 숫자판을 놓고 사진을 다 찍은 상태였다.

"뭘 좀 찾았나?"

"아뇨. 엘리베이터도 수색했지만, 최근에 패널을 떼어낸 흔적은 없었습니다."

"모든 장치는 아래층에 다 있어. 시체는?"

동요하는 표정을 보니 힘든 업무였다는 것을 알 수 있었다. 그래도 그는 또박또박 말했다.

"미량증거물은 없었습니다. 하지만 흥미로운 게 있더군요. 세 사람 모두 신발이 젖어 있었습니다. 모두 다요."

"소방수(消防水)는?"

"아뇨. 소방차가 도착했을 때 불은 이미 꺼진 상태였습니다."

물. 흥미롭군. 전도성을 높이기 위해. 하지만 신발을 무슨 수로 적셨지? 색스가 물었다.

"방금 세 사람이라고 했어?"

"네 사람이 있었는데, 세 사람만 죽었답니다. 여기요"

풀라스키는 종이쪽지를 건넸다.

"이게 뭐지?"

쪽지에는 이름과 전화번호가 적혀 있었다.

"생존자요. 이야기를 해보고 싶으실 것 같았습니다. 이름은 수전 스트링어. 세인트 빈센트 병원에 있습니다. 유독 가스를 마시고 화상도 입었습니다. 하지만 괜찮을 겁니다. 한 시간 정도 후에 퇴원한답니다."

색스는 고개를 저었다.

"어떻게 살아남았지? 1만 3000볼트였는데."

론 풀라스키가 대답했다.

"아, 장애인입니다. 휠체어를 타고 다녀요. 바퀴가 고무잖습니까. 그게 절연 작용을 한 것 같습니다."

51 눈속임

"그 녀석은 어떻게 했지?"

라임은 방금 연구실로 돌아온 색스에게 물었다.

"론? 생각이 좀 많았지만, 잘했어요. 시체도 관찰했고. 힘들었을 거예요. 한데 재미있는 걸 찾았더군요. 피해자의 신발이 모두 젖어 있었어요."

"어떻게 그렇게 했을까?"

"모르겠어요."

"론이 너무 동요한 것 같지 않던가?"

"너무 그렇다고 할 수는 없지만, 약간은. 젊잖아요. 그럴 수 있죠."

"그렇다고 변명할 수는 없어."

"맞아요. 그냥 그렇다는 것뿐이에요."

"나한테는 둘 다 마찬가지야."

라임은 중얼거렸다.

"그런데 어디 있지?"

오후 8시가 넘은 시각이었다.

"뭘 놓친 것 같다면서 골트의 아파트로 갔어요."

나쁘지 않은 생각인 것 같았지만, 라임은 젊은 경찰이 아까 현장을 잘 수색했다고 확신했다.

"잘 지켜봐. 정신을 딴 데 팔다 목숨이 위험해지는 건 두고 볼 수 없으니까."

"그러죠."

연구실에는 두 사람과 쿠퍼뿐이었다. 맥대니얼과 애송이는 연방 건물로 돌아가 국토안보부와 회의 중이었고, 셀리토는 뉴욕시경 본부인 원 폴리스 플라자(One Police Plaza)에 가 있었다. 누굴 만나고 있는지 몰라도, 왜 아직 용의자를 검거하지 못했느냐고 다그칠 사람은 분명 많을 것이다.

쿠퍼와 색스는 그녀가 사무용 건물에서 가져온 증거물을 늘어놓았다. 그런 다음 쿠퍼는 엘리베이터 통로 밑바닥에서 가져온 케이블과 다른 물건들을 관찰했다.

"한 가지 더 있어요."

색스 본인은 자기 목소리가 평정하다고 생각할지 몰라도, 라임에게는 많은 의미가 담겨 있었다. 누군가를 사랑한다는 것은 힘들다. 상대가 무슨 생각을 하는지 환히 읽을 수 있는 것이다.

"뭐야?"

라임은 취조하는 듯한 시선을 보냈다.

"목격자가 있어요. 사람들이 죽을 때 엘리베이터 안에 있던 사람."

"많이 다쳤나?"

"그렇지는 않은 것 같아요. 가스를 마신 것밖에."

"불쾌했겠군. 머리카락 타는 냄새."

라임의 콧구멍이 약간 벌름거렸다.

색스도 자신의 빨강 머리 냄새를 맡아보았다. 콧등에 주름이 생겼다.

"오늘 밤에는 샤워를 아주 오래 해야겠어요."

"뭐라고 했지?"

"아직 만나볼 기회가 없었어요. 퇴원하는 대로 곧장 이리 오기로 했어요."

"여기로?"

라임은 놀란 듯 물었다. 목격자를 불신하는 것도 그렇지만, 낯선 사람을 연구실에 들이면 보안에도 문제가 있다. 공격 배후에 테러 집단이 있다면, 단원 누군가를 수사의 핵심 집단에 잠입시키고 싶을 것이다.

색스는 라임의 생각을 알아차리고 웃었다.

"뒷조사를 해봤어요, 라임. 깨끗해요. 전과도, 영장 기록도 없어요. 무슨 가구 잡지에서 오랫동안 편집자로 근무했고요. 나쁘지 않은 생각 같았어요. 병원에 왔다 갔다 하는 시간을 뺏기지도 않을 거고. 여기서 계속 증거물 분석 작업을 할 수 있으니까."

"그리고?"

색스는 망설였다. 다시 미소.

"내 설명이 너무 길었죠?"

"어."

"좋아요. 그 여자는 장애인이에요."

"지금? 그건 내 질문에 대한 대답이 아닌데?"

"당신을 보고 싶대요, 라임. 당신은 유명 인사잖아요."

라임은 한숨을 쉬었다.

"좋아."

색스는 눈을 가늘게 뜨고 그를 돌아보았다.

"뭐라고 안 하네요?"

이번에는 라임이 웃을 차례였다.

"그럴 기분이 아니야. 오라고 해. 내가 직접 물어보지. 시범을 잘 보라고. 간략하게. 정중하게."

색스는 라임에게 조심스러운 눈길을 보냈다.

얼마 후, 라임이 물었다.

"쿠퍼, 뭐가 나왔지?"

쿠퍼는 현미경 대안렌즈를 들여다보며 대답했다.

"골트의 소재를 찾는 데 도움이 될 만한 건 없군요. 한데 한 가지."

쿠퍼는 가스크로마토그래피 분석 결과를 읽었다.

"데이터베이스를 검색해보니 인삼과 구기자군요."

"중국 약초지. 차일 거야."

몇 년 전 불법 체류자를 밀입국시키는 스네이크헤드 사건이 있었는데, 당시 수사는 차이나타운을 중심으로 벌어졌다. 중국 본토에서 온 경찰 한 사람이 수사에 협조했는데, 그는 라임의 몸에 도움이 될지도 모른다며 약초학을 가르쳐주었다. 물론 전혀 효과가 없었지만, 약초 관련 지식은 수사에 유용할 것 같았다. 하지만 라임은 지금 나온 성분이 별다른 단서는 될 수 없다는 쿠퍼의 의견에 동의했다. 이런 성분이 아시아계 전문점에서만 팔리던 시절이 있었다. 하지만 요즘은 시내 전역의 대형 약국과 슈퍼마켓에서 쉽게 살 수 있다.

"보드에 적어, 색스."

색스가 적는 동안, 라임은 한 줄로 놓아둔 작은 증거물 봉투를 훑어보았다. 색스가 기입한 증거물 카드엔 나침반 방향도 기재되어 있었다.

"열 꼬마 인디언인가? 이건 뭐지?"

"난 화가 났어요, 라임. 분노가 치밀어 오르더군요."

"좋아. 분노는 사람의 속을 풀어주지."

"범인을 찾을 수가 없어서요. 그래서 그자가 있었을 만한 지점의 흙을 채취했어요. 아주 지저분한 곳을 기어 다니다가 왔죠."

"그래서 거기 흙이 묻었군."

라임은 그녀의 이마를 보았다. 색스는 그와 눈을 마주쳤다.

"나중에 씻을게요."

미소. 유혹하는 듯했다. 라임은 한쪽 눈썹을 치켜 올렸다.

"음, 관찰하고 결과를 알려줘."

색스는 장갑을 끼고 흙을 관찰 접시 열 개에 각각 담았다. 확대경을 쓰고 흙을 체로 쳐서 내용물을 무균 탐침으로 일일이 헤집어보았다. 흙, 담배꽁초, 종잇조각, 너트와 볼트, 쥐똥 같은 덩어리, 털, 천 조각, 캔디와 패스트푸드 포장지, 콘크리트 조각, 철과 돌. 뉴욕 지하 세계의 표피.

라임은 현장에서 증거물을 수색할 때 가장 중요한 것은 패턴을 찾아내는 것이라는 점을 오래전에 깨달았다. 자주 반복되는 것은 무엇인가? 이런 부류에 속하는 물체는 무시해도 된다. 사건과 관련이 있을 수 있는 것은 그 장소와 어울리지 않는 독특한 물체다. 통계학자나 사회학자는 이런 것을 '이상 값'이라고 한다.

거의 모든 것이 모든 접시에서 동일하게 나타났다. 그러나 유독 특이한 것이 하나 있었다. 아주 미세한, 거의 원형으로 구부러진 금속 띠였는데, 폭은 연필심의 두 배 정도였다. 금속 조각은 많았지만 – 나사, 볼트, 쇠톱 밥 – 이렇게 생긴 것은 없었다.

아주 깨끗한 것으로 보아 땅에 떨어진 지 얼마 안 되는 것 같았다.

"이건 어디 있었지, 색스?"

색스는 허리를 굽히고 있다가 자세를 똑바로 펴며 접시 앞 봉투에 적은 제목을 보았다.

"엘리베이터 통로에서 남서쪽으로 6미터 떨어진 지점이에요. 골트가 자신이 연결한 모든 전선을 바라볼 수 있던 위치죠. 가로대 아래쪽이었어요."

그렇다면 골트는 쭈그리고 있었겠군. 쇳조각은 그의 소매나 옷에서 떨어졌을 것이다. 라임은 색스에게 쇠를 가까이에서 보고 싶으니 눈앞에 들어달라고 지시했다. 색스는 확대경을 그에게 씌웠다. 그런 다음 핀셋으로 쇳조각을 집어 가까이 들어 보였다.

"아, 저온 뜨임 처리를 했군. 철에 사용해. 총 같은 것. 수산화나트륨과 아질산염을 쓰지. 부식 방지 처리야. 인장 강도도 좋고. 일종의 용수철인데, 멜, 기계 부품 데이터베이스는 어떻게 돼 있나?"

"당신이 국장일 때만큼 업데이트가 잘되지는 않지만, 그래도 상당하지요."

라임은 온라인으로 들어가서 힘들게 접속 비밀번호를 쳤다. 음성 인식 기능을 사용할 수도 있지만, 보안을 강화하기 위해 비밀번호에 집어넣은 @%$* 같은 특수 기호는 음성으로 해석하기가 까다로웠다.

뉴욕시경 법과학 데이터베이스 메인 화면이 뜨자 라임은 '기타 금속-용수철' 항목으로 들어갔다.

10분 정도 수백 가지 샘플을 훑어보던 라임이 말했다.

"유사(遊絲) 같군."

"그게 뭐죠?"

쿠퍼가 물었다. 라임은 이맛살을 찌푸렸다.

"나쁜 소식이야. 이게 범인이 흘린 거라면, 공격 방식을 바꿀 가능성이 높다는 뜻이야."

색스가 물었다.

"어떻게요?"

"타이머에 사용하는 거야. 범인은 우리가 바짝 따라오고 있어서 겁을 먹은 게 틀림없어. 리모컨 대신 공격 장비에 타이머를 장착하려는 거야. 다음 공격이 발생할 때, 범인은 다른 지역에 있을 거야."

라임은 색스에게 용수철을 따로 증거물 봉투에 넣고 카드를 작성하라고 지시했다. 쿠퍼가 말했다

"영리하군요. 하지만 분명 실수를 할 겁니다. 항상 그래요."

종종 그렇지. 라임은 속으로 고쳐 말했다. 쿠퍼가 말을 이었다.

"리모컨 스위치에 상당히 좋은 지문이 있군요."

라임은 다른 사람의 지문이기를 바랐지만, 역시 골트의 것이었다. 이제 신원이 밝혀졌으니 자신을 숨기려고 애쓸 필요가 없는 것이다.

그때 전화가 울렸다. 라임은 국가 번호를 보고 눈을 깜빡였다. 그는 즉시 전화를 받았다.

"루나 사령관님."

"라임 경감님, 진전이 있는 것 같습니다."

"말씀하시죠."

"한 시간 전 시계공이 관찰하던 건물에서 가짜 화재 경보가 울렸습니다. 라틴아메리카에 부동산 대출을 알선하는 회사가 있는 층이었습니다. 사장은 경력이 화려한 친구더군요. 몇 번 수사 대상에 오른 적이 있었습니다. 그래서 수상했지요. 이 친구를 뒷조사해보니 전에 살해 협박을 받은 적이 있었습니다."

"누구한테요?"

"생각보다 많은 수익을 거두지 못한 고객한테서요. 다른 일도 벌이는 모양인데, 그쪽은 쉽게 파헤칠 수가 없었습니다. 그쪽에서 별다른 것이 밝혀지지 않는다면 그의 정체는 간단합니다. 사기꾼이죠. 유능한 대규모 경비 팀을 거느리고 다닐 겁니다."

"시계공 정도의 청부 살인범이 필요한 목표인 셈이군요."

"그겁니다."

"하지만 나라면 그 사무실 정반대 쪽에 목표물이 있을 가능성도 염두에 둘 겁니다."

"화재 경보가 눈속임이라는 뜻이군요."

"그럴 수도 있죠."

"아르투로 팀에게 그렇게 말해두겠습니다. 그는 이 사건에 최고의 감시 인력을 투입할 겁니다. 눈에 안 띄게."

"로건이 받은 꾸러미의 내용물에 대해서는 더 알아낸 게 있습니까? 'I'와 빈칸이 적힌 편지라든지, 회로판, 책자, 숫자."

"아직 추측만 할 뿐입니다. 당신도 마찬가지겠지만, 라임 경감님, 저는 추측은 시간 낭비라고 생각합니다."

"그렇죠, 사령관님."

라임은 다시 감사 인사를 하고 전화를 끊었다. 그리고 시계를 보았다. 오후 10시였다. 변전소 공격이 있은 지 서른다섯 시간이 지났다. 라임은 괴로웠다. 한편으로는 답답할 정도로 진척이 느린 수사를 어떻게든 진전시켜야 한다는 끔찍한 압박을 느꼈다. 하지만 한편으로는 피곤했다. 아주 오랫동안 이렇게 피곤한 적이 없었다 싶을 정도로 피곤했다. 잠이 필요했다. 하지만 그 사실을 누구에게도, 색스에게도 인정하고 싶지 않았다. 조용한 전화기를 바라보며 멕시코 경찰 사령관이 방금 말한 내용을 생각하던 그는 문득 이마에 땀이 흐르는 것을 느꼈다. 분노가 치밀어 올랐다. 누가 눈치채기 전에 얼른 닦고 싶었지만, 그건 그에게 허락되지 않은 사치였다. 그는 고개를 양옆으로 세차게 흔들었다. 마침내 땀방울이 떨어져 나갔다.

하지만 색스도 그의 기색을 눈치챘다. 라임은 그녀가 괜찮으냐고 물어보리라는 것을 느꼈다. 괜찮지 않다고 말하고 싶지도 않았고, 거짓말을 하고 싶지도 않았다. 그는 증거물 보드 쪽으로 휠체어를 돌려 내용을 열심히 읽기 시작했다. 하지만 단어는 하나도 눈에 들어오지 않았다.

색스가 다가가려는 순간, 초인종이 울렸다. 잠시 후, 문간에서 인기척이 들리더니 톰이 손님을 데리고 들어왔다. 라임은 손님의 정체를 쉽게 추측할 수 있었다. 그녀는 라임과 같은 제조사에서 만든 휠체어를 타고 있었다.

52 또 다른 목표

수전 스트링어는 하트 모양의 예쁜 얼굴에 목소리는 노래하는 듯했다. 두 가지 형용사가 떠올랐다. 상냥하고 다정하다.

하지만 눈빛은 주위를 두리번거리고, 입술은 미소를 지을 때조차 굳게 다물고 있었다. 뉴욕의 거리를 두 팔의 힘으로만 밀고 다녀야 하는 사람에게 어울리는 표정이었다.

"어퍼웨스트사이드에 휠체어가 드나들 수 있는 타운하우스라니. 신기하네요."

라임은 그녀에게 미소를 돌려주었다. 그는 내성적인 사람이었다. 그의 업무는 목격자를 상대해야 하는 경우가 거의 없었다. 색스에게 수전 스트링어와 면담하는 시범을 보이겠다고 큰소리를 친 것은 당연히 농담이었다.

하지만 레이 골트에게 끔찍하게 살해당할 뻔한 사람이니, 뭔가 유용한 증언이 나올 수도 있다. 그리고 색스가 말한 대로 상대가 그를 만나고 싶어 했다면, 이 정도는 감수할 수 있었다.

수전은 톰 레스틴에게 간병인의 중요성과 고된 업무를 잘 알고 있다는 듯한 시선을 보냈다. 톰이 필요한 것이 있느냐고 묻자 그녀는 없다고 대답했다.

"오래 못 있어요. 시간도 늦었고, 몸도 좋지 않네요."

수전의 얼굴은 공허했다. 분명 엘리베이터 안에서의 끔찍한 순간을 떠올리는 것이리라. 그녀는 휠체어를 끌고 라임 곁으로 다가왔다. 팔은 튼튼한 것 같았다. 그녀도 사지마비 환자였는데, 등 중간이나 위쪽 부위에 흉부 손상을 입은 것 같았다.

"화상은 없습니까?"

라임이 물었다.

"네. 전 감전되지 않았어요. 연기를 마신 것뿐이에요. 그… 엘리베이터를 같이 탔던 사람들한테서 난 연기. 한 사람은 몸에 불이 붙었어요."

마지막 문장은 속삭이는 듯했다. 색스가 물었다.

"어떤 상황이었나요?"

금욕적인 표정.

"거의 1층에 다 내려왔는데 엘리베이터가 갑자기 멈췄어요. 비상등 말고는 전등이 전부 꺼졌어요. 내 뒤에 있던 회사원 한 사람이 비상벨을 누르려고 패널에 손을 갖다 댔는데, 닿는 순간 갑자기 비명을 지르면서 마구 춤을 추기 시작했어요."

수전은 헛기침을 했다.

"끔찍했어요. 패널에서 손을 떼지 못하더군요. 그의 친구가 그를 잡았는지, 몸이 스쳤는지, 마치 연쇄 반응 같았어요. 계속 경련을 일으키더군요. 그중 한 사람의 몸에 불이 붙었어요. 머리카락에… 연기, 냄새."

수전은 이제 속삭이고 있었다.

"끔찍했어요. 정말 끔찍했어요. 제 주변에서 다들 죽어가고 있었어요. 전 비명을 질렀고요. 무슨 전기 문제 같아서, 의자의 금속 테두리 부분이나 쇠로 된 문짝에 닿지 않도록 조심했죠. 그냥 가만히 앉아만 있었어요."

수전은 몸을 떨었다. 그리고 되풀이했다.

"그냥 앉아만 있었어요. 그러다 마지막 몇십 센티미터가량 엘리베이터가 내려가더니 문이 열렸어요. 로비에 사람들이 수십 명 있었어요. 그 사람들이 날 끌어냈어요. 아무것도 건드리지 말라고, 조심하라고 했는데 그때는 전기가 끊긴 뒤더군요."

수전은 잠시 나직하게 기침을 했다.

"누구죠? 레이 골트라는 사람은?"

라임이 설명해주었다.

"전력선 때문에 병에 걸렸다고 생각하는 사람입니다. 암에. 그래서 복수를 하고 있어요. 하지만 에코 테러일 가능성도 있습니다. 전통적인 전력 회사에 반대하는 단체가 그를 앞에 내세우고 있을 수도 있어요. 하지만 아직은 모릅니다. 확실히는."

수전이 불쑥 말했다.

"그런 주장을 하려고 무고한 사람을 죽여요? 위선자 같으니."

색스가 말했다.

"위선이라는 것도 깨닫지 못할 정도로 광적인 사람이지요. 자기가 하는 일은 모두 옳다고 생각하는 거예요. 자기를 막는 사람은 나쁜 사람이고. 단순한 정신세계죠."

라임은 색스를 돌아보았다. 색스는 그의 의중을 알아차리고 수전에게 물었다.

"도움이 될지도 모른다고 하셨죠?"

"네. 제가 그 사람을 본 것 같아요."

목격자를 신뢰하지 않는 라임이었지만, 그는 얼른 재촉했다.

"말씀하십시오."

"저희 사무실 층에서 엘리베이터를 탔어요."

"왜 그자라고 생각하시죠?"

"바닥에 물을 흘렸으니까요. 실수처럼 보였지만, 나중에 생각하니 일부러 그런 거예요. 전기를 더 잘 통하게 하려고."

색스가 말했다.

"론이 사망자의 신발에 물이 묻어 있었다고 했는데. 맞아요. 어디서 묻었는지 궁금했어요."

"건물 관리인 같은 복장을 하고, 식물에 물을 주는 조리개를 들고 있었어요. 지저분했죠. 좀 이상했어요. 건물 복도에는 식물이 없고, 우리 사무실에도 없거든요."

"건물에 아직 감시 팀이 배치돼 있나?"

라임이 물었다. 색스는 그럴 거라고 대답했다.

"소방서 사람들이 있을 거예요. 뉴욕시경 말고."

"건물 관리인한테 연락하라고 해. 취침 중이면 깨우고. 식물 관리 서비스 팀이 있는지 물어봐. 보안 카메라도 확인하고."

몇 분 뒤, 대답이 돌아왔다. 건물이나 8층 사무실에는 식물에 물을 주는 인력이 따로 없었다. 보안 카메라는 로비에만 있었는데, 소방대원의 표현을 빌리자면 광각 렌즈에는 '사람들이 몰려왔다가 몰려나가는' 쓸데없는 화면만 찍혀 있었다.

"한 사람도 얼굴을 알아볼 수가 없습니다."

라임은 자동차등록국에 있던 골트의 사진을 스크린에 불러냈다.

"이 사람입니까?"

"그럴 수도. 우리 쪽을 보지 않아서. 사실 얼굴은 못 봤어요."

수전은 라임에게 의미심장한 눈길을 보냈다.

"얼굴이 시선 높이에 있지 않잖아요."

"그자에 대해 기억나는 점이 또 있습니까?"

"엘리베이터 쪽으로 걸어올 때도 그렇고 탈 때도 그렇고, 계속 시계를 봤어요."

"시간을 확인하려 한 거예요."

색스가 이렇게 말하고 덧붙였다.

"한데 시한보다 일찍 저질렀어요."

라임이 말했다.

"겨우 몇 분이지. 건물 안에서 누가 자길 알아볼까봐 걱정했을지도 몰라. 빨리 끝낸 뒤 나가고 싶었겠지. 아마 앨곤퀸 송전 상태를 감시하고 있었을 테니까. 회사가 시한까지 전력을 차단하지 않는다는 걸 알고 있었을 거야."

그때 수전이 말했다.

"장갑을 끼고 있었어요. 황갈색. 가죽이었고. …그건 제 눈높이에 있었거든요. 손에 땀이 날 텐데, 하는 생각이 들었기 때문에 기억나요. 엘리베이터가 아주 더웠어요."

"제복에 혹시 무슨 글자가 적혀 있던가요?"

"아뇨."

"다른 건?"

수전은 어깨를 으쓱했다.

"도움이 될 만한 건 아니지만, 무례했어요."

"무례해요?"

"엘리베이터를 탈 때 절 밀치고 지나갔어요. 사과도, 아무 말도 없이."

"몸이 닿았습니까?"

"저한테 닿은 건 아니고."

수전은 고개를 아래쪽으로 끄덕였다.

"의자에 닿았어요. 아주 좁았거든요."

"멜!"

쿠퍼가 머리를 이쪽으로 홱 돌렸다.

"수전, 그자의 몸이 닿은 부분을 검사해봐도 될까요?"

"그러세요."

쿠퍼는 수전이 가리키는 지점을 확대경으로 꼼꼼히 관찰했다. 라임은 뭘 발견했는지 볼 수 없었지만, 쿠퍼는 휠체어의 접합부 볼트에서 두 가지를 집어 들었다.

"뭐지?"

"섬유입니다. 하나는 진녹색. 하나는 갈색."

쿠퍼는 현미경으로 섬유를 관찰한 다음 비슷한 섬유가 수록된 컴퓨터 데이터베이스를 검색했다.

"면이군요. 아주 튼튼한. 군용 잉여 물자일 수도 있어요."

"분석할 만한 정도의 양인가?"

"충분합니다."

쿠퍼와 색스는 가스크로마토그래피/질량분석기로 섬유의 일부를 각각 분석했다.

조바심을 내며 한참 기다린 끝에 색스가 말했다.

"결과가 나왔어요."

기계에서 출력물이 나오자 쿠퍼가 살펴보았다.

"녹색 섬유에는 제트 연료가 묻어 있군요. 한데 다른 게 있습니다. 갈색 섬유에는 디젤 연료가 묻어 있어요. 중국 약초도 있고요."

"디젤."

라임은 생각에 잠겼다.

"공항이 아닐지도 몰라. 그자가 노리는 건 정유소일 수도 있어."

쿠퍼가 말했다.

"엄청난 목표물인데요, 링컨."

당연하지.

"색스, 게리 노블한테 연락해. 항구의 경비를 강화하라고 전해. 특히 정유소와 유조선을."

색스는 전화기를 붙들었다.

"멜, 지금까지 알아낸 걸 전부 차트에 적어."

범행 현장: 웨스트 54번가 235번지 사무용 건물
- 피해자(사망자)
  - 래리 피시바인, 뉴욕시티, 회계사
  - 로버트 보딘, 뉴욕시티, 변호사
  - 프랭클린 터커, 뉴저지 패러머스, 세일즈맨

- 레이먼드 골트의 지문 하나 발견
- 이전 현장과 동일한 베닝튼 케이블과 스플릿 볼트
- 직접 만든 리모컨 계전기 스위치 2개
  - 하나는 엘리베이터로 들어가는 전력을 차단하기 위해서

- 하나는 회로를 완성해 엘리베이터에 전기를 통하게 하기 위해서
- 패널과 엘리베이터를 연결하는 볼트와 작은 전선―추적 불가
- 피해자 신발에 물이 묻어 있었음
- 미량증거물
  - 중국 약초, 인삼과 구기자
  - 유사(앞으로는 리모컨 대신 타이머를 쓸 계획일까?)
  - 튼튼한 진녹색 면섬유
  - 제트 연료와 대체 제트 연료 함유
  - 군사 기지 공격?
- 튼튼한 진갈색 면섬유
  - 디젤 연료 미량 검출
  - 중국 약초 발견

범인 프로파일
- 레이먼드 골트로 밝혀짐. 40세, 미혼, 맨해튼 서포크 스트리트 227번지 거주
- 테러리스트와 연계? '지구를 위한 정의'와 관련? 에코 테러 단체가 의심됨. 국내, 국제 데이터베이스에 정보 없음. 새로운 단체? 지하 단체? 라만이라는 사람과 연루. 존스턴이라는 이름. 현금 지급, 인력 이동, 뭔가 '큰' 일이 있다는 내용의 비밀 통화
  - 앨곤퀸 필라델피아 변전소 침입 사건과 관련이 있을 가능성.
  - SIGINT 정보 : 무기를 가리키는 암호 '종이와 보급품'(총, 폭탄?)
  - 남자와 여자 조직원
  - 골트가 관련되었는지는 아직 알 수 없음
- 암 환자 : 빈블라스틴과 프리드니손 상당량, 에토포시드도 미량 검출. 백혈병
- 군용 1911 콜트 45구경 소지
- 진갈색 작업복 차림의 건물 관리인으로 위장. 진녹색도?
- 황갈색 장갑을 꼈음

쿠퍼는 증거물을 정리하고 카드를 작성했다. 색스는 국토안보부에 뉴욕과 뉴저지의 항만이 위험하다고 알렸다.

라임과 수전 스트링어 둘만 남았다. 차트를 바라보던 라임은 여자가 자신을 찬찬히 뜯어보고 있다는 것을 깨달았다. 문득 불편해져서 이제 무슨 핑계로 여자를 내보낼까 생각하며 돌아보았다. 와서, 도움도 줬고, 장애인 유명 인사도 만났으니, 이제 일을 계속할 시간이다.

수전이 물었다.

"C4죠?"

두개골 아래 네 번째 척추, 즉 4번 경추 부상이냐는 뜻이다.

"네, 손은 약간 움직일 수 있습니다. 감각은 없고요."

부상 부위 아래로 모든 감각을 잃어버리는 것을 전문 용어로 '완전' 손상이라고 한다. ('불완전' 손상은 상당한 운동 능력을 유지할 수 있다.) 그러나 신체는 변덕스러워서, 일부 전기 자극이 장애물을 넘어가는 경

우도 있다. 전선이 손상을 입었지만 완전히 끊기지는 않은 것이다.

"좋아 보여요. 근육 쪽은."

라임은 다시 화이트보드로 시선을 던지며 무심히 대답했다.

"매일 관절 운동을 하고, 근육을 유지하기 위해 전기 자극을 줍니다."

라임은 운동을 즐긴다고 털어놓지 않을 수 없었다. 트레드밀과 자전거 운동도 한다고 설명했다. 그가 기구를 움직이는 것이 아니라 기구가 그를 움직이는 방식이었지만, 그래도 근육을 강화하는 데 효과가 있었다. 사고 직후 왼손 약지만 움직이다가 최근 오른손의 운동 기능을 회복한 것도 그 때문인 것 같았다.

사고 전보다 오히려 몸은 더 좋아진 상태였다.

수전에게 이런 이야기를 해주자 이해한다는 표정이 떠올랐다. 그리고 문득 팔을 들어 보이며 말했다.

"팔씨름을 한 번 해보고 싶은데…."

라임의 목에서 진심에서 우러나오는 웃음이 터졌다.

문득 수전의 얼굴이 어두워졌다. 그녀는 다른 사람이 들을까봐 주위를 둘러보았다. 아무도 쳐다보지 않는 것을 확인한 다음, 다시 라임의 눈을 똑바로 쳐다보며 입을 열었다.

"링컨, 운명을 믿으세요?"

53 선택

장애인의 세계에는 일종의 동지 의식이 있다.

어떤 환자는 전우애 비슷한 태도를 보인다. 우리 아니면 적이다. 건드리지 마라. 좀 더 포용력을 보이는 환자도 있다. 이봐, 누구 어깨에 기대 울고 싶으면 날 찾아와. 다들 같은 처지잖아, 친구.

라임은 둘 중 어느 부류도 아니었다. 그는 원하는 만큼 움직여주지 않는 육체를 지닌 범죄학자일 뿐이었다. 아멜리아 색스가 관절염을 앓고 빠른 자동차와 총을 사랑하는 경찰이듯이.

라임은 장애로 자신을 규정하지 않았다. 그것은 부차적인 사실일 뿐이었다. 다정한 장애인도 있고, 위트 많은 장애인도 있고, 불평불만으로 가득 찬 재수 없는 장애인도 있다. 라임은 다른 모든 사람을 대하듯 그들 하나하나를 개별적으로 판단했다.

그는 수전 스트링어가 아주 유쾌한 여자라고 생각했다. 집에 틀어박혀 상처를 치료하고 정신적 충격에 빠질 수도 있는 상황에서 여기까지 와준 용기를 존중했다. 그러나 그들은 척추 손상 외에는 공통점이 전혀 없었다. 라임의 생각은 이미 골트 사건으로 돌아가 있었다. 평소 만나보고 싶었던 유명한 불구 범죄 연구가가 자기한테 내줄 시간이 없다는 것을 보면 수전도 곧 실망할 줄 알았다.

게다가 라임이란 인간은 운명에 대해 이야기를 나눌 만한 상대가 절대 아니었다.

"아뇨. 아마 당신이 말하는 의미에서라면 아닐 것 같은데요."

"전 우연처럼 보이는 것이 사실은 일어나게 되어 있던 사건이라는 의미에서 드린 말씀이에요."

"그렇다면, 더욱 아닙니다."

수전은 미소를 지었다.

"그럴 줄 알았어요. 당신 같은 사람에게 다행인 것은 나처럼 운명을 믿는 사람도 있다는 거예요. 난 내가 그 엘리베이터에 탔고, 지금 여기 와 있는 이유가 있다고 생각해요."

미소가 웃음으로 변했다.

"걱정 마세요. 전 스토커가 아니니까."

그리고 속삭였다.

"기부를 원하는 것도 아니고… 당신 몸을 원하는 것도 아니에요. 색스 형사와 사귀는 사이라는 것도 알 수 있어요. 그런 건 아니에요. 이건 오직 당신에 대한 이야기예요."

라임은 어떻게 해야 할지 알 수 없었다. 수전을 내보내고 싶었지만, 방법을 찾을 수가 없었다. 그래서 그는 궁금하다는 듯 조심스럽게 한쪽 눈썹을 치켜 올렸다.

"렉싱턴 가에 있는 펨브로크 척추센터에 대해서 들어보셨어요?"

"그런 것 같기도 하고, 잘 모르겠습니다."

척추 손상 재활 시설이나 관련 제품, 최신 의학 정보는 끊임없이 들어오고 있다. 그는 이제 그런 정보에 별다른 관심이 없었다. FBI와 뉴욕시경에서 맡은 사건에 대한 집착 때문에, 새로운 치료법을 찾아 전국을 둘러보기는커녕 과외로 뭔가를 읽을 시간조차 없었다.

수전이 말했다.

"전 거기서 몇 가지 프로그램에 참가했어요. 제 척추 손상 협력

팀에서도 몇 명 참가했고요."

척추 손상 협력 팀. 가슴이 내려앉았다. 그는 무슨 말이 나올지 알고 있었다.

하지만 이번에도 수전은 한발 앞섰다.

"함께하자는 건 아니니까 걱정 마세요. 어차피 좋은 회원이 될 것 같지도 않네요. 어디 참여하시든지."

하트 모양의 얼굴에서 눈빛이 유머러스하게 빛났다.

"맞습니다."

"오늘 밤 제가 부탁드리고 싶은 건 그냥 제 말을 끝까지 들어주시라는 거예요."

"그러죠."

"펨브로크는 척추 치료의 최전방이에요. 모든 걸 다 하죠."

심한 장애를 입은 환자를 돕는 유망한 치료법은 많다. 하지만 문제는 자금이었다. 아무리 손상 정도가 심하고 평생 후유증이 남는다 해도, 심각한 척추 손상 환자는 다른 질병에 비해 비교적 드문 것이 현실이다. 정부와 기업의 연구비는 다른 곳으로, 더 많은 사람을 도울 수 있는 치료법과 약물 쪽으로 흘러간다. 환자의 상태를 상당히 호전시킬 수 있을 것으로 전망되는 대부분의 치료가 시험 단계에 머물러 국내 승인을 받지 못하고 있다.

어떤 결과는 획기적이었다. 연구실에서는 척추가 끊긴 실험쥐들이 다시 걷는 법을 배우고 있었다.

"초기 집중 치료 팀도 따로 있지만, 물론 우리한테는 전혀 도움이 안 되죠."

손상 부위가 붓지 않고 신경이 더 이상 죽지 않도록 사고 직후 약물로 치료하는 것이 척추 손상을 최소화하는 데 핵심이다. 그러나 이런 치료는 사고 이후 몇 시간, 최대한 며칠 안에 이루어져야 한다.

오래된 환자인 라임과 수전 스트링어는 손상 부위를 '수선하는' 기술 개발에 희망을 걸어야 한다. 그러나 이런 기술에는 늘 부딪히는 난관이 있다. 중추신경계 세포는 뇌와 척추의 세포 – 칼에 베인 손가락의 피부 – 처럼 재생되지 않는다는 점이 그것이다.

이것이 척추 전문의와 연구자들이 매일같이 싸우는 문제이며, 펨브로크가 그 선봉에 있었다. 수전은 그 센터에서 제공하는 인상적인 치료법을 설명했다. 줄기세포로 말초신경을 (척추 외에 재생 가능한 신경이면 뭐든지) 이용한다. 신경 이식술을 실시하고 약물이나 기타 물질을 손상 부위에 투입해 재생을 촉진한다. 심지어 손상 부위를 우회하는 '다리'를 건설해 두뇌와 근육 사이에 신경 자극을 전달한다.

인공 기관 연구도 방대하게 진행하고 있었다.

"아주 놀라워요. 컴퓨터 조종기와 전선을 이식한 사지마비 환자 영상을 봤는데, 거의 정상적으로 걸어 다니더군요."

라임은 골트가 첫 공격 때 사용한 베닝튼 케이블의 길이를 생각했다.

전선….

수전은 팔에 자극기와 전극을 이식하는 프리핸드 시스템이라는 것에 대해 설명했다. 어깨를 으쓱하거나 목을 특정한 방식으로 돌리면, 팔과 손의 협응 동작이 일어난다고 했다. 어떤 환자는 식사도 스스로 할 수 있다.

"절박한 사람들에게 달라붙는 돌팔이 의사 같은 게 아니에요."

수전은 환자의 머리와 척추에 구멍을 뚫고 태아 조직을 이식한 다음 2만 달러를 받아 챙긴 중국의 한 의사 이야기를 했다. 물론 효과는 없었다. 환자는 사망 위험을 겪었고, 추가 손상이 생겼을 뿐 아니라 빈털터리가 되었다.

펨브로크의 의료진은 모두 세계 각지의 최고 의대 출신이었다.

목표도 현실적이었다. 라임 같은 사지마비 환자를 걷게 할 수는 없지만 폐 기능을 강화한다든지, 손가락의 기능을 부분적으로 되찾게 한다든지, 무엇보다도 장과 신장의 통제력을 찾을 수는 있다고 했다. 그러면 반사부전 발작의 위험을 크게 줄일 수 있다. 반사부전이란 혈압이 급작스럽게 상승해 뇌졸중으로 이어질 수도 있는 위험한 발작이다. 장애 정도가 더 심해질 수도 있고, 죽을 수도 있다.

"제게 도움을 많이 주고 있어요. 어쩌면 몇 년 뒤에는 다시 걸을 수도 있을 거예요."

라임은 고개를 끄덕였다. 할 말을 찾을 수가 없었다.

"선전하는 건 아니고요, 난 장애인 인권 운동가도 아니에요. 그냥 사지마비 환자인 편집자에 불과하죠."

이 표현에 라임은 희미한 미소를 지어 보였다. 수전은 말을 이었다.

"하지만 색스 형사가 당신과 일한다고 말했을 때, 이건 운명이라는 생각이 들었어요. 당신에게 펨브로크에 대해 알려줘야겠다고. 당신도 도움을 받을 수 있을 거예요."

"음…. 감사합니다."

"신문에서 당신에 대해 읽었어요. 뉴욕을 위해 좋은 일을 많이 하신다면서요? 이제 당신 자신을 위해서도 좋은 일을 좀 하셔야 하지 않겠어요?"

"음, 복잡합니다."

라임은 무슨 뜻으로 이런 말을 했는지, 왜 이런 말을 했는지조차 알 수가 없었다.

"알고 있어요. 위험 부담이 걱정되시겠죠. 당연하죠."

수전보다 C4 환자인 그에게 수술이 더 위험한 것은 사실이었다. 혈압과 호흡계 문제, 감염 위험성이 생길 확률이 더 높았다. 문제는 어느 쪽을 선택할까 하는 판단이었다. 수술이 그런 위험을 감수할 가치가 있을까? 몇 년 전 수술을 받을 뻔했지만, 사건 때문에 계획이 어긋났다. 그 뒤로 그런 류의 의학적 치료는 모두 미뤄왔다.

그런데 지금? 라임은 생각했다. 지금의 생활이 내가 원하는 방식인가? 물론 아니다. 하지만 그는 현재에 만족했다. 그는 색스를 사랑했고, 그녀도 마찬가지였다. 그는 일을 위해 살았다. 비현실적인 꿈을 좇기 위해 그 모든 것을 버리고 싶지는 않았다.

보통 개인적 감정을 입 밖에 내지 않는 성격이지만 라임은 수전 스트링어에게 이런 점을 설명했고, 그녀도 이해했다.

그때 사람들에게 절대 이야기하지 않는 말이 입 밖으로 흘러나와 그 자신도 깜짝 놀랐다.

"난 대부분이 머리인 사람입니다. 거기가 제가 사는 곳이지요. 때로는 내가 지금 같은 범죄학자인 이유 중 하나도 그 때문이라고 생각합니다. 주의가 흐트러질 이유가 없죠. 내 능력은 장애에서 나옵니다. 내가 변한다면, '정상적인' 사람으로 바뀐다면, 그것이 법과학자로서 나에게 영향을 줄까요? 모르겠습니다. 하지만 그런 위험은 감수하고 싶지 않습니다."

수전은 곰곰 생각하더니 말했다.

"재미있는 시각이군요. 하지만 내게는 모험을 피하려는 변명이 아닐까 싶네요."

라임은 이 말을 받아들였다. 그는 단도직입적인 표현을 좋아했다. 라임은 자신의 의자를 가리키며 말했다.

"이런 걸 타고 피하긴 쉽지 않지요."

수전이 웃었다.

"알려주셔서 감사합니다."

하지 않으면 안 될 것 같아 덧붙인 말이었다. 수전은 다시금 다 안다는 듯한 시선을 보냈다. 그 시선이 아까만큼 짜증스럽지는 않았지만, 라임은 여전히 불편했다.

수전이 휠체어를 뒤로 물렸다.

"임무 완수했어요."

라임의 이마에 주름살이 패였다. 수전이 말했다.

"제가 아니면 못 찾았을 섬유 두 개를 찾아드렸으니까요. 더 많이 나왔다면 좋았겠지만."

그러고는 미소를 지으며 다시 라임을 보았다.

"하지만 때로는 작은 것이 세상을 바꿀 수도 있어요. 이제 가볼

게요."

색스는 그녀에게 고맙다고 인사했다. 톰이 수전을 배웅했다.

수전이 떠난 뒤, 라임이 말했다.

"일부러 이런 자리를 만든 거지?"

"그런 셈이죠, 라임. 어쨌든 면담은 해야 했잖아요. 약속을 잡으려고 통화를 하면서 이런저런 이야기를 하게 됐어요. 내가 당신하고 일한다고 말했더니, 꼭 그런 이야기를 해야겠다고 하더군요. 그래서 만나게 해주겠다고 했어요."

라임은 짤막한 미소를 보냈다.

색스가 허리를 굽혀 멜 쿠퍼에게 들리지 않을 정도로 작게 속삭이자 라임의 얼굴에서 미소가 사라졌다.

"난 당신이 지금과 달라지는 걸 원치 않아요, 라임. 그냥 건강하면 돼요. 내가 원하는 건 그게 다예요. 나머지는 당신이 원하는 대로 선택하면 돼요."

라임은 문득 '위엄 있는 죽음'의 코페스키 박사가 준 소책자의 제목을 떠올렸다.

《선택》.

색스는 몸을 앞으로 내밀고 키스했다. 그녀의 손이 애정 표현이라기에는 조금 과하게 손바닥을 활짝 펼쳐 그의 관자놀이를 쓰다듬었다.

"체온이 있나?"

라임이 웃자 그녀도 웃었다.

"모든 사람에게는 체온이 있어요, 라임. 열이 있는지 없는지는 잘 모르겠네요."

색스는 그에게 다시 키스했다.

"이제 좀 자요. 멜과 내가 좀 더 일할게요. 나도 곧 자야겠어요."

그리고 증거물 쪽으로 돌아갔다.

라임은 잠깐 망설였지만, 결국 피곤해서 지금은 별로 도움이 못

된다는 것을 인정했다. 그는 휠체어를 끌고 엘리베이터 쪽으로 향했다. 톰이 따라와 함께 작은 엘리베이터를 타고 위층으로 향했다. 땀이 계속 이마에 맺혔다. 뺨도 상기된 것 같았다. 반사부전 증상이었다. 하지만 두통은 없고, 발작 직전에 덮치는 특유의 느낌도 없었다. 톰이 잠잘 준비를 마치고 저녁 일과도 처리했다. 혈압계와 온도계도 준비했다.

"약간 높군요."

톰이 혈압계를 보며 말했다. 열은 없었다.

톰은 라임을 능숙하게 침대에 옮겨 눕혔다. 색스가 몇 분 전 했던 말이 자꾸 머리에 맴돌았다.

모든 사람에게는 체온이 있어요, 라임.

의학적으로는 사실이었다. 모든 사람은 체온을 가지고 있다. 죽은 사람조차도.

54 스파크

그는 퍼뜩 꿈에서 깨어났다.

꿈 내용을 떠올리려고 애썼다. 나쁜 꿈이었는지, 그냥 기묘한 꿈이었는지조차 기억할 수 없었다. 그러나 마치 앨곤퀸 터빈실 안에서처럼 땀을 비 오듯 흘리는 것을 보건대 나쁜 꿈일 가능성이 높았다.

알람시계의 희미한 불빛을 보니 자정 직전이었다. 잠깐 잠들었는데 아직 비몽사몽이었다. 정신을 차릴 수가 없었다.

호텔 공격을 끝낸 뒤 제복과 안전모 그리고 장비 가방을 버렸지만, 한 가지 소지품은 지니고 있었다. 그것이 지금 침대 옆 의자에 걸려 있다. 신분증이었다. 그는 밖에서 흘러 들어오는 희미한 불빛에 의지해 신분증을 바라보았다. 우울한 사진, 'R. 골트'라고 적힌 딱딱한 활자, 그 위에는 좀 더 친근감 있는 활자로 이렇게 적혀 있었다.

앨곤퀸 전력은 당신의 생활에 에너지를 불어넣습니다.

지난 며칠 동안 자신이 한 일을 생각해보면, 얼마나 반어적인 슬

로건인가.

그는 반듯이 누워 주(週) 단위로 빌린 이스트빌리지 아파트의 지저분한 천장을 올려다보았다. 경찰이 아파트를 곧 찾아낼 거라 생각하고 한 달 전 가명으로 빌린 곳이었다.

그런데 생각보다 빨랐다.

그는 담요를 걷어찼다. 피부가 땀으로 축축했다.

인간 신체의 전도성이 떠올랐다. 미끌미끌한 내부 장기의 저항은 85옴 정도로 낮아서 전류에 극도로 민감하다. 젖은 피부는 1000옴 정도. 그러나 마른 피부의 저항은 10만 옴 이상이다. 워낙 높은 저항값이라 전류를 신체에 통하게 하려면 보통 2000볼트의 전압이 필요하다.

땀이 흐르면 일이 훨씬 쉬워진다.

땀이 마르면 피부가 차가워지고, 저항값은 올라간다.

이 생각 저 생각이 꼬리를 물었다. 내일 계획. 몇 볼트의 전압을 사용할까, 전선을 어떻게 연결할까. 그는 함께 일하는 사람들을 생각했다. 자신을 뒤쫓는 사람들을 생각했다. 그 여형사, 색스. 젊은 경찰 풀라스키. 그리고 물론 링컨 라임.

그때 전혀 다른 생각이 떠올랐다. 1950년대의 두 남자. 시카고 대학의 화학자 스탠리 밀러와 해럴드 유리였다. 그들은 대단히 흥미로운 실험을 고안했다. 수십억 년 전 지구를 덮고 있던 원시 바다와 원시 대기를 연구실 안에서 재현한 것이다. 그리고 이 수소와 암모니아 그리고 메탄 혼합 기체 안에 당시 빈번했던 번개 대신 전기 스파크를 발생시켰다.

어떻게 됐을까?

며칠 후, 그들은 짜릿한 현상을 발견했다. 시험관 안에 아미노산, 이른바 생명의 기본 단위가 형성된 것이다.

전기 스파크로 인해 지구상에 생명이 생겨났다는 증거였다.

시계가 자정을 향해 다가가는 동안, 그는 앨곤퀸과 뉴욕 시에 보낼 다음 협박 편지를 작성했다. 서서히 몰려오는 잠기운 속에서, 다시 전기에 대해 생각했다. 아주, 아주 오래전 번개가 치는 수백만 분의 1초 동안 생명을 창조한 바로 그것이, 역설적으로 내일은 생명을 앗아가게 될 것이다.

제3부

전기

지구의 날

"나는 실패하지 않았다.
단지 안 되는 방법 1만 가지를 찾았을 뿐이다."

– 토머스 앨버 에디슨

55 갈등

"신호음이 울리면 메시지를 남겨주세요."

오전 7시 30분, 프레드 델레이는 브루클린에 있는 자신의 타운하우스에 앉아 플립을 닫고 휴대전화를 응시했다. 윌리엄 브렌트의 응답 없는 전화에 이미 메시지를 열두 번이나 남긴 뒤라 더 이상 아무 말도 하지 않았다.

자신은 망했다고 그는 생각했다.

브렌트가 죽었을 가능성도 있었다. 맥대니얼이 사용한 표현은 재수 없지만(공생체?), 이론 자체는 맞을 수도 있다. 레이 골트가 라만과 존스턴, '지구를 위한 정의'에 포섭되어 앨곤퀸과 전력망을 공격하는 것일 수도 있다. 브렌트가 이 테러 조직에 발각되었다면, 즉각 살해당했을 것이다.

아, 델레이는 분통이 터졌다. 눈이 멀고 단순한 사고. 알맹이가 전혀 없는 테러.

하지만 워낙 오랫동안 이 일에 몸담은 델레이에게는 윌리엄 브렌트가 아직 살아 있을 거라는 육감이 들었다. 뉴욕 시는, 특히 뉴욕의 지하 세계는 사람들이 생각하는 것보다 좁다. 델레이는 다른 연락책 여러 명에게 전화를 걸었다. 정보원들과 자신 밑에서 일하는 언더커버 요원들. 브렌트의 소식은 없었다. 짐-지프조차 아무것도 몰랐다. 조지아로 갈 수 있도록 델레이에게 도움을 받아야 하는 상황이라 다시 브렌트를 찾아 나설 동기가 있는데도. 누가 살해 지시를 내렸다든지, 뒤처리를 시켰다든지 하는 소문을 들은 사람도 없었다. 쓰레기통을 비우다 익명의 시체를 발견한 청소부도 없었다.

아니. 델레이는 결론을 내렸다. 명확한 해답은 하나뿐이고, 더 이상 외면할 수 없었다. 브렌트가 물을 먹인 것이다.

델레이는 국토안보부에 연락해 브렌트가 자기 이름, 혹은 기타 가명으로 비행기를 예약했는지 조사했다. 그런 기록은 없었다. 하지만 전문적인 정보원이라면 확실한 신분 증명서 하나쯤은 쉽게 손에 넣을 수 있다.

"여보?"

델레이는 깜짝 놀라 위를 올려다보았다. 세레나가 프레스턴을 안고 문간에 서 있었다.

"무슨 생각을 그렇게 해."

델레이는 아직도 아내가 배우이자 프로듀서인 제이다 핀켓 스미스와 너무 닮아 깜짝깜짝 놀라곤 했다.

"어제 잠자기 전에도 골똘하게 무슨 생각을 하더니, 일어나서도 그러네. 잠자면서도 생각했지?"

델레이는 거짓말을 둘러대려고 입을 열다가 그냥 말했다.

"어제 해고된 것 같아."

"뭐?"

아내의 얼굴에 충격이 가득 찼다.

"맥대니얼이 당신을 해고했어?"

"그렇게 말한 건 아니지만, 나한테 고맙다고 했어."

"하지만…."

"고맙다는 말이 그냥 고맙다는 뜻일 때도 있지. 어떤 때는 짐 싸라는 소리일 수도 있고. …그냥 밀려난 거라고 알아둬. 마찬가지야.”

“너무 깊이 생각하는 거 아니야?”

“수사 진전 상황을 나한테 알리는 걸 자꾸 생략해.”

“전력망 사건?”

“맞아. 링컨도 전화하고, 셀리토도 전화하는데. 터커는 비서를 시켜서 전화해.”

델레이는 훔쳐낸 10만 달러 때문에 기소당할지도 모른다는 이야기는 털어놓지 않았다.

하지만 더욱 착잡한 것은 자신이 브렌트가 구체적인 단서를, 이 끔찍한 공격을 막을 만한 정보를 갖고 있다고 믿었다는 사실이다. 그 단서는 브렌트와 함께 사라졌다.

세레나는 다가와 옆에 앉더니 프레스턴을 안겨주었다. 아이가 델레이의 긴 엄지손가락을 열심히 쥐려는 것을 보자 고민이 조금은 사라졌다. 아내가 말했다.

“유감이야, 여보.”

델레이는 타운하우스 창밖으로 복잡한 건물과 그 너머 브루클린 다리의 벽돌 교각을 바라보았다. 월트 휘트먼의 시 〈브루클린 나루터를 건너며〉가 떠올랐다.

내가 했던 최선의 일들이 공허하고 미심쩍게 느껴진다.
내 최고의 생각이라고 여겼던 것들이 실제로는 하찮은 것 아니었던가?

그에게 딱 맞는 표현이었다. 프레드 델레이의 겉모습―세상물정에 밝고, 성질 고약하고, 강인한 거리의 사나이. 그러나 가끔, 아니, 그보다 더 자주 ‘내가 잘못하고 있다면?’ 이런 생각을 하는 남자.

다음 연의 첫 구절은 결정적이었다.

악을 저지르는 것이 무엇인지 아는 사람은 그대만이 아니다.
나 역시 악을 저지른다는 것이 무엇인지 알고 있다.

"이제 어떻게 해야 할까?"

델레이는 혼잣말을 했다.

지구를 위한 정의….

위성 데이터 정보 수집 및 분석에 대한 고급 학술회의에 참석할 기회를 거절했던 일이 떠올랐다. 팸플릿에 소개된 제목은 '미래의 형태'였다.

그때 델레이는 거리로 나서며 이렇게 말했다.

"미래의 형태는 여기 있지."

그러곤 팸플릿을 구겨서 쓰레기통을 향해 3점 슛을 쏘았다.

"그럼 그냥… 집에 있을 거야?"

세레나가 프레스턴의 얼굴을 부드럽게 문지르며 물었다. 아기는 킥킥 웃으며 더 만져달라고 보챘다. 그녀는 아기에게 간지럼을 태웠다.

"수사 각도가 한 가지 있었는데, 그게 사라져버렸어. 믿어서는 안 될 사람을 믿었어. 이제 정보망이 다 끊겼어."

"정보원? 배신했어?"

10만 달러에 대한 이야기가 혀끝까지 나왔다. 하지만 그는 말을 삼켰다.

"도망가서 사라졌어."

"도망가서 사라져?"

세레나는 짐짓 극적으로 심각한 표정을 지어 보였다.

"없어져서 종적을 감췄다고 하지 왜?"

델레이는 웃음을 참을 수가 없었다.

"난 아주 재능 있는 정보원만 쓰는데."

다시 웃음이 사라졌다.

"2년 동안 한 번도 보고나 전화를 빼먹지 않은 놈이었어."

물론 그 2년 동안 그만한 돈을 준 적은 없었다.

"그럼 이제 어떻게 할 거야?"

델레이는 솔직하게 대답했다.

"모르겠어."

"그럼 한 가지 부탁이 있어."

"뭔데?"

"지하실 물건들 있지? 정리하겠다고 했잖아."

대뜸 '농담하는 거야?'라는 말이 나올 뻔했다. 그러나 골트 사건에 대해 자신이 가진 단서가 전혀 없다는 것을 떠올린 그는 아기를 엉덩이에 받쳐 들고 일어났다. 그리고 아내를 따라 아래층으로 내려갔다.

56 고통의 짐

아직도 그 소리가 들리는 것 같았다. 쿵. 이어서 퍽 하는 소리.

아, 그 퍽 하고 부딪히는 소리. 정말 끔찍했다.

론 풀라스키는 처음 링컨과 아멜리아와 같이 일할 때, 주의를 기울이지 않았다가 방망이 같은 걸로 머리를 얻어맞았던 일을 생각했다. 상황에 대해 기억나는 것은 하나도 없었지만, 그는 알고 있었다. 부주의 때문이었다. 용의자의 소재를 확인하지 않고 모퉁이를 도는 순간, 제대로 당한 것이다.

부상으로 인해 그는 겁이 많아졌고, 혼란스러웠고, 방향 감각을 잃었다. 최선을 다했지만—아, 정말 열심히 노력했다—트라우마는 계속 돌아왔다. 더욱 나쁜 것은 게을러서 부주의한 채 모퉁이를 돌아가는 건 그렇다 치더라도 실수를 저질러 다른 사람을 다치게 하는 것은 전혀 다른 일이라는 사실이었다.

풀라스키는 병원 앞에 경찰차를 세웠다. 다른 자동차였다. 아까타던 차는 감식반에 압수당했다. 누가 왜 왔느냐고 물어보면, 전력망 테러 공격을 저지른 범인의 이웃 사람에게 진술을 받으러 왔다고 할 참이었다.

난 범인의 소재를 알아내고 싶을 뿐이야….

평소라면 역시 경찰인 쌍둥이 형과 함께 농담처럼 주고받으며 배를 잡고 웃을 이야기였다. 하지만 이번에는 우습지 않았다. 자신이 차로 치어 머리를 다친 남자가 불쌍한 행인에 지나지 않는다는 것을 잘 알고 있었기 때문이다.

혼잡스러운 병원 안에 들어서니 급작스럽게 공포가 밀려왔다.

그 남자가 죽었으면 어떡하지?

과실치사. 그는 죄명을 알고 있었다.

경찰 경력은 끝이다.

기소당하지 않더라도, 형사 처분을 당하지 않더라도, 그 남자의 가족이 고소할 것이다. 링컨 라임처럼 사지마비 환자가 되면 어떡하지? 경찰서에서 이런 경우를 대비해 보험을 들어놨을까? 개인 보험으로는 평생 환자를 돌볼 비용이 나오지 않을 것이다. 그 사람이 날 고소해서 모든 걸 다 빼앗으면 어떡하지? 그와 제니는 평생 빚을 갚기 위해 일해야 할 것이다. 아이들은 대학에도 못 간다. 이제 갓 모으기 시작한 교육 자금도 연기처럼 사라질 것이다.

"스탠리 파머 면회 왔습니다."

풀라스키는 데스크 뒤에 앉아 있는 접수원에게 말했다.

"어제 자동차 사고요."

"그러죠, 경관님. 402호입니다."

풀라스키는 제복 차림으로 자유롭게 문 몇 개를 지나 병실을 찾아갔다.

잠시 문 앞에 멈춰 서서 용기를 짜냈다. 파머의 가족이 와 있으면 어쩌지? 아내와 아이들이 와 있으면? 그들에게 할 말을 찾았다.

하지만 그의 귀에는 쿵하는 소리밖에 들리지 않았다. 그리고 퍽.

론 풀라스키는 심호흡을 하고 병실로 들어섰다. 파머는 혼자 있었다. 무의식 상태였다. 링컨 라임의 연구실처럼 온갖 무시무시한 전선과 튜브 그리고 전자 장비가 연결되어 있었다.

라임….

상관을 이렇게 실망시키다니! 라임의 부상을 거울삼아 경찰에 남기로 결심했는데, 그런 은인을. 점점 더 많은 책임을 지워주는 사람을. 링컨 라임은 그를 믿었다.

그런데 내가 한 짓은….

풀라스키는 꿈쩍도 하지 않고 누워 있는 파머를 바라보았다. 라임보다 더했다. 폐를 제외하고 환자의 몸에서 움직이는 부분은 전혀 없었다. 모니터의 그래프조차 별다른 움직임이 없었다. 마침 간호사 한 사람이 지나갔다. 풀라스키는 그녀를 불렀다.

"상태가 어떻습니까?"

"모르겠어요."

어디 출신인지는 알 수 없지만 억양이 강했다.

"할 이야기가 있으면 의사 선생님을 만나보세요."

움직이지 않는 파머의 몸을 한참 바라보다 고개를 드니 인종을 가늠할 수 없는 중년 남자가 파란 수술복 차림으로 서 있었다. 이름 뒤에는 의학 박사라고 적혀 있었다. 풀라스키가 제복 차림인 것을 보고 의사는 낯선 사람에게는 밝히지 않을 정보를 말해주었다. 파머는 심각한 장기 손상으로 수술을 받았다. 혼수 상태이고, 지금으로서는 예후를 알 수 없다.

뉴욕에는 가족이 없는 것 같다. 미혼이다. 오리건에 형 한 사람과 부모님이 살고 있는데, 연락을 취했다.

"형."

풀라스키는 쌍둥이 형을 생각하며 중얼거렸다.

"그렇습니다."

의사는 차트를 내리더니 경찰을 흘끗 보았다. 잠시 후, 그의 눈에 뭔가를 알아차린 눈빛이 떠올랐다.

"진술을 받으려고 오신 게 아니군요. 수사와는 상관없는 일 아닙니까?"

"네?"

풀라스키는 놀라서 멍하니 의사를 쳐다보았다.

의사의 얼굴에 친절한 미소가 떠올랐다.

"있을 수 있는 일이지요. 너무 걱정하지 마십시오."

"있을 수 있는 일이라고요?"

"난 뉴욕에서 오랫동안 응급 의사로 일했습니다. 베테랑 경찰들은 피해자에게 조의를 표하러 오는 경우가 없죠. 젊은 경찰들이나 그러지."

"아뇨, 저는… 정말 진술을 받으러 왔습니다만."

"네. …그렇다면 의식이 있는지 전화를 걸어보고 오셨겠죠. 안 그런 척하지 마세요, 경관. 당신은 심장이 따뜻한 분입니다."

풀라스키의 심장은 더욱 세차게 뛰기 시작했다.

의사의 시선이 움직이지 않는 파머에게 향했다.

"뺑소니였습니까?"

"아뇨. 운전자는 알고 있습니다."

"잘됐군요. 나쁜 놈을 잡았으니. 배심원들한테 제대로 혼이 나길 바랍니다."

얼룩진 수술복 차림의 의사는 돌아서서 병실을 나갔다.

풀라스키는 간호사 스테이션으로 다가갔다. 이번에도 경찰복 덕분에 파머의 주소와 사회보장번호를 알아냈다. 찾을 수 있는 것은 다 찾을 생각이었다. 가족, 피부양인. 미혼이지만 중년이니 자녀가 있을 수도 있다. 그들에게 전화해서 도움을 줄 방법을 찾고 싶었다. 돈은 별로 없지만, 할 수 있는 한 격려를 해주고 싶었다.

무엇보다도 자신이 저지른 고통의 짐을 덜고 싶었다.

벨이 울리자 간호사는 실례한다고 말하고 돌아서서 호출 신호에 응답했다.

풀라스키는 더 빨리 돌아섰다. 간호사 스테이션을 떠나기 전 아무에게도 눈물을 보이지 않으려고 선글라스를 꺼내 썼다.

57 시계공

오전 9시가 약간 지난 시각, 라임은 멜 쿠퍼에게 연구실 텔레비전을 켜고 소리는 낮추라고 지시했다.

FBI는 뉴욕시경, 최소한 라임에게는 수사 진척 상황을 빠르게 알리지 않는 것 같았다. 하지만 그는 어떻게든 최신 소식을 확인하고 싶었다.

CNN보다 더 좋은 정보통이 어디 있을까?

물론 이번 사건이 메인이었다. 골트의 사진은 백만 번쯤 방송되었다. 수수께끼의 '지구를 위한 정의'라는 에코 테러 단체도 그 못지않게 자주 언급되었다. 반(反)녹색 기업가 앤디 제슨의 발언도 계속 방송되고 있었다.

하지만 대부분의 골트 사건 보도에는 온갖 추측이 난무했다. 앵커들은 당연히 지구의 날과 연관이 있을 것이라고 말했다.

지구의 날에 대해서도 따로 많이 보도되었다. 뉴욕 시내에서 많은 축제가 벌어질 예정이었다. 가두 행진, 학생들의 나무 심기, 시위, 컨벤션센터에서 열리는 뉴 에너지 엑스포와 센트럴 파크의 대규모 집회. 센트럴 파크의 집회에는 환경 문제에 대해 대통령과 뜻을 같이하는 거물 상원의원 두 사람이 서부에서 날아와 연설을 하기로 되어 있었다. 연설이 끝나면 유명 록 그룹 대여섯 팀의 콘서트가 개최될 예정이었다. 관객은 50만 명 이상 참석할 것으로 추산했다. 최근 테러 공격 때문에 모든 행사의 보안이 강화되었다는 보도도 몇 꼭지 있었다.

게리 노블과 터커 맥대니얼은 200명의 요원과 뉴욕시경 인력을 추가 배치했을 뿐 아니라 FBI 기술지원 팀과 앨곤퀸이 협력해 공원 안팎의 전선을 철저하게 경계할 예정이라고 라임에게 알려주었다.

라임은 연구실로 들어오는 풀라스키를 올려다보았다.

"어디 갔었나, 신참?"

"음…."

풀라스키는 흰 봉투를 들어 보였다.

"DNA입니다."

다른 곳에 갔다 왔군. 라임은 어디인지 짐작할 수 있었다. 꼭 집어 뭐라고 하지는 않았지만, 라임은 이렇게 말했다.

"그건 우선순위가 아니야. 우리는 범인이 누구인지 알고 있어. 그건 재판에 제출하면 돼. 지금은 일단 범인을 잡아야지."

"그렇죠."

"어제 골트의 집에서 뭘 좀 찾아냈나?"

"속속들이 다시 찾아봤습니다, 링컨. 하지만 아무것도 없었습니다. 죄송합니다."

셀리토가 평소보다 더 추레한 모습으로 등장했다. 연파랑색 셔츠와 군청색 정장은 똑같은 것 같았다. 간밤에 사무실에서 잔 것 같았다. 셀리토는 라임에게 다운타운의 상황을 알려주었다. 사건은 이미 여론몰이의 영역으로 넘어갔다. 정치가의 경력도 달려 있고, 시와 주 그리고 연방 공직자들은 도로에 인력을 깔고 '수사력을 총동원'하면서 각자 자기들이 더 노력하는 것처럼 은근히 강조하고 있었다.

셀리토는 삐걱거리는 등나무 의자에 주저앉으며 커피를 후룩거린 뒤 중얼거렸다.

"하지만 기본적으로는 아무도 어떤 대처를 해야 하는지 모르고 있어. 경찰과 연방 애들과 주 방위군이 공항과 지하철, 기차역에 쫙 깔렸어. 정유소와 항구에도. 정유선 주위에는 특별 항만 경찰이 순찰을 돌고. 한데 범인이 아크 플래시로 공격할지 무엇으로 공격할지 모르잖아. 모든 앨곤퀸 변전소에도 경비를 세웠지만…."

"더 이상 변전소는 공격하지 않을 거야."

"알고 있어. 다들 그렇게 생각하지. 하지만 뭘 예측해야 하는지 모른다는 거야. 사방에 다 있잖아."

"뭐가?"

"빌어먹을 전기 말일세, 전기."

셀리토는 온 도시를 가리키듯 손을 휘저었다.

"빌어먹을 가정마다 다 있어."

그러곤 벽에 있는 콘센트를 가리켰다.

"최소한 협박 편지는 오지 않았어. 맙소사. 어제만 두 통. 그것도 몇 시간 간격으로. 그냥 화가 나서 엘리베이터에 탄 사람들을 죽인 것 아닌가 생각했는데."

덩치 큰 형사는 한숨을 쉬었다.

"한동안은 계단으로만 다녀야지, 이거야 원. 살 빼는 데는 좋겠군."

라임은 증거물 보드 쪽으로 시선을 돌리며, 이번 사건에 뚜렷한 방향성이 없다는 데 동의했다. 골트는 영리하지만 탁월하지는 않다. 미량증거물도 충분히 남겼다. 그런데 그 증거는 목표물에 대한 대략적인 예측 외에 다른 방향을 전혀 제시하지 않았다.

공항?

석유 탱크?

하지만 링컨 라임은 다른 곳도 생각하고 있었다. 혹시 길이 있는데, 내가 못 보고 있는 것 아닐까?

다시 땀방울이 느껴지더니, 최근 자주 반복되는 두통이 희미하게 찾아왔다. 한동안 용케 무시해왔는데 되돌아온 것이다. 그래, 몸 상태가 안 좋아진 것은 분명하다. 이것이 혹시 두뇌 기능에 영향을 미치고 있는 걸까? 이것이 어쩌면 그에게는 세상에서 가장 두려운 일이라는 것을 그 누구에게도, 색스에게조차 인정하고 싶지 않았다. 간밤에 수전 스트링어에게 말했듯이 그가 가진 것은 오직 두뇌뿐이었다.

라임의 시선이 복도 건너 서재로 향했다. 알렌 코페스키의 위엄 있는 죽음 관련 소책자가 놓여 있던 탁자가 보였다.

선택….

라임은 그 생각을 떨쳐냈다.

그때 셀리토에게 전화가 걸려왔다. 그는 허리를 펴더니 커피를 얼른 내려놓고 귀를 기울였다.

"그래? …어디?"

셀리토는 축 늘어진 수첩에 뭔가를 적었다.

방 안의 모든 사람들이 그를 뚫어져라 쳐다보았다. 라임은 생각했다. 새로운 협박 편지일까?

전화가 딸깍하고 끊겼다. 셀리토는 수첩에서 고개를 들었다.

"좋아, 여기서 뭔가 나올 수도 있겠지. 차이나타운 인근이야. 한 여자가 찾아와 그놈을 본 것 같다고 했다는군."

"골트요?"

풀라스키가 물었다. 셀리토는 퉁명스럽게 대꾸했다.

"그럼 어떤 놈한테 관심이 있으신가, 경관?"

"죄송합니다."

"사진 속의 얼굴을 본 것 같다고 했대."

"어디서?"

라임이 물었다.

"차이나타운 근처에 있는 폐교."

셀리토는 주소를 건넸다. 색스가 받아 적었다.

"경관이 둘러봤는데, 지금은 아무도 없대."

"하지만 거기 있었다면 뭔가 남겼을 수도 있겠지."

라임이 고개를 끄덕이는 것을 보고, 색스는 일어섰다.

"좋아, 론. 가자."

셀리토가 삐딱하게 말했다.

"팀을 데려가. 온 시내의 두꺼비집이나 전선을 지키지 않는 경찰이 몇 명 정도는 있겠지."

"응급기동대를 부르죠. 근처에서 대기하되 눈에 안 띄게 하세요. 론과 제가 먼저 들어갈게요. 혹시라도 그자가 거기 있다면 체포 작전을 벌여야 하니까. 제가 신호할게요. 하지만 아무도 없다면, 모조리 들어가서 증거를 망치게 할 수는 없어요."

두 사람은 문으로 향했다.

셀리토는 응급기동대 보 하우먼에게 전화를 걸어 상황을 설명했다. 하우먼이 인근에 경찰을 배치해 색스와 협조하기로 했다. 셀리토는 전화를 끊은 뒤 커피와 함께 먹을 만한 게 없나 하고 연구실을 둘러보았다. 그러곤 톰이 놓아둔 페이스트리 접시를 보고 한 입 커다랗게 베어 물었다. 커피에 적셔 다시 씹었다. 그러더니 문득 미간에 주름을 잡았다.

"왜 그래?"

라임이 물었다.

"맥대니얼과 FBI에 차이나타운의 폐교 상황을 알리는 걸 잊었어."

셀리토는 얼굴을 찌푸리고 짐짓 극적인 몸짓으로 전화를 다시 들었다.

"아, 젠장. 연락이 안 되는군. 구름 지대 SIM 칩이 없잖아. 나중에 연락해야겠어."

라임은 웃었다. 욱신거리는 두통을 순간이나마 잊을 수 있었다.

그때 집 전화가 울렸다. 유머와 두통 둘 다 동시에 사라졌다.

캐스린 댄스였다.

라임은 손가락으로 힘들게 키패드를 눌렀다.

"네, 캐스린? 무슨 일입니까?"

"로돌포와 통화 중이에요. 시계공의 목표를 찾았대요."

훌륭하군. 하지만 머리 한구석에서는 이런 생각이 떠올랐다. 왜 하필 지금? 하지만 다음 순간, 그는 결정했다. 최소한 지금은 시계공이 우선이다. 골트 수사에는 색스와 풀라스키 그리고 기동대 한 팀을 보내뒀으니. 지난번 시계공을 잡을 기회가 있을 때, 다른 일에 집중하느라 수색을 외면하는 바람에 피해자가 죽고 그자는 도망을 갔다.

이번에는 그럴 수 없다. 리처드 로건을 절대 도망치도록 놔두지 않을 것이다.

"들려주시죠."

라임은 애써 증거물 보드에서 시선을 돌리며 캘리포니아 주 수사국 요원에게 말했다.

딸깍 소리가 났다. 댄스의 목소리가 들렸다.

"로돌포, 링컨하고 연결됐어요. 두 분이서 이야기하세요. 난 TJ를 만나야 해요."

그들은 작별 인사를 했다.

"안녕하십니까, 경감님."

"사령관님, 어떻게 됐습니까?"

"아르투로 디아스가 전에 말씀드린 사무실 건물에 언더커버 경찰 넷을 잠입시켰습니다. 10분 전 시계공이 사업가 복장을 하고 건물로 들어갔습니다. 로비에서 6층에 있는 한 회사에 공중전화로 전화를 걸었고요. 어제 화재 경보가 울린 건물 반대쪽이었습니다. 말씀하신 대로요. 10분 정도 건물 안에 있다가 나갔습니다."

"사라졌다고요?"

라임은 놀라서 물었다.

"아뇨. 지금은 그 단지 두 건물 사이의 작은 공원에 있습니다."

"그냥 앉아 있습니까?"

"그런 것 같습니다. 휴대전화로 통화를 몇 번 했습니다. 하지만 아르투로 말로는 특이한 주파수 아니면 암호화한 것 같다고 하는군요. 도청할 수가 없습니다."

멕시코에서는 도청 관련 법률이 미국보다 덜 엄격한 모양이었다.

"확실히 시계공이랍니까?"

"네. 아르투로의 부하들이 똑똑히 봤답니다. 배낭을 갖고 있어요. 지금도 갖고 있습니다."

"배낭을?"

"네. 아직 뭔지는 모르겠습니다. 폭탄일 수도 있고. 회로판 기폭장치가 달린. 우리 팀이 시설을 둘러싸고 있습니다. 모두 사복 경찰이지만, 인근에 군인들도 배치했습니다. 폭탄 해체반도요."

"당신은 지금 어딥니까, 사령관님?"

웃음.

"시계공은 참 배려심이 깊네요. 여긴 자메이카 영사관입니다. 폭탄 차단벽이 있는데, 우린 그 뒤에 있지요. 로건은 우리를 못 봅니다."

라임은 그 말이 사실이기를 바랐다.

"언제 작전을 시작할 겁니까?"

"아르투로의 부하들이 안전하다고 보고하는 대로 곧. 공원에는 시민이 많습니다. 아이들도 많고. 하지만 도망은 못 갈 겁니다. 도로도 대부분 봉쇄했습니다."

땀이 관자놀이를 따라 흘러내렸다. 라임은 얼굴을 찌푸리고 머리를 한쪽으로 비틀어 머리받이로 땀을 닦았다.

시계공….

이제 다 잡았다.

제발, 성공하기를. 제발….

이렇게 중요한 사건을 이렇게 먼 곳에서 수사해야 하는 답답함이 다시금 라임을 덮쳤다.

"곧 연락드리지요, 경감님."

두 사람은 전화를 끊었다. 라임은 억지로 레이 골트 사건에 다시 집중했다. 그자의 소재에 대한 정보는 확실한가? 그는 너무 뚱뚱하지도 너무 마르지도 않은, 중년에 가까운 평범한 사람 같았다. 보통 키. 그가 창조한 이 편집증적인 분위기 속에서, 사람들은 존재하지 않는 것을 볼 마음의 준비가 되어 있었다. 전기 함정, 아크 플래시 그리고 살인마 자체를.

색스의 목소리가 무전기에서 들려와 라임은 퍼뜩 놀랐다.

"라임, 들려요? K."

색스는 일반적인 경찰 무선통신에서 평서문이나 질문을 마칠 때 사용하는 K로 통신을 끊었다. 이제 상대가 전송해도 된다는 뜻이다. 라임과 색스는 보통 이런 형식을 생략했는데, 무슨 이유에서인지 라임은 색스가 이 신호를 사용하는 것이 마음에 걸렸다.

"색스, 상황은?"

"방금 도착했어요. 이제 진입할 거예요. 다시 연락할게요."

58 차이나타운

적갈색 토리노 코브라는 언더커버 자동차로는 어울리지 않는다. 그래서 색스는 골트를 목격한 학교에서 두 블록 떨어진 곳에 차를 세웠다.

학교는 몇 년 전에 폐교되었다. 알림판에는 곧 철거하고 아파트 단지가 들어설 예정이라고 적혀 있었다.

"좋은 은신처군."

색스는 뛰어가면서 풀라스키에게 말했다. 주위에는 2미터 높이의 나무 울타리가 세워져 있었다. 울타리에는 그래피티와 전위 연극, 각종 퍼포먼스, 나오자마자 잊혀지는 음악 그룹 포스터가 잔뜩 붙어 있었다.

풀라스키는 억지로 집중하려고 애쓰는 표정으로 고개를 끄덕였다. 잘 지켜봐야겠다. 미드타운 엘리베이터 사건 현장에서는 잘해냈지만, 골트의 아파트에서 있었던 사건이 아직 마음에 걸리는 것 같았다.

두 사람은 울타리 앞에서 멈췄다. 철거 작업은 아직 시작되지 않았다. 경첩이 달린 합판 두 장을 체인으로 둘둘 감고 자물쇠로 잠근

대문은 사이가 많이 벌어져 비집고 들어갈 수 있었다. 정말 학교에 있다면, 골트도 아마 그렇게 들어갔을 것이다. 색스는 문틈 옆으로 비켜서 안을 들여다보았다. 학교는 대체로 멀쩡했지만, 지붕 일부가 무너진 것 같았다. 대부분의 유리창은 깨졌지만, 안은 사실상 전혀 보이지 않았다.

좋은 은신처다. 진입하기에는 악몽 같은 곳이기도 하다. 좋은 방어 지점이 수없이 많았다.

기동대를 부를까? 아직은. 색스는 생각했다. 1분 지체할 때마다 골트는 새로운 무기의 마지막 손질을 마치고 있을지 모른다. 게다가 기동대원들의 발자국이 미량증거물을 훼손할 것이다.

"부비트랩을 설치했을 수도 있습니다."

풀라스키가 쇠로 된 체인을 바라보며 불안한 음성으로 속삭였다.

"여기에 전선을 연결했을 수도 있어요."

"아냐. 그냥 무심코 건드린 사람이 감전되도록 해놓지는 않았을 거야. 당장 경찰을 부를 테니까."

하지만 침입자의 존재를 알리는 장치는 충분히 해놓았을 가능성이 있다. 색스는 한숨을 쉬고 얼굴을 찌푸리며 도로를 둘러보았다.

"타고 올라갈 수 있겠나?"

"뭘요?"

"울타리."

"할 수 있을 것 같습니다. 누구한테 쫓기거나 누굴 쫓아야 하는 상황이라면."

"음, 난 올려주지 않으면 못 넘을 것 같은데. 날 올려주고 자네가 다음에 넘어와."

"그러죠."

두 사람은 울타리 틈을 들여다보았다. 그리고 반대편에 빽빽한 풀숲이 있어 충격을 덜어주고 몸도 숨길 수 있는 지점까지 걸어갔다. 골트가 무기를, 그것도 특히 강력한 45구경을 가지고 있다는 것이 떠올랐다. 색스는 글록 총집이 허리띠에 잘 매달려 있는지 확인하고 고개를 끄덕였다. 풀라스키는 바닥에 쭈그리고 앉아 손가락을 깍지 끼고 손을 내밀었다.

그의 긴장을 풀어주기 위해, 색스는 엄숙하게 속삭였다.

"한 가지 명심할 게 있어. 중요해."

"뭡니까?"

풀라스키는 색스의 눈을 불안하게 쳐다보았다.

"요즘 살이 몇 킬로그램 쪘어. 등 안 부러지게 조심해."

미소. 하지만 오래가지 않았다. 그래도 미소는 미소였다.

색스는 그의 손을 밟는 순간 무릎이 아파 얼굴을 찡그리며 벽을 향해 몸을 틀었다.

골트가 체인에 전기를 연결하지 않았다고 해서, 반대편에 뭔가 설치하지 말란 법은 없다. 루이스 마틴의 몸에 나 있던 구멍이 다시 눈앞을 스쳤다. 어제 본 엘리베이터의 그을린 바닥, 호텔 로비에서 꿈틀거리던 몸들도 떠올랐다.

"지원 병력은 없어도 됩니까? 그래도 될까요?"

풀라스키가 속삭였다.

"괜찮아. 셋을 세면 올라간다. 하나, 둘, 셋."

색스는 훌쩍 올라갔다. 풀라스키는 생각보다 훨씬 힘이 세서 180센티미터나 되는 색스의 몸을 똑바로 올려주었다. 손으로 울타리 위쪽을 잡았다. 색스는 잠시 울타리를 타고 앉았다. 학교를 흘끗 보았다. 인기척은 없었다. 아래를 내려다보니 풀숲만 우거져 있을 뿐 화씨 5000도의 아크 플래시로 사람을 태우는 전선이나 패널 같은 것은 없었다.

색스는 다시 학교 쪽으로 등을 돌리고 울타리 꼭대기를 움켜잡은 다음 최대한 몸을 낮췄다. 내려가야 한다고 생각한 순간, 훌쩍 뛰어내렸다.

몸이 구르면서 바닥에 닿았다. 무릎과 허벅지에 통증이 찌릿하게 스쳤다. 하지만 라임이 자신의 육체적 한계를 잘 알 듯이 색스 역시 자신의 관절염이라는 병을 잘 알고 있었다. 이건 그냥 일시적인 반란일 뿐이다. 가장 빽빽한 수풀 뒤에 몸을 숨기고 총을 뽑아든 채 경계 태세를 취하자마자 통증은 사라졌다.

"안전해."

색스는 울타리 사이로 속삭였다.

잠시 후 쿵하는 소리와 함께 쿵푸 영화배우처럼 희미하게 투덜거리는 소리가 들렸다. 풀라스키는 잽싸게 색스 옆으로 다가왔다. 그도 어느새 총을 빼 들고 있었다.

만약 골트가 밖을 내다보고 있다면 눈에 띄지 않고 현관으로 접근할 방법은 없다. 뒤쪽으로 돌아갈 수도 있지만, 먼저 할 일이 하나 있었다. 색스는 경내를 둘러보고 풀라스키에게 따라오라고 손짓한 다음, 풀숲과 쓰레기통 뒤에 몸을 숨긴 채 학교 오른쪽으로 살금살금 움직이기 시작했다.

풀라스키의 엄호를 받으며 녹이 슨 커다란 금속 상자 두 개가 붙어 있는 벽 쪽으로 훌쩍 넘어갔다. 둘 다 옆면에 앨곤퀸 전력 회사의 이름과 긴급 연락처가 적혀 있었다. 색스는 주머니에서 서머스의 전류검출기를 꺼내 전원을 켜고 상자를 훑었다. 바늘은 올라가지 않았다.

몇 년 동안 버려진 상태였던 것으로 보아 놀랄 일은 아니었다. 하지만 확인하고 나니 기뻤다.

"저길 보세요."

풀라스키가 색스의 팔을 건드리며 속삭였다.

색스는 더러운 유리창 너머로 풀라스키가 가리키는 쪽을 보았다. 안은 어둑어둑해서 아무것도 똑똑히 알아볼 수 없었다. 하지만 시간이 좀 흐르자 손전등 불빛 같은 것이 희미하게 천천히 움직이며 뭔가를 살피는 것 같았다. 누군가가 서류 같은 것을 읽고 있는 모습 같기도 했다. 지도? 덫을 만들 전기 회로 설계도?

"그자가 여기 있어요."

풀라스키가 흥분한 목소리로 속삭였다.

색스는 헤드셋을 켜고 보 하우먼에게 연락했다.

"상황은 어떤가?"

"누가 있어요. 골트인지 아닌지는 모르겠지만. 메인 건물 중심부에 있습니다. 론과 제가 측면에서 접근할게요. 기동대는 언제쯤 도착할까요?"

"8~9분 정도. 조용히 접근한다."

"좋습니다. 우리는 뒤쪽에 있을게요. 침투 준비가 되면 연락하세요. 우리는 뒤에서 공격하겠습니다."

"알았다."

색스는 라임에게 연락해 범인이 있는 것 같으며 기동대가 도착하는 대로 공격하겠다고 알렸다.

"함정 조심해."

"전력은 없어요. 안전해요."

색스는 무전기를 끄고 풀라스키를 돌아보았다.

"준비됐나?"

풀라스키는 고개를 끄덕였다.

색스는 몸을 낮추고 총을 단단히 붙잡은 채 빠르게 학교 뒤쪽으로 움직였다. 좋아, 골트. 여긴 널 보호해줄 전기가 없어. 너도 총 하나, 나도 총 하나. 이제 내 전공 분야다.

59 반사부전

색스와 통화를 마친 라임은 다시 땀이 흘러내리는 것을 느꼈다. 이제는 톰을 불러 땀을 닦아달라고 하지 않을 수 없었다. 라임에게 이것은 가장 힘든 일이었다. 큰일을 누군가에게 의지할 수는 있다. 관절 범위 유지 운동, 대소변, 앉은 자세로 휠체어나 침대로 옮기는 일. 식사.

사소한 일들이 가장 화가 나고 당혹스러웠다. 곤충을 잡는다든지, 바지에 묻은 먼지를 턴다든지.

줄줄 흐르는 땀을 닦는다든지.

톰이 들어와 아무 생각 없이 쉽게 문제를 처리했다.

"고마워."

톰은 예상치 못한 감사 표현에 잠시 머뭇거렸다.

라임은 다시 증거물 보드로 돌아앉았지만, 사실 골트 생각은 별로 하지 않고 있었다. 색스와 기동대가 차이나타운의 학교에서 그 미치광이를 체포하려는 참이었다.

그의 과열된 두뇌는 멕시코시티의 시계공에 집중되어 있었다. 빌어먹을, 왜 루나나 캐스린 댄스, 아니면 누구라도 작전 진행 상황을 상세히 알려주지 않는 거지?

어쩌면 시계공이 건물에 폭탄을 벌써 설치해놓고 수사에 혼선을 초래하기 위해 나타났는지도 모른다. 배낭에는 벽돌만 잔뜩 들었는지도.

애당초 그자가 어디 가서 마르가리타나 한잔할 생각밖에 없는 관광객 같은 행색으로 공원에 나타난 이유가 무엇일까?

혹시 전혀 다른 건물을 노리고 있는 건 아닐까?

라임이 말했다.

"멜, 체포 작전 지점을 보고 싶어. 구글 어스(Google Earth)…. 정확한 이름은 모르겠는데. 그걸 켜줘. 멕시코시티."

"그러죠."

"보스쿠에 데 레포르마 애버뉴…. 사진을 얼마나 자주 업데이트하지?"

"모르겠습니다. 몇 달에 한 번씩 하겠지요. 하지만 실시간 사진은 아닐 겁니다."

"그건 상관없어."

몇 분 뒤, 스크린에 그 지역 위성사진이 떴다. 넓은 보스쿠에 데 레포르마 애버뉴의 사무실 건물들은 시계공이 지금 앉아 있다는 공원을 중심으로 나뉘어 있었다.

길 건너편에 자메이카 영사관이 있었는데, 전면에는 폭탄 공격을 막는 콘크리트 방어벽과 출입구가 있었다. 로돌포 루나와 수사 팀은 지금 그 벽 뒤에 있을 것이다. 벽 뒤의 영사관 건물 앞에는 공무 차량들이 주차해 있었다.

라임은 방어벽을 보다가 문득 미간을 찌푸렸다. 왼쪽에는 방어벽하나가 도로에서 직각 방향으로 세워져 있었다. 오른쪽에는 여섯개가 도로와 평행하게 설치되었다.

```
┌─────────────────────────────────────┐
│            자메이카 영사관            │
└─────────────────────────────────────┘
│
│  ───  ───  ───  ───  ───  ───
───────────────────────────────────────
        보스쿠에 데 레포르마 애버뉴
───────────────────────────────────────
```

방어벽은 시계공이 멕시코시티 공항에서 받은 꾸러미에 들어 있던 'I' 및 빈칸 여섯 개와 닮은 모양이었다.

금빛 글자.

파란 소책자.

수수께끼의 숫자들….

"멜!"

라임은 날카롭게 말했다. 쿠퍼가 다급한 목소리에 놀라 고개를 들었다.

"표지에 CC라는 글자가 들어가는 여권이 있나? 파란색 표지."

잠시 후, 쿠퍼는 국무부 데이터베이스를 찾아보았다.

"네, 있습니다. 위쪽에 C 자 두 개가 서로 얽혀 있는 군청색 여권이군요. 카리브 공동체 여권입니다. 열다섯 개국인데…."

"자메이카도 들어 있나?"

"네."

지금까지 그들은 숫자를 570, 379라고 생각해왔다. 그런데 다르게 해석할 방법이 있었다.

"빨리. 렉서스 SUV를 찾아봐. 명칭에 혹시 570이나 379라는 숫자가 들어가는 모델이 있나?"

이건 여권보다 더 쉬웠다.

"어디 보죠. …네. LX 570. 고급 모델…."

"루나한테 전화해! 빨리!"

직접 전화하면 시간도 걸리고 정확하지 않을 수도 있다.

다시 땀이 느껴졌지만 신경 쓰지 않았다.

"여보세요?"

"로돌포! 링컨 라임입니다."

"아, 경감님….."

"잘 들어요! 목표는 당신입니다. 사무용 건물은 눈속임입니다! 로건이 받은 그 꾸러미, 사각형 그림. 그건 자메이카 영사관 구조를 그린 겁니다. 사각형은 폭탄 방어벽이고요. 렉서스 570을 모시지요?"

"네. …570이 그 뜻이란 말입니까?"

"제 생각에는 그렇습니다. 시계공은 영사관에 출입할 수 있는 자메이카 여권을 받았습니다. 번호판에 숫자 379가 들어가는 차량이 근처에 혹시 있습니까?"

"글쎄요, …아, 네. 외교관 번호판이 달린 메르세데스군요."

"인근에 있는 사람들을 대피시키세요. 즉시. 폭탄은 거기 있습니다! 메르세데스 안에."

"폭탄?"

"도망쳐요, 로돌포!"

"그러죠. 알겠습니다."

스페인어로 고함치는 소리, 발소리, 거친 숨소리가 들렸다.

그때 귀가 멀 듯한 폭발음이 울렸다.

전화 스피커조차 진동시킬 만큼 커다란 소리에 라임은 눈만 깜빡였다.

"사령관님! 들립니까? …로돌포?"

고함 소리, 지지직거리는 전파음. 비명 소리.

"로돌포!"

한참 후, 다시 목소리가 흘러나왔다.

"라임 경감님? 여보세요?"

루나는 고함치듯 말했다. 아마 폭발 때문에 귀가 먹먹해서 그럴 것이다.

"사령관님, 괜찮습니까?"

"여보세요!"

쉿쉿거리는 소음. 신음 소리, 숨 막히는 소리. 고함 소리.

사이렌, 다시 고함 소리.

쿠퍼가 말했다.

"전화를…."

그때 다시 목소리가 들렸다.

"여보세요? …들립니까, 경감님?"

"네. 다쳤습니까, 로돌포?"

"아뇨. 아뇨. 심한 부상은 아닙니다. 몇 군데 긁히고, 놀랐습니다."

헐떡이는 목소리였다.

"방어벽을 넘어서 반대편으로 나왔습니다. 상처를 입고 피를 흘리는 사람은 있는데, 사망자는 없는 것 같습니다. 그대로 서 있었다면 나와 부하들이 죽었을 겁니다. 어떻게 아셨습니까?"

"그건 나중에 설명하지요, 사령관님. 시계공은 어디 있습니까?"

"잠깐만. …그렇군. 폭발을 틈타 도망쳤습니다. 아르투로의 부하들이 폭발에 놀라 우왕좌왕하는 사이. 물론 모두 그자 계획대로 된 거겠지요. 아르투로 말로는 차량 한 대가 공원으로 들어왔는데, 그걸 타고 도망쳤답니다. 지금 남쪽으로 달아나는 중입니다. 경찰이 뒤쫓고 있습니다. …고맙습니다, 라임 경감님. 뭐라고 감사해야 할지 모르겠군요. 하지만 일단 끊어야겠습니다. 상황이 진전되는 대로 전화 드리지요."

라임은 심호흡을 하고, 두통과 땀을 무시했다. 좋아, 로건. 우리가 널 막았어. 네 계획을 망쳤어. 하지만 아직 잡지는 못했어. 아직은.

제발, 로돌포. 계속 쫓아가.

이런 생각을 하는 동안, 라임의 시선은 골트 사건 증거물 차트로 향했다. 어쩌면 작전이 둘 다 이렇게 마무리될지도 모른다. 시계공은 멕시코에서, 레이 골트는 차이나타운의 폐교에서 체포되는 것이다.

그때 라임의 시선이 한 가지 증거물에 머물렀다.

중국 약초. 인삼과 구기자.

약초와 함께 발견된 다른 한 가지 증거.

디젤 연료.

아까는 연료가 공격 목표 지점에서, 정유소 같은 데서 묻었을 거라고 생각했다. 하지만 디젤 연료는 모터를 돌리는 데도 사용한다.

발전기 같은.

그때 또 다른 생각이 떠올랐다.

"멜, 전화를…."

"괜찮습니까?"

"나는 괜찮아."

라임은 쏘아붙였다.

"얼굴이 상기됐습니다."

라임은 쿠퍼의 말을 무시하고 지시했다.

"골트를 학교에서 목격했다고 보고한 경찰의 번호를 알아봐."

쿠퍼는 돌아서서 전화를 걸었다. 몇 분 뒤, 쿠퍼가 고개를 들었다.

"이상하군요. 순찰과에서 알아봤는데, 없는 번호랍니다."

"줘봐."

쿠퍼는 천천히 번호를 건넸다. 라임은 뉴욕시경 휴대전화 데이터베이스에서 번호를 검색했다.

선불 전화였다.

"경찰이 선불 휴대전화를 가지고 다녀? 지금은 없는 번호고? 말도 안 돼."

학교는 차이나타운에 있다. 골트는 거기서 약초를 묻혔을 것이다. 하지만 그곳은 목표 지점도, 은신처도 아니다. 함정이다! 골트는 자신을 추적하는 사람을 죽이기 위해 디젤 연료로 돌아가는 발전기를 설치하고 전선을 연결해 덫을 만든 뒤 경찰인 척하고 신고한 것이다. 건물 전력이 끊겨 있으니, 색스와 수사 팀은 감전 위험을 경계하지 않을 것이다.

전력은 없어요. 안전해요.

경고해야 한다. 라임은 컴퓨터에 달린 단축 번호 중에서 '색스'를 누르려 했다. 순간 계속 지끈거리던 두통이 머릿속에서 폭발했다. 눈앞에서 전기 스파크 같은 불꽃이 튀었다. 반사부전 발작이 시작되면서 땀이 비 오듯이 흘러내렸다.

링컨 라임은 속삭이듯 말했다.

"멜, 자네가 좀 전화를⋯."

라임은 정신을 잃었다.

60 함정

두 사람은 눈에 띄지 않게 학교 뒤쪽까지 갔다. 몸을 낮추고 출입구를 찾으며 움직이고 있는데, 어디서 낑낑거리는 소리가 들렸다.

풀라스키가 놀란 얼굴로 색스를 돌아보았다. 색스는 손가락 하나를 들어 올리고 귀를 기울였다.

여자 목소리 같았다. 고통스러운 목소리였다. 인질로 잡혀서 고문당하는 걸까? 골트를 목격했다는 여자? 아니면 다른 사람?

목소리는 점점 잦아들었다. 그러다 다시 커졌다. 그들은 10초 동안 귀를 기울였다. 아멜리아 색스는 론 풀라스키에게 가까이 오라고 손짓했다. 그들은 오줌 냄새, 썩어가는 판자 냄새, 곰팡이 냄새가 풍기는 학교 뒤쪽에 있었다.

신음 소리는 점점 커졌다. 도대체 골트가 무슨 짓을 하고 있는 거지? 혹시 인질이 다음 공격 장소에 대한 정보를 갖고 있었던 걸까?

"안 돼, 안 돼, 안 돼."

골트의 정신이 한층 현실을 벗어났는지도 모른다. 앨곤퀸 직원을 납치한 뒤 고문하면서 복수욕을 충족시키는지도 모른다. 장거리 송전선을 관리하는 책임자일까? 아, 안 돼. 색스는 생각했다. 혹시 앤디 제슨? 색스는 문득 풀라스키가 눈을 커다랗게 뜨고 자신을 바라보고 있다는 것을 깨달았다.

"안 돼. …제발."

여자가 비명을 질렀다.

색스는 무전기 전송 버튼을 누르고 기동대에 연락했다.

"보? 아멜리아예요."

"말하라."

"인질이 있어요. 그쪽은 어디쯤인가요?"

"인질? 누구?"

"여자. 신원은 몰라요."

"알겠다. 5분 뒤에 도착한다."

"고문하고 있어요. 기다릴 수가 없어요. 론과 제가 먼저 들어가요."

"구체적인 계획은 있나?"

"말씀드린 대로예요. 골트는 건물 한복판에 있어요. 1층. 콜트 45구경을 소지했어요. 여기는 전류가 흐르지 않아요. 전력은 끊긴 상태입니다."

"음, 그건 좋은 소식이군. 그럼."

색스는 무전을 끊고 풀라스키에게 속삭였다.

"자, 가자! 뒷문으로 들어간다."

"그러죠."

젊은 경찰은 어둑어둑한 건물 안쪽을 불안하게 쳐다보았다. 신음소리가 다시 한 번 흘러나왔다.

색스는 뒷문까지 가는 경로를 점검했다. 깨진 아스팔트 위에는 부서진 병 조각과 종이, 캔이 여기저기 구르고 있었다. 조용히 들어갈 수는 없지만, 선택의 여지가 없었다.

색스는 풀라스키에게 앞으로 전진하라고 손짓했다. 두 사람은 소리를 내지 않으려고 애쓰며 학교 쪽으로 조심스럽게 걸음을 옮겼다. 하지만 신발 밑에서 바삭거리며 부서지는 유리 소리는 어쩔 수 없었다.

그런데 조금 다가갔을까. 어딘가 가까운 곳에서 시끄러운 디젤 엔진이 켜지며 발소리가 묻혔다. 링컨 라임은 아니라고 생각했겠지만, 색스는 다행이라고 생각했다.

가끔은 이렇게 행운이 찾아올 때도 있어야지. 안 그래도 필요했어.

61 간병인

라임을 이렇게 잃을 수는 없다.

톰 레스턴은 스톰 애로 휠체어에서 라임을 내려 거의 기립 자세로 벽에 기대 세웠다. 반사부전 환자는 몸을 기립 상태로 유지해야 한다. 교과서에는 앉히라고 되어 있지만, 라임은 의자에 앉은 상태에서 혈관이 순간적으로 좁아졌기 때문에 피가 아래쪽으로 흘러 내려갈 수 있도록 머리를 더 높은 곳에 두어야 했다.

톰은 이런 상황에 대한 준비가 되어 있었다. 성격상 비상 훈련 같은 것은 짜증낼 것이 분명했기 때문에 라임이 없을 때를 틈타 실습까지 했다. 그는 돌아보지도 않고 한 손으로 작은 혈관 확장제 캡슐을 쥐고 엄지손가락으로 뚜껑을 밀어 딴 다음 라임의 혀 밑에 약을 밀어 넣었다.

"멜, 좀 도와주십시오."

실습에서는 진짜 환자를 사용하지 않았다. 의식을 잃은 상관은 80킬로그램의 짐 덩어리였다.

이런 식으로 생각하지 말자. 톰은 생각했다.

멜 쿠퍼가 뛰어와 라임을 받쳐주었다. 톰은 평소 신호가 잘 터지는지 시험해보고 늘 충전도 해놓는 휴대전화의 단축 번호 1번을 눌렀다. 두 번 신호가 간 뒤 전화가 연결되었다. 5초 뒤 톰은 개인 병원 의사와 통화했다. 척추 치료 팀이 즉시 오기로 했다. 라임이 정기적으로 특수 치료를 받고 검진도 받는 병원에는 규모가 제법 큰 척추 전문과가 있었다. 장애를 가진 환자를 병원으로 이송하는 시간이 너무 걸릴 경우를 대비해 긴급 지원 팀도 두 개 운영했다.

라임은 그동안 열 몇 번 발작을 겪었지만, 이번은 톰이 본 것 중 최악이었다. 라임의 몸을 받치고 있는 상황이라 혈압을 잴 수는 없었지만, 위험 수위일 정도로 높다는 것을 알 수 있었다. 얼굴은 붉게 달아올랐고 땀도 났다. 사지마비 상태의 신체가 더 많은 피가 필요하다고 착각해 혈관을 수축시켜 열심히 피를 밀어올리는 상태에서, 두통이 얼마나 지독할지는 상상할 수조차 없었다.

이런 상태는 사망으로 이어질 수도 있으며, 뇌졸중을 유발해 더 심한 장애를 초래할 수도 있다. 그럴 경우 라임은 다시금 오랫동안 젖혀놓았던 조력 자살을 결심하고 빌어먹을 그 알렌 코페스키를 불러들일지도 모른다.

"나는 어떻게 하면 되지?"

항상 평정한 쿠퍼의 얼굴은 땀에 젖은 채 근심이 가득했다.

"그냥 이렇게 세워둘 겁니다."

톰은 라임의 눈을 뒤집어보았다. 초점이 없었다.

그는 두 번째 약병을 집어 들고 클로니딘을 다시 투여했다.

반응이 없었다.

톰은 무력하게 서 있었다. 톰과 쿠퍼 둘 다 말이 없었다. 톰은 라임을 돌본 지난 세월을 생각했다. 말다툼도 하고 때로 심하게 싸우기도 했지만, 톰은 평생 간병인 일을 한 사람으로서 분노를 개인적으로 받아들여서는 안 된다는 것을 알고 있었다. 전혀 마음을 쓰지 않아야 한다는 것도 알고 있었다. 받는 만큼 그도 돌려줬다.

라임이 그를 해고한 만큼, 그가 먼저 그만둔 적도 많았다.

하지만 하루 이상 갈 거라고 생각한 적은 단 한 번도 없었다. 사실이 그랬다.

구급 요원들을 애타게 기다리며, 톰은 라임을 바라보았다. 내 잘못일까? 방광이나 대장이 꽉 차서 반사부전이 일어나는 경우도 종종 있다. 라임은 언제 대소변을 봐야 하는지 스스로 알지 못하는 사람이기 때문에 톰이 음식과 음료 섭취를 일일이 관리하고 간격도 결정했다. 내가 잘못했나? 그런 것 같지는 않았다. 하지만 사건 두 개를 함께 수사하는 스트레스가 자극을 악화했을 가능성은 있었다. 좀 더 자주 확인했어야 했다.

내가 좀 더 잘 판단했어야 했는데. 좀 더 세밀하게….

라임을 잃는다는 것은 뉴욕 최고의 범죄학자를 잃는 것이었다. 살인마의 정체를 알아낼 수 없기 때문에 수없는 피해자가 목숨을 잃는 것과 마찬가지다.

라임을 잃는다는 것은 그에게 가장 가까운 친구 중 하나를 잃는 것이었다.

그러나 톰은 평정을 유지했다. 간병인은 가장 먼저 이런 태도를 배운다. 당황한 상태에서는 객관적이고 빠른 결정을 내릴 수 없다.

그때 라임의 얼굴색이 안정되었다. 그들은 라임을 다시 휠체어에 앉혔다. 더 오래 받치고 있을 수도 없었다.

"링컨! 들립니까?"

응답이 없었다.

잠시 후, 라임의 머리가 축 늘어졌다. 그리고 뭔가를 속삭였다.

"링컨, 괜찮을 겁니다. 메츠 박사가 응급 팀을 보냈어요."

다시 속삭임.

"괜찮아요, 링컨. 괜찮아질 겁니다."

라임은 희미한 목소리로 말했다.

"알려야 하는데….”

"링컨, 가만히 계세요."

"색스."

쿠퍼가 대답했다.

"현장에 있습니다. 그 학교에요. 아직 안 돌아왔습니다."

"색스한테 말해야 하는데…."

목소리가 다시 잦아들었다.

"그렇게 하겠습니다, 링컨. 제가 말하죠. 연락이 오는 대로."

톰이 대답했다. 쿠퍼도 덧붙였다.

"지금은 방해하면 안 됩니다. 골트를 추적하고 있을 겁니다."

"색스한테 말해…."

눈동자가 다시 뒤로 넘어가면서, 라임은 또 한 번 정신을 잃었다. 톰은 그렇게 하면 구급차가 빨리 오기라도 하듯 화난 얼굴로 창밖을 내다보았다. 하지만 보이는 것은 건강한 다리로 산책하는 사람들, 조깅하는 사람들, 자전거를 타고 공원을 돌아다니는 사람들뿐이었다. 전혀 근심 걱정 없는 얼굴들이었다.

62 열린 창문

론 풀라스키는 학교 뒤로 난 창문 틈으로 안을 들여다보는 색스를 흘끗 살폈다.

색스는 손가락 하나를 세우더니 눈을 찡그리고 골트가 어디쯤 있는지 더 잘 보이는 자리를 찾아 이리저리 움직였다. 울타리 바로 너머에 디젤 트럭 또는 엔진이 가까이 있기 때문에 이곳에서는 신음소리가 잘 들리지 않았다.

그때 더 큰 신음 소리가 들려왔다.

색스는 돌아서서 문을 턱으로 가리키며 속삭였다.

"가서 여자를 구한다. 교차 대형으로 진입해. 한 사람은 위쪽에서, 한 사람은 아래쪽에서. 자넨 여기서 갈 거야, 비상구로 갈 거야?"

풀라스키는 오른쪽을 돌아보았다. 녹슨 금속 사다리가 건물로 이어져 있고 그 위에 열린 창문이 있었다. 감전될 위험이 없다는 것은 알고 있었다. 아멜리아가 확인했다. 하지만 정말 그쪽으로는 가고 싶지 않았다. 그때 골트의 아파트에서 저지른 실수가 생각났다. 스탠리 파머, 죽을지도 모르는 사람. 살아남더라도 영영 이전으로 돌아갈 수 없는 사람.

"제가 올라가겠습니다."

"그래?"

"네."

"명심해. 가능한 한 생포한다. 다른 공격 지점에 무기를 설치해 놨다면 이번에는 타이머가 있을 거야. 그자를 살려둬야 함정이 어디 있는지, 언제 작동하는지 알아낼 수 있어."

풀라스키는 고개를 끄덕였다. 그리고 몸을 낮추고 온갖 쓰레기가 널린 지저분한 아스팔트 위를 가로질렀다.

집중하자. 풀라스키는 다짐했다. 해야 할 임무가 있어. 다시 겁을 먹으면 안 돼. 이제 실수 따위는 저지르지 않을 거야.

조용히 움직이다 보니 아까만큼 두렵지 않았다. 그리고 어느새 두려움이 완전히 사라졌다.

풀라스키는 화가 났다.

골트는 병에 걸렸다. 안됐기야 하다. 정말 안됐다. 하지만 풀라스키도 머리에 부상을 입었다. 그렇다고 다른 사람을 탓하지는 않았다. 링컨 라임이 주저앉아 폐인으로 지내지 않듯이. 온갖 새로운 암 치료 약물과 기술이 개발되고 있으니 골트도 다시 건강해질 수 있는 것 아닌가. 한데 불평만 늘어놓는 이 시시한 자식은 자신의 불행을 무고한 사람들에게 전가하고 있다. 게다가 이 안에서 여자한테 도대체 무슨 짓을 하는 걸까? 골트에게 필요한 정보를 가진 사람일 수도 있다. 의사가 진단을 제때 못했거나 해서 복수하려는 건지도 모른다.

이런 생각이 들자 풀라스키는 좀 더 빨리 움직였다. 뒤를 돌아보니 색스는 반쯤 열린 문 옆에서 글록을 빼 들고 총구를 아래로 내린 채 전투태세를 하고 있었다.

분노가 점점 차올랐다. 풀라스키는 안쪽에서 눈에 띄지 않는 단단한 벽돌 벽 앞에 도착했다. 그리고 좀 더 걸음을 재촉해 비상계단으로 다가갔다. 계단은 낡고 페인트가 대부분 벗겨져 녹이 슬었다.

그는 사다리 아래 콘크리트 바닥의 물웅덩이를 보고 문득 걸음을 멈췄다. 물…. 전류. 하지만 전기는 끊겼다. 어쨌든 물은 피할 수 없었다. 풀라스키는 물을 밟고 나아갔다.

3미터.

고개를 들고, 어느 유리창으로 들어가는 것이 가장 좋을까 생각했다. 계단에서 철컹거리는 소리가 나지 않아야 할 텐데. 골트는 10미터 이상 떨어져 있지 않을 것이다.

그래도 디젤 엔진 소리에 웬만한 소리는 묻힐 것이다.

1.5미터.

풀라스키는 심장에 손을 대보았다. 규칙적으로 뛰고 있었다. 링컨 라임을 다시 자랑스럽게 만들어야 한다.

그래, 이 개자식은 내가 잡는다.

그리고 사다리에 손을 내밀었다.

순간, 뚝 소리가 들리는가 싶더니 온몸의 근육이 일시에 수축했다. 천국의 빛이 눈앞을 환히 채우며 노랗게 잦아들다 암흑으로 변했다.

63 발전기

아멜리아 색스와 론 셀리토는 학교 뒤에 나란히 서서 현장을 수색하는 기동대원들을 바라보았다.

"함정이었군."

셀리토가 말했다. 색스는 어두운 표정으로 대꾸했다.

"맞아요. 골트가 학교 뒤 헛간에다 커다란 발전기를 설치했어요. 그걸 작동한 다음 떠난 거예요. 발전기는 철문과 비상계단에 연결되어 있었어요."

"비상계단. 풀라스키가 그쪽으로 갔고?"

색스는 고개를 끄덕였다.

"불쌍한 친구…."

그때 키 큰 흑인 기동대원이 끼어들었다.

"수색을 마쳤습니다, 형사님. 깨끗합니다. 학교 전체가요. 말씀하신 대로 아무것도 건드리지 않았습니다."

"디지털 녹음기는? 분명히 녹음기를 썼을 텐데."

"맞습니다, 형사님. 텔레비전 프로그램을 녹음한 것 같습니다. 손전등이 줄에 매달려 있습니다. 사람이 들고 있는 것처럼 보이게요."

인질은 없다. 골트도 없다. 아무도 없다.

"곧 현장 감식을 시작하지."

"신고한 경관도 없었습니까?"

셀리토가 대답했다.

"없었어. 그건 골트였어. 분명 선불 휴대전화였을 거야. 내가 확인해보지."

흑인 경관이 학교 쪽으로 손짓을 하며 물었다.

"이걸 그냥… 자길 뒤쫓는 우리를 죽이려고 설치한 겁니까?"

"맞아."

색스는 무겁게 대답했다.

기동대원은 얼굴을 찡그리더니 자기 팀을 소집하기 위해 자리를 떠났다. 색스는 이쪽 상황을 알려주려고 즉시 라임에게 전화했다.

한데 이상하게도 전화가 음성 메일로 곧장 넘어갔다.

이번 사건이나 멕시코의 시계공 상황이 뭔가 다급해진 모양이다.

구급대원이 고개를 숙인 채 조심조심 쓰레기를 피하며 이쪽으로 다가왔다. 학교 뒷마당은 마치 쓰레기를 쏟아 부은 바닷가 같았다. 색스는 그쪽으로 다가갔다.

"이제 시간이 되십니까, 형사님?"

"그래."

색스는 그를 따라 구급차가 있는 건물 옆쪽으로 돌아갔다.

론 풀라스키가 콘크리트 계단에 앉아 있었다. 색스는 잠시 멈췄다. 심호흡을 하고 그에게 다가갔다.

"미안해, 론."

풀라스키는 팔을 문지르고 손가락을 쥐었다 폈다 했다.

"괜찮습니다."

정중한 말투에 스스로도 놀랐는지 씩 웃었다.

"아니, 제가 오히려 감사드려야죠."

"다른 방법이 있었다면 그렇게 했을 거야. 하지만 소리를 칠 수가 없었어. 골트가 아직 안에 있는 줄 알았거든. 무기를 가지고."

"그랬겠죠."

15분 전, 문에서 기다리던 색스는 학교에 전류가 흐르는지 서머스의 전류검출기로 한 번 더 확인해보았다.

그런데 놀랍게도 몇 센티미터 떨어진 문에서 220볼트의 전류가 흐르고 있었다. 게다가 발로 딛고 있는 콘크리트는 흠씬 젖어 있었다. 색스는 골트가 지금 안에 있는지 없는지는 몰라도 학교 철골에 전선을 설치해놓았다는 것을 깨달았다. 아마 디젤 발전기를 이용했으리라. 시끄러운 소음은 바로 그 발전기 소리였다.

골트가 문에 전기를 설치했다면 비상계단도 마찬가지일 것이다. 색스는 재빨리 사다리로 향하는 풀라스키를 뒤쫓았다. 골트가 있다면 목소리를 듣고 총을 쏠 것 같아 이름조차 부를 수 없었다.

그래서 풀라스키에게 전기충격기를 사용했다.

색스의 전기충격기는 고압과 저압 두 종류로 발사할 수 있는 X26 모델이었다. X26 모델은 사격 범위가 10미터였다. 제시간에 풀라스키를 멈춰 세울 수 없을 것 같아 침 두 개를 모두 사용했다. 근육신경이 무력화되면서 풀라스키는 그 자리에 얼어붙었다. 어깨부터 넘어졌지만, 다행히 머리를 다치지는 않았다. 색스는 숨을 헐떡거리고 부들부들 떨면서 그의 몸이 노출되지 않도록 잡아당겼다. 그리고 발전기를 찾아 끄는 순간, 기동대원들이 철문의 체인을 부수고 학교로 몰려들었다.

"약간 얼떨떨해 보이는데."

"정신이 없었습니다."

풀라스키는 심호흡을 했다.

"느긋하게 진정해."

"괜찮습니다. 현장을 돕죠."

그러곤 술 취한 사람처럼 눈을 끔뻑거렸다.

"감식을 돕겠다는 겁니다."

"괜찮겠어?"

"너무 빨리 움직이지만 않으면 됩니다. 그런데 그거 꼭 갖고 계십시오. 서머스가 준 것 말입니다. 언제든지 사용할 수 있도록 갖고 계세요. 그걸로 미리 검사하지 않으면 절대 아무것도 안 만질 겁니다."

두 사람은 우선 학교 뒤쪽 발전기 주변을 관찰했다. 풀라스키는 문과 비상계단으로 이어진 전선을 수집해 봉투에 넣었다. 발전기는 높이가 1.8~2.1미터 정도 되고 길이가 90센티미터 정도 되는 커다란 장비였다. 옆면에는 최고 출력 5000와트, 41암페어라는 표지가 붙어 있었다.

사람을 죽일 수 있는 최소 전류의 400배다.

색스는 발전기 쪽으로 고개를 끄덕이며 방금 합류한 퀸스 감식팀에게 물었다.

"이걸 라임의 연구실로 보낼 수 있을까?"

무게가 100킬로그램은 될 것 같았다.

"그러죠, 아멜리아. 곧 보내겠습니다."

색스는 풀라스키에게 말했다.

"이제 학교 안을 관찰하지."

학교 건물로 향하는 동안 색스의 전화가 울렸다. 라임의 이름이 발신자명에 떴다. 색스는 기분 좋게 받았다.

"마침 전화했군요. 몇 가지….."

"아멜리아."

톰의 목소리였다. 한 번도 들어본 적이 없는 어조였다.

"돌아오시는 게 좋겠습니다. 지금 당장."

64 나약한 눈빛

색스는 숨을 몰아쉬며 경사로를 뛰어올라 라임의 타운하우스 현관문을 밀어 젖혔다.

부츠 소리를 요란하게 내며 현관을 순식간에 가로질러 연구실 반대쪽, 오른편에 있는 서재로 뛰어들었다.

톰이 축축하고 창백한 안색으로 눈을 감은 채 휠체어에 앉아 있는 링컨 라임을 굽어보다 색스를 돌아보았다. 그들 사이에는 라임의 주치의 중 한 사람인 흑인 의사가 서 있었다. 대학 시절 풋볼 스타였을 정도로 몸이 좋은 사람이었다.

"랠스턴 박사님."

색스는 숨을 몰아쉬며 중얼거렸다. 의사가 목례를 했다.

"아멜리아."

마침내 라임이 눈을 떴다.

"아, 색스."

목소리는 약했다.

"어때요?"

"아니, 아니. 자넨 어때?"

"괜찮아요."

"신참은?"

"사고를 당할 뻔했는데, 무사해요."

라임은 뻣뻣한 목소리로 물었다.

"발전기였지?"

"네, 어떻게 알았어요? 감식반이 전화했던가요?"

"아니, 내가 알아냈어. 디젤 연료와 차이나타운의 약초. 학교에는 전류가 끊긴 것 같다는 사실. 그래서 함정이란 걸 알았어. 한데 전화하기 전에 작은 문제가 생겨서."

"괜찮아요, 라임. 나도 알아냈으니까."

풀라스키가 얼마나 아슬아슬하게 감전당할 위험을 피했는지에 대해서는 이야기하지 않았다.

"음, 잘됐어. 나는… 좋아."

색스는 라임이 스스로 실패했다고 생각한다는 것을 깨달았다. 둘 중 하나, 혹은 둘 다를 다치거나 죽게 할 뻔했다고. 보통 때 같으면 분통을 터뜨렸을 것이다. 성질을 부렸을 것이다. 술을 달라고 하거나, 사람들에게 모욕적인 말을 하거나, 냉소적인 말투로 비아냥거렸을 것이다. 이 모든 것이 자기 자신을 향한 공격이라는 것을 색스와 톰은 잘 알고 있었다.

하지만 이번은 달랐다. 그의 눈빛에는 뭔가 색스의 마음에 들지 않는 다른 기색이 있었다. 묘하게도 이렇게 장애가 심한 사람인데도 불구하고 링컨 라임은 나약한 면을 보이는 경우가 거의 없었다. 한데 이번 실패에서는 그런 모습을 보여주고 있었다.

그냥 보고 있을 수가 없어서 의사에게 시선을 돌렸다.

"위험한 고비는 지났습니다. 혈압이 내려갔어요."

의사가 라임을 돌아보며 말했다. 척추 손상 환자들은 제3자 앞에서 자기 상태에 대해 논하는 것을 일반 환자보다 더 싫어한다. 그런 일은 종종 있다.

"침대에 눕지 말고 최대한 의자에 앉아 계세요. 방광과 장도 잘 관리하고. 옷과 양말은 느슨하게 입으시고요."

라임은 고개를 끄덕였다.

"이번에는 왜 그런 겁니까?"

"어딘가 압박을 받은 상태와 스트레스가 겹쳤겠지요. 신발이나 옷 같은 게. 반사부전에 대해서는 잘 아시지 않습니까. 대부분 수수께끼입니다."

"제가 얼마나 정신을 잃었습니까?"

톰이 대답했다.

"40분 정도, 왔다 갔다 하셨습니다."

라임은 머리를 휠체어에 기댔다.

"40분…."

색스는 라임이 자신의 실수를 되새기고 있다는 것을 알았다. 자신 때문에 색스와 풀라스키가 생명을 잃을 뻔했다고.

이윽고 라임이 연구실을 둘러보았다.

"증거는?"

"내가 먼저 왔어요. 풀라스키도 오고 있을 거예요. 퀸스 사람들에게 발전기를 가져다달라고 했어요. 100킬로그램은 나가겠더라고요."

"신참도 오고 있나?"

"네."

문득 자기가 방금 했던 말이라는 것을 깨닫고, 색스는 라임이 이번 발작 때문에 아직 정신이 혼미한 것 아닌가 생각했다. 의사가 진통제를 줬는지도 모른다. 반사부전은 극심한 두통을 동반한다.

"좋아. 곧 온다고? 론은?"

라임은 머뭇거리며 톰에게 시선을 주었다.

색스가 말했다.

"곧 올 거예요."

랠스턴 박사가 말했다.

"링컨, 오늘은 그냥 편히 쉬었으면 합니다."

라임은 망설이며 고개를 숙였다. 정말 이런 요구를 받아들여야 하는가?

하지만 그는 나직하게 말했다.

"미안합니다, 박사. 그럴 수는 없어요. 사건이 있습니다. …중요한 겁니다."

"그 전력망 사건? 테러요?"

"네. 이해하셨으면 합니다."

그러곤 시선을 내리깐 채 말을 이었다.

"미안합니다. 정말 이 일은 해야 해요."

색스와 톰은 눈길을 교환했다. 라임이 사과하는 표정을 짓는 것은 점잖게 표현해도 이례적인 사건이었다.

다시 나약한 눈빛.

"중요한 일이라는 건 알고 있습니다, 링컨. 내가 억지로 강요할 수는 없지요. 하지만 이것만은 명심하세요. 꼿꼿한 자세를 유지하고 절대 몸 안팎으로 압박을 받지 않도록 하세요. 스트레스를 피하라고 말해봤자 별 도움은 못 될 것 같군요. 그 미치광이가 날뛰고 있는 이상."

"고맙습니다. 그리고 고마워, 톰."

간병인은 눈을 깜빡이더니 거북한 듯 고개를 끄덕였다.

그런데 여전히 라임은 시선을 내리깐 채 망설이고 있었다. 여느 때처럼 스톰 애로를 전속력으로 움직여 연구실로 돌아가지 않고. 타운하우스 현관문이 열리고 풀라스키와 다른 감식반원들이 증거물을 들고 황급히 들어오는 소리가 들리는데도, 라임은 똑같은 자세로 아래를 내려다보고만 있었다.

"링…."

색스는 입을 열려다 두 사람만의 미신을 떠올리고 얼른 다물었다.

"라임? 연구실로 안 가요?"

"어, 그러지."

여전히 시선은 내리깐 채였다. 전혀 움직이지 않았다.

발작이 다시 일어나는 게 아닌가 싶어 색스는 더럭 겁이 났다.

이윽고 라임은 침을 삼키고 휠체어 조종기를 움직였다. 그의 얼굴에 안도감이 가득 차는 것을 보고서야 색스는 상황을 깨달을 수 있었다. 그는 이번 발작 때문에 어딘가 다른 신경에 손상을 입지 않았나, 간신히 회복한 오른손과 손가락의 기본적인 기능마저 잃지는 않았나 걱정했던 것이다. 아니, 겁을 먹었던 것이다.

라임이 내려다본 것은 자신의 손이었다. 하지만 신경 손상은 없었다.

라임은 나직하게 말했다.

"자, 색스. 일하러 가자고."

65 노숙자

바가 아니라 무슨 마약 소굴 같군. R. C.는 생각했다.

아버지에게도 그렇게 말해야겠다.

서른 살의 남자는 창백한 손으로 맥주병을 쥔 채 당구대에서 벌어지는 게임을 바라보았다. 담배를 피워 물고 환기구에 연기를 뿜어냈다. 이런 담배 법은 말도 안 돼. 그의 아버지는 늘 워싱턴의 사회주의자들 탓이라고 했다. 이름도 제대로 발음할 수 없는 전쟁터에서 자식들이 죽어가는 것은 괜찮고, 담배는 안 된다니.

다시 당구대를 바라보았다. 저 끝에 있는 공이 문제겠는데. 큰돈이 걸려 있었다. 하지만 스팁은 바 뒤에 야구 배트를 숨겨놓고 있었다. 그는 스윙하는 것을 좋아한다.

그리고 보니, 빌어먹을 메츠. 그는 리모컨을 쥐었다.

보스턴도 기분을 낫게 해주지는 못했다.

전기로 사고를 치고 다니는 미친놈에 대한 뉴스가 나왔다. R. C.의 형은 손재주가 좋아서 전기 작업도 직접 할 줄 알지만, 그는 늘 전선이 무서웠다.

시내 곳곳에서 사람들이 감전당하고 있다.

"저 소식 들었어?"

R. C.는 스팁에게 물었다.

"그래. 도대체 무슨 짓들이야?"

스팁은 상대의 눈을 똑바로 바라보지 않는 습관이 있었다.

"전기 말이지? 누군가가 호텔에 전선을 연결했다면서? 문손잡이를 쥐는 순간, 지지지지지지직, 죽는 거야."

스팁은 기침을 하듯 웃었다.

"아, 끔찍해. 전기의자 같은 건가."

"그래. 그걸 계단이나 물웅덩이나 보도의 쇠문에 설치하는 거야. 지하로 내려가는 엘리베이터에."

"그냥 걸어가다가 감전되는 거야?"

"그럴 거야. 젠장. 횡단보도에서 보행 버튼을 눌러도. 그것도 쇠잖아. 맞아. 죽는 거야.

"뭣 때문에 그러는 걸까?"

"누가 알아. …전기의자라니, 오줌을 지리고 머리카락에 불이 붙겠지. 그거 알아? 전기의자에서는 가끔 그렇게도 죽는대. 몸에 불이 붙어서. 불에 타 죽는 거야."

스팁은 얼굴을 찌푸렸다.

"대부분의 주에서는 주사를 놔. 그래도 바지에 오줌은 지리겠지."

몸에 붙는 블라우스 차림의 제이니를 바라보면서 R. C.는 아내가 언제 식료품 살 돈을 가지러 올지 생각했다. 그때 문이 열리더니 사람들이 들어왔다. 근무를 마치고 온 듯한 택배 회사 제복 차림의 두 남자는 괜찮았다. 날이 저물 때까지 돈을 쓸 테니까.

그런데 바로 뒤이어 노숙자 한 사람이 같이 들어왔다.

빌어먹을.

지저분한 옷차림의 흑인이 보도에 빈 병을 주워 담은 식료품 카트를 세워두고 뛰듯이 가게로 들어섰다. 그러곤 이쪽으로 등을 돌린 채 다리를 긁으며 창밖을 내다보았다. 역겨운 모자 밑의 머리를 긁으면서.

R. C.는 바텐더와 눈을 마주치며 안 된다는 듯 고개를 저었다. 스팁이 불렀다.

"어이, 거기. 무슨 일이오?"

"밖에 뭔가 이상한 게 있어."

노숙자는 자기 혼자 뭐라 중얼거리더니 목소리를 높였다.

"내가 뭔가를 봤어. 찜찜한 걸."

그러곤 괴상하게 높은 웃음소리를 냈다.

"음, 알았어. 밖에 나가서 해결해."

"저거 보여?"

노숙자는 누구에게라고 할 것 없이 물었다.

"이봐."

하지만 그는 비틀거리며 바로 오더니 자리에 앉았다. 잠시 주머니를 뒤지더니 축축한 지폐와 동전 한 무더기를 꺼냈다. 그리고 조심스럽게 동전을 셌다.

"미안해. 하지만 벌써 많이 마신 것 같군."

"안 마셨어. 저 남자 보여? 전선 들고 있는 남자?"

전선?

R. C.와 스팁은 서로를 마주보았다. 노숙자가 R. C.를 쳐다보았다.

"시내에 미치광이 짓이 벌어지고 있잖아. 그놈이 저놈이야. 가로등 옆에 있는 저놈. 무슨 짓을 하고 있었어. 전선을 가지고. 요즘 무슨 일이 벌어지는지 알아? 사람들이 감전돼서 죽는다고."

R. C.는 구역질이 날 정도로 고약한 냄새를 풍기는 노숙자 옆을 지나 유리창으로 다가갔다. 밖을 내다보니 가로등이 있었다. 저기 붙은 게 전선인가? 알 수 없었다. 이 근처에 테러범이? 로어이스트 사이드에?

음, 없으란 법도 없지.

무고한 시민을 죽이고 싶다면 안 될 것도 없다.

425

R. C.는 노숙자에게 말했다.

"이봐, 여기서 나가."

"술 마시고 싶어."

"당신한테는 술 안 팔아."

R. C.는 다시 밖을 내다보았다. 무슨 케이블인지 전선 같은 것이 보였다. 무슨 일이지? 누가 이 바에 장난을 치는 건가? R. C.는 가게 안의 온갖 금속들을 떠올렸다. 바의 발판, 싱크대, 문손잡이, 계산대. 헉, 변기조차 금속이었다. 소변을 보면 전기가 오줌발을 타고 물건까지 올라올까?

"당신은 몰라. 모른다고!"

노숙자는 울부짖으며 더욱 요란을 떨었다.

"바깥은 안전하지 않아. 저길 봐. 안전하지 않다고. 전선을 가진 개자식이…. 난 안전해질 때까지 여기 있을 거야."

R.C.와 바텐더, 제이니, 당구를 치던 사람, 택배원 모두가 창밖을 내다보았다. 게임은 중단되었다. 제이니에 대한 R.C.의 관심도 사라졌다.

"안전하지 않단 말이야. 콜라 섞은 보드카 줘."

"나가. 마지막으로 경고한다."

"돈을 못 낼 것 같아서? 돈 여기 있잖아. 이게 돈이 아니면 뭐야?"

남자의 악취가 바 전체에 퍼졌다. 역겨웠다.

가끔 불에 타서도 죽는데….

"전선을 가진 남자가…."

"나가. 누가 네 카트를 훔치려고 해."

"안 나갈 거야. 날 내보낼 수는 없어. 불에 타 죽기 싫어."

"나가!"

"싫어!"

노숙자가 주먹으로 바를 내리쳤다.

"너, 내가 흑인이라고 술 안 주는 거지?"

니켈 맨

428

거리에서 번쩍거리는 경광등 불빛이 보였다. R. C.는 숨을 헉하고 들이쉬었다. 하지만 다음 순간, 안심했다. 그냥 지나가는 차의 앞유리창이 햇빛에 반사되었을 뿐이다. 이렇게 겁을 먹었다는 것이 더 화가 났다.

"네가 냄새나고 재수 없는 놈이라서 술 안 파는 거다. 나가!"

노숙자는 젖은 지폐와 끈적거리는 동전을 한데 모았다. 20달러 정도 될 것 같았다. 그리고 중얼거렸다.

"재수 없는 새끼. 사람을 쫓아내서 타 죽게 하려고."

"돈 갖고 나가."

스팁이 야구 방망이를 들어 보였다.

노숙자는 상관하지 않았다.

"날 내보내면 사람들한테 다 떠벌릴 거야. 여기서 무슨 일이 있었는지. 네가 저기 가슴 큰 년을 쳐다보는 것 다 봤어. 결혼반지도 끼고 있는 주제에. 네 마누라가 어떻게 생각…."

R. C.는 노숙자의 더러운 재킷을 두 손으로 움켜잡았다.

그러자 노숙자가 얼굴을 찌푸리며 외쳤다.

"안 돼, 안 돼. 때리지 마! 날 때리면 안 돼! 난 경찰이야, 요원이라고!"

"요원 좋아하네, 이 새끼. 네가 무슨 요원이야."

R. C.는 차갑게 웃고는 머리를 들이받으려고 몸을 뒤로 뺐다.

그때 FBI 신분증이 그의 눈앞에 나타났다. 뒤에는 글록 총구가 있었다.

"아, 빌어먹을."

R. C.는 중얼거렸다.

노숙자보다 먼저 들어왔던 택배 직원 둘 중 한 사람이 말했다.

"증인은 여기 있어, 프레드. 이 친구는 요원 신분을 밝힌 뒤에도 상해를 입히려고 했어. 우린 이제 가도 되나?"

"고마워, 친구들. 어디 시작해볼까."

66 특수 요원

프레드 델레이는 바 구석에서 삐걱거리는 의자 등받이를 돌린 채 거꾸로 앉아 젊은이를 바라보았다. 의자 등받이를 사이에 두고 앉으면 위협적인 분위기가 조금 덜하지만, 제대로 머리가 돌아가지 않을 정도로 R. C.가 겁을 먹으면 곤란하니까 이 정도면 충분했다.

물론 '약간은' 겁을 주어야 한다.

"내가 누군지 아나, R. C.?"

한숨을 쉬자 깡마른 젊은이의 몸 전체가 떨렸다.

"아뇨. 아니, FBI 요원이고 언더커버란 건 알겠어요. 하지만 왜 날 괴롭히는지 모르겠어요."

델레이는 계속 밀어 붙였다.

"난 인간 거짓말탐지기야. 워낙 오래 이런 짓을 해서 이제 여자가 우리 집에 가서 떡치자 해놓고 집에 도착할 때쯤에는 저놈이 고주망태가 될 테니까 그냥 잠을 잘 수 있겠지, 이렇게 생각하는 것까지 훤히 들여다볼 정도로고."

"그냥 자기방어였어요. 당신이 위협했잖아요."

"아, 그래. 내가 위협했지. 그냥 주둥이 꾹 다물고 변호사가 와서 손을 잡아줄 때까지 기다려도 돼. 연방 정부에 전화해서 날 신고해도 되고. 하지만 그렇게 하면 싱싱 교도소에 있는 네 애비한테 자기아들이 FBI 요원을 협박했다는 연락이 가겠지. 잡혀 들어가면서 이더러운 바 하나만 잘 지키라고 그렇게 당부했는데, 그것 하나를 못지켰다면 얼마나 섭섭하겠어."

델레이는 R. C.가 움찔하는 것을 바라보았다.

"이제 대화를 시작할 준비가 됐나?"

"원하는 게 뭔데요?"

의자 등받이를 사이에 둔 것으로는 모자랄 것 같아 델레이는 젊은이의 허벅지에 손을 탁 얹고 힘을 주었다.

"아야! 왜 이래요?"

"거짓말 탐지 해본 적 있어?"

"아뇨. 아버지 변호사 말로는….."

"그냥 물어본 거야."

델레이는 이렇게 말했지만, 사실은 그렇지 않았다. 시위대한테최루탄을 터뜨리듯 R. C.의 머리 위에 공포탄을 터뜨리려는 의도가있는 질문이었다.

델레이는 한 번 더 허벅지를 힘껏 눌렀다. 문득 이런 생각이 들었다. 이봐, 맥대니얼, 구름 지대에서 엿듣기만 하면 이런 건 못하잖아. 안 그래?

안됐어. 얼마나 재미있는데.

프레드 델레이가 여기에 온 것은 세레나 덕분이었다. 아내는 델레이를 데리고 그가 언더커버로 일할 때 입는 의상을 보관하는 복잡한 지하실 창고로 내려갔다. 그리고 웨딩드레스를 보관하는 비닐 커버에 싸인 옷 한 벌을 찾아냈다. 바로 '알코올 중독 노숙자' 복장이었다. 용의자 옆에 앉기만 해도 착각을 불러일으키도록 곰팡이와 인간의 체취, 고양이 오줌을 잔뜩 뿌린 옷이었다.

세레나는 이렇게 말했다.

"정보원을 잃었으면, 자기연민에 빠져 있지만 말고 얼른 뒤쫓아야지. 찾을 수 없으면, 그자가 뭘 찾았는지라도 알아내야 할 것 아냐."

델레이는 미소를 짓고 아내와 포옹한 뒤 옷을 갈아입었다. 집을 나서려는데 세레나가 말했다.

"휴, 냄새 한 번 고약하군."

그러곤 장난스럽게 그의 엉덩이를 툭 때렸다. 프레드 델레이에게 감히 이런 짓을 할 수 있는 사람은 거의 없었다.

이렇게 그는 거리로 나섰다.

윌리엄 브렌트는 자신의 자취를 감추는 데 능하지만, 델레이는 그런 자취를 찾는 데 능한 사람이었다. 다행히 지금까지 알아낸 정보로는 브렌트가 일을 하고 있는 것 같았다. 그 뒤를 쫓는 과정에서 델레이는 브렌트가 골트나 지구를 위한 정의, 혹은 테러 공격과 관련한 뭔가를 찾아냈다는 것을 알아냈다. 언더커버로 깊숙이 잠입해 열심히 찾아다닌 모양이었다. 그리고 마침내 브랜트가 이 축축한 바를 찾아와 지금 무릎을 꽉 틀어잡고 있는 이 젊은 친구에게서 중요한 정보를 얻어냈다는 것까지 알았다.

델레이는 말을 이었다.

"좋아. 그럼 본론으로 들어가자고. 재미있나?"

R. C.는 뺨에 경련이 일어날 정도로 얼굴을 찌푸렸다.

"알았으니, 빨리 물어보세요."

"그래야지."

델레이는 윌리엄 브렌트의 사진을 꺼내 들었다.

그리고 R. C.의 얼굴을 찬찬히 살폈다. 사진을 알아보는 눈빛이 떠올랐다가 얼른 사라졌다. 델레이는 대뜸 물었다.

"얼마나 받았어?"

잠시 머뭇거리는 것을 보니 돈을 받았으며, 진짜 받은 돈보다 상당히 적은 액수를 말할 작정이라는 것을 눈치챌 수 있었다.

"1000."

젠장. 남의 돈을 펑펑 쓰고 다니는군.

R. C.는 징징거리는 소리로 말했다.

"마약 아니에요. 난 그런 것 안 해요."

"그렇겠지. 상관없어. 그자는 정보를 얻기 위해 여기 왔어. 그러니까 놈이 뭐에 대해 물었는지, 넌 뭐라고 대답했는지 말해봐."

델레이는 긴 손가락으로 다시 다리를 주물렀다.

"알았어요. 말할게요. 빌은, 자기 이름이 빌이라고 했어요."

R. C.는 사진을 가리켰다.

"빌이든 뭐든. 계속 말해봐."

"누가 이 근처에 있다는 소문을 들었다고 했어요. 최근 뉴욕에 온 사람, 흰색 밴을 몰고 총을 가진 사람. 커다란 45구경. 그 사람이 누굴 죽였대요."

델레이는 아무런 정보도 주지 않았다.

"누굴 죽였지? 왜?"

"그도 모른대요."

"이름은?"

"알려주지 않았어요."

거짓말탐지기는 필요 없었다. R. C.는 다르마의 '정직'이라는 법칙을 잘 따르고 있었다.

"이봐, R. C. 그것 말고 또 없나? 흰색 밴, 얼마 전 뉴욕에 왔다, 45구경. 이유는 모르겠지만 사람을 죽였다."

"죽이기 전에 납치했을 수도 있다고…. 절대 비위를 거스르면 안 되는 사람이라고."

그건 말할 필요도 없을 것이다.

R. C.는 말을 이었다.

"빌인지 뭔지 하는 사람이 나하고도 관계가 있다고 들었대요."

"관계가 있어? 넌 이 동네를 잘 알잖아. 로어이스트사이드의 에설 머츠 알지?"

"누구요?"

"계속 말해봐."

"네. 어, 뭘 듣긴 했어요. 요즘 동네에 누가 돌아다니는지, 무슨 일이 벌어지는지, 이런 소문을 듣는 걸 좋아하니까. 어쨌든 그 남자에 대해 듣긴 했어요. 빌이 말한 대로예요. 그자가 어디서 머물고 있는지 알려줬어요. 그것뿐이에요. 그게 다예요."

델레이는 그를 믿었다.

"주소를 말해봐."

그는 주소를 알려주었다. 멀지 않은 허름한 동네였다.

"지하 아파트예요."

"좋아. 지금 필요한 건 그게 다야."

"그럼…."

"아버지한테는 아무 말도 안 할게. 걱정 말라고. 내 뒤통수만 치지 않으면 돼."

"아니에요. 절대로, 프레드. 절대 그런 건 아니에요."

델레이가 문간으로 갔을 때 R. C.가 외쳤다.

"당신이 생각하는 그런 건 아니에요."

요원은 돌아섰다.

"정말 냄새가 고약해서였어요. 술을 안 판다고 한 거. 흑인이라서 그런 건 아니에요."

5분 뒤, 델레이는 R. C.가 말해준 거리로 접근하고 있었다. 지원을 부를까 잠시 고민했지만, 그러지 않기로 결정했다. 거리에서 일하려면 사이렌도, 작전 병력도, 터커 맥대니얼도 아닌, 섬세한 수완이 중요하다. 델레이는 인파를 이리저리 피하며 천천히 거리를 걸었다. 여느 때처럼 생각했다. 한낮인데 도대체 이 사람들은 무슨 일을 하는 걸까? 그는 뒤쪽에서 문제의 아파트로 들어가기 위해 모퉁이를 두 번 돌아 골목으로 들어갔다.

어둑어둑하고 썩은 냄새가 나는 골목을 얼른 들여다보았다.

멀지 않은 곳에 야구 모자와 펑퍼짐한 셔츠 차림을 한 남자가 코블스톤 길을 빗자루로 쓸고 있었다. 델레이는 눈으로 주소를 가늠했다. 남자는 R. C.가 말한 바로 그 아파트 뒤쪽에 있었다.

흠, 이상한데. 요원은 생각했다. 골목 안으로 걸음을 옮겼다. 거울 같은 선글라스를 낀 남자가 이쪽을 보더니 다시 골목을 쓸기 시작했다. 델레이는 그 근처에서 다시 멈춰 주위를 돌아보았다. 상황을 이해할 수 없었다.

마침내 길을 쓸던 남자가 퉁명스럽게 물었다.

"여기서 뭐하는 거야?"

"뭘 하느냐고? 130년 전부터 청소 한 번 안 한 동네에서 빗질을 하며 지역 주민인 척하는 멍텅구리 뉴욕시경 언더커버 경찰을 쳐다보고 있다."

델레이는 신분증을 보여주었다.

"델레이? 들어봤습니다."

경찰은 방어적으로 말을 이었다.

"그냥 명령대로 하고 있는 겁니다. 잠복 중입니다."

"잠복? 왜? 여기가 어디지?"

"모르십니까?"

델레이는 눈동자를 굴렸다.

경찰이 말해주자, 델레이는 그 자리에 얼어붙었다. 하지만 그것도 잠시였다. 몇 초 뒤, 그는 냄새 나는 언더커버 복장을 벗어 쓰레기통에 넣었다. 그리고 지하철을 향해 달리기 시작하는 순간, 경찰의 놀라는 표정이 언뜻 보였다. 스트립쇼 자체 때문인지, 역겨운 노숙자 복장 아래 녹색 벨루어 운동복을 입고 있어서였는지 알 수 없었다. 아마 둘 다일 것이다.

67 세 번째 협박 편지

"루돌포, 말씀하십시오."

"곧 좋은 소식이 있을지도 모릅니다, 링컨. 아르투로 디아스의 부하들이 시계공을 쫓아 구스타보 마데로까지 들어갔습니다. 시 북쪽의 델레가시온, 아니, 자치구죠. 브롱크스처럼. 대체로 좋은 동네가 아닌지라, 아르투로는 시계공을 도운 공범이 거기 있을 거라고 생각합니다."

"그자가 어디 있는지는 알고 있습니까?"

"그렇다고 합니다. 몰고 도망친 차를 찾았습니다. 겨우 3~4분 뒤처져서 따라갔는데, 길이 막혀서 놈의 차를 세울 수 없었답니다. 델레가시온 중심부의 큰 아파트 건물에서 놈을 목격한 사람이 있습니다. 일대를 통제했습니다. 샅샅이 수색할 예정입니다. 소식 오는 대로 다시 전화 드리죠."

라임은 전화를 끊고 답답함과 걱정을 억누르기 위해 애썼다. 시계공을 뉴욕 법정에 잡아놨을 때만 해도 라임 역시 그를 체포한 줄 알았다.

캐스린 댄스에게 소식을 전하기 위해 전화하자 그녀는 이렇게 말했다.

"구스타보 마데로? 거긴 정말 고약한 동네예요. 범인 인도 문제로 멕시코시티에 갔을 때 차로 그 동네를 지나간 적이 있어요. 무장 경찰 2명이 같이 있었는데도 차가 부서지지 않은 게 다행일 정도였죠. 토끼장 같은 곳이에요. 숨어들기 좋죠. 좋은 소식은 주민들이 그 지역에 경찰이 들어오는 걸 좋아하지 않는다는 거예요. 루나가 진압 경찰을 한 트럭 풀어놓으면 주민들이 미국인 한 명 정도는 쉽게 내놓을 거예요."

라임은 상황을 계속 전하겠다고 말한 다음 전화를 끊었다. 반사 부전 발작으로 인한 피로와 멍한 기분이 다시 밀려왔다. 스톰 애로 휠체어에 머리를 기댔다.

안 돼. 정신 차리자! 다른 모든 사람에게 그렇듯 자신에게도 110퍼센트 이하는 납득할 수 없다고 스스로를 꾸짖었다. 하지만 지금은 그럴 기분이 전혀 아니었다.

고개를 드니 작업대 앞에 서 있는 론 풀라스키가 보였다. 시계공 사건은 머릿속에서 사라졌다. 젊은 경관은 천천히 움직이고 있었다. 라임은 걱정스럽게 그를 쳐다보았다. 전기충격기의 후유증이 상당히 강한 모양이었다.

하지만 걱정과 함께 지난 한 시간 동안 머릿속을 떠나지 않았던 다른 감정이 밀려왔다. 죄책감이었다. 풀라스키가 – 색스 역시 – 학교에서 골트의 함정에 빠져 감전당할 뻔한 것은 라임의 책임이었다. 색스는 별일 아니라는 태도였다. 풀라스키 역시 마찬가지였다. 풀라스키는 웃으며 이렇게 말했다.

"글쎄, 저한테 전기충격기를 썼다니까요."

그 농담에 멜 쿠퍼도 미소를 지었지만, 라임은 아니었다. 유머를 즐길 기분도 아니었다. 혼란스럽고 기분이 멍했다. …발작 때문만은 아니었다. 그는 색스와 신참을 실망시켰다는 열패감을 떨치지 못하고 있었다.

라임은 다시 학교에서 수거한 증거물에 억지로 집중했다. 미량증거물 봉투. 전자 기기 몇 개. 무엇보다 발전기. 링컨 라임은 부피가 큰 장비를 좋아했다. 움직이려면 물리적인 접촉을 많이 해야 하기 때문에 상당량의 지문과 섬유, 머리카락, 땀, 피부 조각, 기타 미량 증거물이 많이 남는다. 발전기는 바퀴 달린 카트로 고정했지만, 그래도 제자리에 놓으려면 손을 많이 봐야 했을 것이다.

론 풀라스키의 전화가 울렸다. 그는 라임을 흘끗 보더니 연구실 구석으로 갔다. 비틀거리는 발걸음에도 불구하고 표정이 환해지기 시작했다. 전화를 끊고는 창밖을 바라보며 잠시 서 있었다. 대화 내용은 몰랐지만, 라임은 신참이 뭔가 고백하려는 눈빛으로 다가오는 것을 보고도 놀라지 않았다.

"말씀드릴 게 있습니다, 링컨."

그러곤 론 셀리토 쪽도 흘끗 보았다.

"그래?"

라임은 무심하게 말했다.

"아까는 사실 솔직하게 말씀드리지 않은 것 같습니다."

"같다고?"

"아니. 솔직하게 말씀드리지 않았습니다."

"뭘?"

라임은 증거물 보드와 레이 골트의 프로파일을 훑어보며 말했다.

"DNA 결과요. 그게 필요하지 않다는 건 알고 있었습니다. 핑계였어요. 전 스탠리 파머를 보러 갔습니다."

"누구?"

"병원에 있는 사람. 골목에서 제가 차로 친 남자요."

라임은 다급했다. 증거가 부르고 있다. 하지만 중요한 일 같았다. 그는 고개를 끄덕이고 물었다.

"그 사람은 괜찮나?"

"아직 모른답니다. 하지만 우선 말씀드리고 싶은 건, 사실대로 말씀드리지 않은 건 죄송합니다. 말씀드리고 싶었지만, 그냥, 프로 답지 못한 짓 같아서요."

"맞아."

"한데 한 가지 더 있습니다. 저, 병원에 있을 때 간호사한테 그 사람의 사회보장번호를 물어봤습니다. 개인 정보도요. 그런데 범 죄자였어요. 애티카에서 3년 살았답니다. 전과가 화려하더군요."

"그래?"

색스가 물었다.

"네. 제 말은, 미결 사건도 있었습니다."

"수배 중이었…군."

라임이 대답했다. 셀리토가 물었다.

"무슨 혐의로?"

"폭행, 장물 취득, 절도요."

후줄근한 경찰이 픽 웃었다.

"용의자를 검거했군그래. 문자 그대로."

셀리토는 다시 웃고 라임을 돌아보았다. 라임은 웃지 않았다.

"그래서 그렇게 신이 난 거야?"

"다치게 한 건 기쁘지 않습니다. 잘못한 건 잘못한 거니까요."

"이왕 누굴 칠 거라면 자식이 넷 딸린 아버지보단 낫겠지."

"음, 네."

라임은 이 문제에 대해 할 말이 남아 있었지만, 지금은 그럴 때와 장소가 아니었다.

"지금은 다른 데 정신을 안 파는 게 중요해, 알겠나?"

"네."

"좋아. 이제 연속극 같은 이야기는 집어치우고 다들 일을 시작해 보자고."

라임은 디지털시계를 바라보았다. 오후 3시였다. 시간의 압박이 고압 전선을 타고 흐르는 전류처럼 찌릿하게 느껴졌다. 범인의 신원도, 주소도 알아냈다. 그런데 아직 소재를 알아낼 만한 구체적인 단서가 없었다.

그때 초인종이 울렸다.

잠시 후, 톰이 터커 맥대니얼과 함께 나타났다. 이번에는 비서를 대동하지 않았다. 라임은 순간 그가 무슨 말을 할지 알아차렸다. 방 안의 모든 사람도 마찬가지였을 것이다.

"협박 편지가 또 왔습니까?"

라임은 물었다.

"네. 이번에는 조건이 한층 까다롭습니다."

68 희생양

"시한은 언제요?"

셀리토가 물었다.

"오늘 밤 6시 30분입니다."

"세 시간 약간 넘게 남았군. 원하는 게 뭐요?"

"처음 두 조건보다 훨씬 심합니다. 컴퓨터를 좀 쓸까요?"

라임은 턱으로 컴퓨터를 가리켰다.

FBI 부지국장이 키보드를 두드리자 잠시 후 편지가 화면에 떴다. 시야가 흐렸다. 라임은 눈을 깜빡여 초점을 맞추고 모니터 쪽으로 고개를 내밀었다.

앨곤퀸 전력 회사 CEO 앤디 제슨 앞

어제 오후 6시, 스폿 네트워크 배전 시스템에서 리모컨 스위치를 경유한 1만 3800볼트의 전류가 웨스트 54번가 235번지의 사무용 건물 엘리베이터 바닥으로 흘렀다. 엘리베이터 안의 패널에는 귀전선이 연결되어 있었다. 엘리베이터가 1층에 도착하기 전에 멈추자 한 승객이 비상 버튼을 누르기 위해 패널을 건드리는 순간, 회로가 연결되면서 안에 있던 사람들이 죽었다.

나는 전력 공급을 줄여서 선의를 보여달라고 두 번이나 요청했다. 내가 이성적으로 요구한 사항을 받아들였다면, 당신들은 고객의 삶에 이러한 고통을 초래하지 않았을 것이다. 당신들은 내 요구를 멋대로 무시했고, 다른 사람이 그 대가를 치렀다.

1931년 토머스 에디슨이 죽었을 때, 그의 동료들은 전력망을 창조해 수백만 명의 사람들에게 빛을 가져다준 인물의 죽음을 기리기 위해 60초 동안 도시의 전력을 차단해달라고 정중히 요청했다. 시는 거부했다.

나는 지금 같은 요구를 하고자 한다. 전력망을 창조한 사람을 위해서가 아니라, 그로 인해 파괴되는 사람들을 위해, 전력선과 석탄 연료로 인한 공해와 방사능으로 인해 고통 받는 사람들을 위해, 지열 시추공과 자연 하천을 막은 댐 때문에 발생한 지진으로 집을 잃은 사람들을 위해, 언론 같은 회사에 사기당한 사람들을 위해. 이런 사례는 여기서 다 언급할 수 없을 정도로 많다.

1931년과 달리, 나는 동북부 전력망 전체를 하루 동안 차단하라고 요구한다. 오늘 저녁 6시 30분부터.

당신들이 이 요구에 따른다면 사람들은 지금처럼 많은 전류가 필요 없다는 것을 깨닫게 될 것이다. 전기를 낭비하는 이유는 자신의 탐욕과 폭식 때문이라는 것을, 그렇게 유도하는 것이 당신들이라는 것을 깨닫게 될 것이다. 왜? 이윤을 위해서.

이번에도 이 요구를 무시한다면, 어제와 그제의 작은 사건보다 훨씬 더 큰 결과를, 훨씬 더 심각한 인명 손실을 초래하게 될 것이다.

R 골트

맥대니얼이 말했다.

"말도 안 됩니다. 사회 혼란, 폭동, 약탈이 발생할 겁니다. 주지사와 대통령은 단호한 입장입니다. 절대 굴복할 수 없다고요."

"편지는 어디 있습니까?"

라임이 물었다.

"지금 보고 계시잖습니까. 이메일이었습니다."

"누구 앞으로 보냈던가요?"

"앤디 제슨의 개인 계정으로요. 회사로도 보냈습니다. 보안 팀 이메일 계정으로."

"추적은?"

"불가능합니다. 유럽의 프록시를 경유했습니다. 이번에는 대량 공격을 감행할 것 같습니다."

맥대니얼이 고개를 들었다.

"이제 워싱턴이 대대적으로 개입했습니다. 대통령과 함께 재생 에너지를 논의하는 상원의원들이 일찌감치 뉴욕에 올 겁니다. 시장과 회의를 할 거고요. FBI 부국장도 옵니다. 게리 노블이 모든 것을 조율하고 있습니다. 거리에는 요원과 경찰을 더 많이 배치했고요. 경찰서장도 뉴욕시경 경찰을 1000명 넘게 배치했습니다."

그러곤 눈을 문지르며 말을 이었다.

"링컨, 인력과 화력은 충분하지만 다음 공격 지점이 어디인지 알아야 합니다. 단서 없습니까? 뭔가 구체적인 게 필요합니다."

그리고 라임에게 신체 상태로 인해 수사에 지장이 없어야 사건을 책임질 수 있다고 다시 한 번 말했다.

입구에서 출구까지….

라임은 원하던 것, 즉 사건을 얻었다. 하지만 아직 범인을 찾지 못하고 있다. 사실 맥대니얼에게 전혀 문제없을 거라고 장담했던 신체 상태 때문에 색스와 풀라스키 그리고 10여 명의 기동대원이 죽을 뻔했다.

라임은 요원의 매끄러운 얼굴과 육식동물 같은 시선을 똑바로 바라보며 말했다.

"분석해야 할 증거를 더 확보했습니다."

맥대니얼은 망설이다가 애매하게 손을 저었다.

"그렇군요. 계속하십시오."

그 말이 끝나기도 전에 라임은 쿠퍼를 향해 돌아앉았다. 그리고 '피해자'의 신음 소리를 녹음한 디지털 녹음기를 턱으로 가리켰다.

"오디오 분석."

쿠퍼는 장갑 낀 손으로 오디오를 컴퓨터에 꽂고 키보드를 두드렸다. 잠시 후, 화면에 뜬 사인 그래프를 읽더니 쿠퍼가 말했다.

"음량과 신호의 질로 보건대 텔레비전 프로그램을 녹화한 것 같습니다. 케이블이요."

"녹음기 브랜드는?"

"사노야. 중국제입니다."

쿠퍼는 명령어 몇 개를 치고 새로운 데이터베이스를 검색했다.

"미국 내 1만여 곳의 가게에서 판매됩니다. 제품 번호는 없습니다."

"다른 건 없나?"

"지문은 없습니다. 타라마살라타 외에 다른 미량증거물도 없고요."

"발전기는?"

쿠퍼와 색스가 발전기를 꼼꼼히 살피는 동안, 터커 맥대니얼은 구석에서 이곳저곳 전화를 걸며 안절부절못했다. 발전기는 뉴저지의 윌리엄스-조나스에서 만든 파워 플러스 모델이었다.

"이건 어디서 샀지?"

라임이 물었다. 색스가 대답했다.

"알아보죠."

전화 두 통을 걸어보니 - 제조사의 뉴욕 지점과 회사가 알려준 대리점 - 맨해튼의 한 건설 현장에서 도난당한 물건이라는 것을 알 수 있었다. 해당 지구대에 연락해봤지만 도난 사건에도 단서는 없었다. 건설 현장에는 보안 카메라도 없었다.

"흥미로운 미량증거물이 있군요."

쿠퍼가 가스크로마토그래피/질량분석기로 증거물을 분석했다. 기계가 윙윙거리며 돌아갔다.

"나왔습니다."

쿠퍼는 스크린 위로 허리를 굽혔다

"흠."

보통 때였다면 라임은 '그건 도대체 무슨 뜻이야?'라고 삐딱한 시선을 보냈을 것이다. 하지만 아직 발작 때문에 피곤하고 심란한 상태였다. 그는 참을성 있게 쿠퍼의 설명을 기다렸다.

이윽고 쿠퍼가 말했다.

"이런 건 본 적이 없어요. 상당량의 석영과 염화암모늄입니다. 비율은 10 대 1 정도."

라임은 곧바로 답을 알았다.

"구리 세척제군."

풀라스키가 말했다.

"전선이 구리인 것 아닐까요? 전선을 닦은 것 아닐까요?"

"좋은 생각이야, 신참. 하지만 확실하지 않아."

전기 기술자가 전선을 닦을 것 같지는 않았다.

"대부분 건물의 구리를 닦는 데 사용하지. 다른 건, 멜?"

"맨해튼에서 흔히 볼 수 없는 돌가루가 있습니다. 건축에 사용하는 테라코타."

쿠퍼는 현미경을 들여다보았다.

"그리고 흰 대리석 같은 입자도 있군요."

라임이 불쑥 말했다.

"57년 경찰 폭동. 1857년."

"뭐라고요?"

맥대니얼이 물었다.

"몇 년 전이었지. 델가도 사건이었나?"

"아, 맞아요."

색스가 대답했다. 셀리토가 물었다.

"우리가 수사했던가?"

라임은 얼굴을 찡그렸다. 누가 수사했는지, 언제인지는 상관없다는 뜻이었다. 현장 감식 경찰은 아니, 사실 모든 경찰이 다 그렇지만 과거와 현재 시내에서 발생한 모든 주요 사건을 파악하고 있어야 한다. 더 많은 것을 머릿속에 담고 있을수록 당면한 사건과의 연관성도 쉽게 찾을 수 있다.

숙제를 잘해야지….

라임은 설명했다. 몇 년 전 스티븐 델가도라는 망상형 정신분열증 환자가 악명 높은 1857년 경찰 폭동 와중에 발생한 사망 사고들을 본 따 일련의 살인을 계획한 적이 있었다. 장소도 150년 전 살육이 자행된 곳, 즉 뉴욕시청 공원으로 선택했다. 첫 살인이 발생한 후 링컨 라임은 어퍼웨스트사이드에 있던 범인의 아파트를 추적해 냈고, 아파트에서는 구리 세척제와 울워스 빌딩의 테라코타 가루, 건물을 수리 중이던 뉴욕 법원의 흰 대리석 가루가 나왔다. 지금과 마찬가지였다.

"시청을 공격할 거라고 생각하십니까?"

맥대니얼이 손에 쥔 전화를 축 늘어뜨린 채 다급하게 물었다.

"연관성이 있을 겁니다. 지금으로서는 그 정도밖에 말할 수 없어 요. 보드에 적어놓고 생각해보지. 발전기에서는 다른 것 없나?"

쿠퍼는 핀셋을 들어 보이며 말했다.

"머리카락이 더 있습니다. 금발. 길이는 23센티미터."

그러곤 현미경 밑에 머리카락을 놓고 재물대를 천천히 위아래로 옮겼다.

"염색하지 않았음. 자연 금발. 탈색되지 않았고 건조하지 않은 것으로 보아 50세 아래 같습니다. 한쪽 끝의 굴절율이 다르군요. 크로마토그래피로 분석할 수도 있지만, 저는 90퍼센트…."

"헤어스프레이군."

"맞습니다."

"여자일 수도 있어. 다른 건?"

"머리카락. 갈색. 더 짧습니다. 스포츠형. 역시 50세 이하."

"그럼 골트는 아니군. 어쩌면 '지구를 위한 정의'의 연락책일 수 도 있어. 다른 공범일 수도 있고. 계속해."

더 이상 큰 소득은 없었다.

"손전등은 수없이 많은 상점에서 살 수 있는 제품입니다. 미량증 거물이나 지문은 없습니다. 끈도 일반적인 제품이고요. 학교 문에 연결한 케이블? 지금까지 죽 사용해온 베닝튼입니다. 볼트는 일반 적인 제품이지만 다른 것과 비슷하고요."

그때 발전기를 주시하던 라임은 갑자기 두뇌가 현기증이 날 정도로 빠르게 회전하는 것을 느꼈다. 아까 경험한 발작 때문이기도 했다. 하지만 일부는 사건 자체 때문이었다. 뭔가 잘못되어 있었다. 빠진 퍼즐 조각이 있었다.

해답은 증거물 안에 있을 것이다. 그리고 증거물 안에 '없는 것' 역시 중요하다. 라임은 침착하려고 애쓰며 화이트보드를 훑어보았다. 다시 반사부전 발작이 일어나는 것을 피하고 싶어서가 아니었다. 간절하면 간절할수록 사람의 눈은 빨리 멀기 때문이다.

범인 프로파일

- 레이먼드 골트로 밝혀짐. 40세, 미혼, 맨해튼 서포크 스트리트 227번지 거주
- 테러리스트와 연계? '지구를 위한 정의'와 관련? 에코 테러 단체가 의심됨. 국내, 국제 데이터베이스에 정보 없음. 새로운 단체? 지하 단체? 라만이라는 사람이 연루. 존스턴이라는 이름. 현금 지급, 인력 이동, 뭔가 '큰' 일이 있다는 내용의 비밀 통화
  - 앨곤퀸 필라델피아 변전소 침입 사건과 관련이 있을 가능성
  - SIGINT 정보 : 무기를 가리키는 암호 '종이와 보급품'(총, 폭탄?)
  - 남자와 여자 조직원
  - 골트와 관련이 있는지는 아직 알 수 없음
- 암 환자 : 빈블라스틴과 프리드니손 상당량, 에토포시드도 미량 검출. 백혈병
- 군용 1911 콜트 45구경 소지
- 진갈색 작업복 차림의 건물 관리인으로 위장. 진녹색도?
- 황갈색 장갑을 꼈음

범행 현장 : 앨곤퀸 변전소 맨해튼 10호, 웨스트 57번가

- 피해자(사망) : 루이스 마틴, 음반 가게 부지배인
- 어떤 표면에도 지문이 없음
- 아크 플래시로 인해 녹은 금속 파편
- 절연 알루미늄 전선. 규격 0
  - 베닝튼 전기 자재 제작사 AM-MV-60. 한계 전압 60,000볼트
  - 쇠톱으로 잘랐음. 톱날은 새 것, 이가 빠졌음
- 스플릿 볼트 2개. 2센티미터짜리 구멍이 있음
  - 추적 불가
- 볼트에 독특한 공구흔
- 놋쇠 버스 바, 0.4센티미터 볼트 2개로 케이블에 연결
  - 모두 추적 불가
- 부츠 자국
  - 앨버트슨-펜윅 전기 작업용 모델 E-20, 사이즈 11
- 변전소로 통하는 쇠창살 문을 잘라냈음, 독특한 볼트 커터 공구흔
- 지하실 출입구와 문틀
  - DNA 확보. 감식을 위해 연구실에 보냈음
  - 그리스 음식, 타라마살라타
- 금발 머리, 길이 2.5센티미터, 자연 상태. 50세 이하. 변전소 맞은편 커피숍에서 발견
  - 독극물 검사실로 보냈음
- 광물 미량증거물 : 화산재
  - 뉴욕 지역에서는 자연 상태에서 발견되지 않는 종류
  - 전시관이나 박물관, 지질 학교?
- 앨곤퀸 통제실 소프트웨어 외부 해커의 소행이 아니라 내부 비밀번호로 접속

협박 편지

- 앤디 제슨의 집으로 배달
  - 목격자 없음
- 필적
  - 파커 킨케이드에게 보내 감정 중
- 일반적인 종이와 잉크
  - 추적 불가
- 앤디 제슨, 도어맨, 비서의 지문 외에는 다른 지문 없음
- 종이에서 미량증거물이 검출되지 않음

범행 현장: 배터리 파크 호텔과 그 일대

- 피해자(사망자)
  - 린다 케플러, 오클라호마시티, 관광객
  - 모리스 케플러, 오클라호마시티, 관광객
  - 새무얼 베터, 스코츠데일, 사업가
  - 알리 마무드, 뉴욕시티, 웨이터
  - 게르하르트 쉴러, 프랑크푸르트, 독일인, 광고 회사 중역
- 전류를 연결시킬 때 원격 조종 스위치 사용
  - 부품은 추적 불가
- 첫 번째 공격과 동일한 베닝튼 케이블과 스플릿 볼트
- 앨곤퀸 작업복, 안전모, 장비 가방. 골트의 지문 외에 다른 사람의 지문은 없음
  - 렌치는 첫 번째 범행에 사용한 볼트에 있던 공구흔과 일치함
  - 쇠줄에는 할렘 변전소에서 발견된 유리병과 일치하는 유리 가루가 묻어 있음
  - 혼자 작업했을 가능성
- 골트에게 습격당한 앨곤퀸 기술자 조이 바잔에게서 나온 미량증거물
  - 제트 연료와 대안 제트 연료
  - 군사 기지 공격?

범행 현장: 골트의 아파트, 로어이스트 사이드 서포크 스트리트 227번지

- 빅 소프트필 가는 펜, 파란색 잉크. 협박 편지에 사용한 잉크와 동일
- 일반적인 $8\frac{1}{2}$×11 크기의 흰색 컴퓨터 용지, 협박 편지에 사용한 것과 동일

- 일반적인 10호 봉투, 협박 편지에 사용한 것과 동일
- 볼트 커터, 쇠톱, 첫 번째 현장의 공구흔과 일치
- 컴퓨터 출력물
  - 암과 고압선의 관계에 대한 의학자료
  - 골트가 올린 블로그, 내용은 위와 동일
- 앨버트슨-펜윅 E-20 모델 전기 작업용 부츠, 사이즈 11, 밑창은 첫 번째 현장과 동일
- 제트 연료와 대안 제트 연료 미량 발견
  - 군사 기지 공격?
- 범인의 은신처나 다음 공격 목표에 관한 단서는 없음

범행 현장: 앨곤퀸 변전소 MH-7, 할렘 E 119번가

- 화염병: 750ml 와인 병. 추적 불가
- BP 가솔린을 촉진제로 사용
- 퓨즈로는 면으로 된 천 조각을 사용. 흰 티셔츠인 듯. 추적 불가

두 번째 협박편지

- 앨곤퀸 보안 책임자 버나드 월이 배달
  - 골트에게 습격당함
  - 신체적 접촉 없었음. 미량증거물 없음
  - 범인의 소재나 다음 목표물에 대한 단서 없음
- 골트의 아파트에서 발견한 종이와 잉크
- 종이에서 제트 연료와 대안 제트 연료 검출
  - 군사 기지 공격?

범행 현장: 웨스트 54번가 235번지 사무용 건물

- 피해자(사망자)
  - 래리 피시바인, 뉴욕시티, 회계사
  - 로버트 보딘, 뉴욕시티, 변호사
  - 프랭클린 터커, 뉴저지 패러머스, 세일즈맨
- 레이먼드 골트의 지문 하나 발견

- 이전 현장과 동일한 베닝튼 케이블과 스플릿 볼트
- 직접 만든 리모컨 계전기 스위치 두 개.
  - 하나는 엘리베이터로 들어가는 전력을 차단하기 위해서
  - 하나는 회로를 완성해 엘리베이터에 전기를 통하게 하기 위해서
- 패널과 엘리베이터를 연결하는 볼트와 작은 전선-추적 불가
- 피해자 신발에 물이 묻어 있었음
- 미량증거물
  - 중국 약초, 인삼과 구기자
  - 유사(앞으로는 리모컨 대신 타이머를 쓸 계획일까?)
  - 튼튼한 진녹색 면섬유
  - 제트 연료와 대체 제트 연료 함유
  - 군사 기지 공격?
- 튼튼한 진갈색 면섬유
  - 디젤 연료 미량 검출
  - 중국 약초 발견

범행 현장 : 폐교, 차이나타운
- 베닝튼 케이블, 다른 현장과 동일

- 발전기, 윌리엄스–조나스의 파워 플러스 모델. 맨해튼의 건설 현장에서 도난
- 디지털 음성 녹음기, 사노야 제품. 텔레비전이나 영화의 한 부분을 녹음. 케이블 TV
  - 타라마살라타 검출
- 브라이트 빔 손전등
  - 추적 불가
- 시청 인근 지역을 연상케 하는 미량증거물.
  - 석영과 염화암모늄 구리 세척제
  - 테라코타 가루. 시청 일대 건물과 비슷한 종류
  - 흰색 대리석 입자
- 머리카락, 길이 23센티미터. 금발, 헤어스프레이. 50세 이하. 여성일 수도
- 머리카락, 길이 9.5센티미터. 갈색. 50세 이하

세 번째 협박 편지
- 이메일로 전송
- 추적 불가 : 유럽의 프록시 경유

그러나 라임이 틀렸다는 것이 밝혀졌다.

증거가 서로 들어맞지 않는다고 느낀 것은 맞았다. 하지만 수수께끼를 풀 열쇠는 자신을 둘러싼 차트 안에 있다는 라임의 생각은 보기 좋게 빗나갔다. 그 열쇠는 지금 톰과 함께 연구실 안으로 바삐 들어서고 있었다. 키가 크고 마른 몸에 땀을 비 오듯이 흘리는, 선명한 녹색 옷차림의 흑인이었다.

프레드 델레이는 호흡을 가다듬으려고 애쓰며 연구실 안의 모든 사람에게 얼른 목례를 한 다음, 다른 사람들을 무시하고 라임에게 다가왔다.

"내 생각 좀 들어봐, 링컨. 맞는지 틀리는지 자네가 말해봐."

맥대니얼이 입을 열었다.

"프레드, 도대체⋯."

447

"링컨?"

델레이는 막무가내였다.

"그래, 프레드. 말해봐."

"레이 골트가 희생양이었다는 시나리오는 어떻게 생각해? 그자는 죽었어. 며칠 전에 죽은 것 같아. 처음부터 이 모든 일을 꾸민 건 다른 사람이야."

라임은 잠시 침묵을 지켰다. 발작 때문에 머리가 멍해서 델레이의 생각을 재빨리 분석할 수 없었다. 하지만 마침내 그는 희미한 미소를 지으며 말했다.

"어떻게 생각하느냐고? 훌륭해. 바로 그거였어."

69 사냥의 욕구

하지만 터커 맥대니얼의 반응은 달랐다.

"말도 안 돼. 수사 전체가 골트를 바탕으로 이루어졌는데."

셀리토는 그의 말을 무시했다.

"자네 시나리오는 뭐지, 프레드? 듣고 싶군."

"내 정보원, 윌리엄 브렌트라는 자가 있어. 단서를 쫓던 중이었지. 이번 전력망 공격과 관련해 배후인지도 모를 누군가를 찾았는데, 갑자기 그자가 사라졌어. 브렌트는 얼마 전 뉴욕에 온 사람, 45구경 권총을 소지한 사람, 흰색 밴을 모는 사람을 찾았다고 했어. 최근 누군가를 납치해 살해한 사람. 그 남자가 요 며칠 동안 로어이스트사이드의 어느 주소에 살았다고 하더군. 내가 그 집을 찾아갔어. 그런데 가서 보니 범행 현장이었어."

"범행 현장?"

라임이 물었다.

"맞아. 레이 골트의 아파트였어."

색스가 말했다.

"하지만 골트는 얼마 전 뉴욕에 오지 않았는데요? 성인이 된 뒤로 평생 뉴욕에 살았어요."

"바로 그거지."

"그래서, 그 브렌트란 놈은 뭐라고 하던가?"

맥대니얼은 회의적인 표정으로 물었다.

"아, 그 친구는 아무 말도 못해. 어제 골트 집 뒷골목에서 뉴욕시경 경찰차에 부딪혔거든. 아직 무의식 상태로 병원에 있어."

그때 론 풀라스키가 속삭이듯 말했다.

"맙소사. 세인트 빈센트 병원입니까?"

"맞아."

풀라스키는 약한 목소리로 중얼거렸다.

"제가 그 사람을 쳤습니다."

"자네가?"

델레이는 목소리를 높였다.

"하지만 그럴 리가 없는데. 제가 친 사람은 스탠리 파머입니다."

"맞아, 그 친구야. 파머는 브렌트의 가명 중 하나야."

"아니, 수배 중 아닙니까? 살인 미수, 가중 폭행으로 교도소에 다녀오지 않았습니까?"

델레이는 고개를 저었다.

"그 전과는 가짜야, 론. 누구나 뒷조사를 하면 전과가 나오도록 일부러 집어넣은 거야. 그 친구의 가장 심한 죄목은 공모죄였는데, 그때 내가 잡아서 정보원으로 돌려놨어. 브렌트는 괜찮은 놈이야. 주로 돈 때문에 정보원 노릇을 하지. 가장 유능한 친구 중 하나야."

"그런데 식료품을 들고 뭘 하고 있었죠? 골목에서?"

"많이들 이용하는 언더커버 기술이지. 식료품이나 쇼핑백을 갖고 돌아다니면 덜 수상해 보이거든. 유모차가 제일 좋아. 안에는 인형을 넣고."

"아. 저는…."

풀라스키가 중얼거렸다.

하지만 라임은 풀라스키의 심리 따위에는 관심이 없었다. 델레이는 라임이 줄곧 느껴왔던 모순을 설명할 수 있는 그럴듯한 시나리오를 제시했다.

여우를 잡아야 하는데 늑대만 찾고 있었던 것이다.

하지만 정말 그럴까? 다른 사람이 범행 배후에 있고 골트는 그냥 희생양이었을까?

맥대니얼은 믿지 못하는 것 같았다.

"하지만 목격자가….'"

델레이는 갈색 눈으로 상관의 파란 눈을 똑바로 응시했다.

"믿을 수 있는 사람들인가?"

"무슨 뜻이지, 프레드?"

세련된 FBI 부지국장의 목소리에 가시가 박혔다.

"우리가 언론에 골트라고 말했기 때문에, 언론이 사람들에게 골트라고 말했기 때문에 자기가 목격한 사람도 당연히 골트라고 생각한 것 아닐까?"

라임이 덧붙였다.

"보안경을 쓰고, 안전모를 쓰고, 회사 제복을 입고… 인종과 몸집이 비슷하고, 자기 사진에 골트라는 이름을 박은 가짜 신분증을 착용하면 통할 수 있어."

색스도 증거물을 다시 검토해보았다.

"터널 안의 선로공 조이 바잔은 이름표 때문에 골트를 알아봤다고 했어요. 직접 만난 적이 있었던 게 아니라. 터널 안은 아주 어두웠고요."

라임이 덧붙였다.

"보안 책임자 버니 월도 두 번째 협박 편지를 받았을 때, 그자의 얼굴은 못 봤어. 뒤에서 공격했다고 했지. 진짜 범인은 골트를 납치하고 살해했어. 자네 정보원이 알아냈듯이."

"맞아."

델레이가 말했다. 맥대니얼은 고집을 부렸다.

"하지만 증거가 있나?"

라임은 고개를 저으며 보드를 바라보았다.

"젠장, 내가 어떻게 이걸 놓쳤을까?"

"뭔데, 라임?"

"골트의 아파트에서 나온 부츠. 앨버트슨-펜윅."

"하지만 일치했는데요?"

풀라스키가 말했다.

"당연히 일치했지. 하지만 중요한 건 그게 아니야, 신참. 부츠는 골트의 아파트 안에 있었어. 그게 골트의 신이었다면 거기 있을 리가 없잖아! 본인이 신고 다녔을 테니까! 인부들이 새 부츠를 두 켤레 갖고 있을 리가 없어. 가격이 비싼 데다 보통 직접 사서 신어야 하거든. …아니야. 진짜 범인은 골트가 어떤 부츠를 신는지 알아내고 똑같은 부츠를 하나 더 샀어. 똑같은 볼트 커터와 쇠톱도. 진짜 범인은 그걸 경찰이 찾도록 골트의 아파트에 놓아둔 거야. 골트를 지목하는 나머지 증거물은? 57번가 변전소 맞은편 커피숍에서 나온 머리카락 같은 것? 그것도 전부 연출한 거야. 블로그도 한 번 봐."

라임은 풀라스키가 골트의 프린터에서 힘들게 출력해온 서류를 턱으로 가리켰다.

내 사연은 많은 환자들의 전형이다. 나는 여러 전력 회사에서 선로공과 해결사(현장 감독 같은 거다)로 일하며 작업 중 10만 볼트 이상의 전류가 흐르는 전력선을 직접 접했다. 절연되지 않은 송전선 주변에는 전자기장이 생기는데, 나는 이로 인해 백혈병에 걸렸다고 확신한다. 게다가 전력선이 폐암을 일으키는 에어로솔 입자를 빨아들인다는 것은 이미 입증된 사실이지만, 언론은 이런 사실을 다루지 않는다.

모든 전력 회사, 특히 대중에게 이러한 위험을 인식시켜야 한다. 회사는 자발적으로는 아무런 조치도 취하지 않을 것이기 때문이다. 왜 그러겠는가? 사람들이 전기를 절반만이라도 덜 쓴다면, 한 해 수천 명의 목숨을 살릴 수 있고 회사도 좀 더 책임 있는 자세를 보일 것이다. 좀 더 안전하게 전력을 공급할 수 있는 방법을 찾을 것이다. 지구를 파괴하는 행위를 중단할 것이다.

우리의 손으로 문제를 해결하자!

- 레이먼드 골트

"이제 첫 번째 협박 편지의 첫 두 문단을 봐."

어제 오전 11시 30분경, 맨해튼 웨스트 57번가 MH-10 변전소에서 아크 플래시 사고가 발생했다. 베닝튼 케이블과 버스 바를 두 개의 스플릿 볼트로 회로 차단기 뒤쪽 전선에 연결했다. 변전소 네 곳을 정지하고 MH-10 변전소의 한계 전압을 20만 볼트 가까이 올려서 아크 플래시를 발생시킨 것이다.

이 사고는 전적으로 당신들의 잘못이며, 당신들의 탐욕과 이기심의 결과다. 전기업계 전반에 팽배한 이런 사고는 비난받아 마땅하다. 엔론은 인간의 경제적 생명을 파괴했지만, 당신의 회사는 인간의 물리적 생명과 지구의 생명을 파괴한다. 결과에 대한 고민 없이 전기를 과잉 생산함으로써 당신들은 우리의 세계를 파괴하고 있으며, 바이러스처럼 우리의 생활에 잠입해 인간이 인간을 죽이게끔 만든다.

"뭐가 눈에 들어오지?"

라임이 물었다.

색스는 어깨를 으쓱했다. 풀라스키가 지적했다.

"블로그에는 맞춤법이 틀린 부분이 없군요."

"맞아. 하지만 내가 말하는 건 그게 아니야. 컴퓨터의 맞춤법 확인 기능이 블로그의 철자 오류를 수정했을 테니까. 나는 단어 선택을 말하는 거야."

색스는 열심히 고개를 끄덕였다.

"맞아요. 블로그의 글이 훨씬 단순하군요."

"맞아. 블로그는 골트 본인이 썼어. 협박 편지를 쓴 건 골트지만, 필적이 같아, 진짜 범인이 골트를 납치해서 자기가 부르는 대로 받아 적게 한 거야. 범인은 자신의 언어를 사용했지만, 골트는 '팽배하다' 같은 거창한 단어에 익숙하지 않아서 철자를 틀리게 적었어. 블로그에서는 이런 단어는 전혀 쓰지 않았지. …다른 편지에도 비

453

숫한 철자 오류가 있어. 마지막 편지에는 없지. 진범이 이메일로 직접 쓴 거니까."

셀리토가 서성거렸다. 바닥이 삐걱거렸다.

"파커 킨케이드가 한 말 기억나? 필적 감정사? 편지는 화가 나고 감정적인 상태에 있는 사람이 쓴 거라고 했지. 구술하라고 협박당했으니 당연히 그랬겠지. 누구라도 화가 났을 거야. 진범은 지문이 남도록 스위치와 안전모도 골트에게 직접 만지도록 했을 거야."

라임은 고개를 끄덕였다.

"블로그 글은 진짜라고 확신해. 아마 진범이 골트를 고른 것도 그 글 때문이었을걸. 골트가 전력업계에 대해 얼마나 화가 나 있는지 읽었을 거야."

잠시 후, 라임의 시선이 증거물 자체로 향했다. 케이블. 너트. 볼트. 그리고 발전기. 라임은 잠시 발전기를 응시했다.

그러다 문득 워드 프로그램을 컴퓨터에 띄운 다음 키보드를 치기 시작했다. 목과 관자놀이에서 맥박이 뛰었지만, 이번에는 발작의 전조가 아니라 심장이 흥분으로 고동치고 있다는 신호였다.

사냥의 욕구.

늑대가 아닌, 여우를 잡는….

"음."

맥대니얼이 걸려오는 전화를 무시하고 중얼거렸다.

"그 말이 맞는다면, 내 생각에는 아닌 것 같지만, 만약 그렇다면, 배후는 누굴까요?"

라임은 천천히 타이핑을 하며 말을 이었다.

"사실만 생각해봅시다. 골트를 구체적으로 지목하는 증거는 모두 버릴 겁니다. 일단 이게 연출된 증거라고 가정해봅시다. 그럼 짧은 금발 머리도 배제, 공구도 배제, 부츠도 배제, 제복, 장비 가방, 안전모, 지문 모두 배제. 좋아, 그럼 이제 뭐가 남지요? 퀸스와 관련된 증거가 있어요. 타라마살라타. 범인은 이게 묻어 있던 터널 출입문을 폭파하려 했으니까 이건 진짜라는 뜻입니다. 권총도 있어요. 진범은 무기가 있다는 뜻이죠. 시청과 관련한 지리적 단서도 있고. 발전기에서 발견한 미량증거물입니다. 머리카락도 있어요. 긴 금발 머리, 짧은 갈색 머리. 이건 범인이 2명이라는 걸 시사해요. 한 사람은 분명 남자. 범행을 직접 실행한 사람. 다른 한 명은 미상이지만 여성일 가능성이 있어요. 그 외에 또 뭐가 있을까?"

"뉴욕 밖에서 온 사람이지."

델레이가 지적했다. 풀라스키가 말했다.

"아크 플래시에 대한 지식을 갖고 있고, 부비트랩을 만들 줄 아는 사람입니다."

"좋아."

라임이 말했다. 이번에는 셀리토가 말했다.

"그중 한 사람은 앨곤퀸 시설물에 출입할 수 있어."

"그럴 수도 있지만, 그건 골트를 이용했을 수도 있어."

감식 장비에서 흘러나오는 윙윙 소리, 딸깍거리는 소리가 연구실을 가득 채웠다. 누군가의 주머니에서 동전이 짤랑거렸다.

맥대니얼이 말했다.

"남자와 여자라. 우리가 T&C에서 알아낸 것과 일치하는군요. 지구를 위한 정의."

라임은 한숨을 쉬었다.

"터커, 그 테러 단체에 대한 증거가 하나라도 있다면 믿지요. 하지만 없습니다. 단 하나의 섬유도, 지문도, 미량증거물도."

"전부 다 구름 지대에서 벌어지는 일입니다."

"하지만 존재한다면 물리적으로 어딘가에 있어야 하지 않겠습니까. 한데 그런 증거는 전혀 없어요."

"그럼 당신은 어떤 상황이라고 생각합니까?"

라임은 미소를 지었다.

거의 동시에 아멜리아 색스가 고개를 저었다.

"라임, 설마 그거라고 생각하는 건 아니겠죠?"

"내가 늘 하는 말이 있잖아. 다른 가능성을 모두 제거하면, 아무리 허황되어 보일지라도 남은 하나가 해답일 수밖에 없다."

풀라스키가 말했다.

"네. 기억합니다."

맥대니얼의 표정도 어리둥절하기는 마찬가지였다.

"무슨 말씀이신지…. 무슨 뜻입니까?"

"음, 신참. 몇 가지 질문을 던져봐. 첫째, 앤디 제슨이 자네가 발견한 머리카락과 비슷한 길이의 금발 머리인가? 둘째, 그녀에게 뉴욕에서 살지 않으며 1911 콜트 군용 45구경 같은 무기를 소지할 수 있는 남동생이 있는가? 셋째, 앤디가 지난 며칠 동안 시청에 간 적이 있는가? 음, 기자회견 같은 일로 말이야."

70 공통점

"앤디 제슨?"

계속 키보드를 치며, 라임은 맥대니얼에게 대답했다.

"그녀의 동생은 현장에서 뛰었지요. 랜들. 공격을 실제 실행한 건 랜들입니다. 하지만 계속 협력했죠. 그래서 증거물이 섞인 겁니다. 그녀는 흰색 밴에서 발전기를 꺼내 차이나타운의 폐교 뒷마당에 옮기는 것을 도왔습니다."

색스는 팔짱을 끼고 생각에 잠긴 표정으로 말했다.

"기억해봐요. 찰리 서머스는 군대에서 군인들에게 아크 플래시를 가르친다고 했어요. 랜들은 거기서 아마 필요한 지식을 얻었을 거예요."

쿠퍼가 말했다.

"수전의 휠체어에서 발견한 섬유는? 데이터베이스에는 군복에도 사용한다고 되어 있습니다."

라임은 증거물 보드를 턱으로 가리켰다.

"필라델피아의 앨곤퀸 변전소에서 도난 사건이 발생했다고 했지. 랜들 제슨이 펜실베이니아에 산다는 텔레비전 보도도 있었어."

"맞아요."

색스도 고개를 끄덕였다. 풀라스키가 물었다.

"머리가 짙은 색일까요?"

"음, 맞아. 앤디의 책상에서 사진을 봤는데, 어릴 때는 짙은 색이었어. 한데 앤디가 불쑥 뉴욕에 살지 않는다고 말했지. 다른 이야기도 했어. 자기는 기술자 출신이 아니라고. 전력업계의 사업적인 측면에서 아버지 재능을 물려받았다고 했지. 한데 뉴스 기억나? 기자회견 전에 나온?"

쿠퍼가 고개를 끄덕였다.

"경영으로 옮겨와서 아버지의 뒤를 잇기 전에는 선로공으로 한동안 일했죠."

쿠퍼가 보드에 적힌 범인 프로파일을 가리켰다.

"거짓말이었습니다."

색스가 말했다.

"그 그리스 음식은 앤디 본인이 묻힌 것일 수도 있어. 동생을 회사 근처 식당에서 만났던가."

타이핑에 시선을 집중하는 라임의 미간에 주름이 잡혔다.

"그리고 버니 월은 왜 아직 살아 있을까?"

셀리토가 말했다.

"앨곤퀸의 보안 책임자? 젠장, 그 생각을 못했군. 맞아, 범인이 골트였다면 죽여야 말이 되지."

"두 번째 협박 편지를 보내는 방법은 수없이 많았어. 월한테 그게 골트였다고 믿게 하려는 것이 핵심이었지. 그는 범인의 얼굴을 보지 못했어."

델레이가 끼어들었다.

"텔레비전과 인터넷에 수배 사진이 넘쳐났는데도 진짜 골트를 본 사람이 아무도 없었던 게 당연하지. 범인은 처음부터 전혀 다른 사람이었으니까."

맥대니얼은 이제 확신이 흔들리는 모습이었다.

"그럼 지금 랜들 제슨은 어디 있을까요?"

"우리가 아는 건 오늘 저녁 6시 30분에 뭔가 엄청난 일을 준비하고 있다는 것뿐입니다."

가장 최근에 찾아낸 증거물을 보며, 라임은 깊은 생각에 빠져 있다가 다시 키보드를 두드리기 시작했다. 지금부터 어떻게 수사를 진행할 것인가에 대한 지시 사항이었다. 한 번에 키보드 하나씩, 타자는 느렸다.

그때 FBI 부지국장의 눈에 다시 회의적인 빛이 돌아왔다.

"잠깐만. 무슨 말인지는 알겠습니다만, 제슨의 범행 동기는 뭘까요? 자기 자신의 회사를 망치다니. 살인을 저지르고. 말이 안 되지 않습니까."

라임은 오타 하나를 바로잡고 계속 쳤다.

탁, 탁….

그러다 고개를 들고 나지막이 말했다.

"피해자들."

"네?"

"범인이 단순히 자기주장을 하고 싶었던 거라면, 범행 현장 근처에 있을 필요가 없도록 타이머를 장착한 장치를 만들었을 겁니다. 그럴 수도 있었어요. 범행 현장 한 곳에서 타이머 용수철이 발견되었으니까. 한데 범인은 그렇게 하지 않았습니다. 리모컨을 사용했고, 피해자가 죽을 때 근처에 있었습니다. 왜?"

셀리토가 피식 웃었다.

"빌어먹을, 특정한 누군가를 죽이고 싶었던 거로군. 겉으로는 그냥 무작위로 죽이는 것처럼 보이게 하고. 공격이 시한 전에 발생한 건 그 때문이야."

"맞아! …신참, 화이트보드를 이리 갖고 와. 빨리!"

풀라스키가 화이트보드를 가져왔다.

"피해자. 피해자를 봐."

루이스 마틴, 음반 가게 부지배인
린다 케플러, 오클라호마시티, 관광객
모리스 케플러, 오클라호마시티, 관광객
새무얼 베터, 스코츠데일, 사업가
알리 마무드, 뉴욕시티, 웨이터
게르하르트 쉴러, 프랑크푸르트, 독일, 광고 회사 중역
래리 피시바인, 뉴욕시티, 회계사
로버트 보딘, 뉴욕시티, 변호사
프랭클린 터커, 뉴저지 패러머스, 세일즈맨

"부상자에 대해서는 아는 게 있나?"

색스는 모른다고 대답했다.

"부상자 중에도 의도된 피해자가 있을 가능성이 있어. 그걸 알아 내야 해. 하지만 일단 최소한 사망자에 대해 우리가 알고 있는 사실 은 뭐지?"

라임은 이름을 바라보며 물었다.

"앤디가 이 중 누군가를 죽일 이유가 있을까?"

"케플러 부부는 패키지 관광을 온 관광객이었어요. 10년 전 은 퇴. 베터는 목격자. 어쩌면 그 때문에 죽이려고 했을지도 몰라요."

"아니, 이건 한 달 전에 계획한 범행이야. 업종이 뭐지?"

색스는 수첩을 넘겼다.

"사우스웨스트 콘크리트 사장."

"찾아봐, 멜."

1분 뒤 쿠퍼가 말했다.

"음, 들어보십시오. 스코츠데일 소재. 일반 건설 업무. 전문 분야 는 사회 기반 시설 프로젝트. 웹사이트에는 베터가 배터리 파크 호 텔에서 열리는 대안 에너지 재정 세미나에 참석하고 있었다고 되어 있습니다."

쿠퍼는 화면을 올려다보며 말을 이었다.

"최근 광전지판 기초 공사 사업을 수주했군요."

"태양열이라."

라임의 시선이 다시 증거물을 둘러보기 시작했다.

"사무용 건물의 사망자는? 색스, 수전 스트링어에게 전화해서 그 사람들에 대해 아는 게 있는지 물어봐."

색스는 전화를 꺼내 수전과 통화한 다음 말했다.

"음, 6층에서 탄 변호사는 모르는데, 래리 피시바인은 조금 아는 회계사였대요. 얼마 전 회계 감사를 끝낸 무슨 회사 장부가 이상하다고 불평하는 걸 들었대요. 돈이 없어졌다고. 아주 더운 곳이라고 했대요. 골프를 못 칠 정도로."

"애리조나일 수도 있어. 전화해서 알아봐."

셀리토는 색스에게서 회사 전화번호를 받아 전화를 걸었다. 몇 분 동안 통화하던 그는 전화를 끊고 말했다.

"빙고. 피시바인은 스코츠데일에 있었어. 화요일에 돌아왔군."

"아, 스코츠데일. 베터의 회사가 있는 곳이군."

맥대니얼이 물었다.

"이게 뭐죠, 링컨? 난 아직 범행 동기를 모르겠습니다."

잠시 후, 라임이 말했다.

"앤디 제슨은 재생 에너지에 반대하는 입장이었지?"

색스가 대답했다.

"그건 좀 강한 표현인데요? 하지만 좋아하는 입장은 분명 아니었어요."

"만약 제슨이 대안 에너지 회사에 생산을 줄이라고 뇌물을 주었거나, 여하튼 방해하는 행동을 취했다면?"

"앨곤퀸의 전력 수요를 높이기 위해서?"

맥대니얼이 말했다. 이제 동기가 서서히 보이자 그는 좀 더 적극적으로 끼어들었다.

"맞습니다. 베터와 피시바인은 제슨을 파멸시킬 정보를 갖고 있었을지도 모릅니다. 그들 두 사람이 서로 다른 사고로 죽는다면, 경찰도 두 사건이 서로 연관된 거라고 의심하지 않겠지요. 앤디는 아무도 퍼즐 조각을 끼워 맞추지 못하도록 무작위적인 살인인 것처럼 범행을 계획했습니다. 그래서 요구 조건도 들어줄 수 없을 정도로 과도했던 겁니다. 실제로 공격을 해야 했으니까."

라임은 색스에게 말했다.

"부상자 명단을 얻어서 배경을 조사해봐. 그중에도 목표가 있을 수 있어."

"그러죠, 라임."

셀리토가 다급하게 끼어들었다.

"그런데 세 번째 협박 편저도 있잖아. 이메일로 온. 아직 죽여야 할 사람이 남아 있다는 뜻이지. 다음 희생자는 누굴까?"

라임은 최대한 빨리 키보드를 두드리며 말했다. 시선이 문득 근처 벽에 걸린 디지털시계로 향했다.

"몰라. 그걸 알아낼 여유가 두 시간도 채 남지 않았어."

71 컨벤션센터

　레이 골트의 공격으로 인한 공포에도 불구하고, 찰리 서머스는 자신의 몸을 전류처럼 관통하는 흥분을 부정할 수 없었다.

　그는 잠시 커피를 마시며 휴식을 취하는 동안, 새로운 발명 아이디어의 도안을 냅킨에 그렸다. 연료 전지에 사용하는 수소가스를 가정에 배달할 수 있는 방법이었다. 그는 지금 웨스트사이드 허드슨 강변에 위치한 맨해튼 컨벤션센터의 뉴 에너지 엑스포 전시장으로 돌아가고 있었다. 전시장은 세상에서 가장 창의적인 사람들로 붐볐다. 발명가, 과학자, 교수, 가장 중요한 투자자 등 모두 한 가지, 즉 대안 에너지에 열정을 가진 사람들이었다. 대안 에너지를 창조하고, 배달하고, 저장하고, 사용하는 것에 대해. 지구의 날에 맞추어 열린 이번 회의는 이런 종류의 회의 중에서는 세상에서 가장 규모가 컸다. 에너지의 중요성에 대해서도 잘 알지만, 지금까지와 다른 방식으로 에너지를 생산하고 사용하는 것이 얼마나 중요한지에 대해서도 잘 아는 사람들이 한자리에 모여 있었다.

　한 달 전쯤 공사가 끝난 미래 지향적 컨벤션센터 홀을 지나는 동안, 서머스의 심장은 태어나서 처음으로 과학 전시회에 참석한 어린아이처럼 쿵쿵 뛰었다.

　이런저런 부스를 둘러보니 현기증이 느껴져 머리가 앞뒤로 흔들리는 것 같았다. 풍력 농장을 운영하는 회사, 제3세계 오지에 자급자족 전력망을 건설하는 사업에 후원자를 찾는 비영리 단체, 태양열 회사, 지열 탐사 회사, 광전지판을 제조하거나 설치하는 소규모회사, 플라이휠과 액화 나트륨 전지, 배터리, 초전도 운송 시스템, 스마트 그리드…. 끝이 없었다.

　너무나 매혹적이었다.

　그는 홀 뒤쪽 끝에 있는 폭 3미터가량 되는 앨곤퀸 부스에 도착했다.

앨곤퀸 전력 회사
특수 프로젝트 디비전
좀 더 영리한 대안을 찾아서

　이 전시회에 참가한 회사 중 가장 큰 다섯 개를 합쳐도 앨곤퀸의 규모가 더 컸다. 하지만 앨곤퀸은 뉴 에너지 엑스포에서 가장 작은부스를 계약했고, 운영자는 서머스 혼자였다.

　CEO 앤디 제슨이 재생 에너지를 어떻게 생각하는지 잘 보여주는 예라고 할 수 있었다.

　그래도 서머스는 상관없었다. 어쨌든 회사 대표로 참석했지만, 사람을 만나고 자기만의 인맥을 만들기 위해 나온 것이기도 했다. 언젠가는 그도 앨곤퀸을 떠나 자기 회사를 세우고 싶었다. 상관들에게도 자기만의 개인 작업에 대해 터놓고 이야기했다. 앨곤퀸에서 그가 자기 시간에 자기 일을 하는 것을 두고 뭐라고 하는 사람은없었다. 집에서 그가 발명한 물건에는 흥미도 없을 것이다. 주방에서 물을 절약하는 시스템, 차량의 움직임에서 동력을 창출해 배터리에 저장한 다음 집이나 사무실에 꽂아 씀으로써 전기 요금을 절

약하는 '볼트-컬렉터.'

네가와트의 왕….

이미 설립한 '서머스 조명 혁신 회사'의 구성원은 자신과 아내, 처남 세 사람이었다. 회사명은 토머스 에디슨이 최초로 설립한 회사이자 최초의 전력망 운영사였던 '에디슨 조명 회사'를 약간 바꾼 것이다.

서머스는 에디슨의 재능을 조금-아주 약간-지니고 있었지만 사업적 재능은 없었다. 돈 문제에는 관심도 없었다. 그가 중소 전력 회사에서 남는 전기를 앨곤퀸이나 대형 전력 회사에 팔 수 있는 지역 전력망을 건설하자는 아이디어를 생각해냈을 때, 전력업계의 한 친구는 이렇게 비웃었다.

"전력을 파는 입장에 있는 앨곤퀸이 무엇 때문에 전력을 사겠냐?"

서머스는 친구의 단순한 생각에 놀라 눈을 깜빡였다.

"음, 그게 더 효율적이니까. 소비자 입장에서는 전력을 싸게 이용할 수 있고, 정전도 방지할 수 있어."

그에게는 당연한 사실이었다.

대답 대신 웃음이 돌아오는 것을 보니, 단순한 것은 서머스 쪽이었던 모양이다.

서머스는 부스에 앉아 조명 스위치를 켜고 '외출중' 표지판을 치웠다. 접시에 사탕을 더 담았다. (앨곤퀸은 몇몇 전시관처럼 모델에게 노출 심한 드레스를 입혀 부스 앞에 앉혀놓고 미소 짓게 하자는 그의 의견을 거절했다.)

미소도 서머스가 직접 지어야 했다. 서머스는 미소를 지으며 지나가는 사람들을 손짓으로 불러놓고 전기에 대해 이야기했다.

손님이 잠잠한 틈을 타 그는 의자에 기대앉아 주변을 둘러보았다. 토머스 에디슨이 이 홀을 지나간다면 무슨 생각을 할까. 에디슨 역시 기쁘고 매혹당하겠지만, 놀라지는 않을 거라는 느낌이 들었다. 전기 생산과 전력망은 125년 동안 근본적으로 바뀌지 않았다. 규모가 커지고 효율도 좋아졌지만, 현재 사용하는 주요 시스템은 당시에도 사용하던 것들이었다.

아마 할로겐 전등을 보면 – 그런 필라멘트를 찾는 것이 얼마나 어려운지 알기 때문에 – 부럽다는 듯 쳐다볼 것이다. 배에 실어 필요한 곳으로 이동할 수 있는 초소형 원자로를 보면 웃을 것이다. (에디슨은 언젠가 인류가 핵에너지를 전력 생산에 이용할 것이라고 1800년대에 이미 예측했다.) 컨벤션센터 건물 자체를 보면 틀림없이 감탄할 것이다. 컨벤션센터 건축은 기초 골격을 숨기지 않은 디자인이었다. 철골, 벽, 도관, 바닥에서는 구리와 스테인리스스틸이 반짝이고 있었다.

마치 거대한 전기 개폐기 안에 들어와 있는 것 같았다.

하지만 서머스는 긴장을 풀지 않았다. 발명에는 지저분한 측면도 있다. 전구의 발명은 치열한 경쟁이었다 기술적으로가 아니라 법적으로. 수십 명이 전구의 특허와 그것을 통한 이윤을 따내기 위해 육탄전에 뛰어들었다. 토머스 에디슨과 영국의 조지프 윌슨 스완이 승리자가 되었지만 그 과정은 소송과 분노, 첩보, 방해로 얼룩졌다. 파멸한 사람도 있었다.

이런 생각을 하고 있는데, 문득 앨곤퀸 부스에서 멀지 않은 곳에 서 있는 선글라스와 모자 차림의 남자가 눈에 띄었다. 두 부스에서 계속 오락가락하는 것이 왠지 수상해 보였다. 한 회사는 지열 탐사 장비를 제조하는 회사였다. 다른 회사는 소형 하이브리드 모터를 제작하는 곳이었다. 하지만 서머스는 지열에 관심이 있는 사람이라면 하이브리드 모터에는 아무 관심이 없을 거라는 사실을 알고 있었다.

앨곤퀸이나 서머스에게는 신경을 쓰지 않는 것 같았지만, 그래도 이쪽 부스에 진열한 발명품이나 실물 크기 모형의 사진을 몰래 찍고 있을 수도 있다. 요즘 스파이 카메라는 극도로 정교하다.

서머스는 한 여자의 질문에 대답하기 위해 고개를 돌렸다. 대답이 끝난 다음 다시 돌아보니, 남자는 – 스파이인지, 사업가인지, 그냥 호기심 많은 참가자인지는 몰라도 – 사라지고 없었다.

10분 뒤, 다시 손님이 뜸해졌다. 그는 화장실에 가고 싶었다. 그래서 옆 부스의 남자에게 물건을 좀 봐달라고 부탁한 다음 사람이 거의 없는 복도를 지나 화장실로 향했다. 싸고 작은 부스에 있으면 화장실을 혼자 쓰는 장점이 있다. 그는 우주선이나 로켓 바닥을 본딴 것처럼 세련된 철제 바닥에 요철을 만들어놓은 복도를 걸었다.

6미터 정도 걸었을까, 휴대전화가 울리기 시작했다.

뉴욕 지역 번호. 모르는 번호였다. 그는 잠시 생각하다가 끄기 버튼을 눌렀다.

화장실을 향해 걸음을 옮기는데, 반들거리는 구리 손잡이가 눈에 띄었다. 비용을 전혀 아끼지 않았군. 부스 사용료가 그렇게 비싼 것도 당연하지.

"제발."

색스는 스피커폰 옆에서 서성거리며 소리 내어 중얼거렸다.

"찰리, 받아! 제발!"

서머스에게 전화를 걸었지만, 벨은 한 번 울리더니 음성사서함으로 넘어갔다.

색스는 다시 전화를 걸었다. 라임도 소리쳤다.

"받아!"

벨이 두 번, 세 번….

마침내 스피커에서 딸깍 소리가 났다.

"여보세요?"

"찰리, 아멜리아 색스예요."

"아, 방금 전화하셨습니까? 저는 마침…."

색스는 그의 말을 끊었다.

"찰리, 당신이 위험해요."

"네?"

"지금 어디죠?"

"컨벤션센터. 지금 막…. 무슨 뜻입니까? 위험하다니."

"금속으로 된 것이 가까이 있나요? 아크 플래시를 일으킬 수 있는 것, 전류에 연결할 수 있을 만한 것, 뭐든지."

서머스는 갑자기 피식 웃었다.

"전 금속 바닥 위에 서 있습니다. 방금 손잡이가 금속으로 된 화장실 문을 열려던 참이었어요."

갑자기 목소리에서 웃음기가 싹 가셨다.

"혹시 부비트랩이 있을지도 모른다는 겁니까?"

"그럴 수 있어요. 금속 바닥에서 빨리 나와요."

"이해할 수가 없군요."

"협박 편지가 다시 왔어요. 시한은 6시 30분. 하지만 우리는 지금까지 있었던 공격이 호텔, 엘리베이터, 협박 편지나 요구 조건과는 아무 관련이 없다고 생각해요. 그건 특정인을 노린 범죄를 위장하는 수단에 불과했어요. 당신이 목표일 가능성이 있어요."

"제가? 왜요?"

"일단 안전한 곳으로 피해요."

"1층으로 돌아가겠습니다. 거기는 콘크리트예요. 잠깐만."

잠시 후, 서머스가 말했다.

"됐습니다. 그러고 보니 아까 여기서 누가 날 지켜보는 것 같았습니다. 하지만 골트 같지는 않던데요."

라임이 말했다.

"찰리, 링컨입니다. 우리는 레이 골트도 희생양이었다고 생각합니다. 그는 아마 죽었을 겁니다."

"공격 배후에 다른 사람이 있다고요?"

"네."

"누구죠?"

"앤디 제슨. 당신이 본 그 남자는 제슨의 동생 랜들일 수도 있어요. 증거를 분석해보니 그들 두 사람이 협조하고 있을 가능성이 큽니다.”

“뭐요? 미쳤군. 그런데 내가 왜 위험하다는 겁니까?”

색스가 말을 이었다.

“다른 공격에서 살해당한 몇몇 사람들도 대안 에너지 사업에 참여하고 있었어요. 당신처럼. 우리는 제슨이 앨곤퀸 전력 수요를 높이기 위해 재생 에너지 회사에 생산량을 줄이라고 뇌물을 주었을 수도 있다고 생각해요.”

잠시 침묵이 흘렀다.

“음, 우리 프로젝트 중에 소규모 지역 전력망을 통합해 자급자족을 가능케 하고 앨곤퀸 같은 대형 전력망에 전류를 공급하게 하자는 사업이 있기는 합니다. 제슨에게는 문제가 될 수도 있겠군요.”

“최근 스코츠데일에 간 적이 있나요?”

“그 근처에도 태양열 프로젝트가 있어서 간 적이 있습니다. 캘리포니아는 주로 풍력이나 지력이죠. 애리조나는 주로 태양열입니다.”

“당신을 앨곤퀸에서 만났을 때 하셨던 말이 기억나는데, 제슨이 왜 하필 당신한테 수사를 도우라고 했죠?”

서머스는 잠시 사이를 두었다.

“맞습니다. 도울 만한 사람이 아주 많은데.”

“난 제슨이 당신을 함정에 빠뜨린 거라고 생각해요.”

그때 서머스가 숨을 헉하고 들이쉬었다.

“맙소사!”

라임이 물었다.

“뭡니까?”

“어쩌면 위험한 건 나뿐만이 아닌지도 모릅니다. 생각해보세요. 이곳 컨벤션에 있는 모든 사람이 앨곤퀸에는 위협이에요. 이건 대안 에너지, 자급자족형 전력망, 지방 분산화에 대한 컨벤션입니다. 앤디가 앨곤퀸을 북미 최고의 에너지 공급업체로 만드는 데 그렇게 집착한다면, 여기 참여한 모든 업체를 위협으로 생각할 수도 있습니다.”

　“앨곤퀸에 우리가 믿을 만한 사람이 있습니까? 그곳 전력을 끊을 수 있는 사람? 앤디 모르게?”

　“이곳 전력은 앨곤퀸이 공급하지 않습니다. 지하철 일부도 그렇지만, 컨벤션센터는 전류를 자가 공급합니다. 건물 바로 옆에 발전소가 있어요. 사람들을 대피시켜야 할까요?”

　“밖으로 나갈 때 금속을 밟고 지나가야 합니까?”

　“네. 대부분이 그럴 겁니다. 현관 로비와 장비 반입로는 전부 금속입니다. 페인트칠도 하지 않았어요. 전부 철입니다. 여기에 공급하는 전류가 어느 정도인지 아십니까? 오늘 같은 날은 2000만 와트 가까이 됩니다. 음, 전 아래층으로 내려가서 전원을 찾아보겠습니다. 제가 차단기를 내릴 수 있을지도 모릅니다. 어쩌면….”

　“아니, 일단 저들이 무엇을 노리는지 정확히 알아야 합니다. 무슨 계획을 세우고 있는지도. 좀 더 알게 되면 바로 전화 드리죠. 그대로 계십시오!”

73 결단

찰리 서머스는 땀을 뻘뻘 흘리며 뉴 에너지 엑스포에 참여한 수만 명의 관객을 황급히 둘러보았다. 돈을 벌려는 사람들, 지구를 구하지는 않더라도 도움을 주려는 사람들, 그냥 재미로 잠깐 구경하기 위해 들른 사람도 있었다.

오래전 그처럼 이런 전시회를 구경한 뒤 고등학교에서 다른 진로를 선택할지도 모르는 어린아이와 10대도 있었다. 외국어와 역사보다는 과학 쪽으로. 그들 세대의 에디슨이 될지도 모르는 아이들.

그들 모두가 위험에 처해 있었다.

그대로 계십시오. 경찰은 그렇게 말했다.

밀고 밀리는 군중은 저마다 전시관에서 나누어주는, 회사 로고가 박힌 알록달록한 가방을 들고 있었다. 볼트 스토리지 테크놀로지, 넥스트 제너레이션 배터리, 지열 이노베이션.

그대로 계십시오.

하지만 그의 생각은 아내가 '찰리식 사고'라고 부르곤 하는 공간으로 달려가고 있었다. 발전기처럼, 플라이휠 전기 저장 장치처럼 저 혼자 팽글팽글 돌아갔다. 1만 RPM의 속도로. 그는 이 컨벤션센터의 전기 사용에 대해 생각했다. 20메가와트.

2000만 와트.

전력은 전압 곱하기 전류….

전도성 좋은 이 건물에 집중한다면 수천 명을 감전시켜 죽이기에 충분한 전기다. 아크 플래시나 지락 사고를 일으키면 어마어마한 전류가 사람들 몸에 흘러 목숨을 빼앗고 불에 탄 살점과 옷, 머리카락을 남길 것이다.

그대로 계십시오.

아니, 그럴 수 없었다.

여느 발명가와 마찬가지로 서머스는 실질적인 부분을 고려해보았다. 랜들 제슨과 앤디 제슨은 어떤 방법을 동원해 컨벤션센터의 발전소를 손에 넣었을 것이다. 경찰이 관리 직원에게 연락해 전력을 그냥 끊을 수도 있으므로 그대로 둘 수는 없었을 것이다. 건물로 들어오는 간선이 있다. 아마 지역 송전 선로처럼 13만 8000볼트일 것이다. 이 선과 연결해 바닥과 계단 그리고 문손잡이에 전기를 통하게 했을 것이다. 어쩌면 이번에도 엘리베이터일 수 있다.

서머스는 생각에 잠겼다.

여기 있는 참가자들은 전기를 피할 수 없다.

자신을 보호할 수 없다.

그러니 내가 대가리를 잘라야 한다.

이대로 있을 수는 없다.

랜들이 전류를 연결하기 전에 전기가 들어오는 선을 찾으면 회로를 단락시킬 수 있다. 활선에서 귀전선으로 직접 케이블을 연결하면 된다. 그럼으로써 요 전날 아침 버스 정류장에서만큼 강력한 아크 플래시가 발생하며 단락이 일어나면 위험을 없앨 수 있다. 비상 조명 시스템이 작동하겠지만, 그건 전압이 낮다. 아마 12볼트 납-칼슘 전지를 쓰고 있을 것이다. 그 정도 전압이라면 사람이 감전돼 죽을 염려는 없다. 엘리베이터에 사람이 갇힐 수도 있고, 일부는 당황할 것이다. 하지만 부상은 최소한으로 줄일 수 있다.

서머스는 문득 현실을 깨달았다. 시스템을 단락시키려면 전기 보수 업계에서 가장 위험한 작업을 하는 수밖에 방법이 없다. 13만 8000볼트의 전류가 흐르는 전선을 맨손으로 다루어야 하는 것이다. 최고의 선로공이나 시도하는 일이다. 지면과 접촉하는 것을 피하기 위해 절연재로 감싼 버킷이나 헬리콥터를 타고, 패러데이 방호복―실제 금속으로 된 작업복―을 입고 직접 고압 전류 자체와 접촉해야 한다. 사실상 전선의 일부가 되어 수십만 볼트의 전류가 몸을 타고 흐르게 하는 것이다.

찰리 서머스는 맨손으로 고압선 작업을 한 적이 없었다. 하지만 이론상으로 어떻게 해야 하는지는 알고 있었다.

전선 위의 새처럼….

그는 앨곤퀸 부스에 비치한 한심할 정도로 빈약한 공구 상자를 집어 든 다음, 옆 부스에서 경량의 고압 전선을 빌렸다. 그리고 어둑어둑한 복도로 뛰어나가 관리용 출구를 찾았다. 구리로 된 문손잡이를 흘끗 보고 잠시 망설이다 문을 활짝 열고 몇 층에 달하는 어두운 컨벤션센터 지하로 향했다.

그대로 계십시오.

아니, 그럴 순 없지.

74 도청

그는 흰색 밴 앞자리에 앉아 있었다. 에어컨을 꺼서 차 안이 무더웠다. 그러나 엔진을 켜 사람들의 시선을 끌고 싶지는 않았다. 그냥 주차한 차량은 상관없지만, 주차한 차에 엔진이 켜져 있으면 의심받을 확률이 기하급수적으로 높아진다.

땀이 뺨을 타고 흘러내렸다. 하지만 거의 느껴지지 않았다. 그는 헤드셋을 단단히 귀에 눌렀다. 아직 아무것도 들리지 않았다. 볼륨을 높였다. 전기 잡음. 쿵 소리 한두 번. 딱 하는 소리.

그는 오늘 아침 이메일로 보낸 편지 내용을 떠올렸다.

이번에도 이 요구를 무시한다면, 어제와 그제의 작은 사건보다 훨씬 더 큰 결과를, 훨씬 더 심각한 인명 손실을 초래하게 될 것이다.

그럴 수도 있고, 아닐 수도 있겠지.

그는 고개를 숙이고 차이나타운 근처 폐교에 놓아둔 발전기 내부에 장착한 마이크로폰을 통해 흘러 들어오는 목소리에 귀를 기울였다. 현장감식반이 링컨 라임의 타운하우스로 정중히 모시고 간 트로이의 목마라고나 할까. 이미 라임을 돕는 인물들과 그들의 소재에 대한 정보는 얻었다. 뉴욕시경 형사 론 셀리토, FBI 부지국장 터커 맥대니얼은 컨벤션센터 방어 작전을 조율하기 위해 시청으로 가고 없었다.

아멜리아 색스와 론 풀라스키는 전력을 끊을 방법을 찾기 위해 지금 컨벤션센터로 달려가고 있었다.

시간 낭비야.

그때 그의 몸이 굳었다. 링컨 라임의 목소리가 흘러나왔다.

"좋아, 멜. 저 케이블을 퀸스의 연구실에 갖다 줘."

"뭘…."

"케이블!"

"어떤 거요?"

"케이블이 몇 개나 되나?"

"네 갭니다."

"음, 색스와 풀라스키가 차이나타운 폐교에서 찾아낸 것 말이야. 절연재와 전선 사이에서 미량증거물을 파내 주사전자현미경으로 분석하라고 해."

비닐과 종이 소리가 들렸다. 잠시 후, 발소리.

"40분이나 한 시간 뒤에 돌아오겠습니다."

"언제 돌아오는지는 상관없어. 결과를 언제 전화로 알려줄 수 있느냐가 중요해."

발소리. 쿵 소리.

마이크로폰은 아주 민감했다.

문이 쾅하고 닫혔다. 정적. 컴퓨터 키보드 두드리는 소리. 아무것도 들리지 않았다.

그때 라임이 소리쳤다.

"빌어먹을, 톰! …톰!"

"뭡니까, 링컨? 혹시 또…."

"멜은 갔나?"

"잠깐만요."

잠시 후, 목소리가 들렸다.

"네, 방금 차가 떠났습니다. 부를까요?"

"아냐. 됐어. 음, 전선이 필요해. 랜들이 작업한 걸 재현할 수 있는지 확인하고 싶어. …긴 전선으로. 그런 게 집에 있나?"

"익스텐션 코드는요?"

"아니, 더 긴 것. 5미터에서 10미터 정도."

"그렇게 긴 전선을 제가 뭐하러 이 집에 두겠습니까?"

"그냥 있을지도 모른다고 생각했지. 음, 가서 구해봐. 당장."

"전선을 어디 가서 구하라고요?"

"전선 가게로 가든지. 난 몰라. 공구상이든가. 브로드웨이에 한 군데 있지 않나? 예전에는 있었어."

"아직 있습니다. 10미터가 필요하다고요?"

"그 정도면 될 거야. …뭐?"

"그냥…. 별로 좋아 보이지 않으십니다, 링컨. 그냥 두고 가도 될지 모르겠네요."

"괜찮아. 내가 시키는 대로 하기만 하면 돼. 빨리 출발할수록 빨리 돌아와서 엄마 닭처럼 마음껏 날 돌봐줄 수 있어. 하지만 일단 가!"

한동안 아무 소리도 들리지 않았다.

"좋습니다. 하지만 혈압을 재보고요."

다시 침묵.

"해봐."

나지막한 소리. 희미하게 쉭쉭 하는 소리. 벨크로 떼는 소리.

"나쁘지 않군요. 하지만 이대로 계속 유지되는지 잠시 두고 봐야겠습니다. …기분은 어떠십니까?"

"그냥 피곤해."

"30분 뒤에 돌아오겠습니다."

마루에서 희미한 발소리가 들렸다. 문이 다시 열렸다가 닫혔다.

그는 잠시 귀를 기울이다 일어섰다. 그리고 케이블 텔레비전 수리공 제복을 입었다. 1911 콜트를 장비 가방에 넣고 가방을 어깨에 걸쳤다.

그리고 밴의 앞유리창과 미러를 통해 골목이 비었는지 살핀 다음 차에서 내렸다. 보안 카메라가 없는 것을 확인하고, 링컨 라임의 타운하우스 뒷문으로 향했다. 3분 뒤 알람이 꺼져 있는 것을 확인한 그는 자물쇠를 뜯은 다음 조용히 지하실로 들어갔다. 이어서 배전반을 찾아 인근 다른 주택의 두 배에 달하는 400암페어의 전류가 흐르는 전선에 리모컨 개폐기를 조용히 설치하기 시작했다.

그는 사람을 즉사하게 하는 데는 그보다 극히 작은 전류만 있으면 된다는 것을 알고 있었다.

1암페어의 10분의 1⋯.

75 의외의 인물

라임이 증거물 보드를 바라보고 있는데, 타운하우스의 전기가 나갔다. 컴퓨터 스크린이 검게 변하고, 기계는 한숨을 쉬더니 조용해졌다. 그를 둘러싼 각종 장비의 붉은색, 녹색, 노란색 LED 조명이 일제히 사라졌다.

라임은 머리를 양옆으로 돌렸다.

지하실에서 문 삐걱대는 소리. 이어 발소리가 들렸다. 발을 힘차게 내딛는 소리가 아니라, 낡고 마른 나무가 인간의 몸무게에 희미하게 반항하는 듯한 소리였다.

"누구지? 톰? 자넨가? 전기가 나갔어. 어디가 고장 난 것 같아."

삐걱거리는 소리가 점점 가까이 다가왔다. 그러다 사라졌다. 라임은 의자를 빙글 돌렸다. 예전에 범행 현장에 처음 도착했을 때 현장의 느낌을 파악하고 필요한 증거물이 어디쯤 있을지 추측하기 위해 그랬듯이 방 안을 한 번 휙 둘러보았다. 위험한 것이 어디쯤 있을지. 범인이 부상당해서, 혹은 겁에 질려서, 혹은 침착하게 경찰을 죽일 기회를 노리고 숨어 있을 만한 장소는 어디인지.

다시 삐걱 소리.

휠체어를 다시 360도로 휙 돌렸지만, 아무것도 보이지 않았다. 그때 방 저쪽 끝 작업대 위에 있는 휴대전화가 눈에 띄었다. 타운하우스의 전기는 나갔지만, 당연히 휴대전화는 아직 작동할 것이다.

배터리….

휠체어 컨트롤 터치 패드를 누르자 의자는 곧바로 반응했다. 라임은 작업대로 다가가 등을 문간 쪽으로 향하고 멈춘 다음 전화기를 내려다보았다. 전화기는 그의 얼굴에서 50센티미터도 떨어져 있지 않았다.

액정이 녹색으로 빛났다. 언제든지 받거나 걸 수 있을 만큼 전기는 충분했다.

"톰?"

라임은 다시 불렀다.

대답이 없었다.

라임은 관자놀이와 목의 맥박을 통해 심장이 두근거리는 것을 느꼈다.

사실상 움직이지 못하는 상태로 방 안에 혼자 있었다. 50센티미터도 채 떨어져 있지 않은 전화기를 노려보며. 라임은 의자를 약간 옆으로 돌렸다가 다시 얼른 반대편으로 돌려 테이블을 쳤다. 하지만 전화기는 그 자리에 그대로 있었다.

그때 방 안의 음향이 변한 것을 느꼈다. 누군가가 있다. 라임은 테이블을 다시 한 번 쳤다. 하지만 전화기가 이쪽으로 미끄러지기 전에 등 뒤에서 발소리가 들렸다. 장갑을 낀 손이 어깨너머로 다가오더니 전화기를 붙들었다.

"당신인가?"

라임은 등 뒤의 인물에게 물었다.

"랜들? 랜들 제슨?"

대답이 없었다.

희미한 소리만 들렸다. 딸깍. 그리고 뭔가로 어깨를 미는 것이 느

꺼졌다. 터치 패드의 휠체어 배터리 표시등이 꺼졌다. 침입자는 수동으로 브레이크를 풀고 한 줄기 희미한 햇빛이 들어오는 창가로 의자를 밀었다.

그러곤 천천히 의자를 돌렸다.

라임은 뭐라 말하려고 입을 열었다. 하지만 상대의 얼굴을 찬찬히 관찰하던 그의 눈이 가늘어졌다. 그는 한동안 아무 말도 하지 않았다. 속삭임.

"그럴 리가 없어."

성형 수술은 아주 훌륭했다. 하지만 남자의 얼굴에는 낯익은 특징이 있었다. 게다가 링컨 라임이 지금 이 순간 멕시코시티의 퇴락한 동네에 숨어 있을 리처드 로건, 시계공의 얼굴을 어떻게 잊겠는가?

76 위험한 순간

로건은 링컨 라임이 필사적으로 사용하려던 휴대전화를 껐다.

"이해할 수가 없군."

라임은 중얼거렸다.

로건은 장비 가방을 어깨에서 내려 바닥에 놓은 다음 쭈그리고 앉아 가방을 열었다. 그리고 재빠른 손놀림으로 가방을 뒤지더니 랩톱 컴퓨터와 무선 비디오카메라 두 개를 꺼냈다. 그중 하나를 부엌으로 가져가 골목 쪽으로 놓고 다른 하나는 앞쪽 창문에 놓았다. 이어서 컴퓨터를 켜고 근처 탁자 위에 놓았다. 명령어를 입력했다. 라임의 타운하우스 뒷골목과 앞쪽 보도의 영상이 곧 화면에 떴다. 배터리 파크 호텔에서 베터를 감시하며 스위치를 정확히 언제 눌러야 하는지, 살이 금속에 정확히 언제 닿는지 염탐했던 바로 그 장비였다.

로건은 고개를 들고 희미하게 웃었다. 그리고 회중시계가 세워져 있는 진한 참나무 벽난로로 다가갔다.

"아직 내 선물을 가지고 있군."

그가 속삭였다.

"아직 가지고 있어⋯. 여기 전시까지 해놓고."

로건은 놀랐다. 라임이라면 자신이 어디 사는지 알아내기 위해 골동품 브레게를 분해해서 모든 부품을 샅샅이 검사했을 거라고 생각했던 것이다.

서로 적이고 곧 죽일 생각이었지만, 로건은 라임을 대단히 존경했다. 그가 아직 시계를 가지고 있는 것을 보니 묘하게 기분이 좋았다.

하지만 생각해보니 당연히 용수철 하나까지, 보석 하나까지 분해했다가 다시 완벽하게 조립하라고 지시했을 것 같았다.

라임도 일종의 시계공인 셈이다.

회중시계 옆에는 자신이 시계와 같이 보낸 편지도 있었다. 라임에 대한 칭찬의 말과 다시 만나게 될 거라는 불길한 약속을 담은 내용이었다.

이제 그 약속을 지킨 것이다.

라임은 충격에서 회복했다.

"사람들이 곧 올 거야."

"아니, 링컨. 오지 않아."

로건은 15분 전 이 방에 있던 모든 사람들의 소재를 정확하게 말했다. 라임은 이맛살을 찌푸렸다.

"그걸 어떻게⋯? 아, 이런. 발전기로군. 도청 장치를 넣었어."

라임은 한심하다는 듯 눈을 감았다.

"맞아. 시간이 얼마나 남았는지도 알고 있어."

리처드 로건은 자기 인생에 무슨 일이 일어나든 언제나 여유가 얼마나 있는지 정확하게 아는 인간이었다.

라임의 얼굴에 어렸던 절망감이 혼란으로 변했다.

"그럼 레이 골트로 활동했던 건 랜들이 아니었군. 당신이었어."

로건은 브레게를 애정 어린 눈으로 살펴보았다. 자기 손목에 찬 시계와 시간도 비교해보았다.

"태엽도 잘 감아놓는군."

그는 시계를 내려놓았다.

"맞아. 지난 일주일 동안 나는 전기 전문가이자 해결사 레이먼드 골트였어."

"하지만 공항 보안 카메라에서 봤는데…. 당신은 루돌포 루나를 암살하라는 청부를 받고 멕시코에 있었어."

"정확히 말하면, 아니야. 그의 동료 아르투로 디아스는 푸에르토 발라르타의 대규모 마약 카르텔에서 돈을 받고 있어. 루나는 멕시코에 남은 몇 안 되는 정직한 경찰 중 한 사람이지. 디아스가 그를 죽여달라고 청부했는데, 난 너무 바빠서 말이야. 하지만 수수료를 좀 받고 내가 청부를 받은 것처럼 행동해주기로 했지. 디아스가 의심받지 않도록. 그게 내 목적에도 도움이 됐어. 모든 사람이, 특히 당신이 내가 뉴욕이 아닌 다른 곳에 있다고 생각해야 했거든."

"하지만 공항에서는…."

라임의 목소리가 혼란스러운 속삭임으로 변했다.

"당신은 비행기에 탔어. 보안 카메라에도 찍혔고. 우리는 당신이 트럭을 타고 방수포 아래 숨는 걸 봤어. 멕시코시티에서도, 공항에서 멕시코시티로 가는 도로에서도 목격한 사람이 있고. 한 시간 전에는 구스타보 마데로에서 목격한 사람도 있어. 당신의 지문도…."

라임은 말끝을 흐리고 고개를 저으며 포기한 듯 미소를 지었다.

"맙소사. 아예 공항을 떠난 적이 없었군."

"맞아."

"당신은 그 꾸러미를 받고 보안 카메라 앞에서 트럭에 올라탔어. 카메라가 거기 있다는 걸 알고 있었지. 트럭이 카메라 앞에서 벗어난 뒤 다시 내렸고. 꾸러미를 다른 사람에게 준 다음 다시 비행기를 타고 동부 해안으로 왔어. 디아스의 부하들이 거짓말을 한 거야. 다들 당신이 멕시코시티에 있다고 믿게 하려고 계속 당신을 봤다고 보고한 거야. 디아스의 부하 중 몇 명이나 돈을 받고 있지?"

"20명 정도."

"구스타브 마데로로 도망간 차도 없나?"

"없어."

로건에게 동정심은 비효율적이고, 따라서 불필요한 감정이었다. 개인적으로 감동을 받지는 않았지만 지금 이 순간 링컨 라임이 안 쓰럽다는 것을 인정하지 않을 수 없었다. 그는 지난번에 만났을 때보다 더 작아 보였다. 거의 연약해 보였다. 혹시 아픈지도 모른다. 그렇다면 잘된 일이라고 로건은 생각했다. 전기가 좀 더 빨리 효과를 발휘할 것이다. 라임이 고통 받는 것은 원치 않았다.

로건은 위로하듯 덧붙였다.

"당신이 루나에 대한 공격을 예측했지. 디아스가 그자를 죽이는 걸 막았어. 그걸 제때 알아낼 거라고는 생각하지 못했는데. 하지만 생각해보니 놀랄 일은 아니야."

"하지만 난 당신을 막지 못했어."

로건은 전문 청부 살인범으로 오랫동안 일하면서 수많은 사람을 죽였다. 자신이 죽는다는 것을 알면, 사람들은 그걸 피할 수 없다는 것을 깨달으면서 대부분 침착해진다. 하지만 라임은 더했다. 그는 지금 거의 안도감을 느끼는 것 같았다. 어쩌면 로건이 라임의 얼굴에서 읽은 것은 치명적인 질환의 징후인지 모른다. 신체 상태를 감안할 때, 더 이상 살려는 의지를 잃어버렸을 수도 있다. 빠른 죽음은 축복일 것이다.

"골트의 시체는 어디 있지?"

"앨곤퀸 전력 터빈실 보일러. 남은 건 없어."

로건은 랩톱을 흘끗 보았다. 아직 아무도 오지 않았다. 그는 베닝튼 중전압용 케이블을 꺼내 한쪽 끝을 220볼트 콘센트에 연결했다. 그는 몇 달 동안 전기에 대해 배웠다. 이제 시계의 미세한 톱니나 용수철처럼 편안하게 다룰 수 있었다.

전력을 다시 연결해 라임을 즉사시킬 만한 전기를 흐르게 해줄 리모컨의 무게가 주머니에서 묵직하게 느껴졌다.

그는 케이블을 라임의 팔에 감았다. 라임이 말했다.

"발전기에 도청기를 설치했다면, 우리가 그전에 했던 말도 들었겠군. 우리는 레이먼드 골트가 진범이 아니라는 걸, 희생양이라는 걸 알고 있어. 앤디 제슨이 샘 베터와 래리 피시바인을 죽였다는 것도 알고. 현장에서 활동한 사람이 그 여자 동생이든 아니든, 제슨은 체포될 것이고…."

로건은 꿈쩍도 하지 않고 라임만 힐끗 바라볼 뿐이었다. 라임의 얼굴에 이해와 완벽한 체념이 떠올랐다.

"진상은 그게 아니군. 안 그래? 전혀 아니야."

"맞아, 링컨. 아니야."

77 전선 위의 새

전선에 앉지 않고 그 위에 있는 새.

찰리 서머스는 컨벤션센터 지하 허공에 급조한 리프트에 매달린 채 붉은 절연재로 감싼 13만 8000볼트의 전선에서 정확히 60센티미터 떨어져 있었다.

전기가 물이라면, 케이블 안의 압력은 제곱인치당 수백만 파운드에 달하는 심해 밑바닥의 수압과 비슷할 것이다. 조금의 결함만 있어도 잠수함을 피투성이 철판으로 납작하게 눌러버릴 수 있는 압력이다.

절연재로 덮인 유리 기둥에 매달린 간선이 지상 3미터 높이에서 벽을 따라 지하실을 가로질러 어둑어둑한 공간 한쪽 끝에 자리 잡은 컨벤션센터 자체 변전소로 이어져 있었다.

노출된 전선과 땅에 맞닿은 물체를 동시에 건드리면 안 되기 때문에 서머스는 소방 호스로 리프트를 급조해 고압선 위쪽의 통로와 연결했다. 젖 먹던 힘까지 동원해 호스를 타고 아래로 내려가 맨 끝의 교차점에 몸을 끼웠다. 소방 호스가 부디 고무와 천만으로 제작되었기를 바랄 뿐이었다. 철심으로 강화한 호스라면, 몇 분 뒤 그의 몸은 지락 사고로 인해 증기처럼 날아갈 것이다.

목에는 앨곤퀸 옆 부스에서 빌린 1/0게이지 케이블을 감고 있었다. 서머스는 스위스 군용 칼로 천천히 진빨강색의 절연재를 벗겼다. 다 벗긴 뒤에는 고압선의 절연재도 마찬가지로 벗기고 알루미늄 전선을 노출시킬 생각이었다. 그리고 맨손으로 두 선을 연결할 계획이었다.

그렇게 하면 둘 중 한 가지 결과가 나올 것이다.

아무 일도 일어나지 않든가.

혹은 지락 사고가 발생해… 증기로 날아가든가.

전자의 경우에는 노출된 전선 끝을 조심스럽게 잡아당겨 가까운 귀전선에 댈 것이다 – 컨벤션센터의 토대와 연결된 철골이면 된다. 이렇게 하면 어마어마한 합선이 발생해 센터의 발전소 차단기가 터진다.

그 자신은 뭐, 접지되지는 않겠지만, 그렇게 높은 전압이라면 거대한 아크 플래시가 발생해 자칫하면 죽을 것이다.

시한은 의미가 없다는 것을, 랜들과 앤디 제슨이 언제라도 개폐기를 작동할 수 있다는 것을 아는 서머스는 미친 듯이 피처럼 붉은 절연재를 벗겨냈다. 돌돌 말린 유전체 조각이 저 아래 바닥으로 떨어졌다. 조문객들이 돌아가고 난 뒤 텅 빈 장례식장에서 한 잎 두 잎 떨어지는 장미 꽃잎 같다는 생각이 들었다.

78 상황 종료

　리처드 로건은 링컨 라임이 이스트 강 쪽으로 난 타운하우스의 커다란 창밖을 내다보는 것을 지켜보았다. 저 멀리 음침한 강변에 회색과 붉은색의 앨곤퀸 전력 회사 본사가 자리 잡고 있을 것이다. 여기서 굴뚝은 보이지 않았지만, 추운 날이면 라임도 스카이라인 위로 뭉게뭉게 올라가는 연기를 볼 수 있을 것이다.

　라임은 고개를 저으며 속삭였다.

　"앤디 제슨이 당신을 고용한 게 아니군."

　"맞아."

　"그 여자가 목표물이었군. 그렇지? 당신이 그녀를 함정에 빠뜨린 거야."

　"맞아."

　라임은 로건의 발치에 있는 장비 가방을 턱으로 가리켰다.

　"그 안에는 앤디와 그녀의 동생을 범인으로 지목할 증거가 들어 있겠지. 앤디와 랜들이 나까지 죽인 것처럼 여기다 증거물을 심어 놓을 테고. 지금까지 줄곧 증거물을 연출해온 것처럼 말이야. 시청의 미량증거물, 금발 머리, 그리스 음식. 당신은 앤디가 레이 골트를 이용해 샘 베터와 래리 피시바인을 죽인 것처럼 뒤집어씌우라는 사주를 받았어. …왜 그들이지?"

"굳이 그들일 필요는 없었어. 배터리 파크 호텔 세미나에 참석한 사람이나 피시바인의 회계 법인에 다니는 사람이라면 누구든지 상관없었어. 앤디 제슨이 은폐하고자 하는 어떤 음모에 대한 정보를 갖고 있을 만한 사람이라면."

"실제로는 아무 정보가 없는데도?"

"맞아. 앨곤퀸이나 앤디 제슨과는 아무 상관도 없는 사람들이야."

"배후가 누구지?"

라임은 미간에 주름을 잡았다. 마치 죽기 전에 퍼즐의 해답을 알아야겠다는 듯 시선은 증거물 보드를 훑었다.

"알 수가 없군."

로건은 라임의 수척한 얼굴을 내려다보았다.

동정….

로건은 두 번째 전선을 꺼내 그것도 라임의 팔에 감았다. 이 전선은 가장 가까운 땅, 라디에이터에 연결할 생각이었다.

리처드 로건은 자신의 고객이 누군가를 죽이려는 이유를 윤리적인 차원에서 신경 써본 적이 없었다. 하지만 살인을 계획하고 이후 달아나는 데 도움이 되기 때문에 그 동기는 꼭 알아두는 것을 철칙으로 삼았다. 그래서 앤디 제슨이 누명을 쓰고 아주 오랫동안 감옥에 들어가야만 하는 이유도 흥미롭게 들었다.

"앤디는 새로운 질서에 방해가 돼. 그 여자는 석유와 가스, 석탄, 핵이 앞으로 몇백 년 동안 유일한 주요 에너지원일 거라고 믿어. 아주 공개적으로 그런 시각을 밝히고 있지. 재생 에너지는 아이들 장난감이라는 시각."

"그녀는 솔직하게 말하고 있을 뿐이야."

"맞아."

"그럼 에코 테러 단체가 배후라는 거군."

로건은 얼굴을 찌푸렸다.

"에코 테러? 아, 무슨 소리야? 스키 리조트 건설 현장 하나에 불을 내는 간단한 것조차 들키고 마는, 씻지도 않고 턱수염 텁수룩한 바보들 말인가?"

로건은 웃었다.

"아니야, 링컨. 이건 돈이 얽힌 문제야."

라임은 이해할 수 있었다.

"아, 그렇군. …청정 에너지와 재생 에너지가 아직 전면에 나서기에는 이르다는 것하고는 상관이 없겠군. 어쨌든 풍력 발전소나 태양열 발전소나 자급자족 전력망이나 송전 장비를 지으면 이윤이 생기니까."

"바로 그거야. 정부 보조금과 세금 우대 조치도 있지. 녹색 전력이라는 딱지가 붙은 거라면 지구를 살린다는 생각으로 뭐든지 주머니를 여는 소비자도 있어."

"골트의 아파트에서 암에 대한 이메일을 찾았을 때, 우리는 복수를 범행 동기라고 보기에는 약하다고 생각했어."

"그래. 하지만 탐욕은 영원하지."

라임은 웃지 않을 수 없었다.

"그럼 녹색연합전선이 배후로군. 이런 반전이라니."

라임의 시선이 화이트보드로 향했다.

"그중 한 사람은 알 것 같군. 밥 캐버너?"

"훌륭하군. 맞아. 사실 그자가 주범이야. 어떻게 알았지?"

라임은 눈가를 찌푸렸다.

"그자가 우리한테 랜들 제슨을 범인으로 지목할 만한 정보를 줬으니까. 배터리 파크 호텔에서도 도움을 줬어. 베터를 살릴 수도 있었지. …하지만 그래, 베터나 피시바인이 죽든, 다른 사람이 죽든, 그에게는 아무 상관이 없었겠군."

"맞아. 중요한 건 앤디 제슨이 테러 용의자로 체포되는 거니까.

누명을 쓰고 감옥에 가는 거지. 그러나 다른 동기도 있어. 캐버너는 앤디의 아버지와 동업자였는데, 사장이자 CEO 자리를 친구의 딸에게 넘겨준 것에 불만이 많았지."

"그가 유일한 배후는 아닐 텐데."

"당연하지. 연합전선에는 미국과 중국, 스위스 등 세계 각국 대안 에너지 장비 공급업체의 CEO 대여섯 명이 참여하고 있어."

"녹색 카르텔이라."

라임은 고개를 저었다.

"시대는 변하기 마련이야."

"그럼 왜 그냥 앤디를 죽여버리지 않고?"

"내가 하고 싶은 질문이야. 하지만 경제적인 요소도 있어. 캐버너와 일당은 앤디를 내쫓는 동시에 앨곤퀸의 주가도 떨어뜨려야 했어. 그래야 카르텔이 앨곤퀸을 잡아먹을 수 있지."

"버스 공격은?"

"사람들의 시선을 사로잡아야 했으니까."

후회 한 조각이 로건의 가슴을 스쳤다. 라임에게 고백하는 것이 편했다.

"거기서는 사람을 죽일 생각이 없었어. 그 승객이 망설이지 않고 바로 버스에 탔다면 괜찮았을 텐데. 하지만 난 더 이상 기다릴 수가 없었어."

"앤디가 베터와 피시바인을 죽이고 싶었던 것처럼 꾸민 이유는 알겠어. 그들은 애리조나의 대안 에너지 프로젝트에 관여했으니까. 논리적으로 적당한 목표물이라고 할 수 있지. 하지만 카르텔은 왜 찰리 서머스를 죽이려고 하지? 그의 업무는 대안 에너지를 개발하는 것 아닌가."

"서머스?"

로건은 발전기를 턱으로 가리켰다.

"그 이름을 언급하는 건 나도 들었어. 내가 두 번째 협박 편지를 건넸을 때, 버니 월이 그 이름을 말했고. 그건 그렇고 월은 당신 이름도 불었어."

"협박했지? 뭐라고? 가족을 죽인다고 했나?"

"맞아."

"그를 탓할 수는 없겠군."

로건은 말을 이었다.

"하지만 그 서머스란 사람이 누군지는 몰라도 이 계획하고는 아무 상관이 없어."

"그런데 앨곤퀸에 세 번째 협박 편지를 보냈잖아. 누군가를 죽일거라는 뜻이겠지. 컨벤션센터에 함정을 만들지 않았나?"

라임은 혼란스러웠다.

"아냐."

그제야 알겠다는 듯 라임은 고개를 끄덕였다.

"그래. …나였군. 내가 다음 목표였어."

로건은 팽팽한 전선을 들고 잠시 손길을 멈췄다.

"맞아."

"당신은 나 때문에 이번 일을 맡았어."

"나한테는 연락이 많이 와. 하지만 난 뉴욕으로 다시 돌아올 일거리를 기다리고 있었어."

로건은 고개를 숙였다.

"몇 년 전 여기 있을 때, 당신한테 잡힐 뻔했으니까. 그리고 당신 때문에 그 일도 망쳤으니까. 계약 이행을 실패한 건 그게 처음이었어. 수수료도 돌려줘야 했지. …돈 문제가 아니야. 당황스러웠어. 수치스러웠지, 영국에서도 당신 때문에 잡힐 뻔했고. 다음에는… 행운이 따를 수도 있겠지. 그래서 캐버너가 내게 연락했을 때 수락한 거야. 당신한테 다가가기 위해."

로건은 자신이 왜 이런 표현을 선택했을까 궁금했다. 그는 생각을 지우며 바닥에 연결한 전선을 마무리하고 일어섰다.

"미안해. 하지만 해야겠어."

로건은 이렇게 말하며 라임의 가슴에 물을 부어 셔츠를 적셨다. 예의가 아니었지만, 선택의 여지가 없었다.

"전도성 때문에."

"지구를 위한 정의는? 당신과 관계가 있나?"

"아니. 들어보지도 못했어."

라임은 그를 바라보았다.

"그럼 당신이 만든 리모컨 스위치는 이 집 아래층 회로 차단기에 연결돼 있나?"

"맞아."

라임은 생각에 잠겼다.

"전기라…. 지난 며칠 동안 전기에 대해 많이 배웠어."

"난 몇 달 동안 공부했어."

"골트가 앨곤퀸 컴퓨터 조작법을 가르쳐줬나?"

"아니, 그건 캐버너였어. 시스템에 접속하는 비밀번호를 알려주었지."

"아, 그랬겠군."

"하지만 SCADA와 앨곤퀸 시스템에 관한 강좌도 따로 들었어."

"물론 그랬겠지."

"얼마나 흥미로운지 놀랐어. 난 전기를 하찮은 거라고 생각해왔는데."

"시계 만드는 것 때문에?"

"맞아. 배터리와 대량 생산된 칩 하나가 수공으로 제작한 최고의 시계와 똑같은 기능을 발휘해. 그건 예술에 대한 모독이야."

로건은 흥분이 몸속을 흐르는 것을 느꼈다. 이런 대화를 할 수 있다는 게 짜릿했다. 그와 동등한 사람은 극히 드물다. 게다가 범죄학자는 그가 무엇을 느끼는지 알고 있었다!

"맞아, 맞아. 바로 그거야. 하지만 이 일을 하다 보면 생각이 바꿰게 돼. 수정 발진기로 시간을 알려주는 시계가 톱니바퀴와 지레와 용수철로 돌아가는 시계보다 못할 게 뭐 있나? 결국 둘 다 물리법칙을 따라 움직일 뿐인데. 과학자로서 당신도 이해할 거야. 아, 콤플리케이션? 당신도 콤플리케이션이 뭔지 알겠지."

"시계에 넣는 온갖 종과 호각 소리를 가리키는 말이지. 날짜, 달의 위상, 춘분과 추분, 벨 소리."

로건은 놀랐다. 라임은 덧붙였다.

"아, 나도 시계 만드는 걸 공부했어."

당신에게 다가가기 위해….

"전자시계는 그것 외에 수백 가지 기능을 그대로 재현하지. 타이멕스 데이터 링크(Timex Data Link)를 아나?"

라임은 대답했다.

"몰라."

"이제는 고전이야. 컴퓨터에 연결할 수 있는 손목시계지. 시간을 알려주는 기능은 이 시계의 100가지 기능 중 한 가지에 불과해. 우주 비행사들이 달에 갈 때 차는 시계야."

로건은 컴퓨터 스크린을 다시 흘끗 보았다. 타운하우스에는 아무도 접근하지 않았다.

"이 모든 변화가, 현대성이 거슬리지 않나?"

라임이 물었다.

"아니. 그건 인간의 삶이 시간이란 것과 얼마나 밀접하게 결합되어 있는지를 증명할 뿐이야. 우리는 시계공이 당대의 실리콘 밸리였다는 것을 잊고 있어. 이 프로젝트를 봐. 얼마나 대단한 무기야, 전기란. 전기 하나만 통제해도 도시 하나를 마비시킬 수 있어. 이건 이제 인간 본성의, 인간 존재의 일부야. 우리는 전기 없이 살아갈 수 없어. …시간은 변해. 우리도 변해야 해. 무엇을 감수해야 할지라도, 무엇을 버려두고 떠나야 할지라도."

라임이 말했다.

"부탁이 있어."

"난 이 집 배전반의 회로 차단기를 조작했어. 평소 전력량의 두 배가 흐를 거야. 아주 빨라. 당신은 아무것도 느끼지 못할 거야."

"어차피 난 별로 많은 걸 느끼지 못하는 사람이야."

"나는⋯."

민망한 말실수라도 저지른 기분이었다.

"사과할게. 생각이 짧았어."

아니라는 듯한 고갯짓.

"내 부탁은 아멜리아 색스에 대한 거야."

"색스?"

"그녀까지 추적할 이유는 없어."

로건은 이 점을 생각해보고 라임에게 결론을 말했다.

"아니, 그럴 의도는 없어. 그녀에게는 날 찾아다닐 열정이 있겠지. 끈기도. 하지만 내 상대는 안 돼. 그녀는 안전할 거야."

라임의 얼굴에 희미한 미소가 떠올랐다.

"고마워, 리처드. 당신은 리처드 로건이지. 그렇지? 그것도 가명인가?"

"본명이야."

로건은 다시 스크린을 보았다. 바깥 보도는 텅 비어 있었다. 경찰은 없었다. 라임의 동료들은 아무도 돌아오지 않았다. 그와 범죄학자 단둘뿐이었다. 이제 시간이 다 됐다.

"당신은 대단히 침착하군."

"그러지 않아야 할 이유가 있나? 난 오랫동안 빌린 시간을 살아온 사람이야. 매일 잠에서 깨는 게 내겐 놀라움이지."

로건은 가방을 뒤져 랜들 제슨의 지문이 묻은 다른 전선을 바닥에 내려놓았다. 그런 다음 비닐봉지 하나를 뒤집어 랜들의 머리카락을 근처 바닥에 쏟아놓고 랜들의 신발 한 짝을 사용해 쏟은 물 위에 발자국을 남겼다. 그리고 앤디 제슨의 집무실 옷장에서 가져온 금발 머리카락과 정장 섬유도 뿌려놓았다.

로건은 고개를 들고 다시 진자 장비를 확인했다. 왜 망설이지? 라임의 죽음이 내게 한 시대의 종말을 의미해서일지도 모른다. 그가 죽으면 마음이 아주 놓일 것이다. 그러나 그것은 영원히 마음에 사무칠 손실이기도 했다. 사랑하는 사람에게서 생명 유지 장치를 제거할 때의 기분이 아마 이럴 것이다.

당신에게 다가가기 위해….

로건은 주머니에서 리모컨을 꺼낸 다음 휠체어에서 물러섰다.

링컨 라임은 침착하게 그를 바라보다 한숨을 쉬고 말했다.

"그럼 이제 다 된 모양이군."

로건은 망설였다. 그의 눈이 가늘어지며 라임을 응시했다. 이 말을 할 때 라임의 목소리에는 뭔가 아주 다른 어조가 담겨 있었다. 표정도. 눈빛도…. 그리고 그 눈빛이 갑자기 육식동물의 그것으로 변했다.

소름이 쫙 끼쳤다. 리처드 로건은 문득 링컨 라임이 어울리지 않는 어조로 말한 문장이 자신을 향한 것이 아니라는 사실을 깨달았다.

그것은 메시지였다. 다른 사람을 향한.

"무슨 짓을 한 거지?"

로건은 속삭였다. 심장이 두근거렸다. 작은 컴퓨터 모니터를 바라보았다. 누군가가 타운하우스로 돌아오는 흔적은 전혀 없었다.

하지만… 애당초 아무도 집을 나간 게 아니었다면?

안 돼….

로건은 라임을 바라보다 리모컨 스위치의 버튼 두 개를 한꺼번에 눌렀다.

아무 일도 일어나지 않았다.

라임은 사무적으로 말했다.

"네가 위층으로 올라오자마자 경찰 한 사람이 연결을 끊었어."

"안 돼…."

로건은 숨을 들이쉬었다.

삐걱거리는 소리가 등 뒤에서 들렸다. 로건은 휙 돌아섰다.

"리처드 로건, 움직이지 마!"

방금 이야기하고 있던 형사, 아멜리아 색스였다.

"손을 잘 보이는 데 둬. 손을 움직이면 쏜다!"

뒤에는 남자 둘이 있었다. 그들 역시 경찰인 것 같았다. 한 사람은 구깃구깃한 파란 정장 차림의 뚱뚱한 남자. 한 사람은 검은 테 안경을 쓴 셔츠 차림의 마른 남자였다.

세 경찰이 무기를 겨누고 있었다.

로건은 그중 가장 기꺼이 총을 쏠 것 같은 아멜리아 색스를 바라보았다. 라임이 색스에 대해 물어본 것은 결정적인 단어를 말하기 전에 거의 다 되었다는 것을 경찰에게 알리는 신호였다는 것을 깨달았다.

그럼 이제 다 된 모양이군.

로건이 자기를 업신여긴 말도 들었다는 뜻이다.

그러나 앞으로 다가와 수갑을 채우는 색스의 태도는 거의 부드럽다고 해도 좋을 만큼 사무적이었다. 색스는 로건을 조금도 불편하지 않게 바닥에 엎드리게 했다.

뚱뚱한 경찰이 다가와 라임의 몸에서 전선을 풀었다.

"장갑을 껴."

라임은 침착하게 말했다.

덩치 큰 형사는 망설였다. 그러다 라텍스 장갑을 끼고 케이블을 제거했다. 그리고 무전기에 대고 말했다.

"상황 종료. 이제 전원을 올려도 된다."

잠시 후, 환한 불빛이 방 안을 가득 채웠다. 전자 장비가 일시에 되살아나고 다이오드가 빨강색, 녹색, 흰색으로 반짝이는 가운데 형사는 리처드 로건, 시계공에게 피의자의 권리를 알려주었다.

79 영웅

이제 영웅적인 행동을 할 때다.

사실 이건 발명가의 전문 분야는 아니다.

찰리 서머스는 경량 케이블에서 절연재를 충분히 벗겨냈으니 이제 합선시킬 때가 됐다고 생각했다.

이론적으로는 잘될 것이다.

물론 귀전선에 케이블을 가까이 가져가는 순간, 피더선의 어마어마한 고전압 전류가 땅으로 흐르기 위해 몸부림치면서 아크 플래시가 발생해 자신의 몸이 플라스마 스파크에 타버릴 위험은 있다. 서머스는 길이가 15미터나 되는 아크 플래시를 비디오로 본 적도 있었다.

하지만 이미 오래 기다렸다.

첫 단계로 케이블을 간선에 연결하면 된다.

아내와 아이들을 생각하며, 다른 아이들―오랫동안 만들어온 발명품―을 생각하며, 그는 활선에 몸을 기울인 다음 심호흡을 하고 맨손으로 경량 케이블을 간선에 갖다 댔다.

아무 일도 일어나지 않았다. 지금까지는 좋다. 그의 몸과 전선은 이제 전위차(電位差)가 없다. 사실상 찰리 서머스는 13만 8000볼트 전선의 일부가 된 것이다.

서머스는 노출시킨 경량 케이블을 활선 저쪽 편에 연결하고 그 아래에서 반대쪽 끝을 잡았다. 단단히 접촉하도록 선을 한 번 꼬았다.

이어서 절연재로 싸인 부분을 쥐고 흔들거리는 소방 호스에 매달린 채 뒤로 물러난 다음, 회로를 닫기로 한 지점을 바라보았다. 천장으로 올라오는 철골. 그의 목적과 관련해 가장 중요한 것은 철골이 땅속 깊숙이 박혀 있다는 점이다.

모든 전류는 땅속으로 향하려는 본능을 갖고 있다.

철골은 1.8미터가량 떨어져 있었다.

찰리 서머스는 희미하게 웃었다.

이건 정말 말도 안 된다. 노출된 전선 끝부분이 철골에 다가가는 순간, 전류는 접촉을 예상하고 쇠로 뛰어들어 어마어마한 아크 플래시를 일으킬 것이다. 플라스마, 불꽃, 녹은 금속이 시속 900미터의 속도로 날아다닐 것이다.

하지만 다른 방법이 없었다.

하자!

대가리를 자른다.

서머스는 케이블을 철골 가까이 가져가기 시작했다.

1.8미터, 1.5미터, 1.2미터….

"이봐요, 거기! 찰리? 찰리 서머스?"

서머스는 헉하고 숨을 들이쉬었다. 케이블 끝이 심하게 흔들렸다. 그는 얼른 선을 되감았다.

"누구요?"

이렇게 불쑥 말했지만, 문득 앤디 제슨의 남동생이 자신을 쏴 죽이러 왔을지도 모른다고 생각했다.

"론 풀라스키입니다. 색스 형사와 같이 일하는 경찰입니다."

"그런데 왜요? 여기서 뭐하는 거요?"

"30분 전부터 계속 연락드렸는데…."

"나가요, 경관. 여긴 위험해!"

"전화를 안 받으시더군요. 아멜리아하고 링컨과 통화하신 직후에 다시 전화를 드렸는데요."

서머스는 목소리를 진정했다.

"지금은 전화가 없어요. 이것 봐요. 난 지금 여기, 전체 건물의 전기를 끊는 중이오. 범행을 막으려면 이 수밖에 없어요. 엄청난 아크가…."

"범행은 막았습니다."

"뭐요?"

"네. 라임이 서머스 씨를 찾아보라고 절 보냈습니다. 전화로 말씀드린 건 거짓말입니다. 범인이 도청한다는 걸 알고 있었기 때문에 진짜 계획은 말씀드릴 수 없었습니다. 여기가 공격 지점인 줄 우리가 착각한 것처럼 해야 했거든요. 링컨의 집을 나선 직후 전화를 드렸는데 안 받으시더라고요. 그런데 누가 당신이 여기로 내려오는 걸 봤다고 했습니다."

맙소사!

서머스는 몸 아래에서 덜렁거리는 케이블을 응시했다. 피더선의 전류가 언제라도 땅으로 돌아가는 지름길을 찾아 서머스를 흔적도 없이 사라지게 할 수 있는 상황이었다.

풀라스키가 외쳤다.

"거기서 정확히 뭘 하시는 겁니까?"

자살하려고 했지.

서머스는 천천히 케이블을 끌어당기고 간선과 연결한 부위를 풀기 시작했다. 언제라도 아크 플래시 터지는 소리가 들리고, 자신이 죽을 것만 같았다.

전선을 푸는 과정이 영원처럼 길었다.

"제가 도와드릴 일은 없습니까?"

있어. 그 입 좀 다물어.

"음, 그냥 물러나서 잠깐만 기다려주시죠, 경관."

"알겠습니다."

마침내 케이블이 간선에서 떨어져 나왔다. 서머스는 선을 바닥에 떨어뜨렸다.

그리고 소방 호스 리프트에서 빠져나와 잠시 매달려 있다가 케이블 위에 털썩 뛰어내렸다. 아팠지만, 일어나서 뼈가 부러진 데는 없는지 확인해보았다. 없는 것 같았다.

"뭐라고 말씀하셨습니까?"

풀라스키가 물었다.

자기도 모르게 정신없이 중얼거리고 있었다. 그대로 있어. 그대로 있어. 그대로 있어.

하지만 서머스는 말했다.

"아닙니다, 아무것도."

그러곤 바지를 털고 주위를 둘러보았다.

"참, 경관?"

"네?"

"혹시 여기로 내려오는 길에 화장실이 있던가요?"

80 로카르의 법칙

"찰리 서머스는 무사해요."

색스는 휴대전화를 귀에서 떼며 말했다.

"론이 전화했어요."

라임은 얼굴을 찌푸렸다.

"그 사람이 무사하지 않을 줄은 몰랐는데."

"영웅 노릇을 하려 한 모양이에요. 컨벤션센터의 전력을 끊으려고 했대요. 지하실에서 전선과 공구를 가지고 뭘 하는 걸 론이 봤어요. 천장에 매달려 있었대요."

"거기서 뭘 해?"

"몰라요."

"그대로 있으라는 말 어디가 그렇게 불만이었지?"

색스는 어깨를 으쓱했다.

"자네가 직접 전화하지 그랬어."

"전화를 안 갖고 있었대요. 10만 볼트 전선이 있어서."

앤디 제슨의 동생도 지저분하고 배고프고 화가 난 상태이기는 했지만, 무사했다. 그는 라임의 타운하우스 뒷골목에 주차된 로건의 흰색 밴 트렁크 안에 있었다. 로건은 그에게 아무것도 말하지 않고 그냥 어둠 속에 처박아두었다. 랜들 제슨은 부자인 CEO 누나한테 돈을 갈취하기 위해 납치당한 것으로 생각했을 뿐 테러 공격에 대해서는 전혀 모르고 있었다. 로건은 랜들이 라임의 지하실에서 배전반에 설치한 스위치를 떼어내려다 감전되어 죽은 것처럼 꾸밀 계획이었던 모양이다. 랜들은 게리 노블에게 상황 설명을 들은 누나를 만나러 갔다.

라임은 대안 에너지 진영이 이번 공격의 배후였다는 사실에 제슨이 어떤 반응을 보일지 궁금했다.

"밥 캐버너는? 업무 담당 상무?"

"맥대니얼이 체포했어요. 사무실에서. 반항하지 않았대요. 앨곤퀸을 장악한 다음 협력할 계획이었던 대안 에너지 회사 관련 기록이 잔뜩 나왔대요. 그가 협력하지 않더라도, 컴퓨터와 전화 기록에서 공모한 회사와 사람 이름을 확보했으니 괜찮을 거예요."

녹색 카르텔….

라임은 수갑과 족쇄를 찬 채 의자에 앉아 두 정복 경찰의 감시를 받고 있는 리처드 로건이 자신에게 뭐라 말하고 있다는 것을 깨달았다. 차갑고, 으스스할 정도로 분석적인 목소리였다.

"함정? 전부 가짜였군. 처음부터 다 알고 있었어."

"알고 있었어."

라임은 그를 찬찬히 바라보았다. 리처드 로건이라는 이름도 확인했지만, 그를 그 이름으로 생각하는 것은 불가능했다. 라임에게 그는 언제나 시계공이었다. 성형 수술 때문에 얼굴은 달랐지만, 눈은 라임과 어깨를 나란히 하는 두뇌를 지닌 바로 그 남자의 눈빛 그대로였다. 아니, 때로는 더 영리했다. 게다가 법과 양심이라는 사소한 굴레에 얽매이지 않았다.

족쇄와 수갑을 튼튼하게 채워놓았지만, 론 셀리토는 로건이 언제라도 놀라운 지능을 발휘해 탈출을 계획할지 모른다는 듯 가까운

데 앉아 범인을 빈틈없이 감시했다.

하지만 라임이 보기엔 그럴 것 같지 않았다. 연구실과 다른 경찰들을 재빨리 훑어보는 로건의 시선을 보니 저항해서 얻을 게 없다는 결론을 내린 것 같았다.

로건은 평정하게 말했다. 진심으로 궁금한 것 같았다.

"그래, 어떻게 알아냈지?"

색스와 쿠퍼가 새로운 증거물을 봉투에 담고 기록하는 동안, 역시 대단한 자아의 소유자인 라임은 기꺼이 자신을 과시하기로 했다.

"FBI 요원이 골트가 범인이 아니라 다른 사람이라고 말했을 때 뭔가 이상했지. 가정을 하는 건 항상 위험해. 난 골트가 범인이라고 계속 가정하고 있었거든. 하지만 일단 그 생각을 뒤집고 보니, 범행 전체를 다시 생각하게 됐어. 학교에 설치한 함정을 봐. 경찰 두세 명을 다치게 하는 게 무슨 소용인가? 그리고 시끄러운 발전기는? 증거물로 연출하기에 딱 좋은 물건이지. 안에 도청기를 숨겨 연구실 안으로 반입하기에 적합한 물건이기도 하고. 난 발전기 안에 도청기가 있고, 당신이 듣고 있는 상황이라고 추정했어. 그래서 앤디 제슨과 그녀의 남동생에 대한 새로운 시나리오를 마구 떠들기 시작했지. 증거물도 그쪽으로 상황을 유도했고. 하지만 동시에 연구실 안의 모든 사람이 볼 수 있도록 지시 사항을 키보드로 두드렸지. 다들 내 어깨너머로 그걸 읽고 있었어. 멜에게 도청기가 있는지 발전기를 살펴보라고 했더니, 과연 있었어. 발전기를 경찰한테 넘길 의도로 심어놓은 물건이라면, 거기서 나온 모든 증거도 가짜겠지. 그 증거가 가리키는 인물은 범행과 아무 상관이 없다는 뜻이야. 앤디 제슨과 그녀의 동생은 무고하다는 걸 알 수 있었어."

로건은 이마를 찌푸렸다.

"그 여자를 의심한 적이 없단 말인가?"

"그런 적은 있지. 우리는 앤디가 우리한테 거짓말을 했다고 생각했어. 당신도 도청기로 들었지?"

"그래. 하지만 무슨 뜻인지 정확하게는 알 수 없었어."

"그녀는 색스한테 아버지에게서 재능을 물려받았다고 말했어. 한때 선로공이었기 때문에 아크 플래시를 만들 수 있다는 사실을 숨기려는 것 같았어. 하지만 그 말을 다시 생각해보면, 자기가 현장에서 일한 것을 부정한 게 아니라 그냥 자신의 재능은 주로 영업 쪽이라는 의미였어. 자, 앤디나 남동생이 범인이 아니라면, 그럼 누굴까? 나는 계속 증거물을 검토했지."

라임은 차트로 시선을 주었다.

"설명할 수 없는 몇 가지 증거가 있었어. 그중 내 머리에 남은 건 용수철이었지."

"용수철? 그래. 그 이야기도 했지."

"우리는 한 현장에서 작은 유사 조각을 발견했어. 거의 눈에 띄지 않을 정도로 작았지. 우리는 이게 개폐기의 타이머에서 나온 거라고 생각했지만, 난 타이머일 수도 있고 시계를 제작할 때 사용할 수도 있는 거라고 생각했어. 당연히 당신이 떠올랐어."

"유사?"

로건의 표정이 굳었다.

"난 옷을 항상 털 제거기로 미는데…."

그러곤 작업대에 놓인 애완동물용 털 제거기를 턱으로 가리켰다.

"일을 하러 가기 전에 미량증거물을 없애기 위해. 아마 소매 안에 떨어졌나보군. 재미있는 사실 하나 알려줄까, 링컨? 아마 내 옛날 공구와 부품을 치울 때 거기 들어갔을 거야. 아까도 말했지만… 난 전자식 시계에 푹 빠졌거든. 다음에는 그걸 만들어볼 생각이었어. 세상에서 가장 완벽한 시계를 만들고 싶었어. 정부의 원자시계보다 더 좋은 전자시계."

라임은 말을 이었다.

"그랬더니 모든 조각이 들어맞더군. 편지는 골트가 협박을 받아 쓴 거라는 결론도 당신이 구술을 시켰다고 가정할 경우 들어맞았어. 대안 제트 연료? 주로 군용 제트기에서 시험 중인데, 그 말은 개인 제트기나 상업용 비행기에서 실험을 전혀 안 하는 건 아니라는 뜻이거든. 공항이나 군사 기지를 공격할 계획을 세운다는 건 말이 안 된다고 생각했어. 군대의 전기 시스템 보안은 워낙 엄격하니까. 그렇다면 이 미량증거물은 어디서 왔을까? 이번 사건과 전혀 관련 없는 항공 관련 시나리오가 떠올랐어. 당신이 관련된 멕시코 사건 말이야. 현장 한 곳에서 녹색 섬유도 나왔지. …멕시코 경찰복 색깔과 정확히 일치했어. 여기에도 항공 연료가 묻어 있었지."

"내가 섬유를 남겼다고?"

자기 자신에 대한 분노.

"필라델피아로 날아가서 랜들 제슨을 납치하고 뉴욕으로 차를 몰고 오기 전에 공항에서 아르투로 디아스에게 묻은 것 같군."

한숨만 쉬는 로건의 모습이 라임의 가설이 옳다는 것을 입증해주었다.

"음, 거기까지는 추측이었어. 당신이 관련되었을 거라는 것. 그런데 해답이 내 눈앞에 있었다는 걸 깨달았지. 결정적인 해답이."

"무슨 뜻이지?"

"DNA. 첫 변전소 현장의 터널 출입구에서 발견한 혈액을 분석했지. 한데 DNA 데이터베이스 CODIS에는 검색을 하지 않았어. 굳이 할 필요가 없었지. 골트가 범인인데 뭐하러?"

이것이 마지막 단서였다. 아까 라임은 쿠퍼에게 DNA 연구실에 연락해서 시료를 CODIS에 검색해보라고 지시했다.

"몇 년 전 당신이 뉴욕에서 일할 때 확보한 DNA가 있었어. 유전자가 일치한다는 보고서를 읽고 있는데, 당신이 나타났지. 나는 얼른 화면을 바꿨어."

로건의 얼굴이 자신에 대한 분노로 굳었다.

"맞아, 맞아. 변전소 터널 출입구에서. 손가락을 쇠에 베었어. 최대한 잘 닦는데, 그걸 찾아낼까봐 걱정했어. 그래서 배터리에 폭파 장치를 해서 DNA를 날려버리려 한 거야."

"로카르의 법칙. 모든 범죄에는…."

라임은 20세기 초반 범죄학자의 말을 인용했다. 로건이 말을 받았다.

"…범죄자와 피해자, 혹은 범죄자와 범행 현장 사이에 교환이 발생한다. 교환된 증거를 찾아내는 것은 어려울 수도 있지만, 틀림없이 존재한다. 범인의 신원을 알려줄 수 있는 단순한 증거 하나를 찾아내는 것이 모든 현장 감식 전문가의 의무다."

라임은 웃지 않을 수 없었다. 로건이 인용한 문장은 로카르의 법칙을 라임식으로 돌려 말한 표현으로, 두세 달 전 감식에 대해 그가 쓴 글이었다. 리처드 로건도 숙제를 열심히 한 모양이었다.

아니, 단순한 자료 조사 이상이었을까?

그래서 일을 수락한 거야. 당신한테 다가가기 위해서.

"당신은 좋은 범죄학자일 뿐만 아니라 좋은 배우군. 날 속였어."

"당신도 연기는 잘한 것 같은데. 안 그래?"

두 사람은 한동안 서로의 눈을 뚫어지게 응시했다. 그때 셀리토의 전화가 울렸다. 그는 잠시 통화한 다음 전화를 끊었다.

"이송 팀이 도착했어."

경찰 셋이 문간에 나타났다. 정복경찰 2명과 청바지와 황갈색 스포츠 코트 차림의 갈색 머리 형사였다. 양쪽 엉덩이에 아주 큰 자동 권총 두 정을 하나씩 차고 있는데도 느긋한 미소가 인상적인 남자였다.

"안녕, 롤랜드."

아멜리아 색스가 미소를 지으며 말했다. 라임도 인사했다.

"오랜만이군."

"잘들 지냈나. 이야, 대단한 놈을 잡아냈군."

롤랜드 벨은 노스캐롤라이나 경찰에서 전근한 사람이었다. 벌써 몇 년째 뉴욕시경에서 근무하고 있지만, 아직도 동부 연안 남부 억양을 버리지 못하고 있었다. 증인을 보호하고 용의자를 달아나지 못하게 감시하는 것이 그의 업무였다. 그보다 일을 더 잘하는 사람은 없었다. 라임은 그가 시계공을 구치소로 이송하게 된 것이 반가웠다.

"내가 아주 든든히 모셔가겠네."

벨이 고개를 끄덕이자 경관 둘이 로건을 일으켜 세웠다. 벨은 수갑과 족쇄를 확인한 다음 몸수색을 했다. 그가 다시 고개를 끄덕이자 경찰이 로건을 끌고 문으로 향했다. 시계공은 뒤를 돌아보며 얌전하게 말했다.

"다시 보세, 링컨."

"그렇게 될 거야. 기대하고 있겠어."

시계공의 미소가 어리둥절한 표정으로 변했다.

라임이 말을 이었다.

"당신 재판에 내가 감식 전문가로 나가서 증언할 테니까."

"거기서 만날 수도 있고, 다른 곳에서 만날 수도 있겠지."

시계공은 브레게를 돌아보았다.

"태엽을 잘 감아둬."

이 말을 남기고 로건을 방을 나섰다.

81 배신

"유감입니다, 로돌포."

활기 넘치던 목소리가 완전히 멍해졌다.

"아르투로가? 아니. 믿을 수 없어."

라임은 상관을 살해하고 멕시코시티의 암살 사건을 수사하다 죽은 것처럼 꾸미려던 디아스의 계략을 상세히 설명했다.

침묵만 흘렀다. 라임이 물었다.

"친구였습니까?"

"아, 우정…. 제 생각에는 탐욕 때문에 친구를 배신하는 사람은 다른 남자랑 자고 집에 와서 아이들을 돌보며 남편한테 따뜻한 음식을 만들어주는 여자보다 더 나쁜 놈입니다. 어떻게 생각하십니까, 라임 경감님?"

"배신은 진실의 징후죠."

"아, 라임 경감님. 불교를 믿습니까? 힌두교?"

라임은 웃지 않을 수 없었다.

"아뇨."

"한데 철학적인 대답이군요. 아르투로 디아스는 멕시코 경찰이고, 그자가 그런 짓을 한 이유는 그 때문입니다. 여기서는 사람이 정상적으로 살 수가 없어요."

"하지만 당신은 버티고 있습니다. 계속 싸우고 있지 않습니까."

"그렇죠. 나는 바봅니다. 당신이 그렇듯이. 당신도 대기업을 위해 보안 보고서를 써주면 수백만 달러를 벌 수 있잖습니까?"

"그런 일이 뭐가 재미있겠습니까?"

진심 어린 호탕한 웃음. 사령관이 물었다.

"이제 그자는 어떻게 됩니까?"

"로건? 이번 사건에 대한 살인죄로 기소될 겁니다. 몇 년 전 사건도 적용될 거고요."

"사형 선고를 받을까요?"

"그럴 수도 있지만 집행은 안 될 겁니다."

"왜요? 그 시끄러운 자유주의자들 때문입니까?"

"그것보다 복잡합니다. 현재의 정치적인 문제도 있습니다. 지금 주지사는 무슨 짓을 저지른 사람일지라도 사형을 집행하려 하지 않습니다. 보기에 껄끄러우니까요."

"사형수 입장에서는 특히 그렇겠지요."

"사형수의 의견을 고려하지는 않습니다."

"그렇겠지요. 그래도 아무리 느슨하지만 난 차라리 미국이 좋을 것 같습니다, 라임 경감님. 이러다 나도 밀입국해서 불법 체류자가 되는 건 아닌지 모르겠어요. 맥도날드에서 일하며 밤에 사건을 해결하는 겁니다."

"제가 후원해드리지요, 로돌포."

"하, 내가 미국으로 여행 가는 건 당신이 테킬라와 닭요리를 먹으려고 멕시코로 올 확률과 비슷할 겁니다."

"네, 맞는 말입니다. 테킬라는 마시고 싶지만."

"이제 우리 경찰서 안의 쥐구멍을 청소하러 가봐야겠습니다. 한데…."

목소리가 잦아들었다.

"왜 그러십니까, 사령관님?"

"증거물 문제가 생길지도 모릅니다. 성급한 말씀이긴 하지만, 좀 도와주셔야 할지도 모르겠습니다."

"기꺼이 그러지요."

"좋습니다."

다시 킬킬거리는 웃음.

"몇 년 뒤, 운이 좋다면, 내 이름 뒤에도 그 마법의 글자가 붙을지 모르겠습니다."

"마법의 글자?"

"R.E.T."

"당신이? 퇴직하실 생각입니까, 사령관님?"

"농담입니다, 경감님. 나 같은 사람에게는 퇴직이란 게 어울리지 않습니다. 우린 일하다 죽을 사람이지요. 그런 일은 아주 오랜 뒤에 벌어지길 기도합시다. 자, 친구, 끊겠습니다."

두 사람은 전화를 끊었다. 이어서 라임은 캘리포니아의 캐스린 댄스에게 전화를 걸라고 음성 명령으로 지시했다. 그리고 리처드 로건을 체포했다는 소식을 알려주었다. 대화는 간략했다. 사교적인 기분이 없어서가 아니었다. 반대였다. 그는 승리감에 취해 있었다.

하지만 반사부전 발작의 후유증이 찬 이슬처럼 그를 덮고 있었다. 그는 색스에게 나머지 수다를 맡기고 톰에게 글렌모렌지를 가져오라고 했다.

"18년산으로 부탁해. 고마워."

톰은 텀블러에 위스키를 넉넉히 따라 라임의 입 근처에 있는 컵홀더에 올려놓았다. 라임은 빨대로 빨아 마셨다. 스모키한 향을 한껏 음미한 다음 삼켰다. 따뜻한 기운이, 편안함이 몰려왔다. 하지만 지난 한 주 동안 쌓인 빌어먹을 피로감은 한결 무거워졌다. 그는 생각하지 않으려고 애썼다.

색스가 전화를 끊자 라임이 물었다.

"같이 마실까, 색스?"

"당연하죠."

"음악을 듣고 싶어."

"재즈?"

"그러지."

라임은 데이브 브루벡의 1960년대 라이브 콘서트 레코드를 선택했다. 대표곡 〈Take Five〉의 독특한 5/4 박자가 스피커에서 지지직거리며 흥겹게 흘러나오기 시작했다.

색스는 술을 따르고 옆에 앉았다. 그녀의 시선이 증거물 보드로 향했다.

"우리가 잊은 게 한 가지 있어요, 라임."

"뭐?"

"테러 단체 말이에요. 지구를 위한 정의."

"그건 이제 맥대니얼이 해결할 사건이야. 증거가 나왔다면 나도 관심을 가지겠지만. 지금은… 없어."

라임은 술을 한 모금 더 마셨다. 집요한 피로감의 물결이 몸을 감쌌다. 그래도 아직 농담 한마디 할 힘은 남아 있었다.

"내 생각에 그건 구름 지대에서 잘못 걸려온 전화 같아."

82 지구의 날

센트럴 파크에서는 지구의 날 축제 분위기가 한창이었다.

흐리고 쌀쌀하지만 흥겨운 저녁 6시 20분, 한 FBI 요원이 쉽 메도(Sheep Meadow) 잔디밭 가장자리에 서서 군중들을 둘러보고 있었다. 대부분 이런저런 주제로 시위를 하는 사람들이었다. 소풍 나온 가족과 관광객도 있었다. 그러나 5만 명의 인파는 대부분 뭔가에 화를 내는 것 같았다. 지구 온난화, 석유, 대기업, 이산화탄소, 온실 가스.

그리고 메탄.

티모시 콘래드 특수 요원은 소의 방귀 문제에 대해 항의하고 있는 한 무리의 사람들을 보며 눈을 깜빡였다. 가축이 배출하는 메탄도 오존층에 구멍을 내는 모양이었다.

소 방귀라니.

세상이 미쳐 돌아가는군.

콘래드는 언더커버 콧수염을 달고 청바지와 펑퍼짐한 셔츠 밑에 무전기와 총을 감추고 있었다. 오래 입은 티를 내기 위해 아예 입고 자려 했지만, 대신 아내가 오늘 아침 정성껏 주름을 만들었다.

그는 판에 박힌 자유주의자나 이념을 명목으로 국가를 팔아넘기는 사람들을 싫어했다. 현상 유지, 유럽, 글로벌리즘, 사회주의라는 명목으로…. 비겁함이라는 명목으로.

그러나 그와 이런 사람들의 공통점이 딱 하나 있었다. 환경이었다. 콘래드는 야외 활동을 사랑했다. 사냥, 낚시, 하이킹. 그래서 그는 공감했다.

콘래드는 주의 깊게 인파를 둘러보았다. 시계공이라는 범인은 체포되었지만, 뉴욕 부지국장 터커 맥대니얼은 지구를 위한 정의가 그래도 무슨 짓을 할 거라고 확신했다. SIGINT 정보가 너무나 명백해서, 테크놀로지에 밝지 않은 콘래드조차 인정하지 않을 수 없었다. 맥대니얼의 지시대로 요원들은 이 단체를 줄여서 JFTE, 즉 지프티라고 불렀다.

팀을 짜서 시내 전역에 배치된 FBI 요원과 뉴욕시경 경찰들은 허드슨 강변의 컨벤션센터, 배터리 파크의 가두행진, 센트럴 파크의 인파를 각각 감시하고 있었다.

맥대니얼은 수사 팀이 비록 리처드 로건과 앨곤퀸 전력 그리고 지프티와의 관계를 잘못 읽었지만, 테러 단체는 이슬람 근본주의자 조직과 연계해 활동할 가능성이 있다고 보았다.

공생체.

앞으로 몇 달 동안 술자리에서 안주로 씹을 만한 단어였다.

오랫동안 거리에서 활동한 콘래드는 직감상 지프티가 존재하긴 하지만 아무에게도 위협이 되지 않는 시시한 불평분자들의 모임일 거라고 생각했다. 편안하게 서성거리면서도, 그의 시선은 프로파일에 들어맞는 사람들을 찾고 있었다. 팔과 몸의 움직임, 특정한 종류의 배낭, 총이나 사제 폭탄을 지니고 있을 때 나오는 걸음걸이. 갓 턱수염을 밀었다는 걸 알 수 있는 창백한 턱, 어린 시절 이후 처음으로 공공장소에 히잡을 쓰지 않고 나온 게 불편해서 무의식적으로 머리카락을 만지는 여자.

그리고 항상 눈을 주의 깊게 봐야 한다.

독실한 믿음을 가진 시선, 아무 생각 없는 시선, 호기심 어린 시선은 눈에 띄었다.

그러나 신의 이름으로, 혹은 고래나 나무 또는 올빼미의 이름으로 수많은 사람을 죽이려는 눈빛은 보이지 않았다. 콘래드는 한동안 배회하다 파트너에게 다가갔다. 웃음기 없는 표정의 서른다섯 살 파트너는 농민풍의 긴 스커트와 무기를 감출 수 있는 펑퍼짐한 블라우스 차림이었다.

"뭐 없어?"

쓸데없는 질문이었다. 뭘 봤다면 그에게 그리고 오늘 밤 여기 배치된 수많은 요원들에게 연락했을 것이다.

파트너는 고개를 저었다.

쓸데없는 질문에는 소리 내어 대답할 가치가 없다는 게 바버라의 생각이었다.

"그 사람들은 왔어?"

콘래드는 쉽 메도 남쪽 끝에 설치한 연단을 턱으로 가리켰다. 워싱턴에서 날아와 6시 30분부터 연설하기로 되어 있는 두 상원의원을 가리키는 말이었다. 그들은 대통령과 환경 문제에 대해 논의하며—녹색 자유주의자들은 만족스러워하겠지만—미국 내 대기업 절반은 목을 졸라버리고 싶을 만한 입법을 후원하고 있었다.

연설이 끝나면 콘서트가 이어질 것이다. 사람들이 연설 때문에 왔는지, 콘서트 때문에 왔는지는 알 수 없었다. 이런 군중이라면 아마 반반으로 나뉠 것이다.

"방금 도착했어."

바버라가 대답했다.

두 사람은 한동안 군중을 둘러보았다. 그때 콘래드가 말했다.

"그 두문자어(頭文字語)는 이상해. 지프티라니. 그냥 JFTE라고 읽어도 될 텐데."

"지프티는 두문자어가 아니야."

"무슨 소리야?"

"정의상 두문자어는 실제로 있는 단어여야 해."

"영어에?"

바버라는 한심하다는 듯 한숨을 쉬었다.

"음, 영어 사용 국가에 있어야겠지. 당연히."

"그럼 NFL은 두문자어가 아닌가?"

"아니야. 그냥 이니셜이지. ARC-미국자원위원회. 이런 게 두문자어야."

콘래드는 생각했다. 바버라는….

"BIC는?"

"그것도 맞겠지. 브랜드명은 몰라. 뭘 줄인 말이지?"

"몰라."

무전기가 동시에 지지직거렸다. 그들은 고개를 숙였다.

"손님들이 무대로 올라간다. 반복한다. 손님들이 무대로 올라간다."

손님들. 상원의원을 완곡하게 표현한 단어였다.

지휘 본부 요원은 콘래드와 바버라에게 무대 서쪽으로 위치를 옮기라고 지시했다.

걸음을 옮기며 콘래드가 바버라에게 말했다.

"그거 알아? 여긴 진짜 양목장(Sheep Meadow)이었어. 1930년대까지 여기서 풀을 뜯게 내버려뒀지. 그 뒤에는 프로스펙트 파크로 옮겼어. 브루클린. 양들이 옮겨갔다고."

바버라는 표정 없는 눈으로 그를 바라보았다. 그게 무슨 관계라도 있나? 이런 뜻이었다.

콘래드는 좁은 길에서 그녀가 앞장서도록 뒤로 빠졌다.

박수가 일었다. 환호.

두 상원의원이 연단으로 올라갔다. 마이크 앞에 선 첫 연사가 섭

메도 전체에 울려 퍼지는 나직하고 낭랑한 목소리로 연설을 시작했다. 관중은 상원의원이 진부한 말을 늘어놓는 동안 2분마다 목이 쉴 정도로 열렬히 고함을 질러댔다.

개종한 자들에게 설교를.

그때 콘래드는 뭔가가 무대 옆을 지나 상원의원이 서 있는 앞쪽으로 꾸준히 움직이는 것을 보았다. 그는 잠시 멈칫하다 앞으로 뛰쳐나갔다.

"뭐야?"

바버라가 총에 손을 대며 물었다.

"지프티야."

콘래드는 속삭이며 무전기를 붙들었다.

83 거리의 신사

오후 7시 프레드 델레이는 일명 스탠리 파머, 기타 수없이 많은 가명을 사용하는 윌리엄 브렌트를 병원에서 만난 뒤 맨해튼 연방 건물로 돌아왔다. 브렌트는 심하게 다쳤지만 의식은 회복했다. 3~4일 후에는 퇴원할 예정이었다.

브렌트는 이미 시 당국 변호사에게 합의 제안을 받았다. 뉴욕시경에서 관리하는 경찰차에 부딪히는 사고는 복잡할 게 없었다. 합의금은 치료비 제외 5만 달러였다. 윌리엄 브렌트는 요 며칠 동안 제법 짭짤한 수입을 올린 셈이었다. 세금을 떼지 않는 사고 합의금. 델레이에게서 받은 10만 달러 역시 연방국세청이나 뉴욕국세청의 귀에 들어갈 일이 없기 때문에 세금 한 푼 안 내도 되는 돈이었다.

사무실에 앉아 시계공이 체포되었다는 소식을 즐기고 있는데, 20대의 영리한 흑인 여비서가 들어왔다.

"지구의 날 이야기 들으셨어요?"

"그게 뭐야?"

"자세한 건 몰라요. 그 단체, 지프티…."

"뭐?"

"JFTE. 지구를 위한 정의. 어쨌든 그 에코 테러 단체 말이에요."

델레이는 커피를 내려놓았다. 심장이 두근거렸다.

"실제로 있는 단체야?"

"네."

"그래서 어떻게 됐어?"

"센트럴 파크에 잠입해서 그 상원의원들, 대통령이 연설하라고 내려 보낸 사람들 말이에요, 그들 코앞까지 접근했다는 것밖에 못 들었어요. 지국장님이 사무실로 오시랍니다. 지금."

"부상자나 사망자는?"

델레이는 놀라서 속삭이듯 물었다.

"몰라요."

키가 껑충한 요원은 낙담한 얼굴로 일어섰다. 그리고 빠른 걸음으로 복도를 걷기 시작했다. 특유의 성큼성큼 걷는 걸음걸이. 물론 거리에서 배운 걸음걸이였다.

이제 델레이는 그 걸음걸이에 작별을 고하려 했다. 시계공을 잡는 데 중요한 단서는 찾아냈다. 하지만 가장 큰 임무, 테러 단체를 찾는 것은 실패했다.

맥대니얼이 그 일 때문에 자신을 희생양으로 삼으려는 것이다. 영리하지만 음울한, 정력적이지만 미묘한 특유의 방식으로. 지국장이 자신을 찾는다면 이미 조치가 끝난 것이 분명하다….

계속해봐, 프레드. 잘하고 있어….

델레이는 지나치는 사무실마다 안을 들여다보며 비서가 말한 사고에 대해 물어볼 만한 사람을 찾았다. 그러나 사무실들은 모두 텅 비어 있었다. 업무가 끝난 시각이기도 했지만, 아마 지구를 위한 정의 때문에 다들 센트럴 파크로 달려간 것 같았다. 어쩌면 이것이야말로 그의 경력이 끝났다는 가장 분명한 징조일 것이다. 그에게 작전에 참여하라고 연락한 사람은 아무도 없었다.

하지만 지국장이 자신을 소환한 이유는 다른 것 때문일지도 모른다. 도둑질한 10만 달러.

도대체 무슨 생각을 했던 걸까? 사랑하는 도시를 위해, 지키겠다고 맹세한 시민들을 위해 저지른 짓이었다. 하지만 정말 무사히 넘어갈 줄 알았을까? 자신을 내쫓고 싶어서 안달인 부지국장이 있는데, 게다가 요원들이 올린 보고서를 크로스워드 퍼즐 중독자처럼 꼼꼼하게 들여다보는 사람인데.

복역 기간을 협상할 수 있을까?

알 수 없었다. 지구를 위한 정의 작전을 망쳤으니, 그의 주가는 바닥을 친 셈이었다.

특징 없는 사무실 복도를 한 층 내려갔다. 한 층 더.

마침내 지국장 사무실에 도착했다. 비서가 델레이가 왔다고 알렸다. 요원은 넓은 모퉁이 사무실로 들어섰다.

"프레드."

"존."

50대 중반의 조너선 펠프스 지국장은 빗어 넘긴 희끗희끗한 머리를 손으로 밀어 올리며 델레이에게 복잡한 책상 맞은편 의자에 앉으라고 손짓했다.

아니, 복잡하다는 말은 적당하지 않았다. 책상은 아주 잘 정리되어 있었다. 단지 파일이 10센티미터 두께로 쌓여 있을 뿐이었다. 어쨌든 이곳은 뉴욕이다. 지국장 같은 사람이 조율해야 할 사건이 수없이 터지는 곳이다.

델레이는 지국장의 표정을 읽으려 했지만 단서를 찾을 수 없었다. 그 역시 초창기에 언더커버로 일한 사람이었다. 그렇다고 델레이가 동정을 받을 수 있는 것은 아니었다. FBI는 원래 그렇다. 연방법과 그 하위 규율이 다른 모든 것을 앞선다. 방에는 지국장 혼자 있었다. 놀랄 일은 아니었다. 터커 맥대니얼은 센트럴 파크에서 테러범들에게 피의자의 권리를 알려주고 있을 것이다.

"그래, 프레드. 본론으로 들어가지."

"네."

"그 지프티 건 말이야."

"지구를 위한 정의 말씀입니까?"

"그래."

지국장은 다시 풍성한 머리카락을 쓰다듬었다. 손가락이 닿기 전이나 닿은 후나 마찬가지로 단정했다.

"이해가 안 돼서 말이야. 자네는 테러범들에 대해 아무런 정보도 찾지 못했지?"

델레이는 솔직하게 대답했다.

"네, 존. 제가 망쳤습니다. 정보원들을 모조리 훑고 새로운 통로도 찾아봤습니다만. 지금 부리는 정보원들과 은퇴한 애들까지요. 20여 명. 하지만 아무것도 없었습니다. 죄송합니다."

"그런데 터커 맥대니얼의 감시 팀은 구체적인 단서를 열 개나 찾았어."

구름 지대….

델레이는 맥대니얼을 깎아내릴 생각은 조금도 없었다.

"저도 그렇게 알고 있습니다. 그의 팀은 좋은 정보를 많이 알아냈습니다. 그 라만과 존스턴이라는 인물. 무기를 지칭하는 암호."

델레이는 한숨을 쉬었다.

"사고가 났다고 들었습니다, 존. 무슨 일입니까?"

"아, 그래. 지프티가 움직였어."

"피해자는요?"

"비디오를 갖고 있어. 보고 싶나?"

델레이는 생각했다. 아뇨. 보고 싶지 않습니다. 내 실수로 사람들이 다치는 광경은 절대 보고 싶지 않습니다. 터커 맥대니얼이 검거 팀을 이끌고 의기양양하게 상황을 해결하는 광경도 보고 싶지 않습니다. 하지만 그는 말했다.

"네, 보여주시죠."

지국장은 랩톱으로 몸을 기울여 키보드 몇 개를 두드린 다음 랩톱을 델레이 쪽으로 돌려놓았다. 델레이는 광각 렌즈를 사용해 아주 세밀한 것까지 다 드러나도록 명암 대비가 낮은 화면, 아래에 지명과 초 단위 시간이 찍히는 전형적인 FBI 감시 화면이 나올 줄 알았다

그런데 화면에 보이는 것은 CNN 뉴스였다.

CNN?

단정한 여성 기자가 미소 띤 얼굴로 재킷과 바지가 어울리지 않는 정장 차림의 30대 남자와 이야기를 나누고 있었다. 남자는 불안하게 웃으며 기자와 카메라를 번갈아 쳐다보았다. 여덟 살 정도 되는 주근깨투성이 빨강 머리 소년이 그 옆에 서 있었다.

기자가 남자에게 말했다.

"학생들이 지난 몇 달 동안 지구의 날을 위해 준비한 게 있다고요?"

"맞습니다."

남자는 어색하지만 자랑스럽게 말했다.

"오늘 밤 센트럴 파크에는 다양한 문제를 지지하는 여러 단체가 나와 있습니다. 학생들이 특별히 지지하는 환경 문제가 있나요?"

"아닙니다. 아이들은 다양한 관심사를 갖고 있습니다. 재생 에너지, 열대 우림 파괴 방지, 지구 온난화와 이산화탄소, 오존층 보존, 쓰레기 재활용 등."

"옆에 있는 친구는 누군가요?"

"제 제자입니다. 토니 존스턴."

존스턴?

"안녕, 토니. 가정에 계신 시청자께 학교의 환경 클럽 이름을 알려주겠어요?"

"음… 네. '지구를 위해 아이들이 나서자(Just Us Kids for the Earth)'입

니다."

"멋진 포스터도 있네요. 친구들과 함께 만든 건가요?"

"네. 하지만 라만 선생님도 도와주셨어요."

학생이 옆의 남자를 보았다.

"아주 잘했어요, 토니. 환경 문제를 돕는 데는 어린아이도 나설 수 있다는 걸 보여준 퀸스의 랠프 월도 에머슨 초등학교 3학년 피터 라만 선생님 학급의 모든 학생들께 감사드립니다. …지금까지 캐시 브리검이 센트럴 파크에서…."

지국장이 손가락으로 키보드를 쿡 누르자 화면이 꺼졌다. 델레이는 웃어야 할지, 욕설을 내뱉어야 할지 아리송한 기분이었다. 지국장은 단어를 또박또박 발음했다.

"정의(Justice), 아이들이 나서자(Just Us Kids)."

지국장은 한숨을 쉬었다.

"지금 우리 지국이 얼마나 난처한 상황인지 알겠나, 프레드?"

델레이는 짙은 눈썹을 치켜 올렸다.

"우린 워싱턴에 사정사정해서 400명의 요원을 움직이는 비용은 물론 추가 활동비를 500만 달러나 지원받았어. 뉴욕과 웨스트체스터, 필라델피아, 볼티모어, 보스턴 법원에서 영장 스무 개를 발부받았고. …티모시 맥베이보다, 빈라덴보다 더한 에코 테러 단체가 사상 최악의 공격으로 미국을 굴복시키려 한다는 아주 확실한 SIGINT 정보가 있다고 믿었지. 한데 그게 여덟아홉 살짜리 꼬마들이었다니. 무기를 가리키는 암호가 '종이와 보급품'이라고? 그건 문자 그대로 종이와 보급품이었어. 구름 지대에서 통신이 오간 게 아니라, 학교에서 낮잠을 자고 일어나서 얼굴을 마주보고 이야기한 거야. 라만과 함께 일한다는 여자? 그건 아마 빌어먹을 변성기도 오지 않은 어린 토니였겠지. …누군가가 센트럴 파크 집회에서 '비둘기를 날린다'는 SIGINT 첩보가 들어오지 않은 게 천만다행 아닌가? 그랬다면 지대공 미사일을 준비했을 테니까."

잠시 침묵이 흘렀다.

"별로 고소해하는 기색이 없군, 프레드."

델레이는 마른 어깨를 으쓱했다.

"자네가 터커 자리를 맡겠나?"

"그럼 그 친구는⋯."

"다른 데로 보내야지. 워싱턴이나. 상관있나? ⋯어때, 부지국장 자리? 원하면 오늘 밤에라도 당장 옮기게."

델레이는 망설이지 않았다.

"아닙니다, 존. 고맙지만 사양하겠습니다."

"자넨 이 지국에서 가장 존경받는 요원이야. 다들 자네를 우러러보지. 다시 생각해보게."

"전 거리에서 일하고 싶습니다. 제가 원한 건 그것뿐이었습니다. 제겐 그 일이 중요합니다."

지국장은 킬킬 웃었다.

"이런 카우보이들. 그럼 자네 사무실로 돌아가게. 맥대니얼이 오는 중이야. 지금 그 친구를 마주치면 어색하겠지."

"그럴 겁니다."

델레이가 문간으로 향하는데, 지국장이 말했다.

"아, 프레드. 한 가지 더 있어."

요원은 걸음을 옮기려다 우뚝 멈췄다.

"곤잘레스 사건 자네가 맡았지?"

델레이는 맥박 수 하나 올라가지 않고 뉴욕에서 가장 위험한 범죄자를 잡아들인 사람이었다. 하지만 그 이름을 듣자 혈압이 올라가고 목에서 맥이 뛰기 시작했다.

"마약 사범, 스태튼 아일랜드. 네."

"중간에 뭔가 착오가 있었던 것 같아."

"착오?"

"증거물 말이야."

"정말입니까?"

지국장이 눈을 비볐다.

"자네 팀이 체포 과정에서 헤로인 30킬로그램, 총 수십 정 그리고 상당히 많은 현금을 압수했지."

"맞습니다."

"언론에는 압수한 돈이 110만 달러라고 나갔는데, 대배심을 준비하려고 보니 증거물 보관소에 100만 달러밖에 없는 것 같아."

"10만 달러를 잘못 기록했다고요?"

지국장은 고개를 갸웃했다.

"아니, 잘못 기록한 게 아니야."

"어…."

델레이는 숨을 깊이 들이쉬었다. 아, 올 것이 왔군.

"서류를 검토해봤는데, 재미있더군. 증거물 카드에 적힌 두 번째 0, 10만 단위의 0이 아주 희미해. 얼른 보면 1로 보이더군. 누가 대충 보고 보도 자료를 잘못 작성한 것 같아. 100만인데 110만으로."

"그렇군요."

"혹시 문제가 불거질까봐 말해두는 거네. 그건 오타야. 곤잘레스 사건에서 FBI가 압수한 돈의 정확한 액수는 100만 달러일세. 공식적으로."

"알겠습니다. 감사합니다, 존."

지국장이 미간을 찌푸렸다.

"뭐가 감사하단 말인가?"

"확실하게 말씀해주셔서 감사하다는 뜻입니다."

지국장은 고개를 끄덕였다. 델레이는 그 고갯짓에 담긴 메시지를 알아들었다. 지국장이 덧붙였다

"그건 그렇고, 리처드 로건 사건은 아주 잘해냈어. 몇 년 전 수십 명의 군인과 국방부 요인을 암살하려 한 놈이지. 우리 쪽 사람들도 당할 뻔했고. 영영 못 나오게 됐다니, 잘됐어."

델레이는 돌아서서 사무실을 나왔다. 자기 사무실로 돌아온 뒤에야 델레이는 초조한 웃음을 내뱉었다.

3학년 학생?

델레이는 세레나에게 곧 집에 돌아간다는 문자를 보내기 위해 휴대전화를 꺼냈다.

84 젊은 경찰

링컨 라임이 고개를 들자 풀라스키가 문간에 서 있었다.

"신참, 여기서 뭘 하는 건가? 퀸스에 증거물을 등록하러 간 줄 알았는데."

"갔다 왔습니다. 한데…."

희끄무레한 안개를 만난 자동차처럼 목소리가 느려졌다.

"한데 뭐?"

오후 9시가 다 되어가는 시각, 라임의 연구실에는 둘밖에 없었다. 부엌에서는 정다운 가정의 소리가 흘러나왔다. 색스와 톰이 저녁을 준비하고 있었다. 칵테일 시간이 훌쩍 넘었는데 아무도 위스키 텀블러를 다시 채워주지 않아 라임은 약간 토라진 상태였다.

라임은 풀라스키에게 위스키를 따르라고 했다.

"더블이 아니잖아."

라임은 투덜거렸다. 하지만 풀라스키 귀에는 그 말이 들리지 않는 듯 창밖만 바라보고 있었다.

영국 드라마처럼 극적인 장면이라도 준비하는 건가? 라임은 빨대로 위스키를 한 모금 빨았다.

"제가 결심이 된 것 같아서요. 가장 먼저 말씀드리고 싶었습니다."

"결심이 된 것 같다고?"

"아니, 결심했습니다."

라임은 눈썹을 치켜 올렸다. 다음 말을 재촉하고 싶지 않았다. 무슨 말이 나올지 알 것 같았다. 라임은 인생을 과학에 바친 사람이지만, 동시에 수백 명의 직원과 경찰을 다스린 경험도 있었다. 성급하고, 퉁명스럽고, 성질이 고약하긴 해도 이성적이고 공정한 상관이었다.

부하가 일을 망치지만 않는다면.

"말해봐, 신참."

"전 떠날 생각입니다."

"뉴욕을?"

"경찰을요."

"아."

캐스린 댄스를 만난 뒤로 신체 언어에 대해 많은 것을 알게 된 라임은 풀라스키가 그 말을 여러 번 연습했다는 것을 눈치챌 수 있었다.

젊은 경찰은 짧은 금발 머리를 쓸어 넘겼다.

"윌리엄 브렌트."

"델레이의 정보원?"

"네, 맞습니다."

"말해봐, 풀라스키."

풀라스키는 어둡고 착잡한 눈빛으로 라임의 스톰 애로 휠체어 옆 등나무 의자에 앉았다.

"골트의 집에서 저는 겁을 먹었습니다. 당황했어요. 올바른 판단을 못했습니다. 절차도 의식하지 못했고요."

그리고 정리하듯 덧붙였다.

"상황을 올바로 판단해 그에 따른 행동을 하지 못했습니다."

시험 답안이 헷갈려 아는 대로 최대한 주절거리면 그중 하나는 맞겠지, 하는 학생 같은 태도였다.

"그 친구는 혼수상태에서 깨어났어."

"하지만 죽을 수도 있었습니다."

"그래서 그만둔다는 건가?"

"저는 실수를 저질렀습니다. 그 때문에 누군가가 목숨을 잃을 뻔했고요. …아무래도 제 머리가 완전하게 기능하지 못하는 것 같습니다."

맙소사! 이런 대사는 도대체 어디서 주워들었지?

"그건 사고였어, 신참."

"일어나지 말았어야 할 일이지요."

"일어나야 했을 사고도 있나?"

"무슨 뜻인지 아시잖습니까, 링컨. 충분히 생각해봤습니다."

"난 자네가 계속 있어야 한다는 걸, 그만두는 건 잘못이라는 걸 증명해 보일 수도 있어."

"음, 저에게 재능이 있고, 보탬이 될 수 있는 일이 많다고요?"

회의적인 얼굴이었다. 젊은 친구였지만 라임과 처음 만났을 때보다 훨씬 나이 들어 보였다. 경찰 일을 하다 보면 이렇게 된다.

링컨 라임과 함께 일하다 보면 이렇게 된다.

"왜 그만두면 안 되는지 아나? 자넨 위선자야."

풀라스키는 눈을 깜빡였다.

라임은 까칠한 목소리로 말을 이었다.

"자네는 기회를 놓친 거야."

"무슨 말씀이십니까?"

"좋아. 자네가 실수를 해서 누군가가 심하게 다쳤어. 하지만 브렌트가 영장이 주렁주렁 달린 범죄자인 줄 알았을 때, 자네는 양심의 가책을 덜었어. 안 그래?"

"음…. 그런 것 같습니다."

"갑자기 자동차로 그를 친 것에 대해 가책을 안 느끼게 됐어. 왜?

인간 이하의 존재라서?"

"아뇨, 전 다만…."

"끝까지 들어. 그 남자를 친 순간, 자넨 선택의 여지가 있었어. 아무리 업무상 일어난 상해지만 납득할 수 없다고 판단하고 그 자리에서 그만두든지, 모든 일을 뒤로하고 그 결과를 짊어지며 살아가는 법을 배우든지. 그 남자가 연쇄 살인범이든 교회 목사든 다를 게 없어. 지금 와서 그 일로 징징거리는 건 지적으로 정직하지 못한 행동이야."

신참의 눈이 분노로 가늘어지는 것을 보니 뭔가 자기 방어를 하려 한다는 것을 알 수 있었다. 하지만 라임은 계속 말을 이었다.

"자네는 실수를 했어. 범죄를 저지른 게 아니란 말이야. …경찰 일을 하다 보면 실수를 하게 돼 있어. 문제는 그게 회계나 신발 만들기 같은 일이 아니라는 거야. 우리가 실수하면 누군가가 죽음을 당할 수 있어. 하지만 그렇다고 멈춰 서서 걱정만 하고 있으면 아무것도 할 수 없어. 그렇게 어깨너머를 돌아보기만 하면 할 일을 못해서 더 많은 사람이 죽게 돼."

"말씀은 쉽죠."

풀라스키는 화난 듯 말했다.

하지만 라임의 엄숙한 표정에는 변화가 없었다. 풀라스키가 중얼거렸다.

"이런 상황에 처해보신 적 있습니까?"

물론이었다. 라임도 실수를 한 적이 있었다. 수백 번은 아닐지라도, 수십 번은 있었다. 오래전 라임과 색스가 처음 만난 사건에서도 실수로 인해 무고한 사람들이 죽었다. 그러나 지금은 동류의식에 호소하고 싶지 않았다.

"그건 중요한 게 아니야, 풀라스키. 문제는 자네가 이미 결정을 내렸다는 거야. 브렌트를 친 뒤 골트의 아파트에서 발견한 증거물을 가지고 이리로 돌아온 순간, 자네는 그만둘 권리를 잃어버렸어.

그러니 더 이상 문제 될 일이 아니야."

"하지만 너무 괴롭습니다."

"그럼 그만 괴롭히라고 해. 뭐가 괴롭히는지는 몰라도. 경찰이 된다는 건 그렇게 벽을 세우는 거야."

"링컨, 제 말을 안 들으시는군요."

"들었어. 자네 논리를 듣고 반박했잖아. 타당하지 않다고."

"저한테는 그렇지 않습니다."

"아니, 타당하지 않아. 왜 그런지 말해주지."

라임은 망설였다.

"나한테는 타당하지 않으니까. …자네와 나는 많이 닮았어, 풀라스키. 나 자신도 인정하기 싫지만, 사실이야."

젊은 경찰은 이 말을 듣자 바짝 긴장했다.

"이제, 그 따분한 헛소리는 그만 집어치워. 마침 와서 잘됐군. 시킬 일이 있었는데."

풀라스키는 라임을 바라보더니 차갑게 피식 웃었다.

"난 아무 일도 안 할 겁니다. 그만둔다고요. 지시는 듣지 않겠습니다."

"음, 어쨌든 지금은 그만 못 둬. 그만두더라도 며칠 뒤에 그만둬. 지금은 자네가 필요해. 이번 사건은, 내 사건이기도 하고 자네 사건이기도 한 이번 사건은 아직 안 끝났어. 로건의 유죄를 확실하게 입증해야 해. 동의하나?"

한숨.

"동의합니다."

"맥대니얼 팀이 밥 캐버너의 사무실을 수색했어. 우리한테 연락해서 부탁하지 않고 말이야. FBI 증거물대응 팀은 괜찮아. 설립될 때 내가 도왔으니까. 하지만 우리도 현장 감식을 해야 해. 자네가 지금 해줬으면 좋겠어. 로건이 카르텔 얘기를 했는데, 거기 가담한 놈들을 빠뜨리지 않고 전부 잡아넣고 싶어."

풀라스키는 포기한 듯 얼굴을 찌푸렸다.

"하겠습니다. 하지만 이게 마지막 업무입니다."

그러곤 고개를 저으며 방에서 뛰쳐나갔다.

링컨 라임은 웃음을 참으려고 애쓰며 위스키 텀블러의 빨대를 입
에 물었다.

85 고독

링컨 라임은 이제 혼자였다.

론 풀라스키는 앨곤퀸 전력 회사에서 현장 감식을 하고 있을 것이다. 멜 쿠퍼와 론 셀리토는 각자 집으로 돌아갔다. 롤랜드 벨은 리처드 로건을 다운타운 구치소에 안전하게 수감하고 엄중 감시 중이라는 소식을 전해주었다.

아멜리아 색스도 서류 작업을 돕기 위해 다운타운에 들렀다가 지금은 브루클린으로 돌아갔다. 라임도 색스가 잠시 혼자만의 시간을 즐기며 코브라 토리노라도 실컷 몰았으면 했다. 색스는 이따금 패미를 데리고 나갈 때도 있었다. 패미는 드라이브를 마치고 돌아오면 '끝내줬다'고 떠들어대곤 했는데, 라임은 그 말을 '신 났다'라고 해석했다.

하지만 패미가 위험에 처하지는 않으리라는 걸 알고 있었다. 색스는 혼자 차를 몰 때와 달리 충동적으로 밟다가도 제때 자제할 줄 알기 때문이었다.

톰도 〈뉴욕 타임스〉 기자인 애인과 함께 외출했다. 집에 머물면서 반사부전 부작용이 나타나지는 않는지 라임을 돌보고 싶어 했지만, 라임은 굳이 나가라고 떠밀었다.

"귀가 시간은 지켜. 자정이야."

"링컨, 그 전에 돌아…."

"아니, 자정 넘어서 돌아오라고. 그 전에는 돌아오지 말라는 얘기야."

"말도 안 됩니다. 혼자 내버려두고…."

"자정 전에 돌아오면 해고야."

톰은 라임을 찬찬히 살피더니 말했다.

"그러죠. 고맙습니다."

라임은 성격상 그런 감사 인사를 견디지 못했다. 그래서 톰을 무시하고 컴퓨터 앞에 앉아 시계공에게 일급 살인 이하 다채로운 죄목을 붙여 감옥에 보내기 위해 재판에 제시할 증거물을 바삐 정리하기 시작했다. 유죄 판결은 문제없이 받겠지만, 캘리포니아나 텍사스와 달리 뉴욕은 사형 선고를 이마에 민망하게 떡하니 자리 잡은 점처럼 취급하는 경향이 있다. 로돌포 루나에게도 말했지만 시계공이 사형당할 것 같지는 않았다.

다른 사법 기관도 기꺼이 로건을 데려가고 싶겠지만, 체포한 곳은 뉴욕이었다. 기다려야 한다.

종신형을 내리더라도 불만은 없을 것 같았다. 로건이 이곳에서 대치할 때 죽었다면—색스나 셀리토에게 반항하려고 총을 빼들기라도 했다면—공정하고 정직한 마무리가 되었을 것이다. 하지만 라임에게 검거되어 평생을 감옥에서 보내는 것도 충분히 정의롭다. 독극물 주사는 싸구려 같았다. 모욕적이다. 라임은 시계공을 죽음의 침대로 보내는 마지막 사건의 수사진이 되고 싶지는 않았다.

라임은 고독을 즐기며 현장 감식 보고서를 몇 페이지 구술했다. 문장력을 과시하며 극적이거나 시적인 보고서를 쓰는 감식 전문가도 있다. 라임의 방식은 달랐다. 그의 언어는 군살이 없고 딱딱했다. 조각한 나무라기보다 주조한 금속이었다. 자신이 쓴 보고서를 읽고 만족했지만 빈 구석이 있는 게 짜증스러웠다. 몇 가지 분석 결과가 아직 나오지 않았다. 그러나 부주의만큼 심각하지는 않겠지만 성급함도 죄악이라는 것을, 최종 보고서가 하루 이틀 늦어져도 사건에는 지장이 없다는 것을 상기했다.

좋아. 보충해야 할 부분은 있지만—보충해야 할 부분은 항상 있게 마련이다—좋아.

라임은 퀸스의 어머니 집으로 간 멜 쿠퍼가 깔끔하게 정리해놓은 연구실을 둘러보았다. 쿠퍼는 그곳에서 살고 있었다. 어쩌면 어머니는 잠깐 들여다보기만 하고 스칸디나비아계 여자 친구와 함께 있을지도 모른다. 지금쯤 미드타운의 어느 무도장에서 열심히 춤을 추고 있을지도 모른다.

아까처럼 살짝 두통이 이는 것을 깨닫고, 라임은 가까이 있는 약 선반을 돌아보았다. 조금 전 그의 목숨을 살려준 혈관 확장제 클로니딘 병이 눈에 띄었다. 지금 이 순간 발작이 온다면 살아남지 못할 거라는 생각이 들었다. 병은 그의 손에서 겨우 몇 센티미터 떨어져 있었다. 하지만 몇 킬로미터나 다를 바 없었다.

라임은 색스와 멜 쿠퍼의 필체로 가득한 증거물 보드를 바라보았다. 번진 곳, X표로 지운 곳, 단어를 잘못 써서 지운 곳, 철자 오류, 아예 잘못된 단어도 여기저기 보였다.

그 모든 게 형사 사건이 해결되는 과정을 상징하는 것 같았다.

라임은 장비로 시선을 돌렸다. 밀도구배분석기, 핀셋과 병, 장갑, 플라스크, 수거 용품 그리고 덩치 크고 조용한 주사전자현미경과 가스크로마토그래피/질량분석기. 라임은 이런 기계들과 그 선조들 앞에서 씨름하며 보낸 수많은 시간을 떠올렸다. 수수께끼의 화합물 성분을 밝히기 위해 가스크로마토그래피에 시료를 넣었을 때 나는 소리와 냄새가 떠올랐다. 범인의 정체와 소재를 찾을 수 있는 유일한 시료를 파괴하면 법정에서 유죄를 입증하지 못할 위험이 있기 때문에 종종 갈등하기도 했다

라임의 손이 우르릉거리는 기계의 요동을 느낄 수 있던 시절의
그 감각도 떠올랐다.

뱀처럼 꼬불꼬불하게 바닥에 늘어져 있는 전선을 바라보았다. 작
업대에서 작업대로, 컴퓨터 모니터 앞으로 이동할 때 휠체어가 요
동치며 전선을 넘어가는 느낌도-물론 턱과 머리로만 느낄 수 있었
다-떠올랐다.

전선….

라임은 서재로 들어가 가족사진을 바라보았다. 사촌 아서를 생각
했다. 삼촌 헨리 그리고 부모님을 생각했다.

물론 아멜리아 색스도 생각했다.

그러다 좋은 기억이 흐려졌다. 오늘 자신의 실수 때문에 색스가
죽을 뻔했다는 것이 떠올랐다. 흐트러진 그의 몸이 모두를 배신했기
때문이다. 라임 자신과 색스와 풀라스키를. 차이나타운의 폐교에 그
대로 뛰어들었다면 얼마나 많은 기동대원이 감전되어 죽었을까?

거기서 생각은 꼬리에 꼬리를 물었다. 그는 이 사건이 두 사람의
관계를 상징한다는 것을 깨달았다. 사랑은 있으나 라임은 자신이
그녀를 붙잡고 있다는 것을 부정할 수 없었다. 다른 사람과 함께 있
다면, 혼자라면, 그녀는 더 많은 것을 할 수 있을 것이다.

이것은 자기연민이 아니었다. 사실 라임은 이런 생각을 하면서
차츰 묘한 흥분을 느꼈다.

색스가 혼자 살아가야 한다면 어떻게 될까 생각해보았다. 감정을
개입시키지 않고 시나리오를 그려보았다. 그리고 아멜리아 색스는
그래도 잘 살아갈 거라는 결론을 내렸다. 론 풀라스키와 색스가 몇
년 뒤 함께 감식반을 운영하는 모습이 떠올랐다.

연구실 맞은편 조용한 서재에서 가족사진에 둘러싸인 채 라임은
옆 테이블 위에 놓인 것을 내려다보았다. 알록달록 번들거리는 책
자. 알렌 코페스키가 두고 간 조력 자살 홍보 책자였다.

선택….

장애인을 염두에 둔 영리한 도안이었다. 집어 들어서 넘겨볼 필요도 없었다. 안락사협회의 전화번호가 앞 페이지에 커다랗게 적혀 있었다. 시력이 차츰 악화되어 자살을 결심하는 사람도 볼 수 있을 정도였다.

책자를 바라보는 동안, 온갖 생각이 머릿속을 스쳤다. 지금 모습을 드러낸 이 생각을 실천하려면 계획이 필요하다.

비밀리에 해야 한다.

음모가 필요하다. 뇌물도.

그러나 이런 것은 사지마비 환자의 일상이었다. 생각은 자유롭고 쉽지만, 행동에는 늘 공모자가 필요한 인생.

시간도 걸릴 것이다. 하지만 인생에서 중요한 것은 절대 빨리 이루어지지 않는다. 굳은 결심 뒤에 따라오는 흥분이 라임의 마음을 가득 채웠다.

가장 큰 걱정은 시계공 사건의 재판이 열릴 때 배심원 앞에서 직접 증언하지 못한다는 것이었다. 물론 이럴 경우에도 절차를 밟으면 된다. 미리 선서를 하고 따로 증언하는 것이다. 게다가 색스와 멜 쿠퍼도 경험 많은 증인이다. 론 풀라스키도 할 수 있을 것이다.

내일 검사에게 개인적으로 이야기하고, 법원 속기사를 타운하우스로 불러 증언해야겠다. 톰도 의심하지 않을 것이다.

링컨 라임은 미소를 지으며 전자기기와 소프트웨어로 가득 찬 사람 없는 연구실로 돌아갔다. 아, 그 안에는 시계공을 체포한 순간부터 계속 생각해온, 아니, 그 생각만 해온 전화를 가능케 해줄 전선이 있었다.

제4부
마지막 사건

지 구 의 날 1 0 일 뒤

"내가 하는 운동은 하루 종일 이 연구실 테이블에 서 있다가
저 테이블로 옮겨가는 것이 대부분이다.
나는 이 운동을 통해 친구나 경쟁자들이 골프 같은 경기에서 얻는 것보다
더 많은 즐거움과 이익을 얻는다."

- 토머스 앨버 에디슨

86 이메일

아멜리아 색스와 톰 레스턴은 서둘러 병원 입구로 들어섰다. 둘 다 아무 말이 없었다.

로비와 복도는 조용했다. 토요일 저녁 뉴욕의 병원치고는 드문 분위기였다. 보통 병원은 사고, 알코올 중독, 약물 과용, 때로 총상과 자상으로 혼돈 그 자체다.

하지만 이곳 분위기는 묘하게도, 섬뜩하게도 차분했다.

굳은 표정의 색스는 우뚝 멈춰 서서 표지판을 읽고는 방향을 가리킨 다음 병원 지하의 어둑어둑한 복도를 걷기 시작했다.

두 사람은 다시 멈췄다.

"이쪽?"

색스가 속삭였다.

"표지판이 허술하군요. 더 자세히 표시해야겠어요."

색스는 톰의 목소리에서 분노를 읽었지만, 그것이 절망감 때문이라는 걸 알고 있었다.

"저쪽이에요."

둘은 간호사들이 높은 접수대 뒤에 앉아 한가롭게 잡담을 하고 있는 스테이션을 지났다. 공식적인 업무 관련 서류나 파일도 많았지만 커피 잔과 화장품, 퍼즐 책 같은 것도 있었다. 스도쿠 게임도 많았다. 도대체 저 게임이 왜 인기인지 알 수가 없었다. 색스에겐 그 정도의 끈기가 없었다.

이 아래쪽 병동에서는 텔레비전 응급실에 나오는 것처럼 의료진이 급히 행동에 나서야 할 일이 별로 없는 것 같았다.

색스는 두 번째 접수대로 다가가 혼자 있는 중년 여성 간호사에게 짧게 말했다.

"라임."

"아, 네."

간호사가 색스를 올려다보았다. 차트나 기타 서류는 확인하지도 않았다.

"무슨 관계세요?"

"파트너입니다."

업무상으로나 개인적인 의미로나 라임을 가리킬 때 자주 사용하는 단어였다. 하지만 이 단어가 얼마나 적절하지 않은지 이 순간만큼 절실하게 깨달은 적은 없었다. 마음에 들지 않는 정도가 아니라 싫었다.

톰은 간병인이라고 소개했다.

이 단어 역시 어울리지 않기는 마찬가지였다.

"자세한 건 저도 모릅니다."

간호사가 말했다. 그건 색스가 하고 싶은 말이었다.

"이쪽으로 오세요."

덩치 좋은 여자가 앞장서서 아까보다 더 음침한 복도를 지났다. 복도는 티끌 하나 없고, 질서정연하고, 기분 좋은 디자인이었다. 혐오스러웠다.

병원을 이보다 더 잘 묘사하는 단어가 어디 있을까?

열린 문 앞에 다가가자 간호사는 동정 어린 목소리로 말했다.

"잠깐 안에서 기다리세요. 곧 사람이 올 겁니다."

여자는 둘 중 한 사람이 자신을 앉히고 심문할까봐 두려운지 얼른 사라졌다. 사실 색스는 그러고 싶은 마음도 조금 있었다.

색스와 톰은 모퉁이를 돌아 대기실로 들어섰다. 비어 있었다. 론셀리토와 라임의 사촌 아서, 그의 아내 주디는 오는 중이었다. 색스의 어머니 로즈도 오고 있었다. 로즈는 지하철을 타겠다고 했는데, 색스가 차를 타고 오라고 고집했다.

두 사람은 말없이 앉았다. 색스는 스도쿠 책을 집어 들고 훑어보았다. 톰은 그녀를 쳐다보고 팔을 한 번 잡아주더니 뒤로 기대앉았다. 평소의 꼿꼿한 자세를 버린 그의 모습을 보니 신기했다.

톰이 말했다.

"아무 말도 안 했습니다. 한마디도."

"그래서 놀랐어요?"

톰은 놀랐다고 대답하려 했다. 하지만 이내 의자에 몸을 더욱 묻고 대답했다.

"아뇨."

타이를 삐딱하게 맨 정장 차림의 남자가 들어왔다. 하지만 먼저 와 있는 두 사람의 얼굴을 보더니 다른 곳에서 기다리기로 작정한 모양이었다. 색스는 그를 탓할 수 없었다.

이런 때는 공공장소도 타인과 나누고 싶지 않은 법이다.

색스는 톰에게 머리를 기댔다. 그는 색스를 꼭 안아주었다. 톰이 얼마나 힘센지 잊고 있었다.

라임을 알고 지낸 세월 동안 가장 기묘하고 긴박했던 열두 시간이 절정으로 치닫고 있었다. 그날 아침 브루클린에서 밤을 지내고 라임의 집에 와보니, 톰이 누군가를 기다리듯 문을 응시하고 있었다. 그러곤 색스의 어깨너머를 보더니 이맛살을 찌푸렸다.

"뭐예요?"

색스는 물으며 뒤를 돌아보았다.

"같이 안 계셨습니까?"

"누구요?"

"링컨."

"아뇨."

"빌어먹을. 링컨이 사라졌어요."

빠르고 믿음직한 스톰 애로 휠체어 덕분에 라임은 어느 사지마비 환자보다 기동력이 좋았다. 혼자 센트럴 파크로 나갔다 오는 일도 없지 않았다. 물론 야외 활동에 별다른 취미가 없고 연구실 안에서 장비에 둘러싸인 채 사건과 씨름하는 것을 더 좋아했지만 말이다.

조수는 오늘 아침 일찍 라임이 시키는 대로 그에게 옷을 입히고 휠체어에 앉혀주었다.

"내가 아침에 누굴 만나기로 했어."

"우린 이제 어디로 가죠?"

톰이 물었다.

"'나'는 일인칭 단수야, 톰. '우리'는 복수지. 역시 일인칭이고 대명사지만, 그것 말고는 공통점이 거의 없어. 자넨 초대받지 않았고, 그건 자네 입장에서도 다행이야. 지루할 거야."

"당신 옆에 있으면 지루할 일이 없습니다만, 링컨."

"하. 곧 돌아오겠네."

라임의 기분이 워낙 좋아 보여서 톰도 동의했다.

그 뒤로 라임은 돌아오지 않았다.

색스가 도착하고 다시 한 시간이 흘렀다. 호기심은 걱정으로 변했다. 그때 컴퓨터와 블랙베리가 삐빅 소리를 내더니 두 사람에게 이메일이 왔다. 링컨 라임답게 명료하고 요점만 간략하게 쓴 편지였다.

톰, 색스

오랫동안 심사숙고한 끝에 나는 현재 상태로 더 이상 살고 싶지 않다는 결론을 내렸어.

"안 돼."

톰이 숨을 들이쉬었다.

"계속 읽어요."

최근 있었던 일들을 통해 나는 특정한 장애를 더 이상 받아들일 수 없다는 것을 확신했어. 두 가지 사건이 그 계기였어. 코페스키 박사가 방문했을 때 절대 자살은 하지 않겠다고 결심했지만, 죽을 위험을 무릅쓰고라도 결정을 내려야 할 때가 있는 법이지.

두 번째 계기는 수전 스트링어와 만난 것이었어. 그녀는 우연이란 없다고, 자신이 내게 펨브로크 척추센터에 대해 알려줄 운명이었던 것 같다고 했어.(내가 운명이란 걸 얼마나 믿는지 잘 알고들 있겠지? 이럴 때 'ㅋㅋㅋ'를 쓰는 모양이지만, 내 편지에서 그런 일은 없을 거야.)

센터와 정기적으로 대화를 나눈 결과, 앞으로 8개월 동안 네 차례 입원해서 다양한 시술을 받기로 했어. 첫 번째 시술이 곧 시작될 거야.

나머지 세 번을 마치지 못할 가능성도 있지만, 그건 두고 봐야겠지. 희망대로 잘 끝난다면 하루 이틀 안에 유혈 낭자한 수술 일대기를 들려줄 수 있을 거야. 그렇게 되지 않는다면, 톰, 어디에 내 서류를 보관했는지 알고 있겠지? 아, 그리고 유언장에 빠뜨린 게 하나 있는데, 내 스카치는 모두 사촌 아서한테 줘. 고마워할 거야.

색스, 당신한테는 따로 편지를 썼어. 톰이 전해줄 거야.

일을 이런 식으로 처리해서 미안하지만, 둘 다 이 좋은 날에 나처럼 성질 더러운 환자를 돌보느라 시간을 낭비하는 것 말고 할 일이 많을 거야. 게다가 둘 다 나를 잘 알잖아. 어떤 일은 혼자 하고 싶어 하는 성미라는 걸. 지난 몇 년 동안은 그럴 기회가 별로 없었어.

오늘 늦은 오후나 이른 저녁쯤 관계자가 연락할 거야.

마지막 사건 말인데, 색스, 나는 시계공 재판에 직접 참석해서 증언할 생각이야. 하지만 일이 뜻대로 되지 않을 경우를 대비해서 검찰에 증언서를 접수했어. 당신과 멜, 론이 미비한 부분을 채우면 될 거야. 로건이 평생 교도소에서 살도록 해줘.

나와 가까웠던 한 사람의 이런 표현이 내가 느끼는 기분을 완벽하게 전달하는 것 같군. "시간은 변해. 우리도 변해야 해. 무엇을 감수해야 할지라도, 무엇을 버려두고 떠나야 할지라도."

그리고 지금, 혐오스러운 병원에서, 그들은 기다리고 있었다.

마침내 녹색 수술복 차림의 관계자가 나타났다. 머리가 희끗희끗하고 큰 키에 날씬한 남자였다.

"아멜리아 색스?"

"맞아요."

"그리고 톰?"

톰은 고개를 끄덕였다.

남자는 펨브로크 척추센터의 수석 외과 의사였다.

"수술은 잘 끝났습니다만, 아직 의식이 없는 상태입니다."

기술적인 설명이 이어졌다. 색스는 고개를 끄덕이며 자세한 내용을 들었다. 어떤 내용은 좋은 것 같았고, 어떤 내용은 덜 좋은 것 같았다. 하지만 의사가 정작 중요한 한 가지 질문에는 대답하지 않는다는 것을 알 수 있었다. 기술적인 차원에서 수술이 성공했느냐가 아니라, 언제, 과연 링컨 라임이 다시 의식을 회복할 수 있을까?

색스가 직설적으로 이 질문을 던졌지만 의사가 할 수 있는 최선의 답변은 이것뿐이었다.

"우리도 모릅니다. 기다려봐야 해요."

87 희망

지문이 삼차원으로 진화한 것은 법과학자들이 범인의 신원을 파악하고 검거하는 것을 돕기 위해서가 아니라, 소중하거나 꼭 필요하거나 의식조차 못하고 있는 물건이 나약한 인간의 손아귀에서 빠져나가지 못하게 하기 위해서다.

인간은 진화 과정에서 날카로운 발톱을 상실했고, 근육도 열렬한 헬스클럽 애호가들에게는 미안한 얘기지만 비슷한 몸무게를 지닌 야생 동물에 비해 한심할 정도로 빈약하기 때문이다.

손가락(발가락도 마찬가지다)의 문형을 지칭하는 공식적인 용어, 즉 마찰 요철(friction ridge)이 지문의 진짜 용도를 잘 알려준다.

링컨 라임은 3미터 떨어진 의자에서 묘하게 만족스럽고 얌전한 자세로 몸을 웅크린 채 잠든 아멜리아 색스를 쳐다보았다. 숱 많은 빨강 머리가 아래로 흘러내려 얼굴을 반쯤 가렸다.

거의 자정이었다.

라임의 상념은 마찰 요철에 대한 고찰로 되돌아갔다. 지문은 손가락과 발가락 끝 그리고 손바닥과 발바닥에 있다. 흔한 경우는 아니지만 발바닥 지문으로도 손가락 지문과 마찬가지로 범인의 신원을 확인할 수 있다.

지문의 고유성이 밝혀진 것은 오래전 일이지만—800년 전에도 공식 문서에 서명할 때 지문을 사용했다—지문이 범인과 범죄를 연결하는 수단으로 활용된 것은 1890년대가 되어서였다. 인도의 캘커타에서 에드워드 리처드 헨리 경의 지휘 아래 사법 기관 내에 지문 담당 부서가 세계 최초로 설립되었다. 20세기에 경찰이 사용하기 시작한 지문 분류 체계의 명칭도 그의 이름을 딴 것이다.

라임이 지문에 대해 생각하는 것은 지금 자신의 지문을 쳐다보고 있기 때문이었다. 몇 년 만에 처음으로.

지하철 사고 이후 처음이었다.

그는 오른팔 팔꿈치를 들고 손목과 손바닥을 돌린 채 지문을 열심히 들여다보았다. 용의자와 현장을 연결해주는 작은 섬유, 미량 증거물 하나, 진흙 속의 미세한 발자국을 발견했을 때처럼 더없이 들뜬 기분이었다.

수술은 성공했다. 전선 이식, 부상 부위 위쪽의 머리와 어깨의 움직임으로 통제하는 컴퓨터. 그는 목과 어깨의 근육에 힘을 주어 팔을 조심스럽게 들어 올리거나 손목을 돌릴 수 있게 되었다. 자신의 지문을 보는 것은 그의 오랜 소원이었다. 팔의 운동 능력을 회복하면 가장 먼저 자신의 지문을 보겠다고 결심한 적도 있었다.

앞으로도 많은 치료가 남았다. 수술도 받아야 한다. 운동 기능에는 별다른 영향이 없지만 신체 기능 일부를 향상시켜줄 수 있는 신경 경로 변경술. 그런 다음에는 줄기세포 치료 그리고 트레드밀과 자전거, 관절 운동 같은 물리 치료도 해야 한다.

물론 한계도 있을 것이다. 톰의 일자리가 위협을 받지는 않을 거라는 얘기다. 팔과 손이 움직이더라도, 폐 기능이 향상되더라도, 허리 아래의 일처리가 정상인에 가까워지더라도, 여전히 감각은 돌아오지 않을 것이고, 패혈증의 위험도 있을 것이고, 걷지도 못할 것이다. 어쩌면 영원히, 최소한 아주 오랫동안. 하지만 링컨 라임은 상관없었다. 그는 원하는 것을 100퍼센트 얻는 경우는 거의 없다는 것을 법과학이라는 자신의 일을 통해 배웠다. 그러나 열심히 노력하고 상황이 잘 맞으면―물론 라임의 관점에서 '운'이라는 것은 없다―그때 성취하는 것으로 충분하다. 신원 파악이든, 체포든, 유죄 판결이든. 게다가 링컨 라임은 목표가 필요한 인간이었다. 그는 빈틈을 채우기 위해서 그리고 색스도 잘 알고 있듯이 간지러운 곳을 긁기 위해서 살아가는 사람이었다. 갈 곳이 없다면, 끝없이 갈 곳을 찾지 못한다면 그에게 인생은 쓸모없는 것이다.

라임은 조심스럽게 목 근육을 조금 움직여 갓 태어난 망아지가 다리를 딛고 일어서듯 힘들게 손바닥을 돌려 침대에 내려놓았다.

피로와 약 기운이 몰려왔다. 이제 잘 때가 된 것 같았다. 그래도 그는 편안한 망각을 몇 분 미루고, 마치 반쯤 진행된 월식처럼 머리카락 사이로 반만 보이는 아멜리아 색스의 창백한 얼굴에 시선을 주었다.

〈끝〉

A LINCOLN RHYME NOVEL

링컨 라임 시리즈 Vol.9

버닝 와이어

1판 1쇄 발행 2012년 7월 4일
1판 4쇄 발행 2016년 6월 24일

지은이 제프리 디버
옮긴이 유소영

발행인 양원석
편집장 김지연
편집 정혜경
해외저작권 황지현
제작 문태일
영업마케팅 이영인, 양근모, 박민범, 이주형, 김민수, 장현기

펴낸 곳 ㈜알에이치코리아
주소 서울시 금천구 가산디지털2로 53, 20층 (가산동, 한라시그마밸리)
편집문의 02-6443-8847 **구입문의** 02-6443-8838
홈페이지 http://rhk.co.kr
등록 2004년 1월 15일 제2-3726호

ISBN 978-89-255-4731-2 (03840)

※ 이 책은 ㈜알에이치코리아가 저작권자와의 계약에 따라 발행한 것이므로
본사의 서면 허락 없이는 어떠한 형태나 수단으로도 이 책의 내용을 이용하지 못합니다.

※ 잘못된 책은 구입하신 서점에서 바꾸어 드립니다.

※ 책값은 뒤표지에 있습니다.